驼峰酋长行动

(旅美) 袁道之　白莉/著

◎战争史诗电视剧《对手》原著

《紫色密码》之姊妹篇

中国社会科学出版社

图书在版编目（CIP）数据

驼峰酋长行动／袁道之、白莉著．－北京：中国社会科学出版社，2010.5
　ISBN 978-7-5004-8533-9

Ⅰ．①驼…　Ⅱ．①袁…　②白…　Ⅲ．①长篇小说－中国－当代　Ⅳ．①I247.5

中国版本图书馆 CIP 数据核字（2010）第 027227 号

责任编辑　杨晓芳
责任校对　李小冰
封面设计　李尘工作室
版式设计　戴　宽

出版发行	中国社会科学出版社		
社　　址	北京鼓楼西大街甲 158 号	邮　编	100720
电　　话	010－84029450（邮购）		
网　　址	http://www.csspw.cn		
经　　销	新华书店		
印　　刷	三河君旺印装有限公司		
版　　次	2010 年 5 月第 1 版	印　次	2010 年 5 月第 1 次印刷
开　　本	880×1230　1/32		
印　　张	15.625		
字　　数	392 千字		
定　　价	39.00 元		

凡购买中国社会科学出版社图书，如有质量问题请与本社发行部联系调换
版权所有　侵权必究

小说梗概

《驼峰酋长行动》是本书作者所撰写的战争史诗电视剧《对手》原著《紫色密码》的姊妹篇。作者成功地运用了军旅小说和谍战小说的崭新模式，在二战著名的"驼峰行动"和中国远征军抗战历史的大背景下，展开故事情节。小说危情迭起，险象环生，把悬念、谍战、空战等惊险内容，融合为引人入胜的故事，以探索、破解驼峰"酋长行动"中许多历史迷雾作为故事主线，穿插以战争年代的激战情节、催人泪下的爱情故事、神秘案件的离奇悬念和飞行员之间的战斗情谊，并在日军间谍与盟军情报人员和中国特工之间殊死搏斗故事中，深刻展现中国共产党情报人员在隐蔽战线上的卓越贡献，热情讴歌王牌飞行员管兰亭，密码权威董霜桥以及美军飞行员亨利之间的深厚战斗情谊，逐步揭示"驼峰行动"中鲜为人知的神秘事件和艰难历程。

小说主人公管兰亭是中国早期空军飞行员，在航空界名声显赫，曾经参与驼峰航行和战争年代中的秘密搜寻行动。太平洋战争爆发以后，管兰亭在空战中与南苑航校老同学、日军高级间谍中野武夫再次相遇，不久，他们在"驼峰行动"中，继续展开搏杀。

日军驻缅甸陆军航空兵部队司令官兼间谍南机关机关长中野将军为了谋害中国战区参谋长史迪威，亲自制定了"酋长行动"秘密计划，企图以连环追杀行动，击落史迪威将军的专机。

专机驾驶员管兰亭上校和美军飞行员乔治少校，在获知了董霜桥所提供的绝密情报以后，机智地挫败了日寇的罪恶阴谋，驾驶专机逃脱了中野部队的重重包围，设法迫降在老家龙山田野之中。

美国战略情报局洛克上校奉命和管兰亭、董霜桥联合组成秘密调查组，追查日军"酋长行动"的详细行动计划，他们围绕驼峰"酋长行动"中各种神秘事件的真相，开始进行生死博弈，与日军间谍在秘密战中，采取一切手段，进行较量。中野诡计多端，策划秘密行动依次展开，对立各方人物栩栩如生，故事错综迷幻，扣人心弦。

"酋长行动"四个阶段任务的真相究竟如何？谁是隐藏在航空委员会里的日本特工？是谁下令关闭各地盟军军用机场导航台，从而导致九架军用飞机失事？日军最后的"断"作战方案又是什么？美国战略情报局"迷雾行动"的战略目标究竟是什么？中共地下党红色特工的关键作用是如何体现的？对于这些扣人心弦的悬念以及许多离奇事件的来龙去脉，随着小说故事的进展，读者心中的谜团将逐步破解，最终获得意料之外的答案。

在小说里，管兰亭与龙山梅、乔治与龙山花之间的爱情故事，也因在战火纷飞的历史风云中，显得格外浪漫，动人心弦。此外，抗战期间驼峰航行中所发生的战争风云，也是曲折复杂，一波三折，悬念迭起，谍影飘忽。本书将沉封在往事中的神秘事件和当年的历史真相巧妙地结合在一起，故事描述得淋漓尽致。

抗日战争胜利结束了，但是，驼峰"酋长行动"中的历史迷雾并没有完全揭晓，管兰亭、董霜桥等人又投入新的斗争之中，为了新中国的解放而努力奋斗。

本书浓墨重彩，成功再现了中国早期飞行家的顽强努力和人格魅力，全书情节波澜壮阔，悬念迭起，堪称近年来战争题材小说中的一部力作。

人物表

管兰亭 中国第一代飞行家，身材魁梧，神采飞扬，曾经在驼峰行动中屡建奇功。为了执行保卫名将史迪威的秘密飞行任务，他历尽艰险，与日寇进行殊死搏斗，终于挫败日军"酋长行动"。

董霜桥 学者气质，大家风范，为人儒雅，早年留学美国哈佛大学，回国后为北京大学教授，秘密参加中国共产党，在密码研究领域中声名大振。在驼峰行动中，他根据地下党领导的指示，屡次成功破译日军密码，为了保护史迪威将军的安全，临危不惧，采取紧急措施，在隐蔽战线上作出卓越贡献。

龙山石 保定军校毕业生，后留日学习军事，学识渊博，为人热情，民国时期出任南苑航校副校长，后为国民党军20军中将军长，在中国远征军中屡建奇功，于解放前夕宣布起义。

龙山竹 人如其名，高风亮节。虽为大家闺秀，却有女侠豪情，早期参加革命，在隐蔽战线上颇有建树，为了粉碎日军"酋长行动"，不幸壮烈牺牲。

龙山梅　出身名门，为人清高，在西南联大读书时，参军入伍，在空军昆明基地医院任护士，后与管兰亭相爱，生死与共。

龙山花　与姐姐山梅一起参军入伍，后为美军飞行员乔治之妻，为了生死恋情，在深山密林中，终身陪伴丈夫青冢。

"老板"　为人正直，反应灵敏，中共地下党情报工作负责人，直接领导董霜桥和龙山竹。

王慕士　空军副驾驶，后任国民政府航空委员会资料库主任，日军南机关秘密特工，代号"麻将"，为人颇有城府，老谋深算。

茅定国　蒋委员长远亲，黄埔一期学生，后留苏学习航空学，先后任中国航空公司副董事长、空军副司令。

张黎生　南苑航校教官，后任航空委员会副秘书长，兼任军统航空处处长，步入特务机构后，为人刚愎自用，阴险狡猾。

乔治　美军飞行员，与龙山花一见钟情，堕入爱河，后陷入日军"酋长行动"陷阱之中，不幸在龙山附近坠机牺牲。

亨　利　美军飞行员，乔治好友，与管兰亭一起，成为名将史迪威的专机驾驶员。为了搜寻亨利机组的下落，他孜孜不倦，呕心沥血。

洛　克　美军情报官，后为美国战略情报局上校，负责驼峰航线情报工作，心狠手辣，成为西方情报界后起之秀。

中野武夫　日军高级间谍，在中国潜伏多年，是管兰亭在南苑航校的同学。抗战爆发以后，他出任日军驻缅甸陆军航空兵部队司令官兼日军间谍南机关机关长，作战骁勇，手段险恶，与盟军进行殊死决战，为了实施罪恶的"酋长行动"，企图谋杀史迪威将军，不惜采取一切毒辣手段，直至最终为法西斯殉葬。

史迪威　时任美军中将，中国战区参谋长，远征军领导人。

大　岛　中野在日本陆军士官学校的老师，日军华北特高课负责人，后为日军南方派遣军师团长，在龙山战役中，所部被我军全部歼灭。

山口小姐　日军女特工，代号"樱花"。

王海伦　军统特工，张黎生女助理，实为日军女特工"天使"。

杨贵兰　军统缅甸站女特工。

目 录

引　子 / 1

第一章　　初出茅庐 / 16

第二章　　航校雏鹰 / 34

第三章　　风云变幻 / 53

第四章　　黑云压城 / 74

第五章　　战火恋情 / 94

第六章　　老将出马 / 116

第七章　　驼峰行动 / 140

第八章　　出师未捷 / 162

第九章　　第二航线 / 191

第十章　　艰难使命 / 224

第十一章　将计就计 / 252

第十二章　敌我识别 / 274

第十三章　"酋长行动" / 293

第十四章　血洒长空 / 312

第十五章　神秘空难 / 340

第十六章　开罗会议 / 364

第十七章　搜寻行动 / 391

第十八章　巅峰搏杀 / 410

第十九章　终极决战 / 434

第二十章　雄风犹存 / 464

尾　声 / 480

引 子

斯坦福大学名不虚传,古色古香之中,却又带有一些现代气派;美丽,但依然不失历史的深沉,那种富有内涵的肃穆,不禁令人肃然起敬。但是,起敬是一回事,失望却还是接踵而至。

我在校内举世闻名的胡佛研究中心呆了整整一个月,借阅了所有能够得到的资料,其中有"蒋介石日记","史迪威日记",还有宋子文先生的全部资料,等等。我近乎疯狂地翻阅着那些材料,希望真相能够浮现出来,能够立即从字里行间跳出来,哪怕是几行字,一些线索,甚至是只言片语,或者是一点朦胧的暗示。可是,非常遗憾,在这里,我还是没有找到自己希望找到的东西。

那些秘密,那些七十年前的往事,似乎完全被湮没在历史的尘埃之中,消失得无影无踪;而且,没有任何迹象表明,在太平洋战争期间,曾经发生过神秘的"酋长行动"和"迷雾行动"。

那些与历史联系在一起的大人物好像串通好了,都对这两次秘密行动保持缄默。是他们刻意掩盖当年的事件,还是有什么难言苦衷?抑或故意把玄秘留下来,留给我们这些后人去苦苦思索，不断追寻，而他们那些历史巨头却在遥远的天国抿嘴微笑，甚至在得意地偷着乐？

我不是历史学家，没有任何研究课题，也不是谍战研究者，之所以对这两次秘密行动感兴趣，完全是出于儿时的兴趣。什么兴趣？爱听故事的兴趣。既然爱听故事，自然想知道故事的结局。如果不能获悉故事的结局，那还不如没听故事的开头。

在北京西郊的 X 部大院里，管兰亭讲故事可是出了名的，他老人家特别爱讲抗战时期的故事。当我还是一个小孩时，他就总在我家，把我抱在膝盖上，拼命用络腮胡子扎我的小脸，等我快哭时，他就问我："想听故事吗？"

我破涕而笑："当然想听！"

于是，这位中国第一代飞行员便开始讲述起自己的动人经历来。那可是一个个神奇的世界：丛林中的酋长、深山里的野人特工队、印度古刹里的枪声、昆明上空的空战、驼峰飞行中的仙女歌声……有时候他讲着讲着，就没有声音了。

这时候，我就问他："姑父，你怎么哭了？"

眼泪从他的眼眶里默默地流了下来，我用稚嫩的小手抹去他的泪花，他把我抱得更紧了，把自己饱经风霜的老脸贴着我的小脸，我俩紧紧地依偎在一起。

我着急了，使劲摇他："您继续说下去啊，后来怎么样了？"

每到这个时候，他就会恢复平静，笑着卖关子："欲知后事如何，且听下回分解！"

到了 20 世纪 80 年代，我进入研究生院苦读，当年潇洒儒雅的管兰亭已经明显老了，行走不再那么矫健了。当然，他的军人风度丝毫未减，腰板总是挺直的，我知道，老兵不会死去，只会凋零！

有一天，他来到我家，用略带沙哑的嗓音问我："狗屎，想听故事吗?"

"狗屎"是他的口头禅。我笑了,差点没放声狂笑:"姑父,我早已不听故事了!"

他没笑,一脸严肃,对我的笑感到惊异:"可是,这个故事你必须听下去,我可不想带进坟墓!"

"什么故事?"

"听说过抗战期间的'酋长行动'和'迷雾行动'吗?"

"没有。"

他顿时神秘起来,压低了声音:"在这个世界上,曾经了解这两次绝密行动真相的,大约不到十个人。"

"那么我就是第十个人,或者是第十一个人?"

我故作姿态,也表现得神秘兮兮。

"是的,确实如此!"

和他一起来我家做客的董霜桥伯伯坐在沙发中间,放下了手中的茶杯,对我说道:"孩子,听听吧,既然是故事,姑且一听!"

董伯伯是中国的密码大王,他的故事更多,不过,他从来不对我们这些小字辈讲什么故事。他已经忘却了所有过去发生的故事,是故意遗忘,还是职业习惯,或许是历史风云已把他的往事全部席卷而去?我不知道。

记得家父曾经告诉我说:"真正有故事的人是不讲故事的!"

那时正好是在暑假期间,我放下一切事情,认真倾听。姑父在讲述前,嘱咐我不要记录,不许录音。这就越发增添了故事的神秘色彩。记得他前后用了一周时间,把故事给讲完了。说句老实话,我一生中曾经听过无数精彩的故事,但是,像这么离奇的,而且是真实的谍战故事,我还是第一次听到。我很难描述当时的心情:惊悚?困惑?匪夷所思?神秘莫测?还是百感交集?

也许什么都有。

故事讲完一周以后，管兰亭便溘然仙逝，魂归道山。X部大院里充满了悲伤的气氛，许多人自发地带上了黑袖套，表示哀悼。

在追悼会上，董霜桥伯伯沉痛地说："呜呼，兰亭！在龙山三剑客中，她和你率先离去，你在人间做完了自己该做的事情，现在可以安心离去了！"

父亲低声对我说："他把沉封在历史尘埃中的事情全讲给你听了，就没有任何埋在心头的负担，所以安然而去。"

我悄悄问父亲道："谁是龙山三剑客？"

"兰亭姑父、霜桥伯伯、还有山竹姑妈。"

龙山竹姑妈是父亲的妹妹，20世纪30年代参加革命，是上海特科的特别党员，当然也是一个很有故事的前辈。不过，除了她在我家墙壁上的那张大照片以外，很少有人提起她。她神秘、严肃，每当我抬头看着她时，那种不言自威的神情总是使我为之震撼。

光阴似箭，确实如此，20年又过去了，我觉得有必要把管兰亭伯伯所讲述的故事整理出来。可是，总觉得缺少一些真实的史料作为印证，因此，当我正好空闲的时候，便专门去了一趟旧金山，希望在赫赫有名的斯坦福大学的研究中心里，找到故事的最终答案。

可是，让我吃惊的是，没有，一切全没有，既没有"酋长行动"的蛛丝马迹，也没有"迷雾行动"的残影碎片。奇了怪了，难道这些故事是姑父凭空杜撰出来的历史幻影？还是他无事生非，故意来迷惑我们？甚至是老年痴呆，信口开河？

记得那年姑父在我家讲述这两次绝密行动时，董霜桥伯伯和我父亲全都在场，可是，他们两位老人家却一言不发，只是闭上眼睛，静静地坐在一旁，脸上毫无表情，当然，毫无表情就是一种表情，他们为什么要一直旁听？是没事吃饱了撑的？当然不是！他们都很忙，一直到去世的那一天，董伯伯还是 X 部的密码顾问。据说，在 80 年代，X 部最高级的密码系统都是他带领自己的博士生所设计出来的。父亲作为航空协会副会长，社会活动也很多，他们那么忙，居然会忙里偷闲，听老朋友讲一个无中生有的谍战故事？不可能！我敢断言，他们全是在忆旧，是在对自己一生进行总结，并力求在对往事的追忆之中，寻求某种精神压力的释放和解脱！没过几年，董伯伯和父亲也相继离世，知道历史真相的人越来越少了。

从旧金山回来以后，我更加执著地寻求答案，老婆说我快疯了，疯肯定是没疯，但肯定有些不那么对劲。在管兰亭的儿子那里，我得到他的支持，他取出几本发黄的笔记本，交到我的手中。

他抱歉地说道："家父生前把这些笔记本看成宝贝，一直锁在保险柜里，不让我们碰。只是在临去世前，才把笔记本交给我，说：'里面是历史！是文献！很重要……'可惜的是，我一直没看过，连翻也没时间翻。你既然感兴趣，就拿去吧。"

我怀揣着这些宝贝，急忙奔回家，翻开他笔记本的首页，那个日期，我回忆起，就是他讲完故事的那一天。

老人家写道："今天终于对小家伙讲完了龙山的全部故事！看来，那些往事不再是历史尘埃中的迷雾！还是那句老话：我说了，我就拯救了我的灵魂！"

看来，老先生是严肃的！在笔记本的最后一页，老先生写道："霜桥也有一些笔记，后人如有疑问，可向他去询问。"

我当然不会错过机会。但是，在董霜桥的女儿那里，我的运气没那么好，去了好几次，苦口婆心，口水全说干了，她还是无动于衷，就是不把老人家的日记取出来。

我唇干舌燥，只好使劲看着她，最后，我只能绝望地离开了。她还是一言不发，默默地望着我离去。

等我下了楼，上了轿车，准备离开时，一个人轻轻敲着我的车窗，一看，居然就是董家妹妹！

她把一本笔记本交给我，低声说道："对不起，小龙，我只能把他离休以后的那本日记给你，其他的日记不在我们家人手里，在 X 部的档案馆里，恐怕这个世界上，任何人都看不到了。"

我理解，非常理解，对于密码大王来说，这是工作日记的最佳归宿了。那天，我把车开得飞快，不断超速，急于赶回家中。

在董伯伯去世前一天的日记里，密码权威不无遗憾地写道："知道那两次绝密行动的人已经寥寥无几了，历史其实是很容易被遗忘的，迄今为止，人类究竟能保留下来多少真相？"

我不再怀疑管兰亭所讲述的故事了，我觉得应该把这两次秘密行动写下来，以供各位读者看看，读读，翻翻，想想。当然，读者千万别太当真了。有些故事就是故事，我们千万别当成历史去看。

历史是什么？是真实，是真相！可是，我们真的能够区分什么是历史，什么是故事吗？别把历史当故事，也别把故事当历史！还是曹雪芹先生看问题老到：假作真时真亦假，真真假假，假假真真。

老婆说话很有哲理："其实，有些时候，我们不妨把那些特别玄奇的事情深深埋在历史的尘埃之中，埋得越深越好！真的！挖出来干甚？自寻烦恼，至于吗？"

下面是我整理的管老爷子笔记本中的几页内容，让各位先睹为快。

1943年10月，时局维艰，实在是让人睡不着。其实，在战争年代里，谁个能睡得着？谁也睡不着！

　　最近几天，日军缅甸方面军航空兵司令官中野少将坐立不安，夜不能寐。他本来就是个颇有城府的人，心理素质极佳。戴一副金丝眼镜的中野，看起来很像一位大学教授，颇为儒雅，但是，转瞬之间，下属又会为他的一脸杀气而惊骇不已。

　　根据战后披露的消息，东京大本营对中野的评价是："出身于武士家族，熟悉空战、陆战和谍战，是极为罕见的三栖战将，实为皇军军魂！"

　　中野本人历来对暗杀行动不屑为之，可是，缅甸前线制空权的丧失却令他气急败坏。为了挽救败局，他只能不得已而为之，将最后希望放在"酋长行动"上。这一行动的军事目标很简单，就是暗杀中国战区参谋长史迪威将军！

　　可现在，他怎么能睡得着觉，吃得下饭？问题在哪里？原来，他呈报东京大本营的"酋长行动"绝密方案还迟迟没有得到批准。

　　远在千里之外的重庆，还有两个人也是彻夜未眠。一个是美军战略情报局重庆组组长洛克上校。他是特工高手，长得并不冷峻，仪表堂堂，温文尔雅，大有西方绅士的风度。在战时陪都重庆国际俱乐部酒吧里，人们总以为他是来山城做军火交易的大商人，没有人会想到，这样一个文质彬彬的君子居然会是一个心狠手辣的冷面杀手。

　　据说，美军战略情报局对他的考评是："洛克上校忠于职守，战功卓著，执行任务果断，疾恶如仇，富有创见，毫无疑问，他将会是战略情报局未来领导人的绝妙人选。"

　　上校刚刚接到情报局局长从华盛顿发来的密电："威廉上校

即将来渝,你将配合他执行'迷雾行动'。该行动密级为'超级绝密',具体行动计划由威廉上校携带。如在三个月内无法完成,该行动将自动终结!"

"超级绝密?"洛克上校是战略情报局元老,但是,他从来就没听说过所谓的"超级绝密"!显然,这是一项非同小可的秘密行动。他知道这一行动的分量,便立刻启程,前往印度汀江机场,准备迎接威廉上校的光临。

还有一个睡不着的人就是重庆军事委员会密电技术研究所第一处处长董霜桥博士。博士为人沉默寡言,甚至显得有些木讷,同仁称他为老实者有之,说他城府颇深者亦有之,即便是军统内部所作的忠诚调查报告也显示:"此人平素不谈政治,似无明显政见,在被要求加入国民党时,似有所犹豫,日后仍需加以关注。但在密码专业领域中,此人堪称泰斗。"

董博士其实是有政见的,但他的信仰究竟是什么?以后我们会知道的。这几天,博士接到一处所属部门诸多报告,缅甸日军指挥部与东京大本营的秘密通讯突然增多,从日军电讯部门发电人员的手法分析,既有日军特务机构南机关的老"朋友",也有日军缅甸航空兵中野指挥部的老"相识"。

博士立即向密电所文所长进行汇报:"将军,看来日军即将采取一项极为重要的军事行动,但是,令人感到蹊跷的是,这些密电全部更换了密码系统,不是我们所熟悉的'紫色'密码,而是采用了一次性的密码系统。在这种情况下,我们无法在短时间内进行破译。"

文所长是董博士哈佛大学的老同学,其在官场的周旋能力远远超过他在密码学领域中的才华,但是,他常对董博士说:"霜桥,你有孔明之才,我有刘备之心,国难当头,本将军自己不会打仗,就请一个懂行的人来领军,大家相得益彰!"

此时，文所长十分通情达理，很理解博士的为难之处："董兄，你别难受，这也是没办法的事！只要尽力了，就可以了！"

"可是，我们总不能束手无策吧！这是对我们智商的侮辱！"

文所长很豁达，作为将军，作为所长，他当然知道，如果董博士不能破译，那密电所就没人能破译了："别着急，尽力而为吧，千万别自责！"

董霜桥长叹一声，回答说："将军，话是这么说，可是我还是感到愧疚。我明明知道敌军在行动，在采取某项绝密行动，而且，这项行动肯定是由我们的老对手中野亲自指挥的，但是，我们只能袖手旁观，无所作为，奇耻大辱啊！"

文所长历来礼贤下士，亲自为他泡了一杯茶，端到他面前，笑着说道："博士，先喝下这杯茶，再慢慢分析。据你估计，这项行动会有哪些内容？"

董霜桥略加思索，随即说道："首先，虽然日军临时更换了密码系统，但是，原有的紫色密码系统仍在正常使用，这就表明，敌军并没有发现我们已经掌握了紫色密码系统。而此次的一次性密码系统只是为了一项特殊的绝密行动而采用的！这就表明，该项绝密行动关系重大，涉及最高层机密！"

文所长点点头："有道理！继续说。"

董霜桥喝了一口茶，然后分析道："既然是由中野指挥，那就是说，此项行动应该涉及空军！"

"对！"

"鉴于中野还兼管日军南机关，因此，这可能不仅仅是空军的作战行动，还可能涉及日军的绝密间谍行动！"

文所长很兴奋，激动地站了起来："据说，盟军即将在开罗举行重要会议，那么，此项行动很可能和此次会议有直接或间接关系！"

"完全符合逻辑！"

文所长马上下令道："虽然我们暂时无法破译敌军密码，但是，我们可以根据敌军通讯联系的广度与频率，作出相应判断，推测出敌军的行动范围和大致方向！"

董霜桥回答道："难度很大，但不妨一试！"

"你立即调动所内人员，加强对缅甸敌军与东京大本营之间的通讯联系的监测活动，每天报我一次！"

"是，将军！"

董博士本来就睡不着，接受任务以后，就更睡不着了。好在管兰亭听说他失眠之后，让龙山梅送来一些美国新进口的安眠药，依靠这些药物的作用，可怜的董博士每晚勉强能睡上两三个小时。

以上是我整理管兰亭姑父所写下来的内容。下面是我所写的故事。

有人睡不着，但总还有人能睡着吧？对，我们的男主人公管兰亭上校就睡得很好！他身材魁梧，高大英俊，很讨女士们的喜欢。人们总以为他来自燕赵之地，其实并不是。

空军司令部对他的审核意见是："管兰亭上校南人北性，昔为南苑航校之冠，后留学欧美，是空军中少见的'盲飞'（夜间航行中，可以不靠仪器进行驾驶的超人技术是为'盲飞'）天才，历来不涉及政治，只重飞行，一直拒绝参加国民党，此人可用，但不可重用。"

上校心理素质极佳，一生经历生死考验数不胜数，自诩为"阎王爷不敢要的人"。他在空中飞行时，经常把驾驶杆交给副驾驶，自己回到舱内去眯上半小时，即便飞机外面日军高射炮打得震天响，他依然酣睡如故。一旦回到基地，往往是他首先进入梦乡，让别的驾驶员嫉妒得咬牙切齿。

说得也是，我们的管上校该吃就吃，该睡就睡，凭什么睡不着？他是飞行员，从不去试图了解任何绝密行动的具体内容，也很少主动申请参与绝密行动。作为军人，不该问的，他绝不去问；不该说的，他也绝不去说。既然如此，他有什么好操心的？但是，即便如此，他也没有少遇到麻烦，虽然他不去惹麻烦，但麻烦还是常来惹他。那些莫名其妙的经历，还是留待下回分解。

对于管兰亭的老同学和老对手中野来说，这几天可谓"一春鱼雁无消息"，大本营没有回音的日子实在是太难过了。"酋长行动"早已万事俱备，只欠东风，可这东风何时才能吹来？现在，久久盼望的东风终于吹拂过来了！

助理佐佐木跑步冲进了他的办公室，送来了东京大本营情报部的密电，上气不接下气地说道："报告！"

中野一把夺过密电，电文只有十二个字："立即执行'酋长行动！'阅后焚毁！"

中野再看一遍，电文内容属实！他立即从佐佐木手中接过打火机，小心翼翼地把密电燃着，看到火中渐渐化为灰烬的电报，中野顿时如释重负，额手称庆。

他不爱笑，从童年时代开始，他就没有笑容。作为武士世家，中野家族的男人历来就不喜欢笑，道理很简单，笑不属于武士。但是现在，他很难得地笑了，笑得令他身边的助理佐佐木有些骇异。中野看了助理一眼，友好地拍着他的肩膀，笑着说："佐佐木上尉，执行'酋长行动'的时刻终于到来了！"

佐佐木原先是爱笑的，不过，在中野身边干了好几年，挨了几次耳光以后，他终于意识到，中野很不喜欢爱笑的下属。他是个聪明人，是个很有领悟力的军官，于是，他选择了一个很明智的做法，只要在中野身边工作，他就把笑容永远抛弃。

现在，佐佐木已经不会笑了，他的面部肌肉怎么也不能构成一个愉快的笑容。但是，既然中野笑了，他就不能不报之以笑容，于是，佐佐木也拼凑成一个似笑非笑的表情，很难看，当然不好看，尽管皮在笑，肉却没有笑。

今天中野委实高兴，掌握国家最高机密的人物怎能不高兴？要知道，日军"酋长行动"的密级为"最高机密"。在这个世界上，除了东京日军大本营情报部的几个负责人之外，即便是日军驻缅甸部队最高统帅坂田司令官也无权过问，只有自己，大日本皇军驻仰光陆军航空兵司令官中野武夫将军，独自一人指挥这一绝密行动。

佐佐木有些讨好地说道："将军，是您本人亲自策划了这一次行动，为了这一秘密行动，长官确实是呕心沥血，煞费苦心，现在已经是收获的时刻了！"

中野历来讨厌拍马的下属，不过，今天可是例外。他回答说："是的，对于此次行动，我是下了一些工夫的。"

"将军，您在中国生活了很多年，是我们军中罕见的中国通，您使我们了解到支那成语'擒贼先擒王'的深刻含义，此次行动势必成为陆军航空兵作战的经典案例！"

中野不笑了，他知道，秘密行动只要开始，就不再好笑，最高机密的行动就更不会令人愉快。其实，他早就感受到此次行动的巨大压力，只是为了舒缓压力，他才难得地笑了。

"你知道，此次'酋长行动'的进攻目标是谁吗？"

佐佐木作为此次行动方案的具体策划者之一，当然了解行动的目标，不过，他为人很知分寸，该讲就讲，不该讲，就闭上自己的嘴。他没有说话，只是谦逊地低下头来。中野其实并不需要他回答，只是自言自语："目标就是人称'乔大叔'的史迪威老将军。当然，此次行动的另一个附带目标就是管兰亭。听说过这个名字吗?"

"非常抱歉,本人孤陋寡闻,不曾听说过。"

"上尉,这可是个人物。他是敌方中美联合空军部队的王牌驾驶员,根据'樱花'所提供的情报,管兰亭和美军乔治同是史迪威将军的专机驾驶员,如果我们在此次行动中能干掉老将军,那么,管兰亭其人也就逃脱不了死亡的命运。"

佐佐木委实佩服,他真的是由衷地佩服,将军简直是无所不知,难怪能成为将军。

"你知道,管兰亭和我是老同学,也曾经是老朋友,当年在北平南苑航校时,我们两人好得能穿一条裤子,不过,后来支那战争爆发了,我们两人分手了,也就是分道扬镳了,最终成为不共戴天的仇敌。战争嘛,就是能改变人们的命运,当然也会改变我们之间的关系。"

远在千里之外的战时陪都重庆,此时没人知道"酋长行动"!就连赫赫有名的中国战区参谋长史迪威将军也不知道"酋长行动"的细节。王牌飞行员管兰亭上校此时还没听说过有关"酋长行动"的只言片语,晚上依然睡得很香,香得直打呼噜,吵得龙山梅女士再次失眠。

战略情报局的洛克上校当然也不知道"酋长行动"即将开始,他也被蒙在鼓里,只是一直在关心自己即将执行的超级绝密"迷雾行动"。

连日失眠的哈佛大学密码博士董霜桥却开始对此次日军的秘密行动有所觉察。根据特别小组的连日监测,密电所一处突然发现,与缅甸日军进行秘密联络的日本间谍秘密电台突然增多,甚至有一些沉寂多年、没有任何活动的秘密电台也开始浮出水面。密电往来过于频繁,种种迹象表明,敌军将会采取一次超大规模的秘密行动。可是,此次行动的目标是什么?

根据一处所提出的初步分析报告，密电所立刻向盟军各相关机构发出敌情报告："根据可靠情报来源，缅甸日军方面军，尤其是日军航空兵部队，即将和敌军潜伏间谍系统联合采取一项秘密军事行动，但是，这一行动的具体军事目标尚不清楚，本所将继续保持联系，进行情况通报，供各机构参考。"

按照战争期间美国战略情报局与中方所达成的情报交换协议，洛克上校也得到了这一情况通报。他只是看了一下，随意说道："狗屎官样文章！"

他随即把文件放进档案柜里，但是，再仔细一想，觉得里面可能还有文章，便再次取出来，认真看了几遍。他知道，开罗会议即将召开，各方当然会有所动作。战略情报局会干些事情，日军自然也不会漠然置之。但是，日军的秘密行动和战略情报局的"迷雾行动"会有关系吗？也许有，也许没有！

凭借情报部门老手的直觉，他知道，宁可信其有，不可信其无。洛克上校立即下令在重庆、昆明、印度的所有情报人员立刻停止休假，夜以继日，采取一切措施，对所在地区和部门的一切可疑人物和可疑现象进行侦查。

有道是"山雨欲来风满楼"！日军"酋长行动"即将开始，太平洋战争期间一次大规模的军事行动和间谍行动就在各方密切关注下，逐步升级。日军潜伏间谍们开始忙碌起来，按照南机关总部密令，闻风而动，秘密电台开始夜以继日地发送绝密电文。

盟军间谍部门更是紧张得不行，他们知道，在开罗会议前夕，绝不能允许日军间谍获得任何值得夸耀的成果，尽管他们并不了解敌军的具体行动目标！

何谓秘密战？这就是秘密战！如果在这一秘密战场里，敌方是在明处，我方则在暗处；可是，要是在另一秘密战场里，位置可能就交换了，敌方若在暗处，我方就在明处！但是，有一点是相同的，敌我双方都是若明若暗，有所知，有所不知，全凭职业嗅觉和庞大的机构力量，明刀暗箭，生死较量，不是你死，就是我亡，要进行一场殊死搏斗！

第一章

初出茅庐

在引子里，本书中几位主人公已经陆续出场。我应该介绍一下他们各自的背景情况。先说谁呢？就从能睡能吃，放言自己是"君子坦荡荡"的管兰亭上校说起。管上校是个飞行员，说到中国早期的飞行员，我们就不能不讲讲管兰亭。管兰亭是个人物，但绝不是名垂青史的大人物。不过，小人物也有可能通过另一种方式被历史记住。坦率而言，在20世纪的中国航空界，要是提起他的大名，委实是无人不知，谁个不晓？

管兰亭是云南龙山人，龙山也是我的老家，那可是个遥远的地方，这个地方山很清，林很密，风景出奇美丽。大凡美丽的地方常出奇人，道理很简单，地灵必出人杰。当北京城里正闹义和团的时候，管兰亭的父母结婚了，四年以后，管少爷出生，来到我们这个可爱的世界。等他到了该读书的时候，运气很好，宣统皇上退位了，大清王朝垮台了。

清末民初，中国天翻地覆，尽管历史老人的脚步始终坚定不移，朝前走去，但是，对于龙山当地的社会名流，诸如《龙山新报》的社长管老夫子、龙山新式学堂的董老校长、龙山商会会长龙大老板等人来说，他们实在无法想象，大清这个庞大的王朝怎么会说没就没了？

这几个人在龙山可是跺地当当响的大人物，可在中国的大舞台上，自然也只是些小小人物，其实，在历史老人面前，谁又不是小人物呢？小人物自然很难参透历史老人的脚步朝哪里走，这些老先生当然也不例外。

大清龙旗早就从龙山县城的城门楼上降下来，不再高高飘扬了，北京城里的北洋政府走马灯似的换，高官显贵忙着争权夺利，在这乱哄哄的年头里，百业凋零，很不景气。这种混乱局面不久就波及遥远的边陲地区，龙山的生意也开始不好做了。老先生们眼睁睁地看着百业萧条，事业走下坡路，县城商家陆续关闭，或是被迫换成小本生意，这也怪不着他们，大家伙儿也得吃饭啊。就连商场高手龙老先生家里也逐渐门庭冷落，寂寞清寒，不得不对店里的帮手们进行裁减，即便是龙夫人也在家里开始做些家务活了。

《龙山新报》的发行量逐日下降，读报的人越来越少，管社长看着卖不出去的旧报只能唉声叹气。管兰亭公子进入龙山县第一所新式学堂念书，使用的是赫赫有名的商务印书馆的新式教材。等他念完小学教材的时候，学堂里学生也日渐稀少，看到学堂入不敷出，捉襟见肘，董校长也只能百感交集，心中很是郁闷。

人间不断改朝换代，江山易帜频繁，后来，就连袁大总统也去世了，很快就到了20世纪20年代初期，天下局势真有点风云变幻的味道。管、董、龙三家有识之士终于知道时代不同了，后辈子弟看来是和举人、进士再也无缘，他们得换个法子去活。于是，那些龙山城里的社会贤达在龙山茶馆喝了三天茶，最终作出一个顺应历史潮流的决定：三家各出一名年轻人，出县进京，去闯天下，最好是能出国，到海外去经风雨，见世面，至少也要出去镀镀金。

于是我们书中各位主人公便登台出场了：管社长的公子管兰亭、董校长的少爷董霜桥，此外还有龙家大千金龙山竹。两位少爷和一位千金被叫到龙山茶馆里。当时，茶馆里气氛凝重，几位重量级元老已经依稀看到中国未来的走势，在这历史大变动时期，他们必须有所作为，因此，必须决定这三位少壮派的未来命运。

管兰亭、董霜桥、龙山竹三人故作战战兢兢状，低首跪在元老们面前。龙会长是县城首富，有钱人说话当然底气足。

会长俯视着他们，用浑厚的龙山口音，颇为威严地说："兰亭、霜桥、山竹，你们都不小了，长大了，该出去干点正事儿了，家里的事情自有族中父老照应，你们要出去打天下，混不出个人样，也就不用回来了。如今天下群雄逐鹿，我找人占了一卦，王气将来在北京，你们三人一起北上，先学英文，而后出洋留学，再回来做官。"

年轻人哪里敢吭声？只是默默听着，尽管他们三人后来均成为一代精英，可在当时，在父辈们的威严面前，却是大气不敢喘一下。

"听到没得？"龙会长追问道。

"听到了。"三人慌忙回答。

龙会长尽管是个商人，却是个见过大世面的儒商。20世纪初，他也曾带着儿子龙山石同去东洋留学，在当年也是极有轰动效应的大事。在那里，他读了几年商科，很有些现代商业意识。回国后，对女儿龙山竹的教育很是开放，让她去董老夫子的学堂念书，成为龙山第一个女学生。

龙山竹出身名门，长得俊秀，一双大眼睛真个能迷死人！但她知书达理，平时就爱看《上海女报》，对鉴湖女侠等女中豪杰崇拜得五体投地，闺房里墙上挂着的篆书条幅就是自己手书"红颜不让须眉"这一气壮山河的座右铭。龙会长娇惯她，把她当作儿子抚养，也造就了她的女侠脾气。

管家掌门人管社长是县城媒体的杰出代表，在当地文化界德高望重。他深深地吸了一口水烟，俄顷，将目光凝视在茶馆正中间的上方，那里有董老校长用颜体书写的对联。

社长厉声说道："看看这副对联！左联为：宁静致远，右联为：淡泊明志，意味深长啊！你们三人整天闹着要去京城，长安米贵，就么容易呆下去？缺的就是宁静，就是淡泊！不能淡泊，何以明志？无法宁静，焉能致远？"

话音未落，他将淡淡的青烟徐徐吐出，吐得很艺术，很讲究。

县城第三号有影响的人物当然是董校长，也就是董霜桥之父。他也不简单，在省城中过举，常以"董解元"自居。尽管他没有接受过新派教育，但是，举人就是举人，脑子特好使，出于对变化世界的好奇，也十分关注这个古老国家所出现的新鲜事物。

此时，董校长说话了："北京的龙家大哥龙山石写信回来，说是那里的清华学堂要招收留洋学生，将来送去美利坚，前程很是远大。"

他随手拿起一份新寄来的《北洋画报》："看看，这就是北京西郊的清华学堂，多洋派！"

管社长尽管学问渊博，但也没见过清华学堂是个啥样子，不过，他还是很威严地斜了一眼。

董校长干咳了几下，接着说道："我可以给你们写几封推荐信，给那些在京城做官的龙山大佬们，他们全是我的门生，我这老面子，他们不能不给，应该是颇为管用的。现在这个世道，没有人脉断然干不了什么大事情！"

龙老板当然同意："所言极是！还是董老夫子面子大，桃李满天下，你的门生不能不帮他们！"

"对极！""正是！"

在座众人七嘴八舌，称颂董老先生在教育事业中的伟大贡献和战略眼光，董老自然很受用，老年人嘛，不就是爱听几句奉承话？

"当然，你们自己还是要争气，不忘一个'进'字，人生如中流击水，不进则退。"

教育家就是教育家，委实语重心长。

"你们要牢牢记住，董老夫子的嘱咐够你们一生受益。"

最后做总结发言的自然是商会龙会长，也就是龙山竹的父亲。龙老是当地最有势力的大人物。有一座大宅院，一个在京城做官的公子和三个千金，还有十几个佣人，这种气派别说是在县城里，就在省城也是算得上的大户人家。龙会长平时话很少，但只要说出来，那就是一言九鼎，他知道，慎言者自威，于是，只在结尾时，做个总结发言。

"你们要走了，路上要用不少钱，俗话说，穷家富路，各家先凑一凑，不够的话，到我家账房里支取。"

管社长和董校长很感动，真金白银掏出来，那是什么气派？大人物的气派！

管老先生和董老夫子再三叮嘱兰亭、霜桥道："你们可不能辜负龙老先生的殷切期望，要照顾好山竹妹妹！"

两人点头称是。但是，龙山竹却很不以为然："谢谢两位伯父的好意！只是我自己能照顾好自己，就不劳两位哥哥操心了！"

龙会长不高兴："小孩子，什么话？就会瞎狂！"

龙山竹也不争辩，只是笑了笑。龙山城里这一次具有伟大历史意义的"高峰会议"终于结束了。此次"龙山茶馆"会议决定了三个年轻人的一生，改变了他们的命运。在这以后，他们将远走天涯，时代巨浪将把他们推向不可预见的未来。从此，中国航空界将会增加一名王牌飞行员；华夏早期的密码领域会有一名天才出任领军人物；而在文化界一名才华横溢的女诗人即将横空出世！

几天以后，管兰亭、董霜桥和女扮男装的龙山竹结伴而行，告别父母，离开龙山。老人们尽管表面严肃，心里头总有些恋恋不舍，倒是三个初出茅庐的年轻人就像出笼小鸟，欢欣雀跃，压抑不住地开心。一个崭新的世界就在前面，他们能不高兴嘛！

三人先到省城昆明，而后转道，经湖南、湖北，在汉口稍作停留，便乘京汉线火车北上，直赴北京。一路上大开眼界，新生事物很是见了一些，汽车、火车、木船、轮船，全坐过了，一个月后，方辗转来到京城。

时值初夏，古都业已花红叶绿，尽管没有南国那种温情柔意，却透出满城肃穆和庄严，毕竟是首善之区，那种天下第一的王气则是南国的青山绿水所无法比拟的。老先生们要他们进京找的第一个人就是龙山竹的哥哥龙山石。

说到这里，笔者得补充说几句。龙会长是龙山石的父亲，而龙山石则是我爹，因此，龙老会长就是我爷爷。不过，余生也晚，那时候还没出世，还不知道这世界到底是什么样子。

爸爸后来说起："当年管老先生中举以后，也曾到京都赶考，尽管他满腹经纶，无奈运气不好，在考场应试时，不是发烧，就是拉肚子，他自嘲是患了怯考症，其实是考前用功过度，休息不好，结果自然是名落孙山，只好在琉璃厂、隆福寺的一些古书店里选购一些古籍，带回老家苦读，随即结婚生子，慢慢的也就失去了再参加科举考试的勇气。"

我插嘴说："爸爸，照说龙山人在京城当官的还真不少，管老先生和董老夫子昔日门生在都城得意的也不乏其人，为什么要他们来找您？"

爸爸颇为得意："其实，原因很简单，管老先生和董老夫子最为赏识的，还是你老爸。"

根据老一辈先贤的回忆，当年我老爸龙山石确实算得上是北京城里的一个人物。他原为保定军校毕业生，后去日本士官学校学习军事指挥学，从军校毕业后回国，先是在陆军部挂了个上校头衔，那本来就是个抽烟、喝茶的闲差事，不过，老爸不甘寂寞，没事就舞文弄墨，写点文章，在报纸上发表，赚点外快。当年，他曾在《申报》上发表了一篇《中国历史上对外通道初探》的论文，对中华民族在古代开拓、发展对外通道的历史进行了战略研究。论文发表以后，一时洛阳纸贵，引起各界人士极大关注。

管兰亭、董霜桥和龙山竹在进京途中看到龙大哥这篇文章，阅读再三，掩卷沉思，然后互相切磋，对龙家大哥很是佩服。

董霜桥拍案叫绝："何谓大家？这就是大家！"

管兰亭说："时下西洋研究方法刚介绍到华夏不久，龙表哥高瞻远瞩，全无书生之见，总结了历史，站在全球地缘战略高度上，看到未来发展趋势，提出许多有关发展航空通道的精辟设想，实在不易！"

山竹说："据说梁启超先生早先在日本时，就很赏识大哥的才华。最近，在讨论南苑航校校长人选时，就推荐他出任航校代理校长，陆军部长极欲延揽大哥为其左右，知他清高，便上门拜访，请他出山。大哥本不想当校长，可是架不住京中大佬们的力劝，抹不开面子，只好勉强答应就职。"

管兰亭接着说道："只不过龙家表哥还是聪明，为自己留下退路，同陆军部长达成协议：如果干得不好，仍回陆军部做事。

部长大人没辙，只好同意，看中的就是他的人品。"

进入京城地面，管兰亭一行先去哈德门"盛隆"客栈找到住处，龙山竹自是一人独住，霜桥和兰亭为着热闹合住一间，安排停当以后，用过晚餐，三个外乡人便向东城走去，沿路的马车、驴车、人力车，还有那骆驼队和偶尔驶过的轿车，都使他们感到新鲜。北国确实另有一番风情，其中底蕴颇值得玩味。

朝北走了约莫半个时辰，过了东单牌楼，走几步便是东单二条，他们拐进去，就到了九号龙宅。这是一座刚装修过的小四合院，青砖红门，典型的北方建筑。管兰亭轻叩几下，看门的老龙头应声而出。他原本就是龙家的拐弯远亲，早先在老家也曾照过面，见是龙家大小姐和两位乡亲，自是十分亲切，问东问西，说了几句话，就进去通报。

龙校长知是大妹和表弟等三人来了，便迎出来，很是热情，一身中山装，全无做官傲气，还是保留了几分文人风度。龙大哥引着他们走进客厅，房内布置毫不奢华，讲究的只是一个"雅"字，全套红木家具，墙上几幅明清名人字画，古色古香，极为得体。

管兰亭将老家带来的一些土产送上，无非是茶叶、山货等："表哥，这是家父要我带来的一些薄礼，实在不成敬意。"

大嫂也从隔壁厢房过来，虚虚地问好，见桌上土产，脸色不甚好看："山竹，小弟，都是自家人，何必客气？这些东西我们也不吃，你们还是带回去吧。"

大哥倒会做人，忙说道："你这是什么话？千里送鹅毛，礼轻情谊重嘛！你不爱吃，我在梦里还想过多回呢！"

老龙头把茶沏上，便知趣地退下。

"大哥，龙山老家人说起您很是荣耀！"龙山竹笑着说道。

校长也有自个儿的苦衷："长安米贵，居之不易。我本来敬佩大清左中堂，原想施展抱负，达则兼济天下。但是，京城水深，北洋官场复杂，陆军部更是权贵必争之地，各个派系斗得死去活来，我只好穷则独善其身了，一门心思做学问，谁料梁任公不放过我，硬推举我去当航校代理校长，出来做官，那也就只好赶鸭子上架了。"

山竹、兰亭和霜桥正年轻，从未见过世面，哪里想得到京城里面还有这许多文章。

大嫂却不以为然："瞧你说的那么凄惨，留学辛苦多年，还不是图个风光？当校长有什么不好？总比当个穷教授强！你有实权，我在娘家说话的嗓门都可以大些。"

龙大哥却不以为然，真诚地说道："我看，您的嗓门还是小点好。这官场上走马灯似的，你方唱罢我登场，说不定哪天我下台了，看你在娘家如何风光！"

管兰亭假装没听见，便恭恭敬敬地叩问道："大哥，家父曾修书一封给您，谈及我、霜桥和山竹进清华读书一事，不知您以为如何？"

校长太太忙问道："老家人就是事儿多，这次又要你干吗？"

龙大哥回道："管老夫子希望表弟、霜桥和山竹妹妹出国深造。"

听说只是读书，不是要钱，大嫂马上松了一口气。各位肯定要问，既然龙校长是我老爸，那这位大嫂肯定就是我老妈了。错！她老人家是我老爸的第一位夫人，我们叫她大妈，后来她得肺结核去世以后，爸爸才和我母亲结婚，那是后话，且不去说它。

龙校长长叹一口气："时下政局动荡，南北军阀连年混战，这种局面委实错综复杂，有时甚至颇为滑稽。"

霜桥此时问道："大哥，京城新鲜事儿真多，我方才见到天上有一架飞机，很是好玩。"

校长答道："那就是北洋空军的飞机。"

兰亭恭敬地问道："小弟无知，不知北洋航空始于何年？"

龙山石答道："约为1913年。这年春天，袁世凯大总统采纳了法国军事顾问的建议，决定创立南苑航空学校，为空军培养人才。学校从那年春天开始筹备，同年夏末，校舍竣工，飞机装好，也算初具规模。航空学校位于北京城南南苑，此处原为前清皇室苑林，地势平坦，场地空旷。航校利用陆军操场作为飞行练习场地，到目前为止，已陆续建起教室、宿舍、办公室、修理厂、停机棚等。"

龙山竹听得津津有味："大哥，真不容易！"

龙大哥继续说道："其中还有文章！北洋政府为了抓住航空大权，后来成立航空事务处，就在北京游坛寺办公。去年，南苑航空学校划归航空事务处管理。可是，时局动荡，航校受此影响，内部一片紊乱。外籍教官经常不到学校，学员们对洋教官敢怒而不敢言。不过，说来有趣的是，航校今年购买飞机的经费还是愚兄找关系，走门子，托人拨发的。"

大嫂不满地说道："别人是能捞则捞，你们大哥却楞是把航校送到家里来的红包全部退回去了。"

校长大笑："你这是妇人之见！君子爱财，取之有道。华夏空军方才起步，经费短缺，我等再捞一把，空军还办不办了？"

大嫂嗔道："你不要，还不是让他们给贪了。"

"此等不义之财，不要也罢。"

"飞机是哪国的？"管兰亭问道。

大哥说："教练飞机是从法国购回的'高得隆式'机，是由法国军事顾问介绍代购的，价格昂贵，当中肥了不知几人。"

"就你死要面子，人家肥得流油，你可是瘦得要命。"表嫂又是抱怨个不停。

龙大哥毕竟是留过东洋的人，说起飞机来，也是劲头十足："这种飞机是第一次世界大战前设计制造的老式飞机，结构简单，速度缓慢。航校说是有飞机十几架，其实能上天的也就只有七八架，其他几架则是摆摆样子，糊弄上司和外界人士的。修理飞机的器材，也不得不从法国买回，耗资巨大，其中经过层层盘剥，实在是可叹也夫！"

对于航校内部典故，龙大哥说起来如数家珍，管兰亭他们则是听得津津有味。

龙大哥见老家年轻人爱听，便又继续说下去："航校一期学员是1914年秋天毕业的，都是一代英才，可惜国家贫穷，弱国无空军！说来可悲的是，当时国内所谓的空军倒还真是'空'军，压根儿就没飞机，也没有真正的航空指挥机构，你叫那些倒霉的毕业生去哪里？分配不出去，毕业即失业，五尺男儿只好留在航校待业。当二期学员入校时，两期学员同时在校，所幸的是，他们两期学员毕业以后，各地军阀陆续筹办空军，也就慢慢把他们给分出去了。"

龙山竹感叹地说："这南苑航校还真是华夏第一航校，将来青史上少不得要书上几笔的。"

管兰亭和董霜桥越听越入迷，他们迫切希望自己能得到这样一个富有挑战的机会："表哥，如何才能入学呢？"

"好事多磨！别着急，按照常规，学员入学，首先要有保送机关或部队，按照航校规定的入学资格进行选拔保送。你们要是真想读，我去想想办法，由陆军部出面，想来部长不会不给面子。"

山竹知道自己是个女的，不可能成为飞行员，但很关心两位老乡的命运："那么，兰亭哥和霜桥哥马上就能进入航校了？"

山石一笑:"也没那么简单!等你们过了报名这一关,还要进行体格检查,体检合格后,才有资格参加英语、数学等科考试,学科考试及格者,才能取得入学资格。"

"这岂不是比考进士还难吗?"山竹惊讶不已。

"那可不是。眼下航空是国人关注热点,航校学员待遇优厚,每月发薪水,另有伙食、医药和生活津贴,而且几年才招一批,报考人数又众多,学校录取标准便相当严格。你们就耐心等消息吧。"

霜桥着急,忙问道:"要等多久?"

"我去活动活动,前后总要十天半个月吧。"

晚餐后,几位年轻人离开龙大哥家,兴奋异常,他们真心期望自己能够跻身于中国航空界。回到旅馆以后,大家意犹未尽,龙山竹吵着要去吃东来顺的涮羊肉。

管兰亭便说:"没问题,我请客!"

说完,他就带他们两人到东安市场东来顺去吃涮羊肉,三人涮着塞外运来的嫩羊肉,喝着北京二锅头,指点江山,畅想未来,杯盏往来,你劝我敬,吃得痛快,聊得开心,真个是酒酣耳热。

几天以后,管兰亭和董霜桥便收到龙表哥来函,信中云及:"管、董二位贤弟如晤:推荐诸事均已办妥,望弟等准备学科考试,并按学校通知,进行体检,有暇务必来舍间一叙。兄山石顿首。"

管兰亭和董霜桥闻讯大喜,把信展读再三,看来,他们的梦想有望实现。说来幸运的是,管兰亭顺利通过体检,在学科考试方面,他本来就是龙山学堂高材生,英文、数学均以高分通过,终于获得入学通知书。出人意料的是,董霜桥在体检时发现有高血压,惨遭淘汰,龙校长、管兰亭和龙山竹竭力安慰情绪低落的董霜桥。

山石说:"你不要着急,救国有的是路,条条大路通罗马。令尊来信说,希望能送你去清华学堂读书,然后出国深造。"

管兰亭也劝他道:"不当飞行员也罢,干脆出国拿博士。"

山竹说:"塞翁失马,未必不是好事。"

董霜桥一想也是:"诚哉斯言!"

龙校长说:"那你就快准备一下功课,我再和清华校长说说看,要他关照一下。"

山竹不高兴了:"还有我呢?大哥偏心,重男轻女,就不管我的事了?"

说着说着,她的眼泪快掉下来了。龙大哥笑着说:"你是当代女侠,谁敢不帮你?我已经向北大蔡校长推荐你了。"

山竹立马阴转晴:"蔡校长如何说?"

"他说,你可以先到北沙滩校本部英语系去旁听,等到时机成熟,就可转为正式学生了!"

山竹很得意:"哼,中原逐鹿,试看将来谁笑得最好!"

兰亭捧她道:"肯定是山竹妹妹笑得最好!"

霜桥也聪明:"而且是笑到最后!"

一直到多年以后,人们才知道,山竹真的笑得最为灿烂,最为辉煌,不过,那却是她迎接死神时的神情。让他们抱憾终身的是,美丽的龙山竹并没有笑到最后,她是他们三人中走得最早的。

父亲后来告诉我说:红颜薄命,大抵如斯!望着我家墙上挂着的那幅业已发黄的老照片,照片中那位如花似玉的山竹姑妈,每次都会倍感凄凉,凄凉得想哭。

不久,恰逢清华开始招生,董霜桥本来功课就很好,遂以高分考取,顺利进校学习。从那以后,每逢节假日,管兰亭和董霜桥分别从南苑航校和海淀的清华赶到东单，山竹也从北沙滩走过来，在大哥家改善生活，大家全来热闹热闹。大嫂见他们学业渐有长进，有时还吩咐厨师加几个菜，给他们增加营养。不久，龙山竹也转为北京大学正式学生，佳音频传，各人皆有进展，大哥也很高兴。

对于年轻人来说，到了青春期，对异性产生好感很自然。龙山竹美丽又活泼，管兰亭和董双桥先是以哥哥的身份呵护着她，常以护花使者为己任，可是，日久天长，那种朦胧感情便油然而生，不过，毕竟太熟了，反而没法向她表露自己的情感。

山竹何等聪明！恰逢"五四"过后不久，女权解放的思想在北大很是盛行，她明明知道两位老乡的好感，却绝不点破。要是和兰亭好，霜桥怎么办？如果答应霜桥了，又将置兰亭于何地？当妹妹多好，多自在，何必自寻烦恼？

在20年代的北京，别看南苑航校设备简陋，但是，对于航校感兴趣的，还真是大有人在。

日军驻华北特务机关长大岛从《京华日报》上看到南苑航校扩招的消息以后，立即把刚来报到的东京士官学校应届毕业生中野武夫叫到办公室。

大岛一贯专横跋扈，此时却平易近人："中野君，我和士官学校的老同学很赞赏你在军校的表现，你是全校之冠，各科成绩名列榜首，而且，令我感动的是，你放弃了进陆军大学深造的机会，坚决要求到支那来服役。"

中野站得笔直，回答道："是，长官！军校成绩并不能说明一切，只有在支那取得战功，那才能算得上是一名真正的皇军军官！"

大岛对中野的回答很是满意："吆西，你是真正的皇军军官，我很满意。你知道今天我为什么召你来吗？"

"请长官训示！"

"华北特高课将要交给你一个绝密任务。"

"哈依！"

中野出身于武士世家，祖先的好战基因在他身上表现很明显，他对绝密军事任务感到兴奋，甚至亢奋，毕竟他是军人，是一个渴望建立战功的年轻军人。

大岛走到办公室大墙旁边，指着一些中国空军的机场照片说道："你看，支那北洋政府正在组建自己的空军，尽管目前还不成气候，但是，如果任其发展下去，将会对我们皇军的制空权构成某种未来的威胁。作为军人，我们必须把支那空军的任何行动掐死在摇篮之中。"

"是，长官，我非常理解！"

"为了把东亚制空权牢牢掌握在皇军手中，我们必须掌握支那空军的所有动态。为此，参谋本部批准了华北特高课的计划，派遣你化装为支那学生，进入南苑航校，随时了解航校内部的发展动向。"

"请长官放心，中野将竭尽全力，完成任务！"

大岛表示满意，随即说道："至于你的支那身份和相应手续，特高课将会作出安排。你的任务就是做好一切准备！"

"哈依！"

董霜桥进入清华学堂以后，成绩优秀，不久便启程远赴美国哈佛大学数学系密码专业攻读博士学位。管兰亭和龙山竹陪他从前门上车，然后一直送他到天津上船。

兰亭眼圈红了："送君千里，终有一别，你在异国，还得多多保重。"

山竹抹去眼中的泪珠，强打笑容："霜桥哥，你远在海外，我们就不能陪伴你了，不过，还是那句老话：海内存知己，天涯若比邻！有空常来信，即便是只言片语，我们也知足了。"

霜桥回答道："黯然魂销者，唯别而已矣！好在我学成就会回国，大家还会重聚的！"

汽笛长鸣，海轮起锚，等轮船驶远后，山竹不无感慨："孤帆远影，唯见万顷波涛。"

兰亭开玩笑道："斯人已去，只留断肠佳人！"

山竹破涕为笑："去你的，就你坏！"

多年以后，董霜桥大师对我说："至今我依然记得，在哈佛大学的第一堂课上，世界密码泰斗劳伦斯教授就在讲台上俯视着二十位门生，用低沉而富有磁性的东部口音说道：'密码是什么？人们一直把它过分神秘化了，其实，说到底，密码只不过是情报的一种小小手段而已。情报是什么？其实也只是一种知识而已，在这种意义上，密码也不过是某种略微怪异的知识而已。这种知识可以通过许多途径传递，而无线电则是各国情报部门经常使用的一种方式。在某种程度上，我们可以说，无线电情报破译部队是各国海陆空三军以外的第四军种！信号情报，也就是无线电破译所得到的情报，对于战争进程将会起到不可估量的影响，这种影响的深远意义，怎么评价也不会过分！'"

石破天惊！泰斗的话就是精辟！董霜桥顿时觉得眼前一亮，豁然开朗，被教授的阔论所折服。

他询问道："教授，作为密码学专业的研究人员和军队中的密码情报人员有什么区别？"

教授略加思索，随即回答道："你叫什么名字？霜桥？很有诗意的名字！记得你们中国古代有一句名诗，说的是：人迹板桥霜，多有意境啊！你的名字就是从古诗里来的？"

"是的，家父很喜欢那首诗，就作为我的名字了。"

"你提出了一个很有趣的问题。我以为，对于情报学的研究应该学术化，在情报研究过程中，必须拨开世俗迷雾，消除神秘化，恢复其本来面目，这就是我们密码学专家的使命。我以为，密码其实就是朦胧诗歌，是你们中国人的泼墨画，大写意。我们密码学专家是学院派人物，我们并不涉及某一具体的密码破译，我们的任务是找出密码的内在规律，力求把这种奇妙诗歌的必然逻辑给揭示出来。但是，军队中密码情报人员则是试图运用这些密码规律，去把密码中那些具体的内涵和真实的含义，逐一展示出来，这应该是一种解读的乐趣，是一种破译的快感，就像是那种下棋博弈过程中的惬意。"

"那么，军队中的密码情报人员需要什么条件？"

"需要很多条件。比如说，对于密码破译人员来说，耳朵就很重要，首先要监听敌军无线电信号，从中识别真正的重要信号，并把那些无关紧要的信号摒弃出去。那可是一个大海捞针的过程，很难，是不是？"

学生们屏住呼吸，聆听教授讲演。就这样，董霜桥在劳伦斯教授的带领下，逐渐步入神秘的密码殿堂。其实，就董伯伯本人的意愿来说，他更喜欢哲学。他觉得，哲学意境是世界上所有学问里最为深邃的，可说是奇妙无穷。密码专家与哲学家应该是两个完全不同行当的人，未来的国际密码权威董霜桥曾经有一段时间不喜欢别人称他为密码专家。

董伯伯继续对我说："历史老人就是喜欢捉弄人，把我这个迷恋哲学的人给送进了密码行业，把这两个毫无关联的领域给搅合在一起，使得我的命运被彻底颠倒过来。那我怎么办？放弃哲学？NO！我就尝试把古典哲学、历史科学引入密码学领域中去，用经典哲学的力量去冲击传统的密码规则。成功了吗？也许是成功了！"

到底成功没有？他没有细说，也不能细说，他的许多研究成果将永远被湮没在历史的尘埃之中，永远，永远……

董霜桥从 X 部密码中心离休后，一直喜欢怀旧。

他说："我知道，怀旧是一种衰老的表现，但是，没办法，年轻时一直在奋斗，哪有时间去回忆？你知道，我们龙山那个地方远离京城，十分偏僻，但是依然山清水秀。记得我家就在龙江江边，从我来到人世那一天起，我的耳边就有江水拍岸的波涛声在回响。儿时我爱在怪石嶙峋的江堤上，看着龙江波涛汹涌，直奔崇山峻岭深处，一派茫茫大水，从龙山山谷里的乱石之中奔腾而出。山水壮观，威武雄壮，使我感悟到宇宙间的博大精深。江水与大山之间不可言喻的激越，蕴涵着震撼灵魂的伟力，正是这种奇妙的感觉，使得我竭力想探寻宇宙奥妙，试图找到世界内在玄秘。一直到后来，我慢慢长大了，开始进入书堆里面的知识世界，我才逐步认识到，自己所要寻找的那些奥妙和玄秘，不是别的，就是能够解释世界的科学，也就是哲学。年复一年，时间老人带着我们向着无法预测的未来走去。与此同时，我一直在神秘的密码学专业领域中，无奈地苦行着，离开哲学世界渐行渐远，越来越远，最终我没有成为哲学家，甚至连一名普通的哲学工作者都没当成。但是，离开了哲学世界，我还是幸运的。"

是玫瑰总会开花，是天才，怎会被埋没？我知道，后来，董伯伯在国际密码学领域中崭露头角，继而如日中天，最终成为这一特殊领域中的大家，泰斗，一位史诗般的人物，那是他始料未及的，也是龙山父老和其他亲友所未曾想到的。

第二章

航校雏鹰

简陋？是的，肯定简陋，但是，有时简陋就是辉煌的开始。我对南苑航校总是怀有某种崇敬的情结，我知道，昔日的南苑航校如今早已荡然无存，那毕竟是八十多年前的往事了。在撰写本书的过程中，我还不时去北京南苑，试图寻找当年的痕迹，最终却只能空余几丝莫名的惆怅。所谓往事如烟，说的就是漫长岁月中所留下的一些过眼烟云罢了。

不过，我们的主人公管兰亭却始终没有忘却自己的母校。在他的航校生涯中，他遇到了两个十分重要的人物：一个是他的老师张黎生教官，另一个就是他的同窗中野武夫。这两个人后来都不简单，逐步成为我们故事中的关键人物。

按照南苑航校校方规定，航校为两年制，第一年为初级飞行班，第二年为高级飞行班。管兰亭是第三期学员，董霜桥和龙山竹很讲情谊，陪他到校报到。他们刚来到宿舍，就遇见一个年轻人，热情地接过他的行李，帮他收拾床铺。年轻人中等身材，长得英俊，但略带彪悍；两眼目光炯炯，却露出一股杀气。

年轻人问道："你是管兰亭同学吧？"

管兰亭感到有些惊讶："是啊，你是……"

"鄙姓武，名夫，大连金州人。根据校方安排，我俩同住这间宿舍，今后请多关照。"

管兰亭说："武同学，很高兴认识你！"

董霜桥和他握手后，说道："以后你们要互相帮助。"

山竹笑言道："俗话说，在家靠父母，出门靠朋友，你们就一起努力吧。"

武夫笑着说道："那是自然，那是自然！"

管兰亭介绍说："龙山竹小姐是北大学生，也是我的龙山老乡。"

龙山竹嫣然一笑，真个是回头一笑百媚生，武夫顿时觉得眼前一片灿烂，醉了似的，头都发晕。

管兰亭他们绝没有想到，这个说话带有浓厚大连口音的同学居然会是一名日本高级间谍，而且，在以后的20年里，昔日同窗情谊逐渐消逝，随着战争局势的发展，他们逐渐成为生死对手，互相搏杀，最终只留下血雨腥风的回忆。

翌日上午，南苑航校全体新学员在停机坪集合，举行开学典礼。

龙校长介绍说："各位同学，首先，让我们听取陆军部郭部长训话！"

管兰亭站在队列里，认真地注视着部长。郭部长长得胖，脸上的肥肉拥挤不堪，双眼被挤成两条细缝。但他闯荡江湖多年，宦海浮沉，目睹过太多风云变幻！

部长口若悬河，很会演讲："各位同学，祝贺你们顺利入学！大家请向前看：那是什么？那就是世界上最先进的航空器，也就是飞机！"

部长虽是一介武夫，但在吹牛领域中，确实堪称造诣，可谓无师自通。航校那几架破飞机实在很可怜，别说是世界上最先进，说是世界上最破旧的飞机也绝不过分。但是，对于这些从未在近处目睹过飞机的年轻人来说，再破旧的飞行器也是飞机，也令人感到新奇，他们对部长的话深信不疑。

郭部长继续他的豪言壮语："我们南苑航校是干啥的？是培养未来空军指挥官的！本部长断言：十年以后，中国空军司令就在你们中间产生！"

全场学员和来宾热血沸腾，他们能不激动吗？空军司令！多大的官儿！前途无量啊，真是没白来。部长也许不是天才的军人，但他不愧是杰出的演说家。

部长目光四射，侃侃而谈："各位，本航校学制为两年，学习课程分学科和术科两门。按照规定，你们还要学蒙文，这是因为我们的段执政！"

看到学员们十分困惑，部长随即说道："我们尊敬的段执政很重视北方边境地区的安全，因此嘛，他对我特别下令，要学员们学好蒙文，以便不时之需。此外，术科课程以飞行训练为主，以拆卸机器、检修飞机为辅。"

听到这里，管兰亭很是不理解，学飞行，为什么还要学蒙文？武夫和他对视一下，两人皆笑，不过，笑的原因各不相同。管兰亭觉得有些莫名其妙，因此笑了；武夫同学之所以高兴，是因为学校课程安排越糟糕，航校教育越不理想，中国未来的空军也就越没什么可畏惧的了。

当天晚上，龙山竹邀请管兰亭共进晚餐，管兰亭把武夫也叫上了，山竹很大方，见是兰亭的同窗好友，便热情地握着他的手说："武兄，兰亭哥脾气急，胆子大，失之鲁莽，你要多提醒他小心，千万别出事。"

武夫说道："龙小姐，您放心，我会提醒他的。"

兰亭见武夫今天说话有些结结巴巴，便问道："你今天怎么了？原本能说会道的，现在居然不善言词了？"

山竹开玩笑道："有道是：酒逢知己千杯少……"

兰亭继续道："话不投机三分多！"

武夫只好干笑着说："正是，正是！"

此时的武夫确实是一见倾心！山竹的娇媚使他完全不能控制自己，他为这种无聊的失态而深感愤怒。一个武士，一名帝国皇军军官，为着天皇的神圣事业而奋斗的勇士怎能拜倒在支那女人的石榴裙下？可是，这种难以抵御的对美的崇拜还是使他自惭形秽。而且，在山竹面前这种卑微的感觉始终沿袭了下去。

南苑航校开学以后，管兰亭自然是刻苦学习。航空学课程分为地文驾驶和天文驾驶两部分，学习飞行航线、航迹和定位方法。按照教学要求，在第一学年里，学员着重学习飞行原理，了解飞机各部分的作用和各系统的操纵方法。

开课之初，航校里最受学员欢迎的教师就是张黎生教官。张教官仪表堂堂，身材魁梧，神采飞扬。他刚从美国加州空军学校学习回国，人很风趣，古今中外无所不知，而且说得娓娓动听。有时他讲得兴起，一屁股坐在讲台上，毫无那种师道尊严的装腔作势。

"同学们：你们是谁？是天之骄子！是华夏第一代飞行员！我是谁？是把你们送上蓝天的教师爷！"

教室里哄堂大笑，张教官自己则一脸肃然，显然，真正风趣的人自己是不笑的。接着，他讲述了一段世界航空发展史，管兰亭和其他同学专心致志，听得聚精会神。

张教官继续讲道："人类对于上天已经梦想了数千年，中国古代就有嫦娥奔月的动人传说，甘肃敦煌也有'飞天'的古代壁画，可是，几千年过去了，直到二十几年前，这一梦想才真正得以实现。1903年12月27日，美国人怀特兄弟首次驾驶飞行器飞行成功，这一喜讯立即震撼全球。了不起啊，同学们，从此人类就开始在天空中自由翱翔,上穷碧落,俯视大地,有道是'天高任君飞,海阔凭我望!'"

全班学员跟随他的思绪浮想连翩:"从此以后,世界各国争相研究飞行器:1909年7月25日,法国飞行员驾机成功飞越英吉利海峡,各国军事家和科学家立即意识到航空业即将成为世界科技竞争的新技术与战争新手段。1912年,意大利首先在战争中使用飞机作为军事用途。说来有趣的是,在第一次世界大战期间,交战国之间的战机在空中相遇,开始时,双方飞行员很是激动,彼此竟挥手致意!"

全场再次大笑,这委实可笑,但又在情理之中。

"后来,交战双方飞行员觉得不对,毕竟是敌手嘛,下次再见,不再笑脸相迎,而是拔出手枪,互相对射。到后来又觉得不过瘾,开始在飞机上安装机关枪,在空战中进行扫射,空战就成为战争的一种新形式。血染长空啊,碧血蓝天也就成为我们空军飞行员的最后归宿,应该说,空军飞行员用生命和鲜血换取了人类航空事业的发展。值不值,同学们?"

"值!"众人齐声高呼。

正讲到精彩处,张黎生教官陡然一转,仰天长叹,接着说道:"可惜的是,当年大清政府腐朽落后,闭关锁国,朝野愚昧无知,错失发展航空事业的大好时机。幸亏广东省在近代史上与海外接触较多,华侨中不乏有为之士回来报效祖国。飞行先驱冯如壮士是广东恩平人,他苦心钻研机械技术,并掌握了飞机驾驶技能。在这一点上,在座各位较之冯先生要幸运多了。"

众学员会心地笑了起来。张教官指着墙上的冯如照片说:"经过几年不懈努力,他终于在1910年试制成功飞机,试飞效果很好。第二年,冯如先生带着自制的飞机回到祖国,可惜的是,两年以后,在广州试飞表演中,不幸坠毁,赍志而殁,时年30

岁，被后人誉为中华航空事业第一人！"

全班学员扼腕叹息，管兰亭则是热泪盈眶。当时，南苑飞机棚里只停放着几架法制"高得风"飞机。

张教官不无遗憾地说道："各位同学：我们不得不使用破旧的'高得风'飞机作为飞行练习飞机。可惜的是，'高得风'飞机极为落后，只是一种十年前的老式双翼飞机。"

在训练场上，管兰亭对武夫说："武老弟，我发现这种飞机的机身构造全是由木条和钢条构建而成，飞机骨架外面蒙以丝绸，从外表看来，真像是纸糊的蜻蜓风筝。"

武夫回答道："你看，飞机发动机和螺旋桨有的装在机前，有的装在座舱后面，而座舱只有一个，里面只有一个驾驶座。"

管兰亭马上举手报告："张教官，真正的教练机应该是有双座的。"

张黎生笑了："是啊，同学们，驾驶'高得风'学习飞行很可笑，它是单座飞机，教官根本无法和学员一起坐上飞机。因此，我教练操纵飞行技术时，只能在地面口授，不得不因陋就简，第一阶段在地面练习，把飞机当作汽车，在飞行场上直线行驶，把飞机速度限制在地面行驶的速度。"

张教官极为聪明，有自己的巧办法，他把进油阀用铁丝限定在一定量上，使其不能升空。

随即，他开始进行飞行教学："各位，请注意，这里是油开关，那里是电开关，此处是驾驶柄和方向舵。至于操纵方法，你们要注意，左蹬左转，右蹬右转，扳头头升，推头头下。"

管兰亭再次提问："张教官：我们应该如何蹬？如何推？该蹬多少？该推多少？推与蹬如何联合作用？"

张教官回答道："至于这些驾驶方法，你们必须逐步摸索，尝试！"

随后，学员们被分成若干组，管兰亭和武夫等学员则在飞机旁边，听张教官讲解飞机。当他们掌握必要的基础知识之后，轮流坐进飞机，在教官指导下，开动发动机，然后，再练习停机。当原地练习驾驶技术以后，学员们开始练习飞机在飞行场上的行驶技术，正如驾驶汽车那样，他们在飞行场上由慢到快，逐步加速，即便是在开足马力行进时，也能保持直线前进。

看到管兰亭和武夫等学员能够控制飞机在地面直线移动后，张黎生便开始讲解加速使飞机离开地面的方法，在空中使用左右舵、偏斜翼和升降翼来维持飞机的水平和降落的驾驶技术。

张教官说："同学们，空中飞行距离很短，只不过是从机场一端飞到另一端，然后降落地面，掉头转弯以后，再飞回原先那一端。"

掌握直线飞行技术以后，学员们学习飞行转弯动作。管兰亭不断练习，不断飞行，逐步掌握了初级飞行技能。在这以后，教官分派学员上飞机，开动发动机，调整好油门，把油开关限制到最小，使得飞机机尾不能离地升空。

管兰亭胆子最大，报告道："张教官：我要求独自驾驶飞机在飞行场行驶。"

张黎生教官对他一直非常赏识，马上批准："学员管兰亭，上机练习！"

"是，教官！"

张教官把管兰亭扶上飞机驾驶舱。开始时，管兰亭对飞机方向舵比较生疏，对用脚蹬舵毫无经验，飞机只能在飞行场上团团旋转，卷起阵阵灰尘。他紧张得满头大汗，一脸尘污，在一旁观看他驾驶的同学们都替他捏着一把汗。

张教官朝着他大喊："兰亭，行吗？"

管兰亭本来意志就很顽强，在驾驶舱里高声回答："张教官，我能行！"

　　管兰亭坚持练习，很快就能在飞行场上作直线行驶了，众学员立即为他热烈鼓掌，张教官也很高兴。但是，由于飞行场很不平坦，飞机在疾驶过程中，忽然碰到地面阻碍物，管兰亭的飞机骤然翻了一个大筋斗，马上栽倒在地，他从座舱内被弹到座舱外面，众学员大惊失色。

　　武夫大喊："快去救兰亭！他的飞机'滚灰堆'了！"

　　其他学员也高叫道："不好了，飞机'竖蜻蜓'了！"

　　等到大家赶到出事飞机一旁时，他们发现，管兰亭满脸灰尘，几丝血痕。

　　武夫扶着他问道："兰亭，伤得重吗？"

　　管兰亭淡然一笑："没事，不就是脸上擦破点皮嘛！"

　　张黎生教官赶过来，看后很是感动："兰亭，好样的，铁汉一条！"

　　管兰亭没有想到的是，后来的飞行道路远比当时教官说的更为艰险，更加残酷。飞行员的命运随着时代动荡而上下沉浮，好在那时全班学员血气方刚，人人皆有英雄梦。

　　初级班学习结束以后，第二学年高级飞行班很快就开始进行了。张教官继续讲解道："各位同学：为了进行空中飞行练习，你们在地面上必须能够驾驶自如，并且用较快速度使机尾离地。当机身扬起后，用更快速度升空。从此以后，你们将要离开地面，升空飞行，这可是极为关键的时刻！"

　　这当然是关键时刻！你想想，作为一名飞行员，能够离开地面，飞向蓝天，这还不是辉煌的时刻？伟大的时刻？

　　张黎生继续讲道："值此关键时刻，作为教官，我该如何指导你们呢？遗憾的是，由于单座飞机的条件限制，我无法为你们进行实际飞行示范，只能做一些简明扼要的讲解。"

在20世纪20年代初期，南苑航校的飞行教学实在是过于简单了。几十年后，当管兰亭姑父对我讲述这一切时，我还以为他是在天方夜谭！

张教官继续讲述道："同学们，我再讲讲飞机油门的使用方法。你们如果要升空飞行时，可把油门开到头；如果要停止飞行，可把油门关闭。记住，使用驾驶柄的方法是：如果飞机要上升，则须扳头；如果要下降，则须推头，左倾就要左推，右倾就要右推。"

长空在召唤他们！管兰亭、武夫和其他同学自然急欲升空，年轻人本来就胆大包天，年轻飞行员更是无所畏惧！但是，他们所能学到的飞行方法只有那些简单方法。

值得骄傲的是，管兰亭获得全航校第三期地面训练飞行成绩第一名，被校方批准，率先进行单飞训练。武夫自然是妒火中烧，私下里恨得咬牙切齿，不过，他在公开场合还是装得热情洋溢。

"兰亭，我真为你高兴，向你表示祝贺！"

管兰亭笑着说："武夫老弟，你也不错嘛，全班亚军！"

武夫只能苦笑，他根本就不服气。他是一个日本武士家族的后代，历来狂妄自大，怎么会看得起一个中国同学？此时，管兰亭在飞机驾驶舱里坐好，微笑着对师生们敬了一个军礼，然后，开始在飞行场上滑行，并逐渐加速，不一会儿，飞机就开始冲着蓝天快速拉起。此时此刻，地面上的教官和学员们全都忐忑不安。

武夫故意显得有些紧张，对张教官说："教官，管兰亭同学不会出事吧？"

"应该不会吧，他小子运气好，悟性高，我看没问题！"

"教官，我都不敢看下去了！"

张黎生微微一笑:"你真是,看戏的比唱戏的还紧张!至于吗?"

飞机很快就腾空而起,管兰亭感觉很好,不是一般的好,而是好极了!对于飞行员来说,初次飞行印象最为深刻,想想看,在那时的中国,能够驾驶飞机在空中翱翔的,天下究竟能有几人?

正在这时,管兰亭发现飞机有些摇摆,他立刻把驾驶柄猛然一扳,但是,由于缺乏经验,他扳过头了,结果,飞机被猛然拉起,成直线上升,急速冲上白云,飞到一定高度之后,飞机却陡然倒栽下来,管兰亭吓出一身冷汗,立刻猛推,没想到推过头了,只得急中生智,再去一扳,就这样,忽推忽扳,造成飞机失去平衡,在长空中猛俯急仰,上下动荡而行。在飞机场上观看试飞的所有人员全都屏住呼吸,仰着脖子,盯着天上的飞机,心情紧张不安,唯恐飞机失事。

管兰亭是一名天生的飞行家,他为蓝天而生,为长空而活,说是魂系云天,绝不过分。尽管飞机左右摇摆,晃晃悠悠,管兰亭终还是竭尽全力,把飞机开回飞行场地。当飞机逐步减速,停在跑道上以后,大家全都冲过去,和他热烈拥抱。

张黎生教官大喜过望:"兰亭,我真为你担忧,幸好没有毁机伤人,真是老天保佑!"

管兰亭大笑:"张教官,我是福将,皇天不负有心人!"

故事听到这里,我对管姑父说:"今天的我们真是无法想象,几十年前,华夏飞行前驱竟然是在这种简陋的飞行环境中,在鲜血与汗水里,完成了自己的飞行训练!"

管兰亭告诉我说:"教练飞机简陋,教学方法原始,航校的一切全都无法想象,至今思之,依然不寒而栗。"

我不由得毛骨悚然:"那你为什么还要冒死学下去?"

管姑父看着我，使劲看了好半天，最终说道："为什么？就是为了中国人的天空能由中国人自己的空军去捍卫！"

这话真是掷地有声，那是他的肺腑之言，我的心头骤然颤抖起来，我知道，老一辈人在自己的肩上始终扛着沉重的历史责任和民族使命！而这正是我们这代人所望尘莫及的。

过了几天，十架新型"爱佛楼"教练机在清河飞机装配厂装好以后，飞到南苑航校，作为教练机之用。"爱佛楼"飞机为双翼双座，是新式的螺旋桨教练机。

管兰亭和其他同学奔到机场，纷纷抚摸飞机。张教官正在那里检查飞机，看到他们来了，很是高兴："学员们，快来看看！这种新型飞机的骨架由轻质金属构成，外蒙绸布，再施银漆，发动机装在机头，飞机两个座舱前后相连，装有两套联动驾驶装置，当前座舱驾驶装置动作时，后座舱驾驶装置随之发生联动，此外，前驾驶舱与后驾驶舱之间，还能用通话机进行联系。"

管兰亭兴奋得很："真棒！"

张黎生教官继续说道："更为先进的是，这种飞机还安装了一挺机关枪。同学们，你们看看，这种飞机名义上是教练机，实际上完全可以进行实战。"

鉴于"爱佛楼"教练机比较先进，航校专门聘请了几位洋教官。管兰亭为了学好飞行，申请跟他们学习。但是，他没有想到的是，这些外国飞行教官对中国学生本来就有偏见，很不愿意带他们飞行，只是每日到机场来转转，东张西望，有时说："今天风大，不宜飞行！"或者说："气候不好，不适于学员练习！"

洋教官摇摇手杖，耸耸肩膀，在机场转悠一会儿，就借故溜走了。航校的中国教官对这些洋教官早就看不惯，依然坚持带学生飞行。张教官开始对学员进行高级课程训练，他在飞机场实地讲解飞机各个部分的互相联系及其作用："你们必须牢记飞机油路、电路等部件的连接和管理，直舵、横舵、侧舵的作用和操纵，还要学会整架飞机的检查、管理和维护。"

管兰亭认真聆听教官讲述，并做了详细笔记，以便课后复习。

张教官高兴地说："现在，我们已经有两架飞机可以专门用作教练之用，还有两架飞机是让你们学员在'单飞'时练习用的。"

每日清晨，张教官带领学员进行例行飞机安全检查，然后，他坐进飞机前舱，指定一名学员坐进后舱，随即发动飞机，逐步加速，飞上蓝天。当管兰亭跟随他在天空飞翔时，北京古城尽收眼底，北海、景山历历在目，好一派古都风貌！当飞机飞至一千多米高空时，管兰亭心中激情澎湃，他的梦想终于实现了，搏击长空，那是何等英雄，何等风光！

张教官看到了他的亢奋，高兴地说："兰亭，我非常理解，当年我在美国学习飞行时，也曾有过相似感受。"

他开始讲授高级驾驶的基本动作和高级飞行技术，先行操纵飞机各个重要驾驶装置，通过通话机进行分解讲述，并作示范。管兰亭按照他的指令，通过联动驾驶装置，步步紧跟，力求尽快掌握驾驶要领。

经过几次双飞以后，管兰亭初步掌握了驾驶技术，张教官感到非常欣慰，便逐步减少他对飞机驾驶的控制，命令管兰亭进行主动驾驶，如果发现错误，再随时纠正，以培养管兰亭独立驾驶的能力。

一个月后，当飞机上天以后，张教官在通话机里说："兰亭，今天的飞行训练要求是：你当我不在机上，一切飞行操作由你独立完成，由你自己进行练习起飞、降落和在空中飞行！明白吗？"

管兰亭大声回答道："是，教官！"

管兰亭在进行独立驾驶的训练飞行时，尽管张教官也在机上，但是，他只是进行监控，没有作出任何修正。训练结束时，张教官对兰亭的优异表现，极为满意。

翌日上午，张教官把兰亭找去。管兰亭进办公室后，向他敬礼道："报告！"

张教官在美国学习多年，对学员没有任何架子，见是爱徒来了，便热情洋溢地招呼道："来了？坐吧。兰亭，告诉你一个好消息，由于你在驾驶学习中表现出色，我已上报校方，建议把你选为优秀学员，提前进行高级驾驶的单飞练习！"

管兰亭本来就好强，听说马上就能放单飞了，顿时激动不已："谢谢教官栽培！"

张教官高兴地说："你谢我，我还得谢你啊！按照校方规定，每个学员放单飞后，我这个教官每月就可获得五英镑的奖励津贴，那可真是不无小补啊！"

管兰亭听后也很开心。张教官继续说道："兰亭，要记住，你是航校三期学员中，第一个作为高级驾驶单飞的，在全校首屈一指！明天上午你要单独飞行，全体教官都会在场，就连部长本人也会来看。"

兰亭感到压力很大，心情紧张："那么多人来看，学生担心飞不好！"

张教官鼓励他道："人多有什么关系，有什么好紧张的？你就把他们看成是一堆大白菜！记住，你的压力来自你自己，来自你心中的患得患失！不要怕，你会成功的！"

管兰亭也觉得没什么好紧张的："是，教官，我把他们看作一堆北京大白菜！"

张教官笑了："别那么大声！真要是让其他教官听见了，会认为我对他们不尊重！"

"是，教官！"

"此外，兰亭啊，今天下午你就不要干什么事了，一定要好好休息，今晚睡个好觉！"

"是，教官，我一定休息好！"

翌日上午，南苑航校飞行场内热闹非凡，全校师生聚集在一起，观看管兰亭单飞。过了一会儿，郭部长在龙校长等众人簇拥下，前呼后拥，派头十足地来到跑道附近。

部长对张教官说："你有把握吗？"

"有！"

部长严肃地说道："责任重大啊，要知道，如果这个学生成功了，其他学员就会信心倍增，士气高涨，我们就能得到政府更多的经费了！"

管兰亭开始单独飞行前，张教官亲自对飞机进行最后一次检查，没有发现任何问题后，他发出信号，表示飞机即将起飞。

管兰亭独自上飞机时，张教官又关切地问道："兰亭，有没有什么顾虑？"

"报告，没有！"

"有没有异常的身体感觉？"

"感觉正常，一切良好！"

张教官低声嘱咐道："这一次单飞，你可千万不要自以为是，一意妄行！只要爬升到500米高度，围绕飞行场转一周，然后立即降落！"

管兰亭知道，教官唯恐他自作主张，万一出现问题，没法儿向校方交代，便立即回答道："是！今天的飞行任务是：升到500米高度，围绕飞行场转一周，然后立即降落！"

张教官满意地点点头，为他关上座舱盖。从飞机发动机启动，到加速离地起飞上天，张教官一直站在跑道上，目不转睛，看着管兰亭驾驶飞机拉起、升空、飞行、转弯，在天上绕着机场，飞行一周，而后逐步下降，最终在地面跑道上安全降落。

此时，部长鼓掌，表示祝贺，全场学员欢声雷动。但是，武夫却掩饰不住妒火中烧，他看着管兰亭，一脸阴沉。但随即变为满脸笑容，跑过去热情迎接。

管兰亭从飞机上下来，张教官立刻和他紧紧拥抱，欣喜若狂："兰亭，真正男子汉，大丈夫！恭喜你旗开得胜！"

部长和他握手，表示祝贺："同学，飞得好！你叫什么名字？"

"报告部长，学生名叫管兰亭！"

"这个，这个，你很优秀，是我们航校的骄傲，将来鹏程万里，前途无量啊！"

"感谢部长鼓励，学生一定铭记在心！"

光阴似箭，岁月如飞，很快就到了管兰亭毕业前夕。谁都知道，毕业考试是一大难关。

张教官在课堂上说："各位同学，你们苦学两年，为的是什么？为的就是毕业以后，能够为国争光，光宗耀祖！明天就是毕业考试，你们究竟是驴，还是马，就在这一锤子买卖上了！大家有信心吗？"

"有！"

张教官严肃地说："明天的飞行毕业考试是按照国际规定标准进行的。首先进行低空飞行；飞行场上距离1000米的直线两端将竖立两面旗子，飞行场中心会画出一个300米直径的白色圆圈。参加毕业考试的学员必须驾驶飞机升到1000米空中，在旗杆之间的直线距离内，连续做八个'8'字形弧线飞行。然后，再做两个弧度极小、左右翻转、两翼直立的小转弯。注意，在做

'8'字飞行时,如果多做一个或半个'8'字,都会被视为不及格。"

众人面面相觑,有些紧张。

张教官继续说道:"作完八个'8'字飞行后,由天上逐步降至飞行场中白圆圈内,你们的成绩将按机轮中点与圆圈中心的平均距离计算,如果下降至白圈外,成绩将不及格!"

武夫惊呼道:"难度真大!"

张教官瞪他一眼,他不敢再说什么。

"注意,飞行时间和飞行高度都有自动记录器进行查验,如果飞行时间和飞行高度都不符合校方规定,则以不及格论处!"

全场鸦雀无声,大家都知道,此次毕业考试事关重大。第一个参加考试的,就是管兰亭,他驾驶技术熟练,飞行水平很高,在成功完成驾驶要求之后,顺利在飞行场上降落,全体学员把他紧紧围住,然后把他抛向空中:"真棒,管兰亭!真棒,管兰亭!"

管兰亭一脸灿烂,兴奋得不行。

翌日上午,他驾驶飞机,按照方向仪规定方向,作了一次长途飞行:首先从南苑航校起飞,飞到天津,最后再飞回北京。在完成此次三角飞行以后,他就真正成为北洋空军优秀飞行员。

一周以后,南苑航校举行第三期学员毕业大典,这在当时,也是轰动京城的大事,就连大总统黎元洪也亲自到校,为毕业生颁发航校毕业文凭。

军乐队在机场一旁起劲演奏,鼓乐齐鸣,军号声声。在雄壮的军乐声中,管兰亭奉命驾驶新型飞机进行空中特技表演,只见飞机犹如蛟龙,腾空而起,在蓝天上自由翱翔,正当数千名观众惊叹之时,飞机又似铁鹰,从长空俯冲而下,横滚急转,在白云中穿出穿进,真个是神出鬼没,龙飞凤舞。此时,军乐队演奏得越发来劲,观众们或是赞叹不已,或是目瞪口呆,或是敬佩之至。

在贵宾席中,龙太太对龙校长说:"你这个老乡真了不起!"

龙校长骄傲地说:"龙山这个地方就是人杰地灵!"

龙山竹在一旁打趣道:"大哥就是龙山第一人杰!"

大哥自然要谦虚一下:"哪里,哪里!"

大嫂却很认同:"当然是啊!别说是龙山,就是在北京城,你数过来,数过去,还能有谁更优秀?"

龙山竹立刻鼓掌,众人皆笑。不远处,张教官不时倾听着他们的谈话,听得津津有味。

过了一会儿,张教官走过来,问道:"报告校长,他们是管兰亭同学的亲友?"

龙太太问道:"山石,这位是?"

张教官谦逊地回答道:"我是管兰亭同学的教官,张黎生,幸会!"

校长介绍说:"张教官,这是我夫人,那位是我妹妹龙山竹。"

山竹一脸敬慕:"名师出高徒,果不其然!"

"哦,是龙小姐,久仰,久仰!"

山竹也主动伸出手去:"张教官,以后就叫我龙山竹好了,人们还喜欢叫我……"

大嫂插话道:"红楼女侠!"

山竹解释道:"乃沙滩北大红楼闲女也!"

教官也风趣:"鉴湖女侠后继有人,她在天上也可安心了。"

山竹拍手道:"我不敢以鉴湖门生自诩,只不过难堵红楼众人之口!"

龙校长笑着说："我这妹妹从小被父母娇惯，没大没小，您别介意。"

张教官忙回道："不会，不会。"

这是张教官与龙山竹的初次见面，两人却有些一见如故，相见恨晚之感。龙山竹毕竟是涉世未深的年轻女孩，她没有想到，这个世界很复杂，比她想象的要复杂许多。她对张教官是一见钟情，当爱情之箭射中她以后，她就再也没有将它拔出过，为什么要拔掉呢？就留在那里，由它去吧。山竹原本以为自己是一个能在爱情世界里十分超脱的女子，何必为爱情所困扰，所烦恼？但是，现在她却开始堕入爱河之中。人们常说，热恋中的女孩子是最幸福的，但是，对于龙山竹来说，爱情不仅没有让她幸福，而且，最终还让她付出了极为昂贵的代价。

当张教官和龙校长家人闲谈时，武夫从远处一直密切注视着他们，他恨一切人，恨管兰亭，恨张教官，现在也开始恨龙山竹了，在他心中，原本只是一种法西斯的仇恨，此时又掺杂了某些爱的嫉妒，那就更可怕了。

在一旁认真观看的黎大总统也为此次飞行表演感到满意，询问部长道："这个毕业生真的是艺高人胆大，他叫什么名字？"

部长始终站在大总统身边，小心伺候，见大总统很开心，立刻回答道："他叫管兰亭，是航校龙校长推荐的奇才！"

大总统在管兰亭的卓越飞行表演中，看到了北洋空军的美好前景，他高高举起望远镜，在自己的美妙幻觉中，蓝天上出现了千万架雄鹰的飞行编队，威武雄壮，场面气派。

大总统立刻表示："南苑航校办得好，真个是空军摇篮，雄师缩影！"

龙校长立刻立正敬礼："谢谢大总统褒奖！职等当呕心沥血，不负厚望，以报答大总统之深切关怀！"

大总统对于这些巧妙的奉承话,听得很是受用:"这样就好!这样就好!你下去传我的命令:管同学诚乃飞行英才,本总统于此特加奖慰,立即赏洋千元,以示鼓励,并派往欧美进修,回国以后,另加重用!"

龙校长立刻大声喊道:"职等代表航校全体师生,向大总统致以衷心感谢!"

管兰亭毕业不久,第一次直奉战争爆发了,主战场就在京汉路北段。军方派出管兰亭等几名毕业生,驾驶飞机升空,飞至长辛店,向围攻的奉军投掷重磅炸弹,严重威胁了奉军阵地。奉军官兵从来没有看见过飞机,更没有遭遇过空中袭击,此时全军大乱,奉军前敌总指挥闻讯逃窜,引起连锁崩溃,以至于全军阵线混乱,被迫溃退关外。

我对中国早期空军的史料一直很感兴趣。据史载,南苑航校自1913年建立,一共毕业四期学员,共计一百五十余人。这些毕业生后来大多成为国民党空军部队的中坚人物。也有一些人,诸如我的姑父管兰亭,在新中国成立后,也为空军的发展作出了自己的贡献。

兰亭姑父在自己的日记中写道:"1928年,设在北京的航空署被撤销,奄奄一息的南苑航校最终寿终正寝,淡出历史。但是,在中国航空史上,南苑航校的历史地位是不应被抹杀的。"

第三章

风云变幻

人们常说,男人一生可能会有几次爱情,但是,对于女人来说,往往只有一次。恋爱中的女人常常是昏的,是晕的,是缺乏理智的。我们漂亮的女主角龙山竹,也就是我的大姑妈,一生中只爱过一个人,可惜的是,这个人不是英俊的管兰亭,也不是潇洒的董霜桥,她的恋人却是张黎生教官!

我问过兰亭姑父:"据说,张教官是个具有双重性格的人,是吗?"

姑父对我说:"你说他坏吧,有时很讲义气。你认为他不错吧,为了个人利益,他可以不择手段,牺牲别人,抬高自己。当然,所有这一切都是在冠冕堂皇的幌子下进行的。"

对于龙山竹和张教官之间的恋情,管兰亭其实是一无所知的。在蓝天之上,他是一个真正的男人,是搏击长空的雄鹰。但是,在爱的茫茫大海中,他却是一个小屁孩儿,一个对于爱情所知甚少的小男孩。他对自己所爱慕的女人一无所知,读不懂,也弄不明白,他以为他爱她,她就理所当然地也会爱他,其实,他很可怜,你想想,他爱上了龙山竹,龙山竹却爱上另一个男人。难怪欧洲一个大诗人就曾经说过:这样的故事几千年都在重复。

看着墙上悬挂的山竹姑妈的大照片,管兰亭对我回忆说:

"当时,我刚刚接到航空总署命令,赴英学习航空学。军令难违,我只能准备启程。临行之前,我赶到沙滩去找龙山竹。"

他们两人顺着北大红楼门前的道路向前走着,过了沙滩和三座门,就到了故宫后面的筒子河。时值春天,河边的柳树骤然间蹦出无数嫩绿来,绿得实在可爱,那是新春的颜色,是生命的象征。

龙山竹对他说:"兰亭哥,这是我最喜欢的地方,那种皇家的傲气和古城的宁静全都自然而然地融合在一起。你看,河水中故宫角楼的倒影,多美!每次我来这里看书,就有一种诗一样的感受,恨不得人都融化进去呢。"

龙山竹兴致盎然,春风满面,管兰亭却是心情沉重,他这一走,就是好几年,他很希望两人之间的关系能够明确下来。

龙山竹发现他少言寡语,便问他:"怎么,你今天好像不太高兴?"

"哦,是吗?我只是觉得,去欧洲以后,远隔千山,就不能和你见面了,那种日子应该是很孤独的,所以,实在是高兴不起来。"

龙山竹笑着说道:"欧洲有一句谚语,有道是:人不是山,总会见面的。再说,东坡先生说得好,人有悲欢离合,月有阴晴圆缺,此事古难全,但愿人长久,千里共婵娟。"

兰亭鼓足勇气,说道:"但是,你就不能和我一起去欧洲吗?"

龙山竹知道,她不能再打哈哈了,必须给他一个明确的说法:"兰亭哥,我喜欢你,也喜欢霜桥哥,我们不是兄妹,但肯定胜似兄妹。这种兄妹之情是我一直所珍惜的。"

"我俩之间就不能更密切一些吗?"

龙山竹沉默半天,最终说道:"实在对不起,我心中已经有人了。"

晴天霹雳！管兰亭觉得一下子蒙了，忙问道："是谁，是霜桥吗？"

龙山竹把头低下去，紧紧盯着筒子河里的流水："不是，是……"

"究竟是谁？"

"是……是……是黎生。"

"谁？"

兰亭简直不敢相信自己的耳朵。

山竹的声音非常微弱："是，是张教官。"

管兰亭生气了："你糊涂啊，找谁不行，要去找他？他可是有家室的人啊！他的儿子已经五岁了！"

龙山竹不敢看他，低声说道："可那是没有爱情的婚姻！他答应我马上回去离婚，然后就和我结婚！"

管兰亭气得头昏眼花，说话几乎语无伦次："你可以拒绝我，也可以拒绝霜桥，但是，你绝不能和一个有妇之夫鬼混！"

龙山竹一听，顿时平静下来："听着，管兰亭，你没有任何权利来侮辱我，无论我选择谁，那是我个人的事情！我告诉你实情，是出于对你的信任，但是，你却无视我的尊严！对不起，我们没有必要再说下去了！"

说完，龙山竹飘然而去，留下管兰亭一人在筒子河畔。一阵春风拂面而来，夹带着醉人的花香，他顿时清醒过来："我好糊涂啊，我怎么能这么伤害她呢？"

别人出国是喜出望外，可是，管兰亭却是无限惆怅，他寄给龙山竹一封信，在里面表示道歉，但是，没有得到任何回音。他已经意识到，即便道歉得再深刻，也是无济于事。无可奈何花落去，龙山竹将和他永远无缘。

斩断情丝的管兰亭反而为之释然，到达英国之后，他去伦敦以南的费克斯飞机制造厂学习。两年以后，按照航空署安排，管兰亭自英国启程赴美，在佛罗里达飞行学校学习军用飞机驾驶技术，又过了几年，他才返回北京。

　　就这样，五六年时间过去了，中国国内早已是"城头变幻大王旗"，北洋政府不复存在，北京也已改名为北平，古城墙上飘的已是青天白日旗了。

　　管兰亭在前门车站下车，武夫早已在月台上等候，两人热情拥抱。武夫激动不已："兰亭兄，一别数年，真是无限遐思啊！"

　　兰亭历来是个重感情的人，别人对他好一寸，他就会对人好一尺。武夫的友情使他感动得热泪盈眶："兄弟，你怎么样？在北平情况好吗？"

　　武夫苦笑道："还不是瞎混！现在在北平空军大队当飞行员，但是，机场里时常没有汽油供应，据说被长官们拿出去卖了，飞机也就无法起飞，大家只好在机场休息室里搓搓麻将，虚度光阴。哪像你，在海外学有所成，现在是衣锦还乡！"

　　武夫接过他的手提箱，两人一出车站，就望见正阳门的雄姿，城门洞里行人和车辆来来往往，熙熙攘攘，倒是非常热闹。管兰亭抚今追昔，自是感慨万千。武夫提着行李，带他走近一辆新式的道奇轿车。

　　管兰亭惊讶地说："你小子鸟枪换炮了？"

　　"我哪有这么阔？这是张教官要的车，他现在是北平航空大队大队长。"

　　"他怎么没来？"

　　"他抢了你的女朋友，哪还有脸来见你？但是，他还是要我代他向你问好。"

　　管兰亭想起龙山竹，忙问道："山竹境况如何？"

武夫叹了一口气："别提了，张教官先是答应她，离婚后马上和她结婚，可是，他只是玩弄她的感情，同居了两年，也没任何动静，山竹一气之下，离开北平，去上海一所教会中学当老师去了，课余也写点诗，当当诗人，很是浪漫。不过，有人说，她和左翼人士来往密切。我在报上读到过她的大作，写得委婉凄凉。"

"是吗，她写什么？"

"有一首《筒子河边忆故人》，情景交融，其中两句尤佳，有道是：'角楼河中立，旧友梦里寻！'这个故人想来应是你吧？"

兰亭回忆起昔日旧事，自是辛酸，只好强打起精神，说道："往事已矣，如梦似烟。不说也罢。"

按照兰亭的吩咐，轿车直向东单龙府驶去。到了龙家，老龙头见了西装革履的管兰亭，开始还不敢相认。

管兰亭忙说："龙叔，是我啊，管兰亭！"

老龙头这才热情和他拥抱，喜极而泣："兰亭啊，龙老爷可想你了，老念着你！"

他帮着兰亭提着行李，冲进客厅："老爷，管少爷来了！"

龙大哥见到他，也是喜出望外："你这个管兰亭，叫我怎么说你好，一出国就是泥牛入水无消息，也不来信，把我和霜桥给急的。"

管兰亭回答说："功课太忙，也就无暇联系了，实在是对不起。听说您早不在航校当校长了？"

大哥说："上面要我回陆军干，在北平驻军当个小小的少将师长，也就是混口饭吃！"

武夫忙说："师长，师长，黄金万两！"

龙山石说："你出国以后，董霜桥一直在哈佛大学数学系学习。他每次从国外来信，都要询问你的近况，可是，我却无法对他说些什么。"

"惭愧，惭愧，全是我的疏忽！他学什么专业？"

"是密码专业！"

武夫出于职业警觉，连忙问道："他会回来吗？"

龙大哥说："国内缺乏此类人才，他说，学成肯定会回来发展的。"

武夫忙说："那他肯定会成为中国的密码大王！"

兰亭和霜桥两人原本就情同手足，现在不能相见，心中还真是有些失落，他不无惆怅地说："但愿霜桥能早点回来，我们还能重逢。"

龙大哥大为赞同："不过，最近他来信说，很快就会回国了，我们几人一旦相聚，兴趣盎然，喝起酒来，更为尽兴！"

"只怕又得过一段时间了。"

这一天，武夫接到日军华北特高课机关长大岛的命令，立即赶往北平秘密据点开会。等他走进会议室时，他才发现，几乎所有的华北日军特务头子全在会议室内等他。

大岛机关长向与会头目介绍说："中野君是东京士官学校高才生，他在毕业分配后放弃进入陆军大学深造的机会，来到支那，现在已经成功打入支那空军，成为我们在华北地区的间谍高手。此次，他又首先获取了有关美中之间关于空军合作的绝密情报。下面，由中野君进行汇报！"

中野汇报道："鉴于我军即将在支那东北采取重要军事行动，为了寻求更多的国际支持，支那空军已和美国军方进行频繁接触，根据支那空军管兰亭少校所透露的情报，他奉命和美方人士接触，要求美国空军派遣一些高级人才，以志愿者身份来华工作，并提供一些新式战机，供中方使用。迄今为止，美方已有陈纳德上校等高级人才抵达南京，并得到支那高层人士的接见。"

大岛恶狠狠地表示："为了让皇军的雄鹰完全掌握支那制空权，你们一定要采取一切手段，阻止支那空军的任何发展，并且要特别关注支那北平航空大队和美国空军接触的相关情报！"

"哈依！"

华北特高课立刻把中野武夫的秘密报告发电给东京大本营。不久以后，国民政府成立了航空委员会，蒋介石先生兼任委员长，宋美龄为秘书长，并聘请美国空军退役军官陈纳德为高级顾问。与此同时，国民党中央航空学校在杭州笕桥成立。航校成立后，张黎生从北平航空大队大队长调任航校副教务长，他立刻推荐管兰亭出任飞行科副科长。

管兰亭抵达中央航空学校以后，听见学员们正在操场上训练，他们正唱着航校校歌："得遂凌云志，空际任回旋；报国怀壮志，正好乘风飞去。长空万里，复我旧河山！努力！努力！莫偷闲苟安；民族兴亡，责任在吾肩！须具有牺牲精神，并展双翼直冲天！"

张教官带着管兰亭参观校园，他的身材高大魁梧，蓄着军中流行的平头，两眼炯炯，目光逼人，说话带有浓厚的东北口音。他笑着问道："兰亭，你知道这首歌是怎么出来的吗？"

"老师，愿闻其详！"

"那是校长以3000元奖金所征得的校歌！"

管兰亭大吃一惊："什么，3000元？足够在杭州西湖边上买一幢别墅了！"

张教官笑而不答，随即介绍道："航校的飞行教官中，有很多美国人，其中的洛克、乔治和亨利都是你在美国航校学习时的老朋友。至于教练机嘛，主要是美式'佛立梯'。"

管兰亭和洛克有过接触，但是，与亨利、乔治更熟，熟到称兄道弟的地步。当年他奉命去美国雷鸟空军基地接受培训时，亨利和乔治就是他的培训教官。这两位教官开始并没把中国人放在眼里，骄傲自大，目中无人。有一次，他们喝醉酒了，便撒酒疯，向管兰亭挑战。管兰亭拜过名师，学过武术，三五个人近不得身，这两个醉汉简直是不自量力，他闪过两人的重拳，随即将他俩一一打翻在地。

亨利和乔治这两人倒也不记仇，不打不成交，一打反而成为知己，还不时请管兰亭喝酒，向他学习中国功夫。后来，他俩来华工作，到中央航校出任教官，老友重逢，分外高兴，少不得又在一起喝酒聊天。

过了几天，财政部宋部长来航校检查经费使用情况，在航校管理层会议上，宋部长笑容可掬地说："你们使用的飞机还不错吧？"

与会人员全都知道官场上的潜规则，纷纷表示说："很好用的！""效果很理想！"

管兰亭则很不以为然，汇报说："报告宋部长，有些飞机质量有问题，有潜在隐患！"

宋部长一听，脸上笑容马上消失了。他看着管兰亭，冷冷问道："你叫什么，是哪个部门的？"

校长马上瞪了管兰亭一眼，随即笑着对部长说："他是飞行科副科长管兰亭。"

部长脸色阴沉地说道："你们这些人就是不知好歹，看别人挑水不吃力！这么好的飞机，居然还要挑肥拣瘦！"

全场顿时鸦雀无声。部长火气上来了，人的火气只要往上蹿，一时间就很难压抑。宋部长继续讽刺道："你们很能干嘛！真要是看不上这些飞机，那你们就自己拿出铜钿来，去国外买嘛！要知道，我为购买这批飞机，四处求爷爷，告奶奶，所有的钱都是借来的款子，赊来的货，试问，你们这些能干人能做得到吗？"

说完以后，宋部长面带愠色，拂袖而去。在一旁的校长一脸严肃，不露笑容，他平时喜欢穿长筒马靴，走路时永远保持军人姿态，此时一看部长生气了，立刻追了过去。

临出会场时，校长朝管兰亭大骂："胡说八道！"

全场人士心中都很同情管兰亭的遭遇，但是，对于明哲保身这一古训，谁也不会轻易忘记。

管兰亭本来就是个有话直说的人，他很不服气，他也不能服气："各位长官，这飞机可是要上天的，这上天可是不能开玩笑的，人命关天！"

张教官很有水平，他既知道问题的严重后果，也很会搞定问题："兰亭，江山易改，本性难移，你还是太耿直了。"

管兰亭回答道："那就让买来的那些飞机充充数目，登登册子，只要坏了就搁在机棚里面，但是，千万不能让它们上天，那是要人命的！"

张黎生当年也是飞行员出身，在这个问题上很严肃："兰亭，你放心，兄弟与你深有同感！"

其余教官皆默然。

航校的洛克顾问为人随和，中文很好，喜欢和中国教官一起喝酒，管兰亭在美国学习时就认识他，加之自己英文流利，很快就和洛克成为朋友。两人熟了以后，就无话不谈。一天晚上，他们在西湖边楼外楼餐馆吃饭，窗外湖光山色，风景怡人。

洛克显得有些随意，问道："兰亭，你是哪里人？"

"云南龙山人。"

洛克显得很惊讶："龙山？你们那里离缅甸和印度不远啊！"

"很近，要是有飞机，十几二十分钟就开过去了。"

洛克随即问道:"那里有机场吗?"

"没有。不过,据说很快就要修建一条公路了。"

洛克对管兰亭说道:"伙计,相信我,要不了几年,那里就会变成军事要地!"

管兰亭有些吃惊:"为什么?"

洛克看着他,显得有些神秘,但对他的疑问却笑而不答。神秘人物总是有神秘身份,洛克是飞行教官,但是,与此同时,他还是军中情报部门的官员,他到中国来还有一个特殊任务,那就是随时掌握中国空军的进展。管兰亭是职业军人,他哪里知道,军中的事情居然会如此复杂。

半年以后,董霜桥取得哈佛大学密码专业博士学位,他知道,日军已经占领了东北,亡我中华之心不死,便毅然决然拒绝了美国一些密码机构的邀请,收拾行装,返回中国。在海上航行了二十多天,终于回到北平,随即到北京大学数学系任教。

管兰亭接到龙山石的电报,立即来到古都,三人相聚,激动万分,在龙家举杯痛饮。

董霜桥问道:"北平城里似乎很繁荣,显得十分热闹。"

龙师长早就看透了官场黑暗,回答道:"老弟,你是有所不知。这只是昙花一现,虚假景观。就在大家以为能够歌舞升平之时,殊不知战争阴影已经悄然袭来。"

董霜桥忙问道:"您的意思是?"

管兰亭告诉他说:"霜桥,此所谓外松内紧!'九一八'事变以后,华北地区风云变幻,日本军队调兵遣将,敌寇铁蹄已从四面八方向古都袭来,北平沦陷只是早晚的事情。"

龙师长仰天长叹:"身为军人,眼看国土日益沦陷,却无能为力,实在惭愧啊!来,来,喝酒,喝酒!"

董霜桥哪里想到局势会如此紧张,便说道:"举杯消愁愁更愁！"

兰亭却慷慨激昂："怕甚？无非是以命相拼！来，接着喝！"

是夜，三人酒酣耳热，至醉方休。

董霜桥本来就极富正义感，鉴于此时中日之间战云密布，他就越发关注时局的发展。他知道，中日关系日益紧张，全面战争一触即发，但是，国民党右翼所执行的不抵抗政策已经引起广大人民的强烈不满。

一天，在北大教室讲台上，董霜桥正讲得起劲，忽然发现教室后面有一个熟悉的面影，仔细一看，居然是龙山竹坐在下面听讲。下课以后，他问龙山竹道："你怎么会来的？"

"我为什么不能来？"

董霜桥说："你真是个神秘人物，飘然而来，悄然而去。有人说，曾经在上海霞飞路看见过你，可是过了两天，又有人说，在北平西单碰到过你。"

龙山竹调皮地回答道："我本来就是江湖女子，来无踪，去无影。"

"你肯定是无事不登三宝殿。说吧，有什么事要我帮的？"

"错！此次是来超度你的。"

"超度我？"

龙山竹突然变得严肃起来："说正经的，你向北京大学里的刘同志表达了参加共产党的愿望，组织上派我来和你谈话。"

董霜桥不是一个容易吃惊的人，此时却难以置信："什么，你来和我谈话？你也是 CP（共产党）？"

"是啊，我原来参加了左联，写点进步诗歌，后来，组织上调我去做一些特殊工作，就不再抛头露面了。"

"什么特殊工作？"

"是一个特别机构。上级领导了解到你的情况以后，非常关心，委托'老板'和我来看你。"

"'老板'在哪里？"

"就在那儿！"

董霜桥看见一个举止儒雅的年轻人正朝他微笑，便主动走上去招呼："你好！"

"老板"紧紧握着董霜桥的手说："教授，欢迎你在极其困难的条件下，愿意和我们一起奋斗！"

董教授回答道："内忧外患，国事艰难，我环顾宇内，看来看去，只有共产党才能救中国。"

当天晚上，在北平地下党秘密联络点里，"老板"和龙山竹介绍董霜桥加入了中国共产党。在党旗下庄重宣誓以后，"老板"对他布置任务道："党组织希望你设法打进军事委员会南京密电技术研究所工作。"

教授略感惊讶，问了一句："何也？"

"老板"严肃地对他说："教授，我们党在秘密战线需要有权威的密码专家，在我们的地下党员里，您的密码水平最高！此外，您和密电技术研究所文所长是哈佛老同学，一旦您进入密电技术研究所，就能接触到一些绝密情报，这是党的事业所非常需要的。"

"好吧，我尽快想办法打进去！"董教授回答说。

"按照领导同志的指示，从今天开始，你作为特别党员，只和我一人保持单线联系，和其他同志，包括山竹在内，不发生任何横向联系，以免出现意外。"

"好的，我服从组织决定。"

从那时起，我们的密码学教授就彻底改行了，他不再教书，经过龙山石将军和密电所文所长介绍，顺利进入南京军事委员会密电技术研究所，专职从事密码破译工作。在中国神秘的密码领域中，从此多了一个才华横溢的权威，而我党隐蔽战线上，也增加了一个传奇人物。

一天晚上，在和"老板"秘密会面时，董霜桥汇报了最近获得的情报。

他说："根据我们密电所最近所截获的日本间谍来往密电，我认为，日军高级间谍最近对云南和缅甸、印度交界地区好像特别感兴趣！"

"老板"颇为疑惑："中日全面战争即将来临，日军间谍为何如此重视那里的情报？"

董霜桥回答说："职业素质和对情报的敏感使我感觉，事情不那么简单，里面应该大有文章。日军军事间谍绝不会无的放矢，他们肯定是对那里的战略地位深感兴趣。这已经不是一个单纯的地理问题，更不是一个单独、孤立的军事现象。"

"你的根据是什么？"

"从缅甸发往南京日本大使馆的密电署名为'南机关'，其中经常提到一个叫中野的人物，我怀疑此人与管兰亭的老同学武夫有关。我曾经把武夫在缅甸出差的日期和'南机关'密电发报日期进行比较，二者之间居然完全吻合。显然，中野不会是一个独来独往的间谍，而是在指挥一个相当有规模的间谍机构。因此，我们应该密切注意那里的日军间谍活动。"

"有道理。对于日军高层来说，里面肯定会有一些不可告人的秘密，你一定要继续关注那个叫中野的间谍的行踪。"

"是的。此外，最近管兰亭也告诉我，美军洛克少校也很关心那一地区的战略地位，我从中嗅出一些奇特的味道。您想想，一个老美，作为飞行顾问，又不是地理学家，怎么会对龙山地区有无飞机场等问题大感兴趣？"

"老板"接着分析道："对，其中必有文章！我们不能孤立地看待这个问题。"

董霜桥补充道："对了，从北平发往南京日本大使馆的几份密电涉及我们北平航空大队的内部机密情报，看来，这也有可能是武夫的杰作，显然，日军间谍也在对我空军部队虎视眈眈。"

"老板"沉思半天，而后说道："全面战争一触即发，空军情报肯定是个热点，你要密切关注，看看里面究竟有什么文章。"

"是！"

"此外，关于龙山竹的情况一定要对管兰亭保密，万一消息走漏出去，将会对山竹不利。现在，即使是她在龙山的家人也不了解她的行踪。"

"您放心，我一定会保守秘密的。"

每次和管兰亭聚会时，董霜桥只能三缄其口，表示从未见过龙山竹。他知道，管兰亭对山竹一往情深，可是，地下党组织的严密规定是他所不能违背的，看着兰亭憔悴的面容，他在内心深处也很难受。

对于管兰亭来说，无论他在哪里，龙山竹的倩影始终挥之不去，难以忘怀。他曾经去上海那所教会中学找龙山竹，可是，传达室老头告诉他说："龙小姐早就不在这里教书了。"

他忙问道："怎么才能找到她？"

老先生看了看周围，低声说道："龙小姐好像遇到一些麻烦，警备司令部侦缉大队探员经常来打听她的下落。真可惜啊，她的书教得太好了，学生们都很喜欢她。"

管兰亭很是诧异："难道她会是赤色分子？"

老头叹了一口气："谁知道，反正龙老师是个好人！"

管兰亭只好怅然离去。不久以后，他在西湖边上独自散步时，远远看到龙山竹和一个男士在一艘游船上喝茶。

他连忙朝着游船高喊："山竹，山竹！"

龙山竹抬起头来，见是兰亭，显得很吃惊，随即要船夫靠岸，自己轻轻一跃，跳上岸来，对那位先生说："'老板'，我去会一位老友，你先走吧。"

　　"老板"笑了笑，便乘船离去，很快就消失在绿水深处。

　　管兰亭喜出望外："山竹，一别多年，你还好吗？"

　　山竹笑道："你没看到吗？我是依然故我，就是憔悴了许多。"

　　兰亭深情地说道："青山不老，伊人常丽！"

　　"你啊，还是那么痴情！听说你始终未婚，仍独自一人，何苦呢？"

　　龙山竹其实非常多愁善感，说着，说着，眼睛竟有些湿润。

　　"十年生死两茫茫，不思量，自难忘！"

　　山竹说：'其实，虽然你不知道我的下落，我可是了解你的行踪。"

　　"那你为什么不和我联系？"

　　"我可不想连累你。"

　　兰亭埋怨道："山竹，你还真小看了我！我管兰亭天不怕，地不怕，还怕你连累？你既然知道我在航校，为什么不来找我？"

　　"原因很简单，他在那里！"

　　"你是说张黎生？你不是早就和他断绝关系了吗？"

　　"可是，他并不死心，还在四处打听我的下落，甚至派人跟踪我，逼得我只好离开上海那所教会中学！"

　　对于张教官，管兰亭还是很尊重的，尽管对张教官玩弄山竹的感情非常反感，但是，对于他对自己的关照，还是感激的，此外，张教官在航空领域里的学识也令他折服。

　　"你是不是有些多疑？"

　　山竹笑了："你啊，太简单了，在政治上太单纯了。姓张的可比你复杂多了，你知道吗，他现在还在军统情报部门兼职，在戴老板那里是个大红人！此人实在无耻，最近还亲自出马，带人把我的一个朋友给抓走了。不过，鉴于证据不足，他还无法确定这个朋友的真实身份。"

兰亭不以为然："这不可能！或许张教官在你的感情问题上是有过错的，但是，这人历来很正直，怎么会去当特务？"

山竹回答道："日久见人心嘛。对了，目前我急需一笔钱去营救我的那位朋友！再不去打点，他就会有更大麻烦！"

"你们还真是赤色分子？"

山竹没有正面答复："你还是少知道为好。"

对于山竹的要求，管兰亭当然不会拒绝："你要多少钱？"

"一千大洋，方便吗？"

"没问题。你知道我们空军教官的待遇是很好的。我如何把钱交到你手上？"

"我会叫'老板'来取的，姓张的不认识他，比较安全。"

"'老板'就是刚才那位先生？"

"是的，他是我的好朋友，正是他让我真正知道了人生的意义和价值。"

管兰亭最后询问道："我还能再见到你吗？"

龙山竹嫣然一笑："我会来找你的！"

回到地下党在杭州的秘密联络点，龙山竹向"老板"汇报道："好了，营救老马的钱有着落了，管兰亭答应给我一千大洋，你今天晚上去航校取。"

"老板"询问道："他可是一个国民党军官，为人可靠吗？"

龙山竹回答说："他只是一个飞行教官而已，为人正直，完全值得信赖。当然，你还是要在航校门口多布置一些人，以免发生意外。"

"好的,我从特科行动小组里多带几个人过去。"

当天晚上,"老板"按时来到航校,管兰亭立刻把恒通钱庄一千大洋银票交给他:"老板,请您把钱转交给山竹小姐。"

"老板"始终温文尔雅,说话很是得体:"谢谢你,管先生,你可是救了一个好人!"

"哪里的话,今后你们有难处,尽管来找我。要知道,山竹的朋友就是我的朋友!"

管兰亭把神秘来客一直送到航校大门口,看着他远去,方才转身回去,等他刚一回头,却发现张教官站在自己身后下令两个便衣去跟踪"老板"。好在"老板"很机敏,叫了一辆人力车,已经飞也似的消失在车水马龙之中了。

两个便衣刚要跑过去跟踪,就被两辆人力车给拦住了:"先生,要车吗?"

便衣很不耐烦:"你他妈的,快给老子滚开!"

车夫笑着说道:"先生,您不要车就不要车,干吗开口骂人啊?"

便衣把车夫一把推开,可是,前面的人力车早已消失得无影无踪。两个便衣四处搜寻了一会儿,一无所得,只好在远处摇摇手,表示目标消失。

管兰亭如释重负,笑着问道:"张教官,怎么会是您?"

张教官一改以往的和气,满脸阴沉:"管兰亭,刚才那人是谁?"

管兰亭故作轻松:"哦,是一个朋友的朋友!"

"叫什么?"

"我只知道是朋友的朋友,没问过他的名字!"

张教官脸色更可怕了:"这个朋友是谁?"

管兰亭想打岔过去:"怎么,教官要审问我?"

"管兰亭，你好糊涂！等到审问你的时候，就太晚了！到那时，只怕你哭都来不及！"

管兰亭大笑："瞧您说的，有那么严重吗？"

张教官厉声训斥道："听着，管兰亭！吾爱吾生，吾尤爱真理！你说的那个朋友就是龙山竹！对不对？"

管兰亭沉默不语。

"诚然，过去我曾经对不起你，也一度对不起山竹，可是，你知道后来她做什么了吗？她去投奔共产党了，去上海特科干危害党国的事情了！你知道特科是干什么的？是白刀子进，红刀子出！我和她之间的问题不再是男女之间的恩恩怨怨，而是关系到党国安危的大事！"

管兰亭没有回答，他表情如故，丝毫不动声色，但是，在内心深处，他知道，过去对他恩重如山的张教官已经死了，已经不再存在了。现在在他面前的，只是一个彻头彻尾的党棍，一个不知廉耻的混账！他原来以为龙山竹是言过其实，现在他才真正意识到，张教官并不简单，确实城府很深。

张教官还真是厉害，拿得起，放得下。翌日见到他，依然如故，谈笑风生，好像什么事也没发生过，再也不曾提起龙山竹。管兰亭一生总是起伏跌宕，此时，他自己的事业也面临重大危机，由于性格过于直率，他得罪了杭州中央航校中许多要员，很快就被撤销了在航校的职务。而张副教务长则荣升为航空委员会副秘书长。

临行前，张教官把管兰亭叫来："我知道，最近你很倒霉，但是，我会想尽一切办法，把你调至南京航空委员会工作，当然，很可能是一个闲职。不幸中之大幸的是，航空委员会里的处长和科长，多数是你在南苑航校的老师和同学。俗话说，朝中有人好做官，昔日的老师和同窗至少可以为你说说话，保住你在空军的位置。"

管兰亭无奈,回答道:"谢谢张教官关照。"

张教官意味深长地说道:"人在江湖,其实往往是身不由己的,明明要从这里走,结果却南辕北辙,走到那里去了。你还年轻,特别要当心,千万不要走错路,跟错人!"

"是,是,教官所言极是!"

到南京航空委员会就职以后,管兰亭本来有一腔报国热情,现在却整天饱食终日,无所事事,心中自然很是苦闷。其实,航空委员会也是个不小的衙门,由宋美龄亲自出马担任秘书长,说明蒋夫人对空军情有独钟。她常来航委会办公,时间不定,有时是天天都来,有时隔天才来,所乘坐的高级轿车也不时更换,大门警卫队长往往因为不能识别宋秘书长的轿车,不能做到及时排队敬礼,常被委员会高层官员责骂。管兰亭历来不喜拍马屁,对宋秘书长是敬而远之,竭力回避。他对张副秘书长表示了自己对第一夫人的不满。

张副秘书长淡然一笑,说道:"蒋夫人当航委会秘书长还是有好处的,南京城里别的机构可是望尘莫及。"

"此话怎讲?"

"兰亭,你想想,我们航委会需要蒋委员长批准的文件,只要先呈交给夫人,今天给她,明天一准会得到批准,并且能签发下来,一切OK,你看,多便捷啊!"

兰亭一听,真是不好再说什么。

翌日,宋秘书长把管兰亭叫到她的办公室,下令道:"管先生,昨天,德国空军顾问冯斯坦因少校向我提出,要求得到全套空军的机密档案,你马上去准备一下,尽快交给他。"

管兰亭心想,国家机密怎可随意交给外国人?但是,他又不能公然违抗蒋夫人命令,只好回答道:"是,秘书长,我立即通知各处室汇集整理。"

回到办公室以后,他越想越不对,马上跑去找张副秘书长,向他汇报了这一问题。

张副秘书长听后,沉思半天,最后说道:"事关国家绝密军事机密,确实不能交给外国人,但是,我们也不能傻到自己去触霉头。"

"那该如何应对?"

"你先拖着,我来想想办法。"

张副秘书长还是有办法直接通天的,他立即采用军中最绝密的"即刻到"绝密电报,向正在西北地区巡查的蒋介石报告,并在密电中提出:"委座,此系国防绝密文件,不可轻易予外人!但宋秘书长已接受德国顾问的要求,职等是否应当照办?祈盼训示!"

为了尽快得到蒋先生回电,防止别人知道内情,张副秘书长马上对管兰亭下令道:"兰亭,事关机要,你必须在航空委员会机要室无线电报机旁,寸步不离,连夜等候!"

"是,秘书长!"

管兰亭立刻跑到机要室,在无线电报机旁死死守候。六个小时以后,蒋介石复电发来,电文很简单:"婉词延宕可也!"

管兰亭拿到电报,啼笑皆非,愁眉苦脸,跑去找张副秘书长:"电文只有六个字。可是,我们怎么婉词延宕呢?"

张副秘书长早已不是当年的航校教官了,他在官场周旋十年,也成高手了,当即指点迷津:"兰亭啊,你就使劲往下推,说是各处室还没有整理出来,不就行了?"

管兰亭想拖,但是,他能拖得了吗?宋秘书长是何等聪明的人,马上知道了张副秘书长和管兰亭的幕后活动。表面上不动声色,但是,却另找别的理由,指桑骂槐,大骂他俩无能,有时甚至在大会上说:"不知副秘书长和管科长在委员会里,终日作何事忙耶?"

管兰亭气得肺都要炸了,但是,张副秘书长拼命对他使眼色,他才勉强把怒火压了下去,克制住自己。

张副秘书长在办公室里对他说:"兰亭,你这个人嫩,太嫩了!秉性过于耿直,不会转弯。记住,在空中遇见障碍物时,你必须急转,或是拉高,绝不能硬碰!在官场上,何尝不是如此?!不转弯,必碰壁!"

管兰亭回答道:"副秘书长,谢谢您的指教!可是,我以为我只是一个优秀的飞行员,或许永远不能成为一名杰出的官员。"

张副秘书长看了看他,只能叹口气,大有恨铁不成钢的味道。我后来问他道:"兰亭姑父,都说宦海险恶,您当时处境如此艰难,最后被第一夫人清理出门户了吗?"

他回答道:"不过,好人终有好运,当时中日局势日益恶化,空军人才奇缺,我毕竟是优秀驾驶员,加之上上下下有人为我说话,总算大事化小,小事化了,终未被踢出空军。"

第四章

黑云压城

岁月如梭,转眼就到了1937年夏天。北平风声越来越紧,日寇的枪声即将击碎卢沟晓月的诗情画意,这应该是中国历史上一个最为艰难的时期。7月初的北平,天气闷热,在城内一座四合院里,电风扇拼命转动也不起作用,美国驻中国公使馆军事武官史迪威上校实在是太闷热了,热得他不得不脱掉军装,只穿一件背心,一边叼着烟斗,一边在墙上的军事地图上,把最近日军在华北地区部队的调动情况标识出来。

他后退几步,仔细观察地图上中日双方军队的部署,自言自语道:"我的上帝啊,看来,日军虎视眈眈,部队源源不断涌入华北,局势不妙,大战一触即发!"

史迪威是个军人,而军人的命运注定是和战争联系在一起的。他出场较迟,但是,在这部小说里,他可是个举足轻重的人物。我们应该知道的是,后来的"驼峰行动"就是在他的指挥下进行的,日军的"酋长行动"的首要目标也是冲着他来的。他可是美国军界老人,曾经参加过第一次世界大战,那时候,他还年轻,徒有建功立业的雄心壮志。他的中年生涯几乎一直是在中国度过的。

美国军队中很有几个中国通,马歇尔、魏德迈等人全在中国呆过。可是，在所有的中国通里，大家公认史迪威是老大，实在是无出其右者。他那一口京腔儿，说得太溜了，要是不仔细听，还真分不出他是老外。

7月6日，北平市内的气氛越来越紧张，秘密情报官洛克前来回报："报告，北平西郊地区日军部队调动频繁，估计会有所动作。"

"局势不妙！"

洛克问道："您对未来时局有何指示？"

史迪威走到军事地图旁边，然后回答说："洛克，你看，这是目前日军在远东地区的军事部署。显然，日本人的目标是控制西伯利亚东部、中国东北、华北，以及朝鲜、菲律宾、荷属东印度群岛的广大地区，进而成为'远东大国'。估计日军将把自己的势力从华北向南推进至长江流域广大地区。"

"他们的野心可真不小！"

史迪威说："我们还是立即开车去西郊了解实际情况吧。"

两人走进轿车，洛克驾驶轿车刚出胡同，日军华北特高课的便衣特务便立刻开车紧紧跟在后头。史迪威从驾驶镜里看到尾巴，冷笑一下，继续前行。

当晚，特高课特务立即把史迪威的动向向特务机关头子大岛汇报。大岛可说是全身浸透了大和战魂，历来野心勃勃。尽管他身材短粗，但体魄健壮，为人凶狠残忍，随身携带方形地图皮包，从腰部拐到腿上，迈起步来，"哐当"响个不停。挂着这只军用皮包，他带兵从北平南下华北，后又指挥日军，在缅甸纵横驰骋。

大岛指示说："这个美国佬很讨厌，早晚我会收拾他的！你们要加强对这个家伙的监视。今后几天非常关键，北平局势将有重大变化。如果美国人不知趣的话，我们将采取措施，给他们一

驼峰酋长行动　　HUMP SHEIK OPERATION

些颜色看看。"

便衣特务立正说:"哈依!"

身处军事活动的旋涡中心,史迪威等人的情报活动引起了日军情报部门的密切注意,特高课按照命令,将史迪威在北平作战地区的活动,每日呈报给大岛将军,"七七事变"以后不久,日本军队占领古城北平,抗日战争全面爆发,日军不断增派军队,相继占领华北地区。

在中国共产党和全国人民的坚决要求下,蒋介石开始采取抗日立场,正式发表题为《驱逐倭寇,复兴民族》的文告:"一要有牺牲到底的决心;二要相信最后胜利一定属于我们;三要运用智能,自动抗战;四要军民团结一致,亲密精诚;五要坚守阵地,有进无退。战争既起,唯有拼全民族之力,牺牲到底,再无中途停顿妥协之理。"

蒋介石还表示:"自九一八以后,我不惜忍辱负重,以达安内抗外之目的,对内统一,已告完成。倭寇之进犯,亦愈积极而横暴,既盘踞东北四省,继之以冀东、察北地区伪组织之扰乱,最近复进华北,扰淞沪,全面战幕,业已揭开,暴日之处心积虑,势必非亡我国家不止,有敌无我,有我无敌,此其时也。"

就在此时,南京军事委员会密电技术研究所一处截获一份密电,破译人员发现,这份密电采用新型密码系统,因此,很难进行破解。密电所文所长把董霜桥请来:"董兄,这份密电所使用的密码系统十分怪异,与日军原先使用的系统迥然不同。您有何高见?"

董霜桥略加思索,回答道:"在密电所截获的日军密码中,还有其他电台在使用这种密码吗?"

"没有,这是上周我们发现的第一份。而且,最近一周也没有发现日军继续使用这种密码系统。"

"很显然,这是一种专用密码,是专门为某些高级间谍所设计的特殊密码系统。我来试试看吧。"

董霜桥在密电研究所破译室里呆了半个月,终于成功破译了这份密电。当他看完密电以后,大吃一惊,简直不敢相信自己的眼睛。

密电中的内容是:"立即通知中野武夫,他已被军统跟踪,随时会被逮捕。命令他立即驾机返回北平。华北特高课大岛少将,即日。"

他立即来到文所长办公室,说道:"文兄,奇了怪了!"

文所长看见他,马上笑着说:"我只要看到你,就知道密码破了。可是,你为何感到奇怪?"

"第一,密码内容和一个名叫中野武夫的间谍有关,而且,此人会驾驶飞机,最后,此人能有接触我军飞机的机会。"

"你的疑点是什么?"

"我有一个熟人,名叫武夫,是南苑航校毕业生,现在是空军第四大队副大队长,完全符合上述条件。"

文所长不动声色:"是吗?简直不可思议!"

董霜桥分析道:"不过,我很难相信,武夫会是日军间谍。"

"为什么?"

"我知道,我们身边肯定会有日军间谍,可是,武夫和我相识十几年了,和航空委员会张副秘书长、管兰亭是多年老朋友,没有任何迹象能说明,他有什么可疑之处。"

文所长回答说:"对此,兄弟不敢苟同。显然,在我们空军,肯定隐藏着一名或几名日军间谍,而且是高级战略间谍。"

董霜桥十分惊讶:'你怎么知道是高级间谍?"

"书生啊,书生,这还是你自己告诉我的。"

"我没说过啊。"

"你说这种密码系统是一种专用密码,既然是专用密码,那就可以肯定,只有高级间谍才有资格使用这种密码系统了。"

"可是,我很难把专用密码、高级间谍和我身边的熟人联系起来,这简直难以置信!"

文所长微微一笑:"别着急,老兄,你就任凭风浪起,稳坐钓鱼台吧。我们的任务是把破译的密电转交给情治系统,到时候,那家伙肯定会露出马脚的,你就相信我吧!"

一想到自己身边潜伏着日军高级特工,董霜桥难免有些紧张,毕竟,有间谍存在,就意味着有生死存亡的搏斗!

从南苑航校毕业以后,管兰亭与武夫见面的机会越来越少,上一次见面还是在管兰亭回国那天,那已是几年前的事情。今天,管兰亭陪同航空委员会茅副主任来到南京机场检查空军备战情况。在机场飞行员值班室内,管兰亭见到武夫已整装待发时,颇为吃惊。

他拉着武夫的手说:"武老弟,抗战爆发以后,南苑航校老同学已经战死好几个了,我还以为你也不在人世了,怎么一点消息都没有?"

武夫见到他先是一惊,随即笑着说道:"我也一直关注你的消息,不过,战事繁忙,我可没有时间拜访你了,也就很少和你联系。不过,今天晚上我有空,请你到秦淮河边的空军俱乐部吃饭。"

"好的,晚上见!"

当天晚上,两人一起在空军俱乐部西餐厅里吃饭,无非是聊聊当年同学的去向,管兰亭发现武夫说话时,总有些心不在焉,好像有什么沉重的心事,便问道:"怎么回事?你人都变了?说话吞吞吐吐的!"

武夫连忙掩饰道:"管兄,你别多心,连日升空值勤,有些累,你别误会了。"

此时,管兰亭突然感觉到有人在后面密切注视着他,便猛然回头,发现洛克少校就坐在后面角落里,端着酒杯,似乎在冥思苦想。

管兰亭对武夫说:'对不起,我遇见一个熟人,过去打个招呼!"

随即他走到洛克座旁,高声说道:"伙计,久违了,我敬你一杯!"

洛克很领情,一饮而尽,随即对他说道:"那位朋友是谁?"

"他是我的老同学,名叫武夫。"

"你的朋友就是我的朋友。能请他过来喝一杯吗?"

"当然可以。"

管兰亭走回来,对武夫说:"我的老朋友洛克少校请你过去喝一杯。"

武夫有些诧异:"可是,我并不认识他。"

"没关系,老美很热情!"

武夫颇有些莫名其妙,摆摆手,端着酒杯走了过去。洛克和他干了一杯,随即低声说道:"中野武夫先生,此时不走,更待何时?"

中野大惊:"少校,您认错人了。我不叫中野!我叫武夫!"

"我知道你是干什么的,你也应该知道我是干什么的。我是美国陆军情报局的洛克少校,我们陆军情报局和你们的大本营情报部既争斗,又联合,不时还交换一些战略情报。正如你所知道的,战略情报对于战略决策来说,至关重要,在某种意义上,战略情报决定了历史的转折。"

"你为什么要告诉我这些?"

洛克冷笑道:"你知道情报工作是什么吗?是人类最为古老

的职业之一。"

"何以见得？"

"我们的祖先从站起来的那一天起，最先使用的工具就是石头和情报，也就是说，老祖宗依靠情报获得野兽出没的地点，与此同时，使用石头去获取猎物。人们总是有一种误解，认为情报工作是惊心动魄的，其实不然，获取情报是很冷静的，是不带任何个人感情色彩的，就像今天晚上这样。"

中野回答道："我很欣赏您的高见！"

洛克继续说道："也许，中国人将来会指责我今天的做法，但是，我相信，我的这一决定符合我们美国陆军的最高利益。"

中野询问道："您的情报来源是哪里？"

"无可奉告！但是，你的处境确实很危险！"

中野想了一下，随即笑着问道："天下没有白吃的午餐，作为回报，你究竟想知道什么？"

"我想知道，你们东京大本营未来究竟是我们美国的敌人，还是朋友？"

中野果断地说："绝不会成为你们的朋友。我们需要东南亚的石油，如果要得到这些战略物资，就会和你们在亚洲的利益发生冲突！"

"什么时候双方会真正成为敌人？"

"要不了几年了，少校！到那时，我们只能刀枪相见了！无论如何，我还是要谢谢你，来，让我们最后干一杯！"

中野喝完后，走到吧台前，再要了两杯威士忌。漂亮的女招待递给他酒，并温柔地朝他笑了笑，耐心嘱咐道："先生，这是找您的钱，您一定要收好，千万别弄丢了！"

中野回答说："小姐，谢谢你的提醒，再见！"

空军俱乐部的漂亮女招待其实就是一名日军间谍，代号"樱花",她的真实姓名是山口良子,刚刚毕业于日军中野情报学校,由于成绩优秀,被选派到中国进行秘密情报工作。她在钞票里夹着一张纸条,悄悄交给中野,中野到厕所以后,取出身上藏着的专用药水,往纸条上一涂,上面马上显现出一行字:"大岛下令,鉴于情况危急,你立即驾机返回北平空军基地!"

中野马上掏出打火机,把纸条烧毁。他微微一笑,因为他知道,在中国16年的秘密潜伏任务总算熬到头了,他要归队了,回到大日本皇军航空兵部队了!从此以后,他不再需要戴着面具做人,而是以皇军军人的身份,在战场上和支那军人进行面对面的决战。

很遗憾,他就要和管兰亭说再见了,尽管从此成为对手,但是,两人总还是有过一段同窗生涯。平心而论,管兰亭是个好人,对自己十分关照,可是,军人就是军人,在战场上,他就是自己不共戴天的敌人!

吃完饭以后,武夫的情绪显得有些低落,对管兰亭说:"管兄,我有些头痛,要先走了。"

"要我送你回机场宿舍吗?"

"不用了。明天见!"

当晚,中野很真诚地写了一封信,留给管兰亭,从此以后,两人将各自代表自己的国家,在沙场上决一雌雄!

翌日上午,管兰亭抵达南京军用机场时,听说武夫已经驾驶飞机上天了。可是,管兰亭一直等到下午,仍然没有他的消息,心中很是纳闷。到了晚上,武夫还是没有驾机返回,空军部队上下都很着急。管兰亭被带进武夫的宿舍,只见一切行李都在,整理得有条不紊,桌上放着一封信,信封上写着:"管兰亭先生亲启。"

管兰亭急忙拆开一看,信上写着:"兰亭兄如晤:昔日南苑同窗时光，至今历历在目，殊难遗忘。弟有任务在身，不辞而别，不胜遗憾。人在江湖，各为其主，来日沙场相见，祈盼届时一决胜负！中野武夫顿首，即日。"

管兰亭再三阅读，实在是不可理解。武夫这个家伙究竟出了什么事？是去当汉奸了？抑或驾机逃跑了，但是，无论如何，他也没有想到，武夫居然会是一个长期潜伏的日军高级间谍！

回到航空委员会以后，管兰亭立刻把信交给张副秘书长，并汇报了事情的来龙去脉。张副秘书长知道出了问题，便说道："娘的，一共就那么几架飞机，还被武夫这小子开跑了一架，真是屋漏又逢连阴雨。"

回到日军占领的北平，中野武夫很开心。毕竟，在中国的日子并不好过，而且，他以秘密特工的身份潜伏在中国空军内部十几年了，容易吗？多少次他在梦中被团团包围，成为无路可逃的可怜虫，从噩梦中惊醒时全身都是冷汗，那种神经紧张、惶恐不安的日子可是过够了！现在好了，他终于可以以战胜者的姿态，耀武扬威地亮出自己的真实身份！从此以后，他不用再夹着尾巴做人，不再违背自己的意愿，低声下气，掩饰自己的间谍身份。

在北平日军特高课总部，大岛把中野叫来，拍着他的肩膀说："你辛苦了！"

中野立正报告："敬请将军下达任务！"

"好！有个名叫史迪威的美国佬一直在支持支那人，和我们皇军作对！军部十分气愤。为此，我命令你亲自驾驶飞机，在美国军事武官处上空飞行，给他一点颜色看看！"

中野回答道："哈依！"

他立即驾驶日军战机起飞，飞至美国武官处上空盘桓，中野胆大妄为，一不做，二不休，后来干脆降至150英尺低空进行盘旋，对史迪威等美国外交官进行恫吓。史迪威正好站在机关大院里，连驾驶员中野的面容都清晰可见。

史迪威朝着中野的战机大骂："来啊，你们这些胆小鬼！你们敢在战场上和我们决战吗？"

洛克和其他工作人员使劲把他拉进办公室。

史迪威气愤难消："日军的挑衅行为让我们忍无可忍。我马上就打报告，要求华盛顿对日本人施加压力！"

中野的目的已经达到，就驾驶飞机离去。这是中野和史迪威的第一次正面交锋，此次交手过招，并没有枪林弹雨，但是，双方全明白，好戏还在后头。

第二天，洛克把华盛顿高层来电交给史迪威。

他急忙问道："有什么好消息？"

洛克摇摇头："令人遗憾的是，陆军部的指示居然是：切勿采取任何会使我们卷入战争的行动。"

史迪威愤愤不平："一让再让，总有一天会吃大亏的！"

接到南京空军部队的紧急报告以后，军统人员立即前来侦办武夫案件，并找管兰亭去查问，管兰亭只好把事情经过详细说了一遍。

军统一位中年特工就像审问犯人那样，傲慢地问道："管先生，兄弟是军事委员会调查统计局南京站王站长！"

管兰亭不无讽刺地说："久仰，久仰。"

王站长一本正经地讯问道："根据我们的情报，你和那个驾机投敌的武夫是老同学、老朋友吧？他跑了，你以为你就没问题了？我奉劝你从实招来！"

管兰亭本来就看不起军统那班人，马上反驳道："他是日本间谍，你们去抓他啊！我又不是日本间谍，你们在我面前耍什么威风？"

王站长笑着说道："嗨，你小子和他同谋！今天你要是不老实招供，还敢嘴硬，我要你知道点厉害！来人，把管先生先押下去清醒、清醒！"

当晚，王站长就向军统总部航空处处长张黎生打电话汇报。

张处长一听王站长的汇报，马上发火："姓王的，你他妈的乱抓人！抓谁不行，把管兰亭给抓了？我们空军现在一共还剩几个飞行员？你们再乱抓，要是抓光了，你小子去开飞机？"

王站长知道张处长是戴笠的亲信，得罪不起，忙解释道："张处长，您可不知道，管兰亭和武夫的关系非同一般，两人铁得很。现在业已查明，武夫就是日军高级间谍中野武夫，潜伏在我空军十几年，而管兰亭当年在南苑航校和他是同学，嫌疑最大！"

张处长火更大了："管兰亭是中野的同学，所以你要抓他，那么，老子还是中野的教官呢，你他妈的快来抓我啊！"

"兄弟哪敢！"

"姓王的，我告诉你，现在就给老子放人，否则，我叫戴局长把你他妈的也给关到老虎桥监狱，尝尝老虎凳的厉害！"

张黎生处长当年是南苑航校的教官，对外公开身份是航空委员会副秘书长，可是，他还有一个秘密身份，那就是军统航空处处长。原来，他和军统戴笠是浙江江山县老乡，还是远亲，戴笠为了掌握空军内部动态，就把他拉过去，秘密出任军统航空处处长。那位南京站王站长为人精明，十分了解军统和空军里面错综复杂的人事关系，很会当官，现在见张处长下令了，只能照办。

王站长来到管兰亭被关押的秘密据点，笑着说道："管老兄，我看你是一条汉子，实在是佩服得不行，你这样的豪杰怎么会去当汉奸？我已经向上头据理力争，终于说服了上面的大人物，现在将你无罪释放。"

王站长历来就很会说话，更会做人，这好人全让他给做完了。管兰亭本来就一肚子火，也没正眼瞧他，转身就出门了。

王站长立即笑着把他拦住："且慢！"

管兰亭斜着眼看他："怎么着，还不让老子走？"

"您可别误会，外面有张副秘书长的军用吉普车在等您，兄弟亲自送您回家。"

这一场虚惊终于过去了，可是，管兰亭更觉得郁闷。中野这家伙真能伪装，潜伏了这么多年，自己竟然会一无所知！他自言自语道："中野，汉贼不两立！我俩不共戴天！你小子别让我碰见！"

鉴于中野武夫在过去的间谍生涯中，为日军提供了大量绝密情报，日军大本营参谋本部下令为他授奖。大岛在授勋仪式上，亲自把金鸡三级勋章别在他的胸前，会场上掌声如雷。

大岛慷慨激昂地说道："各位，我大岛历来是很难得笑的，据说，你们常在背后议论，千金难买大岛一笑，对不对？"

全场官兵肃静无声，他们不知道大岛究竟要表达什么。

大岛继续说道："可是，今天你们发现，我笑了，笑得很开心。我之所以高兴，是因为我们大日本皇军华北特高课中野武夫少佐奉命潜入支那空军，时间长达14年！各位，14年过去了，中野君始终在支那人当中过日子，那是什么滋味？度日如年啊！他所提供的绝密情报举不胜举，就拿此次北平战役来说，他在战前就设法得到了支那军队'国防部关于华北地区对日作战计划'、'中美有关航空器材援助协定'等机要文件，使得东京大本营对于支那军队的调动了如指掌。了不起啊，中野少佐，你是我们华北特高课的骄傲，是我们军队在华北的间谍之王！"

全场高呼："中野功勋卓著！中野是皇军骄傲！"

大岛最后宣布："根据东京大本营的神圣命令，从即日起，中野武夫少佐晋升为大日本皇军航空兵部队中佐!"

中野很激动,双眼满含泪花,他的贡献终于得到大本营的认可。在日军司令部会场的庄严讲台上,中野满怀激情地说道:"各位长官,我中野是北海道人,从小跟随父母,一直在冰天雪地里生活,不善言词,不苟言笑。但是,我知道,大本营给我中野的荣誉,不是给我一个人的,是给予我们在支那华北地区全体官兵的!这是多大的荣誉啊,我中野不能不踌躇满志,不能不雄心勃勃,我要继续洒血作战,把支那军队内部的高级秘密,统统拿出来给我们辉煌的军队使用,我们要征服支那,占领亚洲,控制世界!"

大岛站起身来,带头鼓掌,全场狂热高呼:"胜利!胜利!胜利!"

中野春风得意,而他的对手的日子却不好过。此时,上海附近地区的战场很快进入白热化阶段,中日双方军队相持不下,杀得难分难解。但是,在南京航空委员会里,战争气氛好像并不浓厚。南苑航校毕业生表面上很受尊重,但在高层并没人买账,毕竟他们不是蒋介石和蒋夫人的嫡系,手中并无实权,只能在办公室里坐坐冷板凳。管兰亭几次书呈上司,要求去前线空军部队参战,但是无人理睬,即便写了血书也没有得到批复。他饱食终日,无所事事,一到办公室,就为自己泡上茶,然后就看报纸,从头条新闻一直看完全部广告。唯一让他高兴的是,董霜桥在军事委员会密电研究所任职,消息灵通,而且同在金陵,可以经常交换对于时局的看法。此时的董霜桥已不再是教授了,他已经投笔从戎,少了几分文人气质,多了一些军人风度。

这天,管兰亭和董霜桥在金陵夫子庙附近秦淮酒家一起喝酒,管兰亭边喝边发牢骚:"霜桥兄,我现在可是心如死灰啊,娘的！国难当头，我还是报国无门！倒还不如学林教头，来个风雪山神庙，反了也罢！"

董霜桥在一旁坐着，看着他，手拿酒杯，却未喝一口。

管兰亭继续说道："厮杀汉如何不饮酒？喝！"

此时，管兰亭已经微醉，一连猛干几杯，董霜桥见他心苦，也不挡他，只是微微笑着，看着他猛喝。

管兰亭大为不满："你，你，笑个啥？"

霜桥回答说："何以解忧，唯有杜康！好，我陪你干一杯！"

两人对饮一杯。董霜桥把酒杯放下，说道："是真英雄，何愁无用武之地？大战已经全面爆发，在战争时期，急需的军用物资均要从国外进口，维持国际交通线至关重要。只要一打起来，日军就会抓住我们这一致命弱点，把切断我们的国际交通线作为军事战略重点。"

管兰亭停杯不再喝了，认真聆听董霜桥的高见。

董霜桥继续说道："一旦日军大举侵华，中国沿海城市估计难守，必将相继沦陷，东部、南部的沿海交通必然中断！"

"老兄的预测颇有些危言耸听，我们不是还有桂越、滇越的国际交通线吗？"

对于他的话，管兰亭半信半疑。此时，霜桥干了一杯，借着三分酒意，颇有些指点江山的豪情："兰亭老兄之言则差矣！你我都是军人，今后之中日大战必然万分残酷，日军如果占领沿海地区，必将全力封锁一切对外通道！"

"倘如此，计将安出？"兰亭问道。

"恐怕最后的希望还是建立空中通道，到时候，还是要你们这些空中豪杰出力了！"霜桥断然说道。

"你的高见绝对是今日之'隆中对'！老弟真是一个军事战略家，干！"

董霜桥也谦虚:"哪里的话,无非是书生之见,老兄过誉了,干!"

兰亭干完后,向他请教道:"依你看,我该何去何从?"

霜桥其实早有主意:"中国航空公司现在正和美国泛美航空公司合资经营,四处招兵买马。老弟何不去找找龙大哥,他在南京军界很是兜得转,要他帮你疏通、疏通,你不妨去那里试一试!"

"听人劝,得一半!好,俺就直奔那里,怎么着也胜过在衙门里独自坐得冷清。"

当晚,两人大醉。龙大哥早已带兵南下,在20军当副军长,接到管兰亭电话以后,当即与中国航空公司中美双方总经理打了招呼。对于管兰亭的加盟,中国航空公司茅定国副董事长简直可以用欣喜若狂来表示。

他在自己的办公室里会见管兰亭,亲自为管兰亭斟满一杯威士忌:"来,管先生,我们可是航空委员会的老同事了,为您的到来,我们干一杯!"

"茅副主任,不,应该是茅副董事长,谢谢您看得起我管兰亭!"兰亭一饮而尽。

茅将军连声喝道:"好酒量!壮士豪饮!兰亭兄,你知道,我是从不喝酒的,可今天,我怎么也得喝一杯。你知道为什么吗?"

"何也?"

"你来以后,我是如虎添翼,对公司前景越发充满信心!"

管兰亭在航空委员会里早就听说茅定国是蒋介石的远房亲戚,黄埔一期学生,后去苏联留学,专攻航空学。

他说:"将军,您身居高位,但在空军里从不摆架子,为人热情,兰亭早已耳闻多时,今日再次目睹,真是更有体会,说实在的，我颇为感动。"

茅定国说道："过奖，过奖，我哪有这么好？我们还是来谈点正事吧。"

他确实善于把握和下属之间的关系，亲和力很强，但又不失时机，还能抓住当前工作要点。他说道："兰亭兄，正如您所知道的，目前中国共有三家商业航空公司，首先是我们的中美合资中国航空公司，其他还有中德合资的欧亚航空公司和西南航空公司。兄弟我何才何德，居然能够出任中国航空公司副董事长？"

管兰亭由衷地说道："您是黄埔学生，又是留苏专家，在航空界德高望重，确实是最合适的人选。"

"其实，我对自己的选择后悔过好多次。你知道，我是在一个危险的时间，来到一个危险的公司。眼下中日之间激战犹酣，公司经营确实是非常非常困难！"

"将军，我听说过很多有关您的有趣传闻。"

茅定国幽默地说："全是骂我的吧？"

"正好相反，全是夸您的！"

"真的吗？谢谢！看来是好心有好报啊！当年孙中山先生一直提倡'航空救国'的伟大理念。"

管兰亭真诚地说道："年轻时，我满腔热血参加空军，就是冲着国父这句话来的。"

但他没想到的是，茅定国话题一转，马上开始倾吐一肚子苦水了："可是，公司刚刚开张不久，我上任伊始，就发现问题堆积如山！你想想，公司飞机性能低劣，缺少的飞机零部件从来也没有准时运来，为此，我在电话里和美国代表不知发过多少次火！可是，发火又有何用？"

管兰亭对此深表同情。照说，他自己也算是中国航空界精英了，从南苑航校毕业以后，先后在英、美大学里，系统学习航空工程、航空仪表和无线电，此外，还学过美军作战飞机驾驶。按照惯例，在这一领域里，多数飞行员只管驾驶，但是，管兰亭不仅会驾驶，还精通航空机械，确实是人才难得。

茅定国说："兰亭兄，你可是个高人啊，据说，你既可以依靠目视，了解气象条件，也可以单靠仪表，进行盲飞，真是一名全天候的飞行专家。别说是在中航，就是在全中国，你这种全能人才实在是屈指可数，这也就是我和公司高层对你格外器重的原因。"

管兰亭有些不好意思了："哪里，哪里，实在是令我汗颜啊。"

中国航空公司表面上是民用飞机公司，实际上是半军事机构，公司高层人士多为空军高级军官。随着战争的进展，中航既要从事民用业务，又要担负军事任务，危险性越来越大。

战火逐渐蔓延，南京失守，管兰亭跟随中国航空公司转移至汉口。此时，史迪威将军也来到汉口，并通过美国著名记者史沫特莱，认识了中共代表团负责人周恩来和叶剑英。周先生的人格魅力赢得了史迪威的尊重。

周恩来先生在会见时，诚恳地说："史迪威先生，抗战开始以来，我们共产党人放手发动民众，实施全民抗战的方针，八路军在敌后坚持独立自主的山地游击战的战略与战术。"

史迪威认真聆听了他的介绍，然后表示："对于你们的做法，本人虽感生疏，但我认为，你们的战略与战术的原则是正确的。"

在座的叶剑英将军也表示道："听说你在北平住过很久，我们八路军贺龙将军在晋西北，刘伯承将军在晋东南，还有聂荣臻部、肖克部、吕正操部等，已经在晋察冀广大地区收复了国民党军队所丢失的大部分国土,建立了抗日根据地,即便是北平西山门头沟地区,也已经掌握在我们八路军手中。"

对于这些消息,史迪威倍感亲切:"我为之振奋和快慰。坦率而言,你们共产党人谈吐坦率,举止彬彬有礼,态度友好,同国民党那些身着毛领大衣,脚穿踢马刺靴的新式拿破仑们,形成鲜明对照。老实说,那些家伙装腔作势,盛气凌人,给我的印象很不好。前几年,北平青年学生发起了'一二九'运动,这场震撼中外的学生运动,据说就是你们中国共产党人直接领导所发动的。"

周恩来说:"是的,中国人民的抗日热情一直非常高涨。"

史迪威说:"我在西点军校的一位校友,当时正任美国驻天津第15步兵团团长。"

周先生马上说:"您指的是林奇上校吧。"

"是的,就是他告诉我说,1932年他从菲律宾来中国休假,曾在江西苏区亲眼看到共产党军队不抓壮丁,却给士兵发饷,而且不允许他们欺压百姓。"

"我们红军一直有三大纪律、八项注意!"叶剑英将军介绍说。

史迪威继续说道:"我们驻云南副领事也曾亲眼目睹长征途中的共产党军队,他们士气高昂,目标一致,尽管装备简陋,但纪律严明,秋毫无犯。作为一个组织,共产党军队表现出自太平军以来所不曾有过的献身精神和无私品德。"

坐在他身边的史沫特莱女士也兴奋地说:"1937年9月下旬,当共产党军队首战平型关,取得抗战以来第一次大捷后,史迪威先生为之十分震惊,他认为共产党军队所使用的战术确实值得研究。后来,他来找我,专门用半天时间与我探讨、分析平型关大捷及八路军的战略、战术问题。"

史迪威予以肯定："那真是很有收获！我还在汉口会见过刚刚从朱德将军那里回来的卡尔逊上尉，他直接向罗斯福总统报告八路军情况，他们认为，八路军的游击战术非常有研究价值。"

后来，史迪威总是对人说："周恩来仪表英俊，很有涵养，文质彬彬，深得外国人尊重。叶剑英机智稳重，才干超群。"

不久，史迪威对正在外援委员会工作的史沫特莱女士说："我告诉你一件事，在国际红十字会仓库里，堆满了新运来的国外药品，其中还有新出品的磺胺药等。你可以以我的名义，向他们申请一些药品，并把药品送给你所喜欢的抗日军队使用。"

史沫特莱高兴地说："那太好了，我立即去办这件事，力争尽快把药品送到八路军抗日根据地去。"

一年以后，管兰亭从汉口撤退至陪都重庆。山城重庆被日寇战机炸得支离破碎，只有残存的吊脚楼依山而立，远远眺望，嘉陵江水滚滚而去。房间内的收音机里传出蒋介石的讲话："胜利须融洽久长之奋斗。我在抗战开始时，早已决定一贯的方针，一曰持久抗战；二曰全面战争；三曰争取主动，宁为玉碎，不为瓦全。与日寇周旋到底，最后胜利必属于我。"

此时，管兰亭看着战时陪都的悲情风景画，很有些触景生情。他历来认为自己很倒霉，之所以倒霉，就是因为自己不识时务，空有一身飞行技能，却被那些无能小人在背后煽阴风，放冷箭，这只能使他越发讨厌这些庸俗之辈。作为一名孤独的飞行家，他怀才不遇，只能带领自己的飞行小队，在后方从事货运业务。

在飞行中，他安慰自己说："我是比上不足，比下有余，至少在驾驶舱里，任你天王老子，也得听爷的不是？"

一想到这里,他不由得笑了。

"管老师,您笑什么?"

王副驾驶对他的自言自语有些莫名其妙。其实,王副驾驶的飞行技术很高,是杭州中央航校毕业的高才生,在汪精卫专机上当过几年副驾驶,早就可以独立驾机独立飞行了。

"没什么,没什么。"管兰亭把话题岔开。

过一会儿,管兰亭询问他道:"论技术,你完全可以去当正驾驶,何必在我这里受委屈?要不要我到上面去帮你说一下?"

王副驾驶倒很豁达大度:"管老师,我这个人没什么雄心壮志,无非是混口饭吃,宁当凤尾,不当鸡头,能跟着您学几下子,那是我的荣幸。"

管兰亭也不勉强,只是说道:"王先生,在历史上,历来都是时势造英雄。没有战争大格局、大舞台,即便是怎样的英雄,也会无用武之地。"

王副驾驶颇为同情地说:"老师,您太倒霉了,以您的本事,空军里有几个能跟您牛的?同学们全为您抱不平,说您遭遇到古往今来许多聪明人的共同命运,空使英雄泪沾襟!大家只能仰视长天,徒然叹息。"

管兰亭不以为然:"王老弟,我总不能自暴自弃吧?再说,战时局势的飞速发展总会为真正的战士提供难得的机遇。你说是吗?"

王副驾驶点点头:"那是当然!"

作为空军一员老将,管兰亭理所当然地应该得到这一早就应该属于他的战机了。后来的历史表明,他的等待是正确的,正是在后来中国空战舞台上,具体地说,正是驼峰行动,其中包括所谓的"酋长行动",使他脱颖而出,名扬四海,最终成为中国早期空军名声显赫的英雄人物。

第五章

战火恋情

　　白驹过隙，三年时间就在血与火的战争中过去了。随着1941年的到来，抗日战争进入最为艰苦的阶段。战鼓声中思良将，茅定国被蒋介石任命为空军副司令。作为指挥官，他首先考虑的是空军飞行员的快速培养问题。想来想去，他想起管兰亭了。

　　他立刻召见管兰亭，对他说："兰亭，正如你所知道的，目前空军飞行员伤亡过多，我们急需培养新的飞行人才。我想把你调到昆明航校去当副校长。你这可是临危受命啊！"

　　管兰亭很激动，立即回答道："职等明白，空军若无飞行员，势必成为'空军'，我将呕心沥血，全力造就新一代飞行员！"

　　管兰亭立即赶赴昆明航校就职。在中日战场这一边，管兰亭夜以继日，培训飞行人员。在战场那一头，中野武夫也没闲着，他已从北平特务机关调至日军南方派遣军。在中国大西南上空，昔日老同学又要再次相见了，不过，管兰亭没有想到的是，他和中野将在空战中相遇，而且，外表显得有些憨厚的中野居然会要他的命，企图把他的昆明航校从地球上彻底消灭！

　　军战未启，谍战先行。按照东京大本营情报部和南方派遣军情报部部长大岛中将的命令，中野武夫重操旧业，以《读卖新闻》记者身份，来到泰国首都曼谷，组建日军在东南亚的特务机关——南机关。在他的指挥下，南机关很快就在缅泰边境附近地区建立起庞大的情报系统，为日军后来的作战行动搜集各类军事情报。

这一天，中野正在阅读中国报纸，在《西南日报》的一个角落里，他发现一张照片，下面的说明是："昆明中学生慰问航校师生，校长和他们亲切握手。"

中野仔细查看这张照片，随即冷笑道："兰亭同学，你居然去航校当校长了，难怪好久没有你的消息了！"

他立即下令把日军女特工山口良子召来，随即把这张报纸上的照片拿给她看："认识这个人吗？"

山口迅速扫了一眼，回答说："报告，我见过这个人，他叫管兰亭，据说是中国空军的王牌飞行员。"

"对，他也是我的头号死敌！"

山口小姐垂下眼皮，低声说道："据说他还是中野长官当年的同学！"

中野说："是的，你的情报很准确！我们曾为同窗，但现在却是死敌！"

山口小姐低头倾听，妩媚动人。

中野对她布置任务："山口小姐，你必须立刻潜入昆明，化名'樱花'，到那里和一个代号为'麻将'的特工会合。你们要不惜一切代价，获得支那空军和美国志愿队的重要情报，特别是有关管兰亭的所有情报！"

"哈依！"

"麻将"是谁？肯定不是一个等闲之辈，中野在此时启用他，必然是把希望寄托在他的身上，可是，"麻将"真的有那么厉害吗？山口小姐渴望和他早日见面，以便了解他的真实实力。

这天，王副驾驶去空军俱乐部喝酒，见酒吧里新来的服务小姐长得很漂亮，王先生不免多看了她两眼，那位小姐朝他嫣然一笑，王驾驶便走了过去："小姐，给我来一杯威士忌。你真漂亮！"

小姐很腼腆，不好意思地回答说："先生，谢谢您的夸奖！"

王驾驶随即问道："有空我请你吃饭。"

小姐更难为情了："先生，谢谢您的好意，不过，我不喜欢跟别人出去吃饭。"

"那你有什么爱好？"

漂亮小姐垂眉答道："我只喜欢'麻将'！"

王先生一惊，紧紧盯着她看，然后问道："什么麻将？你怎么会有这种爱好？"

小姐抬起头来，观望四周，见没人注意他俩，便冷冷说道："王先生，中野先生向您问好！"

王先生把酒杯轻轻放在吧台上，随即把钞票扔过去，若无其事地回答道："小姐，对不起，您认错人了吧？我不认识那位先生。"

然后，他就朝门外走去。服务小姐追了上来，很客气地说道："对不起，先生，这是找您的零钱！"

王先生更客气："不用找了，你留下吧！"

"那就谢谢您了！"

服务小姐低声说道："我住在2号楼4号房间，晚十点以后，我等你！"

说完，服务小姐很文雅地向他鞠了一个躬，回到吧台继续干活。王副驾驶冷漠地站在那里，随即朝地上啐了一口："娘的，不是冤家不聚头！"

中野是个闲不住的人，他既担任"南机关"机关长，又兼任第五航空队大队长，他所率领的航空大队下辖12架飞机。当他把有关毁灭昆明航校的作战计划呈报上去以后,立刻引起大岛的重视。很快,他就接到南方派遣军司令部的命令:"空袭中国空军昆明航校。"

大岛对他下令道:"中野少将,昆明航校是支那空军的最后希望,你必须彻底加以摧毁,炸掉那里所有飞机和所有人员,也就是说,毁灭一切!"

中野立刻喊道:"哈依,我的任务是彻底毁灭昆明航校!"

大岛很满意地笑了,接着说道:"你是个真正的英雄,而英雄需要宝刀!你知道,皇军最新式的战斗机零式飞机初次配备我南方派遣军,你的飞行大队将会驾驶零式战机出现在支那战场上空!我想,这足以让你的老同学管先生目瞪口呆了!"

中野感激涕零,立正敬礼道:"感谢司令官厚爱!"

这一天。中野少将指挥12架日军战机从越南军用机场起飞,企图偷袭昆明。敌机刚起飞,昆明上空的警报声就已响彻云霄。

兰亭姑父后来对我解释说:"抗战时期的昆明,空袭警报分为三种。一是预行警报:表示日本飞机已经起飞;二是空袭警报:表示日本飞机已经进入云南境内,但是即便进入云南,也可能不到昆明;三是紧急警报:警报拉响以后,人们一听见连续短音警报,就可以肯定,敌机将空袭昆明。"

我问道:"老百姓害怕吗?"

"不过,由于日军战机空袭频繁,昆明当地居民早已司空见惯,对跑警报很有经验,从不仓皇失措。说到当时航校的装备,说句实话,中国空军昆明航校在抗战时期实在可怜,只有三架苏制伊二式战斗机,伊二式是一种老式双翼机,装有四挺小口径机枪,速度较慢,但在空中转弯半径较小,操作比较灵活。"

中野是有备而来,志在必得!但是,管兰亭并没有意料到他会与老同学在空中相遇!当他听见空袭警报以后,怒火中烧,立刻下令道："紧急起飞，奋起迎战！"

他带领两名飞行员，驾机起飞，组成三机编队。敌我两军战机在3000米高空遭遇，中野在空中看见管兰亭的飞机，特意按照南苑航校老规矩，摆动三下飞机机翼，算是打个招呼了。管兰亭远远看到一架敌军战机作出一个自己所熟悉的问候动作，马上意识到，老同学出来了，今日必有一场恶战。

他自言自语道："好啊，中野，我俩今天决一雌雄！试看今日之域中，竟是谁家之天下！"

管兰亭知道，空战激烈，时间短暂，胜负就在瞬息之间，他根本就没有机会去仔细考虑，只能聚精会神，全力迎接敌人的进攻。中野历来心狠手辣，并占有飞行高度优势，他立即指挥僚机击落管兰亭的一架僚机。管兰亭的另一架僚机，见势不妙，只能俯冲脱离空战战场。

此时，中野得意忘形，在空中大叫道："管桑，老同学，你的死期到了！"

他指挥六架零式战机，轮番进攻管兰亭的飞机，双方从3000米盘旋格斗，一直打到低空。此时，管兰亭已无退路，只能背水一战。他身处绝境，急中生智，立刻相继采用小转弯、半翻滚俯冲、上升反转等高难度空中动作，竭力避开日军战机一次次的轮番进攻。与此同时，他利用自己丰富的经验，抓紧时机，不时向敌机开火。

中野知道管兰亭是个厉害对手，便紧紧尾随其后，咬住不放。当管兰亭贴近地面上升转弯时，中野立即开火射击，管兰亭的战机不幸被击中，但他临危不惧，马上采取大侧滑下降动作，把飞机降落在航校附近的稻田里，然后，很快检查了一下自己的身体状况，发现没有受重伤，便从座舱里翻滚出来，隐藏在田埂边，利用有利地形掩护自己。

就在此时,凶狠的中野率领三架零式战机俯冲下来,朝着管兰亭的飞机疯狂扫射。中野在低空盘旋三周,看到飞机周围没有任何活人的迹象,方狞笑着撤离战场。

在返回日军空军基地途中,中野笑了,笑得很开心:"管桑,老同学,实在是对不起了,但愿上帝保佑你在天之灵!"

等到日军飞机消失以后,管兰亭方从地上爬起来,冲着蓝天高喊:"中野,来日方长,鹿死谁手,其未可知!"

管兰亭死里逃生,总算躲过一劫。作为美国志愿队的飞行员和昆明航校教官,亨利少校和乔治少校在地面自始至终观看了这场惊心动魄的空战。当敌机飞走后,他俩立即驾驶军用吉普车,疯狂驶向飞机坠落地点,在残骸四周大声喊叫:"兰亭,你还活着吗?"

管兰亭见是自己人,便不慌不忙地拍打着身上的尘土,朝着他们喊道:"没事,我很好!"

亨利冲过来,和他紧紧拥抱:"兰亭,这真是奇迹!你真棒,居然能死里逃生,大难不死,必有后福!你是如何做到这一切的?"

管兰亭笑着回答道:"我只不过是利用我们战机的长处,去攻击敌机的短处而已。"

"我知道了,你是以己之长,克敌之短!"

在吉普车上,管兰亭提问道:"乔治,你知道吗,空战中最重要的是什么?"

乔治略加思索,回答道:"我想,在空战中,航炮射击的准确性最关键!"

管兰亭不以为然:"我觉得,在空战中,战术最重要!"

"具体来说是什么?"

"根据我们战机的长处,三机编队'打了就跑'的战术原则最重要!"

"为什么?"亨利问道。

"我们可以利用我军战机速度较快的优点,在空战中,迅速俯冲,再说,我们的航炮火力也较强。"

亨利问道:"你这完全是空中'游击战'理论!"

"对,完全正确!"

"但是,你坚持在空战中不留在日机射程之内,这听起来与贵国空军军规完全抵触,你很可能会因'临阵脱逃罪'被军事法庭判处死刑!"

三人相视而笑。

管兰亭回答道:"老实说,对于我的战术建议,不仅美军难以接受,就是英国皇家空军和苏联顾问也会完全反对,他们认为这种空战理论是荒诞的,不可思议的。但是,我以为,只有采取这种崭新的空战战术,才能让我军扬长避短,克敌制胜。"

亨利和乔治心服口服,更加佩服管兰亭了。

随着抗日战争的进展,战火吞噬着整个中国,神州大地上已经没有一个宁静的角落。这天,西南联大校长诚挚邀请管兰亭到大学去做一次讲座。

当他们走进简陋的草棚会议室时,里面座无虚席,有些后到的学生干脆站在过道两侧。显然,战时大学生们对于军事讲座极为关注。

校长说话极为风趣,他先做开场白:"同学们,在管兰亭上校讲演开始之前,我来讲一个真实的笑话。今天上午,我在开始讲课前,询问我班学生:'同学们,昨天我讲到哪里?'可爱的龙山花同学很严肃地答复我说:'校长,昨天您讲到:同学们,警报响了,敌机来轰炸了,快跑!'"

全场哄堂大笑。等笑声停止以后,校长继续说道:"敌机如此嚣张,日寇如此猖狂,那么,在我们中华民族的蓝天之上,我们的空军健儿是如何与他们进行殊死搏斗的?下面,有请空军英杰管兰亭上校!"

管兰亭在热烈的掌声中走到前面,开始用低沉的声音说道:"尊敬的校长先生、尊敬的各位老师、各位同学:首先,我提议,为在这场伟大战争中英勇献身的先烈们默哀!"

全场肃静,悼念烈士。而后,管兰亭满怀深情地回忆起他和战友们的战斗事迹。当他的演讲结束以后,一位美丽的女学生询问道:"管上校,我是生物系学生龙山梅,据说,当飞行员十分危险,是这样吗?"

管兰亭当时绝没有想到,就在他俩相视的一瞬间,正是那一刻,他们两人的命运就将联系在一起了,而且是整整一辈子。

他笑着回答道:"先问一下,你是龙山人吧?"

龙山梅笑着说:"是啊,我姐姐龙山竹当年还是您的好朋友。"

管兰亭回答说:"可惜她现在行踪不定,我们已经好久没有见面了。现在我来回答你的问题。确实,当飞行员很危险,当战时的飞行员尤其危险。老实说,抗战初期参战的驾驶员现在能幸存下来的,不过十之一二。但是,我依然以为,所有的飞行员全都终生无悔。我曾经飞越太平洋,也曾横跨大西洋,但是,我从来没有看到过比我们的华夏大地更为壮观的景色!"

站在龙山梅旁边的龙山花羡慕地说:"您真是独领风骚!"

全场一片笑声。

管兰亭激动地回答说:"正是!飞在祖国的蓝天之上,那种恢弘气势,那种可以触摸蓝天的非凡感觉,使我们有一种俯视寰宇,一览众山的豪情!老师们,同学们,你们想想,飞机下面是世界屋脊喜马拉雅山,银装素裹,白雪皑皑;那一边则是峨眉山,陡峭嶙峋,犬牙交错。极目望去,天高云浓,山深林密,何其壮丽!"

师生们被他的激情所感动,情不自禁地鼓起掌来。

演讲结束以后,龙山花和龙山梅挤到管兰亭身边,焦急地询问他:"管大哥,您有我姐姐的消息吗?"

管兰亭遗憾地回答道:"真是对不起,我一直在打听她的下落。我最后一次看见她,还是在杭州,那已是好几年前了。我和董霜桥博士还托过一些消息灵通人士四处打听,只知道有人曾在延安看见过她,但是,现在究竟在哪里,无人知晓,不过,她肯定还活着。"

望着姐妹俩失望的神情,管兰亭说道:"你们别担心,我会继续寻找她的下落的。我们一直是情同手足的朋友,你们今后有什么困难,就来找我,我把联系方式留给你们。"

龙山梅说:"那太好了!"

联大校长请管兰亭在师生食堂吃便饭:"兰亭兄,你的讲演确实是深入浅出,气势磅礴,很受师生们欢迎。"

"哪里,哪里,只是发自内心,说些真实的故事而已。"

校长接着说道:"管上校,实在是对不起,非常时期,我们联大教授的生活异常艰苦,能够吃上一顿油条,就算是打牙祭了,平时只能吃所谓的平价米,米饭里面掺有石子、稗子、谷糠甚至米虫等,我们把这种饭戏称为'八宝饭'。"

管兰亭在空军的待遇当然要好多了,不过,他还是开玩笑道:"教授,我最喜欢吃这种八宝饭!"

校长继续说道:"吃了这种八宝饭,很容易得盲肠炎,此外,空袭频繁,我们刚端起饭碗,警报器就响了,大家只好赶紧把饭吞下,朝防空洞跑去,这样一来,患盲肠炎的师生就更多了。"

当时,联大学生的生活条件确实十分艰苦,学生们穿的是破旧衣服，吃的是发霉的米，住的是土墙茅屋，四十多人住一屋，中间为半米宽的过道，两边用布帘隔成十小间，每小间四名学生，分别挤在两张上下铺床上。

吃完饭，管兰亭从军用背包里取出一些美国巧克力，送给校长："教授，这些薄礼，实在是不成敬意！"

校长非常感激："谢谢你！附属幼儿园孩子们的营养太差了，我拿去给他们，小把戏们肯定会高兴得欢呼的！"

管兰亭的报告激发了师生们的参军热情。几天以后，鉴于军队急需翻译人才，空军基地医院也需要医护人员，在西南联大食堂里，龙将军亲自来校作应征动员报告。

龙山石将军大声疾呼道："同学们，国家兴亡，匹夫有责！奉国民政府命令，为了应对抗战急需，联大今年的应届毕业生，除去女生和病残者外，一律应征，去做军事翻译。"

一位男生举手问道："将军，我是家中独子，如果不去，可以吗？"

校长郑重其事地回答道："不行！按照上面的文件，不去者不发毕业文凭，这是一道死命令！"

在食堂里听报告的龙山梅和龙山花热血沸腾。

龙山梅举手提问："校长，我们是生物系学生，准备报名参军当护士，可以吗？"

龙山石一看是自己的两个妹妹，故作不认识，询问道："你们女同学为什么要参军？"

龙山花回答说："战争时期，我们在联大学习，生活虽然艰苦，但是，毕竟还有书读，可是日寇不让我们安心学习，他们常来轰炸昆明，也来轰炸我们的简陋校舍，迫使我们在空袭警报声中，躲在荒冢和丛林之中看书。中国之大，早已放不下一张平静的书桌了！"

校长早已感动不已，回答道："好的，我帮你们联系！"

在龙家姐妹报国热情的激励下，西南联大许多男生踊跃报名参军入伍。在联大校长帮助下，龙山梅和龙山花被批准参军，到昆明空军基地医院当护士。

她们两人在联大教务处办完停学手续以后，来到空军基地医院，医院大门口设有岗哨，准进不准出，除非有出入证。姐妹俩去医院办公室报到，领到了黄绿色军装、裹腿和皮带，随后，提着行李来到宿舍。稍事安顿以后，她们就开始在病房中实习。好在两人聪明，许多内容是在学校里学习过的，在老护士培训下，很快就适应了医院工作，成为护士长的得力助手。

这一天，管兰亭接到一项秘密任务，奉命驾驶一架运输机去香港运输一批战略物资。抵达香港以后，他和亨利，还有王副驾驶去尖沙咀游览，在闹市区街道上，他听见有人在街头募捐，仔细一看，那位讲演的女士不是别人，正是多年不见的龙山竹！

龙山竹用广东话在演说："各位同胞！国内的八路军和新四军正在抗日战场上与日寇浴血奋战，他们急需武器、弹药、军服、药品等军事物资，我们能袖手旁观吗？"

街头群众高声大喊："不能，帮助他们就是帮助抗战！"

龙山竹举起右手，慷慨激昂地呼吁道："有钱出钱，有力出力，为前线英勇奋战的八路军和新四军的将士们捐献军事物资！"

听讲的老百姓争先恐后，拥上前来，从口袋里把钱掏出来，放进龙山竹双手捧着的募捐箱里。

龙山竹对捐款人士的热情表示感谢："谢谢，谢谢！"

这时，她看见一位身穿皮夹克的男士把许多银元放进募捐箱中，抬头一看，原来是管兰亭："兰亭，是你？"

兰亭笑着说："支援前线，人人有责！"

亨利一看，马上把十美元掏出来，放进箱里。

龙山竹用流利的英语说道:"Thank you!(谢谢你!)"

亨利开玩笑道:"为美女捐钱,不亦乐乎!"

正在此时,一辆黑色轿车悄然驶来,在不远处停下。身穿便衣的中野在轿车里注视着龙山竹和管兰亭的动向,在他身旁是大岛。

大岛问道:"你认识那个支那女人和她身边的男人?"

中野谦恭地回答道:"是的,我们多年前就认识了。那个男人就是我的老对手管兰亭,我本以为他已经被我打死了,可是,出乎意料的是,他居然还活着。"

大岛从鼻子里哼了一声:"这个女人是什么背景?"

"根据情报,她是中共在香港的活跃分子龙山竹。"

"香港很快将成为大东亚共荣圈的一个部分,我看,你应该早点送她去西天,别让她继续活跃下去!"

大岛狞笑着做了一个杀头的手势,中野马上会意:"哈依,司令官!"

中野挥了挥手,坐在前座的特工立刻会意,下车对龙山竹进行跟踪,中野和大岛则悄然离去。募捐活动结束以后,管兰亭陪伴龙山竹沿着街道边走边聊,亨利和王副驾驶跟在后面,他们没有注意的是,日本间谍就像尾巴一样,紧紧尾随他们。到了龙山竹的秘密住地以后,他们要了一些外卖,边吃边聊。

龙山竹问道:"兰亭,你们什么时候返回重庆?"

"明天上午。"

"我们有些医疗用品需要送到重庆八路军办事处,你能帮我们运过去吗?"

管兰亭很爽快,当即说道:"没问题,明天早晨你送到机场来吧。"

龙山竹继续说道:"正巧'老板'也要回去,能让他搭乘你们的飞机吗？"

"当然可以，举手之劳！"

亨利和王副驾驶边吃边听他俩闲聊。晚饭以后，"老板"走进院内，看见管兰亭，很是高兴："管先生，多年不见，上次你可是帮了我们大忙，我都没机会向你当面道谢！"

管兰亭说："您的身手可是不凡，敏捷得很，上次一转身就不见了！"

"老板"笑了笑："后面有尾巴，没办法，只好跑快一些。对了，山竹，我发现外面有人在盯梢！"

管兰亭悄悄走到窗前，稍微撩开窗帘边，朝外小心看去，果然发现两个人躲在院外马路的树影中，不时朝院内窥视。

"娘的，天下不太平，坏蛋还真不少。"

"老板"很警觉："可能是日本间谍，我们要马上转移！"

王副驾驶主动请战："那就把那两个混蛋交给我处理吧。"

管兰亭回答道："好吧，就看你的了！"

此时，院内人声照旧喧哗，人们好像聊得很开心，门外的那两个日军特工正在偷听，没想到王副驾驶从后面猛击一掌，把两人快速击倒，日军特工当即倒在地上，被打昏过去。王副驾驶把他们拖进院里，用绳索紧紧捆住，院内的人们立刻迅速转移出去，很快就消失得无影无踪。

半夜时分，中野带领一群特工，分乘两辆轿车，在院外停下，随即悄悄跳入院墙之内，可是，里面早已空无一人，只有两名被捆着的间谍在低声呻吟。

中野从他们嘴里掏出毛巾，厉声问道："人呢？"

一名间谍回答说："我被打昏了，什么也不知道。"

"八嘎，你的十分愚蠢！"

与此同时，在重庆的张副秘书长接到一封密电："管兰亭明日中午驾机回渝,机上有八路军军用物资。"

张副秘书长看完密电,阴沉着脸,立刻打电话布置军统人员进行拦截。

翌日上午,"老板"乘坐一辆卡车,驶入香港机场,在中国航空公司的飞机旁停下。管兰亭一看见卡车,随即下来,帮助他们把物资送进货舱,然后把"老板"在机舱内安排好。

管兰亭询问道:"老板,山竹不回国吗?"

"老板"回答道:"她临时有其他任务,就不和我们一起走了。"

"那您先坐好,飞机起飞以后,很快就进入正常飞行,到时候我再来看你。"

"管先生,每次都麻烦你,真得好好谢谢你!"

管兰亭笑着说道:"你真客气,都是朋友,何必言谢?"

说完以后,他到机舱后面,仔细检查每一件托运行李,在一个手提箱旁,他似乎发现一些异常动静,便弯下腰来,紧贴着皮箱,听到里面有"嘀嗒、嘀嗒"的响声,立刻小心翼翼地打开皮箱,不出所料,在衣服下面,隐藏着一枚定时炸弹!

此时,亨利和王副驾驶走了过来,大叫道:"兰亭,到时间了,准备起飞!"

管兰亭满头大汗,挥挥手,大喊道:"危险,站远点,别过来!"

王副驾驶看到他正在拆除定时装置,大惊失色。

亨利却若无其事,对"老板"说道:"对不起,先生,旅途太枯燥乏味了,管先生为您准备了一点小小的乐趣,希望您会喜欢!"

"老板"对炸弹也是司空见惯,笑着说道:"管先生是行家里手,我就不过去帮忙了。"

当管兰亭煞费苦心，拆除了定时装置以后，脸上方才浮现出一丝笑容。他大叫道："小伙子，接着！"

话音未落，他就把炸弹扔给王副驾驶，王副驾驶接到炸弹后，脸色苍白，浑身冒汗。

亨利却乐坏了，大叫道："老兄，千万别扔掉，保管好！我还要留着当纪念品呢！"

飞机起飞以后，在香港机场塔台进行监视的一名日本特工立即打电话给中野："先生，您的朋友已经动身了，别挂念！"

中野凝视着长空，得意洋洋地说道："别了，管先生，半小时以后，你将进入天堂了！"

但是，中野这一次依然是笑得太早了。他确实是个聪明人，在这一行里，也可算得上是个高手，可是，他万万没有想到，自己的那些雕虫小技实在是不敢恭维。

几个小时以后，飞机在重庆白市驿机场安全着落，亨利按照老美的惯例，拍手叫好，表示庆贺。

但是，管兰亭却觉得气氛不对，对王副驾驶说："老王，今天怕是要出事！"

王副驾驶忙说："长官，您可别吓我，这两天怪事太多了，我都受不了了。"

亨利很是诧异，问道："怎么，有什么事情会发生？"

管兰亭什么也没说，只是朝机窗外晃了晃头。亨利一看，飞机四周全是卫兵，荷枪实弹，气氛十分紧张。

亨利跑到机舱里，对"老板"说道："先生，我不得不再对您说声对不起！请看，外面全是大兵！您今天的旅途非常有趣，将会有一个令人兴奋的结局！"

"老板"也很高兴："好啊，有仪仗队列队欢迎，接待规格真是太高了！重庆这个地方委实令人难忘！亨利，你先陪管先生下去吧,我随后就到。"

亨利大摇大摆,走下飞机以后,立刻厉声喝道:"混账东西!你们要干什么?没看到里面有美军的重要战略物资吗?"

管兰亭也呵斥道:"混蛋,谁是头儿?"

队伍中走出一名军官,军衔是上校,一身笔挺的呢制美式军服,气宇轩昂,派头十足:"兄弟是宪兵司令部的,奉命搜查这架飞机!"

亨利大怒:"屁蛋!谁敢搜,我毙了他!"

管兰亭笑着说道:"这位老美脾气太坏,上次用枪把另一个老美给打死了,刚从美军监狱里放出来!"

众宪兵一听,都不敢上前了。还是那位上校阅历丰富,在官场久经磨炼,喜笑颜开地走到亨利面前,用流利的英语说道:"长官,我们只是奉命行事,走个过场,您就高抬贵手,让弟兄们过去吧!"

亨利哪里肯让,正相持不下,宪兵上校突然出手,猛地夺下亨利的手枪:"来人啊,把这位盟军长官请到休息室去喝茶!"

四名擒拿高手立刻围了上来,假笑着把亨利给"请"走了,其他几名士兵用枪逼着管兰亭和王副驾驶退到一边。

上校立即下令道:"弟兄们,给我冲进机舱内,仔细搜!翻个底儿朝天,也要把八路的私货给查出来!"

说话间,十来名士兵虎狼似的,顺着登机梯,迅猛冲了上去。管兰亭正担心着飞机里的八路军货物,只见机舱门大开,一位身穿将军服的大人物出现在舱门口,脸上的一副高级墨镜使他显得越发威严:"谁在这里撒野啊,这重庆机场还有没有王法啊?"

管兰亭仔细一看,原来是"老板",威风凛凛,确实是神气活现,便立刻跑步上前:"报告将军,是宪兵司令部的几个家伙在闹事！"

将军大发脾气："他娘的，哪个王八蛋敢搜查老子的飞机？是杨森的人，还是贺耀祖的部队？"

正说话间，两辆军用吉普车飞驶而来，在飞机旁刹车，十几名身材魁梧的卫士跳下吉普车，用美式冲锋枪把那些宪兵司令部的士兵逼退。

一位队长对着上面高喊："报告将军，要不要把他们全给逮起来？"

将军摆摆手："杀鸡焉用牛刀，不怕脏了你们的手？"

队长朝着那些士兵大叫："今天算你们走运！将军心情好，给你们留一条活路，识相的话，就快滚吧！"

宪兵司令部那位上校还要说什么，队长扬手就是一个巴掌："小子，还不知趣？再啰嗦，老子毙了你！"

在冲锋枪的枪口下，上校很无奈，他没法不无奈，在军界混了多年，他的座右铭就是：光棍不吃眼前亏。他只好下令道："还不给我撤！"

看着宪兵司令部的人狼狈逃窜，众人大笑。

管兰亭心悦诚服："老板，您真是泰山崩于侧而身不移，佩服，佩服！"

"老板"摘下墨镜，微笑道：'管先生，您也是炸弹置于前而色不变，是真英雄啊！"

亨利看得十分过瘾，大呼："重庆真他妈好玩，戏中有戏！"

只有王副驾驶好像有些心不在焉，不知在想些什么。"老板"的部下把八路军医疗物资搬上吉普车，随即疾驰而去。

临行前，"老板"握着管兰亭的手，诚挚说道："我代表八路军将士衷心感谢你们机组！"

管兰亭只是笑了笑："你们在前线浴血奋战，我们只是做了一些微不足道的小事而已。"

当天晚上，张副秘书长把王副驾驶叫到办公室，询问事情经过，随即问道："照你看，管兰亭会是八路的人吗？"

王副驾驶回答道："报告将军，依职等的看法，管先生只是为了帮助那位龙小姐，才冒险为八路私运军用物资的。"

"你确信无疑，他只是被利用的？"

"是的，职等确实如此认为。"

张副秘书长在办公室里背着手，踱着方步："那么，那位'老板'会是谁呢？"

"依职等浅见，那位'老板'处变不惊，临危不惧，有大将之风，很有可能，他就是原先共党特科里大名鼎鼎的韩老板！"

"韩老板？果然厉害！你给我盯紧点，只要在重庆发现他的踪影，格杀勿论！"

"可是，目前不是两党合作，共同抗日吗？"

"不管是合是分，反正此人留不得，终究是个祸害！"

"是！"

原来，王副驾驶的真实身份很复杂，他既是军统航空处高级特工，又是被日军收买的间谍，既懂飞行，又会特务手段，是张副秘书长手下的得力干将。张副秘书长当然不了解他的汉奸身份。不过，王副驾驶对当年航校的管兰亭老师还是有些敬畏之心，尚不敢完全斩尽杀绝。

这一天，管兰亭去基地医院看病，突然，他听见有人喊："您是管大哥吧？"

管兰亭回头一看，只见一位身穿军装的妙龄少女朝他嫣然一笑，真是风情万种，令他很有些头晕。管兰亭是个军人，很少与女性接触，多年来一直思念着龙山竹，对其他女孩子从未动心过，可是，这一次不同了，他居然会有些恍惚，差点儿控制不住自己的情绪。

他有些困惑:"小姐,您是?"

女军人一双美丽的大眼睛魅力无穷。

她微微一笑:"管大哥,您真是贵人健忘,还记得西南联大龙山梅吗?"

管兰亭恍然大悟:"没想到,居然会是你,你也参军了?"

龙山梅答道:"是啊,就是在你的感召之下当兵的,现在我是空军昆明基地医院护士!您还记得当年在龙山天峰湖边带着我和妹妹龙山花游览的情景吗?"

管兰亭想了半天,才把眼前这位美丽的护士小姐与当年的龙家小姐妹联系在一起。那年,他回龙山老家探亲,顺便去龙家拜访,在天峰湖边,带着龙家两姐妹游玩了一整天。

管兰亭笑着说道:"那可是好多年以前的事了,那时,你们还是不谙世事的小女孩,可现在,龙家有女已长成!"

女护士笑着说:"您忘记了,我可没忘,历来是贵人健忘!"

管兰亭说:"原来我们还是老相识了,只是那时你一看见我,就闹着要我带你出去玩,去吃龙山米线……"

龙山梅也沉浸在回忆之中:"我一直叫你大哥哥,其实,我对你并不陌生,姐姐一写信回家,就会提起你,爸爸那时常对我们说,要是山竹姐姐能嫁给兰亭就好了!没想到,十几年就这么过去了。"

管兰亭感慨万端:"山梅,你看,人生不相见……"

"动如参与商!"

龙山梅的聪明并不亚于其姐。

管兰亭笑着说:"他乡遇故知,真没想到在这里能遇见你!告诉你一件事,最近我在香港遇见你姐姐山竹了。"

龙山梅惊喜不已:"姐姐好吗?"

"她很好，还要我带口信给你们家里，说她一切平安！"

"我真高兴！"

管兰亭说："你姐姐真是女中豪杰，了不起！"

回到营房以后，管兰亭眼前全是龙山梅的笑容，究竟是什么让他如此动心？他苦思冥想，最终明白了，原来山梅长得和当年的山竹一模一样，在妹妹身上，他看到了昔日自己苦苦思念的山竹丽影。

翌日晚上，他把自己的感情变化坦诚地讲给董霜桥听，博士已经调到密电所昆明基地，两人常在一起消磨时光。

董霜桥若有所思地说道："我在美国时，曾经看过一篇文章，里面分析说，当一个男人遇见一个女孩，这个女孩可能是他所苦恋多年的梦中情人的妹妹，或是长得有些相像，在这种情况下，这位男士就有可能把过去的恋情转移到这位新的女士身上。"

管兰亭说："按照你的看法，我是把对山竹的情感转移到了山梅身上？"

"完全正确！不过，你一定要真正爱山梅，而不是把山梅仅仅作为感情替代物，否则会出现新的感情危机的！"

兰亭心服口服："你这家伙真是学问渊博，不仅是密码专家，还是婚姻恋爱问题大师！"

"那就请你交纳爱情问题咨询费！"

"好，今天我请客！对了，最近有什么内部消息？吹吹风！"

董霜桥想了一下，随即压低声音，悄悄说道："根据我们密电所一处所破译的日军情报来看，最近几天，日军舰队正在向南太平洋地区秘密移动，估计此次作战的军事目标是美军珍珠港基地！"

管兰亭大骇："怎么，日寇要向美军下手？"

"对，日军内部对于北上攻击苏联，还是南下攻打美军，一直举棋不定。现在看来，应该还是以美军为主要作战对象！"

"这一情报可靠吗？"

"绝对可靠！我也参与了一处的绝密破译和综合分析工作。"

他俩沉默半响，因为他们知道，也许就在最近几天，历史即将出现重大拐点。就在同一时间，航空委员会张副秘书长和美军军事武官洛克在一起吃饭。

洛克略带讽刺意味地说道："张先生，这可是太阳从西边出来了，你居然会请我吃饭！"

张副秘书长哈哈一笑："这顿饭你会吃得很痛快！"

"Why？（为什么？）"

"我将送给你们美军一份厚礼！"

"有多贵重？"

"足够你们购买一支远洋舰队！"

洛克大笑："张先生，我们相处多年，你在我眼里，是一个毫无幽默感的军人。可是，今天我要说，我不能不改变我的看法，您很有趣！您真是太有趣了！请打开您的礼物！"

张副秘书长递过去一份绝密档案袋，里面是翻译成英文的军事文件："这是我们军事委员会密电技术研究所在过去几天里所截获并破译的日本海军和陆军的最新绝密通讯情报！"

洛克不再笑了，他不仅没笑，反而是一脸严肃，继而满脸愁容："秘书长，根据您的情报，日军联合舰队将在这几天攻击我们美国海军珍珠港基地？"

张副秘书长严肃地说道："很可能就在12月8日！"

洛克担忧地说道："如果真是这样的话，我们在珍珠港的太平洋海军舰队就将彻底完蛋了！"

"确实如此！这是我们军事委员会的一致看法，因此，我受军事委员会蒋委员长正式委托，希望通过你转告贵国政府和贵国军方!"

洛克有时会开玩笑,可现在,他却是非常严肃的:"可是,我要是把这些情报呈报给华盛顿的话,他们会嘲笑我是疯子,是白痴!是被你们利用,以挑拨美国和日本之间的关系!"

"坦率而言,这也正是我们所担心的,这就是为什么蒋委员长没有通过官方正式渠道通报贵国政府,而是下令要我向您转告!"

"这件事情实在是关系到我军太平洋舰队的命运,不,不,应该是关系到未来历史的走向!好吧,我会尽快转告我的老板的!无论结果如何,我还是要向你们表示感谢!"

张副秘书长马上招呼饭店招待:"结账!"

洛克阻止他道:"对不起,张将军,这顿饭应该由美国军方来请!"

尽管美军军方支付了饭钱,但是,对于洛克少校所上报的重要军事情报,美军军方高层没有任何人给予必要的重视,这一情报很快就被淹没在如山一样的公文堆里了。

历史就这样,出现了新的拐点!

第六章

老将出马

风云突变！就在美军毫无防备的情况下，日军海陆空三军挥师南下，直扑太平洋战场。

大岛将军奉命带兵向缅甸挺进，他在作战会议上下令："各位，我们正处于人生的困苦之间，现在，大本营命令已下，我等欣然投身于死地。这是明治时代《军人敕谕》之教诲，也是我军今日之作战精神！"

根据最新作战命令，中野随陆军第五飞行集团调往越南南部，并于1941年11月下旬结束备战工作。当日本联合舰队向珍珠港发起进攻以后，日本陆军第五飞行集团全面出动，攻击各战略目标，中野率领属下机群，向缅甸军事目标飞去。

大岛亲临机场，为飞行员们送行："我历来带兵可不手软，你们必须前进，不能后退！要和进攻缅甸的陆海军部队紧密配合、协同作战！我们必须耐炎热，冒瘴疠，长驱直入，所向披靡，神速攻克仰光，从而摧毁英国在东亚之根据地！"

中野随即说道："报告将军：我们将按照您的命令，攻必克，战必胜，勇往直前，百事不惧，沉着大胆，处理难局，坚忍不拔，以克困苦，突破一切障碍，一心为获得胜利而奋进！我军为天皇敢于战死，发扬武士道精神，生而不受俘囚之辱，死而勿遗罪祸之污。"

全体飞行员的武士道精神空前高涨，众人疯狂高呼："我军必胜！"

太平洋战场战火纷飞，管兰亭哪里知道？当天半夜，他在睡梦中被人摇醒，睁眼一看，原来是亨利在喊他。管兰亭半睡半醒，问他道："天啊，你就不能让我好好睡一觉吗？"

亨利一脸严肃："兰亭，大战爆发了！"

"什么大战？"

"太平洋战争爆发了！日军偷袭珍珠港，美国和英国对日宣战！"

管兰亭立即跳下床，套上军衣，拉着亨利就朝外跑。亨利迷惑不解："你要去哪里？"

"当然是去酒吧！"

"为什么要去酒吧？"

管兰亭精神焕发："你怎么那么傻？去喝酒啊！从此我们不再孤单，日寇将要走下坡路了！"

中、美、英等国从此组成反法西斯统一战线，这当然是一件值得庆贺的大事。重庆、昆明等地，锣鼓喧天，鞭炮震空，在大街上，管兰亭和亨利、乔治，还有其他盟军飞行员，被激动的市民抛向空中，人们饱含热泪，期待着决战的来临。

美英对日宣战，山城重庆顿时欢声雷动，鞭炮声响彻嘉陵江两岸。与此同时，日本东京也是一派喜气洋洋。交战双方同时为一个消息而欢呼，这在世界上还是一件极为罕见的事情。

在重庆曾家岩八路军办事处，周副主席正在召开会议，他严肃地表示："世界和中国正处于历史的转折关头。党中央已经为太平洋战争发表宣言：中国政府与中国人民应该继承过去五年的光荣传统，坚决站在反法西斯国家方面，动员自己一切力量，为最后打倒日本法西斯而斗争。"

"老板"说:"太平洋战争爆发以后,香港局势将非常危险。我们已经按照周副主席指示,要求广东东江纵队积极配合英国军队作战。"

周副主席指示说:"大敌当前,我们要雷厉风行,积极奋战,联合一切愿意抗战的国内外力量,为抗战的最后胜利作出努力。"

此时,洛克接通了张副秘书长的电话:"Hello,张先生!您听见外面的鞭炮声了吗?"

张副秘书长仰天大笑:"当然听见了!"

"您在幸灾乐祸?"

"我在为你们高兴!日本人的偷袭使你们清醒了,不再袖手旁观了,从此我们就是同一战壕里的兄弟!"

洛克不无遗憾地说:"可是,当我上周呈交那份绝密情报时,我们驻重庆的大使馆和美国总部的老板全都认为我的脑子出问题了,他们认为你们提供的是假情报!可现在,我们付出了几乎一个舰队的代价,才从梦中苏醒过来!"

张副秘书长在旁说道:"亡羊补牢,犹未为晚!"

洛克顿了一顿:"可是,要是在羊没丢失之前,我们就去补一下,那该多好?"

"上校,这就是历史,就是几千年的历史,历史是不允许我们遗憾的!"

"谢谢您的礼物,更谢谢您的教诲,我祝您晚安!"

"晚安,尊敬的武官先生!"

那天夜里,几乎所有的中国人都睡得很香,这是因为,战争的最终结局已经隐约可见,也就是说,胜利在望!

转眼就到了1942年元旦,对于蒋介石来说,这是一个令人鼓舞的日子,他召见高层将领开会。

蒋介石面有喜色，他说："我向大家报告一个好消息：26个国家代表汇集白宫，在文件上签了字，26国共同宣言发表后，中、英、美、苏四国已成为反侵略中心，我国遂列为四强之一；美国将大力援助我国。昨天，罗斯福总统致电给我，提议组织中国战区，并告我已商得英、澳、荷诸国同意，公推我为中国战区统帅，组织联军参谋部，策划作战方案，在我统帅指挥之下，指挥中泰越各区同盟军作战。我考虑再三，已决定同意接受，并请美国总统推荐一名高级将领，担任本战区参谋长。"

全场人士热烈鼓掌，这是发自内心的支持，大家知道，抗日战争从此将进入一个崭新的阶段。

待掌声停息以后，蒋介石继续说道："自我出任中国战区最高统帅之后，越南、泰国亦划入本区内，国家之声誉及地位，实为有史以来空前未有之提高。我甚恐受虚名之害，能不戒惧？"

宋美龄也激动地表示："全球各地祈求重见自由和建立持久和平的亿万人们，得到了这一振奋人心的消息。这是一部新世界交响乐的前奏！"

全场再次热烈鼓掌。蒋介石继续说："我国代表签字时，罗斯福总统特别对子文表示：欢迎中国列为四强之一。此言闻之，但有惧怕而已！"

宋美龄急忙补充说："委员长的意思是：作为四强之一，我们必须战战兢兢，努力做好我们自己的事情。"

美国驻华大使也在会上表示："美国政府为了将善意具体体现，决定推举蒋介石先生为同盟国中国战区之最高统帅。美国还将立即提供对华贷款，今年货款五亿美元，以供中国方面稳定货币之用。我相信，只要白宫一提出，我国国会必将迅速通过，并不会附带任何条件。"

蒋介石带头拍手，全场掌声如雷。会议结束以后，蒋介石向美方提出，希望美方向中国战区派遣参谋长。但是，谁能胜任中国战区参谋长这一职位？陆军部部长史汀生和参谋长马歇尔将军不约而同地想到史迪威。

马歇尔将军说："部长先生，我了解史迪威将军！他曾经先后四次去中国任职，在中国居住十年，精通汉语，没有语言障碍，又在中国拥有广泛的社会关系网，完全胜任此职！"

部长同意他的看法："他确实是一位了解中国军事、政治、文化问题的专家，美国军内无人能够和他匹敌。"

几天以后，陆军部部长史汀生把史迪威将军请到家中一叙。将军明白，部长大人把会见安排在家中，当然是表示对他史迪威的器重。

部长说："最近，局势变化多端，请您来聊聊。罗斯福总统已经决定成立中国战区，正在为该战区统帅蒋介石物色一位美军参谋长。"

说是闲聊，其实在所谓的闲谈后面，关系到前线千军万马的领军人物。部长力求轻松，但是，史迪威却觉得异常凝重。他注意到部长的眼光一直在凝视着他，立刻就意识到，部长其实希望他能出任这一职务。可是，要他割舍去北非指挥大军的职务，确实很难。那可是麾下拥有雄兵数十万的真正统帅，一声令下，千军万马，排山倒海，以雷霆万钧之势，摧毁敌军，那才是真正的军人生涯，令人骄傲的战神驰骋的疆场。

感觉到他的迟疑，部长干脆单刀直入："乔，你还犹豫什么？在我看来，命运之神正在向你呼唤！"

史迪威想了一下，决定直言相对："我在中国呆过很久，对蒋介石及其为人非常清楚，蒋先生历来对军权视之如命。部长阁下，如果蒋先生对指挥权紧抓不放，而我手里却无一兵一卒，作为空头参谋长，必将心有余而力不足，最后一事无成。"

部长笑着对他表示："别担心，乔，我已经说服蒋先生拿出部分军队，由美军参谋长直接指挥。"

史迪威想了一下，然后说："我的使命能否成功，关键在于我能否真正率领中国军队。"

史汀生对此表示同意。

史迪威继续说道："此外，双方应有合作协定，促使中缅公路运行顺畅，并督促中国国内各派系进行合作。在一般情况下，只要有钱，调动他们，应该不成问题。"

史汀生将军问道："对于出任这一职务，你还有何顾虑？"

史迪威毕竟是一名职业军官，虽然有自己的考虑，但是，军令如山，一旦上级决定，他只有服从，而且会毫不迟疑地按照命令前去搏杀。想到这里，他终于下定决心："如果这是陆军部的最后决定，我肯定会坚决服从，并不辱使命！"

史汀生闻之大喜："乔，我坦率相告，由于你是一位少见的中国通，陆军部别无选择，只能挑选你前往中国任职。确实，你作为一个手中无兵的参谋长，又要和蒋先生共事，这个官确实不好当。"

史迪威只能苦笑。

部长接着说道："乔，说实话，你给我留下非常深刻的印象。你对中国的透彻了解，委实出乎我的想象。你对我所谈的关于中国军队作战的第一手资料，比我以前了解的所有情况都要更为深刻，更为全面。我知道，此次决定使你失去了一个千载难逢的在欧洲作战的历史机遇。就在与你谈话之前，我还没有下定最后决心。可是，我现在认识到，只有你，才能在中国战区游刃有余，帮助我们应对未来肯定会出现的难题。试看全军，舍你其谁？"

两人握手告别。史迪威将军心情复杂，他对中国怀有一种炽热的情感，一种莫名的使命感，在这个意义上，他愿意接受赴华任务。可是，他却因此失去了另一个机会，多年以来的抱负，领兵作战的雄心壮志，功成名就的辉煌，就在这次谈话以后，从他身边悄悄溜走了。

史汀生将军却是欣喜不已，他告诉马歇尔说："史迪威理所当然是这一职务的最佳人选。你知道，作为美国军队负责人，我们俩所面对的是全球战略的推进，所考虑的是太平洋战场的命运，因此，任何个人的选择，个人的生死，与整个战区相比较，应该是微不足道的，是不予考虑的。"

马歇尔参谋长表示同意："我们应该立即决定，正式宣布对史迪威将军的任命。"

第二天，马歇尔将军邀请史迪威来陆军部参谋长办公室，并与他就此问题进行深谈。陆军部窗外林阴大道郁郁葱葱，景色秀美。两人相会，自是亲切拥抱，那份真情实意是毫不虚伪的。

马歇尔对老战友说："乔，在我心中，最佳人选早就是你了。坦率而言，我对你心怀歉意，确实很有些过意不去，赴欧洲领兵作战和去中国当空头司令，两个职务之间确实是天壤之别，可是，任务紧迫，我又别无良将，只好委屈你这个老朋友了。"

"我很理解您的抉择。"

参谋长开门见山，直截了当："老朋友，事情到目前这个阶段，我也不想浪费时间了。我想征求你对出任中国战区参谋长一职的意见。"

史迪威是个标准的军人，说话绝不拖泥带水："我已经听从史汀生部长的决定，同意接受使命。"

马歇尔将军不无惋惜地说："乔，我不得不遗憾地通知你：统帅盟军，进攻北非，最终出兵欧洲的领军人物已经不再是你了！你的使命将是在中国战区大显身手。祝贺你，亲爱的中国战区参谋长先生！"

史迪威回答道："我相信，我已经了解到我将担负的使命了。"

马歇尔还是问了一句："乔，你是否真有信心顺利完成任务？"

史迪威与马歇尔历来无话不谈，现在更是不必有所隐瞒："坦率地说，我最担心中国战区军队指挥权问题。我对史汀生将军说，如果我能拥有真正的军事指挥权，即便是部分军队的指挥权，任何困难都能迎刃而解。我诚恳希望，陆军部能在部队指挥权问题上，得到蒋先生明确认可。"

马歇尔表示说："我将向宋子文先生再次提出这一问题。此外，我想预先向你祝贺的是，一旦你出任中国战区参谋长的职务，你将会被晋升为中将军衔。"

他在马歇尔面前立正，致了一个标准的美式军礼。接受这一职务，史迪威真有些觉得自己是一只被烤熟的山羊，要被送上东方神秘的祭坛了。但是，作为军人，为了战争的最高利益，他只能勉为其难了："谢谢将军！"

史迪威啼笑皆非，心情矛盾。席卷北非与欧洲的统帅之梦不复存在，说句俗话，煮熟的鸭子给飞了，后来，幸运的艾森豪威尔将军接住天上掉下的馅饼，赢得了欧洲战场的连续大捷。尽管在神秘中国担任另一项职务也不无挑战，可是，就连我们的史迪威将军当时也没想到，他将在中国战区缅甸战场最为艰险、最为绝望的条件下指挥作战。历史老人就是这样幽默地捉弄人，你想走进这个房间，他却偏偏让你走进那个房间。

作为高级军官要去海外任职，临行前，照例要由总统接见，鼓励一番。总统看起来十分愉快，讲起话来，海阔天空，泛泛而谈自己对此次战争的见解，好像有点言不及义。但是，总统的直率则使史迪威毫无拘束感。

罗斯福总统说:"乔,你不介意我这么称呼你吧?"

"当然不介意,总统先生!"史迪威回答说。

总统所讲的,当然全是世界性的大问题:"日本人突然袭击珍珠港,彻底改变了太平洋地区的战略格局,这就使我们和中国进入了'蜜月'期。我所考虑的是,我们必须支持蒋介石先生,让他顶住日军在中国战区的进攻,并为今后的大反攻提供重要基地。在我看来,这就是你此次使命的真实背景。"

"谢谢您的指导,总统先生!"史迪威真诚地说。

"前几天,史汀生将军和宋子文先生以换文的形式,就你使华的任务和职权达成正式协议。一切就绪!通往中国战区的航船即将起锚了,将军!"

"Yes, sir!(是,长官!)"

总统是个很大度的人:"我们已经正式公布了你的赴华使命,我当然不会让自己的得力部下空手而去。为了让你说话更有分量,我得为你撑腰,为此,你可以为中国政府带上一份丰厚的见面礼,国会已经通过一项给予中国的巨额贷款,数额高达五亿美元,将军,这笔巨款数额惊人啊,我敢说,蒋先生从来就没有看到过这么多美钞。这确实是前所未有的,从此美援军事物资将会源源不断运到中国。"

史迪威说:"重庆政府大多数官员对日美之间交战感到欢欣鼓舞,如释重负。在他们看来,美国对日作战,是他们盼望已久的伟大胜利。"

罗斯福认为:"你们想的是今天,我更多考虑的是世界的明天。当日本最终被打败以后,亚洲将进入一个崭新的发展阶段。可以肯定,日本作为军事强国的地位将随之消失,看来,英、法、荷也将如此,他们即或不是立即衰败,也将逐步淡出亚洲。而美国和中国将可能会填补这一势力的真空。我希望经过稳步发展，亚洲将会有利于未来世界的稳定和繁荣，而我们美国必将在亚洲战后格局中发挥主导作用。"

史迪威非常信服："总统的预见确实是高瞻远瞩。"

总统说："未来决定现实政策！你要记住这一点！"

罗斯福谈兴正浓，在会见快结束时，总统说："请你告诉蒋介石先生，我们要做的事，就是要保住中国，我们还将一直坚定地维持到中国收回全部失地！对了，我还要再送你和蒋先生一件礼物：我们已经决定向中国政府承诺提供 100 架崭新的 C—46 运输机，以组建美国陆军空运总队，这一新设立的部队空运部门将以每月 1200 吨的额度，将军用战略物资从印度阿萨姆机场，飞越喜马拉雅山'驼峰航线'，直接运送到中国。"

史迪威感到欢欣鼓舞："谢谢总统的厚礼！"

那时，他还不知道，蒋介石非常了解他，当美方提出，中国战区参谋长将由史迪威将军出任以后，蒋介石立即召开会议，对此人选进行了解。出席会议的有外交部、军方与侍从室专家。军统头子戴笠也亲自到会。他穿一身深蓝色高领中山装，四十岁出头，身材中等，留着西式分头，尽管他极力装出谦虚谨慎的姿态，但是，他那冷若冰霜的目光和目空一切的神态，显示出他是一个大权在握、无情专权的大人物。他操一口浙江江山口音很重的国语，使人听起来颇有点吃力。

戴笠见到蒋介石，立刻立正敬礼："校长，有何指示？"

蒋介石轻轻点点头，说道："你们来了？"

他很随意地用手指了指椅子，示意大家坐下。在宽大的会议室中间，长桌顶端，蒋介石正襟危坐，戴笠等人分坐两旁。

蒋介石干咳了一下，用浓重的浙江口音说道："菲律宾与马来半岛皆于上月全部陷落。婆罗洲及西南太平洋各岛屿，倭军所向可谓战无不利，攻无不克，只有在长沙一役中，遭我军痛歼，为日军五年以来所受最大惨败。英美各国方知敌寇之强与我国之勇,遂公认我国五年抗战之艰难,并认识到中华民族道德与精神之伟大!"

在回顾了当前的战场局势以后,蒋介石首先询问龙山石将军:"龙将军,据说,你和这个史迪威将军很熟,他是何许人也?"

龙将军字斟句酌:"是的,我在北平时,经常和他在一起聚会,那时,他还是美国驻华军事武官。我对他的真实评语是:史迪威将军在华十年,能讲华语,识汉字,而于中国文化、政治、时代精神、人物鉴别,皆有真知。此人性情粗率、善忤上官,但长于训练,勇于临阵,与马歇尔有深交,复得史汀生之赞许,遂受是命。奉命时方官少将师长,因委员长提议,联军参谋长以中将担任为宜,乃特擢中将。"

蒋介石点点头。

茅副司令汇报说:"他是个中国通,名字就大有讲究,据说,所谓'史'者,出自中国古训'以史为鉴,可知兴衰'也;'迪'字,'启迪'之意;'威'字,则取'威武'之意。"

一听说是中国通,蒋介石就很生气:"我早就给美国人打过招呼,不要派什么中国通,很多事情就是这些半瓶子醋给办坏了。"

戴笠汇报说:"早在1911年辛亥革命爆发之后不久,史迪威就于11月间,抵达上海,此后又去广州等地游览。"

蒋介石说:"没有想到,他的军旅生涯竟和中国有着这么早的关联。"他示意继续汇报。

"八年以后,他被任命为美国陆军语言军官。随后,他在加州大学柏克利分校学习汉语。1920年9月,史迪威全家抵达北京,第二次来到中国之后,他先到北京'华北联合语言学校'进一步学习汉语、中国历史、宗教、经济等课程。

半年以后,他被红十字会借调,担任山西筑路工程师,当地报纸报道说,他工作勤奋,跑遍黄河边公路全程,深入了解中国民情,并与阎锡山等各界人士接触。"

蒋介石更为不满了:"这些中国通就是喜欢与地头蛇接触,醉翁之意不在酒。"

戴笠很会察颜观色:"1921年10月,公路工程告竣。冯玉祥获悉以后,立即邀请史迪威到陕西协助修筑潼关至西安公路。半年以后,史迪威来到西安会见冯玉祥,并参观当地军营、兵工厂等设施。由于他毕业于西点军校,并参加过第一次世界大战,两人就现代化军事战略与战术进行多次探讨,双方一见如故。在后来的20年里,他们接触很多,对战争局势与前途,经常交换看法。"

"哼,可谓英雄所见略同,遂成知己。"蒋介石评论道。

(此话不错,1946年史迪威逝世后,冯玉祥将军曾专门前往加州史迪威家中灵前,沉痛吊祭。)

龙山石将军继续汇报道:"在华期间,美国军方当然不希望他始终担任公路工程师,毕竟,他是军人,军人自然要干军队的事情。1922年9月,在完成冯玉祥所委托的公路工程后,史迪威接到美国军方命令,赴中国东北、苏联西伯利亚、朝鲜、日本等地,了解日本军队自西伯利亚撤退的情况。

1923年4月,史迪威又先后到过中国浙江、江西、湖南、内蒙古等地。他的汉语水平大有提高。在华三年,使他真正成为中国通。后来,他奉调回国,先后在本宁堡步兵学校与利文思堡指挥参谋学院深造。教官对他的批语是:'具有常识和幽默感。'在军事常识方面,他有过人之处,在幽默感方面,他是天才,给许多人取一些外号,当然,他自己也被学生叫作'醋乔',具有幽默感的史迪威对此绰号十分欣赏。命中注定他与中国有缘,三年以后,他到中国天津出任美军第15步兵团营长,这是史迪威第三次来华。"

张副秘书长汇报说:"在天津,美国军界两个名人再次相聚。鉴于新团长尚未到任,军务由执行官马歇尔中校主持。马歇尔与史迪威在第一次世界大战中,同在美国名将潘兴麾下共事,彼此已是老战友了。据说,马歇尔待人诚挚、谦虚,与任何人谈话后,均要说一句谢谢。"

蒋介石不以为然:"对这位马歇尔将军,我们还是要观其颜,察其行。"

与会人士点头表示会意。龙山石将军继续补充道:"后来,马歇尔奉调回国,出任本宁堡步兵学校副校长。俗话说,上阵子弟兵,中国是如此,美国似乎也不例外。马歇尔对史迪威的军事才华十分赞赏,专门邀请老朋友担任该校战术系主任。史迪威回美后,与马歇尔第三度共事。"

茅副司令说:"据说,史迪威任战术系主任一年后,军校发生显著变化。对此,马歇尔大声喝彩,公开宣称史迪威'具有指挥天才',两人公情私谊更为密切。也就是此时,'醋乔'的绰号流传开来,好朋友作为昵称来称呼他,而对他反感的人则用来骂他。"

蒋介石冷冷地说:"很有意思!我们将会看到,这个醋乔倒底会有多酸。"

众人都为蒋介石的幽默而折服,笑得前仰后合。

戴笠也不失时机地再作汇报:"1935年6月,史迪威第四次来到中国,身份为美国驻华使馆上校武官。"

蒋介石问道:"他经常和什么人在一起?"

这个问题当然要由军统来回答了。戴笠说:"根据报告,北大校长蒋梦麟和琉璃厂一些古董商是他家中常客。"

蒋介石很满意:"喜欢中国古玩很好嘛,记住,下次他要是来了,侍从室可以准备一些古玩送给他。"

"他还先后会见李宗仁等人。据情报反映,他曾经对他们说:委员长对日本没打算采取行动,要不然就是对使用第一流部队打仗全然不懂。如果蒋先生真想坚守陇海线,就应加固铁路,在南边铺设支线,在铁路以南地区修建公路网。"

蒋介石自然不高兴了:"他晓得什么?他打过多少仗?纸上谈兵,那谁不会?加固陇海铁路,谈何容易?钱在哪里?修建公路网,时间来得及吗?书生之见是要害死人的!他还说了什么?"

戴笠继续汇报说:"1937年初,史迪威认为:南京政府将推行拖延政策,说是准备战斗,其实并不想打。这无非表明,他们总想让别人来干他们不敢干的事情,或者说,他们不想在没有援助的情况下抵抗日本。"

"说得对!"蒋介石激动得站起慷慨激昂地说:"我就是不想在没有援助的情况下抵抗日本。为什么我们要和美国结盟?美国人希望我们拖住日本人,我们希望得到盟国援助,这就是结盟的根本利益之所在。我们之所以不惜一切代价,去开辟国际航线,就是为了得到国际援助。在这一个问题上,在座各位必须清楚。"

戴笠立刻起立并立正:"是,校长,学生一定牢记校长训示!"

蒋介石说:"我知道马歇尔目前红得发紫,在罗斯福总统面前很有发言权,显然,此次史迪威被派到中国,来头不小啊,我们还不能不小心谨慎。对于这位未来的战区参谋长,我们要不断提醒他记住:他的使命就是要帮助中国得到更多的国际援助。"

会议就开到这里。

回到家中,龙山石对等候他的管兰亭说:"委员长离开会议室时,心情很复杂,他不知道,这位新来的战区参谋长究竟是否具有关于中国的常识?如果他能真正了解蒋介石的想法,双方就好合作了。否则的话,否则的话……"

管兰亭问道:"您的意思是,但愿美国老将军能识时务,识时务者才是真正的俊杰!"

"对了,他就是这个意思!"

"那么,战区是什么意思?"

龙将军回答道:"战争爆发以后,盟国是按照战区进行战场划分的,各'战区'(theater)受英美联合参谋部领导,但是,中国战区则不在此列。鉴于蒋先生身为中国战区总司令,又是国家元首,不能听命于人,因此不能参加联合参谋部,当然也不能介入英美全球战略的制定,顺理成章,也就无权对租借法案内物资的分配发表自己的意见。"

"原来如此!"

龙将军补充道:"据说,宋子文部长已经与美国陆军部长史汀生达成协议,承认中国战区参谋长除指挥驻华美军外,还可指挥'拨其指挥之中国军队',又有'整备、维持、管理中缅公路'之责任,而史迪威之权力又包括印度、缅甸的相关领域。但是,蒋先生听完汇报后,脸色阴沉,表示他对此有不同看法。"

"可是,美方坚持认为……"

龙山石说:"蒋先生说:实际上,他只准备给予这个美国将领以名义上的头衔,以便应付美英联络、筹办供应等事务,他的本意并不想让美国参谋长掌握实际兵权,而是由我方自己控制出国参战部队的指挥权。"

管兰亭恍然大悟:"难怪杜聿明将军最近在会见缅甸总督时,

说得非常坦率：给予美军军官的头衔只有纸面价值。"

龙将军笑而答道："微妙啊，微妙！"

不久，空军基地医院接到通知，要把医护人员送到印度接受业务培训。当他们来到机场时，正巧由管兰亭机组负责运送。在起飞之前，管兰亭肩上挂着长形大背包，来见医护人员。

他把背包甩到地上，随即对他们说道："各位，这是什么？是降落伞！你们每人有一个，在飞行途中，随时都有可能用得上。现在，我先教你们如何使用。"

管兰亭先做了一个示范动作，随即开始详细讲授使用方法："你们要看清楚，如何把降落伞包拴在自己肩背上，如何在使用时，拉开降落伞的手把。"

龙山梅和其他医护人员认真听取管兰亭的讲解。

他着重强调说："注意，在任何情况下，你们都要保持冷静！无论是遇到敌机袭击，还是被敌军高射炮击中，或者是遇到恶劣天气，你们一定要听从我的指挥。在跳伞时，你们要一个一个地挨着跳，不要抢。跳离飞机以后，不要过早拉降落伞把手，也不要拉得太晚，伞拉早了，会挂在飞机上，但是，如果拉晚了，就有可能直接摔到地面上。"

此时，他发现龙山梅紧张得双腿在发抖，便笑着对她说道："龙小姐，不要紧张！你们不一定会遇到危险，只不过是有备无患，千万不要害怕！"

这是一架 C—47 运输机，在宽大的机舱里，只有基地空军医院的十几名医护人员。龙山梅背靠后舱壁，由于略感紧张，她干脆挪到龙山花身边，坐在自己的伞包上，往飞机窗外望去，天空一片蔚蓝，蓝得深邃，蓝得迷人！她从来也没有见过如此美丽的空中景色。

很快，飞机不断爬高，机舱内越来越冷，此时，龙山梅觉得身后被披上了一件军大衣,她抬头一看,原来是管兰亭。

龙山梅微笑着对他说:"上校,谢谢你,你不冷吗?"

管兰亭回答说:"我还有一件皮衣。"

"你不去驾驶飞机,飞机不会掉下来吗?"

"不会的,还有副驾驶呢,我们换着开。"

龙山梅觉得机身在剧烈颤动,上下颠簸,她的耳膜开始阵阵胀痛,体内极不舒服,直想呕吐。

管兰亭马上就发现了,随即说道:"龙小姐,你用手捂住耳朵,然后张嘴出气。当飞机上升时,你就吸气;当飞机下降时,你就吐气。只要你能保持不断呼吸,就不想吐了。"

龙山梅和管兰亭不断聊着,觉得好受多了,可是,当她环顾四周,只见医院的同事们全在呕吐,四周狼藉不堪。

她侧过身去,问妹妹道:"山花,你感觉如何?"

龙山花开玩笑道:"姐姐,我没人疼,当然难受啊!"

龙山梅觉得有些难为情,脸上微微发红。管兰亭是个整天与死神打交道的人,自然不会在意。

他随即说道:"你们俩姐妹很不简单,作为西南联大名校学生,居然能投笔从戎,来当部队护士。"

龙山花揭穿秘密:"姐姐就是那次在西南联大听了你的报告以后,激动不已,非要拉着我从军不可!"

龙山梅红着脸说道:"你别听她瞎说,国家兴亡,每个国民都有责任。"

此时,飞机的剧烈颠簸逐渐停止了,窗外阳光明媚,他们举目望去,委实是山青天蓝,景色秀丽,飞机下面,一片翠绿,绿得动人。

从那以后,管兰亭与龙山梅之间开始使用书信频繁往来。当龙山梅和其他医护人员从印度培训回国后,管兰亭到医院来看她，龙山梅便领着他到基地医院后面的花园里，在林阴道上漫步。

管兰亭不无感慨地说："山梅，世事沧桑！对于我们两人来说，变化真是太大了：一个从血气方刚的年轻人成为空军老驾驶员，另一个则从不谙世事的小女孩变成军队医院里救死扶伤的天使！"

他们在花园里转了一圈又一圈，多少往事一起涌上心头，那是他们美好的回忆，是把他们联系在一起的情结。

龙山梅开玩笑道："兰亭哥，我真高兴，你没有把我忘却。你知道，我一直在思念着你，始终把你看成是我的精神偶像。"

管兰亭苦笑道："山梅，你可别这么说，我管兰亭无非一介武夫，平庸得很，哪里是什么偶像？"

龙山梅急忙用手捂住他的嘴："胡说，我可不许你亵渎我的偶像！"

管兰亭大惊，他万万没有想到，当年的小丫头如今已经长大成人，变成亭亭玉立的少女了，在她那美丽的脸庞上，即便是笑，也不再是和平年代那种毫无恐惧的邻家女孩的欢笑，而是一种成熟的笑，是那种饱经风霜，见惯死伤的坦然自若和冷静面对。他把自己的手伸了过去，如同十年前那样，龙山梅也把自己的纤纤小手合了过来，这是心照不宣的，当然也是心领神会的默契。龙山梅体验着兰亭大手的温暖，那是男性值得信赖的温暖，是一种可以共同携手，走到地老天荒的温暖！

龙山梅哭了，眼泪不断地滚了下来，她一直在默默等他，等着一个并不知道她的爱的男人，可是，现在他知道了，知道这种深情没有被历史的尘埃所湮没。毕竟，她所深爱的男人知道了她的爱，而且，他肯定会珍惜自己所付出的诚挚的感情。

不久以后，中国空军配备了一些新式美国战机，管兰亭和他的同事非常高兴。由于美军飞行员不喜欢穿正式军服,亨利和他的美国战友总是穿着牛皮长靴和皱巴巴的咔叽布制服驾机飞行。

在昆明机场检查战机时,管兰亭对亨利说:"老弟,你们美式 P—40 战机的特点是机体较重而且耐用,并装有厚重的装甲板,可以保护飞行员,此外,飞机直线飞行与俯冲速度也很快。"

亨利回答说:"但是,也有弱点。由于 P—40 战机自身重量过重,在爬升过程中显得呆滞,而且,飞机操纵性能不够灵活,很难与日军零式战机相抗衡。"

两人正说着,飞机场上的警报又响了,亨利和管兰亭迅速朝自己的战机跑去。

亨利边跑边说:"兰亭,敌军飞机又来了!"

管兰亭兴奋不已:"我早就在等待决战的一天,我要让中野飞行大队见鬼去!"

在地面指挥部里,气氛非常紧张,参谋们按照所接到的最新空中情报,立即在军用地图上标出敌机的移动位置。当日机离昆明还有 80 公里时,中国空军副司令茅定国将军立刻下达作战命令:"管兰亭上校率领第一大队立即起飞,进行拦截!同时,出动四机编队在昆明上空作防御巡逻。第一大队其他十架飞机在昆明西部高空地区,待命飞行,准备战斗。"

此时,机场上信号枪响,所有战机呼啸着直冲长空。茅副司令和参谋人员进入作战掩体内,随时进行指挥。在蓝天之上,管兰亭和其他两架担任拦截任务的战机很快就看见十架日军双引擎轰炸机从茫茫云海中闪现出来,敌军飞机上令人讨厌的血红太阳标志在阳光下分外刺眼。

茅将军命令:"第一大队所有战机进入预定地区!"

中野趾高气扬,狂妄自大,他所指挥的日军轰炸机队连护航战机都没有配备。但是,当他在空中发现中国空军战机以后,立即暗暗叫苦，知道大事不妙。

中野异常狡猾，立即下令道："全队扔掉全部炸弹，迅速撤离战区！"

在中国上空，中美联合空军部队第一次使用开放式无线电频率，飞行员对话声不时从静电噪音中响起。

管兰亭大喊："煮熟的鸭子绝不能让它给飞了！"

亨利马上回答道："当然不行！痛痛快快地干掉中野大队！"

中美飞行员们沉浸在飞行与射击的欢乐之中，他们拿出所有看家本领，交替使用俯冲、斜掠、高速滚转等空中技巧，驱逐机群追赶着笨拙的日军轰炸机，如同雄鹰那样，在高空中迅猛捕食自己的猎物。我空军部队紧追不舍，看见敌机就开火，穷追猛打，把日军轰炸机队打得七零八落，日军轰炸机一架接一架被我空军部队击中，日寇双引擎飞机冒着浓烟，在空中飞速旋转，最终坠毁在大地上。

中野武夫在空战中连连失利，气得咬牙切齿。他见势不妙，立刻驾机转向逃跑，侥幸逃回日军空军基地后，恶狠狠地看着长天，气急败坏地说："管兰亭，君子报仇，十年不晚！"

此次空战结果是，我军大战告捷，击落日军轰炸机三架。这是一次报仇雪恨的战斗，当管兰亭率领第一大队飞行员们驶回空军基地时，满怀着胜利的喜悦，驾驶战机在昆明机场上空表演了一系列慢速特技翻滚动作。

茅将军兴高采烈，在通话机中说道："管大队长，我要为你们请功！"

"职等感谢茅将军！"

昆明当地市民以狂热的掌声和欢呼声，迎接英雄们胜利凯旋。

管兰亭在空中对亨利说："此次大捷真是过瘾，完全消除了战争初期我军失利所带来的阴影！"

亨利高兴地回答道："是啊，日本空军将会遭受我们更加沉重的打击，他们的最后丧钟已经敲响了！"

不久以后，根据茅副司令的命令，管兰亭带领昆明航校部分毕业生，满怀对日本侵略者的仇恨，视死如归，参加了盟军第23战斗机大队。该战斗机大队前身就是著名的美国"飞虎队"。"飞虎队"是美国空军志愿队的别称，飞行员们喜欢在自己战机的机头两侧，绘上鲨鱼的血盆大口和凶狠的双眼，这一图案已成为"飞虎队"战机的专用标志。随着战争的推进，空战越来越激烈，规模越来越大，牺牲的飞行员也越来越多。

在欢迎酒会上，新上任的中国战区参谋长史迪威将军对管兰亭说："管上校，你知道吗？今后你就是我的专机驾驶员了！"

管兰亭说："将军阁下，我很荣幸！"

史迪威将军继续说道："我们的航空队在中国是最大的一支空军部队，可在美国，却是最小的航空队，只有区区500架战机！"

管兰亭大为惊诧："确实如此吗？"

参谋长点点头："的确如此。你知道，我们美军第八航空队拥有8000架战机，相比之下，飞虎队只是一支'吊在鞋带上的'小小航空队而已。"

他刚说完，大家就开怀大笑。将军阁下兼任驻华美军总司令，他身材高大而又瘦削，五官线条坚硬，双目炯炯有神，很有个人魅力。

亨利对管兰亭说："你看，将军像不像美国西部饱经风霜的牛仔？"

站在一旁的乔治看着老将军，回答道："依我看，他更像是一个印第安部落里的老酋长。"

管兰亭想了一下，说："不管怎么说，将军威武雄猛，堪称战争之神！"

翌日上午，在昆明机场飞行员值班室里，亨利和管兰亭突然听到警报声在机场上空凄厉回响，随即传来救护车鸣叫声和人群喊叫声。

管兰亭大喊道："快去看看！"

他们立刻冲出去，只见卫兵、地勤人员，医护人员全向机场那边奔过去。

亨利边跑边说："你看，7604号飞机冲出跑道，陷进稻田中了！"

管兰亭看到，一股青烟从飞机机身里冒出来，随即火苗在飞机腹部开始燃烧，在熊熊大火和浓密烟雾中，几名机组成员相继跳出机舱，安全逃离失事飞机。但是，驾驶员马克却被紧紧卡在变型的驾驶座上，头部严重受伤，鲜血直流，在绝望呻吟。

亨利大叫一声："马克，你要挺住！"

说着，他就直奔过去，可是，此时此刻，大火已从机舱中部逐渐烧到驾驶舱，马克危在旦夕，飞机一旁的救援人员束手无策，只能眼睁睁看着烈火逐渐把飞机吞噬。

亨利满含热泪，向四周人群高喊："你们这些笨蛋！你们站在那里干什么？马上去救马克啊！混账！"

马克使劲挣扎，在烈火中试图摆脱困境，可是，没有大型救援工具，谁也无法把他从火海中解救出来。机场上的人们只能痛苦地看着他在哭泣，听着他在绝望号叫。亨利的双眼已经被眼泪完全蒙住了，他在飞机火海旁四处奔跑，发现现场人员无言以对，再转回头去看，情况很清楚，可怜的马克已经无法逃离火海了，烈火燃烧、机身爆炸、马克在痛苦挣扎，那是一种被大火吞噬的致命苦痛……

亨利知道，他必须马上作出最终抉择！此时，他咬紧牙关，用手把泪一抹，把手伸向身后的皮枪套中，掏出手枪，含着热泪举起手枪，对准马克开了一枪！清脆的枪声在机场上空震荡，撕碎了每一个在场人员的心！亨利看了看手中的枪，愤然把枪扔进火海，说了句："Damn it!"（见鬼！）

他随即走进飞行员值班室，坐在藤椅上，用双手掩住脸，号啕大哭起来。管兰亭悄悄走进来，默默坐在亨利身边，搂着他的肩膀，表示真诚慰问。

亨利边哭边说道："兰亭，你知道，我把马克给打死了……他是我的老乡，我们来自同一个城市。前年我们离开火车站时，马克的母亲嘱咐我，要好好地关照他，他比我小一岁，是我的小弟弟，可现在，是我，是我这个混蛋，亲手用手枪把他给打死了……我回去怎么对他妈妈交代？"

管兰亭用手抹去他脸上的泪，安慰他道："亨利，你别难受了，在这种情况下，那是唯一可做的事情。换了我，也只能这样做！"

正在此时，两名全副武装的卫兵走了进来，对亨利说："对不起，长官，我们奉命带你走！"

亨利在卫士的押解下，缓慢地向基地拘留室走去，他的身影越来越小，显得格外孤独，甚至有些可怜。

管兰亭在他身后高喊："亨利，别担心，我们会为你申诉的！"

一周后，军事法庭正式开庭，亨利上尉受到审讯。在法庭里就座的有管兰亭、乔治等人，他们在法庭进行陈述时，全都为亨利辩护。

管兰亭站在辩护席上，看着法官，雄辩地说道："尊敬的法官先生：请允许我为亨利上尉进行辩护，这是因为，他按照一个军人在战时紧急情况下所能采取的方法，尽他个人最大努力，在最大程度上，采取必要措施，减轻了自己战友马克中尉死亡前的痛苦！"

乔治也在法庭上表示："女士们，先生们，在特殊情况下，作为军人，我们所能做的，就是减轻我们的战友死前的痛苦。亨利的做法是正确的，我以为，任何一个有理智的军人都会这样去做的！"

军事法官最终宣布道："现在本法庭宣判：航空队亨利上尉被判无罪，当庭释放！"

在法庭上，全场热烈鼓掌，亨利高举双手，做出"V"形，表示自己无罪。管兰亭和乔治冲上去，和他热情拥抱。

第七章

驼峰行动

几乎是一夜之间,缅甸成为亚洲战场极为重要的战略要地,也就是说,是兵家必争之地,日军自然是志在必得。太平洋战争爆发以后,1941年12月9日,日军南方派遣军中将大岛率领部队抵达曼谷,立即将重兵部署在泰缅边境地区。

大岛现在是踌躇满志,在军事会议上笑容可掬。

他说:"各位,目前局势的发展实在是太快了,快得令我目不暇接!"

会场上一片笑声。

等笑声最终消失以后,大岛继续说道:"缅甸,西与印度相邻,东与中国、法属印度支那和泰国交界。在英军防御体系中,缅甸未被重视,防御兵力只有两万人。在英国看来,缅甸只不过是保卫印度的一道屏障,他们考虑到太平洋战争结束以后的亚洲军事利益,为了防止中国在战后崛起,即便是丢失缅甸,让我军占领,也不愿让中国军队介入。"

南机关机关长中野根据墙上的大幅军用地图,进行说明:"在我军南进计划中,缅甸具有重要的战略地位。按照帝国南进计划,夺取荷属东印度的石油是最终目标,为此,我军需要占领英属马来亚和新加坡。为了阻止日军从马来半岛南下,英军必将利用缅甸军事基地，出动地面部队，控制泰国与马来亚交界处，切断曼谷至新加坡的铁路线，同时还将出动皇家空军参战。"

大岛下令道："大本营从军事战略考虑，为了粉碎英军抵抗，我军必须尽快占领缅甸南端和仰光。为此，第55师团主力在达府、麦索一带集结！步兵冲锋支队在北碧西部集结！第33师团于1942年年初登陆曼谷后，迅速赶赴泰缅边境地区集结！一旦我军占领法属印度支那，我军将可切断支那唯一的对外陆上通道滇缅公路！"

众将领高喊："哈依！"

此时，中、美、英三国代表在重庆召开军事会议。

龙山石将军首先介绍缅甸军事概况："先生们，缅甸主要分为两部分：曼德勒以北为上缅甸，重镇为曼德勒（即瓦城）；曼德勒以南为下缅甸，重镇为仰光。总的来说，缅甸形势是口小，肚大，尾巴尖。仰光为全缅门户，同古是要隘，曼德勒（瓦城）为军事要地，密支那为最后屏障。

根据我方最近所得到的日军情报，东京日军大本营的作战计划是：日军司令官大岛中将带兵攻占泰国后，迅速做好进攻缅甸的准备。缅甸大战开始以后，作战初期目标是摧毁缅甸南部英国皇家空军基地，确保日军在马来方面作战部队的侧翼安全。等到马来作战初步获胜，再增加兵力，彻底击败驻缅盟军部队，进而加强对盟军的军事压力。"

蒋介石在会上表示："对于我们来说，缅甸不仅是海外援华物资进入中国的唯一通道，也直接关系到中国抗战大后方的军事安全。滇缅公路东起中国云南昆明，西出边境重镇畹町，经腊戍，至缅甸中部军事重镇曼德勒，全长936公里。

日本大本营认为，要想彻底摧毁我们的抗日意志，必须占领缅甸，切断滇缅公路。对此，我们不能让日本人的阴谋得逞。我方决心，不惜一切代价，甚至出兵，死保缅甸。"

美国大使对此坚决支持："从太平洋战场的全局考虑，我方希望英方同意中国派三个军的部队入缅作战，中国可以为此组成一支中国远征军。"

英军代表却面有难色："你们的提议当然是很有建设性的。不过，这个问题可以从长计议。中国远征军入缅将关系到诸多问题，看来，还需要继续研究，再作决定。"

会议期间，尽管各方激烈争执，中英两国政府最终在重庆签订《中英共同防御滇缅公路协定》，建立了军事同盟。重庆军事委员会为此组建中国远征军，下辖三个军，共十万人马。杜聿明任远征军副总司令兼主力部队第五军军长。但是，会议以后，中国远征军三次被推迟出兵时间，一直到仰光即将失守，英军才被迫同意中国远征军入缅参战。

1942年上半年，中国战区经历了历史上一个最为艰难的时期，那当然是一个今天的人们所难以想象的、困难而又困惑的时期。正是在这一历史背景下，史迪威将军奉派新职。当他在1月份出任中国战区参谋长时，绝没有预测到整个缅甸会在几个星期内被日军占领。

1942年2月11日，史迪威一行启程前往中国。战时赴华旅途确实是路漫漫其修远兮，是一个极为艰苦的历程。为了躲避德军可能的袭击，他们只好乘坐泛美航空公司飞机，由纽约飞往迈阿密，途经巴西，飞到非洲，然后从非洲前往印度，经过半个月飞行，于2月25日抵达新德里。

蒋介石在积极准备，史迪威则更为努力，虽然顾全大局，放弃了指挥在欧美军的高级职务，到中国出任这样一个吃力不讨好的职务，他还是不能掉以轻心。将军很快就组建起精悍的参谋班子，对中国战区可能遇到的所有问题进行研究，并制定相应计划。那时,他没想到的是,中国战区的复杂性远远超过他的想象。

史迪威将军已经置身于战火纷飞的亚洲了。现在,军号已经吹响,军旗正在飘扬,出征的时刻已经到来,他已经看到中国战区的连天硝烟,老兵的热血开始沸腾,他已经破釜沉舟,准备挥洒热血大战一番了。

尽管日军在缅甸的军事作战取得一系列战果,但是,对于战争发展进程,中野还是心里没有底,他来到司令部请示。

大岛说话开门见山,语出惊人:"中野君,我们千万不要为目前的胜利冲昏头脑。实际上,我军通过短期作战,迫使敌军媾和的设想看来已经不那么现实了。我军在东南亚已经进入'持久战'困境之中。"

中野虔诚地询问道:"那么,我军应该如何行动?"

大岛外貌极其丑陋,但是,一双鹰眼炯炯有神。

此时他口若悬河,指点迷津:"中野君,千万要记住:现代战争如果没有制空权,就不可能得到制海权。现在,既然制空权已经逐步落到我军之手,我军就应该立即确保我军在太平洋战场的军事补给线,西面从缅甸开始,中部加强以新加坡、苏门答腊为中心的战略资源地带,并且把本土周围的塞班岛、特尼安岛和关岛建成难攻易守的军事要塞。"

中野十分佩服他的战略眼光,他是少壮派军人,总是初生牛犊不怕虎,管他三七二十一,打了再说,天下没有过不去的坎。

大岛将军继续分析道:"缅甸对于我们来说,看起来是一个十分遥远,非常神秘的国家。为什么帝国陆军在这里投入数十万部队,展开历史上罕见的大血战?战争之残酷,争夺之激烈,都会是战争史上的典型战例。其中道理很简单,在这一历史时期,缅甸的战略地位十分重要。"

大岛在地图前展示目前的战场局势："请看地图,支那最后一条关系到生死存亡的陆上国际通道,即从云南昆明经滇缅公路至缅甸腊戌,再经过缅甸境内铁路通往仰光,最终在这里出海进入印度洋。我军如果占领缅甸,将切断支那最重要的陆上国际通道,还将直接威胁中国西南地区的后侧安全和英属印度的安全。对于帝国陆军来说,缅甸大战是我军南方作战计划的重要战役之一。东京大本营认为:缅甸作为南方重要地区的北翼据点,不仅具有十分重要的战略地位,而且,对中国作战来说,将会切断滇缅公路,对印度来说,将有可能促使其脱离英国统辖,其战略意义不言而喻!"

中野听得如痴如醉,频频点头。

大岛继续说道:"为此,大本营对缅甸战役的作战设想是:进驻泰国的第15军迅速做好进攻缅甸的准备,在作战期间,相机摧毁南部缅甸敌空军基地,保证马来亚方面作战部队的侧翼安全,然后攻占仰光附近地区,摧毁英中联合据点,待作战告一段落后,再增加兵力,攻占仰光附近地区,摧毁英中据点,击溃驻缅甸英中联军,加强对中国和印度的压力。"

中野十分佩服地说:"将军分析得入木三分,十分透彻。"

将军拍着他的肩膀说:"大战即将开始,大本营决定由你指挥在缅甸的陆军航空大队,任重道远,中野君,拜托了!"

2月底的一天,泰国首都曼谷依然气候温和,热带地区的天气总是使人感觉暖洋洋的,昏昏欲睡。自从日军进入此地以后,街上行人寥寥无几,市区冷冷清清,只有日军司令部附近地区,依然车水马龙,人来人往。司令部办公楼前,各种车辆汇集,警卫森严,显然,一次重要的军事会议正在举行。在二楼会议室里,十几名将军与高级参谋正襟危坐,脸色凝重,大岛端坐在会议桌前最中间的位置上,凝视着与会人士。

中野走到墙上悬挂的一幅巨大军事地图前，指着中国的战略要地解释道："各位，众所周知，支那是一个落后的农业国，重要的战略物资，如飞机、汽车、汽油等，完全依靠国外进口，没有这些物资，特别是军事物资的输入，支那军队无法维持一年以上的抵抗。在这种情况下，他们只有拼死保持国际通道。而对我军来说，最为关键的战略任务，就是全力切断支那的国际交通线。"

在座高级军官频频点头，表示赞同。

中野继续讲道："下面，请各位再看地图：昭和十二年（1937）淞沪大战，皇军大获全胜，切断支那通过上海，从海上沿长江获得国外战略物资的渠道。第二年十月，我军攻占广州、武汉后，一举切断华南地区通往国外的海上通道和经过香港经粤汉线输入内地的国际运输线。这时，支那沿海地区对外通道业已不复存在。如果要从外界获取军用物资，中国军队只剩下西部地区三条陆路运输线：

第一条：从云南昆明，经滇越铁路通往海防港；

第二条：从昆明，经滇缅公路，到达缅甸腊戍地区，再转仰光港；

最后一条就是通过新疆公路，通往苏俄。"

与会人士聚精会神地听着中野的分析。

"在我方全力打击下，这三条陆路运输线先后被我军切断和封锁：昭和十五年（1940）9月，法国政府接受我军最后通牒，皇军攻占河内和海防，切断滇越铁路。第二年6月俄德战争爆发，通往苏俄运输线基本中断。目前只留下最后一条国际通道，也就是滇缅公路！诸位已经一目了然，只要我军能迅速切断滇缅公路，就能关门打狗，隔绝支那与海外的任何联系，摧毁支那人最后一线希望。到那时，他们只能缴械投降！"

"吆西，吆西！"

众军官皆表同意，中野的战略分析无疑是鞭辟入里，无懈可击。

司令官大岛示意中野回座："中野君，辛苦了。我军在珍珠港、香港等地大捷之后，太平洋战争第一阶段已经大获全胜。按照东京大本营命令，南方派遣军已从泰国北进，在今年夏季以前占领缅甸以及中国云南怒江地区，最终切断支那对外运输线。"

大岛走到地图前，严肃地说："中野君对切断支那陆地运输线的战略已经进行了全面分析，本人非常欣赏。在此，要补充一点，我军千万不能忽略敌方孤注一掷，开辟空中运输线的可能性。实际上，根据我军'樱花小组'从敌军那里所获取的情报，中国航空公司最近已准备试飞从昆明到印度阿萨姆汀江之间的航线。"

中野对于将军的看法有所保留："将军阁下，谢谢你的提醒。可是，本人作为一名航空兵指挥官，完全了解，到目前为止，想要空中穿越喜马拉雅山山脉，或者是横断山脉，无疑是痴人说梦。那里的地形条件和气象条件十分恶劣，根本无法完成大规模空中运输任务。中缅空中航线不具备任何现实可能性，坦率而言，就以我军航空兵的天才飞行能力来说，要想穿越喜马拉雅山山脉或者是横断山脉，恐怕也要三思而后行。"

大岛显然不喜欢他的直率，任何指挥官都不会喜欢这种独特的见解。他冷静地说："中野君，大本营和我的看法是：对于此航线的可能性，与其信其无，不如信其有。兵家云有备而无患，就是这个道理。"

将军环顾会场，指着地图上的一个地区说："同古与密支那是缅甸的军事重地，自古以来，为兵家必争之地。目前，美国志愿队正在同古机场训练，如果我们能占领同古和密支那，敌方就失去了从喜马拉雅山山脉或者是横断山脉南部地区穿越的可能,但是,如果要从北部地区飞越,从综合条件来说,肯定是得不偿失,完全没有军事上的实际意义。"

座中将领多数表示认同。

大岛最终发布作战命令:"根据缅甸作战计划,第15军必须尽快进驻泰国,宇野支队必须攻占缅甸南端维多利亚角英军机场,随后,航空兵部队将对昆明和仰光进行轰炸;18师团在5月以前,务必攻占同古,6月之前,必须抢占密支那;56师团向密支那、怒江一带展开。我军战略目标是全面占领缅甸,断绝支那与国外的一切通道!此次缅甸战役必须在明年5月雨季到来之前结束。按照缅语,仰光意为'战争终结',但现在,将成为帝国陆军新的战争起点!"

全体军官立正:"哈依!"

史迪威喜欢音乐,在中国他最爱听的乐曲就是古曲《十面埋伏》,他为这首中国古典名曲而倾倒,百听不厌,而且,每次都听得如痴如醉。中国文化真是博大精深,在古曲声中,将军听到千军万马浴血搏斗,领略到气壮山河的军人气概。

当史迪威将军刚到缅甸时,他还没有意识到,在那个遥远的地方,居然也有十面埋伏,周围危机四伏,险境万象。日军早已虎视眈眈,十万大军随时都将猛扑过来。

此时,蒋介石夫妇由印度飞至腊戌,在波特酒店,会见了新上任的中国战区参谋长史迪威将军及其情报顾问洛克上校。在外出巡查时,蒋先生不论是身穿戎装,还是中式长袍,总爱披一件黑色斗篷,这种黑大氅模仿日本高级将领服饰,专请高级服装师特制,黑斗篷衣料和制作十分考究,由黑色呢料所制成,大衣领装上紫貂或水獭皮,披在肩上,很有威严。鉴于缅甸天热,蒋先生就不穿大氅了,但是,在日常穿戴时,他还是注重仪表整洁,绝不解扣敞胸，风纪口也不松开，从无不修边幅之态。

在此次会见中，史迪威将军对蒋夫人的印象很好，宋美龄头梳一小髻，旗袍贴身，大衣适体，脚穿高跟鞋，面带微笑，言谈举止委婉适度，从不高谈阔论，也不大声叫喊，颐指气使。

会见开始时，蒋介石神情严肃，也许是要表明自己是中国战区最高统帅。当史迪威将军讲话时，蒋介石很少说话。他一向有观察人的习惯，先看看对方的相，是否有福，是否为可用之才。在他看来，这位美国老将军是一个很倔强的高瘦老头儿。

史迪威将军说："首先，请允许我转达罗斯福总统向你们的问好。他在我来华之前，再次重申，他对欧亚两个战场，同等看重，而且，美国将会加强对华空中援助。"

蒋介石微微点头，其实，他早就知道，美国政府已经制定了先欧后亚的战略。

史迪威将军接着说道："本人此次来华的任务如下：
1. 指挥在中国、缅甸、印度之美国军队；
2. 监督及支配美国援华之军火、武器与其他器材；
3. 代表美国政府出席重庆军事会议；
4. 担任中国战区与南太平洋战区之间的联络员；
5. 管理、维持并改进滇缅公路；
6. 指挥在印美国空军及由印缅出发之空军活动。"

史迪威话说得干脆利落，绝不拖泥带水。蒋先生听得非常仔细，一字不漏。当他听完以后，发现史迪威唯独没有提起出任中国战区参谋长一职，脸上露出不满神色。

蒋介石有意问道："没有其他任务吗？"

史迪威经他追问，只好说："还有就是出任中国战区参谋长一职。本人为钧座之参谋长，直接受钧座之指挥。"

听及至此，蒋介石方才笑了起来。显然，史迪威实在是看不上中国战区的兼职，对在蒋介石属下任职，心有不甘。

听完开场白以后，蒋介石随意谈了一下当地的天气，然后说道："有朋自远方来，不亦乐乎！热烈欢迎史迪威将军来华。我至今还记得当年我们第一次见面的情景。"

史迪威笑着回答："当年您和夫人所赠送的签名照片，现在还挂在我在加州的寓所墙上。"

蒋先生脸上显露出满意的笑容："很好，很好。我们中国人的一句老话是：千里送鹅毛，礼轻人意重。"

史迪威用道地的中文说道："厚礼，厚礼，我很珍惜。"

当会见快结束时，蒋先生说道："日帝压迫我们太甚！不管怎样，抗战必胜，建国必成，这个仗一定要打下去！我一再说过，在抗战时期，地无分东西南北，人无分男女老幼，必须走向唯一的抗战目标，在对敌御侮大前提下，奋勇前进，其他一切，均所不计。"

作为一个天才的军人，史迪威将军知道，战场上最可怕的，其实并不是十面埋伏的敌人，而是自己内部的钩心斗角。兵败败于内，自古亦然。

会见以后，史迪威将军经印度前往重庆。陪都重庆满目疮痍，毫无生气，已经成为百万难民避难所，人们日夜为疾病、饥饿所困扰。敌机空袭频繁，陪都重庆断水、断电、断炊为家常便饭，国家机关濒临瘫痪，但是，中国人民依然力挽既倒之狂澜，浴血奋战，全力抗日。

史迪威抵达重庆后，办公地点为上清寺曾家岩美军总部，居住地点则由蒋介石亲自挑选，是嘉陵江边李子坝一幢豪华西式洋楼，此处距离市区较近，来往方便，小楼原为宋子文所造，是一栋钢筋混凝土建筑物，用料讲究，每间房子互通，别墅上层与山坡平坝高度相同，楼房一层则与坡下平坝连成一体，最下面为地下室，当日机空袭时，可以躲避飞机轰炸，小楼第三层可以鸟瞰江水东流，楼顶平台拥有水池与花卉盆景。

史迪威将军每天外出，市内到处都是日机轰炸后的残垣败壁，一片悲凉景象，山城街道旁树枝上挂的都是横飞的血肉，许多尸体来不及运走，在地上长满蛆。那种悲情，委实令老将军动容。

专车司机边开车，边对他说："将军，大家过得很艰苦啊，就连前线作战部队官兵也吃不饱，更别说后方老百姓了。日寇空袭后的惨景更是难以想象，截肢特别多，截下的手和脚只好用箩筐装。"

老将军听后心情沉重，从车窗里放眼望去，只见浓云密布，青绿峭壁的山脚下，一江如练，千帆如鲫，数百级石板台阶蜿蜒而上。

军事助理摇摇头，叹气道："将军，人间之惨，莫过于此！战时重庆的老百姓被炸得心惊肉跳，人心惶惶，就连蒋委员长也成为日机攻击目标，他的官邸几次被炸，尽管他本人化险为夷，大难不死，但是，贴身侍卫却先后死伤数十人。"

夜幕降临以后，在嘉陵江边这座小楼里，窗外景色宜人，即便是在战争年代里，山城依然以其独特的风貌令人迷恋。由于城内灯火管制，除了浓浓夜色，几乎什么也看不见。

史迪威将军站在屋顶花园平台上，江面景色壮观，尽收眼底，一览无余。朦朦胧胧之中，江边依山而建的木制吊楼层层而上，此起彼伏，鳞次栉比。此后几年，将军只要闭上眼睛，便怎么也无法忘却战时的陪都重庆。

此时山城突然响起刺耳的空袭警报声，探照灯照亮夜空，银白色光柱在天上摇曳搜索，突然，强烈的光柱笼罩住一群黑色的敌军战机。这些黑乌鸦正掠过城东上空，似乎在寻找地面目标，全城市民东奔西跑，急急忙忙跑去防空洞躲藏，人们都感受到来自空中的死亡威胁。日本战机轰鸣声越来越大，尽管地面高射炮部队开始向敌机开火，炮声隆隆，但是，日军战机群仍然以36架为一个梯队，继续盘旋飞行，当日军战机寻找到地面目标以后，立即开始投弹，进行狂轰滥炸，爆炸在空中产生一些蘑菇状云，令人毛骨悚然。一些日本间谍用明亮的电筒光束，指引日本战机进行猛烈轰炸，不久，一连串炸弹在附近地区剧烈爆炸，山崩地裂，顿时，许多房屋被夷为平地，成为一片废墟，一些居民被炸得血肉横飞，无影无踪。

战争啊，战争，你成就了多少名将，塑造了几许英雄，使他们走进历史神圣的殿堂。可是，在他们的背后，多少人默默死去，多少无名战士倒下，鲜血慢慢流出他们的身躯，洒在弹痕遍地的沙场上。

翌日，史迪威将军穿好笔挺的将军服，衣冠楚楚，踌躇满志地坐进轿车，由龙山石将军陪同，向黄山委员长官邸驶去。轿车车窗外面，重庆景色如画，公路沿江而行，滔滔大江之水，犹如从天而下，劈开千仞高峰，向东奔去，气势磅礴，惊天动地！抗战时，山城重庆很有优势，一是城在山中，山中有城，满城岩洞，有利防空；二是大雾为重庆天然屏障，一年之中，大半年浓雾弥漫，不到中午，雾不消散；接近黄昏，雾又弥漫。

龙将军为人和善，英文流利，与史迪威将军一见如故。

他对史迪威说："将军，平时蒋氏夫妇接待外国贵宾，一般在市内曾家岩官邸，或郊区老鹰山洞林园。后来，南岸修建了一条公路，专供上黄山之用，公路由海棠溪盘旋而上，绕峰峦，越峻岭，千回百折，始到山顶。"

史迪威很好奇地问道："为什么选择这里？"

龙山石答道："为了躲避日寇轰炸，侍从室选中重庆南岸黄山，为蒋先生修建官邸。此处前临凉风垭，左傍老鹰岩，花木茂盛，十分幽静。重庆历来为中国三大火炉之一，黄山却是别具一格，风光优美，是西南避暑胜地。据说，黄山原为重庆白礼洋行买办黄云阶所有，故名黄山。"

此处果然是个好去处。蒋介石旧居以云岫楼和松厅为中式结构。云岫楼为蒋介石住宅，为三层楼房，雄踞右山高峰。蒋介石住三楼右角，房屋三面为玻璃窗，临窗眺望，重庆全景尽入眼底。云岫楼前一峰独秀，有一小亭名望江亭，他经常站在望江亭里，眺望大江风光。宋美龄住宅为松厅，位于云岫楼后面，在山下幽谷之中，是一座半中半西式建筑，房前走廊宽阔，蒋夫人不时在走廊小坐，松影摇摆，清风徐来，令人战时烦恼为之尽消。

史迪威将军车队到达黄山官邸后，只见厅前院内几株丹桂枝繁叶茂，如大伞覆盖全院，香飘庭院。将军踏上楼房的台阶，走进会议室。厅里摆放着红木茶几和沙发，墙上悬挂着国父孙中山和蒋介石合影的大幅照片，中山先生端坐中间，蒋介石则全副戎装，会议室布置典雅，室内镶嵌着七彩花纹玻璃窗，玲珑剔透，精致非凡，透过玻璃，可以隐约窥见院中风景。窗外夕阳西下，晚霞透入，明亮中有几分异彩，更添几许情趣。

此时，蒋介石夫妇出面接见。将军在龙山石陪同下，走进会客室，来到蒋介石面前，立正敬礼。在微弱光线下，蒋介石身穿一套黄咔叽军服，留着平头，看起来，似乎有点疲倦。蒋夫人亲自出任翻译，她身穿深色旗袍，外套一件黑呢大衣，服饰介乎中式和西式之间，没有艳妆浓抹，也无珠光宝气，头上挽着一个小髻，仪表落落大方，具有东方女性的高雅气质和幽雅风度。蒋夫人一脸迷人微笑，风度不减当年。她的皮肤雪白细腻，看起来很有女人味，一双闪亮的大眼睛风情万种，魅力无限，只是略为瘦弱了一点，似乎有些弱不禁风。

看到将军在注视着她，夫人便立即上前，很谦逊地与他握手："欢迎将军来到重庆！"

蒋介石伸出双手，紧紧地、长久地同他握手，连声说道："好，好，有朋自远方来，不亦乐乎！将军长途跋涉，辛苦了！"

随即，四周响起热烈的掌声。

蒋夫人高兴地称赞道："将军是我们的老朋友了，威震九州，真是一代名将啊！"

"不敢当，不敢当！谢谢委员长过誉，谢谢夫人夸奖！"将军谦逊地道谢，随即转身朝着龙山石等鼓掌人敬礼。

蒋介石对史迪威说："在缅甸的中国远征军第五军和第六军随时准备听从你的指挥，我们已经做好一切准备，就等你走马上任，指挥中国军队与日军作战。"

史迪威将军客气地说："谢谢委员长安排。"

参加会见的龙山石说："您的公馆距离市区较近，您会感到非常方便。现在，我方想知道的是，如果缅甸大战开始，军用物资供应通道如果在缅甸受到影响时，在印度的美国军方后勤处能否为中国军队提供物资保障？"

史迪威说："您是担心美国第十航空队将会听命于英国人的指挥。在此，我本人可以向贵方保证，第十航空队听从我的指挥，而蒋先生将会指挥我！"

对于史迪威的答复，蒋先生很是满意。会谈结束以后，蒋介石设午宴招待。宋美龄脸上充满欢笑，一手携着蒋介石，一手挽着将军，一起步入餐厅，茅副司令、龙将军等大员也随同进入。在午餐酒筵上，蒋介石、宋美龄举起香槟酒，频频向史迪威将军敬酒，预祝远征军成功。身穿军服的史迪威将军立正举起酒杯，向蒋介石敬酒，表示致谢。

宋美龄笑着说："我和蒋先生是1927年结的婚。刚开始时，两人的生活习惯、志趣爱好，都不相同。蒋先生习惯吃中菜，我却喜欢西餐，吃饭时各吃各的。我吃西菜西点，早餐是牛奶、白脱面包、色拉等。有时，蒋先生也陪我吃些西菜，但吃上几天，就要换中餐了，以后逐渐一致，基本上吃中菜了。我母亲去世后，我们相处更好。"

蒋介石笑着说："我和夫人结婚后，改信基督教，1930年10月受洗。我在1937年耶稣受难节时，向'美以美会'致词："人生不能无宗教信仰，但是，信仰与迷信完全不同，信仰耶稣与信仰三民主义要结合在一起。耶稣为反对罗马统治者，而唤起犹太民族复兴，他是民族革命的导师。耶稣的'博爱'和国父孙中山先生的仁爱和平、牺牲奋斗是类似的。"

史迪威耐心倾听，不时微笑。

蒋夫人说："但是，蒋先生还是笃信佛教，每到名刹，必顶礼舍施。"

蒋先生也笑着说："夫人对我的生活起居，关怀照顾，无微不至。我有胃病，不宜饱食，夫人就加以限量，每餐两小碗，有时我还想添，她就劝止。"

蒋夫人补充说："蒋先生因牙齿不好，喜欢吃偏软的食物，糖醋鱼当然最合口味。他还爱吃黄埔蛋，其味犹如川菜跑马蛋，煮出后不焦、无泡，类似嫩豆腐，不油不腻，味美可口。"

茅副司令回忆说："当年在黄埔军校烹制黄埔蛋的，是位严大娘，广东人，原是珠江游艇船娘，一手好烹调技术，她烧的三味鸡，也香酥爽口，是游艇上的另一道佳肴。离开广东多年以后，有一次我陪委员长重返黄埔军校，旧地重游，想起当年的严大娘，把她叫来，重烧黄埔蛋，食之以忆昔日年华。"

在午宴快结束时，老将军表示："委员长，夫人，在我们美国的全球战略中，贵国当然占有重要地位。我们为支持中国参战，拖住日军，并配合我们在太平洋的反攻战略，需要收复缅甸，重新打通滇缅公路。但是，说来遗憾的是，美国政府已经决定坚持'先欧后亚'、'先德后日'的全球战略，把欧洲战场放在首位，兼顾太平洋战场。"

委员长为之不快："那么说，中缅印战场只能排在末位了？我是否能够理解为：美国只愿意为收复缅甸提供物资援助和少量海空力量，而是希望中国和英国成为收复缅甸的主力？"

将军略显尴尬，但他还是说："整个战略还有待于参谋部的先生们去制定，但是，请你们放心，我们对中国的支持始终如一，坚定不移！我一定说服总统，让你们得到你们所想得到的一切援助。"

说完以后，老将军及时告辞退出，快速走出大门，驱车回到自己寓所。夜幕已降，江岸风光旖旎，重庆华灯初上，好一派山城风光。史迪威微微一笑，将军决战，贵在运筹帷幄。可是，高处不胜寒，美中两国领导人之间的政治斗争是何等复杂，何等奥妙！对于史迪威将军来说，他怎么能真正领略高层外交斗争所蕴涵的那种曲折与微妙？老将军没想到的是，在随后的一些日子里，他将充分领略中国宫廷权术翻手为云，覆手为雨的厉害！

当天夜里，蒋介石召见茅副司令。

在官邸客厅中，他说："我想来想去，决定不能被敌军憋死，我给你一道手谕，你就根据我的训示，执行任务。"

茅副司令打开手谕一看，原来是一份密令："责成空军立即秘密组织力量，迅速开辟对外新航线！"

他立刻起立："您放心，我一定完成任务！"

接到密令以后，茅副司令立即在航空委员会机要室召开紧急会议，出席会议的有张黎生副秘书长、管兰亭等几名王牌飞行员。茅副司令做了个手势，助理立刻拉上窗帘，室内一片昏暗。

在暗淡的灯光下，茅副司令低声宣布："今天的会议事关国家最高机密，有关内容不得向任何人透露，也就是说，上不告父母，下不告老婆和子女。违者将按军法从事！"

管兰亭虽说在军中多年，但是，听了此话以后，依然是一身冷汗，他马上意识到，这肯定是一件绝密任务。机要室里寂静无声，只有茅将军在传达最高层命令，每一个字都有千钧之重。

副司令低声说道："最高层的手谕只有三个字：'飞出去！'另外还有一份密令：责成空军立即秘密组织力量，迅速开辟对外新航线！"

张副秘书长请示道："最高层下令'飞出去'？"

"是的！"

管兰亭过去在杭州曾经为委员长和蒋夫人开过专机，他并不喜欢老头子的高深莫测，也不欣赏蒋夫人的外交式微笑，但是，日寇气焰嚣张，国家兴亡，匹夫有责！茅副司令今天格外严肃，作为一位即将领兵出征的大将，他和参加密会的飞行员真有些视死如归的壮士气概。

茅副司令断然表示："本人已向最高层立下军令状：飞出去！不成功，则成仁！"

平时蒋介石最爱说这句话，管兰亭一听就烦，可是，在今天的特殊场合中，茅副司令说出来，确实别有一番气势。管兰亭历来较为冷静，今天更为冷静，作为军人，他应该视死如归，但是，尽管大家热血沸腾，他却清醒地意识到此次飞行中的重大风险。

茅副司令读完命令以后，询问道："各位还有什么意见？"

管兰亭率先表示要发言，茅副司令立即同意："好，就请兰亭兄先讲！"

管兰亭徐缓而言："作为军人，当然要以执行任务为天职。

刚才，茅将军讲述了此次绝密任务的战略意义，我只是从技术层面加以分析。对我们来说，开辟新航线是一个技术项目，任何技术项目首先要进行技术要素分析。"

茅副司令皱了皱眉头，显得有些不太喜欢他的开场白，可是，管兰亭说得也没错，就不好打断他，毕竟管兰亭在欧美国家留学数年，思维方式有些洋化。

管兰亭走到墙上的巨幅航图附近，边指航图边讲道："职等抛砖引玉，请将军和各位同仁指正。我们计划选择的新航线，必须符合以下几个条件：

首先，新航线两头的机场必须在铁路终点站或者海港附近。"

大家点头表示同意。

他继续阐述道："其次，航线从国外基地飞往中国基地的距离，应该在飞机航程之内；最后，航线两端的机场应该安全可靠，不会受到日军战机的攻击。"

茅副司令也是高手，他边听边点头："飞行高度、气候条件等因素也必须加以考虑。"

管兰亭的发言引起激烈争论，大家在航图前争论不休，最后终于达成共识。

茅副司令总结道："我们应在中国、印度、缅甸三国交界地区，选择一个地域，这一地域应该是DC—3飞机的最大航程。但是，我们必须清楚知道，首次试飞的飞行路线没有准确航图，所经山脉没有任何标高，只能靠目视飞行，所经地区人迹罕至，没有任何地面导航，也不可能得到任何气象预报资料。显然，在某种意义上，这是一次绝密飞行，更是一次绝命飞行！"

他环视全场人士，与会人员都勇敢地正视着他，没有任何退却的神色，也没有丝毫畏难情绪。

茅副司令最后下令道："此次绝密飞行的试飞航线是从昆明

飞至缅甸腊戍！正驾驶由管兰亭上校担任！"

管兰亭立刻立正："是，将军！"

在那以后的几天里，管兰亭毕竟是重任在肩，在与龙山梅约会时，始终心事重重，山梅当然感受到这一点。

她含情脉脉地问道："兰亭，怎么了？老是心不在焉的，到底有什么大事？"

管兰亭只得打起精神说："你别疑神疑鬼，我这不是好好的吗？可能是因为最近公事太忙，显得有些累。"

其实，他心中很是忧虑，万一飞行中出现意外事故，这次约会可能就是他们俩最后一次见面了。他很想告诉山梅，但是，军法无情，他不能透露任何细节，甚至连暗示也不行，只能把最高机密永远隐藏起来。

管兰亭邀请龙山梅到昆明市中心夜巴黎西餐馆去用餐，顺路去银行，把自己的全部存款都取出来了，给她购买了一枚最昂贵的法国钻石戒指。当他给山梅戴上钻石戒指时，龙小姐欣喜不已，激动得热泪盈眶："兰亭，你为什么送我如此贵重的礼物？"

兰亭心里明白，这也许就是临终礼物了，可是，他还是不得不打起精神，显得十分高兴："山梅，等我胜利凯旋，我们就举行婚礼，那将是一场最隆重的婚礼，我们将邀请200名宾客！"

山梅深情地望着他，看见他双眼湿润，猜测将有大事发生，她知道，作为飞行员，管兰亭经常执行秘密使命，根据空军规定，她是不能打听的，于是，龙小姐默默接过这份贵重礼物。她意识到，此次任务肯定十分危险，否则的话，他也不会如此动情。看到山梅眼中的泪花，管兰亭只能视而不见，依然装得欢喜如故。

1942年3月中旬的一天，重庆巫家坝机场警卫森严，荷枪实弹的卫兵警惕地注视着机场四周的动向，空旷的机场显得格外冷清。茅副司令、张副秘书长与管兰亭一行从军用吉普车上下来，和前来送行的空军司令握手告别，然后走进一架DC—3飞机。

不久，飞机就沿着机场跑道开始加速滑行，随即腾空而起，直冲蓝天，飞机驶离机场以后，机下的田野风光依稀可见，随即飞机飞入茫茫云海之中。几个小时以后，飞机进入缅甸上空，张副秘书长、茅副司令与管兰亭轮流驾驶，其他两名飞行员也在驾驶舱里，站在他们身后，不断出主意，想办法。

管兰亭朝下看去，雅鲁藏布江蜿蜒而流，飞机在高耸入云的山脉上空飞行，舷窗之外，喜马拉雅山横空出世，跃然而现，雪峰刺破长天，扑面而来。茫茫云层，无边无际，把飞机紧紧围住，机组人员屏住呼吸，在群峰之间寻找空隙。飞机忽而穿入山中，忽而骤然拉高，就在即将撞到险峰之时，飞机猛然一个急转，朝另一座高山急冲过去。

正在驾驶的管兰亭聚精会神，全神贯注，显得格外沉着冷静，他身后的其他飞行员惊魂未定，心有余悸。王副驾驶在旧地图上，根据地面情况，参考显著地标，对老航图进行修订，并标出相应记号，为以后的航线标明参考依据。另一名机组人员正紧张地计算着所飞越地区主要山脉的标高，然后报给其他机组人员，迅速画出航线草图，并在草图上标明飞机的确切位置和山峰高度。驾驶员们不时交换驾驶位置，出生入死的特殊驾驶感使他们精神亢奋。

在经历了生死飞行以后，飞机最终在缅甸机场平安降落，机组人员的紧张心情方才彻底放松。只有管兰亭还是一动不动地坐在驾驶舱里，依然处于紧张的驾驶状态，根本就没法松弛下来。

突然，他感觉到有人在拍他的肩膀："老弟，别紧张了，已经安全抵达终点了！"

管兰亭恍若隔世，清醒过来后，回头看了一眼："张教官，活着真好！"

张副秘书长高兴地说："兰亭老弟，下去到酒吧喝几杯吧！"

管兰亭这才起身，和大家一起离开驾驶舱，下了飞机朝外面走去。在停机坪上，各方高级官员早已等候多时，鲜花满目，掌声四起，机组人员心潮澎湃。

几天以后，管兰亭驾驶飞机返回重庆，蒋介石举行秘密会议，讨论新航线问题。在重庆黄山驻地会议室墙上，悬挂着一幅很大的军用航图，上面用红笔标明了新航线路径，出席会议的有军方高级将领和航空委员会负责人士。

蒋介石首先讲话："今天我们开一次会，这次会议是一次决定新航线的会议，在一定程度上，决定我们战时对外通道的命运。下面，由茅将军首先发言。"

茅副司令走到地图旁边，进行汇报："这一计划中的新航线东起中国四川和云南高原，向西横跨金沙江、怒江、萨尔温江、澜沧江、横断山、高黎贡山、喜马拉雅山，最后进入印度阿萨姆邦。我们机组在缅甸密支那和印度阿萨姆等航线上，仅仅进行过一次试飞，肯定无法作出全面评价。但是，鉴于试飞人员全部安全返回，这就足以证明：只要气候条件适宜，机组人员驾驶水平较高，这条新航线完全可以启用！"

管兰亭站起来补充道："我必须提出的是：鉴于新航线所经地区气候变化异常，一旦天气恶劣，将会出现严重的侧风和冰冻，那将可能发生坠机惨剧。"

张副秘书长发言道："新航线如果启用，所面临的严重问题是：我方缺乏足够的运输机，此外，通信、导航等基础设施严重不足，而且，我们还不得不考虑日军战机中途攻击所可能造成的损失。"

蒋介石不动声色，说道："这是件大事，你们可以畅所欲言，各抒己见嘛！"

会议中争论十分激烈，见仁见智，许多人把球踢给委员长，等待最高层作出最后决断。

蒋介石最后表态说："你们都讲了自己的看法，可说是众说纷纭，莫衷一是。但是，这条新航线必须尽快启用，个中道理很简单，在正面战场上，我们在南方的部队已经很难阻止日寇继续推进，已经失去战略纵深，即使能守住重庆和昆明等战略要点，但是，一旦日寇采取'迂回'战术，跳过这些战略要点，出动大军遏制其他战略要地，战争局势将会非常严重，我军在正面战场将会失去全部补给基地和所有后勤供应，面临灾难性后果，这将涉及我们的生死存亡！"

管兰亭立即慷慨激昂地表示："根据机组实地考察，我们全体飞行员坚定认为，尽管会遇到很多困难，但是，这一新航线是切实可行的，我们绝不放弃！"

斩钉截铁，掷地作金石声！蒋介石带头鼓掌，顿时，全场掌声雷鸣。管兰亭的话感染了在场所有人士，即便是一些持不同观点的高级官员也为他的精神所感动，龙将军等许多将领激动得热泪盈眶。

蒋介石最后下令道："尽快启用新航线！"

茅副司令和管兰亭等军方人员立即起立："是，尽快启用新航线！"

第八章

出师未捷

人们历来同情弱势群体，对倒霉的人容易倾注感情。亨利上尉很倒霉，但是，作为倒霉人，他在盟军空军中还是很有人缘，出狱以后，大批哥们为他设宴洗去霉气。在酒宴中，他发现局势已经巨变。

管兰亭对他说："目前，太平洋战争形势非常糟糕，英军节节败退，盟国军队不得不面对现实，进行新的战略部署。"

乔治进一步解释道："应中国政府要求，美国政府决定与中、英、印、缅等盟国共同开辟一条航线，经由印度阿萨姆邦，穿越喜马拉雅山脉，飞往中国云南、四川。由于航线沿途高山峻岭状似骆驼之脊，所以被称为'驼峰航线'。"

管兰亭说："亨利，新航线启用需要使用大量运输机、护航战斗机、基地维修设备、地面导航设备等，看来，中国空军急需得到美国方面的支持。"

乔治则显得有些忧心忡忡："兰亭，我们美国空军为了开辟'驼峰航线'损失惨重。你知不知道，曾在缅甸甘蔗林成功营救史迪威将军的斯科特上校，为了进行飞越驼峰的试验飞行，在途中不幸坠毁。据说，盟军空运司令部为了寻找一条从印度通往中国的空中航线，已经有几十名飞行员牺牲在青藏高原冰峰雪谷之中。"

坐在一旁的董霜桥分析道："盟国如要继续援助中国，就必须打破日军的封锁。但是，中国原有的四条国际交通路线已经全部被日军封锁。"

管兰亭说："在这种情况下，美国要援助中国，只能开辟'驼峰航线'。虽然运输量有限，但毕竟聊胜于无。否则的话，外援物资无法运到中国，太平洋战场东翼即将崩溃。"

董霜桥笑着说："据说，宋部长曾经对老美说：'骆峰航线'所飞越的路线是比较平坦的。这'比较平坦'四个字，好像不符合事实，究竟是宋部长心血来潮，抑或是故意回避航线的巨大风险，以获取美方的支持？"

管兰亭接着说："我看这是宋部长的诚实谎言！"

老百姓有老百姓的看法，但是，大人物是不会理会小人物看法的。翌日上午，中国政府代表宋子文和史迪威将军以及其他高级官员开会讨论有关双方联合执行新航线计划的问题，双方代表在举行联席会议前，首先阅读了中方所提交的"驼峰航线"可行性研究报告。

当会议开始时，史迪威将军首先讲话："先生们，你们能介绍一下，为什么称'驼峰航线'呢？"

茅将军介绍道："这一航线横跨喜马拉雅山脉，沿线山峰海拔均在4500米至5500米，最高海拔达7000米，山峰起伏连绵，犹如骆驼峰背，飞机需要在类似'驼峰'那样的山峰之间飞行，因而得名。"

宋部长注意地看着史迪威将军，见他脸上流露出满意神色，方才放心。

史迪威将军说："对不起，我打断一下，据我所知，这是世界航空史上最为艰难的一条航线。海拔高、气候坏、气流强、气压低，此外还有经常性的暴风雪、冰雹和霜冻，再加上日军战机可能的攻击，风险不小啊！"

在茅副司令授意下，管兰亭回答说："这一新航线具有许多不利之处，诸如气候异常、缺乏地面设施、运输物资来自大洋彼岸的美国、日军可能的袭击等，但是，根据我们过去的空运经验和中国空军抗战以来的努力，我们深信不疑：中方将会保证新航线的顺利运行。此外，中方将对所有人员进行训练，使他们克服复杂地形和恶劣天气等障碍，并利用这些障碍去对付敌机可能发动的袭击。"

史迪威将军对他的回答很满意，其他与会人士也表示赞赏，宋子文如释重负。

史迪威将军综合与会人士的看法，明确提出："根据目前中国战区战局的发展，美国政府认为，可以以中方所提出的空运计划为基础，进一步制定更大规模的'驼峰行动'计划。"

宋子文、茅副司令与中方其他人士得知驼峰航线计划顺利通过，不由得喜出望外，高兴之际，纷纷发言，表示感谢。

龙将军高兴地说："这无疑是雪中送炭！"

史迪威将军最后表示："本人坚决支持你们有关'驼峰行动'的计划，对你们的管理能力与运输效率非常欣赏，此外，对茅将军和管上校的报告，印象非常深刻。"

全场起立，热烈鼓掌。

新航线即将全面启动，管兰亭整天站在航图前，反复进行推敲，他和茅将军已经就航线基本问题达成共识，并上报了关于新航线的运行计划。

蒋介石接到这一报告以后，立即召集他俩去汇报。听取报告之后，他说："兹事体大！你们所提交的报告当然不无道理，但是，还是略显粗略，需要细化，回去再补充吧。"

茅副司令与管兰亭进行了深入、全面的研究，最后，要他连夜赶写一份更为详细的分析报告。由于管兰亭夜以继日忙于撰写研究报告，顾不上去和龙山梅约会。龙小姐不知其中原因，以为管兰亭借故推脱，心中大为不满。

她连打几个电话给他："兰亭，你真忙啊，回来以后，也不来见我，是把我给忘了吧？"

兰亭在电话中大喊冤枉："山梅，我向你赌咒发誓，实在是忙于紧急公务，非不见也，是不能也！"

山梅说："那我过来陪你，为你做好吃的！"

兰亭心中想，航空委员会总部机要室岂是山梅能够进来的？那里分明就是"水浒"中的白虎堂！

他忙说道："你，你可别来！后天我就能请假外出，陪你去吃西餐！"

龙山梅先是泪眼蒙眬，后听兰亭解释，确也在情理之中，知道他没把自己忘却，马上阴转晴，随即笑起来："兰亭，你一定要给我带一盒进口美国巧克力来！"

兰亭知道山梅不再生气了，心里也高兴，遂又重新潜心忙于修改研究报告，连夜苦干，倒也效果显著，终于完稿，时已天亮，不觉之间，竟又忙了个通宵。

茅副司令自然是第一个读者。在这份报告中，管兰亭的建议是："最为理想的新航线是从缅甸密支那到中国境内地区。我们建议：首先采取空运措施，将国外货物运到中国机场，这将使缅甸铁路终点站密支那到中国昆明的公路运输距离从 750 公里减少到 200 公里。此外，公路运输必须经过澜沧江等河流，公路沿线主要桥梁容易受到日机空袭，一旦桥梁被炸断，公路交通将全线中止。采取空运手段，将使军用物资越过河流地带，不再担心桥梁被炸毁的问题，在那以后，货物可由公路进行更为安全、更为经济的运输了。"

看到这里,茅副司令大为赞赏,两人击掌而庆之,少不得又喝了几杯酒。

管兰亭笑着说:"将军,你看,我都快成为酒鬼了!"

茅副司令大喝一口,说道:"酒是中国文化的一部分。你看,中国大诗人之所以出名,首先就是爱喝酒,无酒则无好文章,更无好思想。杯中自有战略,酒里常出计划!"

"妙不可言!对酒当歌,来,干!"

兰亭本来就高兴,再喝几杯酒,顿时就趴下了。茅副司令心中好笑,但也累极,便带着几分酒意,竟也很快进入梦乡。早晨,当空军司令来到机要室时,只见两人早已不省人事,值班人员要叫醒他们,司令连忙摆摆手,叫人把他们送回卧室,然后,拿起报告仔细阅读,看完后,大喝一声:"拿酒来!"

战争毕竟是军人的游戏,在这场血与火的竞技中,角斗士面临的是生与死的命运,作为军人,你是无法远离那种刀光剑影的搏杀的。

根据罗斯福总统的命令,美军"驼峰"空运筹备工作立即开始。陆军航空队转运部奉命组建第一转运大队,受美军第十航空队指挥。

亨利兴高采烈地跑来告诉管兰亭:"你知道,我被调到转运大队去工作了。"

"那好啊,祝贺你!"

"根据罗斯福总统和史迪威将军的要求,我们陆军空运机构中心为了开辟这条航线,付出了沉重代价。"

管兰亭问道:"有多沉重?"

亨利解释说:"据说,每把一加仑汽油运到中国,本身就要消耗一加仑汽油,为了使飞行队能向日军投掷一吨炸弹,需要运送十八吨物资到中国,此外,每一架运输机运载四到五吨货物,在最佳条件下,一天只能飞一个来回。"

管兰亭多年以后在一篇文章中写道:"史载,'驼峰航线'的开辟不仅粉碎了日军大规模的侵略和封锁,而且为实行大规模空运首开先河,在太平洋战争中,发挥了重要作用。在抗日战争最为艰难的时刻,中美两国飞行员勇闯空中禁区,在世界屋脊上,展开了人类历史上规模空前的空运行动,与日军进行了殊死搏斗。"

不久,中国远征军挥师出征。在下属簇拥下,龙山石将军仰望长空,只见盟军战机掩护,呼啸而过,环视左右,车队飞驰,马达轰鸣。数千辆坦克、炮车、弹药车和英军红头大卡车,犹如钢铁巨龙,沿着滇缅公路,直奔国门畹町。中国远征军与日本侵略军已经形成对垒之势,双方调兵遣将,精心策划,数十万军队在缅甸战场进入各自的阵地,敌我双方飞箭上弦、利剑出鞘,决死大战一触即发。

日军战争机器也在高速运转。3月6日,大岛向第33师团下达命令:向仰光进军,搜索并消灭敌军。3月8日中午,33师团攻入仰光。大岛下令在市中心维多利亚湖畔,设立指挥部,并立即设宴招待高级军官。三杯酒下去,大岛与众军官皆笑得前仰后合,不能自已。

中野此时却滴酒未沾,他起身正言道:"各位长官:大战开始,我军乘胜前进。作为航空兵指挥官,我想讲几句。

"首先,此次缅甸作战,皇军前线部队所得到的空中支援,由我们第五飞行集团执行,共有四个飞行团,我军空中优势无可置疑!可以说,制空权牢牢掌握在我们手中!各位,放手一搏吧,我军必操会战之胜券!"

全体军官起立干杯。

一个日本将军说:"天空中每一架飞机都是大日本皇军的,我们将看到更多日本战机在缅甸上空翱翔!"

另一个鬼子军官讥讽道:"敌军飞机在哪里,是躲在山洞里,还是逃到喜马拉雅山另一边去了?"

日军军官们酒气熏天,笑得快趴下了。

日军兵临城下,史迪威将军当然也很着急。他到同古视察,军中作战准备完善,令他大为赞赏。

他高兴地说:"你们是我的好部队。中国军队是很好的军队。"

全场官兵热烈鼓掌。

史迪威用中文慷慨激昂地说:"兄弟们,我要带着你们去收复仰光,还要同你们一道攻入东京,那将会是我一生中最幸福的时刻。我要用事实向世人证明:中国军人不但不亚于任何盟国军人,而且会胜过他们。到那时,我就死而无憾了。"

远征军官兵高呼:"打倒日本法西斯!"

地面大战正在进行,但是,前线空战却很不顺利。

在重庆空军部队作战室内,管兰亭向茅副司令汇报道:"3月21日和22日,日军航空兵出动350架飞机,空袭马圭空军基地,英军飞机被毁,在此之后,英国空军残部退入印度,不再在缅作战。盟军空军志愿队孤立无援,只好飞至中国境内整顿,被迫退回保山、垒允基地,对日军机群只能进行空中'游击战'。"

茅副司令长叹一声:"从此,盟军失去缅甸制空权,中国地面部队则完全失去空中支援。"

战事紧张,硝烟四起。在仰光日军缅甸方面军司令部,参谋长正指挥着手下参谋人员,向日本侵略军各部队紧急发送密电,协调部队进攻行动。在机要地图室里,大岛正站在巨幅军用地图前,看着军事助理用红笔将双方部队的调动情况标示出来。

一个日军上尉急匆匆地跑了进来:"报告!"

"讲!"司令官说。

"根据刚刚截获的敌军密电,敌军主力正在各地紧急调动主力部队,在平满纳至曼德拉一带,赶筑防御阵地,试图以十万大军与我军进行决战。"

大岛立即要求助理根据密电内容,在地图上进行调整。另一个军官又冲了进来:"报告!"

"快念!"大岛命令。

"前方来电:敌军主力四个师被抽调至平满纳至曼德拉一线,后方防守力量空虚。"

大岛在地图上再次作出新的标示,他对双方兵力的分布进行了仔细研究,终于脸上浮现出一丝狡诈的笑容。

他立即命令:"立即向东京军部发电:我军进攻敌方,节节胜利,但是,目前前线兵力单薄,希望军部立即派出重兵,进行增援,出其不意,从侧面迂回包围敌军,一举打赢缅北之战。如蒙批准,敬请尽快告知拟增援部队、登陆时间、部队番号和人数,以便做好接应工作。"

密电室里,日军通讯人员在紧张工作,司令部外面的马路上,日寇部队正在紧急调动,卡车、大炮、坦克源源不断地向前线开去,远处,炮声隆隆,枪声大作。

在日本东京军部大本营里,几个高级将领在军事沙盘前,研究缅甸方面军的军事战略。

指挥官指着密支那一带的地形说:"根据前线所得到的绝密情报,缅甸会战初期,中国军队方面曾配备了四个师,但后来,其他方面战事紧张,敌军四个师全部被调往缅北一带,准备正面作战。"

"吆西,这可是中国军事当局的严重失策!"一个将军兴奋地说。

"也是我军的天赐良机！"另一名将军补充道。

"诸位请看这里。"将军在沙盘上标明地点，"密支那目前是我军最好的攻击地点，可以命令大岛以一个师团的兵力，攻击那里的守军，这无疑是以泰山击卵，稳操胜券！"

"此时不打，更待何时？"众将领异口同声道。

大本营指挥官立即布置密支那攻击行动："为了取得此次缅甸会战的最后胜利，大本营决定：缅甸方面军要加强力量，为此，以第18师团为骨干力量，抽调部分其他部队，组成攻击力量，攻占密支那，切断敌军退路，与缅甸方面军其他部队相配合，对缅甸战场支那部队形成战略大包围，最终全歼敌军！"

全体将领起立，向着天皇肖像致敬："天佑皇军！"

日寇这一招极为毒辣，由于出手很快，当盟军还在举棋不定，犹豫不决之时，日军已经顺利得手。缅甸战场东西两线在日军强大攻击下，被各个突破。

在平满纳指挥部里，史迪威将军正在听取参谋的汇报："将军，重庆密电所刚刚破译的几份日军密电非常重要。"

"什么内容？"将军问道。

"第一份是日本缅甸方面军司令部密电，建议东京大本营派兵增援，在密支那我军防守空虚地带攻击，然后，从侧面迂回包围我军。"

"这一步棋很狠，日军下手够重的！立即将密电内容尽快报告给英国军队，建议他们注意密支那一带的防守。"

"是！"

蒋介石在重庆军事委员会会议室里召开紧急会议。作为战时最高军事长官，他身上所担负的责任自然不轻，缅甸战场军事失利使他忧心忡忡，他所期望的胜利并未得到，过去一直祈祷出现的运气看来并没有出现，前线呈报上来的机密情报更是雪上加霜，日子更加难过了。

他咳嗽了几声，希望与会者静下来："各位，你们统帅所部，不惜以伟大的牺牲，拼死抵抗，战果奋勇超绝，无论中外人士，均表示赞叹和钦佩，在精神上，我军已打败了举世共弃的倭寇。"

他的表扬使得龙山石等高级将领士气高昂，斗志激扬，他们起身立正，齐声高呼："感谢校长表扬！"

"坐下！"

蒋介石当然也很感动，他的眼里甚至出现了泪花，但是，在这种时候，他的情绪其实也是很容易激动的："此外，根据秘密情报，日军可能要从我军后面进行包抄，一举消灭我军。对于日军的军事动向，你们意见如何？"

一个将军起身发言："报告校长，学生看法如下。"

"说吧。"对于他手下的黄埔学生，他历来是不很客气的。

将军走到会议室军用地图前，用教鞭指着缅北一带地形："学生以为，密支那周围的地理环境根本不适合日军大部队攻击，日军要是计划在那里用兵，只能是不自量力，自取灭亡！综上所述，学生认为，日军的所谓密电充其量不过是军事佯动而已。"

将军的发言踌躇满志，大有独步天下的气概，那一口浙江话，表明他既是委员长的同乡，又是老蒋的学生，难怪在校长面前敢于说出大话。委员长听完汇报，脸上漠无表情。

他朝着其他将领问道："你们有什么看法？"

龙山石站起来说："对于他的看法，我不敢苟同！密支那实为军事要地，一旦丢失，我军退路将被截断，到那时，只怕是悔之晚矣！"

其他将领意见分歧，说法不一，对于敌军可能向密支那进攻的动向，会上只是议而不决，却没有调兵遣将，加强防守。蒋介石没有重视秘密情报，优柔寡断，终于大意失荆州，造成了无可挽回的重大损失。不久以后，日军大肆入侵缅北，战场局势急转直下。

后来，我曾经询问过父亲："根据历史记载，蒋先生对于那次没有重视军事情报和您的意见，一直后悔莫及。如果他根据情报，重视您的看法，重新部署兵力，或许，缅甸大战的战史就要改写了。"

父亲平静地回答道："历史就是历史，错误的决策与正确的决策，还有说不清楚对错与否的决策，共同构成各种大小事件，错综复杂，互相交会，就构成了人们所说的历史。历史老人从不吃后悔药，他老人家也永远无法改变！"

不久，缅北重镇腊戍丢失，中国远征军退路被日军截断，已不可能沿滇缅公路撤回国内，战场局势顿时恶化，有如当年马谡失守街亭，全局形势陡然直下。集结在曼德勒的中国远征军陷入绝境，所谓的曼德勒大会战立即破产，全军处于极度危险之中。在缅甸境内的远征军部队，只能沿着曼德勒到密支那的公路撤离。

5月1日下午，日军第18师团攻占军事战略要地曼德勒，日本南方军总司令官转发东京大本营嘉奖电："大岛司令官：15军果敢作战，值得共庆。"

此时的大岛自然是踌躇满志，得意洋洋。

他对中野说："我很遗憾，本来，我的胃口更大，曾经计划在曼德勒地区彻底消灭中英联军，但是，这一会战计划未能实现，只能算是美中不足吧。"

中野立即恭维道："将军神机妙算，用兵绝妙，令学生敬佩！"

大岛并没有完全沉溺在狂喜之中，立即下令："我军应乘胜前进,出动大军,分头追歼中英军队,在占领腊戍后,兵分两路,迅速抢占密支那,截断中国远征军退路。"

中野对于大岛的布局简直佩服得五体投地:"司令官,如此一来,密支那将成为敌军陷阱,龙山石的部队很难再撤回中国境内了!"

大岛将军胜算在握,颇为得意:"中野君,什么是将才?就是那些能够按照统帅意志用兵的人才;何谓帅才?就是胸中自有雄兵百万,能够成功控制自己的部队,还能顺利调遣敌军的大将军!你愿意成为将才还是帅才?"

中野没有立刻回答,他知道,尽管自己雄心勃勃,但是,毕竟有些志大才疏,要成为帅才应该还有一段很长的路要走。

大岛拍着他的肩膀说:"年轻人,不要急于回答,还是用未来战功来证实自己吧!"

"哈依!"

中国远征军在缅甸和日军激战,战场局势一日三变,变化多端。在前线的史迪威将军发现局势不断恶化,立刻下令道:"我军应以密支那为据点,整合部队,组织力量,收复邻近据点,进而扩大战果,在缅北、缅中一带与日寇决一雌雄。"

局势紧张,令人焦虑。5月7日,蒋介石越过史迪威将军,直接电令龙山石:"龙将军:你部立即向密支那转移,勿再犹豫停顿。"

龙山石将军只能唯委员长之命是从,立马下令抢占密支那,力争杀开一路血路,把部队和装备撤回国内。

正在此时,中国空军部队派遣管兰亭先行一步,带领航站人员去缅甸密支那,架设无线通讯导航电台。当机组人员在机场上空进行训练飞行时,管兰亭在空中发现,日军先头部队正在向密支那快速推进,他立即在机场降落,命令电台工作人员把日军进军情况向远征军先头部队龙山石将军汇报。

管兰亭对王副驾驶说:"我没想到的是,我们在这里没能架设成导航通讯电台,但是,我们却利用自己的电台,最先向远征军龙山石部报告了日军向密支那推进的准确时间和推进速度。"

王副驾驶说:"真悬啊,差点就被日军连锅端了。"

管兰亭下令道:"立刻通知龙将军和当地有关部门,组织紧急撤退。"

很快,管兰亭就赶到龙山石将军指挥部。

管兰亭说:"龙大哥,你接到我们机组提供的情报了吗?"

龙将军说:"谢谢你们的情报!可是,远征军总部到现在为止,还没有批准我的部队向国内撤退,我只能就地待命。"

管兰亭建议道:"大哥,你就赶快搭乘我的飞机走吧!"

龙将军大笑:"兰亭,先生之言善则善矣,只是大错特错!你为我想想,身为一军之长,我能抛弃我的一万弟兄,溜之乎也?你就不怕我遗臭万年?谢谢你的好意,敌军先头部队已经不远了,你先走吧!"

管兰亭热泪盈眶:"龙大哥,今日一别,不知何时重逢,战场险恶,你就多保重了!"

龙山石爽朗地说:"作为军人,愚兄早已将生死置之度外,青山处处埋忠骨,何忧之有?"

管兰亭姑父回忆起这一次在前线分手时,对我说:"你爸爸平时看起来像个文人,可是,那一次他在我心目中确实是一个顶天立地的汉子,与官兵共存亡,难得!"

管兰亭只好挥泪告别,带着全体机组人员和地面航站人员立即起飞,向昆明飞去。十分钟以后,中野率领日军空降部队在密支那机场成功降落,但是,此时的飞机场内已经空无一人。中野从机场指挥室里发现了王副驾驶留下的照片,在一张照片中间,他看见管兰亭和王副驾驶正在朝他微笑,笑得格外灿烂,就好像在讥讽他一样。

中野恼羞成怒,气得把照片往地下一扔:"八嘎,晚来一步,让管兰亭给跑了!"

他再看看照片,左思右想,觉得还有情报价值,便弯下腰来,把照片捡起来,小心翼翼地擦去上面的灰尘,然后得意洋洋地说道:"兰亭君,你别笑得太早,你是跑不了的!"

日军在缅甸重挫中国远征军之后,高速向北挺进,迅速占领战略要地密支那。盟军在缅甸战场的地面抵抗实际上已经结束,局势的发展对于盟军来说,无疑是当头一棒,给盟军空军也带来难以估量的恶劣影响。

返回昆明以后,管兰亭向茅副司令汇报说:"日军占领缅甸密支那之前,我们经过试飞,确定'驼峰'航线可以以密支那机场作为中转机场,飞机选择南线飞行,沿途山峰高度较低,飞行比较容易,相对安全。"

茅副司令长叹一声:"密支那无疑是一个极为重要的空军基地,现在,我们失去了这一基地,而且,由于日军航空兵部队可以从密支那机场起飞,对盟军汀江基地实施空中攻击,密支那基地反而构成对驼峰航线的最大威胁。"

管兰亭立即提出:"为了消除敌军威胁,我们应派出重型轰炸机,对密支那机场进行系列轰炸,使敌军机场无法使用。"

"好!"

盟军空军在管兰亭率领下,立刻对敌军密支那机场进行系列轰炸。但是,中野指挥日军地面部队,随即对机场进行了抢修。

5月9日夜间,中国远征军部队开到卡萨,密支那就在前面。就在此时,情报人员从收音机里听到印度电台广播:5月8

日，日军攻占密支那。至此，蒋介石和史迪威所提出的维持缅北国际交通线的计划，顿时荡然无存。远征军杜指挥官听到这一消息之后，顿时天昏地暗，兀自叫苦不迭。他立即召开师以上高级将领军事会议，研究如何撤退："诸位，密支那已被日军占领。我们应坚决按照委员长明示，继续北上，越过孟拱，转回祖国。"

与会军官多是指挥官的老部下，纷纷表示："杜长官走到哪里，我们就跟到哪里！"

龙山石将军却不买账，起身发言，表示坚决反对："本人认为，昨天日军就已攻占密支那和八莫，堵住中国远征军回国退路。日军侵占密支那的部队只有两三千人马，立足未稳，我们拥有六七万大军，当可一举夺回密支那，然后伺机收回失地。即使站不稳脚跟，从密支那退回国内也轻而易举，此所谓既可以进，亦可以退，进退两可。此外，雨季临近，翻越野人山之困难极难预料，那里荒无人烟，当地人士相传是魔鬼居住之地，我军一旦进山，必将有进无出。本人以为此乃下策！"

会场上争论激烈，最后杜指挥官下令："不要再争了，当断不断，反受其乱！我命令：所有部队随我北上野人山，翻山回国，撤回云南。龙山石所部负责殿后，抵挡日军追击，并追随大部队前进！"

龙山石将军坚持道："权衡利弊，本人还是认为，我部即使要撤，向西退入印度较为稳妥。"

在此次军事会议上，高级将领各执己见，没有达成一致意见。本来，在远征军杜指挥官心中，密支那与中国云南仅隔高黎贡山，这座缅北重镇，如同茫茫大海中最后一座灯塔，是远征军前进的方向，指路的明灯。现在，灯塔消失，明灯熄灭，最后一线光明不复存在，世界必将黑暗。

站在昏暗的山坡上，远望群山，莽莽丛林，历历在目，公路上车队如流，行军帐篷绵延十里，杜指挥官心情沉重，左思右想，最终还是下达了一道令他终身悔恨的命令："弃车上山！"

此令一下，全军不战自乱，远征军官兵们立即卸下炮上炮镜，拆下汽车内胎，毁坏一切重要部件，然后，将所有军车、火炮炸毁，携带轻武器，向山上奔去。群山丛林，茫茫无边，此处正是令人毛骨悚然的"死亡之谷"胡康河谷。

龙山石接到命令以后，仰天长叹："弃车上山乃亡军之举！此时正是暴雨季节即将来临之际，显然，我军将一步一步陷入灭顶之灾，走上一条死亡之路，数万远征军官兵必将魂丧野人山！"

战场如棋局，变幻莫测，下得好，全盘通吃、下错一着，满盘皆输！远征军抵达野人山后，但见林海莽莽，绿涛滚滚，一派神秘色彩。此地相传野人时常出没，故称为野人山。山河交错，虎狼出没，蛇蝎横行，遍地巨蚁，到处乔木参天，灌木茂密。雨季来临，山洪暴涨，咆哮肆虐，河谷四处汪洋，遍地沼泽，其中蚂蟥密布，人畜难存，故当地人称那里是魔鬼居住的地方。

日寇追兵赶至野人山，中野驾机在空中观察到中国军队弃车遍野，大兵入山，不由得仰天大笑："支那军队将死无葬身之地，此乃天意乎？"

他立即向总部汇报空中侦察的结果，并建议说："支那军队是机械化部队，在平原地区打防御战或运动战，当然得心应手，可是，一旦进入崇山峻岭之中，必将寸步难行。而皇军是丛林作战老手，曾在马来亚和新加坡打败英军，在丛林中交手，他们绝不是皇军对手！"

大岛闻讯大喜，立即回答道："一个多月前，支那远征军从皇军铁壁合围的同古安然撤离,我那时就认为:这是日军的耻辱,是缅甸大战的遗憾。我发誓要重新捕捉这支老虎,彻底歼灭之!"

他立即下令:"重兵封锁谷口孟拱!"

孟拱是死亡之谷入口处。胡康河谷北面为世界屋脊喜马拉雅山,南面的横断山脉高耸云端,河谷地区全是原始森林,山高林密,暗无天日。

大岛此次是志在必得。他指挥日军在密密丛林中,布下层层封锁线,撒下道道包围网,试图将远征军逐一消灭。中野亲自驾驶日军飞机从高空向密林中散发传单,上面画着:一只老虎身后是紧追不舍的持枪猎人,前为天罗地网,旁书几个大字:"你们跑不了!"

龙山石师罗副师长于密林中遭日军埋伏,身负重伤,不幸牺牲。龙山石将军强忍悲痛,派工兵上山砍来一棵百年老树,造出一口棺材,将罗副师长厚殓。棺木前头,放着一束紫白色芸香草,全师官兵扶棺前进,一路悲声不绝。古人曾有抬棺决战壮举,而今,在这口棺木里,躺着他们的罗副师长!

龙山石师万名官兵开进缅甸,血战数月,最终只剩下四千余人,伤亡过半。鉴于路途艰辛,行军困难,最终,官兵们只能将罗副师长遗体连同棺木一起火化。龙山石将军亲手将罗将军遗骨一一拣出,用白布包裹,装进木匣。

他泣不成声地喊道:"罗将军,是我无能,没打好这一仗,实在有愧!"

6月初,龙山石师幸存官兵终于越过中缅边境,回到祖国。一踏上中国土地,官兵们悲喜交集,难以自持,放声欢呼者有之,失声痛哭者亦有之。在腾冲附近,官兵们买来一口棺木,把罗副师长骨灰匣放进棺材,重新装殓。灵柩经过昆明、贵阳,最后运抵广西下葬，灵柩所到之处，千里途中，家家素烛鲜花，人人挥涕执拂。

龙山石将军心情沉重，长眠在野人山数万官兵的在天之灵使他魂牵梦绕，日夜不得入睡。他还专门去印度列多盟军基地，为牺牲官兵设下灵堂，献上鲜花果品，与官兵亡灵挥泪告别。灵堂里气氛凝重，全场官兵泣不成声。

远征军杜指挥官亲自主祭，他饱含热泪，宣读祭辞："痛乎！我远征军烈士诸君也，壮怀激越，奉命远征，别父母，抛妻孥，执干戈，挽长弓，射天狼。三月赴缅，深入不毛。与寇初战同古，首建奇勋，为世人瞩目。再战斯瓦河、平满纳、同古，众官兵同仇敌忾，奋勇争先，杀敌无数。缅战方酣，不意战局逆转，我远征军官兵转进丛林，身陷绝境。诸烈士也，披荆斩棘，栉风沐雨，茹苦含辛，衣不蔽体，食不果腹，蚊蚋袭扰，瘴气侵凌，疾病流行，惨绝人寰。惜我中华健儿，尸殁草莽之中，血洒群峰之巅。出师未捷身先死，壮志未酬恨难消。悲夫，精魂英骨，永昭日月。兹特临风设祭，聊表寸心。"

灵堂内外，数千将士，沉默肃立，他们心情沉重，难以言喻。牺牲官兵全是他们的战友、同学，甚至兄弟。死者已矣，可是，真正痛苦的，却是活着的人，此仇不报，死不瞑目。当杜指挥官读毕悼词，龙山石将军带头振臂高呼："反攻缅甸！报仇雪恨！"

复仇的怒吼声震林木，响彻云霄。远征军中不乏豪情之士，管兰亭看见一位军官含泪登台，高颂一首挽歌诗词：

"君不见，汉将军，弱冠系房请长缨；君不见，班定远，绝域轻骑催战云！男儿应是重危行，君不见，岂让儒冠误此生？况乃国危若累卵，羽檄争驰无少停！弃我昔时笔，著我战时衿，一呼同志逾十万，高唱战歌齐从军，齐从军！净胡尘，誓扫倭奴不顾身！忍情斩断思家念，慷慨捧出报国心！昂然含笑赴沙场，大旗招展日无光，气吹太白入昂月，力挽长矢射天狼。采石一栽复金陵，冀鲁吉黑次第平，破浪楼船出辽海，蔽天铁鸟扑东京！一夜捣碎倭寇穴，太平洋水尽赤色，富士山头扬汉旗，樱花树下醉胡妾。归来夹道万人看，朵朵鲜花掷马前，门楣生辉笑白发，间里腾欢骄红颜。田史明标第一功，中华从此号长雄，尚留余威惩不义，要使环球人类同！"

他边读边哭，全场将士悲恸不已。

父亲多次向我提到：数万中华儿女，血洒异国、魂断林莽，谱写了一曲中国近代军事史上最为悲壮的一曲哀歌。

> 史载：远征军自1942年4月下旬开始撤退以来，前后历时四个月，辗转行军三千公里，途中损失惨重。第5军入缅时总兵力达四万人，伤亡七千人，撤退中损失一万四千人，两万将士葬身异国，从此魂留他乡，可叹！可悲！

史迪威将军在太平洋战争初期，不仅没战功，而且被日军打得落花流水，很有些溃不成军。此时的老将军很痛苦，他放弃出任美军驻欧洲总司令的位置，拱手让给艾森豪威尔，独自来到东方，当然是要建功立业的！可是，新来乍到，天时不沾，地利没有，人和更是无从谈起，在缅甸眼睁睁看着远征军一败涂地，心情很是凄凉。

我问过父亲："此时的史迪威将军后悔他当初的选择吗？所有的史料至今都没有提起。"

父亲想了一下，说道："要说完全不悔大概是不可能的，但是，作为一个老兵，即便后悔，他也会知道，世上没有卖后悔药的，怎么办？是一条汉子，那就只能打掉牙，和着血吞下去！我想，这就是老将军在1942年春天所作出的选择！"

4月底曼德勒失守，作为指挥官，史迪威将军最后一个撤离。他站在曼德勒大桥边，满怀悲怆之情，望着英军撤离时炸毁大桥的滚滚浓烟，深情遥望对岸盟军为之苦战的城市。他知道，大桥即便炸断，也难以阻挡那些饿狼一般的日本追击部队。他只好带着自己的随从人员，沿着曼密公路，去追赶早就离他而去的部队。他们在崎岖道路上，疾走一天，早已疲惫不堪，为了躲避追兵，只能隐进甘蔗林中一所庄园，暂且安身。

史迪威将军毕竟为中国战区美军一号人物，对于他的安危，华盛顿不能不关注。就在这时，一架美国运输机降落在庄园附近，奉罗斯福总统命令，救他脱离险境。

驾驶员向他敬礼道："报告将军，本人奉命接您返回印度基地！"

他以为将军会感到幸运和欣喜，谁知满头花白，一脸病容的老将军却皱着眉头说："谢谢总统和你们的好意，但我不能离开此地。"

无论随从人员如何劝说，史迪威将军仍然拒绝坐飞机撤离。

他大发雷霆："你们认为我会怕那些日本人吗？你们以为我会抛弃我的部下，坐视他们被日军消灭吗？你们休想！"

发完脾气，他取出一些文件，交给身边的几名参谋："你们带着这些文件，跟着上校登机去吧，把这里的情况向上级讲清楚！"

参谋人员不敢离开，迟疑不决。

将军命令道："你们走，快走！"

他自己转过身去，虚弱的身躯不停颤抖。参谋人员不敢违抗军令，抱着文件，向将军行了告别军礼，跟随上校悄悄登上飞机。等飞机飞离之后，在撤退道路上，老将军仍然在构思自己未来的军事计划。

在途中，随行队伍突然猛增至一百多人，队伍成员复杂，除去随从人员外，还有传教士、新闻记者、护士、缅甸孕妇和逃难平民等，有六个国籍、五种语言、三种肤色。这绝对是世界上成员最为复杂的一支撤退部队！

随从人员向他报告说："将军，由于粮食不足，药品缺乏，要在雨季到来之前，赶到印度，实在是不可能完成的任务。"

史迪威将军询问道："你的意思是……"

副手建议道："将军，与其全军覆没，不如分出部分干粮给那些平民，让他们自谋生路。"

一个高傲的英国军官则说："快把那些缅甸人赶走，与他们同行异常危险！"

史迪威将军听了以后，不动声色，马上把队伍集合起来。

将军站在一个高坡上，大声说道："我们能抛弃妇女吗？能抛弃这个快要做母亲的孕妇吗？我们能甩掉平民，只顾自己逃跑吗？作为军人，对于弱者、平民、妇女和儿童，我们必须保护他们。抛弃妇女和儿童的人，如同叛徒犹大一样可耻！我在这里要说的是，我们是一个整体，是一个团队。只要我这个老头子走得动，你们就都能走得动，我能走到印度，你们都能走到印度。大家必须一直往前走，谁也不准掉队！不准倒下！无论你是白种人，还是黄种人，是军官，还是士兵，你们都是我的士兵。如果谁敢违抗命令，我就立刻枪毙他！"

老将军史迪威依靠无坚不摧的意志力，把这支成员复杂的队伍统一起来。他们在原始森林中艰难前行，将军年近六十，身体衰弱，皮包骨头，肝区疼痛，但他挂着一根长棍，在队伍中一步一步向前走着。过了一会儿，他看见负责后卫警戒的军官们走了过来，空手行进，潇洒愉快，而那些士兵们却肩负着军官们的行军背囊，气喘吁吁。

史迪威将军顿时勃然大怒，挡住军官们的去路，大吼道："你们有什么权利把自己的背囊放在士兵们的身上？你们认为自己是白种人，就比有色人种高一等吗？你们认为自己是军官，就比士兵高一等吗？错了，先生们，人人生来平等。我现在宣布，你们已经被解除军官职务，必须去抬担架，否则我就把你们统统赶走！"

那些军官们乖乖地去抬担架。不久，史迪威患病不起，脸色发黄，呼吸急促，副手和医生们劝他去坐担架，他却从地上猛地爬起来，顽强地说："我不是还能坚持吗？我不需要坐担架，现在伤病员越来越多，先去照顾他们。我这个老头儿的病情可没有你们认为的那么严重，我肯定能扛过去！"

说罢，将军又拄着拐杖，艰难前行。1942年5月20日，他们一行终于穿过野人山，到达印度。

一名军官向他报告道："将军阁下，陆军参谋总长马歇尔将军给您发来慰问电，向您转达美国总统罗斯福、陆军部部长史汀生和陆军总部全体成员对您的热情问候，并对您在缅甸的杰出表现，给予高度评价！"

史迪威将军回答说："感谢总统和其他将军，但是，我无法高兴起来。我是一个军人，失败的耻辱使我难受，只有收复缅甸，用胜利才能洗去我此次所蒙受的羞辱！"

当晚，将军在写给陆军部的报告中，对中英军队在缅甸的失败，进行猛烈抨击："英军本来就没有打算坚守缅甸，他们为了削弱中国力量，有意放弃缅甸，这就是历史真相。"

史迪威将军坦率直言，展示战场实况。美军陆军部接到报告后，大为震惊，立即下令销毁所有的报告副本，唯恐泄露出去，给盟国关系造成重大影响。

当众多记者对他进行采访时，史迪威将军慷慨激昂："我宣布，我们吃了一个大败仗，我们被赶出缅甸，这是一个天大的耻辱。我认为，我们应该找出失败原因，重新打回去，夺回缅甸，报仇雪恨！"

一名美国记者所撰写的战地通讯指出："乔大叔无疑是一个真正的男人！他在失败面前，所展现出来的是什么？是大将风度，是英雄风范！"

在仰光日军司令部，日军缅甸方面军授勋仪式正在举行，将官如云，贵宾汇聚。大岛踌躇满志，意气风发，亲自主持授勋仪式。

他慷慨激昂地说："我军此次缅甸大捷，为大东亚圣战作出辉煌贡献，大本营决定，为下列有功将领，授予旭日勋章。"

军乐队乐曲声起，在全场热烈掌声中，大岛将勋章戴在日寇将领胸前，他们热泪盈眶，激动不已。

被授勋的中野等将官们慷慨激昂地说："荣获勋章，不仅是本人的光荣，也是全体将士的骄傲。我军官兵将不遗余力，为帝国圣战的胜利，而效犬马之劳！"

全体日军官兵高喊："帝国圣战万岁！"

场内军乐齐鸣，军号嘹亮。

中野武夫受到嘉奖以后，越发猖狂。他下令日军航空兵战机开始对驼峰航线上的盟军飞机进行中途拦截。

中野得意忘形地对副手说："皇军航空兵现在可以在敌军航线上空拦截他们的运输机，并可直接攻击印度阿萨姆机场。我想起中国唐朝一位名人的绝妙语句：'试看今日之域中，竟是谁家之天下？'谁的天下？理所当然是我们大日本皇军航空兵的天下！从战机的架数、零式战机的优良性能来看，完全是皇军占上风。在现代战场上，谁掌握制空权，谁就是驼峰的主宰者！"

佐佐木助理马上回答说："对于您的卓越判断，我们深信不疑！"

中野走到航图前，得意地说道："你们看，现在我军航空兵的战机已经完全掌握了中、缅、印战区的制空权，在整个驼峰地区，自从我军占领缅甸密支那机场以后，皇军的零式战机就可以一直从这里起飞，拦截敌军飞行机队。就飞行方向来说，敌军的'驼峰'航线是东西走向，敌军机队也是沿着这一方向飞行。而我亲自制订的皇军航空兵在驼峰空域中的空中拦截战术，则是采用南北飞行航线，飞行半径正好切到敌军航线里面，我军航空兵的空战目标就是要截断中国战时唯一的对外通道——驼峰航线！"

佐佐木佩服得五体投地："英明，英明！中野的战术确实是英明！"

中野高声喊道："切断敌军航线！把敌军咽喉掐断！"

日寇航空兵部队军官们齐声回答："哈依，把敌军咽喉掐断！"

在重庆空军司令部机要室里，茅副司令正在召开作战会议。

他忧心忡忡："各位，根据前线情报，日军第五航空队司令官中野已经把缅甸密支那作为敌军航空兵战术空军基地。个中道理很简单，密之那机场距离盟军的印度汀江机场实在是咫尺之遥，只有四百公里，但是，敌军'零式'战机的作战半径却有七百公里。中野部队的野蛮袭击迫使盟军所采用的驼峰航线绕了一个大弯，飞行距离从800公里增加到1200公里。"

管兰亭举手请求发言。

茅副司令说："兰亭，你来发表高见！"

管兰亭在航图前分析道："中野这个老对手十分狡猾，他确实是知己知彼，对我们太了解了。这家伙没有采取直接空袭盟军汀江机场的战术，也没有把直接进行空袭作为日军战术进攻的重点。中野历来自诩为皇军航空兵中最杰出的空战专家，他采取了一种十分特殊的战略战术，选择了引蛇出洞、以逸待劳、不断消灭我军有生力量的战略，以一种更为便捷、更为简单的袭击方式出击，也就是说，他决定使用'零式'战机，在驼峰两边端点附近的空域，采取中途拦截的战术，攻击我军在驼峰航线上毫无自我保护能力的 C—47 运输机队。"

张副秘书长插话道："中野的这种攻击战术，说白了，就是用牛刀杀鸡，以石击卵，委实轻而易举。容易到了什么地步？即便是那些从东京航校新毕业的，嘴上还没长毛的小飞行员都能打下盟军几架飞机，回去立功受奖！"

管兰亭说："我们应该立即向我们的 X 部队，也就是中国远征军提出建议，要求他们尽快发起进攻，占领密支那，夺回战略要地！"

张副秘书长建议道："此外，我们还应该尽快把制空权给夺回来，确保航线安全！"

茅将军非常兴奋："好极了，你们的建议非常有价值，我立即转告盟军指挥官！"

这天晚上，管兰亭在约会时显得忧心忡忡。

他对龙山梅说："山梅，你还是那么满怀激情，还是那么理想主义。可是，你知道吗……"

"知道什么？"

管兰亭说："中美双方决定开辟驼峰航线，但是，谁都没有想到，新航线所造成的损失远远超过当初的想象。由于气候条件极为恶劣，导航信号时常中断，很多执行任务的飞机最终燃料耗尽。即便飞行员跳伞，也会掉在荒无人烟的原始丛林之中，生还的可能性微乎其微。"

"真的？"

"干我们这一行的，没有几个能活下来。像我这样，从驼峰航线开始，一直飞到现在，而且居然还能活着见到你，还没有缺胳膊缺腿，实在是极为罕见！"

"兰亭哥，你知道，我们都是军人！你是军人，我也是军人，就这一点而言，我们都是站在死神面前的！"

管兰亭不无伤感地说："你知道，当新航线启用以后，盟军飞机飞行中经常失事的几条山谷逐渐变成一条'铝谷'。当我们在晴天飞行时，在空中可以看到许多飞机残骸在灿烂的阳光下闪闪发光，在那个时候，我们完全可以沿着飞机残骸的金属光泽，一路飞抵昆明！"

龙山梅安慰他道："面对死亡，你我何必伤感？能看到第二天的阳光，固然值得庆幸；但是，即便在黎明前死去，那也未必不是一首辉煌的浪漫曲！"

不久，王副驾驶接到调令，前往航空委员会报到。他走以后，管兰亭机组新来一名副驾驶。在介绍情况时，管兰亭说："小伙子，对于你来说，飞越驼峰简直就是一场噩梦。"

"长官，为什么？"

"飞越'驼峰'的飞机平均寿命只有二百天左右，也就是说，一架飞机从交付到最后坠毁，只有半年左右，飞行机组几乎全部壮烈牺牲！尽管飞越'驼峰'的盟军官兵很多，实际上，飞越'驼峰'能够超过五十次的就是英雄。"

副驾驶睁大眼睛，说道："跟着长官，我就能成为英雄！"

"不那么容易！在飞行时，过去的陈旧地图不能使用，而地面导航雷达探测范围只有60公里，也就是说，当飞机刚一起飞，基地导航雷达就失去作用了。"

初生牛犊不怕虎，副驾驶依然雄心勃勃。

管兰亭对他说道:"快起飞了,首先,你要用皮带将自己的胸部和腿部牢牢捆住,直到你快要断气为止。"

副驾驶虚心询问道:"为何?"

"一旦飞机遭遇空中湍流,你的脑袋将会在机舱里到处乱撞,但是,只要你能全身压在安全带上,就能呆在自己的座椅上!"

在飞机上升或下降的过程中,副驾驶只能直呆呆地看着飞行高度计不是陡升一千米,就是急降一千米,透过机窗,他看到大地就在下面不断摇晃。飞行结束之后,年轻的副驾驶的肩头和双腿被机上的安全带勒得发青。

他从飞机上下来,惊魂未定,脸色苍白:"上校,这哪里是什么'驼峰'行动?我看就是'晕机行动'!"

管兰亭平静地对他说:"年轻人,你很幸运,还能活着走下来!要知道,在这条航线上,平均每个月有十几架运输机失事坠毁!"

副驾驶现在才真正知道航线的危险,顿时面如土色。

管兰亭拍着他的肩膀说:"不是我吓唬你,实话实说,这是一条死亡航线!"

副驾驶连忙虚心请教:"最大的危险是什么?"

"对于飞行员来说,最为可怕的并不是地形和气候变化,而是从密支那起飞的日军中野飞行大队战斗机的中途拦截,那委实令人毛骨悚然。此外,沿途日寇地面防空炮火不时在空中爆炸,在飞机四周迸射出无数碎片。"

在下一次飞行中,管兰亭指着机窗外面的敌军炮火,对副驾驶说:"你看,那就是人们常说的'死神玫瑰'!"

副驾驶看着"死神玫瑰",极为虔诚地进行祷告。就在这一次航行中途,他们遭遇袭击,飞机中了敌机一千多发机关枪子弹。飞机降落以后,管兰亭带着副驾驶检查飞机,发现发动机和螺旋桨都被打坏，仪表被击成碎片，轮胎、起落架和油箱伤痕累累，不堪目睹。当地面维修人员前来修理时，在飞机面前，愁眉苦脸，束手无策："上校，这可怎么修啊？"

管兰亭开玩笑说道："那就用帆布和胶水来粘补弹孔吧。"

维修技师不无怀疑地问道："那能行吗？"

管兰亭大笑："老兄，你说怎么办？行，当然好；即便不行，那也得行！现在部队一共就这么几架宝贝飞机，哪怕只剩下飞机空壳，那也是宝贝啊！"

技师想了一下，只好按照他的建议，用帆布和胶水进行修补，并对起落架进行简单处理。

管兰亭看到飞机的惨状，马上说："我决定驾机去印度基地修理。"

飞机起飞以后，地面维修人员提心吊胆，全都捏了一把汗，看着管兰亭的飞机摇摇晃晃上了蓝天。在飞往印度机场途中，飞机遇到突如其来的暴风雨，粘贴弹孔的帆布补丁被狂风撕裂，随即开始脱落，阵阵暴风从撕裂口里吹了进来，不断发出尖啸声。副驾驶吓得魂飞魄散，不断祈祷老天保佑。

管兰亭看着副驾驶和报务员，觉得好笑："老弟，生死由命，富贵在天，怕什么？"

他依然沉着驾驶，或许是由于副驾驶祈祷的缘故吧，老天爷也算帮忙，过了一会儿，天气好转，最终，管兰亭的飞机在呼啸声和噪音中，顺利降落在印度机场上。盟军机场人员看到停机坪上这架破烂不堪的飞机，无不惊呼："上帝啊，这肯定是世界上最烂的一架飞机！"

管兰亭骄傲地回答说："此次飞行绝对是世界飞行史上最令人难忘的一次飞行。"

副驾驶可没有这种豪情壮志，他一边呕吐，一边说道："长官，这哪里是您的功劳？这完全是老天爷的功劳！要不是我一路祷告，他老人家能显灵帮我们吗？"

管兰亭欣然同意，马上虔诚地祈祷道："菩萨啊，多亏您的保佑，我们才能化险为夷，平安降落！阿弥陀佛！"

机场上众人大笑，但是，他们的眼中全都含着热泪。

第九章

第二航线

读者看到这里,自然会问,既然书名是《驼峰酋长行动》,那么,什么是"酋长行动"?谁策划了这一行动?其实,早在笔者读中学时,管兰亭姑父就和我说起过这一神秘行动。从那时到现在,我一直在追寻这一行动的历史真相。

后来,我又询问过董霜桥博士:"董伯伯,历史上是否真有'酋长行动'?"

博士一般不愿谈论他所从事过的秘密行动,不过,这一次他却破天荒地开口了:"管姑父是如何说的?"

"他说,肯定有过!"

博士笑了笑:"既然他说有,那就肯定有!"

我马上表示不满:"您这不是敷衍我吗?说了等于没说。"

密码泰斗其实很可爱,也很慈祥:"小龙,以前我说过什么没有?"

"没有,您是只字不提。"

"今天我提了吗?"

我恍然大悟:"提了,这说明您是认同的!"

他没有正面回答,还是在笑,但是,笑容可掬本身则说明,他是严肃的。

"小龙，历史上有许多事情很复杂，不是几句话就能说清楚的。就拿'酋长行动'来说，大岛和中野煞费苦心，整整策划了一年之久，在行动过程中，牵涉到日方、美方和中方的特工人员，而在中方人员里，还有军统人员和我们共产党隐蔽战线上的同志，复杂得很呢！"

我目不转睛地看着他，认真倾听着。

"我不愿讲这些陈谷子、烂芝麻，就是因为当年的事情过于复杂。既然要讲，就要对历史负责，要负责就得仔细搜寻记忆中的旧事，实在是累人得很！"

我继续追问道："既然有此行动，为什么我查遍了中国、美国和日本相关机构的资料，却没有发现任何线索？"

董博士又慈祥地笑了，他笑的时候最可爱："你真是个孩子，迄今为止，究竟有多少秘密行动已经大白于天下？微乎其微，少之又少！参与过秘密行动的人员很多当时就死了，能够侥幸活下来的的人出于职业习惯，也始终保持沉默。几十年就这么过去了，大家都老了，相继去世了，把那些秘密行动的真相全带到坟墓里去了。"

他在谈论秘密行动，可是，他是笑着谈的，就在他的笑谈之中，隐藏着多少搏斗和拼杀！

我不服气地问道："可是，即便当事人全死了，相关机构的资料库中，总该留下一些历史档案吧？"

这回博士不笑了，他平静地说："你以为所有的历史档案在若干年以后，真会全部解密？错！大部分档案在行动过程中和结束时，无论成功与否，都会销毁的。为什么不销毁？不可能不销毁！就拿'酋长行动'来说吧，日军情报部门费了那么大的劲才搞出来的，最终没有成功。既然失败了，当然不能留此存档！"

"要是成功了呢？"

"要是成功了，那就更不能留下任何记载！秘密行动的手段、过程和目标是越神秘越好，越少人知道越好。"

"那您是什么时候开始获悉有关'酋长行动'的情报的呢？"

董博士开始陷入沉思之中，过了好半天，他才开口："如果我没记错的话，大约是在1942年下半年。军委会密电所一处发现日军缅甸南机关与东京大本营的通讯联系突然剧增，而且启用了一种双重加密的新型密码系统。经过分析，我们认为，南机关肯定要采取某项绝密行动。但是，究竟是什么行动，则需要深入了解。在这种情况下，我请示了文所长，专门调集了一套班子，集中破译南机关来往密电，经过一个月努力，我们开始能译出部分内容。当我第一次得到密电资料时，看到'酋长行动'几个字，我知道，此次行动肯定来头不小，而且，中野和大岛势必把行动目标针对某个关键人物或是关键机构，但是，究竟谁是他们行动的真正目标？于是，我们开始加大力度，力求全部破译。"

我关切地问道："你们成功了吗？"

博士看着我，随即说道："有那么简单吗？你以为破译密码就像影视作品中那么简单？戴一副耳机，边听边破译？胡扯！要能破译一套密码系统，特别是双重加密的密码系统，需要几十个有经验的专业人员花费几个月，甚至几年的时间，才有可能获取成功。坦率而言，有些密码系统需要几十年时间才能有所斩获！"

"那后来呢？"

董伯伯说："对于我们这些密码人员来说，敌军密码要是破不出来，别提有多痛苦了。就在我们日夜煎熬之中，日军的'酋长行动'已经开始实质推进了。"

中野武夫早就开始谋划"酋长行动"了，作为一个深思熟虑的军人，他决不打无把握的仗。按照他的战略构思，此次"酋长行动"的实施时间极为关键。

他向大岛汇报说:"将军,只要行动一开始,相关部队将从陆、空两路进行秘密军事行动。但是,我宁可准备充分一些,绝不仓促行事。"

大岛问道:"具体措施是什么?"

"在重庆、昆明方面,南机关所布置的'樱花'间谍小组还需要了解更多情报,准备工作还需要扎实推进,即便缓慢一些,也要容忍。首先,目标要准!策划要稳!行动要猛!"

大岛强调说:"吆西,你知道,'酋长行动'的目标是谁?不是别人,正是那个狂妄自大的史迪威!他是皇军驼峰'酋长行动'的首要目标,也是第一攻击对象。对于这样的高级对手,不击则已,一击必须致命!"

尽管"酋长行动"并未开始,而且知道内情的人微乎其微,但是,嗅觉灵敏的蒋介石还是有所耳闻。位于重庆上清寺范庄的花园别墅,原为川军军长、袍哥大爷范绍曾用十万银元所建,占地数百亩,周围宽条石墙,高约五米,宛如城堡,房屋古朴典雅,门前有照墙,乌漆排门。院内为西式建筑,花园宽大,轿车可以直入游览,里面甚至还有高尔夫球场。蒋介石有时在此下榻。陪都重庆的夏天,天气酷热,无一丝风,山城如同蒸笼。

蒋介石身穿浅灰色中山装,脚穿镂空皮鞋,急促走进挂满军事地图的办公室,办公室里挂着《孟子》语录,上书:"居天下之广厦,立天下之正位,行天下之大道,得志与民由之,不得志独行其道。"屋里闷热不堪,此时,戴笠和张黎生应召前来,早已等候多时,见蒋介石进来,立即起身敬礼。蒋介石心中烦躁,只是在室内来回踱步。卫士连忙倒上一杯冰镇水,放在他面前。戴笠和张黎生知道校长心情烦躁,不敢说话,只能笔直地站在一旁,额上冒汗也不敢抹去。

过了半天,蒋介石才对他们说道:"站着干什么,坐下!"

校长放话了，两人才敢坐下。

蒋介石说："我已从可靠渠道获悉，日军缅甸南机关正在制定一个名为'酋长行动'的间谍行动，但是，行动的具体目标并不清楚。你们有什么要说的？"

戴笠忙说道："校长，学生惭愧，尚未获悉相关情报。"

校长看了看张黎生："你的飞机开得很好，但是，你的情报工作做得如何？"

张黎生忙解释道："职等不敢怠慢，只是尽心竭力。根据军统航空处来自缅甸的情报，日军南机关中野的助理佐佐木最近一直带领一个特别小组在制定一项秘密行动计划，这项计划据说名为'酋长行动'。"

蒋介石问戴笠道："你怎么说你不知道？"

戴笠战战兢兢："校长，这项情报是我们军统缅甸站人员从一个妓女那里得到的，学生还没来得及进行核查，因此未敢冒昧上报。"

蒋介石徐徐而言："你们不要小看青楼女子，她们结交三教九流，消息很灵通。我看，她们比你们的人员要厉害。你说说，你的那些报告全是什么'风闻'，'据悉'，'获报'，但没有任何确切内容，我看了简直就是怒火中烧啊。这样下去，要误大事的！"

宋美龄提醒蒋介石道："介兄，你一定要控制自己的情绪。急有什么用？"

"达令（亲爱的），你放心，我会冷静处理的。"

蒋介石压根就不想看他们，拿起一些文件翻阅，过了好一会儿，他才从嘴里挤出几个字："说说看，何谓'酋长行动'？"

戴笠一头冷汗，伴君如伴虎，此言不虚！他只好压低声音，汇报道："职等立即派人去缅甸，进行深入调查！"

这其实也怪不得戴笠，即便在日军情报部门内部，也没有几个人知道"酋长行动"！

蒋介石冷冷地说道："戴科长，为什么要派人去？你就不能亲自出马吗？做事体，要能分清大事与小事，大事是要亲自去做的。你们下去吧，一周以后，要是对此依然一无所知的话，我看你戴科长就不要上班了，可以到南温泉永远去陪伴那个电影明星！"

而蒋介石却一直把戴笠称作为戴科长，也许是不记得他早已升为局长了，也许根本就不认为他具有局长之才，当个科长就算不错了。

戴笠小心翼翼地用手抹去额头上的汗，回答道："是，校长，学生明白！"

蒋介石不再说话了，只是埋头处理案头文件。戴笠等了半天，便只好带着张黎生悄悄离开办公室。

一出大门，他马上下令："张黎生：你陪我立即动身，在龙山召集缅甸情报站紧急会议，在一周之内，查明'酋长行动'内情！"

张黎生也是一头雾水："局座，能否宽限几天？"

戴笠回答得干脆利落："不行！一周之内不能查明这他妈的'酋长行动'，我先毙了你，然后我就自杀成仁！"

"是，局座！"

张黎生从不糊涂，此时此刻更不犯傻！他知道，这回蒋介石是动真格的，要是他不能大海捞针，有所收获的话，恐怕只好提头去见戴老板了。他很绝望，这种绝望其实就是凄凉。特工生活尽管外表异常辉煌，十分壮烈，但究其本质而言，其实是很凄凉的。看来，他终于悟出这一职业真谛了！

他很聪明，当然不会坐着等局长来毙他，他必须行动，而且不能像无头苍蝇那样乱飞，必须看准方向，获取情报。张黎生连夜制定了一份侦查计划，随即来到茅副司令办公室。

"茅副司令，根据委员长命令，我们军统航空处针对日军即将发动的'酋长行动'，制定了一项绝密侦查计划，职等希望能得到您的支持。"

茅副司令看着他，颇觉奇怪："张兄，这应该是戴局长管的事吧？"

张黎生说："戴老板说，涉及空军军事行动必须得到您的训示，因此，他命令我来向您汇报！"

茅副司令本来是不在其位，不谋其政，既然是戴老板要他看看，他就应付一下。但是，当他刚一开始看，就发现里面不乏亮点，马上发自内心地称赞道："绝妙计划，神来之笔！"

张黎生脸上放光，能得到副司令的赏识，委实不容易。

茅副司令仔细看完计划以后，拍案叫绝："张黎生，尽管我不懂你们那一行里的名堂，但是，我敢说，你所制定的计划真是化腐朽为神奇，实在是无懈可击！"

他当即在行动方案上签下自己的名字："我完全同意！委员长那里，我会亲自带你去汇报的，应无大碍。"

张黎生马上立正道："谢谢司令栽培！"

张黎生随即来到密电所，要求见文所长和董霜桥。

文所长一见他，就笑着问道："哪阵风把张大秘书长给吹来了？"

"还不是酋长之风？"

董霜桥说："何谓酋长之风？"

张黎生冷笑道："既然有'酋长行动'，自然就有酋长之风！"

文所长再笑："那么，张秘书长就是闻风而动了？"

张黎生一脸笑容："正是！实话实说，委员长最近询问我们关于'酋长行动'的细节，但是，军统此次脸丢尽了，居然会一无所知！戴老板和我分析，在今天的中国，如果有什么情报军统不知道，那就只有你们密电所知道了！"

文所长正要解释，张黎生摆摆手："您千万别说，您也一无所知！二位博士，我是无事不登三宝殿。委员长最近下令给我们军统，要立即针对日军即将发动的'酋长行动'采取相应措施，因此，兄弟制定了一份绝密侦查计划，希望能得到你们支持。"

文所长询问道："我们密电所能做些什么？"

张黎生回答道："很简单，就是加强力量，全力破译有关'酋长行动'的日军密码。"

董霜桥询问道："你是指日军缅甸南机关最近计划的一项秘密行动吧？"

张黎生惊讶不已："董博士，您太神了，您怎么知道是日军南机关在制定？"

文所长不无得意地说："中国战区所有关于日军的情报，不谦虚地说，一半是由我们密电所搞到的。"

张黎生说："佩服，佩服！能否请董博士详细介绍一下？"

董霜桥看了文所长一眼，文所长马上说道："对张副秘书长没什么要保密的。侍从室的俞主任刚刚打电话来，委员长下令，要我们积极配合张副秘书长。"

董霜桥说道："我们最近发现南机关和东京大本营的绝密通讯出现异常增加，于是加大破译力量，但是，鉴于南机关采用新型密码系统，因此，我们无法完全破译，只能根据一些过去的经验和日军曾经使用过的编制系统，进行尝试，结果发现他们正在制定一项秘密行动，代号为'酋长行动'。"

张黎生大喜过望："还有什么内容？"

"根据南机关所下达的情报来看,他们已经启动潜伏在中国国内和东南亚的许多间谍小组,从行动规模看,是迄今为止最大的一项间谍行动!"

张黎生顿时大悟:"难怪委员长如此重视!但是,行动目标是谁?"

文所长说:"目标代号为'酋长'!"

"是指某一个人?抑或是指某一个机构?还是指某一个地点?"

董霜桥分析道:"从目前所获得的情报线索来分析,应该是针对某一个个人的,而且,似乎与空军行动有关!"

张黎生急切追问道:"与哪一部分空军有关?是盟军空军?中国空军?还是日军航空兵?能不能说明确一些?"

文所长打断他说:"张副秘书长,我很抱歉,我们只有这些线索,您可不要寄太大希望。"

张黎生很遗憾:"实在是不好意思,也许是我太贪得无厌了,对不起!"

临走前,张黎生把一包贵重礼物放在所长办公桌上:"文所长,董博士,这是戴局长刚从印度买回来的一些礼物,实在是不成敬意!敬请笑纳!"

文所长正要推辞,张黎生说:"戴老板很重面子,他的礼物还是要收下的!"

话音刚落,他就离开办公室了。

董霜桥说:"他也会来这一套了?"

两人相视大笑。

文所长说:"物以类聚,人以群分嘛!"

两天以后,军统特别会议在龙山秘密举行,出席会议的有戴笠、张黎生、航空处高级特工王慕士等总部要员,军统缅甸站站长和几名高级间谍也赶回龙山参会。

戴笠首先讲话:"此次来龙山,就是为了你们缅甸站人员赶回来方便!"

站长忙站起来:"感谢老板体贴属下!"

戴笠哼了一下,随即说道:"我是为'酋长行动'而来的。谁先讲讲?"

张黎生一脸严肃,起身强调说:"此次会议,事关重大!不准记录,不准拍照,不准外传!有违反者,军法从事!"

站长看了看张黎生,然后擦拭着头上的汗水,汇报道:"关于这一行动的初步情报,是109号特工刚刚搞到的!"

戴笠低声问道:"109号来了吗?"

一名漂亮的女特工立即站起来:"报告,109号向局长报到!"

戴笠见是漂亮女特工,马上一脸微笑:"嗯,不错!这么年轻就建立奇功,应该嘉奖!"

"愿为党国效劳!"

戴笠询问道:"我看你很面熟,在哪里见过?"

女特工汇报道:"我是贵州息烽一期训练班毕业的,局座来参加我们的毕业典礼,我在典礼上发言!"

戴笠和蔼可亲,又笑了:"对了,我想起来了,你叫杨贵兰,是昆明人!"

站长忙说:"老板记忆力过人,连一名普通学员都过目不忘,我们应该努力学习才是!"

张黎生着急,忙问道:"你是如何搞到'酋长行动'情报的?"

杨贵兰汇报道:"按照站长命令,我们特别行动小组在仰光日军南机关附近开设了'樱花'餐馆,专门服务日军军官。上个月,有一名叫佐佐木的南机关少校来到餐馆,显得非常疲倦。我亲自陪他喝酒,询问他为什么如此疲倦。他喝醉以后,对我透露说,他在忙于制定一项极为重要的秘密行动,代号为'酋长行动'。开始时,我以为他在瞎吹,也没太在意,只是随便问了问。他说,不能再说了,再说就要被中野司令官死拉死拉的!"

戴笠满意地点点头:"不错,开了一个好头!"

109号继续汇报道:"我把这一情报报告给站长,站长训示我要继续追寻下去。"

站长面露喜色:"我立即命令她深入追查!特别是当张处长下达了紧急命令以后,我们加快了追查速度。"

杨贵兰说:"在我们来龙山的前一晚,我把佐佐木叫来,把他灌醉了,半夜时刻,把美国刚进口的SX药剂给他服用了。"

张黎生见戴笠不太明白,便解释道:"SX是洛克上校刚刚为我们提供的战略情报局最新药物,可以使服用者失去理智,在迷幻之中,说出我们想要的情报!"

戴笠很高兴:"美国佬就是有新花招!和他们合作,是有好处的!"

109号汇报说:"佐佐木在幻惑之间说出:'酋长行动'即将开始执行!到时候,日军在东南亚和在南中国的全部间谍小组将参加此次行动!"

张黎生大惊:"行动规模如此巨大?行动目标是什么?"

"是'酋长',中国战区领导人!"

戴局长恍然大悟:"果然不出委员长所料,行动目标就是校长本人!"

张黎生分析道:"开罗会议即将举行,显然,日军妄图阻止委员长出席这一历史性会议!"

戴笠总结说:"首先,传我的命令,重奖缅甸站站长和109

号，各晋升两级！其余相关人员也予以奖励！"

站长和杨贵兰立正："职等谢老板栽培！"

戴笠下令道："缅甸站从现在起，全力投入'酋长行动'的追查工作，必须不惜一切代价，搞到所有相关情报！"

"是，老板！"

戴笠继续命令道："其余总部人员和各站人员必须立即进入特别时期，取消一切休假，针对日军的间谍行动，把管辖区内的日军情报人员一网打尽！有贻误军机者，格杀勿论！"

全体与会人员起立："是，老板！"

会场内气氛肃杀，异常紧张，就连张黎生和王慕士也出了一身冷汗！王先生对会议内容非常关注，力求把所有精神一字不漏地记入脑海，他训练有素，果然没有遗忘任何细节。

会议结束以后，戴笠把张黎生和王慕士留下深谈。

他询问道："你们怎么看？"

张黎生斟酌了一下，回答道："局座，我以为事情有些过于顺利了，日军这么机密的情报，这么庞大的行动，我们就如此容易得手？我总觉得里面还有些别的文章。"

戴笠看着王慕士："你怎么看？"

"我同意处座的看法。只怕是戏中有戏，还得慎重从事！"

戴笠断然说道："宁可信其有，不可信其无！至于里面是否还有文章，可以边走边看！张黎生，你先以航空处名义，呈交一份紧急报告给侍从室俞主任，专门调拨两架专机给委员长使用，不让任何人掌握委员长将使用哪一架专机，也不让任何人了解专机的使用时间，飞行目的地，一切飞行任务都是临时决定。这样一来，即便日本间谍有行动计划，也无法具体执行计划。"

张黎生回答说："是，局座，我连夜就办！"

戴笠继续问道："你们还有何高见？"

张黎生建议说:"我们还可增加替身人员,作为蒋委员长在公开露面时的代表,防止敌人的暗杀谋害行动得逞。"

戴笠很满意:"好,再增加这一条意见!"

王先生说:"如此一来,就是天衣无缝了,日寇即便有狼子野心,只怕无从下手!"

当天半夜,日军"樱花"小组在龙山的间谍人员获悉军统龙山会议的精神,立即发出密电。

中野听取了佐佐木汇报以后,得意洋洋:"索噶,戴先生和我的老师张教官中计了!"

佐佐木讨好地说道:"还是司令官英明,早就料到军统会在南机关附近布置人员。"

中野笑道:"军统名不虚传!只是,他们绝没有想到,我只是把当年周公瑾对蒋干的雕虫小技再玩一次而已!"

"将军,您看,'樱花'餐馆老板娘已经没有利用价值了,是不是马上抓起来审问?"

中野笑一笑:"佐佐木,可爱的少佐先生,你太可爱了!这么早就去打草惊蛇?糊涂!你继续去花天酒地,让美丽的老板娘继续得到她想得到的重要情报!你要不断去喂,把她和她的上司喂饱!情报里要真真假假,虚虚实实,什么全有!让军统以为,我们行动的目标是蒋先生!到那时,我们就能在轻易之中取将军首级!"

佐佐木永远景仰伟大的中野将军:"司令官,您真了不起!佐佐木愿意终生追随您!"

中野不答,他早已进入新的冥思苦想之中。

随着驼峰航线的推进,中国空军与盟军空军的损失日益增加。"驼峰航线"究竟是否还要坚持下去?盟军内部,对此看法不一。

在酒吧喝酒时，亨利对管兰亭悄悄说道："伙计，告诉你一个内部消息。我们航空兵司令已经向总部发出电报：我们正在采取措施，减少事故，而真正能够终止这些事故的唯一办法，只能是停飞'驼峰航线'！"

管兰亭吃惊地说道："真要停飞？"

亨利故意卖关子，没有立即答复，而是喝了一口酒，询问他道："想知道后面的内容吗？"

"当然想！"

"那你买单！"

"OK！"

亨利得意地笑了，继续说道："你可不要紧张！司令大人在后面的报告中表示：但是这办不到，也绝对不能考虑！鉴于这份电报关系重大，空军方面立刻呈报罗斯福总统。"

管兰亭紧张地询问道："总统大人是如何批示的？"

亨利可不着急，故意慢慢吞吞地喝酒，好半天过去了，他才慢慢说道："总统看过以后，即刻回电……"

"回电是什么内容？"

"总统坚决表示：'不！不！绝不！我们必须不惜任何代价！通往中国的空中通道必须始终开放！'"

"说得好！"

他立刻如释重负。

对于管兰亭来说，他认为自己只是一个驾驶人员，从来不想介入任何秘密行动。但是，战时空军行动就是秘密行动，而且有些秘密行动的密级还要更高，甚至是绝密行动。他没有想到，政府最高层居然还会有一个神秘的兴奋点。

这一天，茅副司令派人通知他去办公室。见到将军以后，管兰亭请示道："将军，您有何吩咐？"

茅副司令开门见山，直奔主题，传达了军事委员会的最新密令："日寇最近进军很快，经过激战，横扫缅甸全境，截断了我国对外的最后一条陆上通道。我们现在是无可奈何，蒙受沉重打击。尽管我方飞行员冒死在驼峰航线飞行，毕竟只能勉强维持前方给养。但是，日军气焰嚣张，计划继续向东部推进，打到云南龙山。龙山一丢，大西南危在旦夕，委员长很是担心。"

管兰亭询问道："那上面有什么新的计划？"

茅副司令说："前方局势不容乐观，委员长左思右想，决定开辟第二航线，作为驼峰航线备用航线。军事委员会今天正式下令：此次行动密级为绝密，由空军和我们中航执行，并严格限定：参加此次飞行任务者，必须为中国人，不得让任何外国人知情。这就是为什么，今天我不通知亨利、乔治等美国飞行专家出席。今后，你也不准向他们透露任何有关此次行动的细节。清楚吗？"

"是，将军！我明白，事体重大，开不得玩笑。"管兰亭立即表示道。他明白，亨利他们是老美，毕竟还是隔了一层。

茅副司令对他的回答表示满意，继续说道："绝密命令中还指出：不惜代价，不计风险，选择最佳机组和最好飞机，尽快开辟一条新航线。按照委员长密令，新航线必须经过三点，即重庆、龙山和汀江，不经缅甸，直接飞到印度。具体飞行途径，由机组自行决定。"

管兰亭是个内行，他不无忧虑地说道："其实，我国现在还没有任何人能够作出具体的飞行方案，个中道理很简单，这一路线迄今无人飞过，绝对是前无古人。前不久，我听亨利悄悄告诉我，英国皇家空军和美国第十航空队一些亡命徒曾经在这一条线路上做过几次试飞，尽管心比天高，无奈在高原上空，徒唤奈何，最终只得望山兴叹，无功而返。"

茅副司令若有所思地说道:"实际上,委员长就是要在重庆、龙山和印度之间,再开辟一条新航线。从航线选择可以知道,此次委员长真是用心良苦,殚精竭虑,力图再闯出一条新路,这样,在任何时候,我军都不会被日军堵死。"

"将军,您放心,我们尽力去做!"

管兰亭领命之后,知道此次绝密任务的重要性,不敢掉以轻心。管兰亭晚年回忆自己一生经历时,曾对我说,接到那次绝密任务后,他不敢与任何人接触,把自己关在航空委员会一处秘密据点里。但是,智者千虑,必有一失。他没有想到,此次的大麻烦居然会出在亨利身上。

战时的陪都重庆很有意思,鱼龙混杂,历来就是一个巨大的间谍舞台,各国特工云集在那里,施展各种手段,纵横捭阖,翻手为云,覆手为雨,无所不用其极,或是一掷千金,购买绝密档案,或是匕首美女,盗取情报。

"老板"听取董霜桥汇报时,已经初步了解到"酋长行动"的一些细节。现在,他和军统重庆站马站长吃饭时,出乎意料地了解到一些有关"酋长行动"的端倪。

当时,马站长已经喝得醉醺醺了,说话语无伦次:"老兄,此次你把我手下的人从上海76号魔窟里解救出来,我得报答你。我知道,老兄不贪财,给你钱,你是不会要的,那我就给你一些高级内幕消息吧……"

"老板"不置可否,只是笑着听他说。

"你知道张黎生吧?那小子最近可是红得发紫。最近两天,他陪戴老板去了一趟龙山,召集军统缅甸站人员回国开会,会后制定了一项关于'酋长行动'的绝密侦查计划,他还亲自去向委员长进行了一个小时的汇报。军统局高层只有戴老板一人知道内情,其他副局长,甚至连毛人凤都不了解,够保密的吧?"

"老板"脸色平静："有什么绝密的？他又不是科班特工出身，半瓶子醋，能有什么高招？"

"嘿，你还别小看了他，那家伙毕竟是留学生，喝过洋墨水，还真有些邪门歪道的怪招，最近很受戴老板赏识。"

"我看也就是有关空军方面的军事行动罢了。"

马站长连忙摇摇手："不，不，不！据说，美国战略情报局洛克上校也为他出谋划策，亲自审定他的行动方案，他的洋后台很硬啊！你听说过'酋长行动'吗？"

"老弟，在重庆，所有的小道消息可是每时每刻，不胫而走，你只要漏出一点消息，我敢保证，一个小时以后，山城所有的茶馆里全在议论此事！你指的是日军缅甸南机关的'酋长行动'？"

"是的，老兄消息真灵通！难怪是'老板'呢！我告诉你，此次军统侦查'酋长行动'的计划可是一箭双雕，不单纯是针对日本南机关，而且也是瞄准你们延安的！"

"不可能吧，他们能把枪口对准友军？那岂不是冒天下之大不韪？"

"老兄，你还以为……以为你们真是……是我们的友军？"

马站长再也没话了，酒气熏天，趴在饭桌上睡着了。

"老板"对马站长副手说："马站长醉了，你们送他回去吧。"

几名军统便衣立刻把马站长扶出'苏格兰酒家'，架到轿车里。此时，只听见马站长突然睁开眼睛，笑出声来："他还真以为我醉了，其实，老子就是要看看他张黎生的笑话！他小子居然在戴老板那里说我坏话，我就要让他的绝密行动泡汤！"

副手忙说："那姓张的是什么东西，还敢和您斗？不自量力，无非是拿鸡蛋砸石头！"

"开车！"

驼峰酋长行动
HUMP SHEIK OPERATION

"老板"很重视马站长所透露的情报！日军"酋长行动"的目标倒底是什么？张黎生和洛克上校侦查"酋长行动"的真实目标又会是什么？既然这一秘密行动可能会针对八路军，那就必须迅速查清。

"老板"考虑半天，把龙山竹叫来，对她说道："怎么样？从延安过来，一路上辛苦了？"

龙山竹笑着说："您又有什么重要任务了？"

"是啊，最近，延安中央情报部刚刚成立，为了大力开展南方局情报工作，在重庆的南方局首长要求我尽快组建独立的'老板'情报系统。考虑到你在山城的人脉资源，我专门打报告，把你调到重庆。你有什么想法？"

"我没意见，服从组织安排。"

"据说，张黎生最近搞了一项所谓的反'酋长行动'计划，有针对延安的企图。但是，究竟有什么明确的行动计划，我们还不了解。"

"'酋长行动'是什么？"

"老板"回答说："几天前，我们的一位同志刚汇报了一项重要情报：最近，军事委员会密电所发现日军南机关与东京大本营的通讯联系突然剧增，而且启用了双重加密的新型密码系统，经过分析，密电所专家认为，南机关肯定要采取某项绝密行动。他们加强了破译南机关来往密电的工作，现已译出部分内容，发现'酋长行动'等部分内容，估计行动目标是针对某个关键人物，或是关键机构的，但是，目前还不知道，究竟谁是日军绝密行动的真正目标。"

"组织上需要我做什么？"

"老板"边想边说："军统重庆站马站长也把有关消息透露给我，显然有他的个人目的，这倒可以不去管他，但是，我们一定要迅速查明张黎生秘密侦查计划的具体内容。因此，我们必须尽快派人打进航空委员会，接近张黎生，了解他的行动计划。此次行动有两项目标：第一，查清日军南机关'酋长行动'的真正目标；第二，查明军统反'酋长行动'的具体内容。"

龙山竹想了一下，随即说道："看来，没有比我更适宜的人了。"

"是的，我也这么想。可是，张黎生会相信你吗？"

"他貌似儒雅，其实非常奸诈，很有心计，极端多疑。我这一去，他肯定会怀疑，但是，我们不妨利用他的多疑，使他举棋不定，从中寻找机会。"

"老板"说："面对这个老奸巨猾的特务头子，你的任务很棘手啊。"

龙山竹略加思索，回答道："但是，我还是有优势的，毕竟我很了解他，知道他的弱点是什么。况且，在航空委员会里，还有管兰亭、亨利等熟人，我们的工作会方便一些。"

"航空委员会是小庙大神灵，水很深。你要特别当心！"

龙山竹问道：'此次我是孤军奋战，还是有其他同志配合？"
"目前就你一个人，以后再看情况吧。不过，你可要多个心眼。"

此外，你要尽快在航空委员会或相关机构里找到一个正式工作，以便掩护你的真实身份。你需要组织上帮你找吗？"

龙山竹想了想，回答说："你们太忙了，要关心的事也太多了，我还是自力更生吧，延安流行一句话，自力更生，丰衣足食！"

"那你去找谁？"

"我去找张黎生试试看。当年他欠我的太多了，总得还点人情吧。"

"老板"说："此人背景很复杂，据说是军统核心人物，不过,越是危险的地方,有时还越安全。"

"那我什么时候去找他?"

"兵贵神速,明天上午就去。我还要强调一点,以后你千万不要直接去红岩办事处联系,我们还是按照老办法,保持单线联系。"

"是,首长!"

"任重而道远,你要特别小心!"

"您放心吧,我会完成任务的!"

后来,我听兰亭姑父讲到这里,马上问道:"'老板'为什么会派龙姑妈去航空委员会?难道他不知道张黎生老奸巨猾?不会对龙山竹的行动表示怀疑吗?"

兰亭姑父笑了:"他怎么会不知道?可是,在对敌斗争中,有时必须采取真真假假、虚虚实实的做法,让对手摸不清真相,以便掩盖自己的真实目标。"

我恍然大悟:"难怪!不过,'老板'这么做,肯定是要掩护另一个人,或者是另几个人,那么,究竟是要掩护谁呢?"

兰亭姑父故意卖关子:"现在还不能说!现在要是说了,读者就没法看下去了。"

翌日上午,龙山竹来到航空委员会。当张黎生在自己的办公室里见到龙山竹时,大吃一惊:"怎么,你来了?我还以为我们永远不会见面了。"

龙山竹微微一笑:"为什么不见?当年许多事了犹未了……"

张黎生愧疚地说:"了犹未了,不妨以不了了之。你别再说下去了,当年是我对不起你,我只有在来生来世当牛当马,报答你了。"

龙山竹冷笑:"我不信什么来生来世,你还是今生今世还债吧。"

张黎生很豪爽："我是个痛快人,你就直说吧,要我做什么?"

山竹略带倦意地说道："你知道,我毕竟只是一个女人,这是一个男人的世界,我已经很累了,筋疲力尽,不想再瞎折腾下去。"

张黎生使劲盯着她："据说你在延安过得很幸福嘛,还是'陕北公学'合唱团的指挥呢!"

龙山竹不耐烦地回答道："你的情报有屁用?老娘累了,不想再四海为家了。现在,我就想找个安稳职业,过个普通人的正常生活。我需要一份工作,养家糊口。黎生,你知道,多年以来,我没有对父母尽过孝道,实在是很惭愧。"

诚如所料,张黎生疑窦丛生。分别十几载,龙山竹此次前来,肯定是另有隐情。不过,他不想马上点破,在表面上还是十分热情。

张黎生对她诚恳地说："山竹,浪子回头金不换,实在是难得!实话实说,当年是我对不起你,头上三尺有神灵!我张黎生绝不是一个无情无义的小人!现在,你有事来求我,肯定是有不得已的难处。无论如何,我也得帮你。可惜国事危艰,没有合适你的工作……"

山竹冷笑："不想帮,还是不能帮?"

"哪里的话,能帮得帮!不能帮,更得帮!先委屈你,到航空委员会资料库里当个档案管理员吧,日后有机会再调整。薪俸不高,不过,糊口总还是可以的。再说,你只要开口,需要多少钱,我都会给你!"

龙山竹比他还真挚："黎生,过去的事早就过去了,我俩就别提了。我在重庆举目无亲,就你一个熟人,你能帮我,我真高兴。"

张黎生说:"不,不,你还有一些熟人在重庆。管兰亭也在航空委员会兼差,董霜桥也在军委会密电所,而且,你两个妹妹最近也调到重庆空军基地医院,有机会我来做东,大家聚聚,热闹热闹。"

龙山竹笑着说:"真是他乡遇故知,那太好了!"

他想通过老朋友聚会,解除龙山竹戒心,尽快探明她的真实使命。

龙山竹要趁热打铁:"那我何时到职?"

张黎生一笑:"你还是老脾气,盯得紧!"

龙山竹冷冷一笑:"你这人易变,翻手为云。我不抓紧,行吗?"

"我有那么坏吗?明天你就来上班吧。不过,我把丑话说在前头,我不知道你现在是干什么的,是为谁工作的!我更不想知道,你来重庆还有什么别的目的。今天,我为你找到这份工作,我俩之间就两清了,谁也不欠谁了!"

龙山竹没有说话,只是看着他。他被看得心里发毛:"你是什么意思?"

山竹喝了一口茶,嫣然一笑:"你这人真幽默!你欠我那么多,介绍个狗屁工作,就算一笔勾销?张将军,您说得真轻松!"

张黎生不敢正视她的眼睛:"话不能那么说。我欠你的,是私事!不过,公事公办!我是干什么的,你知道!我和'老板'打了那么多年交道,还是要奉劝你一句:重庆不是延安,陪都不是共区,你的一举一动,即便我假装不知道,可是,还会有别人在盯着你!你要是真在此地捅出什么娄子,我可是人微言轻,到时候怕是爱莫能助啊。"

龙山竹也会微笑:"我不就一女人嘛,还能捅破重庆的天?你可真是有些杞人忧天!"

张黎生依然微笑:"那我们就是君子协定了,一言为定!"

龙山竹看看他,啥也没说。

这一天,管兰亭去航空委员会资料库取资料,在路上正巧碰上亨利。

亨利照他前胸猛击一掌:"龟儿子,这几天躲哪儿混去了?有好事也不叫着我。"

亨利在中国没事就去酒吧,学四川骂人话,惟妙惟肖。管兰亭一想,真倒霉,冤家路窄,怕碰见老美,偏偏就碰见亨利!他只能顾左右而言他,哼哼哈哈,支支吾吾。

亨利是何等聪明的人,一见他不吭声,马上恍然大悟:"难怪茅将军这两天老是躲着我,看来,你们将采取什么重大行动?"

兰亭只得愁眉苦脸,一脸无辜相。毕竟中外有别,内外得区别开来,他可不想违抗命令,嘴一松,说得痛快,真要是被上面发现了,那就得上军事法庭,到时可是吃不了兜着走。

亨利见他打死也不说,恨得咬牙切齿:"好你个小子,以后别再想从我这里听到任何内幕消息,没门!"

亨利故作趾高气扬状,耀武扬威地走开了。兰亭无可奈何,只好耸耸肩,去资料库找材料去了。中午午餐时,亨利突然前嫌尽释,若无其事地和他去军官俱乐部共进西餐。两人闲聊一阵,海阔天空,云里雾里,管兰亭一味打哈哈,只要是不说起龙山绝密飞行,聊啥都行。

吃到一半时,突然,亨利压低嗓门:"兰亭,你要去的地方,可是进去容易出来难啊!"

兰亭故意装糊涂:"你说是去什么地方?"

亨利冷笑道:"龙山西南的西藏高原地区空域!"

兰亭顿时吓出一身冷汗:"你在诈我?"

亨利皱了一下眉:"对付你,还需要诈吗?老实说,事情很简单，我去资料库了，叫资料库新来的龙小姐把你过去借出的资料，再给我取一份，龙小姐刚来，不知道里面的复杂，立刻就办理了。我翻开一看，里面全是有关龙山附近地区的地形图和气象资料，马上就全明白了！"

兰亭立刻说："亨利，我可是什么也没对你说啊！你千万不能到处胡说八道！"

亨利还故弄玄虚："资料库新来的龙资料员很有风韵啊，据说还是你的龙山老乡。"

管兰亭马上问道："新来的资料员？她叫什么？"

亨利故意卖关子："好像是叫龙山竹吧。"

管兰亭惊讶不已："是龙山竹，她在资料库工作？"

亨利微微一笑："我问她认不认识你，她回答说，当然认识。要是我没有记错的话，她好像就是你告诉过我你的第一个梦中情人！"

管兰亭不置可否，亨利见他不说，也不追问，诡秘地笑了笑，转身离去。管兰亭立刻冲到资料库，果然是龙山竹！

她正在那里整理相关资料，一见是管兰亭，马上笑着说："我刚来半天，你就知道了？"

"是亨利告诉我的！"

"是我要他转告你的！"

管兰亭心头一酸，忙问道："这几年你还好吗？"

"还行吧。"

他关切地问道："有个记者朋友说，前一段时间他在延安曾经看到过你，怎么，你不在八路那里干了？"

龙山竹没有正面回答："我是漂泊的命，从小东奔西跑，居无定所。"

"是谁介绍你来航委会的？"

"还能是谁？是他呗。"

"张黎生？"

龙山竹没有否定。

管兰亭提醒她道："他可不简单，身份很特殊。"

龙山竹点点头："不是特殊人，哪来这么大的神通？你能介绍我来贵会就职？"

"那倒也是。航委会水很深，乌烟瘴气，什么人都有。你可得特别注意。我们最近在执行一项绝密任务，上面严令，今后不能透露任何风声给盟军方面人士。"

龙山竹点点头："好，我会注意的！可是刚才亨利来借你借阅过的资料，我以为你们是同事，就借给他了。有问题吗？"

有问题又能如何？管兰亭仔细一想，亨利已猜测到此次绝密行动的真实目标，机密其实已经外泄，他心中大惊，半天没回过神来，本来他想告诉龙山竹的，可是，说了又能如何？也就忍住没说。好在君子坦荡荡，自己可以对天发誓，只言片语也没向任何人透露过，实在是问心无愧。

于是他就心安理得，对龙山竹说："应该没有什么大问题吧。这几天我特别忙，顾不得和你聊了，等任务完成以后，再和山梅、山花来看你吧。"

龙山竹漫不经心地问道："什么任务如此紧张？"

"也就是开辟一条新航线。我得回去看材料了。再见！"

"等等，什么新航线？"

兰亭什么也没回答，转身就出去了，他其实并不粗心大意，有时他不打听，是不想知道，对于龙山竹的行踪，也没想那么多。他没有想到的是，龙山竹此次是奉命而来。按照原来的构想，龙山竹必须尽快了解张黎生的动向，不过，看起来管兰亭并不了解"酋长行动"，却在忙另一项绝密任务。

此时，张黎生已经接到内线汇报，发现亨利在航空委员会各个办公室蹿来蹿去，很是活跃，马上就起了疑心。他早已不是特工行档里的生瓜蛋子，他也想从管兰亭和龙山竹那里，进行迂回侦查，以便摸底。

航空委员会里果然复杂，管兰亭与亨利两人全没想到的是，当他们刚刚离开资料库，张黎生就得到密报。他立刻要助理王海伦把资料库龙小姐召去，详细了解情况。

张黎生满脸公事公办的神情，询问道："龙小姐，那些有关龙山航线的资料，是谁在借？"

龙山竹见张黎生脸色阴沉，知道事情严重，也就公事公办，解释道："过去是管兰亭上校借的，后来，美国顾问亨利也来借了。"

张黎生脸色越发严肃："其他还有人借吗？"

龙小姐回答道："没有了，就他们两个。"

"他们当时是如何借的？"

龙山竹把事情的来龙去脉详细讲述了一遍："我刚来上班，亨利来借资料，我见是盟军顾问，也没提防，就把资料借给他了。"

张黎生听后，想了一下，随即说道："此事关系重大，非同小可，你千万不能掉以轻心。注意，你是通过我的关系进入航空委员会的，这里是池浅王八多，庙小神灵大，人事关系极为复杂。这件事你就彻底忘掉，对谁也别提起！以后你要多请示，多汇报，否则我就只好不念旧情，公事公办，请你走人了！听到没有？"

龙山竹心中直冒火，但为了顾全大局，还是强忍了下来，表面上不卑不亢，回答道："听见了！"

张黎生显得有些不耐烦："你在这里绝对要当心，请你记住，你是从延安跑回来的,受过许多赤化教育,你可是要脱胎换骨,重新做人!好了,这里没你什么事,回办公室去吧!"

龙山竹怒火更甚,本想发作的,但是,她略加思索,马上说道:"对不起,副秘书长,我知道该怎么做了。"

她刚走出副秘书长办公室,在旁边整理档案的那位显得老实巴交的女助理王海伦脸色凛然一变,说道:"处座,这个女人了不得,绵里藏针,可不好对付!"

张黎生赞许道:"你可是大有长进了!"

海伦说:"处座,有一点职等不明白,您明明知道她是老八的人,可是,为什么还要帮她安排进航空委员会?"

张黎生深吸了一口烟,随即缓慢地吐着烟圈,他很享受这种烟雾中的乐趣:"第一,我还她的人情,当年我确实欠她很多。第二,更为重要的是,我倒是要看看,她和我们的老对手'老板'究竟想玩什么新把戏!"

王助理问道:"他们可能做什么呢?"

"你想想,龙山竹在共产党最困难、处境最危险的时候,参加了上海特科,这种人会轻易就离开他们的组织?绝不可能!那么,合理的解释只有一个,她是怀着特殊使命来这里的!"

"那么,她的特殊使命是什么?"

张黎生回答说:"这就是我想搞明白的!不过,'老板'的水平应该在我之上,他明明知道,我是不会轻易相信龙山竹的,为何还要派她来?显然,他是试图掩盖他的真正目标!对,这是符合逻辑的结论!"

王海伦助理询问道:"他企图掩盖什么目标呢?"

张黎生说:"目前还不知道,但是,我肯定会拨开迷雾,查明龙山竹真正的行动目标!在这种情况下,把她放在我的身边,我们不是可以看得更清楚吗?"

女助理尽管是半老徐娘,但是,昔日风韵犹存,她不无妩媚地赞扬道:"还是处座英明,高瞻远瞩!"

张黎生把烟使劲一掐:"听着,你要派人盯紧她,二十四小时轮班监控,对她的一举一动,每天要向我汇报!她下班去哪里了,和谁见面,晚上住在哪里?对了,上班时,谁来找她!谁给她打电话?电话内容是什么?你不能漏掉任何线索!"

"是,处座!"

此时,龙山竹眼睛红红地回资料库了。资料库王慕士主任最怕看见女士流泪,看到龙山竹眼圈红红的,很是同情,问长问短,又是帮她倒水,又是帮她掏手帕擦泪。其实,王主任也不是生人,他上次陪同管兰亭去香港,两人见过面。龙小姐显得有些单纯,终还是把事情经过吞吞吐吐地说出来了。王主任唉声叹气,安慰她很久。

龙山竹边擦眼泪,边询问道:"王主任,谢谢您的安慰,经过您一劝,我就好受多了。您为什么不在空军里干副驾驶,放弃那里的良好待遇,却要到这衙门来坐冷板凳?"

王主任深深地叹了口气,回答道:"龙小姐,您是有所不知,不是我怕死,实在是因为飞驼峰太危险了,十个有九个会死无葬身之地,我可是上有老,下有小,左思右想,就想办法托人调到这里来了。"

王主任其实是军统航空处高级特工,他的直线领导就是张黎生。不过,张黎生没有想到,龙小姐也没有想到,王主任居然会是日军南机关安排在航空委员会里面的高级间谍,代号为"麻将"。

当晚,王主任就到空军俱乐部和日军女间谍"樱花"秘密接头。

山口小姐娇滴滴地说道:"王先生,我能有幸陪您喝一杯吗？"

王主任回答道："那敢情好，请问您喝什么？"

"就请我喝'粉红佳人'吧。"

王主任兴高采烈："好的，那我就有幸请粉红佳人喝一杯'粉红佳人'了！服务生，为这位小姐来一杯"粉红佳人"！"

两人边喝，边打情骂俏，显得很是情意绵绵。过了一会儿，王主任见四周无人注意，便开始汇报道："支那空军即将开辟第二条对外通道，盟军飞行员亨利正在秘密调查此事。"

"樱花"仔细询问道："第二条对外航线的主要通道是哪里？"

"根据相关人员所研究的资料来看，这一条航线可能是从重庆出发，经过龙山，飞越西藏喜马拉雅山，最终抵达印度。"

夜深人静之时，女间谍山口立即向日军南机关发出一份绝密电报，南机关接到密电后，立即将此事汇报给日军中野。中野马上召集紧急会议，出席军事会议的有航空兵部队指挥官。

中野首先在地图上标出重庆、龙山、西藏喜马拉雅山、印度的航线图，然后环视会场，把龙山地区用红笔重重勾出："根据来自敌方的绝密情报，我们的对手试图寻找一条新的航线，计划开辟驼峰以外的第二航线。正如你们所看到的，我们可以利用我军航空兵所在的缅甸密支那基地，对企图开辟航线的敌方空军发起进攻。航空兵部队木村中佐！"

木村立刻起立："木村在！"

中野下令道："如果发现任何来自西藏喜马拉雅山方向的敌军飞机，你们立刻进行拦截，并予以击落！"

"哈依！"

中野大声喊道："只要我们能够彻底切断敌军供给线，那就可以不战而屈人之兵！请注意，支那军队这一条新的秘密航线的关键点就是龙山！一旦我军截断敌军新航线，圣战的全面胜利将指日可待!"

全体军官起立,随即疯狂喊道:"圣战胜利!圣战胜利!"

管兰亭在完成并上交了秘密报告之后,立即安排龙家姐妹重逢。对于龙山梅来说,和姐姐山竹在重庆的会面令她喜出望外。

她对山竹说道:"姐姐,你知道,你一直是我们龙家的骄傲!"

管兰亭说:"山竹,山梅和山花只要一提起你,那可真是无限崇敬!"

山竹淡淡地说道:"我做了什么?对家里实在愧疚!俗话说,父母在,不远游,我可好,离开龙山,一晃就是二十年,快四十的人了,我累了,再也不想四处闯荡了,只想有一份安定的职业,平平安安地度过后半生。"

山梅有些失望:"姐姐,你可一直是女中豪杰,但现在⋯⋯"

山竹微微一笑:"你别学我,早一点和兰亭把婚事给办了,把父母接来,好好照顾。"

管兰亭不无困惑:"这可不像你龙山竹的个性!"

"人总是会变的。"

山竹望着餐馆下面滚滚而去的嘉陵江水,不由得感慨说道:"君不见,大江东去,浪淘尽千古风流人物,时间真能消磨一切!"

管兰亭看着她,颇觉得有些不解,她变了,变得他简直无法理解。但是,他总觉得在她的平淡话语的后面,好像还隐藏着什么,但倒底是什么,他又说不出来。

他只得举起酒杯:"来,让我们为重聚干一杯!"

山梅说道:"为抗战胜利干!"

山竹什么也没说,只是默默地把酒喝了。

在重庆密电研究所,董霜桥挑灯夜战,终于破译了一份日军间谍"樱花"发出的密电,便立即去找文所长,文所长发现内容涉及空军,便要他转告张副秘书长。

董霜桥来到航空委员会,向张黎生汇报:"张副秘书长,我们刚刚破译了日军间谍一封密电。"

张黎生询问道:"这一密电是从哪里传送来的?"

"根据过去所测定的电台方位,应该是从密支那日军空军基地所发送的。"

张黎生极为兴奋:"好一个'樱花小组'!三年不鸣,一鸣惊人啊!"

"密电内容为:支那空军即将探索一条新的航线,计划开辟驼峰以外的第二航线。据悉,新航线将从重庆经过西藏和龙山,直飞印度。'樱花'"

张黎生一听,顿时脸色惨白:"有关新航线的内容可是绝密情报,怎么会泄露出去?"

董霜桥问道:"这份情报重要吗?"

张黎生马上说道:"岂止重要,这就是国家最高机密!情报一旦泄露,肯定有人会掉脑袋!"

"副秘书长,老实说,任何情报在其传递过程中,都是有致命缺陷的,也就是漏洞百出。"

"为什么?"

"你想想,情报在传送中,有可能被敌人所截获,或被敌军间谍所窃取。"

"那么,这一情报是如何泄露出去的?可能途径究竟是什么?"

董霜桥无法回答他的问题,只能保持沉默。

张黎生醒悟过来,马上说道:"真是对不起,请转告文所长,改天我请你们吃饭。"

董霜桥连忙说道:"是,秘书长。我先回去了。"

"好的。注意,此事要绝对保密,千万别向任何人提起!"

"是。"

董霜桥刚一出门,资料库王主任就悄悄来到张黎生办公室:"长官,我总觉得此次龙山竹来重庆找你,有些蹊跷。"

张黎生饶有兴味地问道:"何以见得?"

王主任分析道:"您想想,就在不久前,她还在香港为八路军军事物资而四处奔走,那是何等狂热啊!可现在,她却来了个一百八十度大转弯,忍辱负重,低声下气来求您,居然要做个普通的小职员!在不符合逻辑的行动后面,必然有不可告人的目的!"

"说下去!"

王主任继续分析道:"职等怀疑,她肯定接受了'老板'的最新任务!"

"什么任务?"

"为八路军窃取盟军战略情报!"

张黎生笑了,有些邪恶,有些阴险:"孺子可教矣!王先生,当个资料库主任实在是委屈你了,当个军统少校更是大材小用。你的分析入木三分,很是深刻!但是,你是只知其一,不知其二!"

王主任有些困惑不解:"您的意思是,您对她的动机也很怀疑?"

张黎生站起来,在办公室里走动,他喜欢走动,走动出灵感,走动出思想,他在走动中思考复杂问题:"她有千条计,我有老主意!你想想,作为共党内部的高级特工,她龙山竹岂是等闲之人?可是,她既然要来,我就让她进来,以不变应万变,冷眼旁观,试看她如何动作。"

"您的计划是?"

"她在明处,我们在暗处,以静制动,静观其变!你想想,过去我一直对管兰亭不放心,把你放在他身边,进行监控。现在,我为什么要放弃管兰亭这一目标,把你从他身边调回航空委员会?就是为了今后能逮住更大的鱼,也就是'老板'这条大鱼!"

王主任服了,他委实服了,张副秘书长就是高明,对于将军的水平不能不服!

当天半夜,中野接到又一份密电:"龙山竹怀有'老板'布置的特殊使命,潜入航空委员会,军统正准备一网打尽!"

第 十 章

艰 难 使 命

在情感方面,管兰亭是幸福的,龙山梅天生丽质,她的身姿充满女性活力,只要走近她的身旁,兰亭就能感受到她身上那股幽雅而清淡的香气。重庆白石驿空军机场飞行员们给她取了一个颇有诗意的名字——"山之梅"。

每当管兰亭外出飞行,夕阳西下,人们总能看到她独自一人,戴着白色护士帽,披着阳光余晖,孤零零地站在机场跑道旁,凝望着天边,关注着管兰亭的飞机是否飞回来了。此时,无人不被她的深情所打动。龙山梅知道军队的规定,从来不知道管兰亭在执行什么任务,管兰亭也没对她说起。现在,龙山梅实在无法忍受思念的痛苦,终于流着泪说:"兰亭,我们还是听姐姐的建议吧,赶快结婚!"

管兰亭抹去她眼中的泪水,开玩笑道:"我也想结婚,可是,万一我出事了,你可就要成小寡妇了!"

龙山梅仰望着他,坚定地说:"兰亭,即便你没有回来,即便我成为寡妇,但是,我绝不后悔,因为我是你的妻子,即便是寡妇,也是管兰亭的寡妇!"

有这样的红颜知己,管兰亭还能说什么?几天以后,他们结婚了。婚礼那天很热闹,张黎生、董霜桥、亨利、乔治等中外老友全来了,姐姐龙山竹和妹妹龙山花也来了。大家纵情庆贺,在洞房里一直闹到后半夜,方才寂静下来。

这天,管兰亭收到一份机要英文密件,打开一看,里面是亨利手写的材料,标题是:"关于飞越龙山航线的几个关键问题"他立刻仔细读下去。亨利在密件中详细分析了龙山当地的地形条件、气候条件、飞行要点、风险控制等等,洋洋万言,言之有理,角度很有独到之处,确实具有启迪作用。

在密件末尾,亨利写道:"此材料只写一份,阅后敬请销毁。"

管兰亭读后仔细一想,这位亨利还确实是个有心人,总还是想助中国空军一臂之力。可是,此次秘密飞行计划毕竟是一项绝密行动,他管兰亭即使有感激之心,也无法向他道谢,最好还是避避嫌疑,少和亨利接触,只有等任务完成后,如果还活着,那时再请亨利痛饮一番。他把亨利传来的分析材料锁进自己办公室保险柜里。

在航空委员会资料库里,龙小姐和王主任正在闲聊。对于龙山竹来说,她对王主任颇有怀疑。此人十分精明,有事没事就朝她这里跑,来了就四处打听。王主任过去是汪精卫专机的副驾驶,此人不成为日本人的走狗?

为了试探他,龙山竹故意对他说:"主任,管上校可能要出差了。"

王先生装着无意地说道:"你怎么会知道?"

"上校历来做事认真,他在临行前,都会把自己所借阅的资料全部归还。我对他说,何必呢?你可以留着慢慢看嘛!你猜猜看,他怎么说?他说:干我们这一行的,上去就不知道能不能下来。万一下不来,那些绝密资料你收不回去,麻烦可就大了。"

王主任很感动,真诚地说:"管上校真是一个好人,现在好人不多了，世风日下，人心难测啊！他去成都？"

龙小姐看着他，认真回答说："不是，他肯定是去国外。他把身上的法币全留给我了，说什么：我最近用不着了，你拿去给你父母吧，我听说他们的身体都很不好！"

龙小姐此时看起来激动得很，眼眶里满是泪花，王先生很理解地把白手绢默默递过去，示意她擦一下眼睛："别担心，龙小姐，好人终究会有好报的！"

在山城一家茶馆里，"老板"秘密会见了王主任。他为什么要见王主任呢？说来话长。不久以前，王主任来到八路军重庆办事处，希望能见负责人。当时，"老板"亲自下楼出面见他。

王主任马上自报家门："我是王慕士，是航空委员会资料库主任，原来是空军副驾驶员，我的真实身份是军统航空处高级特工。请问您贵姓？"

"老板"很客气："我姓韩。"

王主任马上肃然起敬："久仰大名，您就是'老板'！我听处里资深人士讲过许多有关您当年在特科的情况，您很厉害！"

"老板"不置可否，继续询问道："你来这里，有何要求？"

"我的女朋友在皖南事件中，被杀害了。她是新四军总部的工作人员，从那以后，我认真研究了贵党的主张，我希望能加入你们的事业。"

"老板"对于他的要求感到非常突然，考虑了一下，随即说到："王先生，对于您的要求，我们需要研究一下，这样，你先留下联系方式，等有了结果，我们再通知你，如何？"

王先生很失望，他说："我原本希望能得到你们的支持，要知道，进你们办事处是有很大风险的，不过，我也理解你们的难处。"

等他走后，"老板"向办事处首长汇报了事情经过。首长威信极高，他的工作方式是先倾听下级意见，然后再说出自己的看法。他问"老板"道："你的看法呢？"

"老板"回答说："他的背景太复杂，而且，他的动机也令人怀疑。一个军统高级特工来要求加入我们的组织，这难道可靠吗？"

首长考虑了一下，随即说道："你先调查一下他所说的女朋友牺牲的事情，看看是否属实，然后根据他的表现，再做决定。"

"老板"请示道："我们能信任他吗？"

首长说："当然，他肯定有自己的真实动机，但他的动机究竟是什么？不知道！我们还要对他进行全面审查，看看他究竟是否可靠。当然，我们也可以给他布置一些要害任务，要他扎下去，考察他在特殊情况下会有什么表现，最终再做决定是不是真正信任他、吸收他。"

"老板"对首长的分析口服心服："首长，我明白了。"

经过全面审查，"老板"从江南有关渠道得到的情报表明，王主任的所谓"女朋友"是牺牲了。看起来，王先生的话是属实的。但是，"老板"并没有马上给他布置任务。

"老板"询问龙山竹："你如何看王主任？"

龙山竹回答道："此人城府很深，为人精明强干，但是，总好像竭力隐藏什么。"

"隐藏什么？"

"说不清楚，只是一种直觉。"

"老板"布置任务说："你可以向他透露一些真真假假的情报，看看他的反应，我们再从其他渠道了解一下，判断他究竟是哪家人马。"

"好的。"

此次为了调查日军即将推进的"酋长行动"，"老板"对龙山竹说:"我已决定开始启用王先生。"

龙山竹问道:"需要我通知他吗?"

"不需要,我会直接通知他的。如果他是真心参加革命,我们就可以信任他,交给他更多的重要任务。如果他是别有用心,那么,我们也可以利用他,掩护我们的真实目标。"

龙山竹说:"是,我明白您的意思了。"

后来我问过管兰亭姑父:"您是如何看王先生的?"

他没有马上回答,过了好半天,他才说道:"我这一生见过许多奇人、怪才,甚至天才,但是,像老王这样的人,却很少遇见。他不爱说话,老是沉默寡言,应该说,他的飞行技术也是很高的,但他似乎并不喜欢飞行,他是干特工的料,嘴很紧,脸色永远平静,没有喜怒哀乐,老是那样沉稳。但是,我敢说,像他那样具有军统身份,又是日军特工身份,还想打进我们地下党内部的,罕见,极为罕见!"

董霜桥博士接着说道:"我在隐蔽战线上遇见过许多怪才,不过,像老王那样的情报高手却是十分难得。"

我问道:"您是说,他的水平很高?"

董霜桥回答道:"水平高是当然的,但是,要在几重身份中来回转换角色,容易吗?不容易!他必须学会周旋,必须忍辱负重,必须判别真情报和假情报,重要情报和一般情报,战术情报和战略情报,他只要作出一个错误决策,就会粉身碎骨,死无葬身之地,此外,由于他的复杂身份,他也很难取得别人的信任。"

管兰亭说:"即使是后来,'老板'对于他的真实身份的最终确定,也是花了很大气力的。组织上经过彻底调查,才最终了解到他的真实使命。"

董霜桥说:"解放以后,他的子女来找管兰亭和我,要求知道他父亲的真实身份,可是,我们和'老板'最终只能说实话,他们的父亲是个汉奸,并不是我们的人!说出这番话以后,他的子女实在是太难受了,一脸失落感,可是,我们还能说什么?这就是历史事实!难啊,我们只能把身上的所有钱给他们,让他们回老家。"

那当然是后话了。我们还是回到战时的重庆吧。

王主任听说"老板"要启用他,喜出望外,向"老板"汇报说:"首长,说实话,我是个新人,组织上可能不太信任我。但是,我不能不对龙山竹的处境谈些自己的看法。"

"老板"看着他,说道:"你就实话实说吧,不要有顾虑。"

"我实在是为她担忧!"

老板问道:"为什么担忧?"

"她在明处,军统在暗处,张副秘书长早就怀疑她的真实目的了。您想想,当敌人一开始就怀疑她,她还能做什么?只能成为最终的牺牲品。"

"可是,龙山竹早已脱离革命队伍了,现在并不是我们的人。"

"'老板',我知道她仍是自己的同志,她却对我一无所知。而且,她来航空委员会的目的就是为了搞到'酋长行动'的情报。"

"老板"说:"你对龙山竹的情况并不清楚,你也没有必要去打听龙山竹是做什么的。她跟我们没有关系,和你也没有任何关系!王同志,你必须明白,你的任务就是演好你自己的戏,既要演好军统的戏,又要演好我们的戏,不容易啊!那怎么办?你一定要千方百计转移军统的注意力。"

王主任继续请示道:"那我该如何演好军统的戏?"

"老板"指示说:"目前,日军正在策划'酋长行动',这一行动规模很大,目标非常险恶。但是,我们并没有掌握这一行动的具体细节,因此,你的任务就是要尽快取得日军间谍机构的信任,打入日军间谍组织核心层,迅速获得相关战略情报,阻止敌军实施'酋长行动'。我要强调的是,组织上要求你去获取这一战略情报,而不是一些具体的微小情报!"

"首长,你放心,我会尽力完成任务的。"

"老板"对他说:"王同志,你要明白,在未来的秘密活动中,你可能要忍辱负重,但是,你要坚信,你是在从事一项绝密行动,是为国家而奋斗的!"

王主任坚定地回答道:"首长,我会牢记您的指示!"

"老板"最后嘱咐道:"我明天启程回延安,要过一段时间才回来。希望我回来时,你已经胜利完成任务了!"

当天晚上,"麻将"来到嘉陵江边一家高级酒吧,把秘密情报夹在呢帽帽檐里,随即挂在衣帽架上。过了一会儿,日军间谍"樱花"女扮男装,也来到酒吧,她把自己的黑色礼帽挂在老王礼帽旁边,两顶礼帽式样相同,用料一致,外人很难分辨。半小时后,女间谍走到衣帽间,装作无意把"麻将"的礼帽戴在自己头上,然后就离开酒吧,消失在夜色之中。

半夜时刻,"樱花"使用最新密码,向缅甸日军间谍总部发出密电:"龙山飞行即将开始,相关人员很快将离开重庆,向目的地飞行。"

中野接到密电后,立即下令密支那皇军航空兵部队加强对龙山方向中国飞机的监视。

中野脸上流露出得意的笑容:"兰亭老同学,可惜啊,可惜,对于你的行踪我可是了如指掌!"

尽管在南苑航校时,管兰亭的成绩每次都比他好,可那只是学习成绩,不过是纸面上的分数而已。只有现在所进行的残酷较量,在战场上真刀实枪的拼杀战果,才是真正的成绩!

中野狞笑着说："真正的分数是靠鲜血，靠交战双方官兵的尸体来计算的！老同学，你说是吗？"

谍者千虑，必有一失。日军间谍"麻将"、"樱花"和中野将军没有想到的是，他们之间来往密电所使用的紫色密码早就被军事委员会密电研究所第一处董霜桥小组破译了。其实，最早破译日军紫色密码的，并不是他们小组，而是延安军委三局一些密码破译高手，他们在前线战场上缴获了一些日军通讯兵密码手册，并利用这些密码手册，成功破译了日军"紫色密码"。

鉴于当时还是国共合作时期，八路军总部通知重庆军事委员会密电研究所派人去延安领取日军所使用过的密码本和其他一些密码情报参考资料。说来也巧，密电所文所长派去延安领取密码本的，就是董霜桥博士。

当董霜桥抵达延安后，来和他联系的，正是当年他参加地下党时的入党介绍人"老板"，"老板"目前已是延安情报部门负责人之一。两人一见，激动不已，紧紧拥抱在一起。

董霜桥满含热泪："首长，又见面了！"

"老板"开玩笑道："董上校，欢迎来到宝塔山下，延水河边！有何感触？"

"首长，快让我归队吧，我太希望能留在根据地里战斗了！"

"老板"说："你看你，都有白头发了，在友军那里，日子很不好过啊！不过，在那里也是战斗，是更为特殊的战斗！延安首长对你的成绩非常满意，一位负责同志对我说：董霜桥硬是了不起啊，我看他一个人能顶一个师！"

董霜桥很不好意思："首长过奖了！"

"老板"回答说："这可不是我一个人的看法，你屡建奇功，这可是八路军总部领导所作出的评价！"

董霜桥立即敬礼："报告首长，我一定更加努力，为前线服务！"

在延安总部，董霜桥住了三天，了解到日军密码的详细结构，并把一些日军密码情报资料带回重庆。由于掌握了这些密码样本，密电所第一处以后的破译工作就顺利多了。当董霜桥小组成功破译"紫色密码"以后，密电研究所第一处立刻把相关情报转交给反间谍情报科，张黎生正是该处上级主管。

张黎生看完日军密电译文和相关情报以后，马上去向茅副司令汇报，两人研究以后，得出一致结论："日军间谍已经了解龙山秘密飞行行动的动态，而且，间谍很可能就潜伏在航空委员会内部！"

茅副司令问他道："有怀疑对象吗？"

张黎生想了一下，回答道："资料库王主任有些可疑。"

"证据确凿吗？"

张黎生说："只是怀疑而已。他曾经在汪精卫专机上当过副驾驶，据说，他对汪的人格魅力很为佩服。"

茅副司令说："还是要继续调查。我也为汪先生开过飞机，你好像也开过。"

"是开过，不过，有好几年了。"

"要说有怀疑，我们两人也跑不了。那你打算怎么办？"

张黎生提议道："干脆让他也介入此次绝密飞行，继续观察他的表现。"

"好，如果他有问题，那就很容易查清！"

此时在座的还有王海伦助理，她聚精会神地聆听着他们的谈话。

当张黎生通知管兰亭准备出发时，管兰亭询问道："还有谁去？"

张黎生布置道："你去通知资料库王主任，说是你专门点的将,要他和你一起去飞。"

管兰亭颇为疑惑:"您通知不是更好吗?"

张黎生冷冷地布置道:"上面有上面的考虑,还是你去通知吧。"

管兰亭也就不再争了:"好的,老师,我去通知他。"

一周以后,管兰亭、王主任等三名王牌驾驶员从重庆飞往昆明,以昆明机场作为此次秘密航行起点,空军司令部几位高官在重庆机场为他们送行。临上飞机前,空军司令神色凝重地递给管兰亭一封密信:"管驾驶,这封密信你只能在昆明降落以后才能拆开。"

管兰亭敬礼说:"是,长官!"

我曾经询问过兰亭姑父,为什么此次绝密飞行会让他当第一驾驶?

他回答说:就驾驶技术而言,可能我还有过人之处。说到这里,他大笑:"其实,我哪里有什么特别之处?如果说有什么不同的话,也就是和别的飞行员有那么一点差异:一般的飞行员往往把驾驶看成是单纯的技术,而我在把航空驾驶作为技术的同时,更将其视为一门高超的艺术。仅仅作为技术,那就势必严肃有余,而潇洒之意远矣!空中飞行绝对是艺术!你想想,多美啊,天高任鸟飞,在蓝天之上,你把握着操纵杆,忽左忽右,忽上忽下,盘旋飘逸,导之如江流,顿之若山安,若如此,则气势流畅,变化多端,下手必具飞鹰之意!"

对于管姑父的真知灼见,至今我还是似懂非懂,不能窥见其堂奥之秘!

飞机起飞以后,三人在驾驶舱里大摆龙门阵,无非是一些空运的趣事轶闻。

张驾驶说:"据说孔家大小姐在印度买了许多高级水果,要通过驼峰航线运到重庆。航空队飞行员们不买账，拒绝运载，众人皆骂道：老子们在前线吃紧，狗日的在后方紧吃！还想吃印度高级水果？他们把这些水果在机场仓库里摆了五天，等发臭了，才运到重庆！"

管兰亭笑着问道："那后来呢？"

张驾驶故作神秘地说："后来啊，有好事者故意将这堆腐烂水果送到重庆孔部长家里，孔大小姐听说印度水果专程运到，笑逐颜开，邀请许多贵宾来分享，谁知道，她打开果筐一看，全都臭不可闻，气得把空军副司令叫到家里，当面破口大骂，副司令连忙赔不是，但是，肚里早已乐得不行，回来后，绘声绘色讲给我们听，众人皆捧腹！"

王主任边笑边说："还有一个更好笑的。第十航空队奉命运送一架钢琴，从阿萨姆运到重庆。老美驾驶员乔治骂骂咧咧道：'屎蛋，战争期间，谁他娘的不运炮弹，运钢琴？'

亨利回答道：'据说是第一夫人从美国买回来的。'

几名老美驾驶员听说以后，不再骂了。飞机起飞以后，到了航线中途，乔治突然高叫：'糟糕，起风暴了！'

亨利一看，天上晴空万里，阳光明媚，哪里有什么风暴？他回头一看，驾驶员乔治正朝他挤眉弄眼，并指指后面机舱里的钢琴。

亨利心领神会，立即下令道：'机舱里的兄弟们，前面有风暴，为了给飞机减压，保障飞行安全，我命令你们，赶快把重货推下去！'

显然，他是指着那架钢琴说的。机舱里的报务员更加聪明，马上心领神会，带领几名乘客，同心协力，把崭新的钢琴推下万丈深渊。到了重庆以后，乔治、亨利等全体机组人员聚在一起，极为认真地写了一份正式报告，言说：途中遭遇风暴，为了减压起见，不得已只好将所运钢琴推下飞机。特此报告。"

三人皆笑得前仰后合。约两个小时后，飞机就到昆明了。在机场降落后，管兰亭马上拆开密件信封，里面是空军司令的亲笔信函：

兹有国民政府航空委员会副主任茅定国与副秘书长张黎生搭乘本架飞机，监督全程飞行。

此令！
空军司令部

然后，他把信转给其他两名驾驶员阅看，三人倒吸一口凉气。张驾驶说："乖乖隆的东，来头这么大！"

王主任也说："一位是航空委员会将军，另一位是副秘书长，再加上我们三人，此次秘密飞行行动机组应该是中国空军历史上最高级别的机组！"

管兰亭直乐："还真来劲了！万一出事的话，中国空军损失可太惨重了！"

张驾驶损他道："管机长，您还真能吹的！"

三人大笑。机场上早有空军军官把他们接进昆明城里住所下榻，当晚三人早早休息，是夜无话。第二天上午，管兰亭机组三人一早起床，即赴昆明军用机场，然后在飞机旁为飞行做准备。当规定起飞时间快到时，只见机场上突然调来一些持枪警卫，将飞机团团围住。

王主任一面忙着准备。一面说道："大人物马上就要到了！"

"你如何晓得？"张驾驶忙问。

"你看那些警卫，全是派来为大人物捧场的。"

正说着，几辆高级轿车飞驰而来，一直开到机旁。两名气宇轩昂的军人走下汽车，在众人簇拥下，朝飞机走来，而后开始登机，在机舱口，向送行人士挥手告别，下面众人皆作依依不舍状。管兰亭一看，正是茅将军和张副秘书长，管兰亭对张驾驶和王主任做了个鬼脸，然后热情洋溢地向刚上来的茅将军和张副秘书长敬礼："报告长官，机组准备完毕，等候您的命令。"

茅将军询问道："准备就绪了？"

管兰亭回答道："将军，一切就绪！"

"你是空军王牌驾驶员，此次任务非常重要，要仰仗你们机组三位兄弟！"将军说道。

张驾驶嘴也甜："有茅将军亲自坐镇，我们保证完成任务！"

茅将军倒也没有架子："此次龙山飞行行动十分艰险，大家就不要拘束了，还是要同舟共济，齐闯难关！"

机组三人齐声答复："是！"

飞机开始在跑道上滑行，发动机轰鸣声逐渐加大，速度越来越快，最后，管兰亭将机头拉起，C—53型飞机直冲长空，朝着龙山飞去。从昆明机场起飞后，茅将军和张副秘书长就走进机舱，坐在正、副驾驶之间，一面研究、观察地形、一面询问相关路线问题，对管兰亭的技术操作提出建议，张副秘书长还根据飞行情况，不时标注航图。

在飞行过程中，机组成员轮流驾驶，他们全都聚精会神，不敢掉以轻心。管兰亭心想，此次任务肯定关系重大，先有空军司令手令，接着又有航空委员会副主任亲自出马坐镇，还有张副秘书长协同监督，这在他的飞行生涯中，除了开辟驼峰航线，实在是少见。驾驶舱里气氛相当紧张，机组成员再也不敢摆龙门阵了，毕竟有重要人物坐在一旁，倒还不如识相一点，少说为佳。茅将军是蒋介石原配夫人的侄子，颇为他所看中，又是空军里数一数二的实权人物，谁能不买账？管兰亭知道其中必有机密大事，倒也知趣，没有东询问西打听。

正在此时，地面基地紧急通知道："7636机组，出现紧急情况，请注意，龙山地区气象条件十分恶劣，你们不能降落，必须直接向印度航线飞行！"

龙山地区天气不好？还真是风云变幻！管兰亭立刻向茅将军汇报，茅将军说："看来，我们只能一往无前，向南直飞了！"

管兰亭说："那将进入危险空域！下一个飞行区域就是龙山与西藏交界的山脉，这一空域在历史上是空白点，国内外从来无人飞过。"

他们立即在驾驶舱里摊开两份地图，一份是百万分之一交通部航图，另一份是五十万分之一美军军用航图，经过认真研究，他们立刻发现，这两份航图只能作为航行参考图，根本无法按照这些航图去完成此次飞行任务。

张驾驶说："妈的，这算什么航图？太不准确了！分明是送命图！"

王主任开玩笑道："要照着它们飞，明年的今天就是我等的忌日！"

管兰亭只好宽慰他们："聊胜于无！总比没有强！"

尽管时值酷暑，但在高空，驾驶舱内温度是零下十几度，加温管必须不断加水，管兰亭和其他驾驶员操纵着飞机，茅将军和张副秘书长依然根据窗外地形，在旧航图上进行修改。飞机下面的地形不断升高，飞机只好拼命向上爬高，终于飞至6000米极限高度，但飞机依然还在群峰山谷之间。

管兰亭向前看去，对王主任说："下面就是西藏山区，请你拍下附近地区的地形资料。"

王主任说："没问题。"

按照事前分工，王主任要对此次航行过程中的重要地区进行航拍，于是，他就对四周地形进行了详细拍摄。拍摄完毕，他对管兰亭说："上校，任务完成。"

"好，谢谢！"

此时，只见前方空域云雾缭绕，通过云层，机组人员依稀可以看见前方高峰。管兰亭立即抓住机会，用力推杆，飞机快速绕到山峰另一边。

管兰亭高兴地说："报告将军，我们已经穿越了最危险的西藏空域，顺利飞到山脉另一侧了。"

机上所有人员顿时松了一口气，茅将军不由自主地鼓起掌来："好极了，继续保持清醒头脑！"

在印度基地的英国皇家空军司令部紧急通知新德里机场："一架中国运输机已经飞越西藏山脉，具体航线不详，很快将在新德里机场降落，请机场立即准备好导航、通信、救护等措施。"

此次穿越西藏山脉的飞行，意味着这条航线不同于以往的任何航线，必然是从最危险的藏区上空穿越，这在航空史上尚属首次。众所周知，这一地区的地理条件根本无人了解，气象恶劣，路程遥远，没有地面导航，飞行过程艰难危险，纯属冒险行动，闻者无不胆战心惊。

印度基地中英空军人员接到消息说：中国航空委员会茅将军就在这架飞机上，机场负责人士马上在机场跑道边等候，此时，飞机已经进入印度北疆。很快，机场人员发现，蓝天之上机声隆隆，一架运输机从云层中陡然出现，而后稳稳地降落在新德里机场。

管兰亭一直以飞行胆大而著称，但在此次飞行中，他还是捏了一把汗，此时此刻，他靠在驾驶座上，长长地嘘了一口气，以舒缓心中的巨大压力。

"运气不错。"他轻轻说道。

确实，老天一直非常眷顾他，关照他，使他一直顺利。当年航校同学有多少技术能人，不乏业界高手，可后来，说出事，就出事，机毁人亡，从此归天。可惜啊，好端端的人才，从飞机里拖出来时，血肉模糊，惨不忍睹。

管兰亭不无悲哀地想道："人的生命其实是非常脆弱的，脆弱得一捏就碎。"

想到这里，他不敢再往下深想了。在战争年代里，往好里说，飞行员是勇敢者的职业，可要是说透了，那简直就是献身的命运。飞上去后，谁知道还能下来不？

正在此时，张副秘书长拍着他的肩膀说："兰亭，别瞎想了，下机吧！"

在机场等候的军方人员立即走上前来，茅将军、张副秘书长、管兰亭等人从机舱里陆续走出，和他们一一握手。平安抵达印度基地以后，茅将军作为机组总指挥立即开始寻找机场电台，并在机场办公室起草密电，详述飞行经过。

他用密电向委员长报告："委座：职等历尽艰险，成功突破飞行'禁区'，不辱使命！"

在晚上举行的欢迎宴会中，管兰亭正巧坐在洛克上校旁边。

洛克兴致勃勃，谈心正浓："管上校，龙山与西藏交界地区历来是空中禁区，很难穿越。上次，我们第十航空队一架飞机试图穿越，结果是机毁人亡，壮志未酬。"

管兰亭说："在飞行中，我们是边看地形，边驾驶飞机，有时就是沿着山峰之间的弯道进行穿越，难度极大。一直到现在，我还是惊魂未定！"

洛克一想，确实如此，随即回答道："确实不容易！此次飞行毕竟是由中国飞行员自己驾驶飞机，首次飞越空中禁区，到达印度，这是一条全新的航线，与目前的驼峰航线线路完全不同。"

管兰亭说："完全正确。"

洛克想了一下，随即问道："我有个小事情，想拜托你，不知行不行？"

"您有何事相求？"

"我们美军军方希望能得到你们沿途拍摄的龙山——西藏航线照片，不知道您是否能给我们一套？"

管兰亭心想，兹事体大，他怎能私自提供？即便是盟军也不行！他笑着回答道："在此次飞行过程中，我们根本就没有时间进行航拍！"

洛克用怀疑的眼光看着他，管兰亭依然谈笑自若。

洛克低声说道："管上校，你需要多少钱才能给我一套？我对这套照片最感兴趣。"

"对不起，洛克先生，我实在是爱莫能助！"

洛克毕竟是特工老手，发现两人话不投机，也不勉强，随即换了一个话题，聊东聊西，海阔天空。

过了几天，管兰亭机组飞回重庆。蒋介石听取汇报以后，非常满意，下令重赏有功人员，并为他们举行了盛大庆功会。大会开始时，他和夫人一起，把五块金表发到茅将军、张副秘书长和机组三名驾驶员手中。管兰亭仔细一看，金表背面刻有"蒋中正赠"的字样，显然，他对此次飞行非常满意。

管兰亭姑父后来对我说，他绝没有想到，二十多年以后，为了这块金表，他在"文革"期间吃够了苦头，被红卫兵打得要死，那当然是后话了。

中国飞机穿越龙山——西藏山脉，突破禁区的消息逐渐传开，各界人士为之兴奋不已，这当然是中国航空史上的创举，但是，创举并不意味着该航线能够作为正式空中通道使用。

过了不久，王主任来找管兰亭，把一个信封交给他："管上校，这里面是你要的照片。"

"什么照片?"

王主任提醒他说:"是你要我拍下来的龙山——西藏航线照片。"

管兰亭想起来了,便说道:"哦,这是航空委员会所需要的航空情报资料,麻烦你立即存档备查!"

"好的,下次您还有什么事,尽管吩咐!"

王主任做事认真,管兰亭十分感激,当即请他到飞行基地附近的饭馆去打了一顿牙祭。回到资料库后,王主任把这一套完整的航拍照片交给龙小姐:"山竹,这套照片十分难得,具有很高的情报价值,是管兰亭上校要求存档的,你一定要保存好。"

他刚刚离开资料库,龙小姐就把照片放进保险柜里。不久,张副秘书长来到资料库,龙山竹看见他,想了一下,随即把照片从保险柜里取出。

她对他说:"哦,对了,这是你们机组在龙山上空航拍下来的一套照片,你想看看吗?"

张副秘书长故作姿态:"无所谓,看不看都行。"

龙山竹一听,就把照片收起来:"既然你不想看,我就放回保险柜了。"

张副秘书长忙说:"别急着放回去,我随意翻翻吧,长长见识!"

龙山竹回头一笑:"黎生,你这人常常言不由衷!"

她随即把档案袋扔给他,张副秘书长显得漫不经心的样子,打开档案袋,取出照片,边看边说:"没什么了不起的,全是一些常规玩意儿。"

看见张副秘书长在慢慢观看照片,龙小姐说:"黎生,我去一趟卫生间,马上就回来。"

说完,她就去洗手了。张副秘书长确认她走远了,马上把门关上,对所有照片仔细进行翻阅。等龙山竹回来以后,她发现他早已收拾妥当,他小心翼翼地把照片还给她:"你把照片收好,其实也没什么特别的。"

龙山竹说道:"你这人得了便宜还卖乖,明明喜欢,还说没什么价值!没有其他人来过这里吧?毕竟这是绝密照片。"

张副秘书长大笑:"哪能啊,你这里谁会来?就我和海伦助理。你放心吧。山竹,这套照片的底片在哪里?"

龙山竹回答说:"那我可不知道,反正王主任没有交给我存档。"

张副秘书长自言自语道:"他要那套照片的底片干什么?"

正在此时,王海伦助理走进来,对张说:"请您出来一下!"

"不必了,你就在这里说吧,龙小姐不是外人。"

女助理迟疑了一下,随即汇报道:"报告副秘书长,据行动处人员报告,他们在王主任驻地找到了空中航拍的那套照片底片和洗出来的另外两套照片。"

张副秘书长马上问道:"照片在哪里?"

女助理取出照片:"张副秘书长,在这里!"

"听着,马上送回去,照原样放好!"

"您的意思是?"

"我的意思是:小不忍则乱大谋!山竹,你的看法呢?"

龙山竹微微一笑:"你们在说什么?我根本就听不懂!"

张副秘书长做了个手势,王助理便悄悄走出去了。张黎生问山竹:"怎么?你对王先生如何看?"

龙山竹说:"他为人很热情,对航空业务很熟。"

"他会是日本间谍吗?"

龙山竹回答说:"我怎么知道?"

"你的直觉是什么?"

"直觉，什么直觉？"

"情报人员的直觉！"

龙山竹突然大笑："张副秘书长，您什么时候变得如此幽默？真会开玩笑！"

张副秘书长有些失望，但是，他很会掩饰自己，掩饰是高级情报人员的职业本能："是吗？我有这么可笑吗？"

他想打哈哈，把事情转移过去。可是，龙山竹却不想转移话题："副秘书长大人，我告诉过你，我太累了，不想过那种日以继夜、无休无止、紧张不安的生活了，特工本来就是男人的事，女人根本无法适应。我希望你能给我一个平静，这个愿望不过分吧？"

副秘书长忙解释说："不过分，当然是在情理之中。"

龙山竹笑着说道："我来你这里，也不能给你惹麻烦吧，总得安分守己才是道理。"

张副秘书长很是高兴，大笑道："山竹，你这人真是善解人意，能体谅人，很为我着想啊！"

"为你着想？我为什么要为你着想？我是为我自己着想！你别以为你厉害，总是认为：张郎妙计安天下！"

"我可没有那么自负！古人云：礼尚往来，来而不往非礼也！过去我曾经做过对不起你的事，但是，今后我绝不会再做任何有愧于你的事！一个人可以错一次，错两次，但是，事不过三，要是错三次，那就是猪狗不如的东西！相信我，山竹！"

男人在坦诚的时候，那种真诚确实非常有魅力。龙山竹听完他的话，十分感动，感动得眼泪都流下来了："黎生，你真好，对我是坦诚相待，肝胆相照！我相信你，真的！有你这句话，我就安心了，安心在你这里做事。"

张副秘书长也为自己的坦诚深感伟大，他真的以为自己的道德和人格都是极为高尚的,为了爱情,他可以作出任何牺牲!

此时,龙山竹很客气地说道:"副秘书长大人,您还有事吗?既然您是如此地通情达理,如果没有其他训示,那就请您离开资料库吧!"

张副秘书长很是尴尬,只好无奈地说道:"既然我是不受欢迎的人,那我就离开吧。"

他很失落,不能控制别人就说明自己无能,而他绝不认为自己无能!回到办公室后,他立即对王助理下令:"立即加强对王主任的监视,实施每天二十四小时侦查,分三班轮流盯着他,要尽快查明:他和谁在联络?在哪里联系?联络方式是什么?他的住处有无电台?有无密码本?通讯联络时间是几点?"

"是,处座!不过,我们最近人手不够,是不是把监视龙山竹的人给抽出来?"

"不,不,绝对不行!还是要一如既往,加强对龙山竹的监视,所采取的手段要和对待王主任的做法一样!注意,你们不得有任何松懈!"

王海伦助理大为不解:"可是,长官,最近龙小姐一直没有任何可疑的行动……"

张副秘书长脸色平静:"没有可疑行动才是最可疑的!要盯着她!死死盯住她!我有一种预感,她是奉命而来的,我要查清,她的目标究竟是什么!"

海伦谄媚地说道:"您真是大义灭亲!"

"龙山竹过去曾是我的情人,对不对?可是我们早已分道扬镳,各事其主!在党国利益面前,我们没有情人,没有爱情,有的只是手枪和匕首,阴谋与手段!在战时,我们必须左手对付日本人,右手对付共产党!龙山竹是个女人,可是,这个女人很不简单!你们绝不是她的对手,完全不是个儿!"

女助理怀疑道:"长官,她真有那么厉害吗?"

"她是'老板'在特科时期一手带出来的高级女特工,据说,她能文能武,双手开枪,百发百中,曾经亲手处决了两名共党自首分子!比你可厉害多了!"

海伦更为疑惑:"既然如此,那她此次跑过来找你干什么?岂非欲盖弥彰?"

张副秘书长沉思了,而后徐徐说道:"非常人做非常事,必有非常目的!但是,究竟她和'老板'葫芦里卖的是什么药?我还没看清楚。这就是为什么,你们要盯得更紧!共党的隐蔽党员很会潜伏,为了战略利益,他们可以隐藏下来几年,几十年,甚至一辈子!"

"龙小姐也会埋藏那么久吗?"

"估计不会。她肯定是'老板'最近所策划的一项秘密行动中的一步险棋!而且,依照我的判断,他们就是冲着我来的,很快她就会被启用了,不,已经被启用了!"

"可是,您在军统机关里的特殊使命目前并没有几个人知道,共党怎会风闻?"

张副秘书长冷笑着说:"世上没有不透风的墙!坦率而言,'老板'获取战略情报的能力无人望其项背,即便是我,也得让他三分!"

海伦说:"可是,他就不怕你识破他的手段,将计就计?"

"这就是他的过人之处!他是知己知彼,百战不殆,而我呢?只能是猜测,而且是极为肤浅的猜测,但是,毕竟龙山竹目前是在我的地盘上,我还怕她跳出我的手掌心?"

"您的分析如此透彻,实在是精辟之至!"

张副秘书长摇摇头:"好戏刚刚开始,大幕刚刚揭开,不过,既然漂亮的女主角已经登场,我们就慢慢欣赏吧!"

他脸上的表情有些怪异,甚至有些可怕,但是,很快又恢复平静,在这种平静之中,显出了几丝孤独,不是那种高处不胜寒的寂寞,而是一种失去心爱女人的那种哀伤。他的眼圈红了,甚至有泪花在闪现。

王海伦很知趣,没有打扰他,只是蹑手蹑脚走了出去,随即轻轻掩上门,把他留在孤寂的冷清之中。客观而言,张副秘书长委实不是一个窝囊废,他的猜测是对的,龙山竹此次前来投奔他,确实是另有目的,两个昔日恋人在微笑后面,正在进行一场残酷对决。

此时,王主任回到资料库,对龙山竹说:"管上校的详细飞行报告已经交来了?"

龙山竹回答说:"是的。"

"我要借阅一下。"

"好的,主任!"

王主任接过绝密飞行报告,随即拿回办公室,关上房门,立即取出微型照相机,把所有资料翻拍下来。正当他在紧张拍摄时,在资料库里屋房间里,龙山竹陪着张副秘书长和王海伦助理,正从秘密监视孔里对他进行监视。

张副秘书长低声说道:"原来如此,真没想到!"

王助理询问道:"处座,要不要把这个家伙给抓起来?"

张副秘书长摆摆手:"急什么?放长线,钓大鱼!"

说罢,张副秘书长对龙山竹说:"还是你的办法好,这么快就识破王主任的庐山真面目。这个狗东西!"

龙山竹不以为然:"副秘书长,一个资料库主任把自己库内的内部资料取出来,翻拍了几张照片,这能算多大问题?他可以说是好奇,也可以说是为了存档,你能得出其他什么结论?证据确凿吗?"

张副秘书长果然被问住了，他说："海伦，你看看，山竹果然厉害，我们还真不能小看！"

王海伦嫣然一笑："龙女士当然是个高人，显然，王主任的庐山真面目已经充分展现出来了。"

龙山竹盯着她，心里想道："这个女人不简单，绝非等闲之辈！以后还得当心才是！"

当晚，在和八路军办事处情报部门负责人接头时，龙山竹汇报说："现在已经查明，老王是日军间谍！"

负责人马上表示："这个狗汉奸！我会转告'老板'，并通知有关部门，立即切断与老王的一切联系！"

龙山竹放心了："那就安全多了！"

随着战争的进程，"驼峰"飞行员始终勇敢地飞行着。"像狗一样生活，像魔鬼一样飞翔"就是他们的座右铭。每天清晨，旭日初升，管兰亭和亨利醒来后，戴上军官帽，把帽顶压得扁平，再将45口径手枪夹在腋下，穿上空军羊皮夹克，走到飞机旁。

飞行员们的着装虽然有些邋遢，却很浪漫，风格独特，另有一种男人的特殊魅力。他们发动引擎后，随即检查自己的皮夹克口袋，一定要确认他们随身携带一枚蓝色信封，信封里放着"血符"。所谓"血符"包括一张中国和缅甸的详细地图，以及用多种语言和方言印刷的传单，上面写着："我是一名被击落的美军飞行员，请送我到盟军部队，必有奖赏。"

此时，飞机引擎轰鸣作响，加速之后，在机场跑道上开始滑行，随后，沿着跑道逐步加速，最后向空中疾冲。仅仅几分钟，飞机便冲过地面的晨霭，进入蓝色的球状天地。管兰亭俯视地面，下面是浓郁绿地，仰视长空，上方是透明蓝天，朦胧雾气蔓延在群山河谷之中，为清晨的景色增添了几许风采。

他们冒着生命危险,飞到中国后,再由原路返回,随即一头栽倒在简陋的行军床上,连刮脸和洗漱的力气都没有,飞行员们唯一的愿望就是能够好好睡一觉。

印度阿萨姆的天气实在是令人很难忍受,炎热中夹杂着潮湿,基地周围尘土漫天,异常荒凉。更令人毛骨悚然的是,此地经常有眼镜蛇出没。管兰亭什么都不怕,就怕毒蛇,他随时佩带手枪,以防不测。

这一天,当他走出机场时,在大门口遇见负责保卫基地的廓尔喀人士兵,他们包着头巾,身着军装,手里紧握一把长长的弯刀,威风凛凛,很是神气。通过岗哨以后,飞行员们就从机场返回基地宿舍,管兰亭和亨利发现一只巨型甲虫,连忙用脚去踩,但是,甲虫仍然在脚下爬行,亨利反应灵敏,一把掏出手枪,将甲虫打死。

飞行员宿舍位于英式茶园里,四周是茶叶种植园,飞行员住在四间大屋子里,其中三间放着四十张单人床和双层床。第四间是休息室,壁炉周围安放着几张舒适的皮椅和一张长沙发椅,房间角落里摆放着纸牌桌、写字台、书柜。

亨利最喜欢休息室里的无线电收音机和留声机,只要有空,他就摆弄留声机,播放安德鲁姐妹所演唱的那首有名的《沿着俄亥俄州南下》的歌曲,听着听着,他就会怀念自己的家乡,眼泪不由自主地滚了下来。

此时,室内灯光显得十分暗淡,管兰亭无法入睡,只能在床上聊天,突然间,他看见一条毒蛇正缓慢地爬进他的靴子里,顿时哑口无言。

亨利觉得奇怪:"兰亭,出什么事了?"

管兰亭一言不发,只是悄悄地指着毒蛇,亨利一见,更是目瞪口呆,只得把军用毯子盖紧全身。好在毒蛇很聪明,见一无所获，也就无声无息地爬出靴子，滑行到外面的树丛中去，此时，管兰亭才如释重负，长长地呼出一口气来。

他对亨利说："基地的食品太糟糕了，老是给我们吃那些罐装水果、午餐肉，太单调了！"

亨利回答道："你还想吃新鲜肉？没门！在这个地方，牛可是圣物！"

"反正基地餐厅太不卫生了，食物太难下咽！"

亨利怀念道："在昆明却能吃到味道很好的鲜鸡蛋和鲜牛奶，还能吃上美国咸肉、炸鸡和牛排。再说，昆明气候四季如春，多美啊！"

翌日上午，史迪威将军来到基地视察工作。航空队军官们对史迪威将军讲述了不少笑话。

亨利说："将军，您知道，昨天昆明基地在卸货时发现，有一架飞机装满了辣椒粉，还有一架飞机装的全是通便剂。"

大家笑得前仰后合。

乔治说："上星期，我们飞越驼峰航线时，有几辆货运卡车太重，不得不切成两半，运到昆明之后，再被焊接回原样。"

史迪威将军联想到那些货运卡车的遭遇，不由得大笑："还有更可笑的故事吗？"

"当然有！那次，我们在驼峰航线中途，飞机突然遭遇'引擎故障'，在这之后，蒋夫人在海外定购的那架钢琴便'很不幸地'被推出舱门，抛下万丈深渊。"

史迪威将军仿佛看到那架钢琴在长空中坠落："那种情景肯定非常滑稽！"

飞行员们全都笑出眼泪来。

第十航空队指挥官向史迪威将军汇报说："如果从空运角度进行评价的话，'驼峰飞行'简直就是一场大混乱！我们在极为恶劣的天气下,从印度起飞,黑云滚滚,天空可视度为零,突然间,几架飞机就在我们四周出现,差点就要相撞了!还有些时候,当我们飞机从云层钻出,飞入晴朗蓝天时,会发现另一架运输机笔直地向我们冲来。您知道,飞机上的无线电台只能在30英里半径之内才能工作。运输机时常会在半空中撞毁。一切真是太疯狂了!"

史迪威将军感慨地说:"什么是混乱?战争本身就是混乱!为了战胜日寇,我们别无选择。我们美国小伙子的士气如何?"

指挥官说:"虽然这种'疯狂飞行'极具危险性,但是,所有的驼峰飞行员与机组成员都认为这是我们人生中的一段美好时光。对于我们这些美国年轻人来说,富有浪漫色彩的远东城市,以及整个旅程中的见闻遭遇,都使我们拓展了人生境界。"

"战争需要浪漫,在某种意义上来说,战争就是死亡加浪漫!"史迪威将军若有所思地说。

老将军了解到飞行员们的真实状况之后,感动得老泪纵横。他听到飞行员们对于伙食的抱怨,就亲自来到食堂,发现伙房所提供的食物实在难以下咽,根本无法食用,于是将军大声宣布:"嘿,伙计们,我将发动一场暴乱!"

史迪威将军和士兵们同坐在餐桌的板凳上,随即喊道:"嘿,老兄,让他们自作自受吧!"

在官兵们的欢呼声中,整个食堂成为一场混战的战场,食物四处纷飞,餐盘、咖啡杯到处乱扔,餐桌被推翻在地,四处一片狼藉。食堂混战结束之后,史迪威将军把食堂负责人叫来,让他观看这幅世界末日的悲惨景象。

将军告诉他说:"看见没有?这就是你的食堂!"

负责人极为狼狈,只能沉默不语。

史迪威随即发出命令:"下次我来这里检查时,如果伙食条件没有显著改善，你将对此负责，我要把你解职，并且遣返回国！你听清楚了吗？"

食堂后勤军官立即敬礼："是，将军！"

全场飞行员热烈欢呼，从此以后，食堂伙食大为改观，官兵们对此非常满意。

第十一章

将 计 就 计

接到八路军办事处首长的命令以后,"老板"立即搭乘美军航空队飞机从延安飞至重庆。办事处首长是个传奇人物,他对国内外局势的分析极为精辟。每次与他见面,"老板"都能聆听教诲,学到很多有关战略决策的要旨和方法。

首长目光炯炯,询问他道:"这次把你叫来,就是要了解有关日军'酋长行动'的情报。"

"老板"立即汇报说:"当我们了解到日军准备开始执行'酋长行动'的情报以后,立即调兵遣将,全面侦查。目前,我们的情报来源主要有:一是密电所……"

"是一处董霜桥?"

"对,还有其他人员。二是通过董霜桥了解空军管兰亭上校所掌握的内部动态。"

首长询问道:"管兰亭可靠吗?"

"他为人很正直,疾恶如仇,但是,有些不关心政治,因此,目前还不是我们自己人。"

"你们可以根据局势发展,做好他的工作,在条件成熟时,指引他走上革命道路。"

"是,首长。我们的第三个来源是龙山竹,我已派她打入航空委员会资料库，掌握航空委员会绝密情报。"

"据说，张副秘书长对她很有戒心？"

"是的，我们这一次走了一步险棋，采取一种特殊打法，利用他多疑而且刚愎自用的性格，虚虚实实，让他摸不清我们的真正目标，从而迂回搞到我们所需要的情报。"

首长关切地问道："龙山竹就是那个在延安开大会时，经常指挥陕北公学学员合唱的女孩子？"

"老板"笑着说道："首长记忆力真好，就是她！目前，她已查明，资料库王主任过去是汪精卫专机驾驶员，现在具有军统特工和日军间谍的双重身份，我们已经切断和他的一切联系。"

"很有进展嘛，这个女同志很能干。"

"我们的第四个情报来源是军统重庆站马站长。马站长和张副秘书长矛盾激化，因此，经常透露一些情报，希望张副秘书长受挫。"

首长考虑了一下，随即问道："按照你们的分析，日军秘密行动的目标究竟是谁？是蒋先生？"

"老板"分析说："我的感觉是，日军中野南机关故意放出风来，说是目标针对蒋委员长。可是，我对此非常怀疑。"

"你的理由是什么？"

"日军这么重要的行动怎么会一开始就暴露目标呢？我以为，日军南机关试图掩盖行动的真正目标，把我们引入歧途。"

"那他们的真正目标是什么？"

"老板"明确提出："我认为可能是中国战区参谋长史迪威将军！"

首长点点头，说道："声东击西可是日军的老把戏了。如果是这样的话，秘密行动的最终目的是什么？"

"通过杀害老将军，他们可以挑拨美中关系，破坏美军对中国战区的军事支援，缓解日军在战区所受到的沉重压力。"

首长表示同意："你们那个老对手中野将军胃口很大嘛，我看，你们要加大情报获取能力，绝不能让日寇阴谋得逞！从现在开始，你就先留在重庆，调动一切力量，全力指挥反击'酋长行动'的战斗！"

"是，首长！"

结婚以后，管兰亭就和龙山梅居住在基地家属区。按照规定，驾驶员宿舍就在机场旁边，飞行员们往往早出晚归，暮色苍茫之时，飞机停在机坪上，如果没有吉普车来接，他们就背着降落伞包向家属区走去。那时，晚霞的几抹红光洒落在飞行员身上，他们矫健的身影在朦胧的暮霭之中移动，那种辉煌，那种潇洒，完全是一幅美丽的战地油画。

有一次，龙山花所在的基地医院救护车正好从机场出发，乔治、亨利和几个美军同事正在回宿舍途中，看见救护车驶来，便做了个手势，要求搭车。他们上车后，靠在座位后背上，很快就睡着了，一脸倦意。车上的女护士们平时都是叽叽喳喳说个不停，但是，此时此刻，全都沉默不语了，想让盟军飞行员安静休息一会儿。到基地飞行员宿舍该下车时，龙山花使劲叫他们。

乔治被叫醒后，对她笑了笑，表示歉意："谢谢你，你叫什么？"

龙山花略带羞涩地回答说："别客气，你们太累了。你忘了，上次你还参加了我姐姐的婚礼。"

山花的同事李凤马上说："她叫龙山花！（Dragon Mountain Flower！）是龙山梅的妹妹。"

"龙山花？（Dragon Mountain Flower？）多美丽的名字啊！我以后可以到基地医院来找你吗？"

龙山花脸红了，李凤马上代她回答说："你来玩吧，我们欢迎你来！"

救护车上全是基地医院的年轻护士，也就十八九岁，一见乔治很有意思，便马上七嘴八舌地回答道："可别忘了，一定要带巧克力来！龙护士最爱吃了！越多越好！"

在姑娘们一片欢笑声中，乔治和龙山花挥手告别。看见他在晚霞映衬下的魁梧身影，龙山花真有一见如故的感触，她好像早就认识乔治了，那么熟悉，那么了解，或许，战争使异性军人之间省去许多接触的障碍，在死神面前，他们不再客套，不再虚于掩饰自己真正的情感。

两人开始约会以后，龙山花问他道："乔治，我看过许多有关你们航空队的资料，但是，我想请教的是：陈纳德将军的'飞虎队'与飞越驼峰的美国陆军'驼峰'空运队是什么关系？"

乔治想了一下，回答道："人们经常把'飞虎队'与飞越驼峰的美国陆军航空兵'驼峰'空运队混为一谈。实际上，他们是两个不同的军事单位。美国志愿航空队原来是中国空军属下的一个作战单位，后来脱离中国空军，归属美国第10航空队，被称作为美军驻华空军特遣队，后来又发展成为第14航空队，由陈纳德将军指挥，一直使用'飞虎队'队徽、机徽和战术，统称为'飞虎队'。"

"'飞虎队'的作战任务是什么？"

"它是空军作战单位，任务是保卫驼峰航线东端中国基地，在中国及东南亚地区攻击日本空军，打击日军在中国内河与海上的交通，协助中国军队对日作战。"

"原来如此。"

"与此同时，飞越'驼峰'的空运主要由美国陆军航空队和中国航空公司负责。美国陆军航空兵印中联队负责把美国援华物资从印度运到中国，属于战略运输部队。当然，第14航空队完全依靠'驼峰'空运的战略物资进行作战，空运量的多少决定了'飞虎队'作战行动的效率和战绩。"

龙山花说："这么复杂？"

乔治继续说道："岂止复杂，还很危险！你要做好思想准备，我们是飞行员，随时有可能飞不回来！"

龙山花一听，立刻拽住他的手，似乎自己心爱的人马上会一去不复返，会离开她永远消逝。乔治看到龙山花紧张的神色，笑了起来，取出手帕，为她拭去泪角的泪水："亲爱的，别为我担心，只要有你，我的运气就会很好，永远也不会摔下去！"

"为什么？"

"因为你是我的守护女神！"

龙山花哭着问道："可是，你真的不会出事吗？你要答应我，一定要为我好好活着！"

"你放心，我的好女孩！我们将永远在一起！上帝会保佑我们的！"

在机场昏暗灯光下，龙山花满脸泪痕，显得越发纯洁，更加动人心弦。乔治深情地吻着她，两人不断地喃喃而语，山盟海誓，说了一夜。

龙山花和乔治陷入热恋之中，却遭到一些人反对。她万万没有想到，反对最激烈的居然就是自己的姐姐龙山梅！

山花生气地说："姐姐，你为什么要反对？"

龙山梅长叹一声："傻妹妹，我已经和飞行员结婚了，你怎么可以重蹈我的覆辙？"

"你能结，我为什么不能结？"

"这是因为，我已经了解到'驼峰'航线的残酷性。过去在基地医院里，我也曾听说过这条航线的危险故事，但怎么也没想到，飞行员死亡率会这么高！我们家里已经有一个人整天担惊受怕，姐姐绝不想让你再去过这种不正常的生活！"

龙山花沉默了，她知道，姐姐的话确实是有道理的。尽管她每天祈祷老天爷保佑乔治，但是，那种无所不在的死神阴影总是在她的身边飘忽。从那时起，天真纯洁的龙山花再也没有过去那么快乐了，她变得深思熟虑，在值班时，经常走神，眼前甚至会出现一些莫名其妙的阴森图景。就这样，我们的龙山之花长大了，成熟了，战争使得美丽的女孩很快就变成敢于直面死神的坚强女性！

龙山航线成功飞行以后，军事委员会、航空委员会、空军与中航几方官员与各界专家立即召开会议，论证此航线的可行性。

管兰亭在会上表示："我们机组飞行员仔细研究了茅将军与张副秘书长在飞行过程中所修改、标定后的航图，穿越龙山－西藏山脉的航线长度比目前的驼峰航线超出一倍以上，此外，沿线地形、气候条件过于复杂，而且缺乏地面导航设施。因此，我认为龙山航线风险太大！"

茅将军在讲话中指出："龙山航线位置偏远，航程迂回，在中国境内的线路远离陪都重庆，在印度境内的线路则远离主要港口，鉴于上述原因，我们认为：使用龙山航线风险极大，代价高昂，空运效益很差，我们的结论是：建议放弃。"

与会人士经过激烈争论，最终作出结论："除非日军攻占印度北部，驼峰航线被迫取消，否则的话，不宜使用危险度过大的龙山航线。"

在会议期间，张副秘书长始终一言不发。其实，对于会议结论，他早已想到，只是，他有他的想法，他试图通过发布一些混乱的内幕消息，转移日军谍报机构的视线，从而发现日军南机关行动的真实意图。

按照军统的绝密计划，翌日上午，《华夏空军》杂志出版了一本内部发行的机密专刊，上面刊载了几幅照片，文字说明为："我空军健儿创造奇迹，成功飞越XX山脉，中国对外第二航线即将全面启用！"

在航空委员会资料库里，王主任看到了这本专刊，读完文章后，他仔细思索，试图弄清文章里面的真实含义。龙山竹仔细观察着王主任的表情，她很相信自己的判断能力，可是，王主任却很深沉，很多迹象都是互相矛盾的。她知道，王主任正在进行一些秘密行动，试图获取一些绝密情报，但是，他会把这些情报送给日军间谍机构？其实，航空委员会资料库里的情报资料尽管具有一定价值，但是，并不具有战略价值。王先生是军统的人，他完全可以光明正大地去得到这些情报，根本就不需要悄悄获取。而且，日军空军情报部门应该早已拥有此类情报了，还需要他送过去吗？想来想去，她只能根据自己所掌握的线索，去进行深入分析。

她微笑着问道："王主任，又看到什么好文章了？奇文共欣赏嘛！"

王先生倒也十分坦率："其中一篇关于印度风情的文章很是有趣，你不妨也看看。"

"好的，谢谢你的建议，我会看的！"

当天晚上，中野接到"樱花"小组密电："支那空军即将把龙山航线作为第二对外通道！"

中野阅读再三，还是困惑不解："龙山航线会真正启用吗？"

他有些莫名其妙，立即在空域地图上仔细查阅这一条航线的全面情况。他自言自语道："索嘎，如果盟军真的使用这条航线，代价实在是太大了！可是，在战争中，任何不可能的事情都有可能发生！"

于是，他下令道："发电给'樱花'小组，命令他们继续获取相关情报。"

佐佐木回答道："是，将军！"

龙山竹也没有忽视这一情报，在和"老板"秘密接头时，低声汇报说："空军内部的一本机要刊物刚刚发表文章，表示要把龙山航线作为第二航线，以便加强对外通道。"

"老板"表示怀疑："茅将军为什么要发表这种文章？一般而言，空军内部刊物不应刊载这种涉及极端敏感情报的消息！"

龙山竹提出疑问："据说，那份杂志是由张黎生所主管的军统航空处负责审稿的，那么，他刊载这篇文章的真正目的究竟是什么？"

"老板"在房间里踱来踱去，百思不得其解："这是战略欺骗？还是战略佯动？还是别有文章？"

"您的意思是：空军方面试图故意迷惑日军？转移日军间谍机关的注意力？"

"很有可能！无论如何，你还是要继续关注航空委员会的最新动向！"

"是，首长！"

半月以后，《华夏空军》杂志上又刊载了一张照片，题为："我空军健儿与龙山百姓共度佳节。"人们可以看到，一些空军军官和龙山当地老百姓正在举杯庆贺，但是，在照片背景上，一批修建队伍正在赶修机场。

王主任立刻注意到这张照片，若有所思地说："空军的动作真快啊！"

龙山竹询问道："什么动作？"

王主任诡秘地笑了笑，什么也没说，就走了。龙山竹从他翻阅过的文章中得出结论，龙山机场正在赶修。可是，王主任为什么故意向她传达这一消息？看来，他并不想对她隐瞒自己获取内部情报的举动,可是,正是这种不隐瞒,才引起龙山竹更大怀疑。

中野当晚就获得相关情报:"支那空军正赶修龙山机场,估计不日即将可以交付使用!"

中野狞笑着说:"白日做梦!"

他立即对助理佐佐木说:"立刻通知陆军航空队,对龙山进行低空侦察,如果发现机场即将使用,立即进行全面空袭,炸光所有设施,让支那空军根本无法使用!"

佐佐木马上回答说:"哈依!"

张副秘书长这几天非常得意,密电所文所长所提供的破译情报表明,日军间谍机关已经中计,完全没有识破他所采用的声东击西战略,日军南机关错误以为,龙山航线即将全面启动。

张副秘书长紧急会见洛克上校:"亲爱的洛克先生,果然不出您所料,战略欺骗行动开始奏效了,日军间谍机关已经上当受骗,他们还真以为我们要正式启动龙山机场!"

洛克却没有过于开心,不无忧虑地表示:"战略欺骗只能迷惑一时,可是,你那位得意高徒中野将军极端聪明,他很快就会察觉到的!"

"那我们该怎么办?"

"假戏必须真唱!你立即下令在龙山机场继续修建飞机库,在里面放置一些模型运输机,越多越好,继续迷惑中野和南机关!"

"高招!上校,您真是神机妙算!"

上校提醒他道:"将军,请别忘记,您还有一项重要使命并没有完成!"

张副秘书长说:"不会的,此次秘密行动是一箭双雕的行动,而且,在某种意义上,我们更关心第二个目标!"

洛克此时有些面目狰狞，近乎咬牙切齿："别忘了，我们还有一个敌人，那就是共产主义者！"

"放心，您的敌人就是我们的敌人！我们绝不能让延安方面获得任何战略物资的支援！我们要让他们在战争中消耗殆尽，无力再和我们争天下！"

洛克说："前几天，史迪威那个老家伙居然正式提出，要武装八路军五个师，并提供新式武器装备，力图在战争后期，从山东沿海地带向日本本土发动战略进攻！"

张副秘书长大惊："那岂不是养虎遗患？"

"正是，老将军真是糊涂！"

"他的计划只能是美丽的海市蜃楼！下一步我们该怎么干？"

"要从管兰亭那里打开缺口，取得突破！"

"可是……"

洛克狞笑了："你们中国人有一句老话，舍不得孩子套不住狼！管兰亭是你的得意门生，你不愿对他下手，是不是？"

张副秘书长有些犹豫了："毕竟我们有师生之情！"

洛克用怀疑的目光看着他："你们中国的官僚可真会演戏，当年你抢他女朋友时，考虑过所谓的师生之情了吗？"

张副秘书长只好回答道："那我就只好忍痛割爱了！"

几天以后，管兰亭刚一走出餐馆，黑暗中便冲出几名便衣，把他紧紧围住，为首的特工头目就是张副秘书长的助理王海伦。她很客气地询问道："先生，请问您是管兰亭上校吗？"

管兰亭莫名其妙："你们是什么人？要干什么？"

王海伦依然很客气："您去了就知道，我只是奉命行事，请您配合一下！"

管兰亭是一个血性男儿，他高声喊道："你们到底是什么人？光天化日之下，居然敢绑架人？"

海伦笑了笑，随即做了个手势，两名特工把他紧紧夹住，随即狠命给他一拳，另一名特工则把他的嘴巴使劲按住。王海伦冷笑道："管先生，你可千万别以为我只是个女流之辈！你看你，敬酒不吃，非要吃罚酒不是？真拿您没办法！"

按照她的命令，几名特工把管兰亭推进停在附近的一辆轿车内，随即疾驶而去。与此同时，另外几名特工进入管兰亭住处，进行详细搜查，并将一切资料席卷一空。

半夜时刻，日军间谍"麻将"秘密潜入管兰亭宿舍，可是，等他用手电筒照亮房间时，方才发现，室内已经空空如也，没有一页有价值的材料，他不无遗憾地离开房间。在昏暗的手电筒光里，军统王海伦助理依稀看到，这就是航空委员会资料库王主任！等到王主任悄悄离开管兰亭住地以后，王海伦做个手势，一组军统特工秘密跟在他的身后，一直跟踪他到航空委员会机关宿舍。

管兰亭被军统特工带到一个秘密据点里，半夜时分，他受到突击审问。开始时，他还莫名其妙，后来，副秘书长女助理很文雅地对他说道："管先生，您别浪费时间了，快招供吧，你到底把龙山航线绝密飞行秘密透露给谁了？"

管兰亭当然感到委屈，他能不委屈吗？世上的事情本来很简单，可是，只要到军统据点里挨审，简单的事情也会很复杂了。他再三说道："我发誓，没把此次行动告诉过任何人，没向任何人说过任何一个字！"

王海伦一声冷笑："姓管的，你放聪明点，早点招了，你痛快，我们也痛快。"

管兰亭侧过头去，不想再和这帮恶人继续说下去了。

王助理火了："妈的，你以为你是谁？你小子知道这是什么地方？这是戴公馆，你进来就别想出去！还是招了，省得皮肉受苦！"

管兰亭理直气壮："我的情况茅将军、张副秘书长是完全清楚的，他们可以为我作证！"

王海伦笑了，笑得很真诚："小子，你知道是谁把你送进来的？你做梦也想不到的！"

正在此时，一个人走了进来，挥手示意王海伦和其他特工离开，在暗淡的灯光下，管兰亭仔细一看，原来是他！兰亭几乎要昏过去了，在这个世界上，如果说有人会坑他的话，那么，这个人肯定会是最后一个！但是，现在的情况表明，此人就是这里的主人！走进审讯室的，不是别人，正是张副秘书长！

张副秘书长对他微微一笑："兰亭啊，真遗憾，让你吃苦了。"

兰亭目瞪口呆："张教官，您就是这里的主管？"

"是啊，说来话长。你过去不了解的是，军统戴局长是我的浙江江山县老乡，十年前，军统需要在航空界发展人员，戴局长看得起我，要我在军统里面挂一个闲职，顺便赚些外快，那毕竟是不无小补嘛！"

"十年前您就是军统特工了？"

善良单纯的管兰亭实在是无话可说，他所一直景仰的张教官居然会是军统高层主管，看来，在航空委员会里面的差使只是张副秘书长的公开掩护身份而已。

管兰亭询问道："茅将军知道您的真实身份吗？"

张秘书长冷笑着说："将军可能不知道，但是，他肯定能猜到，毕竟他是个了不起的聪明人，这点小把戏还能瞒得过他？"

"你的任务就是来监视他的？"

"'监视'这个词太刺激了吧！我只是配合他工作而已。当然，有时候监视和配合很难说清。你知道，在非常时期，军统作为非常机构，必须掌握一切非常情报。航空委员会是国家安全的最重要部分，你想想，我们能不进行严密控制？"

管兰亭很不理解："可是，茅将军毕竟是委员长的亲戚，你们敢惹他？"

张副秘书长笑了，笑得很诚恳："我的任务就是委员长本人亲自布置的。记住，任何人，无论是亲戚也罢，不是亲戚也罢，对于我们军统来说，都必须是透明的，彻底透明的，对于这一点，我们绝不能有任何含糊不清之处。"

管兰亭冷笑道："佩服，佩服！对于你们来说，任何亲情、感情、爱情、友情，全然不如军统的军情来得重要！"

张教官拍着手，笑着回答道："兰亭兄，说得好！说得极为透彻！你是个聪明人，就不需要我再费口舌了，请你把和亨利来往的全部事情说清楚。"

管兰亭个性也很倔强，历来是吃软不吃硬："张教官，我和亨利之间关系十分单纯，从来就没有任何涉及军事秘密的事情。"

"可是，亨利对你所进行的龙山绝密行动完全掌握！你还能辩解吗？"

"那我就不清楚了，反正，我管兰亭可以对天发誓，我问心无愧！"

"OK，我不相信别人，还能不相信你？顺便问一下，龙山竹为什么要来重庆？所欲何为？"

对于这个问题，管兰亭根本不屑一顾："张教官，她为什么要来，你该去问她啊！怎么来问我？"

"她是共党秘密特工，你和她关系密切，你能不知道？！"

"我和她的关系有你密切吗？你可别把这顶红色帽子扣在我头上。真要扣的话，只怕适得其反，会扣在你自己的脑壳上。"

张副秘书长无语，他确实无法反驳，管兰亭的话是有道理的。

最后，张副秘书长笑着说："兰亭，在我这里你是不会吃苦的，我已经向王海伦打过招呼，你别以为她只是个女助理，她在戴局长面前可是红得发紫，是军统四大名旦之一！不过嘛，例行公事还得走一走，你就先委屈几天，权当在这里休息养神。"

管兰亭笑了，自然是十分真诚："张教官，我有您这个老师真是十分荣幸！您看看，您知道我累了，还在百忙之中，亲自安排我来军统这块宝地休息，别人想来还来不了！"

张教官不傻，能听不出其中的挖苦含义？可是，他只能装傻，挥挥手，叫副手把管兰亭带下去了。

此时，王海伦前来报告："处座，我们按照您的命令，已经把管兰亭房间里全部资料搜索一空，然后，潜伏在他的宿舍附近。正如您所料，凌晨两点，有一位神秘来客潜入管先生房间。"

张副秘书长笑了："这位来客肯定是非常失望了，他必将一无所获。"

"正是，处座！我们已经查明，此人就是航空委员会资料库王主任！"

张副秘书长脸色难看："想不到，这个老实人居然还真是日军间谍，知人知面不知心，真可怕！"

他仔细考虑了一下，随即下令道："来者不善！立即联系密电研究所文所长，有关龙山飞行航线的所有日军来往密电，包括'樱花'小组的密电，无论何时破译，在二十四小时内，随时都要交给我！如有贻误军机者，按照委员长手谕，一律送军事法庭！"

"是，处座，请您训示：对于资料库王主任，我们应该如何处置？马上将他逮捕？"

张副秘书长下令道："不要急，你们就是急吼吼的，心急能喝得了热粥？着急能办得了大事？要放长线，钓大鱼嘛！"

王海伦回答道："是，处座！"

那天晚上资料库王主任很忙乎，他没法不忙，当特工能悠闲？按照日军重庆间谍组组长"樱花"的命令，他负责了解航空委员会里的所有情报。从去年开始，"麻将"奉命仅仅接受"樱花"组长的直接指令，切断与南京伪政府其他间谍的所有来往，重点调查"龙山飞行航线"的相关情报。

当他和管兰亭一行从龙山航线返回以后，把航拍照片交给资料库龙小姐保管，当然，他早就设法留下底片，然后通过秘密渠道，将一份详细资料和照片转交给南机关中野机关长。

至于龙小姐对他的怀疑，王先生是有所觉察的，其中道理很简单，他知道龙山竹的真实身份，而龙山竹却并不了解他究竟是哪路神仙。他很明白，一旦他所拍摄的绝密照片事件被暴露，他就会有很大麻烦。最近八路军办事处已经切断了和他的所有联系，他知道，共产党肯定掌握了他的背景情况，才会采取断然措施的。可是，秃子头上历来不怕虱子多，为了迅速完成南机关所布置的任务，尽快了解龙山航线的启用情况，他必须深入了解龙山行动，必须尽快搞到一些具有重大价值的情报，并提供给"樱花"间谍小组，否则的话，他就无法得到中野将军的信任。

王主任知道，他的时间不多了，军统随时可能发现他的真实面目，特工对他的跟踪早就被他发现了，作为高级特工，这些小把戏还能斗得过他？那天半夜，按照中野将军密令，王先生潜入管兰亭宿舍，结果自然是晚来一步，两手空空，他只好立即通过"樱花"小组发出密电。

中野将军半夜里被助理叫醒，看到"樱花"特工组来电："管上校已被捕，室内被军统搜查一空！我们一无所获。"

中野左思右想，看不透军统究竟走的是什么棋。难道他们真的发现了管上校有什么问题？可是，倒霉的管上校究竟遇到什么麻烦？他的手上又能掌握什么情报？对此，中野确实是有些不可理解，当然，在他这个行业中，每天都会发生许多莫名其妙的事情。

他下令发电给"樱花"间谍小组："详细了解管上校事件的来龙去脉！"

"樱花"接到中野所发出的最新命令后，立刻和"麻将"秘密接头，并向他传达了南机关最新命令。

王先生询问道："究竟如何处置管兰亭？只是了解事态的发展，还是需要派人去干掉他？"

"樱花"小组回答道："目前，他还不是我们秘密行动的主要障碍，暂无必要干掉他，还是先静观事态的发展，然后再等待总部命令。"

王主任心想："中野究竟葫芦里卖的是什么药？"

在间谍秘密大战中，鉴于各方所获得的情报总是有限的，有真的，当然也有假的，有时假的会被误判为真的，而真的却不幸被看成是假的。此时此刻，日军"樱花"间谍小组大部分来往密电都被董霜桥小组所破译，可是，董霜桥真是万般无奈，他在内心深处觉得十分窝囊！

董伯伯后来对我说："世上的事情就是复杂啊！你想想，那时我完全了解管案的全部内情，可是，倒霉的管兰亭却被蒙在鼓里，对自己的命运一无所知。日军间谍机关一会儿要他的命，一会儿又中止密杀令，翻手为云，覆手为雨，可怜的老朋友已经在阴阳界上来来往往多少次，死去活来无数遍，可是，管老兄自己却还是被蒙在鼓里。"

作为间谍大战的风暴中心，军事委员会密电研究所第一处掌握着极为机密的情报，但是，密码专家董霜桥确实十分无奈，处境为难。他掌握着老友的生死秘密,可是,却不能向外界透露一丝一毫,否则的话,他就可能被送上军事法庭,而且,很可能被秘密处理掉!这是什么?这是行规,这是全世界特工领域中所共同遵循的铁的法则!

翌日晚上,在嘉陵江边一座茶馆里,董霜桥和地下党情报负责人"老板"秘密会见,详细汇报了管兰亭和"龙山航线"的前前后后。

"老板"想了一下,随即说道:"管兰亭是一个难得的飞行人才,要是他被日军间谍给杀害了,确实十分可惜。我记得上次会面时,你曾经汇报过,他的恩师张教官表面上是航空委员会副秘书长,实际上却是军统航空处处长?"

"首长,正是如此。"

"老板"下令道:"那你就把破译出来的日军密电,经过密电研究所文所长,按照内部程序,直接转交航空委员会茅将军和军统航空处,他们接到密电报告后,不可能对管兰亭的命运无动于衷吧?"

董霜桥惊喜道:"首长,您的意思是:这个人情让茅将军和张副秘书长去做?"

"对头!我们的目的是保住管兰亭上校,至于采取什么手段,那是可以研究的。"

"首长,您的办法好,我按照您的指示去办理。"

谁都知道,在事关各方最高利益的情报大战中,往往是真假难辨,扑朔迷离。那是一种迷宫式的错综复杂,谁都知道,卷入情报大战中的各方往往会功亏一篑,任何一方如若希望获取对手的情报,或是防止对方得到己方的情报,势必要呕心沥血,煞费苦心,不仅要有天才般的聪明,更要有角斗士的顽强,当然,老天爷的眷顾也很重要,运气这东西,确实存在。

董霜桥回去以后，立即呈报密电研究所文所长，通过内部情报转发途径，把破译出来的情报转交给茅副司令和军统航空处。果然不出"老板"所料，张副秘书长接到所有绝密情报后，考虑再三，还是进退维谷。

他对王海伦说："你看，我本来就与管兰亭私交很好，亲如家人，过去的师生情谊那是没得说的，接到密电研究所转来的日军秘密情报以后，我才恍然大悟。"

王海伦阴阴地说道："可是，你要是放了他，你就不顾虑上面会怪罪于你？"

"那我该怎么办？"

"天塌下来，总得是谁个儿高，谁先扛着。我看，你得听听茅将军的意见，让他来拿主意！"

张副秘书长豁然开朗："小宝贝，难怪戴局长要我重用你，遇见难事就找你，看来，巾帼真是不让须眉啊！"

王海伦故作姿态："我懂什么？还不就是助理的料！"

正在此时，茅副司令打电话过来："张老弟，我看，管兰亭那个案子是个冤案，你可要马上处理，该放就放，对于自己的得力要员，不能漠然置之，否则以后谁会愿意为你卖命？"

"是，是，司令的训示我一定照办。"

张处长会说话，他不说是自己要去放管兰亭，而是说，对司令的命令要照办，万一上面怪罪下来，他还有个推的理由。他知道，此时，他当然不能不管，救出管兰亭至关重要，而且从私人情谊来说，也是责无旁贷。张副秘书长来到管兰亭的牢房，管兰亭看着他，只是沉默。

副秘书长对他说："兰亭，你不知道，此事背景很复杂，中野一再下令要干掉你，在航空委员会里面，就有日军间谍！为了保护你的安全，我不得不下一狠招，假借各种理由，先把你密捕，在我们军统秘密据点里关上一段时间，虚虚实实，实实虚虚，让日军间谍机构摸不着头脑。过一段时间以后，我再相机行事。其实，我原本不愿向你暴露自己在军统的真实身份，可是，人命关天，在生死面前，我也顾不得这许多了。"

管兰亭只是看着他，还是没说话，他能说什么呢？他在心里为张教官惋惜，一名原先优秀的飞行教官后来却利欲熏心，为了向上爬，连良心全没有了，居然会成为统治者的鹰犬。

张副秘书长虚情假意地说道："你再委屈一两天，就可以出去了。"

管兰亭突然失踪的消息很快就在航空委员会内部传开。龙山梅连续几天没有得到他的消息，就到航空委员会来找龙山竹，山竹想了一下，立刻陪着她去找亨利。山梅大哭，对他说："亨利，兰亭失踪了！"

亨利很是吃惊："我有好几天没看见他了！究竟是怎么回事？你慢慢说。"

龙山梅急得语无伦次："他，他被人带走了。"

"被谁带走了？"

龙山竹说："据基地宿舍邻居讲，是军统便衣特工抓走的！"

亨利也没想到，他所开的那个无伤大雅的玩笑，居然会让管兰亭受到牢狱之灾！但是，他为人热情，颇讲义气，是个爱打抱不平的人，现在，兰亭被抓了，他怎能坐视不救？

亨利立刻冲进张副秘书长办公室，擂桌大骂："尊敬的副秘书长先生，你还有资格坐在这里吗？管先生出生入死为你们卖命，对得起你，对得起空军吧？你们居然恩将仇报，把他给抓起来了！"

他着急，张副秘书长可不急，王海伦助理为他泡了一杯咖啡，端到他的面前。

张副秘书长随即说道:"亨利,我毕竟是管兰亭的教官,我俩情同手足,你以为我不着急?实际上我比你伤心多了!"

但是,他又不愿把其中奥妙和盘托出,只能使劲打哈哈。亨利可不好糊弄,依然大骂:"副秘书长先生,你别在这里装腔作势,你马上跟我去找航空委员会头面人物,我就不信,这天下还没个讲道理的地方!"

亨利拽着张副秘书长直奔茅将军办公室,将军其实早已听说此事了,也在暗中了解,并为管兰亭说情,现在亨利出头,他也乐得顺水推舟。

张副秘书长说:"要是真把兰亭立刻放出来,他的生命恐怕会很危险。"

茅将军略加思索,随即回答说:"这几天,航空委员会里面是怨声载道啊,管兰亭的南苑航校校友们愤愤不平,全来找我责问,弄得我很下不了台!蒋夫人原本对他很不满,但是,风闻此事后,也打电话来问,究竟是怎么回事!张副秘书长,做事情就是要考虑大局,你要是继续执行保护性拘留,恐怕对外说不过去。"

亨利见茅将军通情达理,顿时大喜:"我看,还是立即放人!"

张副秘书长转念一想,如果多派一些人对管兰亭进行暗中保护,说不定还能有些意外收获,得到一些想不到的副产品。他马上回答说:"是,将军,我们放人!"

"你什么时候放人?"

亨利也是紧盯不放。

张副秘书长只好回答道:"今天让你和管兰亭共进晚餐!"

"此话当真?"

"当然算话!"

亨利四处奔波，终于疏通了高层人士，当天下午，管兰亭就被释放了。在释放前，张副秘书长对他说："兰亭，外界有很多误解，你就先出去吧。"

王海伦助理一脸笑容："管上校，实在抱歉！多有得罪，您是大人不记小人过！监狱外面的情况很复杂，不过你放心，我会派人加强对你的秘密保卫。"

管兰亭实在是莫名其妙："张教官，这到底是怎么回事？抓，是抓得莫名其妙，放，也放得稀里糊涂，我怎么也弄不明白！"

"不明白？那你就不妨糊涂一些。出去以后，你可是要特别小心，日军间谍肯定会对你进行暗算！"

兰亭冷笑："张教官，您别太怕事了，我是军人，我怕谁？那些日本间谍想除掉我，没那么容易！"

龙山梅、龙山竹和亨利在航空委员会大门口见到军统轿车疾驶而来。从轿车里走出时，管兰亭显得有些憔悴，龙山梅顿时号啕大哭，扑到他怀里，泪如雨下。

管兰亭说："山梅，你哭什么？我这不好好的吗？等我哪天在驼峰失事了，你再哭吧！"

龙山梅立即用手挡住他的嘴："不许瞎说！"

亨利一脸尴尬，对他们说："Sorry，Sorry！（对不起！）全是我惹的祸！谁想到，一个小小的玩笑居然会引起这么大的风波！"

管兰亭不好将日军间谍的阴谋说穿，只能开玩笑道："你啊，好事做足，坏事做绝！"

亨利顿时眉开眼笑："真的？那你得请我喝酒！"

兰亭故作生气状："喝个锤子！老子白坐几天牢，差点没被枪毙，我杀你龟儿子的心都有，还想请客？没门儿！"

龙山竹出来做和事佬："好了，好了，我来请，我们给兰亭压压惊！此次全靠亨利到处为你申冤！要不然的话，军统还真不放人。"

在盟军俱乐部吃饭时,董霜桥也赶来了。管兰亭并不知道自己被释放的内情,董霜桥也不能说破,大家只是不停喝酒。

亨利边喝边聊:"兰亭,你知道吗?打下敌机我当然高兴,但是,对我来说,更为高兴的是,自己能够活着回我在加州的家。"

兰亭说:"那次你在昆明不是还受了伤吗?"

亨利回答说:"其实,我在空战中并没有受重伤,只是被日机航炮打中我的小拇指,现在弯起来很困难。"

他伸出小拇指,果然有些残疾。

董霜桥对他充满敬意:"亨利,你击落了几架敌机?"

亨利不无得意地回答道:"我在不到一年的时间内,击落4.25架敌机,成为一名真正的王牌飞行员。"

董霜桥很有些奇怪,问道:"为什么是4.25架?怎么可能击落0.25架飞机?"

管兰亭解释道:"有时候,我们是几架战机同时攻击一架日本战机,当击落敌机后,功劳由全体参战机组平分,因此就会出现小数点后面的数字。"

"原来如此!"

当晚,众人为庆贺管兰亭重获自由,在盟军俱乐部通宵达旦痛饮。

第十二章

敌我识别

在外人眼里，飞行员拥有英雄般的使命，充满浪漫，拥有激情。但是，对于管兰亭来说，飞行只是一个常规职业，如此而已，极为寻常。

这天晚上，管兰亭正在房间里看书，龙山梅一人在厨房里忙着做饭，就在此时，一辆军用吉普车疾驶而来，停在家门前。管兰亭一听到吉普车刹车声，就知道有紧急飞行任务，马上抓起桌上的飞行图囊往外走，龙山梅立刻追到门外，为他送行。

管兰亭临上车前，紧紧拥抱她，低声说道："宝贝，等我回来吃晚饭！"

很快，吉普车飞驰而去，消失在马路上所扬起的尘土里。按照规定，他的机组人员必须在飞机起飞前两小时到达机场。在起飞前，管兰亭接到基地调度室发下来的飞行任务单，然后去领伞具，向航务室报到，接着去简报室填写飞行计划，领取飞行手册，仔细阅读场站对飞行人员的通告，并校对时钟。

此时，机场值班员对管兰亭讲述航线上所可能发生的各种情况，随后，机组人员到气象室，了解航线的气象征候，最后，他们回到航务室，在任务单上签字。

航务室人员把放行许可单交给管兰亭，对他说道："多保重，上校！"

机组人员步行到停机坪，登机进入机舱后，管兰亭要完成起飞前的最后手续。副驾驶拿起操作单大声报告道："发动机起车程序如下……起飞程序如下……"

随着副驾驶的口述，管兰亭按照程序所规定的内容，把手放至各个开关上，检查完毕以后，如果一切正常，他和副驾驶员就会同时竖起大拇指，此时，飞机即将起飞，在拥挤的驾驶舱中，只有仪表盘发出淡淡的蓝光，随即飞行就将开始了。

在飞机螺旋桨所发出的沉闷轰鸣声中，飞机逐渐飞离地面，直冲长空。管兰亭关闭了照明灯，驾驶舱内一片寂静，只有机翼两旁的螺旋桨发出阵阵"嗡嗡"声，仪表上的荧光灯发出淡蓝色微光。飞机进入正常轨道后，管兰亭继续操纵飞机杆，紧盯着仪表盘上的指针，亨利则利用飞机上的无线电定向机，试图找出航线两端电台之间的定向，再将航图摊在双腿之间，依照定向台所给出的坐标，标出7656号飞机的实际位置和飞行航迹。

在此之后，亨利开始检查"敌我识别器"，并拿出方格坐标图，一旦在空中发现敌机，就应在最短时间内，使用第四频道，将发现日军战机所在的"方格"坐标进行通报，以便让其他在空中飞行的友机判定自己是否处在敌机攻击范围之中。

敌我识别器是盟军最新研制成功的新式装置，刚刚安装在盟军飞机上，用以识别空中飞行的飞机是否是盟军飞机。鉴于这一装置关系到盟军飞机在飞行中的安全，盟军安全部门将这一装置定为"绝密装置"。

与此同时，机上报务员将接收地面基地气象台所提供的航线天气预报，经过管兰亭综合计算，确定飞机所在方位。如果天气不佳，管兰亭一路上要随时修正飞机航向，否则的话，一旦飞机偏航却没发现，或是没有及时加以修正，那就可能机毁人亡！

7656号机组在空中如期飞行,管兰亭觉得一阵无法克制的倦意袭来,整天超负荷飞行,恶劣的天气,日军战机的偷袭,使得神经过于紧张,现在松弛下来了,唯一愿望就是能够闭上眼睛打个盹。

副驾驶看着他在打盹,十分紧张:"长官,您可不能睡着!飞机要摔下去的!"

管兰亭已经精疲力竭:"摔就摔吧,我实在是顾不了那么多了,你接着驾驶,让我眯一会儿吧。"

副驾驶回答道:"长官,那可不行!您知道,我在印度加尔各答刚培训一个月就上机飞行。培训中的'模拟机'是什么玩意儿啊,就是一个小孩玩具,甚至连玩具都不如,压根儿就没有电子显示器,其实就是一个壳子,装上驾驶杆,然后就让我们练习。"

管兰亭知道,这毕竟是战时非常时期,还能要求什么?他鼓励副驾驶道:"你别担心,好好开吧!"

对于盟军飞行员来说,"驼峰"航线上的飞行漫长而又单调,驾驶员们经常在飞行途中收听日军电台"东京玫瑰"节目,节目里所播放的音乐非常迷人。亨利对管兰亭说:"'东京玫瑰'节目里有十个女播音员,还有一个是美国公民。"

"真的?"

"当然是真的。而且,'东京玫瑰'的消息非常灵通,甚至了解我们每名'驼峰'机组飞行人员的情况。"

管兰亭觉得难以置信:"不可能吧?"

亨利见他摇头不信,也不说什么,随即打开电台,一阵靡靡之音之后,传来软绵绵的日军女播音员的声音:"这里是'东京玫瑰'节目,下面,我们播送最新得到的消息。7656号机组来自加州的亨利中校,祝贺您刚刚得到晋升,我们为您高兴,并希望您能在漫长的飞行途中,倾听我们送给您的一首家乡歌曲'远离故乡的牛仔'。"

亨利朝他眨眨眼:"如何?老伙计!"

管兰亭简直呆了:"真他妈的神了!我觉得日军间谍肯定就潜伏在我们基地里,否则的话,消息不会如此灵通!"

"是啊,这简直令人毛骨悚然。我上次还听到日军播音员说:'当我们的天皇骄子在空中把你击落时,你就会很不高兴了!'真他妈的狂妄!"

管兰亭气愤地说:"不听这些动摇军心的广播了。听说,这次飞回去以后,我们将要搬进英式庄园里,那里会有食堂,甚至还有露天电影院!"

亨利叹了一口气,说道:"印度阿萨姆的天气太热了,真叫人受不了。"

"别去想那些了。还是想想我们在印度将能喝上的冰镇啤酒。"

亨利得意洋洋地说道:"告诉你,老兄,那还是我的专利。你知道,为了让大家能喝上冰镇啤酒,我在印度起飞时,就把一箱啤酒搬到飞机上,经过高空飞行回到印度后,我就能马上喝到美味的冰啤酒了!从那以后,其他飞行员也如法炮制,把我的专利给推广了,遗憾的是,谁也没有支付我一分钱专利使用费!"

管兰亭大笑:"不管怎么说,我们还真得谢谢你啊!"

"你知道,按照规定,'驼峰'飞行员飞满650小时,就可以回国休假了。这个月我已飞了150小时,真是精疲力尽啊!"

"难怪你那么拼命。可是,这样一来,事故发生率就会增加,你可得小心。"

管兰亭说着,说着,就在一阵倦意中睡着了。

我后来问过姑父:"您怎能在飞行中睡觉?"

他回答说:"当时,'驼峰'空运飞行不分昼夜,不管天气好坏,24小时全在运行,机组人员按说应该换班,但因飞行员奇缺,根本无人来换。可是,重要军事物资又亟待运走,我们不得不继续飞下去,正副驾驶只能在空中轮流把杆飞行,稍事休息。"

过了一会儿,副驾驶突然发现,机上罗盘已经失灵,无线电定位仪也不能正常使用,本来在驾驶中可以依靠电台,但是,由于当天天气恶劣,电台耳机里全是杂乱的电磁波信号,令报务员紧张不已。

管兰亭惊醒过来,马上说:"你们不要紧张,稳住!"

报务员平静下来,竭力进行调整,很快就和地面基地联系上了,基地要求飞机立刻进行十一度修正。

亨利问道:"长官,如何处理?"

管兰亭镇定自若,回答道:"死马当活马医了,照基地要求办,放手一搏!"

此时,副驾驶高喊:"长官,我们快进场了!"

管兰亭还没来得及高兴,就发现机场跑道灯突然全部熄灭,眼前天昏地暗,四处迷茫,根本就无法降落。副驾驶声音发抖,请示道:"长官,是不是复飞上升?"

管兰亭马上制止:"此时复飞上升很危险,不行!"

"可是,地面机场究竟在哪里?怎么着陆?"

"不要紧!我们是从昆明飞回,飞机空载,油也快没了,飞机很轻,有利于降落。"

管兰亭下令飞机在机场上空盘旋,此时,机场跑道灯已被关闭,整个机场漆黑一片,飞机上机组人员只能一动不动地端坐在机座上。在漆黑的天空中,管兰亭根本无法知道自己飞机的确切方位,也不知道该往何处飞,此时,只能紧紧把住飞机航向,尽力不撞到山，机舱内寂静无声，管兰亭和副驾驶沉默不语，如同泥塑一般。

报务员在一旁问道："长官，你们怎么不说话了？"

亨利看着他："要说什么？说飞机马上没油了？说飞机就要摔下去了？"

报务员一惊，立刻闭嘴不语。管兰亭下令道："报务员，紧急呼叫！"

此时，燃油警告灯开始闪亮，蜂鸣器嗡嗡叫着，报务员马上开始紧急呼叫。呼叫了半天，嗓子都快哑了，机场控制台终于接收到 7656 号飞机的呼叫信号！刹那间，机场灯光复明，管兰亭猛然发现黑色夜空显露出一道云缝，穿过缝隙，他看到地面基地的灯光，显然，那是救命的灯光！

管兰亭没有时间告诉副驾驶，迅速拉杆往下降，眼睛紧盯着地面上那丝灯光，一眨也不眨，就怕把那丝生命之光给闪掉了。飞机逐渐降落下来，前面亮出一条浅白色"亮带"，机场跑道！

当飞机进入跑道时，机场地面出现一大标牌，上书："OFF/ON"，提醒机组人员马上打开敌我识别器"OFF"开关，随即，飞机成功降落在机场跑道上了。

走下飞机以后，管兰亭询问基地人员："你们为什么要关闭机场灯光？"

机场人员答道："你们飞机上的'敌我识别器'出现故障，没有回应我们的询问，大家以为是日军战机来空袭，不得不把跑道灯光关闭了。"

管兰亭感到有些悲哀，娘的，就因为这些小故障，飞机差点就下不来了！机场关闭灯光和通讯联络失去信号的后果真是太可怕了。他没有想到的是，这辈子他还会再次遇到这样的险境！

在两军激战中，任何敌军动向都会引起对手的密切关注，盟军空军开始使用"敌我识别器"的情报很快就被南机关获悉，中野少将接到下级报告后，立即开会商量对策。

日军第一飞行大队长报告："司令官，最近，我们空中的拦截任务遭遇巨大困难。"

中野将军马上问道："具体一点，究竟遇到什么困难？"

"根据下级飞行员汇报说，过去我们很容易进行的空中拦截行动，现在根本无法进行。"

"为什么？"

大队长汇报道："据说敌军战机最近普遍安装了一种新型装置，这种装置可以帮助敌军飞机识别我方战机，因而他们可以在很远的地方快速逃跑，使我军战机在空中根本无法接近敌机。"

中野解释说："这是盟军最近研制成功的一种新式装置，刚刚在飞机上使用，用以识别空中飞行的飞机究竟是我军战机，还是他们的战机。根据南机关所获取的情报，这一装置关系到敌军飞机在飞行中的安全，因此，敌军安全部门将这一装置定为'绝密装置'。"

"原来如此。"

中野立即下令道："兵贵神速！我们要不惜一切代价，立即设法获取这种秘密装置，从而找到相应的破解方法。"

"哈依！"

在重庆一家茶馆里，山口小姐正在向"麻将"传达南机关总部紧急命令："你必须在一个月之内，设法搞到敌军飞机上一个'敌我识别器'。"

"麻将"大惊："'敌我识别器？'这可是此次战争期间盟军的一项最高绝密装置！"

山口小姐询问道："这是做什么用的？"

"麻将"回答说："你知道，敌军空军部队在飞越'驼峰'过程中，经常遭受我军战机的攻击，损失惨重。后来，盟军为了能够在最短时间内发现并判别我军飞机和盟军飞机，迅速开发研制出飞机上所使用的'敌我识别器'，并在最近投入使用，以便及时为飞行员和地面基地提供判别情报。"

山口小姐继续问道："飞机上的敌我识别器是什么形状？"

"看起来就像是一台手提工具箱，通常安置在飞机尾部。在飞机飞行期间，识别器一直在工作，不停发出信号，只要能收到识别器信号，敌军基地就能确切了解到这是他们自己的飞机。鉴于皇军战机还没有获得这一设备，因此，敌军基地就能成功辨别正在飞行的飞机究竟是皇军飞机还是盟军飞机。"

中野向潜伏在重庆的"樱花"小组所下达的紧急命令已被董霜桥小组破译。此时，董霜桥在盟军俱乐部咖啡厅里，告诉管兰亭说："日军中野司令已经密令'樱花'小组不惜一切代价，尽快获得盟军空军所使用的敌我识别器。"

管兰亭说："日军可是够狠毒的！你知道，现在盟军已经把'敌我识别器'定位为盟军最高机密。一旦我们的飞机在敌占区内迫降，只要飞行员还活着，必须立即加以销毁，否则将会承担最严厉的法律责任。"

"'敌我识别器'的原理复杂吗？"

"不算复杂吧，只是在两架飞机之间，或是在飞机与地面基地之间，使用这一识别器进行发射和接收相关信号。当盟军飞机全部配置'敌我识别器'后，在飞行中，我们就能迅速识别远方出现的敌机，并尽快采取躲避措施。"

"那你们如何进行操作呢？"

"按照盟军明确规定：当飞机离开停机坪并开始滑行时，

281

此时我们就接通'敌我识别器';而当飞机降落后,在机场跑道滑行时,我们就立即关闭识别器。此外,在驾驶舱内的'敌我识别器'控制匣上,有一个红色罩盖,罩盖内安装一个开关。在飞行中,万一我机遭遇敌机攻击,或是即将坠入敌方区域,驾驶员必须立即接通开关,此时,'敌我识别器'将会自动爆炸销毁。"

董霜桥询问道:"你们有人使用过红色按钮,进行自动爆炸吗?"

管兰亭笑着回答道:"老兄,要是从'驼峰'摔下去,谁还能活下来?还有必要按那个爆炸按钮吗?"

董霜桥一想,确实如此:"不过,万一你们跳伞呢?"

"在'驼峰'上空跳伞和摔死没有任何区别。你想想,驼峰航线下面不是冰山雪峰,就是原始森林。我们要是跳伞下去,不是被严寒冻死,也会被野兽吃了。"

"那就没有任何生还的可能?"

管兰亭回答说:"你真是要跳伞,还想生还,那就只能在航线两侧附近地区跳下去,在那里或许还有一线希望。要是在无人区跳下去,那就压根没命了!"

董霜桥说:"既然如此,你们还是要当心。你想想,对于盟军高级机密装置,日军能不想方设法进行破坏?"

"对,有道理。"

一周以后,中野将军在军方联席会议中,再次询问日军"南机关"佐佐木助理:"我方特工是否得到了那种秘密装置?"

佐佐木本来就有些口吃,一听将军声色俱厉,说话越发困难了:

"敌军……防范措施……极为严密,'樱花'小组至今……仍无进展!"

中野气急败坏地骂道:"八嘎,你们军人的不是!我们一定要设法获得一台敌军秘密装置,尽快拿回来进行剖析!"

佐佐木助理低声辩解道:"司令阁下,敌军防范非常严密,要得到这种秘密装置实在不容易。"

中野冷冷地说:"你知道人和猪有何区别?猪不能动脑筋,而人是会想办法的!作为皇军军人,不仅要动脑子,更要不畏艰险!要呕心沥血,不惜代价,得到我们想要得到的一切!"

可怜的佐佐木只能耷拉着脸,一言不发。

中野马上下令道:"限令'樱花'小组在一周之内,得到一台敌我识别器,要是不能完成任务,他们就立即自裁!"

"哈依!"

密电所把破译后的情报转交给张副秘书长,他立刻心生一计,把管兰亭叫来,如此这般地吩咐了一阵。管兰亭一听,马上表示同意:"好计,好计。"

他随即通知资料库王主任过来,王主任不知有何急事,心里正打鼓。

张副秘书长对他说:"管上校明天飞昆明,副驾驶病了,你就辛苦一趟,陪他跑一下。"

王主任心中大喜,他正想找机会登机,机会就送上门了。听到副秘书长要他出差,他马上表示说:"报告副秘书长,职等保证完成任务!"

管兰亭说:"那你就下去准备吧,明天凌晨我们机场见。"

"是,长官!"

当天半夜,王主任突然惊醒,发现床头一个黑影,把手枪对准他:"你,你是什么人?"

黑衣人低声下令道:"别出声!听着,你现在处境很危险,必须立即逃离重庆!中野命令,明天你利用飞行机会,搞到'敌我识别器'，然后，立即飞往国外，转道去东京！"

王主任焦急万分："可是我没有出国证件！"

黑衣人交给他一个小公文包："里面是护照，证明，美元等全套材料和费用，你按照命令行事就行！"

王主任询问道："您是谁？"

"你再问，我就干掉你！"

说完，黑衣人就从窗子里一跃而出，身轻如燕，身手不凡，很快消失在夜色之中。王主任本来就是特工中高手，可是，他知道，此人功夫远在他之上，而且，他可以肯定，这是一个女人！

翌日上午，管兰亭机组顺利抵达昆明，在机场降落后，王主任脸色灰白，低声说道："报告长官，职等头昏目眩，想休息一刻钟，再下飞机。"

管兰亭马上亲切地表示："你要注意身体啊，干我们这一行，没有健康的身体，就别想上天。要不要找人陪你？"

"不用了，我休息一会儿，就没事了。"

"那我们先下去了！回见！"

等管兰亭和报务员下机以后，王主任跳起来就朝后舱里的敌我识别器装置奔去，他小心翼翼地把识别器取出来，然后，从自己背包里取出一个形状类似的装置安装进去，然后，他把"敌我识别器"装进背包，取出一套西装换上，从机场跑道直接走到开往印度的航班旁边。

机场值班警卫拦住他说："先生，请出示机票和证件！"

王主任拿出特别通行证和机票给值班警卫看："本人是航空委员会的，奉命去印度公干！"

警卫查完证件后，马上敬礼道："长官，一路顺风！"

王主任收好证件，提上行李，登上飞机，脸上浮现出得意的笑容，在心中默默说道："再见，春城！"

在机场值班室内，张副秘书长和管兰亭正在窗边观看王主任的表演。管兰亭问道："要不要把他扣下？"

张副秘书长摇摇头："不，不，不能扣下。与此相反，我们要保证王主任的绝对安全，要让他顺利经过印度，再转道秘密途径，抵达缅甸，随即转机去东京。他所携带的识别器太重要了，我敢肯定，日军大本营会向他颁发一枚大勋章的！"

管兰亭很吃惊："那岂不会让日军轻易获得识别器的机密？"

张副秘书长得意洋洋地说："他取走的那个识别器是一个经过改装的特制装置，只能使用一次，一旦拆卸下来，信号发射和接收的关键部件就会立刻失效。王先生可是机关算尽太聪明，最终还是一无所获。"

管兰亭说："您设下的陷阱真是天衣无缝！实在是呕心沥血之作！"

张副秘书长回答道："这只是秘密行动计划中的一个小插曲而已，我们放走他，至少可以麻痹敌军几个月时间，让他们空欢喜一场！在这段时间里，我们就可以确保航线上所有飞机的飞行安全！"

"那个王主任肯定不会有什么好下场的！"

"不一定，中野是个中国通，他需要王主任这样的汉奸。"

"麻将"最终抵达东京，把"敌我识别器"交给大本营情报部。大岛当即下令将识别器立刻转交陆军第一研究所进行研究仿制。可是，研究报告却令他大失所望。

第一研究所报告称："根据对该装置进行的初步研究表明，此装置系一次性设备，是一个经过特别改装的装置，一旦被拆卸下来，识别器中的信号发射装置和接收部件就会立刻自动失效。因此，该装置目前已不具备任何实用价值，显然是支那情报部门为迷惑我军所特制的器材。"

大岛很失望，但是，失望的将军并没发火，他在数十年的间谍生涯中，什么把戏没见过？别说是敌我识别装置这种玩意儿，就是更为荒诞的东西他也屡见不鲜。大岛把王主任（麻将）请到自己在大本营的办公室里，屏退左右，亲自为他倒茶。

"麻将"见大岛如此厚待自己，当然是受宠若惊："将军，还是我自己来倒！"

大岛热情洋溢："别客气，我对敌后回来的特工总是要为他们倒一次茶的，你们的，很不容易，压力沉重啊。再说，作为我手下的特工，能干人可是越来越少，你们的职业生涯注定是在敌后渡过，死多生少，不容易啊！"

"麻将"听到大岛这些发自肺腑之言，很是感动，感动得眼圈发红："将军，士为知己者死！我王某人喝了将军亲自倒的茶，浑身是胆，我请求再次返回重庆，为天皇圣战鞠躬尽瘁，死而后已。"

大岛长叹一声："你是真正的武士！顺便告诉你一件令人遗憾的事，你经历千辛万苦所带回来的识别器，经过陆军第一研究所分析研究，只是一件一次性使用的特殊器材，是支那情报部门用来迷惑我们的！"

晴天霹雳！对"麻将"来说，这无疑是晴天霹雳！

"不可能，将军，完全不可能！我在飞机降落前，还亲自使用过！"

大岛哈哈一笑："王先生，干我们这一行的，每天要见到多少稀奇古怪的东西？你以为支那情报部门只会吃干饭？他们当中也有比你更聪明的奇才！我历来不会轻视对手，轻视敌手，哪怕是最窝囊的敌手，也是一种犯罪行为！"

王先生立刻站起来，满怀愧疚："将军，请您相信我，我绝不是故意的！"

"王先生，我当然相信你！你要是有问题，还敢带着这个烂玩意儿到东京来吗？不过，我可是要提醒你，在这次较量中，你输给了你的老长官管兰亭和张副秘书长，已经成为他们手中的小玩偶。可怜啊，王先生，我能想象得到，此时，他们正在重庆的酒吧里举杯庆贺，嘲笑你和我的愚蠢，拿我们的幼稚和无知纵情开玩笑。"

大岛很会调动手下人的情绪，善于将他们内心世界的仇恨撩拨至最高点。王先生满腔愤怒，凡是被愚弄的人都会有这种激愤："将军，我要求今天就出发，到重庆去和他们决一雌雄！"

大岛很满意，懂得羞耻，愿意决战的武士，就是英雄，就是豪杰，这样的好汉天下能有几人？将军走到王先生身边，按着他的肩膀："年轻人，坐下吧，千万不要生气！我在陆军中野情报学校讲课时，一开始就强调：生气是间谍之大忌！作为特工，一定要把气愤留给对手，要想尽一切办法刺激对方，让对手生气，让他们丧失理智，不断下出错棋、破棋和烂棋来，只有这样，才能始终把握情报对决中的控制权。"

"将军英明！"

"麻将"发自内心地高喊。大岛摇摇头："不是的，现在还不能这样说。记住，只有胜利者才是英明的！"

"我一定将您的教诲作为终身座右铭！"

此时，大岛大喊一声："'麻将！'"

王立刻站起来："职等在！"

"我委派你立即前往缅甸仰光，在中野司令官指导下，秘密执行针对敌军的'酋长行动'！"

"是！"

此时，中野已经接到大岛电话，他知道，他所指挥的获取敌军"敌我识别器"的秘密行动已经成为东京大本营里所有人的笑柄。他很恼火，没法不恼火，换成是别人干的，他也会嘲笑一番。但是，很不幸，此次行动却是他中野指挥的。中野自言自语道："你们想看我中野的笑话，是不是？那好，我要让你们知道，谁才是真正的武士！"

中野确实也是个人物，而且是个不一般的人物，他倔，非常倔，那种武士道的倔促使他在气急败坏时，作出一个日本空军战史上颇为滑稽，但又十分怪异的决定。中野立刻把南机关佐佐木助理叫到办公室。他冷笑一声："看来，要想依靠你们去夺取敌军的'敌我识别器'是不行了！"

助理很知趣，凡是知趣的人往往是保持沉默的。中野满怀激情，傲慢地对他说道："那好吧，你们没本事取来，那我只好自己去取了。"

佐佐木还是沉默不语。他倒是想看看，中野究竟有何高招，能够把敌人的绝密装置识别器给夺回来。

后来，我询问过管兰亭姑父，中野此次近乎亡命的行动是否确有其事？管兰亭姑父回答道："确有其事！你知道，这个中野还真是个亡命徒，是个不顾一切、铤而走险的亡命徒。不过，就此次行动而言，对于那家伙的胆量，我倒是真有些佩服。"

下面这一段故事实在是惊心动魄，而且是一个历史上完全真实的故事，绝不是笔者瞎编出来的。人们往往以为，小说和影视剧中的故事十分离奇，但是，战场上的真实故事却更为惊心动魄！

当天下午，中野换上他过去在中国空军里穿过的飞行服，来到日军空军机场，先把自己战机上的日军太阳标志遮盖住，而后亲自驾驶战机起飞。在机场的日军人员不知道他要干什么，只能莫名其妙地看着这架战机独自升空。

中野按照航线，朝云南驿机场飞去，抵达盟军机场上空以后，突然低飞，随即冒充盟军飞机，大摇大摆地降落下来，直接滑行到一架 C—47 飞机旁边。中野立即从自己的飞机上跳出来，迅速爬进盟军飞机驾驶舱里，开始寻找识别器。正在机场值班的卫士开始时并没有注意，鉴于他身穿中国空军驾驶服，还以为他是自己人。不过，有一名卫士很有警觉性，发现他一直在驾驶舱里寻找东西，实在是有些可疑，就立刻上去盘问："喂，你是谁，干什么的？"

中野用流利的国语对他说："混蛋，没看到是自己人吗？废什么话，真他妈的没事找事！"

卫兵被他的嚣张气焰给吓住了，没敢吭声，便在一旁不断转悠，后来终于注意到中野所穿的飞行服装不像是盟军新发的驾驶员服装，疑心更大了："喂，你到底是哪个部分的？"

中野朝他大笑："妈的，你敢怀疑老子？告诉你，老子吃空军饭时，你小子还没出世呢！都是自己人，瞎喊什么劲儿！"

卫兵还是极为怀疑，便飞跑去机场值班室汇报："报告长官，机场停机坪里有一个人鬼鬼祟祟的，非常可疑！"

机场值班军官朝外一看，顿时大惊失色："他妈的，盟军飞机旁边居然停了一架经过伪装的日军战机！弟兄们，快抄家伙，跟我去抓小鬼子！"

值班军官连忙带着一群卫兵冲了过来，一边打枪，一边大喊："小鬼子，快缴枪！"

此时，中野已在盟军飞机驾驶舱里找到了敌我识别器，正要拆卸时，看见大批卫兵正朝这里包围过来，只得叹了一口气："可惜，功败垂成！"

他不得不放弃了夺取识别器的行动，立刻跳下盟军飞机，跑回自己的零式战机上,很快就驾机起飞了。值班军官带领大批卫兵冲过来,但是,中野已经升空,一切为时已晚,他们只能朝中野的飞机使劲扫射一阵。

几个小时以后,张副秘书长和管兰亭闻讯赶到机场,来到盟军飞机旁。在听完值班军官和卫兵讲述以后,他们登机进行了认真检查,果然发现日军驾驶员试图进行拆卸识别器装置的痕迹。

张副秘书长马上说:"看来,敌军是不遗余力,一直妄想盗取我军飞机上的'敌我识别器'!"

管兰亭分析说:"据机场卫兵说,那个日军驾驶员讲一口流利的京片子,又胆大妄为,年纪在四十左右,飞行技术十分高超,我敢肯定,他就是我们的老对手中野武夫!"

张副秘书长说:"有道理。看来,我们必须加强戒备,阻止中野新的盗取阴谋!"

"是,我马上就去布置。"

从那以后,盟军空军加强了对"敌我识别器"的安全保护工作,据史料记载,一直到战争结束,日军企图夺取识别器的阴谋都一直未能得逞。

大凡神奇的地方总会出现一些怪异的事情。管兰亭在执行飞行任务时,经常会遇见一些难以解释的现象。他其实并不相信什么鬼怪之类的神灵现象,但是,他不得不承认,在自然界里确实有些难以解释的奇异现象。

他曾经对我说过,驼峰群山之中,飞行员经常会遇见那种奇特的幻觉,那种幻觉确实夺人魂魄。有一次,他的机组在飞过龙山时,突然听到一种天籁之音。当时,亨利惊呼道:"快听,兰亭,那分明就是龙山神女在低声倾诉,在委婉呼唤!"

管兰亭认真倾听着,说来奇怪的是,他还真听到世界上居然会有如此美妙的声音，就在空中，就在他的耳边，那种充满诱惑的声音在温柔地呼唤着他："快来吧，快到我的怀抱里来吧！"

此时，亨利坐在正驾驶位置上问道："兰亭，你听见神女呼唤的声音了吗？"

管兰亭点点头："确实有一种怪异的声音在呼唤！"

亨利激动地说："我以上帝的名义发誓，确实听到这种神奇的呼唤！我真想朝那种迷人的声音飞下去，那种迷惑实在是难以抗拒！"

管兰亭略带讥讽地说道："那你就飞下去，去和神女激情拥抱！"

亨利掉转机头，真的想朝神秘声音直飞过去。正在此时，乔治在一旁眼见飞机急速坠落下去，立刻打了亨利一耳光："混蛋，你疯了！"

乔治马上夺过驾驶杆，把飞机拉起。

"真可惜！"亨利不无惋惜地叹息道。

管兰亭惊魂未定，呆呆地看着他们，他知道，亨利并没有故弄玄虚，他确实是真心诚意飞下去，要冲向神女温柔的怀抱之中。

乔治哼了一声，挖苦道："You Would Rather Die to be A Ghost for the Sake of Romance！（宁为女神死，做鬼也风流！）

亨利却没有听出他的话外之音，还真以为遇到知音，便伸出大拇指，叫出一句抗战期间美国大兵人人会说的中国话："顶好！顶好！"

乔治不以为然地说道："好个屁！"

亨利依然执迷不悟："信不信由你，反正我说的是事实，那绝对是我亲耳所听见的！"

管兰亭无可奈何地摇摇头，老美就是单纯，你损他，他还乐得不行："这世上哪来的神女？哪有什么天籁之声？其实是我们长时间飞行，精神疲倦，大脑里所出现的幻觉罢了。"

孰是孰非，没人能说得清楚。

第十三章

"酋长行动"

对于军人来说，耻莫大于兵败。棋局失败，可以再下，商界失意，尚可再拼，唯独战场失利，将军实在难以忘怀。成千上万的士兵就在他面前打光最后一颗子弹，流尽最后一滴鲜血，死去了，成仁了，变成他乡异域无名墓中的枯骨。早在1942年5月，史迪威将军在缅甸指挥中国远征军失利时，就曾发誓要卷土重来，报仇雪恨。那时，他就已经制定了缅甸反攻整体作战的规划和具体方案，此后，他的作战方案逐步得到完善。

1942年年底，根据史迪威将军的作战方案，中印公路破土开工，盟军工程部队在浓密的丛林之中，开始修建公路、输油管道，以及前方战场所需要的附带设施，例如医院、油站、供汽站、粮站等。但是，筑路工程进展缓慢。

1943年春天，史迪威将军从美国本土调来施工部队，并将兰伽培训完毕的孙立人新编第38师调到利多地区，掩护施工部队修筑公路。利多是印度东北铁路终点，也是中印公路起点。美军工程部队因地制宜，积极改进修路方式，使工程进度大为提高，随着X部队在前线节节推进，中印公路也在野人山中不断延伸。

缅甸大战的序幕已经拉开，山雨欲来风满楼，沉寂多时的野人山将要看到数十万军人在那里展开生死搏杀。史迪威将军从政治旋涡中挣扎出来以后，将全力投入大战的指挥工作中去。

　　当年在缅甸大战失败的困难日子里，周恩来副主席曾托人向史迪威将军转达："我愿在史迪威将军指挥下，到缅甸去作战。"

　　后来，周恩来因病在重庆住院，向前来探望的美国外交官表示："为了抗日大局，中共愿率兵支援缅甸，并可考虑由史迪威将军指挥。"

　　在当时那种极为困难的形势下，史迪威将军为之感到十分安慰。当时，美国大选在即，罗斯福总统出于对美国自身利益的考虑，要求军援中共部队，并希望胡宗南部队参加对日作战，而不再监视陕北边区。与此同时，史迪威开始努力同延安接触，试图把共产党的军事力量结合到中国政府和美国军援计划中去。他在重庆美军总部办公室里，会见了中共代表"老板"。

　　将军表示："我们必须想方设法，把武器交给你们这些斗志昂扬的共产党人。"

　　"老板"向史迪威转达了朱德总司令的建议："如果能得到必要的装备，中共军队愿意在同盟国的合作中，肩负重要任务。"

　　史迪威将军向他表示："当我从桂林回来后，一定会去延安参观访问。"

　　"老板"热情地说："欢迎您到延安参观。"

　　"老板"心里明白，美方在抗战期间对中共感兴趣，并非在思想与信仰方面有相同之处。以史迪威将军为例，他确实是中国人民的朋友，也对中共很热情，但是，他毕竟是美国将军，他首先维护的是美国的战略利益，他要把中共在敌后战场所领导的部队作为盟军补充兵员的重要来源。

　　当天晚上，史迪威将军在宴会中对茅副司令说："你们的远征军Y部队不是缺少补充兵员吗？我考虑在国民党军队中，每一百名士兵为一连，我们可补充中共士兵20人。"

茅副司令大骇，立刻回答说："如果这样做的话，我敢保证，不出两周，全连都会成为共产党员。"

由于国民党方面的反对，老将军只好将此项建议暂时搁置。但是，军号已经吹响，战旗漫卷秋风，千军万马开始向前线进发，缅北大战一触即发，只要老将军一声令下，中国驻印远征军（即 X 部队）将结束在印度兰伽的训练，杀入缅甸。

报仇雪恨，此其时也！史迪威将军在高级军官簇拥下，走上阅兵台，全场几千官兵鸦雀无声。将军身材高大，但极为瘦削，一袭军服似乎是挂在身上，而不是穿在身上。但他依然神采奕奕，微笑中透出一股极具威慑力的杀气。今天，他刻意戴上那顶第一次世界大战时的军帽，那是他的军人标志，只有在重大场合中，他才会拿出这一老古董戴在头上，宽松的大军帽略显滑稽，一些士兵不由得笑了起来，但将军确实是严肃的。

他依然如同既往，用平静的语气说："孩子们，我可不想吓唬你们，但是，反攻即将开始，现在是我们为国家作出贡献的时候了。你们准备好了吗？"

全体远征军官兵异口同声："是，将军！"

史迪威很满意，继续说道："孩子们，在前线千万不要给我丢脸，否则，我会用鞭子抽你们的！"

"是，将军！"

"我将带领你们杀到东京，把那些卑鄙的突然袭击者打得屁滚尿流，片甲不留！最后的胜利必将属于我们！"

将军满怀信心地高举双臂，作出一个表示胜利的 V 字形。

全体官兵齐声高呼："我们必胜！"

数千官兵的呐喊声响彻云霄。在他们脸上，将军看到了高昂的士气和必胜的信心，再次得意地笑了起来。他即将与中国军队共同浴血奋战，率领十万大军，把日本在缅甸的 30 万军队消灭，以显赫战功，名扬中外。

1943年10月10日，总指挥史迪威将军发出反攻令后，远征军新编38师和新编22师迅速扑向野人山日军部队，战斗异常激烈，美国空军全力支援，远征军在10月29日攻占新背洋及瓦南关，胡康河谷第二期战斗开始了。

史迪威将军用望远镜观战，对身边的将军们说："这是现代化武器陆空结合的一场激烈而残酷的战争。"

在远征军部队后方，迅速出现了一座大型飞机场。飞机跑道笔直，横贯南北，高射炮阵地密布机场四周，飞机、大炮、坦克、各种车队源源不断来到机场。

远征军部队开始有所动作，而日寇也在积极备战。大岛绝非等闲之辈，堪称日军老谋深算的战术专家。在东京陆军参谋本部任情报部长时，大岛为了公事，和陆军省军务局长佐藤大打出手，打完架后，大岛去找东条首相评理，没想到，东条首相对此没有吭声。由于战争局势日益恶化，本来城府很深的大岛再也按捺不住心中怒火。他破口大骂东条："八格牙路！"

一个小小的中将居然敢在众人面前大骂一人之下万人之上的首相，不是活腻歪了，至少也是满脑子进水，他的下场可想而知。第二天，大岛就被发配到日军缅甸方面军去了。

大岛是一个会打仗的狠将，再次接任日军大岛师团司令官后，他立即乘坐军用飞机，在野人山上空巡视战区，精心挑选一些颇具战术价值的山口、河谷、险隘，构筑工事，修筑要塞，布下重兵，把攻防作战前沿阵地推进到印缅边境。

缅北大战后来成为太平洋战争的经典案例。说来有趣的是，历来的战争往往是一攻一守，一方为进攻主体，另一方为防御主体。而此次缅北大战却很邪乎，作战双方全是采取攻势，都想成为进攻主体。盟军计划从印度南攻，逐步攻入缅甸，与此同时，日军却打算从缅甸向北打,目标指向印度。在这种情况下,处于战场中间的野人山自然成为兵家必争之地。

随之而来的战斗更加凶残。史迪威将军用兵如神,正面与迂回、明争与暗渡、进攻与奔袭、穿插与合围,交相使用,使敌人防不胜防,打得日寇晕头转向。此时,远征军已有强大空军支援,虽然伤亡惨重,但终于斩关夺隘,攻城略地。尽管日军全力顽抗,史迪威将军亲临前线指挥,敌我两军进行坦克大战,我军先用大炮摧毁敌军坦克大半,又用飞机轰炸敌人阵地。

日寇大本营获悉前沿阵地失守,大为震惊,来电严加斥责战场前线指挥官大岛中将。大岛只好以天皇名义,给各前线指挥官发出命令:"绝不后退,要与阵地共存亡。"

与此同时,他立即召见中野,低沉有力地问道:"中野将军,敌军状况如何?"

中野汇报说:"敌军今非昔比,火力凶猛。我军一些部队撤退时正逢雨季,溃不成军,甚至将武器四处抛弃。"

大岛大骂:"八嘎,真是给皇军丢脸!"

中野接着说道:"据说,有些部队的伤兵眼鼻生蛆,他们把退路叫做'靖国街道',意指官兵灵魂进入神社的道路。"

"敌军空中火力如何?"

中野只能如实相报:"根据我方获得的情报,敌军空军计划在整个战役中出动三万架次飞机,以配合地面部队作战!"

大岛再也按捺不住心头的怒火,揪住中野的衣领骂道:"八嘎,你的空军呢?躲到哪里去了?"

中野低声下气地说道:"我军飞机大部被调往太平洋战场中部地区,这里的制空权已落在敌军手中!"

此一时,彼一时,风水轮流转,中野很悲哀,一向狂妄自大的他,此时却再也无法骄横。大岛下令道:"听着,你必须采取一切手段，正当的，不正当的，光明的，阴险的，战场的，非战场的，在短时期内，立即夺回我军制空权！"

中野想了一下，随即建议道："擒敌先擒王！要想夺回制空权，那就必须先把驼峰行动总指挥史迪威老头给干掉！"

大岛立即表示同意："好主意，就像当年我们在支那东北皇姑屯炸死张作霖那样。记住，要采取一切手段，动员所有力量！"

"上星期，我根据'樱花'小组得到的可靠情报，亲自驾驶飞机在战场上空寻找目标。说来也巧，我发现了史迪威老头的吉普车，于是，我进行低空飞行，使用机枪击中吉普车！"

"击中人没有？"

"遗憾的是，老家伙居然大难不死，及时弃车逃避。根据潜入敌后的特工报告，老头虽然头部受伤，但并未伤及要害，他依然不下火线，继续指挥。"

"中野将军，你是功亏一篑，太可惜了！"

然后，他杀气腾腾地说："我宣布，你将去年秘密制定的'酋长行动'计划立即上报大本营，得到批准以后，就开始执行！"

"是！正如您所知道的，'酋长行动'的主要目标就是要消灭中国战区参谋长、美军驻华司令官史迪威！"

"对！"

"关于行动目标、执行要点等要求，全在上报材料中，我们南机关已经制定了相关行动方案的细节，诸如时间、地点、执行人等。我要说明的是，此次行动方案是我军情报机构有史以来最全面的，立体的，多重行动交叉的，而且是万无一失的！"

大岛狠狠地说："我知道，支那军队恨不得吃我的肉，喝我的血，可是，我绝不会让他们得逞。你知道，我是皇军在支那华北地区作战的急先锋。早在1937年7月7日，震惊世界的卢沟桥事变,就是我和现在在缅甸驻军的几位指挥官一手策划的。当时,河边正三将军是我部北平驻军指挥官,牟田口将军则是驻扎在丰台的我军联队长,而本人就是我军华北特高课机关长。六年了,我对当年'日本兵在宛平城下失踪'的事件,至今还记忆犹新!"

中野崇敬地说:"而后,将军阁下审时度势,不断扩大事态,向宛平城和卢沟桥大举进攻。没想到,你们几位老将又被皇军大本营委以重任,坐镇缅甸,和盟军决一雌雄!"

大岛表示:"是的,接到大本营的命令,我早已按捺不住,真是跃跃欲试啊!"

他不禁无限感慨地说:"当年的卢沟桥事件导致支那战争全面爆发,终于演变成壮烈的大东亚战争。今后,本人在你们的支持下,如果能在大东亚战争中起到决定性影响,那么,制造这场大战的我,对天皇,对国家,也总算有个交代。作为一个军人,本人是理所当然,求之不得。"

中野立刻表示:"将军阁下的人格魅力真是令我折服!"

此时,大岛可不想再废话下去了,毕竟他是一个军人,不喜欢唠叨。他站起来,走到军用地图旁,开始发布命令:"中野少将,我现在命令你,此次'酋长行动'的主要任务是:在中印缅战场先发制人,努力摧毁美军在中国的空军力量!"

中野尽管疯狂,但是,他也明白这一目标是无法实现的,但是,他不傻,当然不能说出口来:"是,将军阁下!"

大岛继续下令道:"其次,你们要不惜一切代价,完成'酋长行动'的主要目标,干掉那个令人讨厌的乔大叔!最后,你们必须派出得力人员,立即查明盟军'龙山飞行'的真正目标,夺取他们的绝密文件,以配合前线的作战行动!"

中野和副手们立即起立,号叫道:"哈依!"

大岛强调道:"此次作战行动只许成功,不许失败!"

"不成功,便成仁!"

中野声嘶力竭地大喊一声,其实,他曾喊过多次,过去,在上司面前,他曾经喊过,现在,他还是如此大喊。喊喊怕甚?成不成仁,到时再说!

大岛又开始和善了,微笑着说:"中野将军,为了家族的荣誉,为了皇军的辉煌,为了未来的大东亚共荣圈,你要知耻而后勇!"

"是,将军!"

"去执行任务吧!"

"哈依!"

"酋长行动"计划用绝密密码上报东京大本营以后,中野一直坐立不安,夜不能寐。他本来是个颇有城府的人,心理素质极佳,但是,缅甸战场制空权已经丧失,为了挽既倒之狂澜,他只能将最后希望放在"酋长行动"上。说起来,这一行动的军事目标很简单,就是暗杀中国战区参谋长史迪威!可是,如何才能做到万无一失,置敌于死地?中野可是胸有成竹,稳坐钓鱼台。既然制定了"酋长行动",一经批准,便要大动干戈,全面展开。他自认为不出手则已,只要出手,撒下天罗地网,史迪威再有本事,也难逃一死!

董霜桥后来说:"研究抗战谍战史的专家们认为,中野在制定'酋长行动'时,委实是煞费苦心,说他呕心沥血,也绝不为过。这一计划从行动构思来说,确实走出几步绝棋,使得盟军谍报机构防不胜防,非常被动。可是,说来难以置信的是,与此同时,美国战略情报局头面人物也制定了一个超级绝密的'迷雾行动'。"

我为之震惊:"什么'迷雾行动',我怎么从来就没听说过？"

"至于'迷雾行动'的战略目标和战术行动，迄今为止，仍在罕为人知的迷雾之中，以至于许多抗战史专家从未听说过这一诡秘的行动。"

但是，这一行动确实已经悄然开始。在重庆的洛克上校此时刚接到战略情报局局长大人从华盛顿发来的密电："威廉上校即将来渝，你将配合他执行'迷雾行动'。该行动密级为'超级绝密'，具体行动计划由威廉上校携带。如在三个月内无法完成，该行动将自动停止！"

"超级绝密？"洛克上校是战略情报局元老，但是，他从来就没听说过所谓的"超级绝密"！显然，这是一项非同小可的秘密行动。他知道这一行动的分量，便立刻启程，前往印度汀江机场，迎接威廉上校的光临。当天晚上，在汀江机场的战略情报局秘密据点里，洛克上校见到了威廉上校。尽管洛克也是战略情报局资深人员，但是，他从未有幸一睹神秘上校的面容。上校是局里传说最多的人物，关于他的传奇故事不胫而走，据说，他是战略情报局里少数几个能够直接面见罗斯福总统、艾森豪威尔将军和丘吉尔首相的情报专家。

见面以后，洛克才发现，传言与事实往往相距甚远。神秘上校本人非常和蔼可亲，当然，有时严肃起来，也有一种不言自威的杀气，令人不寒而栗，可敬的上校果然是一个个性极为鲜明的人物。

上校没有费话，言简意赅，直奔主题："洛克先生，你很忙，我也没时间闲扯，我就开门见山了。"

洛克本来话也不多，自然很喜欢这种谈话方式："悉听尊便，上校，我愿聆听您的指教！"

上校单刀直入："最近，陆军总部已经制定出第二二〇号

'击败日本方案'（A Plan for the Defeat of Japan），其内容为：

1. 加紧对日空战；

2. 增强美国驻华空军；

3. 积极准备中国驻印军（X部队）进攻缅甸以及中国远征军（Y部队）自云南进攻缅甸的作战计划，以打通滇缅公路为军事目标。"

洛克说："据说，马歇尔将军给史迪威将军发来的最新指令是：'在中国战区最重要的使命为：支持在太平洋战场对日主要军事行动。你要用你的主要努力，去保证驼峰空运和它的安全'。"

上校说："这确实是上面的军事重点。但是，在我们情报局里，居然有几个吃饱饭没事做的人，最近忽然制定了一项骇人听闻的秘密行动计划，这一计划被命名为'迷雾行动'。可悲的是，局长大人居然也同意了他们的疯狂想法。"

"'迷雾行动'，行动目标是什么？"

威廉上校嘴角边露出一丝冷笑："就是'花生米'（盟军高层人士为蒋介石所起的外号）！"

洛克以为自己听错了："上校，您指的是重庆政府一号人物？"

此时，在严肃的秘密会见中，传奇色彩很浓的上校居然会有心情展露可掬的笑容："亲爱的洛克先生，你觉得十分奇怪，是不是？"

"是的，我确实不敢相信自己的耳朵。"

"你大概已经接到局长大人的密电了？"

洛克连忙表示："是的，局长大人从华盛顿发来密电，严令我配合您执行'迷雾行动'。而且，该行动密级为超级绝密。"

上校站起来，伸展了自己的胳膊，深深呼吸了几下："这当然是超级绝密！你想想，要干掉自己盟国的元首，那就等于在和亲密客人拥抱时，把刀子直接插进他的背部！我很怀疑，局长大人在批准这一行动时，有没有考虑过万一行动失败的后果？我敢说，一旦绝密计划泄露出去，天都要被捅破了，那将会是二次大战中最为滑稽，而且最具破坏力的新闻！您以为呢，上校？"

"是的，我完全同意！您把您的看法告诉局长了吗？"

"告诉局长？和他唱反调？年轻人，我才没有那么傻！尽管我本人并不是很聪明，但是，我知道，现在他是石头，我是什么？充其量也只是个鸡蛋！按照局长大人的密电，此次行动计划由我本人随身携带，如果在三个月内无法完成该行动，这一超级绝密行动将自动停止！说句实话，我倒是宁愿这一该死的行动无法执行！"

洛克屏住呼吸，期待着自己能看到这一密件。上校从黑色公文包里漫不经心地取出一份文件，那份足以改变太平洋战争历史的文件在上校手中，居然如同一张餐巾纸那样微不足道。

"上校，你看看吧，不过，按照规定，你不能记录，不能拍照，而且，我劝你看完以后，尽快忘掉。干我们这一行的，知道得越少，麻烦就越少，生命就越安全。这确实很有趣，是不是？"

洛克很小心地接过文件，其实，文件内容很简短："战略情报局授权威廉上校全权指挥'迷雾行动'。该行动密级为'超级绝密'，行动目标是'花生米'。具体行动细节由威廉上校负责传达。任何相关人员不得违抗命令，如在三个月内无法完成，该行动将自动停止！"

洛克看的时候，只觉得全身直冒冷汗，冰凉，冰凉，那种冰凉是由某种恐怖感觉所激发出来的。上校马上觉察到了这一点，于是笑了起来，笑得很绅士、很儒雅："我敢肯定，洛克先生，今后这三个月你会一直睡不着的。"

洛克回答得很坦率："上校，不是三个月，而是一辈子都会睡不着的！"

洛克这句话是大实话，他说得很对，在这以后的四十多年里，他一直被这种恐怖感觉所包围，永无休止。他临死前，终于向媒体公布了这一绝密行动计划，在那以后，他才如释重负，溘然而逝，魂归道山。据说，他在生前的最后一句话就是："我说了，我就拯救了我的灵魂！"

但是，至少在此时，洛克可不敢说什么，也不敢妄加任何评论。毕竟，威廉上校战功卓著，是情报局里重量级人物，他敢玩潇洒，敢随意评论，敢指点江山，我洛克是什么？啥也不是！

上校很随意地把这份绝密文件拿过去，放回自己的公文包里，然后，对洛克讲述了他的行程安排："上校，明天我将启程去重庆，会见那里的几个关键人物，然后，此项秘密行动就将开始。"

洛克小心翼翼地问道："我的任务是……"

上校回答道："洛克先生，尽管我俩初次见面，但是，我对你印象很好。你是一个值得信赖的人，我可不想弄脏你的手！更不想让你永远失眠！你的任务其实很简单，就是绝对保证这份文件不被任何人偷走。如果我在，文件就在！万一我死了，由于任何原因提前去见上帝了，你可要绝对保证文件在你手中，或是被销毁！否则的话，你将会受到局里的秘密处置。我想，你不需要有太丰富的想象力，就会知道后果会是什么。"

洛克恭恭敬敬地回答道："上校，您放心，我以军人的名誉向您保证，您的文件将会绝对安全可靠！"

上校爽朗地笑了，显然，他很满意洛克的保证。太平洋战争是一次极为残酷的战争，在那个令人难忘的年代里，确实发生了许多难以置信的事件。可以说，"酋长行动"和"迷雾行动"就是敌我双方精心策划的秘密行动，更为残酷的是，这两项绝密行动居然是同时进行的！

此时，在重庆的董霜桥博士已接到密电所一处所属部门呈交上来的诸多报告，报告中说：缅甸日军指挥部与东京大本营的密电通讯来往突然增多。

他立即向密电所文所长进行了汇报："将军，看来日军即将采取一项重要的军事行动。"

"据你分析，这项行动会有哪些内容？"

董霜桥随即说道："此次敌军所采用的一次性密码只是为了一项绝密行动而采用的！这就表明，该项绝密行动关系重大，涉及最高机密！"

文所长点点头："有道理！"

董霜桥分析道："既然是由中野所指挥，那就是说，此项行动可能涉及日军空军部队！"

"对！"

"鉴于中野还兼管日军间谍机构南机关，因此，这可能不仅仅是空军作战行动，还可能涉及日军间谍部门和空军的联合行动！"

文将军激动地站了起来："根据盟军高层的秘密安排，盟国即将在开罗举行重要会议，那么，此项行动将很可能与此次会议有直接或间接关系！"

"完全符合逻辑！"

文所长马上下令道："我们可以根据敌军密电通讯联系的广度与频率，作出相应判断，推测出敌军行动的范围和大致方向！"

董霜桥回答道:"难度很大,但不妨一试!"

"你立即调动所内人员,加强对缅甸敌军与东京大本营之间密电通讯联系的监测,每天报我一次!"

"是,将军!"

对于管兰亭的老对手日军中野来说,"一春鱼雁无消息",大本营没有回音的日子实在是太难过了。"酋长行动"早已万事俱备,只欠东风,可这东风何时才能吹来?此时,助理佐佐木跑步冲进了他的办公室,送来了东京大本营情报部的密电。他上气不接下气地说道:"报告!"

中野一把夺过密电,电文只有十二个字:"立即执行'酋长行动'!阅后焚毁!"

中野再仔细看了一遍,电文内容全记在脑中,立即从佐佐木手中接过打火机,小心翼翼地把电文纸烧着,看到在火中逐步化成灰烬的电文纸,顿时如释重负,拍额称庆。中野欣慰地看了助理一眼,拍着他的肩膀说:"佐佐木上尉,执行'酋长行动'的时刻终于到来了!"

佐佐木有些讨好地说道:"将军,是您本人亲自策划了这一次行动,为了这一秘密行动,长官确实是呕心沥血,煞费苦心。现在已经是收获的时刻了!"

"我想是的。"

"将军,您使我们了解到支那成语'擒贼先擒王'的深刻含义,此次行动势必成为陆军航空兵作战的经典案例!"

佐佐木委实佩服,他真的是由衷地佩服,将军简直是无所不知,难怪能成为将军。

远在千里之外的盟军控制区里,此时没人知道"酋长行动"!就连赫赫有名的中国战区参谋部也没人知道任何有关"酋长行动"的细节。王牌飞行员管兰亭当然没听说有关"酋长行动"

的只言片语，晚上依然睡得很香，香得直打呼噜，吵得龙山梅痛苦地再次失眠。他的美国朋友战略情报局洛克上校当然也不知道"酋长行动"即将开始，也被蒙在鼓里，只是关心自己的超级绝密"迷雾行动"。

不过，连日失眠的哈佛大学密码博士董霜桥却开始对此次日军的秘密行动有所觉察。根据密电所特别小组连日监测，密电所一处人员发现，进行秘密联络的日本间谍秘密电台突然增多，甚至有一些沉寂多年，没有进行过任何活动的秘密电台也开始浮出水面，密电往来过于频繁，种种迹象表明，敌军将会采取一次超大规模的秘密行动。可是，此次行动的目标究竟是什么？

根据密电所一处人员所提出的初步分析报告，密电所立刻向盟军各相关机构提出敌情报告："根据可靠情报来源，缅甸日军方面军，尤其是日军航空兵部队，正在和敌军潜伏间谍系统联合采取秘密行动，但是，这一行动的具体军事目标尚不清楚，本所将继续提供相关情报，送发有关情况通报，供各机构参考。"

按照战争期间美国战略情报局与中方所达成的情报交换协议，洛克上校也得到一份情况通报。他只是看了一下，随意说道："狗屁，官样文章！"

他随即把文件放进档案柜里，但是，突然意识到什么，仔细一想，觉得里面可能还有其他文章，便再次取出来，认真看了几遍。他知道，开罗会议即将召开，各方当然会有所动作，战略情报局会干些事情，日军自然不会漠然置之。但是，日军秘密行动和战略情报局"迷雾行动"会有什么巧合吗？也许有，也许没有！

作为一名情报部门的老手，单凭直觉，他就知道，对于这份情况通报，他是宁可信其有，不可信其无。洛克上校立即下令在重庆、昆明、印度的所有美军情报人员立刻停止休假，夜以继日，采取一切措施，对所在地区和部门的一切可疑人物和可疑现象进行侦查。

有道是"山雨欲来风满楼"！"酋长行动"即将开始，太平洋战争期间一次大规模的军事行动和间谍行动就在各方密切关注下，逐步滚动起来，潜伏在各地的日军间谍们开始忙碌起来，按照南机关总部密令，闻风而动，秘密电台日以继夜地发送绝密电文。

盟军反间谍部门更是紧张，他们知道，在开罗会议前夕，绝不能让日军间谍机构获取任何值得他们夸耀的成果，尽管盟军反间谍部门并不了解日军的具体行动目标！

何谓秘密战？这就是秘密战！如果敌方在明处，我方则可能在暗处；可是，要是在另一个地方，位置可能就要交换了，敌方若在暗处，我方就可能在明处！但是，无论是在何处，有一点似乎是相同的，敌我双方都是若明若暗，有所知，有所不知，双方全凭超强的职业嗅觉和庞大的机构力量，明刀暗枪，生死较量，不是你完，就是我死，进行一场殊死搏斗！

在印度汀江基地空军俱乐部里，亨利遇见了漂亮的女招待姚桂花（樱花小姐）。他这人什么都好，就是不能看见漂亮女孩，一看见就会全身发软，骨头酥透。亨利笑着对她说："Miss Yao，好久不见！"

桂花妩媚地笑了笑，说道："亨利，我回重庆老家去看我妈妈了，今天刚回来，晚上我陪您好好喝几杯！"

亨利不无遗憾地说："小美人，可惜啊，今晚我可不能呆太久，明天我们专机机组要飞重庆。"

"您是说，您要和管上校和乔治飞重庆？"

"Yes！还有一位重要客人，你猜猜，他是谁？"

"是你爹地？"

亨利把她搂过来，亲吻了一下："小宝贝，他可比我爹地还爹地，他就是乔大叔！"

桂花吃惊地抿住樱桃小口："天啊，你真荣幸！你们是飞南线，还是飞北线？"

亨利已经微醉了，得意地说："当然是飞南线！我才不怕小日本！"

"管上校也坐您的飞机？"

"不是，他陪同乔大叔乘坐乔治的7652号飞机。"

"您飞几号飞机？"

"我飞7656号飞机。"

桂花温柔地提醒道："那样的话，今晚您可得好好休息。"

"是啊，明天一早我就要起飞！"

在酒吧那一边，管兰亭问乔治道："伙计，你打算什么时候结婚？"

乔治回答说："等这一次飞回重庆吧。山花目前正在准备嫁妆，你知道，她已经怀孕了，我们再也不能拖下去了。"

兰亭真诚地说道："老弟，男大当婚。你结婚时，我来为你证婚！"

说着，管兰亭举起杯来："为有情人终成眷属，干！"

众人皆举杯："干！"

空军俱乐部里，喜气洋洋，人声欢腾。

从印度阿萨姆汀江机场飞往昆明，飞行员们有两条航线可选择，就是航程为800公里的南线和航程为1200公里的北线。由于南线经常遭受密支那日军中野航空兵部队战斗机的攻击，在一般情况下，盟军飞行员宁可绕远道，也会选择北线。但是，此时亨利举着酒杯晃悠过来,他仗着自己艺高人胆大,对7652号机组驾驶员乔治上尉说:"伙计,明天敢不敢飞南线?"

乔治上尉本来就是一个天不怕地不怕的硬汉,见亨利向他挑战,便朝地上啐了一口,大声说道:"你敢,我就敢!"

其他一些美国飞行员听说他们两人的无畏之举,一起鼓掌,齐声喝彩:"有种的,飞南线!有种的,飞南线!"

现场场面很是热闹。管兰亭正要和亨利驾驶乔大叔专机返回重庆,对于他俩的冒险行动,很不以为然,低声提醒亨利道:"还是走北线稳妥吧?"

谁知亨利正在兴头上,哪听得进去别人的劝告?他不无鄙视地回答道:"我们决定飞南线了,管上校,你要是不敢飞,就换一架飞机吧。"

管兰亭也是一血性汉子,在这种情况下,怎能示弱?于是,他决定应战:"好,飞南线就飞南线,难道怕你不成?"

可是,管兰亭、亨利和乔治都没想到,邪恶的对手已经把魔爪向他们伸来。作为"酋长行动"中的一项目标,中野早就下令"樱花"小组搞到相关情报:

1. 了解管兰亭专机机组飞行时间;

2. 史迪威是否随机同行;

3. 专机是飞南线还是飞北线。

当天深夜,化名为姚桂花的日军间谍"樱花"和"麻将"也就是过去的"王主任"商量行动细节。商量以后,山口小姐对王先生下令道:"你立刻向密支那中野司令发出密电:'大叔和表哥乘坐7652号,明晚经南线飞昆明转重庆。'"

"哈依!"

中野将军收到密电以后,大喜,立刻下令道:"看来时机已经成熟。我命令:'樱花'小组和'麻将'小组紧急行动起来,获取准确情报，确认行动目标将于明天乘坐 7652 号飞机飞往重庆！第二，明天陆军航空兵大队战机全体出动，不惜一切代价，在南线空域击落敌机 7652 号！"

日军助理回答道："哈依！"

"第三，南机关全体待命，一旦上述行动失败，立即执行第二行动计划，确保行动成功，让老家伙无路可逃！"

"哈依！"

第十四章

血洒长空

1943年初秋的傍晚,天气依然极为炎热,热得令人浑身冒汗。日军战机的活动规律是,一般不在夜间出动,因此,考虑到史迪威将军的安全,专机组通常会选择傍晚起飞。此时,起飞时刻快到了,管兰亭穿好飞行服,稍有些空闲,便在印度汀江盟军军用机场飞行员休息室内,利用军话台拨打国际长途。他的运气很好,给重庆密电所一处董霜桥少将的电话立刻就接通了。

他高兴地说道:"霜桥,我知道你肯定还在办公室里。今晚半夜我就能飞回重庆,明天我们就可以在一起喝酒了!"

但是,他万万没有想到,一向以冷静著称的密码专家董霜桥居然会打断他的话:"听着,兰亭,你什么也别说,什么也别问,就按照我说的去做!"

"怎么回事?"

出于保密缘故,董霜桥突然改用龙山家乡土话,由于历史原因,龙山土话极为难懂,即便是附近县里的居民也听不懂。董霜桥询问道:"今天'大叔'还是乘坐你的飞机?"

"大叔"即就是"乔大叔",是抗战时期中国军人给中国战区参谋长史迪威将军取的外号,这个称号有些诙谐,但并没有任何不敬之意,事实上,战时中国军人对这位美国老头儿满怀敬意，甚至非常崇拜，有关老头儿的各种故事早已传遍军中。

管兰亭也用家乡话回答道："是啊，估计'大叔'的车快到了。"

董霜桥压低声音，低得几乎听不清楚，在他的话音中，管兰亭可以明显感觉到一种深度恐惧："你拥有阻止大叔登机的权力，是不是？"

管兰亭想了一想，回答说："是的，作为专机驾驶员，在天气太坏，或是有意外紧急状况时，我才能行使这一权力。但是，这一权力必须由亨利和我两人共同作出！"

董霜桥急促地说道："情况紧急！根据我们刚刚破译的日军密电，今晚日军陆军航空兵将开始进行一项代号为'酋长行动'的秘密计划，他们将在驼峰南线途中，对老头乘坐的7652号专机进行突袭！"

其实，迄今为止，在中国战区只有三个人，也就是密码专家董霜桥和另外两个人提前了解到日军"酋长行动"的一些细节，而专机驾驶员管兰亭应该是第四个知道此次敌军秘密行动的人。

那两个人是谁？这是必须说明一下的。当董博士获悉日军企图暗杀乔大叔以后，立即使用紧急情况下的联络渠道与"老板"联系，可是，"老板"已经去延安了，一时联系不上。怎么办？董博士想到龙山竹，尽管他知道，他无权与龙山竹发生横向联系，可是，这么重大的事情没有领导把关，实在难以决定。

他马上拨通了航空委员会龙山竹的电话，使用暗语，通知她说："大妹，在北京追你的那个大连老同学准备对美国大叔不客气了，我不知道该怎么办？"

龙山竹马上就听懂了，自然闻讯大惊。她也清楚，本不应该和博士联系，可是，这么重大的事情没有上面的决策，博士是无法行动的。她知道，"老板"已经去延安了，而她的电话很可能被窃听，便马上回答说："好吧，你等我电话！"

龙山竹立刻跑到航空委员会机关外面一家杂货店里，使用公用电话，联系上八路军办事处首长。龙山竹汇报说："叔叔，我是小鲁！"

首长询问道："哪个小鲁？"

"上次您到我们鲁家来时，不是还听过我们全家合唱的吗？"

龙山竹的意思是，当年在延安鲁艺首长听过他们的合唱。

首长反应敏捷，立刻回答道："我想起来了，是你指挥的合唱！什么事？"

"叔叔，我家'老板'在电报局的一位好友很着急，他听说一些黑道上的人今晚要对美国商行董事长下手，他想知道，能不能直接通知商行董事长的司机，不开车出去？"

首长对董霜桥的情况非常了解，对事情的紧迫性也很重视，他想了一下，马上当机立断："这位董事长非常重要，他是做大生意的，绝不能让他出现任何差错！你马上告诉电报局的朋友，要采取一切办法，包括直接通知他的司机，避免事故发生！"

"是，叔叔！"

于是，龙山竹当即电话通知董霜桥："我问过叔叔，叔叔同意你的想法！可以直接通知司机，采取紧急措施！"

就这样，办事处领导在紧急情况下，批准了董博士的行动计划：为挽救乔大叔的生命，采取果断措施。于是，董霜桥就直接通知管兰亭，要他阻止老将军上飞机。

为了谨慎起见，管兰亭问道："你能通过盟军司令部下达命令吗？"

董霜桥斩钉截铁地回答说："来不及了！要是来得及，我就不会采取这种方式告诉你了！"

"情报可靠吗？"

"绝对准确!"

管兰亭知道此事非同小可:"如果你弄错了,我会被送上军事法庭的!"

"绝对不会弄错,请相信我!"

管兰亭当然相信他,董霜桥历来是个值得信赖的人,言必信,行必果!可是,阻止老将军登机毕竟不是儿戏。挂上电话后,他还真有些吃不准。正在此时,亨利走进休息室,笑着说道:"嘿,伙计,你看起来怎么这么严肃?出什么事了?"

管兰亭把事情经过一五一十地告诉了他,亨利也知道事关重大,不敢掉以轻心。他连忙说:"你看,乔大叔的吉普车已经驶进机场了。"

兰亭朝窗外一看,只见一辆美军军用吉普车朝着停机坪疾驶而来,老将军头戴那顶第一次世界大战时期的陆军军帽,显得有些滑稽,他坐在驾驶座上开车,双腿紧紧缩在窄小的座位前,助理却坐在一旁,不时伸着懒腰,看起来很有些享受的感觉。乔大叔华鬓星星、精神焕发,和气却不失威严。

管兰亭对他非常崇敬,史迪威将军无疑是一个军事天才,而且熟知战争游戏规则,既能进行中国战区前线指挥,还能在日理万机中,深入战斗前线。将军从来不带卫队,就像普通士兵那样,军服上不戴军衔,平时不穿将军服,总是肩背一支卡宾枪,头戴钢盔,自己驾驶军用吉普车,天马行空,独来独往。他在中国多年,说一口流利的北京话,每到一地,就和中国官兵随便聊天,在闲谈中了解情况。

管兰亭拉着亨利就朝飞机跑去,在专机登机梯前,老将军刚跳下吉普车,他俩就冲到老将军身前,气喘嘘嘘地说道:"报告将军,您不能登机!"

老将军很开心地笑了:"为什么?兰亭,亨利,请给我一个理由！"

兰亭坚定地说："据可靠情报，日军航空兵将在航线中途进行突然袭击！"

将军脸上的笑容逐渐消失了："你们怎么知道根据谁的情报？"

亨利汇报说："将军，是重庆密电所董霜桥直接发来紧急通知的！他刚刚破译了日军南机关的绝密电报。"

将军略加思索，随即说到："不过，我还是得走，你们要知道，明天上午我得出席一个极为重要的盟军军事联席会议。"

管兰亭严肃地说："报告将军，按照盟军空军司令部战时规定，在特殊情况下，我们两人有权阻止您登机！"

亨利也说："对不起，将军！"

随即，他俩向将军敬了一个标准的美式军礼，朝他身后作了一个手势，文质彬彬地说道："将军，请！"

史迪威将军无可奈何地苦笑了一下："那就只好让'花生米'在会议室里等我了！"

亨利悄悄告诉兰亭道："'花生米'是指你们的蒋委员长！"

管兰亭想起委员长的外貌，不由得为老将军略为过分的讽刺而笑了起来，当他看到老将军朝自己的吉普车走去时，想到敌特可能就在机场附近进行监视，忙跑过去说："报告将军，您不能乘坐这辆吉普车回去！"

将军有些不太高兴："年轻人，你管得太多了！"

亨利赶过来解释道："将军，他是对的，我们不能让敌军间谍发现您没乘坐此次专机。"

"日军间谍有这么厉害吗？"

"是的，昨天晚上，警卫部队就在机场外面抓到两名偷拍军事目标照片的日军间谍！我们认为，昨晚的间谍行动和今天的袭击行动应该是有关系的！"

老将军无奈地耸耸肩："好吧，我听从你们安排！"

此时，盟军情报部门负责人洛克也闻讯赶来，获悉来龙去脉以后，马上说道："将军，我们要对您的安全负责！"

将军说："我还是得走，明天的会议太重要了。"

亨利建议道：'如果您坚持要走，我看，只能走一步险棋，不走驼峰航线。"

管兰亭说："在这种情况下，唯一可考虑的，就是飞龙山备用航线，飞行时间长一些，但绝对安全。"

老将军说："那你们能立刻安排我出发？"

洛克回答道："是，将军！"

在洛克上校安排下，乔大叔换乘 7600 号飞机启程，由管兰亭亲自驾驶，经由龙山备用航线，直飞昆明。史迪威将军从来就不喜欢接受情报人员摆布，不过，此时他却无能为力。他想起中国一句老话：人在江湖，身不由己，就不由得笑了起来。尽管他的中文很好，但是，总也无法把"江湖"这个词贴切地译成英文。他还专门询问了西南联大几位有名的教授，但是，他们也只能知难而退，表示无能为力。

将军在战场上经历过多次磨难，但是，对于敌军间谍所策划的谋杀活动却很少遇到。不过，他很理解，军事斗争毕竟是一场综合实力的较量，其中，自然也包括军事间谍所施展的阴谋诡计的较量。近两年里，无论是在战时陪都重庆，还是在缅甸战场，乃至在印度小城，他始终在各种旋涡里起起伏伏，危机四伏，甚至可说是十面埋伏。作为美军在中国战区的最高指挥官，他的官很不好当，可是，不好当也得当。他既要对各个盟友忍辱负重，受尽委屈，冷眼看尽战争背后的玄机，也要直面敌军所采取的暗算、阴谋和谋杀，明枪暗箭，实在是防不胜防。

"高处不胜寒！"老将军咕噜了一句。

管兰亭忙问道："将军，您有何指令？"

他马上解释道："没什么，没什么。"

老将军开始登机，当他走进7600号飞机时，管兰亭对他说："将军，对不起，今天在空中可能会很颠簸。"

乔大叔皱了皱眉毛，颇为奇怪地问道："为什么？"

管兰亭回答道："这条航线很少有人飞过，气候变化异常。"

老将军说："没关系，我相信你的驾驶水平！"

"谢谢！"

说着，管兰亭就把他引进机舱。亨利在下面大喊道："兰亭，那我们就在重庆见！路上你要认真驾驶，让乔大叔舒服一些。"

管兰亭大喊道："你放心，重庆见！"

站在一边的乔治对亨利说道："伙计，你不和我一起飞7652号飞机吗？"

亨利回答道："今天我要驾驶7656号飞机，我还是跟在你后面飞吧！"

乔治高兴地说："好极了，飞南线就怕孤独！"

当7600号飞机起飞以后，洛克上校指令一名情报局官员驾驶着老将军的吉普车，离开机场，朝外开去。乔治兴高采烈地朝自己的7652号飞机走去。在飞机登机梯前，洛克对他说："乔治，今天你有一位特殊乘客，这是战略情报局局长特使，你不需要知道他的名字，他的任务很重要，你要绝对保证他的安全！"

乔治和威廉上校握了握手，随即陪他登上飞机。洛克大喊道："上校，一路平安！"

局长特使很神气地朝他挥挥手，·事实上，这是特使最后一次向这个美丽的世界挥手了。乔治没有料到，亨利没有料到，管兰亭更没料到，他们只是交换了飞机驾驶路线，只是这一交换，几个人的命运便发生了无法预测的变化，而且是生与死的转换。他们刚一出发，巨大的悲剧即将发生，而死神就在前面等候着7652号机组人员。冥冥之中，莫非真有天意？

专家就是专家，权威就是权威！洛克果然是经验老到的情报专家。不出他所料，日军"酋长行动"启用了日军在印度汀江机场所在地的所有间谍。在汀江军用机场外面，"樱花"小组倾巢出动，对空军基地进行严密监视。代号为"麻将"的特务化装成小摊贩，边卖水果，边注视机场动静。

当他发现史迪威将军所乘坐的军用吉普车空载驶离机场以后，就立刻把注意力放在天上。随即他看见7652号专机和其他几架飞机陆续起飞，冲上天空。他脸上依然漠无表情，很快，他就对旁边的中年小贩说了几句，两人把水果摊收拾好，准备回家了。"麻将"小心翼翼地注意着四周的动静，发觉一切太平后，就开始踏上回家之路。

在汀江城里弯弯曲曲的小巷子里，"麻将"不时猛然回头，看看身后有无尾巴，但是，什么也没发现，于是，他就很放心地朝前走去。其实，就在他身后，美军情报官洛克亲自带领四名便衣特工，不远不近地跟在这两名日军特工后面，一直跟到他们回家为止。

洛克副手请示道："要逮捕他们吗？"

洛克上校回答说："你们立即调兵遣将，严密包围日军特工住处，但是，暂时不要惊动他们，等候我的命令！"

"Yes，Sir！（是，长官！）"

在"麻将"驻地对面的一家小杂货店里，山口小姐正从二楼窗户窗帘后面，小心翼翼地注视着街上的动静，当她发现"麻将"后面的尾巴时，马上写了一张纸条，随后捆在一只信鸽腿上，把鸽子放飞出去。在驻地里面，"麻将"立刻命令助手开始发报，电波穿过天空，很快就被南机关人员接收到，译完以后，通讯人员随即把电文呈报给中野。

中野仔细一看，电文是："酋长已抵达机场，乘坐7652号专机起飞！"

中野知道，这一切马上就要结束了，"酋长行动"即将大获全胜，乔大叔在中国战区战场上横扫千军的时代将一去不复返了！这场战争最终将按照皇军的战略计划，坚定不移地继续向前推进，太阳旗很快就要在重庆上空高高飘扬！中野掌握了这一绝密情报之后，踌躇满志，立刻赶赴军用机场。到达机场以后，他下令道："按照计划，航空兵战机立刻起飞，在途中进行拦截，任务是击落7652号飞机！"

佐佐木立刻使用军用电话传达命令："航空兵大队全部起飞，按照预定计划，在驼峰南线空域，击落敌军7652号飞机！"

中野亲自带领四架僚机从密支那机场起飞，在驼峰南线进行预定拦截。在巡航飞行中，他的自我感觉极佳，怀有一种居高临下、唯我独尊的霸气，在长空中随意翱翔，委实舒畅！他带领僚机时而拉升、直击长空，时而俯冲，从距离山峰峰顶几十米的上方一掠而过，那种高速飞翔所引起的身体体内的快感，真是惬意非凡，舒服得不行。

此时，"麻将"看见白鸽降临在他的窗台上，他取下纸条，打开一看，上面写着"尾巴，撤！"

王先生微微笑了笑，随即对助手说了些什么。暮色茫茫之时，洛克所调集的盟军特工人员包围了"麻将"驻地，随即按照他的指令冲了进去，可是，里面早已人去楼空。洛克骂了一句："damn！（妈的！）"

几名特工把"麻将"驻地翻得底儿朝天，最终发现一个地下秘密通道。特工对洛克汇报道："报告上校，日军间谍是从地道逃脱的!"

洛克大失所望,脸色极为阴沉。

在重庆航空委员会张副秘书长办公室里,海伦助理正在向他汇报:"处座,今天的监听报告表明,下午龙山竹接到一个来历不明的电话。"

"什么内容?"

"电话中的人很着急,说:大妹,在北京追你的那个大连老同学准备对美国大叔不客气了,我不知道该怎么办?"

"龙山竹如何回答?"

女助理说:"龙山竹回答说:好吧,你等我电话!"

"她为什么不回答?"

"她跑到机关外面杂货店去打电话了。"

"打给谁?"

"我带了几个人去追问杂货店老板,老板说,他到里面取货去了,没听清楚。"

张副秘书长下令道:"你立刻去电话局,要尽快查明:电话是从哪里打来的?谁打的?此外,那个大连老同学是谁?美国大叔是谁?"

"是,处座!"

张副秘书长很兴奋,脸上露出笑容:"我等了她几个月,终于大鱼要露出水面了!"

在驼峰南线上空,此时,僚机一号从通话机里高叫:"报告:前方发现敌机目标!"

中野猛然感觉到一种冲动,一种难以抑制的亢奋,在过去几年里,每次遭遇敌机,他的体内就会出现这种躁动,呼吸加剧,血液循环加速,眼睛血红,整个人如同注射了兴奋剂一般,不能自已。但是,这种兴奋只是刹那间的感觉,一到临战阶段,中野的大脑却是异常冷静。他向前方看去,一个黑点正从东方六千米高度的云层中穿越出来,黑点越来越大,越来越近。

中野立即下令:"一号从左,二号从右,接近7652号敌机以后,立即开火!"

"哈依!"

两架日军僚机马上按照命令向前飞去,中野自己却驾机向上拉高,他准备从高处切断7652号飞机的退路,确保万无一失,让老对手见鬼去吧。

老美有一句谚语:Between the Devil and the Deep Sea,说的是:前有魔鬼,后有深海。对于中美飞行员而言,在驼峰地区航行,真可谓:前有魔鬼,后有深渊。驼峰地区气候异常,飞行时很难遇到好天气,即便遇到罕见的好天气,飞行员也无法预料是否会遭遇日军战机拦截。其实,飞南线也罢,飞北线也罢,无非就是在这两种致命危险之中,听凭命运之神的安排而已。

乔治的7652号飞机与亨利的7656号飞机正沿着横断山脉的起伏线路尽量低飞,脚下山峦重重,峰岭无穷,没有任何地面保障,没有任何空降设施,如果发生意外,既不能降落,又不能逃生。其实,作为驾驶员,那就什么也别指望,只要想开了,没了念想,人也就豁出去了。如果运气好,到了印度机场,那就痛饮一番,然后再美美睡上一觉。

此时,两架飞机之间距离很近,近得甚至可以看见对方驾驶舱里的头影。飞在前面的7652号飞机如同矫健的巨鸟,展开双翼,在长空中飞翔。

7656机组副驾驶不时欣赏着C—47飞机的雄姿,说道:"此景难得几回见!"

亨利也转过头去,看了一眼,兴致勃勃地说道:"那你就把大鸟的雄姿给拍下来,回去以后,洗出来送给乔治作结婚纪念,我们还可以敲他一顿，要他请客。"

"好主意，为什么不拍？"

副驾驶欣然同意，报务员马上就把照相机递过来，他聚精会神地对准7652号飞机，然后按下相机快门。此次摄影，本来只是飞行员们在寂寞的空中飞行时，所进行的游戏之作，然而，当时谁也没有想到，这张照片居然会是乔治机组留在人间的最后遗影！

照片拍完之后，亨利好像看见乔治正在吹着萨克斯管，悠悠闲闲，自娱自乐。他知道，乔治在自己的驾驶舱里永远摆放着一支萨克斯管，由于酷爱音乐，乔治甚至想在战争结束以后去音乐学院深造。每当飞机进入正常飞行之后，乔治就会和副驾驶换个位置，让副驾驶去操纵，自己开始吹萨克斯管。此时，亨利似乎已经听见那首悠悠扬扬的乐曲声了，他便笑了起来。

正在驾驶的副手问："机长，你在笑什么？"

他回答说："大牌音乐家大概又开始吹萨克斯了！"

副驾驶也笑了："长官，乔治告诉我，等仗打完了，他要请我们去他的老家，就在凤凰城不远大峡谷旁边的古镇上。小镇很漂亮，战前每天有许多游客坐火车来观光，他和镇上老乡们一起，在古色古香的19世纪所修建的站台上，奏乐欢迎来宾。你想想，那多浪漫啊！古老的西部小镇，穿着19世纪服装的淳朴老乡们，壮丽无比的大峡谷，嘿，亨利，到时候我们一起去吧！"

亨利正要回答，突然之间，耳机中传来声嘶力竭的尖叫，那是绝望的呐喊，是那种面临死神的恐怖号哭，即便是身经百战的老将也无法不为之毛骨悚然。

乔治在通话机中绝望地喊叫："Three Zero Fighters! Run! Henry! Run!（三架'零式'战机！快跑！亨利，快跑！）"

在实际空战中，接敌时间异常短促，实际上也就是一两分钟。日军中野驾机在7652号上空转了大半个圈子,就像老鹰抓小鸡那样,直接猛扑过去。他立即投下副油箱,加足油门,开始向下俯冲,与此同时,迅速完成一系列射击准备工作,将光学瞄准具对准敌机,打开机枪保险,以垂直俯冲的角度,准备朝7652号盟军飞机开火。

中野兴奋不已,就像一个优秀的猎手瞄准了一头弱小无助的可怜猎物那样。他死命盯着瞄准具,把敌机紧紧套住,7652号C—47运输机已经越来越近,整个机翼已经冲进了他的瞄准镜光圈里面,中野不由自主地吹了一声口哨,此时不打,更待何时?

中野立即按下操纵杆上的按钮,六挺大口径机枪一齐射出密集的子弹,几条光带直接命中敌机机身部位,C—47运输机的发动机立刻掉下许多碎片,一股浓烟顿时喷出。中野透过光学瞄准镜,看到7652号飞机机身上的黑烟冒得更浓了,突然间飞机向一侧倾斜,然后,不由自主地猛栽而下,向地面飞速坠落。

"中野将军,恭喜击中敌机!"

僚机赶紧报喜。

"山本君、佐藤君,真不好意思!此次就对不起你们了,下次功劳一定让给你们!"

"长官的飞行战技真是了不起!"

此时,在7652号飞机机舱里的威廉上校丝毫不感到紧张,当他跨进这一行业时,就早已将生死置之度外,死,不过是间谍在秘密行动中的正常结局,如果没在行动中被对手击中或击毙,那结局就不正常了。他知道,从飞机坠落到爆炸,其中没有多少时间了,于是不由自主地笑了一下,是无奈的苦笑?还是面对死亡的无畏笑容?他不知道,也没时间去考虑。他立即从身后拿起公文包,准备取出绝密文件进行销毁,可是,还没等他拿出文件,飞机已经快速向地面冲去,随后就是"轰"的一声巨响,飞机爆炸了，起烟了，上校还没来得及喊出来，便失去知觉，随即死去。但是，即便他死了，也把黑色公文包紧紧抱在怀里，一点也没松手。他的脸上却浮现出一丝略带幽默的笑容，似乎是在说：上帝，您所布置的游戏已经结束了，剩下的事情应该是洛克上校去操心了。

但是，空中屠杀似乎还没结束。中野不无得意地说："注意，远处还有一架7656号C—47运输机！"

僚机询问道："是否再接再励，乘胜追击？"

中野看了看飞机油表，所剩汽油只够他们返回地面机场了，只能惋惜地说道："不能恋战，马上返航！"

"可惜，可惜啊！"

僚机叹息不已，中野则微微一笑，踌躇满志地飞回密支那机场。

回到南机关总部以后，为了确保行动的完全胜利，中野立即下令道："立即开始执行'酋长行动'二号方案！"

佐佐木回答道："是，将军！"

根据中野命令，南机关和陆军航空兵部队开始启动"酋长行动"第二号方案。为了制定这一出奇制胜的方案，中野委实是煞费苦心，绞尽脑汁，就这一方案本身而言，极为奇特，堪称一绝。战后的军史研究人员无不赞扬这一行动手法高明，甚至被誉为：世界军队无线电情报战的经典！

在南机关庞大的无线电台工作间里，十余部大功率电台正按照事先设计好的程序，向盟军各大空军基地发送电文。中野率领一群高级军官，站在一旁，监督行动的推进。

一号电台工作人员高呼："一号电台准备完毕！"

紧接着，二号电台、三号电台等连续进行报告："二号电台准备就绪！"

"三号电台准备完毕！"

中野看起来很满意，他朝佐佐木做了个有力的手势，佐佐木立刻高喊："行动开始！"

十余部电台开始发出信号，一号台工作人员大声报告："一号台联系成功！"

"二号台联络顺利！"

"三号台电文发送成功！"

中野知道，这场无线电战略欺骗行动进展顺利，马上会取得辉煌胜利。

管兰亭后来回忆道："中野在二号行动方案中所采用的这一招实在是狠啊，确实是毒辣之至！让盟军空军整整损失了九架飞机！作为我的老同学，中野其实并没有大才，但是，就此次'酋长行动'而言，平心而论，他还真算得上是国际情报战中的一个怪才！"

此时此刻，在空中飞行的亨利机组人员全都惊呆了，他们顿时觉得全身血液都在一股劲儿地朝上涌，头脑里一片空白，思绪全停顿了，只是机械麻木地观望着远方刚刚发生的一切：三架零式战机疯狂地围攻7652号飞机，笨重的大运输机拼命左突右闪，竭力想在毁灭前抓住最后一线希望，可是，这一切太晚了，可怜的猎物想冲出凶残屠夫们在空中的围剿，但是已经全然无望，乔治所有的努力只能是最后的徒然挣扎。

亨利已经没有勇气继续直面前方的血腥屠杀，他只好闭上眼睛，口中喃喃道："老天保佑！老天保佑！"

在敌机一连串机枪火光闪现之后，乔治所驾驶的7652号运输机冒着浓烟，急剧下降。亨利正准备掉转机头往后面的云层里钻，以逃避杀身之祸，忽然，副驾驶看见敌机已经转向，朝着密支那方向快速飞离，便立刻提醒亨利说："不用逃避了，鬼子油不够，已经飞走了。"

亨利惊魂未定，只是机械地点点头："哦，哦，不用躲避了，不用躲避了。"

两人随即沉默不语，在这之后，一切寂静无声。驾驶舱里空空寂寂，只有发动机轰鸣声在嗡嗡作响，年轻的报务员早已目瞪口呆，傻傻地坐在一旁。机外天空依然是星光灿烂，月色如洗，明亮得可爱，格外妩媚，媚得有些妖娆。

过了好一会儿，亨利才开始说话："乔治呢？他在哪里？7652号飞机究竟在哪里？"

副驾驶低下头去，没有回答，他不知道该说什么，他实在无法把残酷的事实再重复一遍。

报务员清醒过来后说："长官，日军零式战机是突然出现并发起攻击的，7652号飞机不幸被击中，已经坠毁！"

亨利自言自语道："这全是我的过错，事情本来不会是这样的！乔治在哪里？我得找到他！他一定还活着，还在地面等我。"

说罢，他调整航向，朝7652号飞机失事方向飞去。报务员向副驾驶看去，好像想问什么，副驾驶能说什么？他只能避开目光，没有阻止亨利。在死亡面前，人们其实是苍白无力的，生命很脆弱，很渺小。也许，亨利这么做可以减轻自己心灵深处所遭受的毁灭性打击，毕竟，乔治是他的生死之交，他俩比亲兄弟还要亲。

在7652号飞机坠毁地区上空，亨利开始驾机下降，然后进行盘旋飞行。机组人员屏住呼吸，目不转睛地盯着地面，并向上天祈祷，希望能够发生奇迹，幻想能看到乔治机组人员突然从密林中跑出来，站在飞机残骸旁边，向他们挥手致意。7656号飞机不顾危险，一圈又一圈地在低空进行盘旋飞行。

亨利急切地说道："主啊，您保佑乔治他们吧，他们可全是好人啊！即便他们受伤了，也要给我发出信号，让我知道，他们还活着，还在等待我去营救他们！"

副驾驶安慰他说："长官，别难过！乔治是条硬汉，他不会那么容易就离开这个世界！他会坚强地挺下去，等待我们去找他！"

7656号飞机不停地低飞，飞了足足有半个小时。在飞机下面，7652号飞机残骸散落在雪地上，孤寂、落漠、毫无生气。

亨利还想继续盘旋下去，副驾驶提醒他说："亨利，看看油表吧，再不离开，我们飞向昆明基地的油会不够的，再说，天色也不对劲，乌云密布，看来天气要变坏了。"

对于助手的提醒，亨利却漠然置之，他还是在不断地驾机盘旋，脸上全是泪水，毫无飞离的迹象。副驾驶劝他道："亨利，我们明天再来寻找，OK？别担心，他们会挺过来的！"

与此同时，他轻轻地、缓慢地但却坚定地把亨利从正驾驶座拉到副驾驶座，然后，自己坐到正驾驶座里，操纵飞机掉转机头，直向昆明基地飞去。

亨利掩面而泣，不停地责怪自己："全是我的过错！我不该逼他飞南线的，要不是我的话，乔治本来是不会出事的！"

他号啕大哭，撕心裂肺，副驾驶热泪盈眶，一路安慰着他。他们全都相信，奇迹是会发生的，乔治会像西部电影中的牛仔那样，绝处逢生，逃离险境。7656号飞机对着地面，再一次摇摆机翼，最终只好满怀依恋地飞向远方。

副驾驶建议说："亨利，我们油不多了，还是返回汀江机场吧。"

亨利根本就没注意他说什么，只是回答道："随你便。"

副驾驶就向印度方向驶去。他们没想到的是，这一决定使他们免去一场巨大的灾难。

高黎贡山的天气说变就变，顷刻之间，乌云翻卷，狂风大作，漫天大雪纷扬而下，轻轻地、温柔地编织成一条无边的白被，将整个世界掩盖起来，7652号飞机残骸渐渐地消失在大雪下面……

7652号飞机的悲惨遭遇仅仅是当晚一系列悲剧的开始，紧接着所发生的一些事件更为令人黯然魂消。对于盟军航空队驾驶员来说，在驼峰所经历的所有日子里，1943年11月10日最为暗淡，就在这一天夜里，盟军运输机队共有九架飞机在驼峰上空神秘失踪！

对于此次事件，我当然不能不作为研究重点，你想想，九架飞机同时失踪，而且，更为令人诧异的是，此后，盟军宣传部门所提供的说词很有点语焉不详。在那次盟军飞机集体失踪事件四十年后，为了进一步了解事实真相，我曾询问管兰亭姑父："按照当年盟军官方说法：'此次数量巨大的飞机失事事件，是由于日军战机偷袭导航台，盟军空军为了避免导航台被袭击，减少损失，因此下令关闭驼峰航线所有导航台，致使当天晚上在空中飞行的九架飞机失去导航，最终全部不幸坠毁。'事实真相果然如此吗？"

管兰亭姑父陷入沉思之中。一般来说，他很少回忆那些往事，特别是发生在驼峰的旧事。对于一些老人来说，忆旧总是一件令人惬意的事情，但是，管兰亭姑父却尽力逃避回忆，这是因为，在驼峰航线三年之中，尽管飞行员们曾经谱写过许多威武雄壮的史诗，但是，也曾留下过许多惨痛的壮举！

过了好半天，他才从回忆中醒过来："这种盟军官方的说法是站不住脚的。"

我立刻亢奋起来，我知道，如果盟军官方试图掩饰此次事件真相，那么，在被掩盖的往事里，必然会有某种难以述说的神秘原因。

管兰亭姑父对我说:"我并不想对你们隐瞒真相,为何要继续掩盖呢?难道我们这些老人真想把那些历史事实带到坟墓里去吗?我可不想这么做。"

他的双手有些颤抖,为了控制自己的激动,他打开一只铜质烟盒,那是他在战场上获得的战利品。他试图从中取出一根大前门烟,我见他有些困难,就主动帮他取出,并点燃打火机,为他点上。

喷出一口淡淡的烟圈以后,他徐徐说道:"什么关闭导航台?完全是胡说八道!你知道,在驼峰航线那九架失事飞机的距离之中,很少有什么导航台!"

我很兴奋,确实,这是最有力的证据,足以驳倒当年盟军官方的说辞:"是的,伯伯!既然是基本没有导航台,那怎么会出现日军战机攻击盟军导航台的事件呢?如果没有日军攻击事件,那么,飞机失事的真实原因又会是什么?"

管兰亭姑父继续抽着烟,试图在尼古丁的作用下,恢复自己因日益衰老而逐步减弱的记忆。

我继续追问道:"再说,根据我所了解的战场情况,日军中野航空队的战机基本上不在夜间出击,他们的飞机根本就无法克服'驼峰'夜间飞行的艰难条件。那么,究竟是什么原因导致这么多飞机失事?"

管兰亭使劲回忆,力图从记忆深处把那些细节给拽出来。他思考半天,犹豫着是否要说出来。最终,他才说道:"当年确实有一些事情,是盟军高层所不愿透露的!"

我立刻追问道:"究竟是哪些事情?"

管兰亭没有回答,他的思维早已回到那次悲剧性飞行之中了。往事慢慢从记忆的海洋里爬出来,他的耳边又重新响起了运输机引擎的轰鸣声……

是的,在"酋长行动"中,中野所采取的第二个毒招堪称为间谍史上的经典!当大岛来到南机关总部以后,中野向他汇报说:"只要二号行动一旦开始,所有在天上的盟军飞机只能坐以待毙!"

大岛询问道:"你为何如此自信?"

中野说:"在成功击落7652号飞机以后,史迪威将军应该是在劫难逃。不过,为了防止他临时换乘其他飞机,我已经下令我军南机关使用最新技术,迷惑敌军通讯电台,让他们按照我军的设计,不得不关闭所有的导航台。我要让所有在驼峰航行的飞机迷失目标,乖乖地从天上掉下来。这样一来,无论乔大叔乘坐哪一架飞机,他都无法从我的天罗地网中溜掉!"

大岛不由得拍手叫好:"中野,我过去一直认为你是一个特工奇才,但是,现在我可以称你为间谍天才!你所设计的'酋长行动'在战略上是目标明确,在战术上是无懈可击,而且,更为重要的是,你的设计已经不仅仅是军事范例,而且是特工典型,我敢说,这一方案是世界之最!我为有你这样的学生而感到骄傲!"

中野很谦逊地低下头:"学生不敢在老师面前班门弄斧!"

大岛感慨地说:"比如积薪,后来居上!"

后来我询问管兰亭姑父:"中野的第二号行动计划真有那么神吗?"

他老人家回答道:"岂止是神,简直是不可思议!这一方案使用了间谍手段加科技手段,在无线电战略欺骗、技术迷惑、以假乱真等方面,为太平洋战争时代的间谍对抗史留下了一次经典案例。说实话,过去我一直小看了中野,没想到,这家伙还真有些怪异的思路和奇特的手段。"

董霜桥也在一旁轻轻说道："一直到今天，我都在课堂上，向我的研究生们详细介绍此次间谍对抗行动的详细经过，研究生们都对中野的这一行动设计表示惊叹。"

我继续问道："可是，我在美国查遍了军方所解密的档案资料，却没有发现任何有关的线索。"

董博士说："谍战局势千变万化，令人目不暇接，或许，这也是谍战进程所具有的那种悬念无穷的神奇魅力之处。你想想，美军情报部门怎么会承认此次中野行动？他们吃了一次哑巴亏，还能自己向外宣布？盟军的聪明之处在于：把此次行动说成是一次意外事故，他们中有多少人可以逃避此次行动的责任？"

"可是，日军情报部门为什么在战后不公布相关资料？"

管兰亭冷笑着说："要他们公布历史资料？公布那些在战时发生的不可告人的档案资料？不可能！他们宁愿把这些历史真相永远埋藏在防务省地下室档案库内，或者是彻底销毁，不留丝毫痕迹。"

按照中野的命令，南机关立即启动十部电台所组成的无线电行动，按照事前所拟好的绝密电文，采用盟军美国战略服务处101部队频率，向驼峰航线沿线空军基地电台下达命令："根据可靠情报，今夜日本陆军航空兵部队即将全面空袭我空军基地，为此，盟军空军总部命令：中国战区所有空军基地导航设备于午夜十二时开始关闭，何时重新启用，等待通知。对此命令，所有空军基地必须立即执行，不得有任何延误！盟军空军总部，即日。"

无线电电波开始在空中传送，很快，驼峰航线沿线盟军空军基地电台都接收到这一命令。时近半夜，基地高级指挥官均已入睡，值班人员按照过去的处理程序，送交基地有关导航部门，要求他们立即执行。

从半夜十二时起，盟军各相关空军基地立即关闭所有导航台，已经降落的飞行员们并不知道他们已经逃过一劫，可是，仍在天上飞行的驾驶员们却完全没有意识到，这将是他们在世上的最后一次飞行！

此时，在军事委员会密电所昆明基地进行监测任务的董霜桥小组截获了四个无线电台的信号。一处副处长向董霜桥汇报："处长，我们觉得这些电台很奇怪！"

董霜桥马上追问："怎么个奇怪法？"

一位助理说："从表面上看，这些无线电信号全部是以盟军美国战略服务处101部队的正确频率所发出的，但是，电文内容却十分奇怪。"

"说些什么？"

"根据可靠情报，今夜日本陆军航空兵部队即将全面空袭我军空军基地，为此，盟军空军总部命令：中国战区所有空军基地的导航设备从半夜十二时开始关闭，何时重新启用，等待通知。对此命令，所有空军基地必须立即执行，不得有任何延误！盟军空军总部，即日。"

董霜桥说："是啊，一旦所有的导航设备关闭，那些在天上飞行的飞机岂不是无法着陆了吗？他们耗尽所有燃油以后，盲目迫降，最终难逃坠毁命运！"

副处长着急地说："这也是我们所担心的！"

董霜桥立即下令道："马上查明这些电报是从哪里发出的？"

"我们已经查明，其中有两部电台是日军南机关发报人员所使用的，对于他们的发报手法，我们非常熟悉。"

"看来，他们的无线电频率是经过特殊技术处理，伪装成美军战略服务处101部队的频率！"

"职等也是如此分析的！"

董霜桥立即下令道:"马上报告文所长,在取得他批准以后,立刻与美军战略服务处101部队进行联系,看看他们是否曾经发过这些电文。"

"是!"

"如果他们没有发过,要求他们立即向各地空军基地发出紧急通知,重启导航台,并指出:关闭导航台的电文是由日军谍报部门所发出的战略欺骗电报。"

当盟军在各地空军基地的通讯部门接到密电所发来的紧急查询电报时,颇为奇怪,他们很少与密电所直接联系,是否联系,如何回答,均应取得基地负责人批准。时已夜深,在请示过程中,工作人员耗费许多时间,等到相关人员最终查明,这是日军情报部门所部署的伪装电台发出的通知以后,各地导航台方才重新启动,但是,那时天已快亮,原先在空中飞行的九架"驼峰"运输机早已迷失方向,耗尽油料,偏离航线,相继坠毁。美军空运指挥部立即下令改变军用无线电频率,力图消除日军间谍部门所制造的此类事件,但是,已经失事的飞机再也无法返回,飞行员们只能永远长眠在荒山野岭之中。

我问管兰亭姑父:"那天半夜,您不是正在空中,驾驶7600号飞机,运送乔大叔去重庆吗?"

"是的,那天发生了太多的事情,我是永远无法忘却的!"

11月10日,对了,就是那一天!就是在那次飞行途中,半夜时刻,管兰亭突然发现,和其他机组的联络信号神秘中断了,原先不时来电联系的其他九架机组骤然消失,无影无踪,压根就不再发报了。

管兰亭马上询问道:"怎么回事,究竟是怎么回事?"

报务员使劲调整信号,可是,依然无法和其他机组取得联系:"报告长官,原因不明!"

在以往飞行中，管兰亭很少急躁，可是，今天他却无法控制自己的脾气："你他妈的只会吃干饭？快和他们取得联系！"

"是，长官！"

可怜的报务员把吃奶的气力都使出来了，副驾驶也来帮他调试，可是，依然是徒劳！7600号机组只能孤零零地在黑暗中摸着飞行，他们在夜空中盘旋好半天，燃油很快就要没有了。

副驾驶提醒管兰亭道："长官，油快没了！"

管兰亭想了一会儿，说道："那就只能就地迫降了！"

副驾驶一惊："就地迫降？这可是在龙山山区，下去肯定是死路一条！"

管兰亭看着他问道"我们还有其他选择吗？"

副驾驶无可奈何地回答道："没了！"

管兰亭说道："老天不灭我！我老管运气好！"

"长官，为什么？"

"老子是龙山人，知道不？"

副驾驶马上为之兴奋："那您肯定熟悉龙山周围的地貌？"

"巧了，根据前几次航拍资料，我知道龙山县城附近有一条平坦、宽阔的田野地带，我们可以在那里进行迫降。但是，过去我从未在山区夜间迫降，对于此次降落，我们可不敢掉以轻心。"

副驾驶和报务员不断擦汗："那是当然，长官！"

管兰亭对副驾驶说："兄弟，此次迫降，龙山地面情况错综复杂，你帮我盯紧点，千万不能出事。"

"长官，您放心！"

在飞行途中，飞机引擎突然出现故障，停止运转。管兰亭猛然看见飞机前方出现一座庞大的雪峰，直接挡在他们的航线上，他立即把飞机航向朝右偏转一百度，用最大速度向前滑行，一直飞到飞机燃油耗尽。

此时，管兰亭对机组人员下令道："背起伞包，准备跳伞！"

他自己继续操纵飞机，副驾驶和发报员却坐在那里，一动也不动。

管兰亭大吼："为什么拒绝执行命令？！"

亨利回答道："我们要和您与乔大叔一起，坚持到最后！"

管兰亭悄悄问道："乔大叔知道紧急情况吗？"

"不知道，他老人家还在批阅文件呢！"

管兰亭低声对报务员说："快去告诉老将军，飞机将要临时降落在龙山，要他做好迫降准备动作！"

"是！"

报务员马上去通知老将军，将军很配合，按照报务员要求，和卫士一起，做好所有的迫降准备动作。副驾驶原来是管兰亭在昆明航校的学生，人很机灵，飞行经验略嫌不足，但工作认真，配合默契。鉴于龙山地区山岭逶迤，管兰亭小心翼翼，没有采用大盘旋飞行手段，而是仔细查看飞机下面的复杂地形，沿着山岭向前飞去，而后逐步减速，轻带油门，采用小角度下滑。与此同时，副驾驶则把头伸出驾驶窗外，睁大眼睛，小心观察。

副驾驶大声通报道："长官，下面地形逐渐平缓。"

管兰亭一面操纵飞机下行，一面询问道："即将降落的山间开阔地上有没有障碍物？"

"一切正常，未见明显障碍物！"副驾驶使劲喊道。

管兰亭立即下令："准备降落！"

"是！准备降落。"副驾驶重复指令。

飞机快速下降，副驾驶大声报告距离地面的高度："十、九、八、七、六、五、四、三……"

副驾驶还没报完，管兰亭却立即断开发动机油门，只听见飞机迫降在平坦开阔地上的轰然巨响，然后飞机速度越来越慢，最终完全停在地面上。副驾驶大难不死，惊魂未定，过了好一会儿，才放声大喊："飞机成功迫降！"

管兰亭也很紧张，满头大汗，随即高兴地拍着他的肩膀说："小伙子，死里逃生，算你命大！"

副驾驶兴高采烈地说："托您的福，长官，这一次我又跟您学了几招！"

管兰亭历来以飞行胆大而著称，但在此次迫降中，他还是很捏了一把汗。眼下，他靠在驾驶座上，长长地嘘了一口气，以舒缓心中的巨大压力。此时，老将军也从后舱走到驾驶舱里，拍着管兰亭的肩膀说："小伙子，我们运气不错。谢谢你！"

他轻轻回答道："将军，托您的福！"

确实，老天一直非常眷顾他，关照他，使他多年来一直顺利。当年航校的同事中，有多少飞行高手已机毁人亡，一命归天！

翌日上午，昆明基地派出一架专机，来到龙山机场，把老将军和机组人员接走了。到了重庆机场以后，老将军和管兰亭机组人员一一握手："谢谢你们，勇敢的小伙子们！"

机组人员齐声回答："谢谢将军！"

等老将军的车队离开以后，管兰亭机组人员就去机场调度室报到。孙调度看见他们，笑着招呼道："你们回来了？我们都以为你们为国捐躯了！你们看，早晨换班前，马调度已经把你们的名字铜牌全扔到那个竹筐里了，你们快去把它们找出来挂上吧。"

他说得很平静，很随意，很有些若无其事，可是，机组人员全都明白，每当有飞行任务时，飞行调度就会把一块铜牌挂在调度室黑板上，铜牌上分别写明执行任务的飞行员姓名、飞行目的地、飞机机号等基本情况，万一机组中途失事，调度员就会把机组人员的铜牌摘下来，扔到房间角落的竹筐里。

管兰亭机组人员知道，他们的生命是和这块普通铜牌紧密联系在一起的！铜牌在，他们的命还在；一旦铜牌摔到竹筐里面了，那就意味着，他们机组全部光荣牺牲。

管兰亭走到墙角落的竹筐边，嘴角上还有几丝强颜笑容，是无奈？抑或悲伤？还是某种程度的凄凉？总之，他很沉痛，缓慢地在竹筐里拨弄着，挑选属于自己的生命之牌，那块已被宣告死亡的铜牌。他的心里头很苦，苦得直想哭，百味俱涌，眼泪快出来时，就被强压下去，怎么都不是滋味。就在那一刻，他猛然想起自己多年前去世的老娘。

管兰亭在竹筐里机械地翻着，翻着，怎么也找不到自己的铜牌，他执著地从那一堆铜牌中挑着，挑啊，挑啊，全是自己熟悉的战友，这块是河南老王，那块是湖南老周，还有，这可是四川小钱，全是在一起聊天、打牌的老友，同甘共苦，生死存亡均在一起的兄弟啊！怎么会说没就没了？就变成一堆铜牌了？

他的眼前逐渐变得模糊不清，调度室里的人影全都慢慢地飘了起来，他的眼泪出来了，接着就开始哗啦啦地直往下掉，掉在竹筐里，落在铜牌上。

就在此时，一名飞行员走进来。孙调度问道："7652号怎么还没回来？"

飞行员累得筋疲力尽，回答说："7652号在中途失事了。"

孙调度走到墙边，从黑板上摘下7652号机组人员的铜牌，随手扔进角落的竹筐里："乔治，伙计们，好好休息吧，你们再也不会受累了！"

说完，他又去忙自己的调度工作了。在角落里，在竹筐里，在一堆铜牌里，又增加了乔治等三块死难者的同牌。对于这样的故事，由于每天重复，调度员早已司空见惯，没有眼泪了。管兰亭只是下意识地翻弄着竹筐，搅动着那堆铜牌，竹筐里面叭叭直响，人们全都鸦雀无声，默默地注视着他。

副驾驶走上来，拉着他说："长官，您快去休息吧，睡一觉就全好了！"

管兰亭一肚子火，听他一说，大怒："谁要你他妈的啰嗦？滚！"

副驾驶什么也没有说，只是和报务员使劲拖着他，拉着他朝外走，管兰亭紧紧拽着自己那块铜牌，眼睛血红，全是血丝，憋了半天，他突然号啕起来。调度室里的人们顿时松了一口气。

孙调度低声说道："让他哭吧，哭一阵就好了！"

管兰亭大难不死，对于他来说，人生历程本来就是起伏跌宕，他在军中一直怀才不遇，只能把自己的一腔苦恼向董霜桥述说。每次飞回重庆，他就去找董霜桥，两人把酒问盏，倒也聊得过瘾。

董霜桥安慰他道："老兄，历史上只有时势才能造英雄，没有战争，没有沙场，你老兄就是英雄无用武之地。"

管兰亭听后深有同感，回答说："战争越打越激烈，作为军人，我决心竭尽全力，在战场上大显身手。只有在这里，在险恶的驼峰上空，我才可能真正感觉到飞行员的自我尊严。"

董霜桥沉思了一会儿，随即说："但很可能会以你的生命作为代价！"

"长天洒热血，雄鹰裹尸还！"

第十五章

神秘空难

今夜无人入睡！对于在印度汀江的洛克上校来说，他知道这是一个两军对垒，殊死决战的夜晚。这一夜发生了太多的事件，多得他简直应接不暇。但最为庆幸的是，史迪威将军终于大难不死，安全抵达龙山，翌日飞往重庆。看来，日军"酋长行动"的主要目标就是针对乔大叔的，所幸的是，日军阴谋最终未能得逞。

但是，他最感不安的是，威廉上校所乘坐的7652号飞机已被日军战机击落，上校生还的可能性微乎其微。洛克立即把这一噩耗通知战略情报局总部，很快，局长大人即来电，责成他尽快确定上校的下落。局长电文十分简单："不惜一切代价，查明上校命运，确保绝密文件的安全！"

在重庆的张处长也无法入眠。王海伦冲到他的卧室，激动地报告说："处座，水落石出！电话局经过追查，发现那通神秘的电话是从军线打进来的！"

张处长冷笑："龙山竹果然神通广大，居然和军界人士来往密切！是哪个部队？"

"军事委员会密电研究所！"

"谁的电话？"

"文所长的电话!"

张处长火了:"娘的,你他妈的别瞎怀疑人,那文所长可是中将,在委员长面前很红!"

王助理绝不是一个寻常特工,要是那样,也不可能得到军统的重用。她坚定地回答道:"我反复核查几遍,电话号码绝对是文所长的号码!"

张处长在室内踱来踱去,终于领悟道:"妈的,真是高人啊!"

海伦助理小心翼翼地请示道:"您的意思是?"

"那个神秘人物绝非等闲之辈,他和文所长肯定关系不一般,为了避免追查,特意使用文所长的电话,试图把我们的追查引入歧途!"

"处座英明!"

"哼,这种小把戏能瞒过我?"

王助理问道:"下一步如何追查?"

"你看呢?"

海伦说:"显然,下面的追查难度很大,要么把龙山竹抓起来,要么去询问文所长,可是,无论如何动作,势必会有麻烦。"

张处长想了一想,回答说:"你继续给我盯紧点,我再考虑考虑!"

王助理低声说道:"处座,当断不断,反受其乱!"

处长冷笑:"你是别有用心!你看着龙山竹不舒服,想借老子的刀杀人?"

王海伦不回答,只是站在一旁冷静地看着他。

"下去吧!我再想想。"

张处长挥挥手,王助理悄然离去。

在缅甸仰光的南机关特工那晚也没有睡觉。当晚盟军来往电文很快就被南机关截获，佐佐木助理连夜组织人员进行破译。天快亮时，佐佐木拿着破译的电文来向中野请示："将军，根据所破译的敌军电文，我们的'酋长行动'未能取得理想进展！"

中野问道："情况如何？"

佐佐木低声说道："乔大叔换乘7600号飞机在龙山迫降，但是，即将飞往重庆。"

中野大失所望："八嘎，再讲讲我军战果！"

"我军无线电迷惑行动取得辉煌战绩，盟军九架飞机失去导航台指挥，最终失事坠毁！加上您所击落的7652号敌机，昨晚我军总共消灭敌机十架！"

中野脸上顿时浮现出得意的神色："还有什么？快讲！"

佐佐木颇为疑惑地汇报道："美军战略情报局总部发来一份奇怪的电报，内容是：不惜一切代价，查明上校命运，确保绝密文件的安全！"

中野立即下令："上校是谁？绝密文件是指什么文件？既然是不惜一切代价，那么，战略情报局这位神秘上校来到这么遥远的地方，必然具有极为重要的使命！"

"如何入手？"

"通知'樱花'小组和'麻将'小组，立即查明，这两天战略情报局有什么特殊客人来到印度？任务是什么？和谁接触过？行踪如何？如果我没有猜错的话，这位神秘上校应该是昨晚7652号飞机上的一名乘客！你还愣着干什么？快去传达命令！"

"是，将军！"

翌日上午，在千里以外的重庆黄山委员长会议室里，一次绝密会议正在举行。此次会议的主题就是有关九架飞机神秘失事的问题，与会人士均因议题秘密，心情沉重。

蒋介石显得脸色平静，但是，大局艰难，前景不容乐观，与会高官只要仔细观察，还是能看出他面带忧色。平时开会时，如果是小型会议，他当然用不着注重自己的态度，但是，如有海内外知名专家和学者在场，他便力图装得虚怀若谷，显示自己的大家风范，在会议中，他还会不断鼓励有识之士发表高见。这些国际级的专家畅所欲言，海阔天空，神思飞越，最后，他再集思广益，吸纳与会人士的智慧，发挥自己的睿智明理，让属下佩服得五体投地。但是，今天会议议题特殊，出席会议的人士主要是军方要员，还有情报部门高级负责人。

蒋介石用一口浙江官话，首先做开场白："今天召集各位来黄山，着重讨论一下昨晚所发生的盟军飞机神秘失事事件。下面，谁先讲？"

他用殷切的目光看着自己所器重的空军茅副司令，示意他率先发言。茅副司令工作很负责，半夜被副手叫醒，一直在了解事件的来龙去脉，毕竟是九架飞机同时失事，损失惨重，而且是史无前例，他怎能掉以轻心？实际上，他一夜未眠，因此早有准备。

此时，他侃侃而谈："各位，此次所发生的盟军飞机神秘失事事件已被列为绝密事件，代号为'1110案件'，也就是11月10日驼峰飞机失事事件。到目前为止，军方调查人员所汇报上来的情况，既有好消息，也有坏消息。好消息是：我军有关人员成功阻止日军秘密拦截史迪威将军的军事行动，采取有效措施，由管兰亭上校驾机，经由龙山航线，安全返回国内。但是，各位切莫高兴，不利消息则是：盟军空军损失九架飞机！空军方面经过努力探询，已经获得一些有力证据。可以肯定的是，失事原因绝不是盟军空军部门所声称的那样，所谓日军空军将袭击各地机场，盟军方面被迫关闭导航台。"

蒋介石依然脸色平静，他说道："问题就在这里：九架飞机同时失事，损失惨重啊！真正原因究竟是什么？"

张黎生回答道:"关闭导航台一说根本站不住脚,这是因为,根据我们的情报,在驼峰那些飞机失事的距离之中,基本没有机场导航台!"

蒋介石继续追问,语气依然平静:"既然没有导航台,那怎么会出现所谓的日军战机攻击盟军导航台的事件呢?"

龙山石将军汇报说:"根据战场情报汇总资料,在过去几年中,日军陆军航空队战机通常不在夜间出击,这是因为,日寇战机无法克服驼峰夜间飞行的困难条件。"

蒋介石对他的回答似乎不太满意:"你们还是没有回答我的问题:究竟是什么原因导致这么多飞机同时失事?文所长,董博士,你们两位是中国密码权威,今天请你们过来,就是想聆听你们的高见!"

文所长作为军事委员会密电所所长,当然是有备而来,其实,鉴于董霜桥早已破译了日军来往密电,一有新的进展,就会马上来向他汇报,因此,他对这一事件的前因后果早已了如指掌。昨天半夜他和董霜桥小组全体人员彻夜查阅资料和内部情报,对此进行了深入研究。

他开始进行阐述:"委员长,各位同仁,最近一段时期以来,我奉委员长之命,与空军军方人士一起进行绝密侦查。我们的一致看法是:最近在我军飞行空域中发生了一系列神秘事件,敌军来往密电增加几倍,日军间谍在我军战区内活动猖獗,这就表明,在这一地区,日军南机关和陆军航空兵部队正在执行一项大规模的间谍行动,这一绝密行动的代号为'酋长行动'!"

"酋长行动?"

出于惊讶,会场上顿时出现了一阵低语声,只有委员长脸色依然平静如故,道理很简单,他早就得到情报部门的报告了。

"昨天半夜,盟军第十航空队十二架军用飞机在飞越驼峰时,

7652号在南线被日军战机击落，7656号返回印度汀江机场，7600号在龙山迫降，此外，鉴于所有通讯联络信号突然中断，其余九架飞机全部不幸坠毁。"

全场人士听说此事，立即交头接耳，议论纷纷。蒋介石下令道："保持安静！文所长，你继续讲下去！"

文所长环视会场，接着汇报道："'1110事件'发生之后，空军茅副司令下令立刻查明飞机失事的真实原因。目前，我们已经发现一些与盟军官方所提供的说法不一致的迹象。"

蒋介石关切地问道："什么迹象？"

文所长说："具体内容由密电所一处处长董霜桥少将汇报。"

蒋介石点点头，表示首肯。文所长立即授意董霜桥出面讲述。

董霜桥汇报说："根据过去一周统计，日军'樱花'间谍小组和缅甸中野南机关总部密电往返总共为132件，是往常通讯量的十倍左右，显然，日军情报部门正在进行一项极为重要的秘密行动。军事委员会密电所一处已经破译出其中78件密电，根据所获得的秘密情报，我们所得出的初步结论是：日军'酋长行动'的目标是针对中国战区参谋长史迪威将军，日军计划对他进行系列谋杀行动，第一阶段行动是在驼峰航线上空派遣日军战机进行拦截，试图进行迫降，如果不能迫降，就加以击落。"

张黎生马上解释："鉴于我军专机组管兰亭等人及时识破敌军阴谋，安排乔大叔……"

蒋介石问道："这个，这个乔大叔是何许人也？"

张副秘书长连忙回答道："对不起，委员长，乔大叔就是盟军官兵对史迪威将军的爱称。"

蒋介石不满地皱皱眉头，随即说道："继续讲！"

"安排乔大……不对，是史迪威将军换乘另一架飞机，也就是 7600 号飞机，于昨晚从印度经龙山航线，秘密飞回中国，成功逃脱日军暗杀行动。"

董霜桥继续汇报道："日军第二阶段行动是进行无线电通讯迷惑行动，通过采用极为阴险的手段，利用盟军通讯频率，伪造盟军指挥机关秘密电报，从而下令关闭所有盟军机场通讯信号联络，企图造成航线上空所有飞机，包括史迪威将军的专机，和地面基地失去联络，最终坠毁。"

茅副司令解释说："看来，日军昨晚已经成功使用无线电假情报，迷惑盟军地面基地指挥系统，造成九架飞机坠毁！只有管兰亭驾驶的史迪威将军专机迫降成功，大难不死。"

蒋介石说："这个，这个管上校很不错，他人在哪里？"

"他在龙山机场乘坐另一架飞机，正在赶往重庆的途中，很快就会来到会场。"

蒋介石说："为什么不提前通知盟军各大基地，让他们事先做好相应准备？"

"如果我们通知盟军各大基地，那就等于向外界表明，我们已经完全破译了日军绝密密码，一旦日军立刻更换密码系统，那我们就无法及时了解敌军新的动态。"

龙山石将军立刻补充道："为了保护密码破译的系统安全，我们所付出的代价是巨大的，也是令人痛心的，不过，这就是秘密战争的残酷性。"

全场肃然。正在此时，管兰亭快步走进会场："报告！"

茅副司令立刻对他说："管上校，立即汇报你所了解的敌军最新动态。"

"是，将军！"

管兰亭走到会议室墙边，做了一个手势，助理马上就在墙壁上挂出一幅大型军用航图。他开始进行汇报："委员长，各位长官：职等于昨天奉命驾驶乔大叔7600号专机飞回中国……"

张黎生见蒋介石脸色阴沉，马上纠正道："是史迪威将军！不是什么乔大叔！注意，在正式会议中，不准使用外号等名称。"

"是，将军！职等发现日军间谍在印度汀江机场附近策划密谋，便立即向史迪威将军汇报，并安排他换乘7600号飞机，经由龙山航线返回重庆。为了保守秘密，其他飞机依然按时起飞，但是，在飞越驼峰中途时，无线电信号突然中断，所有在空中飞行的飞机立即失去与地面基地的通讯联系。在此次事故中，据说有九架盟军飞机不幸坠毁，只有职等所驾驶的7600号飞机历尽艰难，侥幸在龙山田野中迫降成功。"

茅副司令问道："你是如何做到夜间迫降成功的？"

管兰亭回答道："职等是龙山人，本来就熟悉老家地形。前一段时间，为了开辟新的龙山航线，根据茅副司令和张副秘书长的指令，职等潜心研究航线沿途地貌条件，还进行多次试飞，因而对这一地区的飞行条件和地形情况十分了解。昨天我们机组在地面无线电联系信号突然中断时，依然能够利用对地面情况的熟悉条件，竭尽全力，最终使7600号安全迫降。"

茅副司令很高兴："临危不惧，难得！"

"令人遗憾的是，我的盟军战友乔治所驾驶的7652号飞机在中途遭遇日军中野航空队战机拦截，不幸被敌机击中，落地坠毁。7656号飞机由于距离敌机较远，逃脱了敌机阻截。在此之后，为了援救遇难的7652号机组，7656号机组在这一地区多次盘旋飞行，但是，最终没有发现任何残存生命迹象。"

听到这里，蒋介石说："战争残酷，好在苍天有眼，天无绝人之路！你们机组做了一件天大的好事！茅副司令，你们要对有功人员进行重赏奖励，对于机组全体飞行人员，要以我的名义，赠送给他们每人一块金表，让勇士们做个纪念。为政者嘛，就在于赏罚分明!"

全场热烈鼓掌。茅副司令立正道:"是,校长!空军司令部将立即传令嘉奖中美联合飞行队7600号机组全体人员!"

蒋介石微笑着说:"世上无难事,就看你去不去努力。只要你努力了,天道酬勤,就无绝人之路的!"

龙山石将军忙说:"委员长一言中的,非常精辟!"

张黎生原来就对管兰亭有看法,今天见他风头正健,心中很是不快。他补充说道:"管上校,你所讲述的故事很生动,很有趣!但是,根据盟军第十航空队向我方所提供的绝密情报,这是美军地面导航台为了防止日军战机进行偷袭,不得不采取的特别措施,美军第十航空队只能舍车保帅,临时中断无线电导航信号,他们已经对失事飞机机组人员表示沉痛哀悼!"

管兰亭马上表示:"秘书长,这肯定是外交辞令,只不过是美军对外的官方说法而已!"

茅副司令补充道:"根据我从美军高层所得到的内部绝密情报,美军战略情报局已将这一事件列为军中超级绝密情报,并已委派洛克上校开始进行秘密调查。"

蒋介石咳嗽一声,大家知道,他要进行总结了。蒋介石开始说话了:"你们是见仁见智,各执一词。据我看来,此事是事出有因,查无实据。但是,驼峰航线是我军的最后生命线,任何有可能影响这一生命线的事件都要彻底查明,全部解决!茅副司令,管上校,你们切不可有丝毫懈怠,一定要在一个月之内,迅速查明日军'酋长行动'的全部真相!"

空军茅副司令面有难色:"委员长,能否宽限一些时间?"

他严肃地说:"军令如山,希望你不要以身试法。"

茅副司令起立,高声报告:"委员长,职等竭尽全力,保证完成任务!"

"是，委员长！"管兰亭等在场军人立正敬礼。

蒋介石明确指出："目前战局形势堪忧，我们不能漠然置之。要提防日寇的阴谋诡计，但是，也要了解盟军在这一地区的任何秘密调查活动。"

龙山石将军立即表示："我们立刻与盟军联系，了解他们的真实动向。"

蒋介石点头称是："这就好，这就好，做事情就要雷厉风行，切不可拖拖拉拉，贻误战机。不过，万一美国人不把秘密调查进展向我们通报，你们也不能无所事事，也要洞察一切！驼峰风声很紧，没有小事啊！你们一定要让我睡一个安稳觉！"

全场回答："请委员长放心！"

史迪威将军安全返回重庆以后，立刻会见蒋委员长与中方高层人士以及盟军指挥官，这一天，蒋介石长心情很好，对大战前景表示乐观："各位，缅甸大战就要开始了。我决定：攻击日期将于 1944 年 1 月 15 日开始。"

史迪威将军说："鉴于雨季已过，中印公路已经逼近野人山和胡康河谷，我军将因势利导，发起进攻，远征军新编 38 师和新编 22 师将迅速扑向野人山打击日军。"

英军蒙巴顿将军在会议上说："我们应该同日寇争夺制空权，彻底打败日本空军。在第一次缅甸大战中，我们所得到的沉痛教训是，盟军机场被日寇夺取，英军战机被炸毁，日军从此夺取这一地区制空权，到处狂轰滥炸，并协助日本陆军作战。尽管空军不能独自取得大战胜利，但我们可以采取陆空联合作战，协助陆军取得胜利。"

史迪威立即表示支持："自从日军夺取密支那机场后，日本战机从那里起飞，阻截盟军飞机飞越驼峰，截断中国与国外的唯一通道，并且猛烈轰炸滇西地区，协助日本陆军作战。因此，盟军如果要尽快摧毁日军，就必须争夺制空权，使我军被动局势转为主动局面。我知道，我军不能坐以待毙，得有所动作，有所作为。此次我下达夺回缅北的作战命令很简单：'我们必须钻进老鼠洞，并且要一边挖洞，一边前进。'"

老将军的讲话赢得军官们的热烈掌声。蒋介石表示："将军阁下，你将获得我的许可，可以使用 X 部队，即中国驻印军，在缅甸发动攻势！"

此时此刻，蒋介石很高兴，军事会议上谈论的全是好消息，好得令人难以置信。他仿佛已经看到，盟军正在节节胜利，不断向前推进。他的下一个兴奋点将是开罗会议，在这次会议上，他将作为盟国领导人正式与会，他的个人声望将要达到顶峰！

会议结束以后，史迪威将军单独会见了蒋介石。老将军说："我已经开始考虑，未来我将指挥包括八路军在内的中国军队，我曾将此意见与助手进行讨论。在我们所拟订的文件中，我强烈主张，所有中国军队，包括八路军在内，共同出击，牵制日军，以减轻平汉路及陇海路附近的军事压力。"

蒋介石听完他的讲话以后，仅对他所提出的建军计划作出回答，对于出动八路军一事，则不予答复。等到老将军离开以后，蒋介石对部下表示："史迪威此次所上报的公文，尽管署上中国战区参谋长之职衔，但其中多不逊之言，尤其是有关出动八路军作战一事，令人隐痛。"

乔治飞机失事后，亨利和管兰亭坚持认为，不找不如找，晚找不如早找，搜寻行动刻不容缓。他俩立刻去见史迪威将军，详细说明紧急救援行动计划。历来关怀下属的将军对他们说："我深表赞同！我将立即向中国战区各部门，下发你们所提出的这一紧急搜寻计划。"

"谢谢将军的关注！"

洛克上校知道任务紧急，责任重大，鉴于时间紧迫，他立即向华盛顿美国战略情报局请示下一步行动计划。情报局局长接到他所上报的关于敌军所采取的特殊无线电信号干扰、威廉上校与7652号机组人员一起失踪的报告以后，非常重视。局长仔细阅读了全部文件以及洛克关于这一事件的请示报告，了解到全面研究日军"酋长行动"计划的迫切性。

当天下午，战略情报局局长赴白宫面见总统。局长汇报说："总统先生：鉴于敌军'酋长行动'的重要性，我们必须尽快查明这一秘密行动计划的全部内容。"

总统询问局长道："查明这一行动的意义何在？"

局长回答道："确保驼峰航线安全！正如您所知道的，这一空中通道可以维持微小的军事供给，从单纯的军事意义来说，或许意义并不太大，但是，这条航线能够把最后一线希望留给中国人，可以提高他们的士气，使他们继续给予日本军队以巨大压力，否则的话，日本军队占领中国以后，就有可能把他们的军队完全用在太平洋其他战场和我们盟军作战。"

局长把战略情报局呈报给总统的秘密报告提交上去，总统立即在文件上作出批示："务必确保通往中国的通道！"

离开白宫回到局机关以后，战略情报局局长立刻向洛克上校发出急电，明确要求："总部命令你尽一切努力，迅速查明敌军'酋长行动'秘密计划的具体内容，并加紧对上校所乘坐飞机失事事件的调查工作，确保绝密文件被及时销毁或严加控制！"

对于战时飞行员家属来说，她们的心情只能是终日提心吊胆！乔治的未婚妻龙山花和姐姐龙山梅的感情很好，两人经常互相鼓励，互相安慰。几天以前，乔治和管兰亭一起飞印度，飞出去之后，好几天还没见他们返回。

龙山花来找姐姐："山梅，我今天眼睛直跳，心里直发毛，但愿不会出事。"

龙山梅安慰她道:"妹妹,你别紧张,过去他们常常回来很晚,有时半夜才回来。"

龙山花一听,觉得有道理,也就好受一些了。可是,一些飞行员已经陆续飞回基地,家属区开始传开一则消息,说是昨晚7652号机组失事了。

龙山梅的邻居霍太太跑过来对她说:"管太太,告诉你一件事,我先生回来说,7652号机组出事了。"

管太太听到噩耗,两眼发直,顿时就像发疯一般,直往机场奔,在半路上,她遇见了妹妹。龙山花问她道:"姐,出什么事了?"

龙山梅大哭,泣不成声:"7652号机组完了!管兰亭那天走的时候就是坐的这架飞机。"

龙山花安慰她说:"你跑慢些,跑那么快有什么用?机组真要是出事了,你怎么跑也没有用!"

龙山花说归说,还是挽着姐姐朝机场跑,怎么说,这也是一种安慰吧。到了机场,她们远远看见7656号飞机正在降落。龙山花说:"乔治就是开的这架飞机,我们去问问他。"

龙山梅此时早已筋疲力尽:"好吧。"

她俩跑到机场附近,被一道无情的铁丝网给拦住了。龙山梅使劲撕扯着铁丝,试图从铁丝中撕出一个洞,从中穿过去。可是,坚硬的铁丝网把她的手划破了。

龙山花一看,忙说道:"姐姐,你别撕了!你看,你的手在流血,你疼不疼?"

龙山梅用嘶哑的声音嚎叫着:"你别管我,我要去问清楚!我生是他的人,死是他的鬼!"

龙山花见姐姐不听,就使劲拦着她,把龙山梅紧紧抱住:

"姐,你可别太伤心了!事情还没搞清楚呢!"

龙山梅根本就听不进去,她只是拼命地撕扯着无情而又冰冷的铁丝网,哭着,喊着,叫着,在寂静的夜空中,只有那撕心裂肺的哭声在震荡……那是失去爱人的悲恸,是绝望的哀鸣!任谁听了,都会潸然泪下。在机场工作的地勤人员知道,又是一场悲剧发生了,可是,他们对这种事情早已司空见惯,还能做什么呢?只能满怀同情,摇摇头,叹叹气,又继续干活了。

龙山花挽着几近昏迷的姐姐缓慢地走着,走到机场出口时,突然,她俩惊呆了,令人难以置信的是,亨利从夜色中走了出来!矫健的身影在浓雾中逐步显示出来,越来越清晰,充满活力,这时,龙山梅就像做梦一样,朦胧中好像看到管兰亭出现了。亨利看到山梅,也使劲挥舞着手中的飞行包,对她挥手致意。龙山梅使劲揉着自己的眼睛,她完全呆了,以为自己是在做梦。

她靠着龙山花,低声询问道:"山花,那是兰亭吗?我没看错吧?"

龙山花认认真真地向前看去,看实在了,便答道:"不是姐夫,是亨利!但是,现在你可以放心了,姐夫一直是和他在一起的!"

等到亨利走到自己面前,龙山梅马上焦急地问道:"亨利,是你吗?兰亭还活着吗?"

亨利友好地抱着她,回答道:"是我!兰亭没事,活得好好的!"

龙山梅询问道:"昨天兰亭说,他飞7652号飞机!"

亨利叹了一口气,回答道:"临起飞前,他接到紧急命令,临时换了飞机,去飞7600号飞机,我去飞7656号飞机。"

龙山花有一种预感,一种不祥的预感,马上紧张起来:"那乔治开的是哪架飞机?"

亨利看着她,随即低下头来,犹豫着,始终没说什么。

山花觉得异常,马上追问道:"你快告诉我,乔治在哪里?"

亨利鼓足勇气说:"龙小姐,我很遗憾,真的遗憾,乔治开的是7652号飞机……"

龙山花脸色顿时变得苍白,她用绝望的声调问道:"7652号飞机呢?回来了吗?降落了吗?到底在哪里?你们快说啊!怎么哑巴了?别不告诉我啊!"

亨利走到龙山花身边,诚挚地拥抱着她:"山花,你要挺住,7652号飞机被鬼子飞机给打下去了……飞机坠毁了!"

他的话音未落,龙山花就呆了,她绝望地看着他们,怀着最后一丝希望,说道:"不!这不是真的,你们是在骗我,是在说假话……"

亨利只能默默地挽着她,他们还能说什么?这是战争,这就是战争!这就是残酷的沙场!龙山花顿时号啕大哭起来。龙山梅使劲安慰她:"妹妹,你要坚持住,你还怀着乔治的孩子,就是为了孩子,你也得好好地活下去!"

龙山梅反复劝她,可是,龙山花已经什么也听不见了,她只觉得眼前天昏地暗,一片漆黑,随即昏了过去,倒在姐姐怀里……

7652号飞机坠毁的消息立即在机场家属区中传开,飞行员家属马上接到通知,毫无疑问,龙山花受到了沉重打击!她家里大门敞开,在临时设立的灵堂里,白花满放,黑纱四处,盟军老战友和同事们前来慰问和悼念。龙山花痛苦欲绝,哭得死去活来,姐姐龙山梅始终留在她身边,不时用手帕给她擦去一直往下淌的泪水。龙山梅安慰她:"妹妹,你可要节哀顺变,保重身体!"

她知道,战争一直在让女人承受着她们很难承受的巨大压力！翌日上午，追悼会在重庆空军基地会议室召开，会场内摆满挽联，出席追悼会的人士心情沉重，全都走上前来，向龙山花表示吊唁。兰亭抱歉地说："山花，真对不起，我没照顾好乔治！"

龙山花泪流满面，悲痛欲绝。

管兰亭对龙山竹说："谁说战争只是男人的事情？在这场战争中，你们女人的悲痛其实超过了男人的壮烈！"

龙山竹回答道："但是，我们女人不会再软弱，不会再胆小，和男人一起走进战争，用自己的手，自己的心，自己的血，坚强不屈，拼杀到底！"

当机组人员进行日间飞行时，通常是在重庆机场或昆明机场吃早饭，然后出发，飞到印度机场吃午饭，下午再次返回，到昆明或重庆吃晚饭。半夜时刻，管兰亭机组人员来到基地餐厅，一进室内，看到里面空空荡荡，心情便极为沉重。

他对亨利说："你看，吃早饭时，我们和其他机组人员，围着几张桌子坐着吃，可现在，原来坐满人的食堂已经没有多少人了。"

亨利说："是啊，你看看，还是这张桌子，人却少了许多，而且，他们再也不会坐在这里和我们一起用餐了。"

说到这里，机组人员全都心酸不已，眼睛全红了……

两天以后，亨利再次驾机飞到出事地区，距离7652号飞机失事现场近100公里时，亨利开始减速，降低7656号飞机的飞行高度。当距离7652号飞机坠毁地点越来越近时，亨利就越发紧张，只要能发现乔治机组，他会不顾一切地冲下去，采取救援行动。管兰亭用望远镜仔细观察地面情况，迫切希望能看到乔治在下面向他招手，发出呼救信号。可是，地面上大雪茫茫，一片银色，哪里有什么痕迹？

亨利怀疑地问道："这就是7652号飞机失事地点吗？"

"根据你在航图上所标明的地点，这就是出事地区！"

副驾驶根据膝上所摊开的航图，肯定地说道。亨利半信半疑，不敢肯定，他把视线再次转向飞机舷窗之外，地面上白雪皑皑，全无人迹！驾驶员和报务员全都站起来，一起向下观察、搜寻，机舱内异常寂静，只有飞机引擎发出阵阵声响。

"肯定是被大雪给遮盖住了！"副驾驶低声说道。

亨利依然不愿离去，飞机还在盘旋飞行。管兰亭安慰他道："亨利，希望总还是有的，下次再来吧，前面还要穿越驼峰，我们确实该走了。"

亨利沉默不语，只是紧锁着眉毛，冥思苦想，拿不出主意，在大家劝说下，最终只好飞离现场。他满怀悲情，在7652号坠毁地点上空盘旋一周，不仅使劲摇晃机翼，还加大幅度，倾斜机身，作斜向飞行，以此寄托他对乔治的思念之情。他胆子大，可是副驾驶却惊魂未定："亨利，我们飞机可是满舱飞行，做摇摆机翼动作，搞不好会出事的！"

亨利只是哼了一下，没有回答。在飞离那一刻，他取下自己脖子上系着的白色飞行员围巾，拉开舷窗，轻轻地抛了出去。洁白的丝绸围巾带着战友的魂牵梦绕，满怀所有飞行员的怀念与祝愿，在蓝天映衬下，显得分外醒目，轻柔地、缓慢地向着雪域飘落下去……

鉴于亨利和其他战友亲眼目睹了7652号飞机坠毁的经过，并及时测定了失事方位，7652号运输机坠毁地点很快就被印度汀江空军基地通报给其他飞越驼峰航线的飞行员们。在那以后很长一段时间里，所有的飞行员在飞越这一航线时，都是设法调整自己的空中途径，尽量使飞机航线在7652号飞机坠毁地区上空穿越。驾驶员们都像亨利那样，衷心希望奇迹能够出现，能够看到乔治和其他机组成员从丛林中冒出来，朝空中挥手高喊；

"Help！Help！（快来帮助啊！）弟兄们，我们还活着！"

令人遗憾的是，所有的努力全都没有奏效，一架又一架飞机从失事飞机残骸上空飞过，但在白云深处，依然没有任何人迹，林海之中，始终是死一般寂静，飞行员们日夜祈祷的奇迹没有发生！但是，亨利机组成员始终坚信，7652号机组成员还活着，还在大山深处等待着外界援救，他们永远无法忘记在异国他乡被冰雪掩埋的7652号飞机，更不能遗忘乔治和其他机组成员。

在以后的日子里，搜寻活动始终没有停止过。管兰亭姑父对我说，在漫长的岁月里，记不得有多少次，他会在夜深人静时突然惊醒过来，大叫一声，从床上坐起，默默回想起这场惨剧。

那一天，所有这一切发生得太快了，他和亨利完全不敢相信自己的眼睛，敌军中野航空队出其不意的偷袭和卑鄙的谋杀都是在几分钟之内发生的，他的脑海中不时出现这幅悲剧性画面：就在美丽的龙山上空，就在千里白雪的群山之上，三架日寇零式战机血腥地进攻一架C—47运输机，可怜的7652号飞机在绝望地挣扎，两侧螺旋桨发出死亡前的哀鸣，可是，残忍的鬼子却狞笑着，用机关枪的火光，射向毫无抵抗能力的运输机。

碧空、白云、一望无际的山峦，在如画的风景里，一架盟军C—47运输机却冒着滚滚浓烟，朝着无垠的原始森林栽了下去……7652号机组成员已经永远长眠在白雪皑皑的群山之中，他们的血肉之躯早已和崇山峻岭融合在一起。但是，管兰亭和亨利依然会问：7652号飞机残骸究竟在哪里？乔治机组成员的最后归宿到底在何处？

不久以后，在昆明空军机场飞行员休息室里，一场独特的婚礼正在举行。龙山花身穿白色婚纱礼服，怀抱刚刚出世的小乔治，在庄严的婚礼进行曲中，缓缓走了出来，她脸色苍白，满带愁容。龙山竹和龙山梅走在她的身旁。大姐安慰她道："妹妹，高兴些!"

二姐说:"乔治此时肯定在天上默默地看着你和小乔治,你要让他高兴!"

龙山花笑了一下,可是笑容很是惨淡,满是悲哀:"姐姐,我会笑的,我会让乔治看到我们母子笑容的,他在天上也会笑的!"

可是,片刻之后,她的笑容消失了,她再也控制不了自己的悲伤,先是抽泣,然后热泪盈眶,最后,开始号啕起来。全场肃然,飞行员们不知该说什么。

此时,亨利站了起来,挥着双手,朝着天上高喊:"乔治,你听见了吗?听见婚礼进行曲了吗?你看见了吗?看见山花和小乔治了吗?是的,你听见了!你看见了!这是我们为你和山花举办的一场隆重婚礼,一场最为浪漫的战地婚礼!老伙伴,你就在这里,就在机场,就在我们身边!我们看到你了,我们一定会找到你的,我发誓,你永远不会孤独,永远和我们在一起!

亨利哭了,管兰亭哭了,全场飞行员全都哭了。

亨利把泪一抹,对着大家高喊:"女士们,先生们,我们为什么要哭?今天可是大喜的日子,是乔治和山花的神圣婚礼!让我们高兴一些,为了他们,为了小乔治,为了爱情,为了明天,为了未来的和平,音乐,再响一些!"

庄严而浪漫的旋律在婚礼会场上空回响,动人心弦,就在此时,机场上空拉响了警报,刺耳,甚至有些恐怖,但是,没有一个人离开会场,婚礼在继续进行……

在20世纪40年代、80年代和90年代,一直到21世纪,凡是当年参加过这场婚礼的人士全都终生难以忘怀,那个有关婚礼的浪漫故事一直在当地流传。这个故事感动了所有的人,其中有美国人,也有中国人,有当年飞越驼峰航线的盟军官兵,也有那时尚未出生的年轻人。

随着时光的流逝,当年的驼峰老人一个接一个地离开了这个世界,但是,即便他们带着无限遗憾驾鹤西去,有关7652号飞机的传说,有关机场婚礼的故事依然在中国,在美国,在世界其他地区流传。关心当年驼峰历史的下一代热血青年并没有将乔治机组和7652号飞机忘却,他们依然怀念那个难忘的时代,那场难忘的婚礼!

婚礼以后,亨利他们计划冒着危险,进入龙山地区深山老林,去寻找7652号飞机,去搜索乔治机组成员所留下的任何痕迹,试图发现飞机坠毁以后7652号飞机机组成员们的最终命运。亨利和管兰亭一直坚持不懈地向上级打报告,要求尽快组织搜寻小组。对于他们的要求,洛克上校一直表示坚决支持,其中道理很简单,根据战略情报局命令,他必须在极为隐秘的条件下,找到7652号飞机,找到威廉上校,无论生死,活要见人,死要见尸,找到上校随身携带的绝密文件,立即加以销毁!

洛克上校以战略情报局中国战区办公室的名义,正式提出,配合盟军航空队,尽快组织救援小组。洛克和亨利、管兰亭摊开军用地图,开始用航尺进行测量,当他们经过认真计算以后,不约而同地用红笔圈中地图上的一个地点:龙山!亨利真诚地说:"洛克,谢谢你!我真没有想到,这一次你会不顾一切,支持我们的搜寻行动!"

洛克一笑:"什么话!乔治也是我的老朋友,友情为重!"

管兰亭总觉得洛克上校背后有什么文章,可是,他确实看不出来里面的奥妙。他怎么也不会想到,战略情报局居然是利用他们的搜寻行动,掩盖自己的"迷雾行动"!

兰亭说:"就地图看来,龙山是两江汇合之地,有着优良的水上通道,最为理想的是,这里还是滇缅公路的途径要地,从这里到昆明机场,或重庆机场,到中国西南省份任何一个地区,均在飞机航程之中。"

洛克上校很有魄力,拥有特殊权力的人士总是很有魄力,他断然说道:"尽快赶往龙山,时不我待!"

亨利当然同意:"非如此,必将延误救援时机!"

根据中国战区总部的决定,搜寻小组由盟军航空队,战略情报局,密电研究所等机构共同组建,搜寻训练很快就开始了。洛克站在会议室前面,侃侃而谈:"去年8月,我和史迪威将军的政治顾问戴维斯先生以及一群中国军官乘坐飞机去重庆,飞机在空中坏了一个引擎,我们只好跳伞着陆。几个小时后,一架盟军C—47飞机飞临我们上空,空投无线电收发器材、步枪和信号枪。同基地进行无线电联系后,我们得知,距离最近的盟军基地还有十天路程,附近没有可供飞机着陆的场地。为了使幸存者有体力步行,我每天带着他们做健身操,当地土人看见我们的样子都笑得背过气去。半个月后,地面营救队找到了我们,所有幸存者都走出了丛林。"

众人大笑。

等笑声沉寂下来后,洛克说:"老实说,为了顺利完成此次任务,我们必须建立一支专业搜寻队。队伍将分成两个分队:第一分队是地面搜寻队,在地面推进进行搜索;第二分队是空中搜寻队,飞机每天在搜寻区域飞行两趟,晚上进行维修。"

一名队员询问道:"机上人员如何分工?"

管兰亭宣布:"空中搜寻队由我和亨利负责,我负责驾驶飞机,亨利负责观察地面情况,主要采取'梳头式'搜寻技术,在目标飞机坠毁地区来回飞行。一旦发现幸存者后,我们将立刻投下黄色长旗,上面有同地面基地进行联系的信号说明,随即投送步话机,并给幸存者空投补给。"

驼峰酋长行动 HUMP SHEIK OPERATION

董霜桥说:"本人负责搜寻活动中的所有通讯联络。"

一名队员询问道:"在过去的野外搜寻中,航空队发现过幸存者吗?"

亨利颇为得意地说:"我们不仅发现过幸存者,甚至还在执行任务时发现过一架停在地面的日本飞机,当时,那架日本零式飞机停在山间草地上,日军飞行员正在修飞机。我们机组立刻发起进攻,大家高声喊道:让我们去揍小日本鬼子!运输机迅速拉高,机组人员打开飞机舱门,立即开始射击,最后,我们击毙日军飞行员,还把日军飞机打得千疮百孔。回到空军基地后,我们高兴极了,就在飞机驾驶舱下方画上一面日本国旗。"

管兰亭赞扬道:"这应该是中国战区战场上第一架干掉日军战斗机的盟军运输机!"

"正是!"

洛克举起一块布条:"各位请看,这上面用中文写着'来华助战洋人,军民一体救护'。实际上,这是美军飞行员出航时必带装备之一。一旦美军飞机在中国境内坠毁,跳伞幸存下来的飞行员见到中国老百姓就会把夹克脱下,里朝外翻过来,展示这块布条。"

"中国老百姓能分辨清楚敌我飞行员吗?"

"没问题。比如说,日军飞机涂有太阳图案,日本飞行员戴五星帽,而美国飞行员衣服上有'援华助战'的字样,美军飞行员和中国飞行员遇到前来救护的民众会放下武器、举起双手,而日本飞行员见到人就会开枪逃跑。一旦分清敌我之后,中国老百姓就会尽力救护和帮助我们的飞行员。"

1943年缅甸雨季结束,X部队新38师和新22师已出动战车、重炮部队,投入前线阵地,进入胡康河谷。按照史迪威将军的命令,中国远征军第38师,开始沿着利多公路,向缅甸境内

神秘空难 第十五章

361

发起进攻。

当中国部队官兵攻进缅甸以后,当年远征军撤退时的惨痛情景便立刻出现在他们眼前:在废弃的宿营地里,数千具中国军人的骸骨已经朽烂在草木丛中,松柏森森,青草离离,堆堆白骨惨不忍睹,朽烂的枪托号码依然清晰可见,荒芜的道路两侧,军用卡车锈迹斑驳,车身依然无损,唯有一具骷髅斜靠在方向盘后面,令人毛骨悚然。

史迪威将军走过去一看,几具尸骨斜靠着树干,腰骨间围着手枪皮带,旁边架着步枪,好像还在沉睡之中,在草丛里,骷髅尸骨无处不在,蚂蟥铺满地面,黏附在尸体上。老将军面对着牺牲将士,心情沉痛,不由得摘下头上钢盔,表示哀悼,然后,下令把这些尸体一一掩埋。

老将军含着热泪说:"安息吧,远征军烈士们,我希望将来有机会在中国重新安葬你们!"

(令人惋惜的是,时至今日,这些当年抗日先烈的遗骸依然在异国他乡长眠。令人思之,能不悲叹?)

此时,史迪威将军抓住战机,乘胜追击,发出第八号作战命令,要求一线部队肃清左右两侧之敌,继续向东方及南方推进,胡康河谷第二期战斗就此开始。

老将军策马加鞭,直奔缅北,所属部队在山谷里赶修一座大型飞机场,飞机、大炮、坦克、各种车队源源不断开来,新式战车和大炮第一次开进野人山。中国远征军官兵们看到军用物资堆积如山,他们知道,野人山大战已经胜券在握,报仇雪恨之日即将来临。

史迪威将军为之振奋,在军事会议上,他高度评价 X 部队的作战表现:"中国军人作战出色,进攻勇猛,火力控制适当,出兵迅速。"

将军毫不理会盟军高层要求他出席各种军事会议的电报，仍然在前线作战。由于身患黄疸病，病情更为恶化，面色苍白，皱纹纵横，骨瘦如柴，军衣日渐宽松，但他的精神却亢奋异常，只在筋疲力尽时，才休息片刻。晚上，老将军因陋就简，睡在军用帆布床上，和中国士兵们一样，用钢盔盛水洗澡。此时盟军已有强大空军支援，虽然部队伤亡严重，但还是斩关夺隘，一路前进，各个军事要地被逐一攻克。

鉴于日军前线部队不断战败，缅甸日寇指挥官大为震惊，大岛司令官立即以天皇名义，给前线指挥官发出命令："绝不能后退，要与阵地共存亡！"

战斗越来越残酷。日军已失去制空权，缺乏空中支持，在作战中处于被动局面。历史上往往会出现一些巧合，但是，类似缅甸战场的那种巧合，确实令人惊讶不已。就日本缅甸方面军在仰光所制定的进攻计划与盟军在开罗会议上将提出的反攻缅甸作战方案而言，两个敌对军事集团秘密制定的作战计划完全针锋相对，大同小异，在作战方向、兵力投入、开战时间等关键内容上，居然如出一辙！

两军相遇，勇者胜！中印缅战场生死恶战已经爆发！

第十六章

开罗会议

　　反攻缅甸的大战序幕揭开之后，开罗会议正式举行。对于蒋先生来说，这次会议是他一生从政的历史性巅峰，他一生所参加的唯一一次国际高峰会议就是开罗会议。11月23日，开罗会议正式开幕，罗斯福、丘吉尔、蒋介石、宋美龄及三国幕僚出席，罗斯福显得满腔热忱，丘吉尔看起来有些半心半意，蒋介石则是眉飞色舞。

　　罗斯福在会议上说："马歇尔、史迪威都极力主张把日本驱逐出缅甸，以保证中国陆上国际交通线，加强中国军队力量，最终打败日军地面部队。我支持他们的看法。"

　　丘吉尔不敢苟同："现在的问题是，缅甸真的具有那么重要的战略价值吗？目前收复缅甸有必要吗？我认为，要打败日本，盟军仅仅依靠海上军事力量就足够了。"

　　蒋介石表示："我可以同意，反攻缅甸限于缅北，但我要求陆海军协同作战行动，其中应包括英、美军队攻占仰光西南安达曼群岛的计划。此外，我还希望，供应中国的空运量每月应不少于一万吨。"

　　蒙巴顿立即回答道："目前，我们还无法确保一万吨。"

　　双方为此争执不下。罗斯福是个爽快人，他不愿看到盟军内部为此而争来争去，于是，他放话了："各位，我可以承允，每月空运量不仅要达到一万吨，而且还要逐步增至一万两千吨。"

蒙巴顿见美国总统如此许诺，也就不再说什么。由于罗斯福始终坚持反攻缅甸的军事计划，丘吉尔和蒋介石不便过于反对，经过多次讨论，英方和中方表示有条件将进行缅甸战役。

开罗会议戏中有戏。其实，当时在美军总部，主张从中国战场攻击日本本土的人士日益减少，而支持从中太平洋地区进攻日本本土的人士逐渐占了上风。美国军方参谋人员已经正式提出：盟军绕开中国战场，从中太平洋地区直接进攻日本本土。过去所提出的在南缅战场采取水陆夹攻的作战方案已被放弃。

史迪威已经从内部渠道听说有关盟军攻日新战略，他当然要听取罗斯福总统关于今后美国对华政策的指示。12月6日，史迪威将军去晋谒罗斯福总统，当时在场的，还有美国战略情报局洛克上校。罗斯福总统是个伟大的战略家，战略家的讲话历来是海阔天空的，总统先生从历史讲到现实，再瞻望未来，对于具体的对华政策所谈甚少。史迪威将军是个军人，是个指挥作战的军人，因此，他急需听到具体的对华政策，只好耐着性子聆听总统的高谈阔论，到会见快结束时，总统终于回到中国问题上来了。

罗斯福问道："据说中国常德已经失守，你看蒋介石还能支撑多久？"

史迪威将军回答说："缅甸大战即将开始，日军急欲尽快结束在华战事，日军精锐军队于12月3日攻陷常德。目前战局形势极为严峻，如果结局如同5月间鄂西会战，蒋介石很有可能会垮台。"

罗斯福若有所思，然后说："如果是这样的话，我们应该有第二手方案，去寻找别的领导人，或其他政治派别，继续把这场战争打下去。"

洛克正在认真进行记录，当他听到总统关于二手方案的讲话时，眼前一亮，异常兴奋。

史迪威立即表示同意："是的，别的领导人或其他政治派别的代表也会主动来找我们。"

罗斯福肯定地说："对，他们肯定会来找我们，他们应该是喜欢我们的，他们不会去找英国人。我们在华的战略目标和英国完全不同，例如香港，我们要使其变为自由港，但必须先由中国收回，大连也可照此办理。我想蒋介石是会同意的。"

史迪威继续问道："据说，苏联表示愿意将满洲交还中国，听起来好像非常慷慨。总统对此看法如何？"

罗斯福回答说："苏联疆域已经足够大了，他们不需要再继续扩张。斯大林对于朝鲜、越南的处理方法和我基本相同。我曾坦率地问过蒋介石：'你们要不要越南？'他的回答是：'在任何情形下，我们都不会要越南。'是的，在任何情形下，他都不会要越南。"

史迪威继续说道："英美如果不去进攻缅甸，蒋介石在国内将会有困难。"

罗斯福表示："我们在缅甸如果获胜，中印航线空运吨位就可大大增加，对华物资就可以更多地运过去。"

史迪威立即请示道："我希望总统对于中国政策能作具体指示。"

罗斯福说："中国需要我们帮助的地方很多，例如近年来的贷款之事。"

正谈到这里，丘吉尔首相前来拜访，史迪威和洛克等人只好退下。老将军对洛克说："遗憾的是，我对于总统的具体对华政策还是不甚了然。"

洛克兴奋地说："总统已经具体指示：我们应该有第二手方

案，在中国寻找别的领导人，或其他政治派别，取代蒋介石，继续把这场战争打下去。"

史迪威将军回答说："罗斯福总统对于我所提出的问题，尽管没有作出明确指示，但已表示，'如果蒋倒，可另觅别派'。现在在中国国内，所谓的其他政治派别，除中国共产党以外，别无其他适当对象。我想，美国和中国共产党应该会有合作可能性。"

洛克表示说："我也亲耳听到总统这一指示。作为情报官，我当然要积极执行。"

史迪威将军立即说："我们应该开始设想在抗战中与中国共产党所领导的部队进行合作。"

洛克说："实际上，我们战略情报局已经拟定了计划，准备采取措施，把'花生米'（指蒋先生）给干掉！"

老将军当即表示反对："你们何时作出这一计划的？我怎么一无所闻？"

洛克耐着性子解释道："将军，作为秘密的情报机构，我们必须对此加以保密。"

老将军火了："胡说八道！这么重大的问题，你们怎么能擅自作主？真是岂有此理！我警告你们，如果你们一意孤行，将会造成混乱局面，后果会非常严重。总统只是表示，'如果蒋倒，可另觅别派'，但是，他并没有要我们采取任何秘密行动！我希望你们情报局立刻向总统汇报，并立即停止采取任何秘密行动！"

洛克顿时哑口无言，老将军的强烈反响是他所没有想到的，他原以为，老将军会同意战略情报局的秘密计划，至少也会采取中立立场。老将军严肃表示："你们立刻呈交报告，把事情的来龙去脉讲述清楚！"

洛克无奈地说："是，将军！"

当天晚上，洛克立即向战略情报局高层人士进行汇报。局长

367

说:"愚蠢!你太愚蠢了,怎么可以向乔大叔交底呢?"

洛克马上请示道:"您的指示是?"

局长略加考虑,随即下令:"否认,当然是彻底否认这一计划!亲爱的洛克上校,正如你所知道的,我历来讨厌蠢人,这个世界上的所有蠢人都必须干掉!注意,如果今后再出现这种愚蠢错误,你就掏出左轮手枪自行了断!"

"是,局长先生!可是,目前最麻烦的是,威廉上校在7652号飞机失事前,曾经随身携带战略情报局关于干掉'花生米'(意指蒋先生)的绝密命令!"

局长立刻暴跳如雷:"什么?一份书面命令,这种绝密指令怎能以书面命令出现?情报局历来有关敏感性行动的绝密指令都是口头下达的!你们为什么要违背我的规定?"

洛克悄悄提醒道:"局长先生,请允许我冒昧地提醒一句:这份绝密书面命令是您亲自签发的!"

"绝不可能!"

等他冷静下来后,立刻询问道:"我一共签发了几份命令?"

"据说是两份,一份由威廉上校带至中国,另一份在局总部存档!"

"听着!你们要不惜一切代价,找到上校尸体,你要亲自销毁那份绝密指令,不准有任何人看到,凡是看过的人都要从这个世界上消失!明白吗?"

"是!"

"此外,立即通知华盛顿情报局总部机要室,马上销毁代号为'迷雾行动'的绝密文件!"

"是,局长!"

"最后,凡是参与制定这一行动的人都要终生把嘴闭上!告诉他们,谁要是走漏风声,哪怕是一个字,他将会离开这个美妙的世界！当然，其中也包括你自己！"

"是，局长大人！"

洛克上校大事不糊涂，他明白此次事件的严重性，因此，他立即按照局长命令，开始清除此次秘密行动的一切痕迹。为此，洛克连夜起草正式报告，并上报给史迪威将军。报告中明确表示："战略情报局从来没有制定过任何针对中国元首的任何秘密行动。即便在总统提出'如果蒋倒，可另觅别派'的想法以后，战略情报局或许有个别人士仅仅在内部交流过某些不成熟的建议，但是，并没有任何人被授权正式制定任何秘密行动计划。"

老将军接到报告后也是无可奈何，他知道，要情报机构承认错误，那简直比登天还困难。

对于开罗会议，蒋介石颇为满意，会后，他对茅副司令表示："经过此次会议，我们的作战目的通过开罗会议公报，已为国际所承认。回想抗战初期，我们和日方秘密接触时，尚不能坚持收复东北，只希望不被强迫正式承认满洲国，底线是取消塘沽协定，恢复战前状态。而此次开罗会议公报则列举：'凡日本由中国窃取的领土，诸如东北、台湾、澎湖列岛等，应归还中国。'昨日发表开罗会议公报以后，中外舆情莫不称颂为中国外交史上空前之胜利，但我心中唯有忧惧而已。"

他倒是希望居安思危，能在鼎盛时期，有忧惧感。可惜的是，那只不过是说说而已，身边众人却高唱赞歌。张副秘书长立刻表态："委员长在国际上声望日隆，依然有忧虑之心，所言深刻！"

老部下众口一词，一个比一个更会捧，他听后，心中当然非常受用。蒋介石立即打道回国，于11月27日飞离埃及。在飞机上，他对夫人说："此次在开罗逗留七日，其间以政治收获为第一，军事次之，经济又次之，然皆获得相当成就。本月大部精力皆用于会议之准备与提案之计划,慎重斟酌,未尝掉以轻心。故会议时,各种交涉之进行,其结果乃能出于预期,此固为革命事业中之一项重要成就。"

美军战略情报局为了掩盖流产的"迷雾"秘密行动,销毁威廉上校所携带的绝密文件,计划在龙山一带展开大规模秘密搜寻行动,以找到失事的7652号飞机。但是,消息传出以后,由于美国在华高层人士并不了解内情,还为此展开激烈争论。

驻华大使认为:"我看战略情报局是小题大做,把一次简单的无线电通讯事故看得过于严重,至于所谓日军使用间谍手段的说法,本人更是嗤之以鼻,这无疑是当代天方夜谭。当然,如果战略情报局要一意孤行,我们也不便加以反对。"

美军航空队负责人士表示:"战略情报局洛克那帮家伙反正闲得没事干,如果他们愿意去龙山山沟里瞎忙乎,也比在空军基地里酗酒胡闹要好得多。"

在这种情况下,美军高层人士就此问题达成共识,对于洛克秘密行动小组所提出的龙山调查行动表示同意,并责成有关部门与行动小组具体协商相关调查计划。

在重庆委员长黄山官邸会议室里,蒋介石对史迪威将军微笑着说:"据我所知,你的人员正在重庆全面开展外交活动,此时此刻,你的副手们正在欧亚俱乐部举行盛大酒会,我要不是在这里会见阁下,倒是很愿意去参加他们的活动。"

"委员长的善意和热情我们永远难忘!"老将军真诚地说道。

蒋介石话中有话:"可惜的是,重庆的水深,鱼龙混杂,错综复杂,就连我本人有时也得小心翼翼,不能随心所欲。"

史迪威十分理解:"权力中心其实是最无权力的地方。"

蒋介石完全同意:"确实如此!"

"战略情报局人员即将开展龙山秘密调查行动,他们希望能得到委员长支持。"

蒋介石回答道:"由于日军'酋长行动'阴险狡猾,必须尽快查清这一行动全部内容。我已经签署一道命令,允许美方人员在龙山地区对这一事件进行调查,当然,是在我方人员配合下!"

老将军急切地问道:"中方人员何时介入?"

"今天,就从今天开始!联合调查组中方组长管上校和副组长董教授已经抵达龙山,顺便说一下,他们老家就在龙山!"

对于蒋介石的安排,老将军比较满意,他走到蒋介石身旁,热情地握着蒋先生的手说:"委员长阁下,请允许我代表罗斯福总统和美国人民,向您表示衷心感谢!"

蒋介石笑着说:"我知道,你对我的答复不很满意,你们希望能独立进行调查,不过,你要知道,这毕竟是在中国,人言可畏。但是,请你相信,我是一直站在你们这一边的!我从来也没有食言,并且是言而有信的。"

史迪威热情说道:"谢谢您的关心!"

秘密行动小组成立以后,洛克上校立刻接到中国军方正式通知:管兰亭和董霜桥调入行动小组,出任中方正副组长,王海伦出任中方机要秘书。两天以后,管兰亭和董霜桥接到空军司令部茅副司令命令,带领一排官兵,飞往龙山执行紧急任务。临行前,茅副司令告诉他们:"我和老美打过很多交道,你们一定要忍辱负重,少说多看,尽量了解美方真正的调查目标。"

管兰亭很是惊讶:"您的意思是,美方除了公开提出搜寻7652号飞机以外,还有其他一些没有披露的目标?"

茅副司令说:"是的,如果仅仅是调查飞机失事原因,美方完全可以在内部组织一个小组进行调查。但是,现在他们大动干戈,兴师动众,调集那么多人,显然有一些不可告人的真正目的。因此,你一定要和董教授彻底查清他们的真实意图。"

"是，司令！我们一定会按照您的训示做好一切工作。"

最后，茅副司令交代说："我要强调一点：张副秘书长是中方内部的实际负责人，你们要向他进行汇报，根据他的命令行事！"

张副秘书长显得很豁达："兰亭，你们放手去做，功劳是你们的，过错算我的！我给你们介绍一员能干的女将，她就是军统四大花旦之一王海伦小姐！"

管兰亭和董霜桥心中很不痛快，但表面上还不能说什么，于是答道："是！"

王海伦春风满面："张副秘书长过奖了，海伦年轻无知，还请两位长官多多关照！"

兰亭心中暗骂道："关照你个屁！"

但他还是勉强挤出一丝笑容。

董霜桥离开重庆前，"老板"曾和他秘密接头，他们在一家临江茶馆里会面。"老板"说："此次龙山调查行动来头很大，我看，里面大有文章！"

董霜桥表示："看来不仅仅是调查飞机失事原因。"

"各有各的意图。"

"您的意思是？"

"老板"分析道："从表面上来看，这是日军间谍所策划的一次秘密行动，但是，问题并非如此简单。第一，史迪威将军想查明，日军间谍是如何得知他的飞行时间的？此外，他还想了解计划运往延安的一些战略物资为什么也会被安排在这一次飞行中？是偶然巧合？还是有人搞鬼？至于九架飞机一起失事坠毁，除了日军间谍活动以外，盟军内部是否有人故意搞鬼？"

"据说，老将军对延安很有好感！"

"对，最近他曾向蒋先生提出，计划为我们八路军提供五个师军事装备。结果老蒋闻讯大发雷霆。"

董霜桥提出疑问："难道国民党右翼人士会从中搞鬼？"

"不排除这种可能。"

董霜桥恍然大悟："难怪张黎生对此次调查行动异常关心，还专门请我吃饭，显然他是醉翁之意，另有用心！"

"我看是用心良苦！你要提醒管兰亭，千万不能被张黎生的所谓师生情谊所蒙蔽，那个王海伦就是代表他去监视你们的！"

"我会提醒他的。兰亭是一个极有正义感的人士，在大事面前，从不糊涂。那么，洛克的真正意图是什么？"

"老板"回答道："这是一个在重庆极为神秘的人物，作为军事武官，他的消息很灵通，我看，他的目的是多重的。首先，他要查清日军'酋长行动'的真实目标；其次，他要查明此次大规模飞机失事事件的全部内幕。此外，他好像有些反常，行动规模过于庞大。你想想，驼峰几乎每天都有飞机失事，他对其他飞机失事为何无动于衷，而对7652号飞机却异乎寻常地关注，这里面肯定大有文章。我们通过内线得到情报，来自美国战略情报局的威廉上校就是搭乘这架飞机失事的，不过，没有任何人知道上校来华的真实使命，显然，他是怀有秘密行动计划的。"

董霜桥说："您的看法很有道理。"

"符合逻辑的推论是：神秘上校身上肯定带有某些特殊东西，也就是洛克竭力想找到的东西！看来，你们这次行动将会非常热闹，好戏连台啊！"

"首长，您放心，我们最终会知道这场戏的真正内涵是什么！"

"很好！对于洛克这位神秘人士，你们可是要特别当心！"

"好的，首长！"

"来，我们最后以茶代酒，祝你顺利完成任务！"

窗外月色如洗，江水向东静静流去。

洛克所关注的，当然是找到7652号飞机、威廉的遗体和他随身携带的那份"迷雾行动"绝密文件。但是，他很聪明，有意通过美国新闻媒体的报道，把龙山搜寻行动的目标说成是寻找盟军驾驶员遗体，这些宣传迷雾，已经使得洛克从军中一个默默无闻的小人物，一下子进入高层权威人士所关注的视野之中。

蒋夫人在听取航空委员会茅将军有关龙山搜寻行动的汇报后，说道："尽管盟军历来非常重视他们在前线牺牲将士的遗体寻找工作，不过，我对龙山搜寻行动的真正目标表示怀疑。根据可靠消息，龙山搜寻行动有可能是神秘的'迷雾行动'的一个部分。茅副司令，你们必须尽快查清美国军方'迷雾行动'的真实目标。"

茅副司令回答道："夫人，我方人员在此次搜寻过程中，和盟军人员一起进行调查，双方之间的关系将有所加强，这未尝不是一件好事。当然，美中双方各有不同目标，我们将会巧妙地介入盟军的秘密搜寻行动。"

蒋夫人着重强调："你们要明白，在搜寻行动中，你们的目标不仅仅是找到盟军机组人员的遗体，我更希望你们能在秘密行动过程中，发现美军的真正目标。"

茅将军回答说："是，夫人！"

蒋夫人想了一下，随即说道："茅先生，你尽快安排一下，我要见见美国战略情报局那个洛克上校。"

"是，夫人。"

在茅副司令安排下，战略情报局洛克在航空委员会秘书长办公室受到蒋夫人亲自接见。洛克很会掩饰自己内心深处的想法，他显得非常感动，甚至有些感激涕零："尊敬的夫人，非常感谢您的安排，我会尽力为发展两军之间的关系而效劳！同时，请允许我代表美国战略情报局总部,感谢中国航空委员会,特别是您作为秘书长,在我们最近即将执行的龙山搜寻行动的过程中所给予的无微不至的礼遇。"

蒋夫人很和蔼,大有礼贤下士的古风:"上校,这是我们应该做的,你们毕竟是我们尊敬的客人嘛!随便说一下,您在此次行动中是否还有其他秘密任务?"

少校顿时显得很诧异:"夫人,不可能!我可以以上帝的名义起誓,我所接到的命令就是搜寻7652号飞机残骸和飞行员遗体,如此而已,岂有他哉?"

夫人是个虔诚的教徒,对于与上帝有关的誓言当然是相信的:"对不起,上校,我只是随便问问。"

洛克婉转地提醒她道:"第一夫人,您的随便一问,分量可是很重!"

宋美龄嫣然一笑:"随便问问,不必太介意。"

会见是在极为友好的气氛中结束的,宋美龄的关照使洛克格外感动,他当然会更加小心,夫人的消息实在是十分灵通,他必须加快搜寻速度,竭尽全力结束对绝密文件的寻找工作。洛克明白,如果绝密文件落到日军手上,那将后患无穷,当然,一旦被蒋介石的嫡系得到,后果也将不堪设想,天下势必大乱。

翌日,战略情报局局长专为绝密文件事宜来到重庆。按照洛克上校的建议,局长大人在百忙之中抽空会见中方组长管兰亭和副组长董霜桥。在战略情报局重庆站门口,管兰亭看见了董霜桥。

他惊奇地问道:"你怎么也来了?他们告诉我说,要和一个中国密码专家一起担任搜寻行动队中方组长。"

董霜桥开玩笑道:"正是洒家!再说,你能来,我为什么不能来?"

"倒也是！本来你就是密码破译专家，你更合适！"

"哪里，哪里。你听说过美国战略情报局吗？"

"今天来见局长大人，可是，我还真不明白，这是什么机构？"

"那好，我就一一道来。随着战争的进展，美国政府高层人士意识到，他们需要加强军事情报的搜集工作。前年，杜诺万上校带着美国总统所授予的特别使命，先后访问了英国、希腊等国，回国以后，他向罗斯福总统提出：必须尽快建立一个特殊情报机构。去年，罗斯福正式委任他为新成立的战略情报局局长。"

"但是，这和我们中国军队有何关系？"

董霜桥小心翼翼地告诉他："根据我所了解的情报，战略情报局负责与中国军方进行联系的军官就是洛克上校！"

管兰亭大吃一惊："怎么是他，他不是驻华军事武官吗？"

"那只是他的公开身份。"

他脑海中马上浮现出一个趾高气扬的美国军官来：身材魁梧，永远军装笔挺，脸上毫无表情，你总是无法看透他的内心活动："原来此次行动的美方组长就是你说的那个洛克上校！此人是个阴阳怪气的家伙。好在有你对付，我就不用操心了。"

会见时，战略情报局局长显得十分大气，很有耐心，认真倾听了管兰亭有关日军暴行的诉说。然后，局长回答道："我已经看到了日军那些惨无人道的轰炸照片，我对中国人民所遭受的痛苦深表同情。"

管兰亭对此表示感谢，然后提出："我们在龙山的下一步行动急需更多援助。为此，我受航空委员会委托，向您正式提出，要求贵方提供更多的搜寻飞机和行动器材。"

局长先生微笑着说："洛克上校已经向我汇报了你们的建议，我会认真考虑你们所提出的要求，给你们以满意的答复。"

"感谢局长阁下的善意!"董霜桥真诚地说。

局长先是点头称道,随即不无遗憾地说:"可惜的是,重庆内部局势错综复杂,斗得很厉害啊,你们此次行动可得小心翼翼,不能随心所欲,万一外界说起闲话,那是很讨厌的。"

管兰亭回答说:"是啊,局面确实如此,我们会非常当心的,随时识破某些人所玩弄的阴谋诡计。"

局长完全同意:"那就好了!最后,我要提醒你的是,你的老同学日军中野少将当年在南苑航校所使用的化名是武夫吧?"

"是的,确实如此。"

"根据确切的内部情报,中野少将非常关心此次秘密行动,他已经派遣'樱花小组'和'麻将'小组的一大批日军间谍赶往龙山,计划在那里组建一个庞大的间谍网,具体目标肯定是想探明你们和洛克上校的搜寻行动的意图,以便破坏你们的秘密行动!"

管兰亭回答道:"看来我的老同学一直很关注我的动态啊!"

"是的,他确实非常关心你!"

董霜桥为人深思熟虑:"局长,我看事情很不简单。日军如此大动干戈,显然还有大动作,大阴谋!"

局长很有兴趣:"理由是什么?"

"我认为,这是'酋长行动'的继续,日军在龙山肯定会有大行动!"

局长表示同意:"这也就是为什么,美方建议中方委派你来参加此次行动。你的密码破译能力确实是此次行动成功的保证之一。日本人想一箭双雕,我们也想一石二鸟,究竟谁能如愿,就要看后面的动作了。"

对于和美国战略情报局局长的会见,管兰亭和董霜桥觉得还是略有所得,聊胜于无。在谈话结束时,管兰亭走到局长身边,握着他的手说:"局长阁下,请允许我代表处于水深火热之中的中国人民,向您表示感谢!"

局长笑着说:"现在表示感谢还太早了一些。我知道,您对我的期望很高,请您相信,我是一直站在你们这些英雄这一边的!"

等到管兰亭走出会议室以后,局长立即对洛克说:"这是两个非常厉害的对手,尽管他们表面上显得坦诚、憨厚!"

洛克有些惊讶:"局长,他们只不过是中国军队中很不得志的倒霉蛋而已!"

局长回答说:"上校,请别忘记,倒霉蛋并不意味着无能,只能表明没人重用!他们肯定是千里马,正在殷切地等待着机会的出现,只要时机成熟,就会如同中国人常说的那样,不鸣则已,一鸣惊人!"

"是,长官,我一定密切注意!"

"此外,你在进行龙山搜寻行动时,要特别当心所有的重要情报和资料,千万不能让他们弄到手并转移到中国人所控制的地方。我们要多加小心,不能让中国人得到'迷雾行动'的绝密文件!"

"您放心,我一定会把这种可能性掐死在萌芽状态!"

局长看着他,点点头,最后说道:"我期待你能做到这一点!"

局长的眼光有些阴森可怕,很冷很冷,与刚才的热情判若两人。洛克知道,局长能在如此复杂的局势下,始终把战略情报局控制在自己的手中,依靠的就是自己的阴险和恐怖。

董霜桥对于日军南机关未来行动的预测果然是十分准确。此刻,在南机关机要会议室内,佐佐木助理、山口小姐、王慕士等日军高级间谍全部在座,显然,这是一次极为重要的秘密会议。

中野正在讲话："各位，现在是总结'酋长行动'前期工作的时候了。尽管我们没有达到预期的首要目标，干掉中国战区参谋长史迪威这个老对手，可是，我们还是成功使用了无线电情报欺骗战术，造成九架盟军飞机全部坠毁的辉煌战绩！东京总部已经表示予以嘉奖！"

全场特工兴奋不已，热烈鼓掌。中野接着说道："此外，我们还击落了盟军7652号飞机，本来，这也没有什么了不起，只是区区一架运输机而已，可是，美军战略情报局却大动干戈，组织了一次大规模秘密行动，在龙山地区搜寻7652号飞机。显然，这是一次具有战略目标的特殊行动！"

中野示意"麻将"发言。"麻将"走到会议室前面，示意打开幻灯机："将军阁下，各位同事：请看，这是美军战略情报局中国战区负责人洛克上校，是此次秘密行动的核心人物！根据我们所得到的内部情报，美军战略情报局最近计划执行一项代号为'迷雾行动'的计划，主要目标不详。"

此时，山口小姐走到他身边，做了个手势，威廉上校的照片出现在幻灯屏幕上："根据我们'樱花小组'在印度汀江所获取的情报，美军战略情报局专门委派一名叫威廉的上校到汀江据点，洛克上校奉命前去接应，显然，此人来头很大！这是他们两人的合影，正因为他们绝对保密，不与外界接触，才引起了我们的怀疑，我们想尽办法，搞到了这张照片。"

中野频频点头："吆西，吆西！"

"麻将"继续介绍道："事情很凑巧，这位威廉上校乘坐的就是盟军7652号飞机，在龙山附近被中野将军击落！这就是美军驾驶员乔治的照片，顺便说一下，他本来是准备回重庆结婚的！"

全场特工哄堂大笑，随即向中野投以崇敬的目光。"麻将"

继续说道:"前不久,美军战略情报局局长本人来到重庆,根据他和蒋夫人所达成的协议,盟军组成龙山联合搜寻队,洛克出任美方组长,管兰亭出任中方组长,他们对外宣称,要找到7652号飞机,实际上,明眼人一看就知道,他们的真正目标是要找到威廉上校的尸体和他所携带的绝密文件!"

中野站起来,目光逼人,阴森恐怖:"分析透彻!因此,我们要抢在他们前面,找到7652号飞机!找到神秘失踪的上校尸体!更重要的是:找到那些绝密文件!"

全场特工起立:"哈依,保证完成任务!"

中野声嘶力竭地说道:"我宣布,这是'酋长'行动的第三阶段任务!此外,我要强调的是,'酋长行动'第四阶段任务更伟大,更辉煌!光荣在等待着你们!"

"哈依!"

位处中国西南边陲地区的龙山本来是座很不起眼的小县城,龙山北部均为雪峰冰川,地势陡峭,河谷众多,飞经这一地区的航线非常复杂。但是,随着抗日战争的进展,龙山的战略地位越来越重要,县城位于滇缅公路前端,位置偏僻,与缅甸、印度几乎是隔河相望,鸡犬之声相闻。在偏僻的龙山县城里,谁也没有想到,居然会有这么多的美中情报官员来到这里,执行一次绝密行动。

在机场上,管兰亭告诉霜桥:"你知道,按照盟军指挥部要求,龙山居民在极其艰难的情况下,日以继夜,为我们的秘密行动专门扩建了龙山机场,如此一来,美军大型飞机就可以在当地降落。"

霜桥回答说:"我接到家里人的来信,据说,为了大型军用飞机能够降落,龙山老百姓采用了最为原始的修建方式,所有建筑工程没有机械可用,几万名男女老少日夜奋战,没有粉碎机,就用双手,将数以万吨的碎石锤出来;缺少压土机,山区老乡就用农村的原始石磙来压跑道!"

兰亭说:"你能想象吗?成千上万名饿着肚子的民工,用背拖、用手拉、用竹篑,或者独轮车,搬运泥土!"

管兰亭指着那些还在修建机场的老百姓,对董霜桥说:"老弟,你看,抗战中的老百姓惊天地,泣鬼神!凡是亲眼看到这一悲壮场面的海内外人士,没有一个不为之掉泪的。"

董霜桥无限感慨地说:"还是我们的人民好啊!召之即来,来之即干,干之必成。我们对于抗战的最后胜利,难道还有什么疑问吗?"

战时,龙山县城老百姓尽管在附近公路上偶尔也能看见一些美国军人,但是,只有当龙山秘密行动队人员抵达县城以后,当地居民才清楚地看到那些大鼻子。行动队中一些美方人员身穿"飞虎队"夹克,夹克背后印有"来华助战洋人,军民一体救护"的字样。县城居民经常主动走上前去,用英语和美军官兵热情打招呼,有的还靠手势,尽情和他们聊天。

美方人员则用刚刚学会的中文说:"顶好!"

老百姓也笑着回答道:"顶好!"

美方人员表示道:"我们来这里,是为了和你们一起战斗,让战争早日结束!"

老乡们根本就没听懂,只能再次表示:"顶好!"

当天晚上,盟军和中国军方举行联席会议,王海伦担任会议记录。洛克上校提出:"此次秘密行动前期工作包括三个方面:一是组建行动小组,具体人员由战略情报局和中方人士负责;二是美军航空队负责行动队空运工作、搜寻行动所需物资和急救保障的空运行动;三是中国军方提供翻译、向导、密码通讯、安全保卫等人员支持;现在,我宣布,龙山秘密搜寻行动从现在起正式开始!"

洛克毕业于美国西点军校,是一个很有魄力的行动组织者,在他的指挥下,秘密调查行动正式启动了。战略情报局局长立刻发来电报以示嘉奖。洛克先生受到上面表扬,心情十分舒畅,中方组长管兰亭和董霜桥立即前来表示祝贺。管兰亭紧紧握着洛克的手说:"洛克先生,您真是雷厉风行,行动敏捷!"

洛克看起来十分稳重,表面上并不居功自傲:"还是团队的共同努力,我一个人能成什么大事?"

管兰亭说:"我是龙山本地人,对这一地区十分熟悉,而且,在此次大规模飞机失事之前,我就在这一带上空进行过多次飞行行动。"

董霜桥说道:"否则的话,临阵磨枪,措手不及,哪里来得及准备?"

洛克说:"有你们这些优秀的向导,实在是令人欢欣鼓舞!"

王海伦冷笑着说:"洛克先生,听您这么一说,我心里可不高兴了!"

"为什么?"

"原来美方发来的公文明确规定,这是一次中美双方进行的联合调查行动,现在从您的口气来看,美方只是把中方人员看成单纯的向导!"

洛克马上意识到自己的错误,掩饰道:"你们别误会,那只是措辞上的区别而已。"

管兰亭回答道:"做事还是要按照双方规定来做!"

董霜桥在表面上并没有显露出来什么,但他说道:"上校,公事公办,避免误会!"

"是的,是的!"

洛克马上加以肯定。半夜时刻,管兰亭无法入睡,便走到院子里抽烟，他看见洛克一人也在外面冥思苦想，看见管兰亭走出来，洛克什么也没说，只是点点头，算是打招呼了。表面上，洛克一直沉默寡言，只要有可能，他就会耐心倾听对方说话，自己则很少表态。现在，调查行动已经大规模展开，他则显得有些心事重重。管兰亭递给他一支烟，洛克没有点燃，只是把烟卷夹在手指间，上下把玩。

他对管兰亭说："兰亭，我们打过多年交道，彼此之间很了解。坦率而言，此次行动牵涉面很大，任务艰巨。你想想，搜寻队人员来自美英中印四个国家多个不同部门，实际上是小行动，大运作，前后会有几十架次飞行行动，其中包括空中侦察、航拍、人员运输、情报分析、安全保卫、紧急救援等等，再加上地面搜寻行动，确实是一次非同小可的军事行动，显然需要周密的计划和严格的管理。"

管兰亭回答道："是啊，龙山地区地形复杂，行动推进必将遇到很多障碍。中方先头小分队已经开进去了，但是，告急电文雪片似的飞来，我的桌上已经堆积如山！说实话，实在是无法入睡啊。"

洛克很聪明，他根本不愿透露此次秘密行动的真实目的："兰亭，你想知道我脑子里的真实想法吗？我为什么要组织这么大的行动？你不要这么看着我，你和董霜桥都是具有一流智商的人，我喜欢和聪明人在一起共事。你们的大脑很发达，自然会有疑问，我告诉你吧，此次调查行动的主要目标就是为了查明日军'酋长行动'的具体目标，此外，还要查清遇难飞机的确切下落，将遇难飞行员的尸骨运送回国，这本来应该由第十航空队组织的，但是，我们战略情报局的人员正好没事干，就接过来了。"

兰亭笑了笑，回答道："你也是一个聪明人，我更喜欢和聪明人一起讨论。老兄，你分明是醉翁之意不在酒，还要欲盖

驼峰酋长行动　HUMP SHEIK OPERATION

弥彰！"

洛克连忙说道："言过其实！言过其实！"

董霜桥也出来了，站在他们身后，心中好笑，但他为人厚道，不想点破，只是说道："洛克，此次行动的一大不利因素是：大队伍人地生疏，心中无数，而且是仓促上阵，看来，我们只能随机应变。再说，此次秘密行动涉及你们美国战略情报局和第十航空队，还有英国和印度方面的代表，当然，主要还有我们中方人员的介入。各方必需全力支持，精诚团结，才能保证任务顺利推进！"

洛克显得很虔诚地说道："你们中国人说得好：和为贵！"

管兰亭见洛克言不由衷，只是笑了笑，没再说什么。在龙山搜寻队进山以前，按照安排，对所有人员进行了严格培训。

管兰亭在会上表示："根据目前搜寻队所获得的信息，7652号坠机现场可能位于海拔3000米的高黎贡山上，距离中缅印国境线很近，那里是原始森林，究竟如何原始？方圆几十公里荒无人烟，深山之中，古木参天，密林成海。"

董霜桥强调说："此间每年冬春积雪厚重，山势险峻，此外，气候恶劣，野兽出没，搜寻条件十分险恶。在丛林搜寻中，一旦出现意外，和大队失去联络，你们一定要尽快显示自己所在的地理位置，具体来说，在晚上，可以点上一堆篝火；在白天，应该使用颜色布条在地面上摆出明显标志，以便给搜救飞机发出信号，表明你们的活动地点。"

洛克明确指出："战略情报局有关部门专门搜集了'驼峰'航线所经过地区当地部落人士、地形、食物、日军巡逻地点、我军哨卡等相关情报。此外，我们还为你们配备了特别绘制的军用地图。前一段时间，在昆明的战略服务处101部队已经为你们进行了丛林生存训练。是不是？"

全体队员高声回答道："是！"

洛克强调说："孩子们，你们永远要记住我的话：这就是，你们的枪里始终要保留一颗子弹，一旦遇到绝境时，毫不迟疑地使用这颗子弹！有时侯，死去要比生存容易！千万不要像哈姆雷特那样，在生存和毁灭之间，犹豫不决！"

管兰亭提醒道："在你们的军用夹克里，缝着一个布条，上面印着中国和美国国旗，并用中文写道：'来华助战洋人，军民一体救护。'中国军民一看就明白，你们是盟军军事人员，他们肯定会给予及时救护。过去，这一条幅曾经挽救了许多在驼峰跳伞的飞行员。"

董霜桥建议说："目前直接进行地面搜寻难度太大，我们首先依靠飞行搜寻的方法，白天在龙山地区上空飞行，采取'梳头式'搜寻技术，在失事飞机可能坠毁的地区上空反复飞行，把下面所有地区彻底搜个遍，力争有所斩获。"

洛克说："本人对此建议并不赞同，但是，我又无法反对，只好暂时有条件赞成。"

当管兰亭驾驶飞机在空中飞行时，亨利再次自告奋勇，充当副驾驶，并仔细观察地面情况。正当他们认真搜寻时，天气突然转坏，管兰亭立即下令，要亨利扔掉舱中所有货物。亨利背上备用降落伞，打开后舱门，和报务员一起开始朝外扔货物，等他扔完舱中大半货物时，飞机猛烈晃动，出人意料的是，亨利狂叫一声，被气流从敞着的飞机舱门抛出，大半截身子摔出飞机，不幸中的大幸是：降落伞伞绳还在紧紧地拉着他。

亨利竭尽全力高喊："Help！Help！"（救命啊！）

事出突然，站在舱门口的报务员吓得脸色苍白，不知所措。管兰亭在前面驾驶舱里，根本就没有听到亨利的呼救声。正当亨利的生命处于危险之中时，说来也巧，此时飞机再次剧烈震动，立刻倾向另一面，亨利命大，趁着这一转向，使劲用力，刚巧被甩回飞机舱门里面来了。

亨利朝着报务员使劲大喊："你个白痴！还站在那里干什么？快来拉我啊！"

报务员马上清醒过来，冲过去把他拉到座位上，随即使劲把舱门关上。亨利惊魂未定，拼命祈祷："上帝啊，上帝！您始终和我在一起！"

等到管兰亭了解到事情经过时，早已太平无事了。他笑着安慰道："亨利，你是大难不死，必有后福！"

亨利一言不发，只是脸色惨白，实在不堪回首。此时，洛克正带领地面行动小组人员抵达龙山军用机场，开始着手处理救援行动所需军事物资的接收、整理工作。

洛克下令道："鉴于空中搜寻行动未必有效，看来地面搜寻行动应该尽快开始。对于机场堆积如山的重要物资，我们的处理原则是：大部分物资先行储存起来，首先领取进山搜寻所需携带的重要物资！"

随后，洛克队长在搜寻队全体人员会议上下令道："明晨六点，地面部队开始出发！离开龙山县城以后，全队将沿着山区马帮小道，向龙山天峰峭壁前进，天黑之前，抵达天峰峭壁山脚宿营！"

全体官兵立正道："是，长官！"

洛克对管兰亭和董霜桥感慨万端："明天起，我们就要穿过深山老林了，任重而道远！"

管兰亭若有所思地说："这就是战争！我们只能不惜一切代价，夺取最后胜利！"

洛克回答说："对！不惜代价，夺取胜利！"

会议结束以后，洛克把美军人员留下来，举行一次内部会议。亨利也被通知与会。洛克低声说道:"先生们,我们是自己人,我就交底了。此次行动的首要目标是搜寻失事飞机和遇难飞行员,此外,还要寻找日军'酋长行动'的相关线索,例如无线电记录,导航记录等等。"

亨利激动地说:"上校,我得感谢你,我想,乔治在天之灵也会感谢你!"

上校心中暗骂:"你是个傻瓜,亨利!"

但他不动声色,继续说道:"但是,我请你们保密,此次行动还有一个最为关键的目标,就是要找到失事飞机上威廉上校所携带的一只重要公文箱,顺便说一句,祈望上帝保佑他的灵魂!在公文箱里有一道来自华盛顿的绝密命令,这道命令无论如何也不能落到日军手中,更不能落到中国人手中。华府的命令是:不惜一切代价,销毁这只公文箱!任何人不能打开公文箱,否则将被格杀勿论!"

房间里充满杀气,这种杀气是亨利从军以后所从来没有感受过的!洛克紧紧盯着亨利说道:"对不起,亨利,我要你特别注意的是,关于刚才的内容,你绝不能告诉任何中国人,特别不能告诉管上校!这个管兰亭上校绝非等闲之辈,他可是中国空军中的王牌飞行员,自北京南苑航空学校毕业后,一直在军中从事驾驶,经验丰富。此外,董霜桥博士是中国方面的资深情报官员。他们两人十分精明!你们一定要做好保密工作,不能让他们了解到此次行动的真实目标!明白吗?"

"明白,长官!"

亨利无可奈何,他是一个军人,他当然知道"格杀勿论"这道命令的真实分量。谁那么傻,拿自己的脑袋去碰枪子儿?再说,这个洛克上校可是个六亲不认的冷面杀手,真要是落在他手中,他还真敢掏枪毙了你!

半夜时分，中野接到一份绝密情报，最新启动的日军间谍"天使"用秘密电台发送给中野将军："急电！盟军情报人员四十余人抵达龙山，明天凌晨出发，目的地是龙山天峰，具体目标是寻找坠毁的 7652 号军用飞机，飞机上有一名死去的美国军官，随身携带重要文件。文件内容不详，待查！"

中野沉思半天，在军用地图上迅速查到龙山天峰的位置，然后对佐佐木助理说道："他们兴师动众，来到这穷乡僻壤之地，显然飞机上的文件极为重要！"

佐佐木提醒他道："司令，东京大本营情报总部通过大岛司令官送来一份重要情报，据悉，盟军战略情报局已经制定了代号为'迷雾'的绝密行动，但是，行动内容不详。"

中野眯着眼，问他道："你的意思是：'迷雾行动'和此次盟军情报人员抵达龙山所进行的秘密行动有密切关系？"

佐佐木回答道："将军，现在看来，'迷雾行动'虽然如同迷雾那样，始终沉寂，但是，既然有行动，就会有动作，其中必然有一些令人寻味的细节，否则的话，美国军队决不会如此重视。"

"可是，此次美国军方秘密行动的真实目标究竟是什么？在通常情况下，没有任何一个傻瓜会到荒无人烟的密林深处去寻找一架坠毁的飞机，如果真有人去找，那就肯定不傻，其中必有机密！而且，毫无疑问的是，这里面的机密肯定涉及战局发展的关键内容！"

佐佐木回答道："将军见解精辟！"

中野下令道："你去把王先生叫来，不，请来！"

王先生走进司令官办公室，显得有些惶恐不安。中野此次却异常客气，亲自为"麻将"泡茶。他满脸笑容，说道："王先生，我们已经携手并肩多年了，你很能干，对东亚圣战贡献卓著！"

　　王先生马上起立道："愿为中野司令官效劳！"

　　中野示意他坐下："王先生，你别客气！我们是多年的老朋友，我就实话实说了。不久以前，大本营情报部门特工在美国获得一项重要情报，据说是美军战略情报局制定了一项迄今为止最为绝密的行动，代号为'迷雾行动'，这一行动和中国战区的战争大有关系，而且关系到战区最终结果。但是，我们在美国的特工未能获取行动的细节，它的具体内容至今仍然空白。"

　　"麻将"有点受宠若惊，他分析道："在重庆时，我也风闻了此次'迷雾行动'，但是，中国情报部门似乎也是一无所知。按照过去的惯例，如果盟军对中方情报部门封锁消息的话，那就只能意味着，盟军将采取一次对中方极为不利的行动。据悉，根据中方推荐，此次盟军秘密搜寻小组中方负责人士是管兰亭和董霜桥，这两人其实只是高级技术人员，并非专职特工人员。有意思的是，中方其他高层情报人员并没有被邀请实际参与这一行动，看来，盟军高层并不希望中方高级特工介入进去。"

　　中野将军点点头："我同意你的分析。我认为，美国战略情报局为了控制支那政府，改变权力结构，可能会采取一些异乎寻常的举动，而这些举动可能就是'迷雾行动'的真正内容。"

　　"但是，'迷雾行动'的具体内容是什么？"

　　"问得好！答案应该就在龙山天峰那架坠毁的盟军军用飞机上！按照我们目前所获取的情报，盟军情报人员四十余人来到龙山，今天已出发前往龙山天峰一带，具体目标是寻找坠毁的7652号军用飞机，飞机上有一名死去的美国军官，他随身应该携带了一份重要文件。但是，文件内容不明，待查！"

　　老王想了一下，随即提出他的看法："将军，盟军情报部门开展如此大动作，说明其中必有大内容！您想想，他们能够得到高层批准，兴师动众，组成联合调查组，来到荒无人烟的龙山密林之中，企图寻找什么？肯定就是寻找与'迷雾行动'有关的绝密文件，显然，飞机上的这一文件极为重要，重要到他们可以不顾一切，而且是志在必得！"

中野很是兴奋，拍手叫好："王先生，你是个聪明人，是支那人中罕见的聪明人！我有你这么个聪明人做朋友，很是高兴！既然此次洛克先生不惜代价，我就只好奉陪到底，不顾一切，与他交手过招，看看谁能最终走在前面！"

老王询问道："您的意思是，先下手为强？"

中野满意地点点头："你的任务就是赶赴龙山，全面指挥'樱花'小组和'麻将'小组，一定要赶在盟军行动小组之前，发现那架失事飞机，并找到那名死去军官随身携带的重要文件！或许，我们能够改变缅甸战场的命运，改变支那战场的走向，改变世界大战格局！此次行动意义重大，王先生，你是任重而道远！"

老王感激涕零："中野将军，职等即便是肝脑涂地，也要完成您所赋予的神圣使命！"

中野微笑着拍了两下手，一名身穿和服，面貌娇媚的日本下女立刻端上两杯清酒，跪着为将军和"麻将"敬上。中野与王先生共同举杯。将军说："等您完成使命，携带盟军绝密文件凯旋归来，我再为你举行大型授勋宴会！"

"谢将军！"

"麻将"一饮而尽。中野显得兴高采烈，佐佐木却面无表情，冷冷地看着王先生。

第十七章

搜 寻 行 动

清晨，天色刚蒙蒙亮，秘密搜寻大队就离开龙山县城，向7652号坠机地点天峰山顶出发，随队出发的还有四十多名民工和五十多匹马。天峰位于龙山西部，路途险恶，人迹罕至，各种猛兽经常出没。管兰亭冷笑道："盟军此次真够下本钱的！搜寻行动队装备精良，每名组员配备一支科尔特45式手枪、一把近战双刃短刀和一件软皮A—夹克。"

董霜桥好奇地问道："为什么要配备近战双刃短刀？"

管兰亭一面打开短刀，显示给他看，一面回答说："前不久，有位盟军飞行员跳伞降落后，不幸被挂在树上，尽管他离地面只有几英寸，可是，他无法解开自己身上的伞绳，最后被丛林中大蚂蚁给活活吃掉了。过了几天，当盟军搜寻队到达失事地点，只找到树上一具被降落伞绳死死缠住的骨架。"

"真惨！我明白了，如果当时飞行员拥有近战双刃短刀的话，他就可以自行割断身上所缠着的绳子了。"

管兰亭开玩笑道："有了这把短刀，你就不会像那位倒霉的飞行员那样，成为挂在树上的骨架了！"

当天中午，秘密搜寻队到达位于大山深处的龙山地面导航台。实际上，战时所谓的导航台设备极其简陋，管兰亭等人走进导航台时，心里想，这哪里是什么导航台？分明就是两间破屋！台里平时只有三个人，一个烧饭的伙夫，外加两名发报员。导航台台长身穿一件破旧军装，看到几十名盟军来客，十分热情。

他汇报说："各位中外长官：本人就是龙山导航台台长郭光明少尉。欢迎你们来到鄙台进行训示！"

董霜桥无法相信自己的眼睛："这就是你们的全部设备？"

郭光明台长憨厚地笑了笑："报告长官：时间紧迫，经费有限，我们只能在半山腰空地上，搭起两间草棚，设法运来一部莫尔斯电报机、一部手摇发电机，这就是我们龙山地面导航台全部设置！"

洛克询问道："你们是如何运作的？"

"山间没电，我们在发报时，只能由伙夫摇动小型发电机，我和发报员轮流操作，每天为飞经龙山上空的飞机指引航线，发送气象预报资料。正如你们所看到的，导航台条件极为艰苦，我们这些人整日生活在深山老林之中，要在这里工作一年，才能轮换出山。"

导航台三名人员在说话过程中，不时发笑，傻呵呵的，极为可爱。洛克不满地问道："你们怎么老是在傻笑？"

导航台郭台长回答说："对不起，长官，我们在深山里呆了快一年了，长期远离基地，远离人群，说话都不太习惯了。"

但是，当他们一谈起导航情报和气象资料，马上就进入状态，一切正常。管兰亭感慨地说："我是管兰亭，我得谢谢你们这些同仁啊！人们常说，我们飞行员最艰苦，我看你们导航台发报员更辛苦！这哪里是人呆的地方？"

电报员脸上浮现出笑容，自己的工作能够得到空军王牌飞行员的肯定，能不高兴？他们笑容可掬，当中夹带着某种憨厚的傻笑。郭台长说："管上校，您是我们空军的骄傲！得到您的夸奖实在荣幸！"

　　董霜桥感动地说："伙计们，你们不容易啊，每天，你们要不停地和飞越上空的盟军同伴们用摩尔电码联络，校正他们的航线，报告前方的气象！"

　　管兰亭是个热血汉子，此时情不自禁地走上前去，紧紧拥抱着他们："每当我们在飞机上收到你们发来的'一路平安'的电文，我们心里真是温暖如春，那种感受永远难忘！"

　　亨利也和导航台人员紧紧拥抱在一起，他的脸上流下感动的泪水。洛克的表情却十分怪异，他从内心深处鄙视这些身穿肮脏军服的中国同行。他不想废话，便直截了当地开始询问："让我们进入正题吧。经过调查，我们发现，11月10日晚上，你们曾经收到过一份署名为'盟军指挥部'的紧急电文。是谁负责收报的？"

　　导航台郭台长回答说："那份急促发来的电文是由导航台值班员于敏捷收到的。"

　　于敏捷对行动队人士说："你们知道，盟军飞机的通话距离是前后各50公里，实际上只能在机场附近和塔台进行联络，一旦超过这一距离，盟军飞机和地面的唯一联络就只能依靠拍发莫尔斯电报进行联系了。按照规定，盟军飞行员每飞经一个导航台，机上报务员就要使用电报，把飞机方位、飞行状态、离两端机场的距离等，及时通知地面导航站。"

　　管兰亭继续询问道："你再详细说说那天晚上的情况吧。"

　　"11月10号那天晚上，我很快就要收机了，突然，耳机中传来一种声嘶力竭的啪啪响声，那是一种很急促的声音，几声'嗒嗒嘀嘀'的电文表示：'立即停止发送一切导航信号！盟军指挥部！'就这几声电码，在此以后，一切悄然无声。"

　　洛克使用审问的口气问道："你们怎么能确信这是盟军指挥

部发出的通知？"

于敏捷回答道："我和郭台长核对过，发出电文的电台确实是使用盟军指挥部历来所使用的电台频率，而且是使用盟军所规定的绝密密码！"

郭台长补充道："我们也曾怀疑过电文发送的来源，可是，频率正确无误，密码一致，那就肯定是盟军指挥部所发来的电报，我们当然只能坚决执行！否则就是违抗军令了！"

洛克冷冷地说道："我们查证过了，盟军指挥部从来就没有发送过这份密电！"

导航台郭台长顿时脸色惨白，说话声音有些发抖。他马上解释道："长官，这绝对不可能！事后，我们还和其他兄弟导航台联系过，他们也曾接收到同样内容的电报，只能按照盟军指挥部命令中断一切导航信号！"

洛克大声指责道："正是由于你们的愚蠢，导致九架盟军飞机坠毁！"

郭台长和发报员于敏捷脸上的憨厚笑容立即消逝了，他们先是困惑不解，继而脸色发青，近乎恐怖！管兰亭安慰他们道："显然，这是日本间谍玩弄的阴谋诡计，你们不要紧张！这不能说是你们的过错！"

洛克从牙齿缝中挤出一句话："管上校，你现在就下结论，未免为时过早！在最后结论出来以前，谁敢为他们打包票？来人，把他们给铐起来！"

亨利说："慢，谁敢铐他们？你难道没有看见，他们这些人为了这场战争作出多大贡献？没有他们，我们这些飞行员就完全是瞎子！老实说，我愿意把我所获得的勋章全都送给他们！"

管兰亭立刻表示："我是秘密行动队中方组长，按照盟军有关规定，没有我和董霜桥副组长的签字，任何人无权对他们擅自进行处置！"

董霜桥劝说洛克："上校，在调查没有结束之前，我们还是要慎重行事，不要轻易下结论！"

洛克恼羞成怒，立刻大喊道："你们居然敢违抗我的命令？"

管兰亭大笑道："尊敬的洛克先生，别忘了，我的军衔是上校，你也才是个上校，看来，我们之间不存在指挥和被指挥的关系！"

亨利马上拍着他的肩膀说："洛克，还是安静一些，来日方长嘛，不要在行动刚开始时就大闹起来，这会导致整个调查没有结果，到那时，你恐怕要对此负责！"

洛克毕竟是高级特工，情绪控制能力极强，很快，他的脸色就恢复正常，不再发火了。管兰亭询问郭台长道："当时，你们为什么会对密电有所怀疑？"

郭台长对管兰亭等人的及时援救非常感激："长官，谢谢你们主持公道！我们之所以会有所怀疑，是因为我们和盟军指挥部之间的来往通讯非常频繁，彼此之间的发报手法非常熟悉。但是，11月10日晚上那次发报却没有按照正规联络时间，而是在突然间仓促发来的！"

于敏捷补充道："对方发报手法也较为生疏，可以说是非常急促，报务员不知为什么匆匆忙忙，在最短时间里发出这份电报，拍发出那些密码，然后就完了，一句正常的客气话，例如再见什么的，全都没有，确实是异乎寻常！"

管兰亭分析道："显然，这是日军间谍精心策划的阴谋，目的就是为了破坏那次空中行动！"

董霜桥继续分析道："当然，日军可能还有其他更为阴险的罪恶目的！"

龙山调查工作正在进行，与此同时，对于此次盟军秘密行动的后方基地，潜伏在龙山的日军间谍立即得到详细情报，并迅速呈报给缅甸日军指挥部。中野司令官获悉这一动向以后，立刻下令："航空兵部队明天出动战机，对龙山县城进行轰炸，消灭敌军搜寻小组的工作基地和战略物资！"

航空兵部队指挥官立刻挺直腰板，高声喊道："哈依！"

中野继续下令道："特高课命令'樱花'小组和'麻将'小组立即合并，由'麻将'出任组长，'樱花'出任副组长，要不惜一切代价，尽快了解美军秘密搜寻队的真实目标和搜寻进展！"

所有情报人员立正道："哈依，长官！"

翌日上午，日军战机飞抵龙山上空，进行大规模轰炸，龙山县城顿时化为灰烬，各处烈火熊熊，居民死伤惨重。但是，盟军秘密行动队人员已经进入山区，毫无伤亡。搜寻队人员沿着当地马帮多年使用的古道，在深山老林中前行，沿途树木郁郁葱葱，林深蔽天，枝叶繁茂。

在途中，洛克对管兰亭说："上校，刚刚接到龙山留守处电报，日军轰炸龙山，我们基地损失惨重！正如你所知道的，现代战争行动的持续性取决于后勤补给能力，在战争状态下，无论是一支军队，还是一个行动小组，只要失去了补给能力，等待它的绝对是彻底失败的命运！"

管兰亭回答说："上校，你放心，我已经和龙山县长联系过，他们答应组织好后勤供应，此外，你别忘了，家父就是《龙山新报》社长，在联系后勤供应方面，应该是万无一失。"

洛克说："那我真的好好谢谢你。难怪丘吉尔先生在自己的著名讲演中，热情赞美了英国皇家飞行员，我要借用他的话，来赞美你们的空军人员：在人类战争史上，从来没有像现在这样，那么多人的生存，要依赖那么少的人！"

董霜桥也感慨地说："是啊，如果要引用英国首相的话，人们可以这样说：在抗战时期，正是中美联合空军部队使得四万万中国人民在艰苦卓绝的抗日战争中，得到巨大支持！"

管兰亭说："是的，中国人民没有被打垮，在一定程度上，驼峰航线提供了巨大的精神力量和物质力量！"

正在此时，前面大队人马突然停滞不前。在密林深处，小组向导对下一步行进方向有些迷惑。作为秘密行动指挥官，洛克怒火冲天。他立即对管兰亭说："上校，你要知道，如果这种混乱局面不能迅速改变的话，要不了多久，整个行动就会完全毁在你的手上！"

对于他的话，管兰亭并不认为是危言耸听。作为军人，他耐心听完洛克的抱怨，然后说道："请你不要着急，洛克，我马上就去处理。"

董霜桥安慰洛克道："在寻找路线问题上，也许我们还需要一些时间，但是，你一定要相信，中方人员肯定会找到最终的行进目标，随着秘密搜寻行动逐步取得进展，我们将可以逐步得到我们所需要的一切。"

洛克半信半疑地问道："我们需要多久才能到达目的地？"

管兰亭略加思索，然后肯定地说道："我估计还需要一天时间。"

"您确信无疑？"

"我以军人名义向你保证。"

管兰亭历来襟怀坦白，作为职业军人，他没有必要玩弄权术，其实，他最讨厌官场上这种无聊游戏。平心而论，对于洛克的推进能力，他其实是非常欣赏的。得到了管兰亭的许诺，洛克决定继续执行下一步搜寻方案。

在行军路上，亨利对管兰亭说："有一次，我驾驶飞机飞往印度。途中，我将飞机降落在龙山附近山顶的平坦处，准备当晚驾机飞越喜马拉雅山。说来巧的是,山顶上正好有一座古庙,庙里老方丈请我吃了一顿人间少有的美味素食。他劝我说:'少校,看来今晚将有暴风雪,如果你坚持起飞,必死无疑。请你千万不要轻举妄动!'我对他的话半信半疑,但是,老和尚一再劝说,我就留下了。果然,他的预言成为现实,暴风雪整整持续两天,等到暴风雪停止后,我才重新起飞。就这样,我大难不死,侥幸活下来了。"

管兰亭马上追问道:"那座古庙叫什么?"

亨利回答道:"我记得叫龙山寺。"

"那个老和尚是庙里方丈?"

"是!"

管兰亭说:"那个老方丈经常云游四方,对周围地区非常了解,他知道很多情况,所以能提供一些非常关键的气象资料。"

"难怪如此。"

按照中野所下达的命令,"麻将"小组特工很快就赶往龙山,与先期抵达的日军"樱花"小组特工秘密接头以后,化装潜伏下来。山口对手下特工下令道:"根据中野少将所下达的命令,我们两个小组合并为一组,由我任副组长。我们的任务是:不惜一切代价,尽快查明中美联合秘密行动在龙山的真正目标,并彻底加以消灭!"

"哈依!"

山口为了尽快获取秘密情报,下令手下一名特工和她伪装成夫妻,在龙山县城临时机场附近开了一家杂货店。中午,机场负责秘密行动队后勤供应的刘司务长前来购买油盐酱醋等食品。老板娘热情地问他道:"刘先生,您管的人真多,买这么多杂货!我们的生意全靠您了!"

刘司务长面色憔悴,不耐烦地回答道:"妈的,从昆明一下子来了四十多个人,能不多买吗?"

"那您肯定忙坏了!"

"还算好,今天我还要把杂货运进山去,送给他们。"

"他们要带回昆明?"

"昆明可不缺这些杂货。他们是去龙山的天峰深处。"

"那鬼地方可危险了,路也难走,您去可要当心啊!"

司务长高兴地说:"老板娘,你心眼真好!"

老板娘小心翼翼地把杂货包扎好,随即由老板亲自搬上军用卡车,老板从不插话,只是埋头干活,老板娘爱聊天,显得漫不经心地询问道:"昆明来的客人去深山打猎吗?"

刘司务长说:"打什么猎?什么猎也不打!我听一个老美说,他们要去天峰一带,寻找一架坠毁的军用飞机,说是飞机上有一个死去的美国高级军官,随身携带了一份重要文件。"

老板娘笑嘻嘻地说道:"大人物就是大人物,死了还有这么多人去找他。"

司务长色迷迷地说道:"我可不要人多,老子要是死了,只要老板娘能来看我,我就心满意足了!"

老板娘很真诚:"刘先生,你要是真死了,我绝对会来看你的,肯定会在你坟前给你烧纸钱!"

"老板娘为我烧纸钱,老子做鬼也风流!划得来!真划得来!"

等刘司务长刚一离开,"麻将"就对山口说:"立即跟上他们,尽快找到行动目标!"

王先生和山口立即布置一些人员留下,随即带领大部分日军特工尾随在基地司务长后面,进入深山。

龙山导航台郭台长最近情绪不好,尽管洛克上校一行已经离开导航台,可是,他的无理指控却让郭台长精神惶惑不安。山区清晨很美，空气的那种清新、那种舒畅是他所欣赏的。他一如既往，在门前山坡上打了一套太极拳，刚打到一半，一支装备精良的队伍从树林中穿出，直奔导航台而来，为首的是一名少将。将军在卫士簇拥下走到他跟前，和蔼地问道："你是导航台的人？"

台长新换了一套搜寻队留下的美式军装，显得不那么寒酸了，对将军报告道："长官，职等是龙山导航台台长郭光明！"

将军人到中年，对人亲切友好："接到航空委员会电报了吗？"

"报告将军，接到了，知道您将来本台视察！"

郭台长心中想道，这里是几年没人来，这一来，就来好几拨。想是想，他还是热情地为将军一行带路。将军在导航台里详细询问了各种情况，事无巨细，无微不至，从无线电联络时间、方式，一直到每月的薪水。郭台长等三人真是感激涕零，大人物就是大人物，体察下情，嘘寒问暖，你能不感动？可是，他们没有想到的是，今天将是他们在人世的最后一天了。此时，将军做了个手势，站在郭台长三人身后的卫士立刻用匕首把他们杀死。

化装成将军的"麻将"下令道："立刻把导航台收拾干净！各就各位，进入发报程序！"

按照他的指令，三名日军特工人员立刻接替了导航台被杀人员的工作，继续按部就班地对空中的盟军飞机进行导航。谁也没有想到，日军间谍已经完全控制了龙山导航台。"麻将"和山口随即带领其他人员，沿着盟军秘密搜寻队的方向出发，企图尽快追上他们的队伍。

盟军搜寻队在山区行进时，四周一片萧条，沿途村庄全是被日军轰炸后所遗留下来的残垣断壁，田野中到处可见新坟，只是坟上青草已经长出，随风摇摆。

管兰亭边走边对洛克说："根据空中观察，7652号坠机地点距离龙山县城 100 公里左右，海拔 5000 米，现在时值冬季，山区高寒缺氧，雨雪冰雹经常降落，条件极为恶劣，搜寻队将面临极大困难！"

搜寻队朝着深山里开去，路边村寨掩映在浓密的竹林里，夕阳余晖洒在路旁山坡上，几只山羊在青绿灌木丛间啃着嫩草，村里几乎空无一人，只有几个农家娃娃隔着门缝好奇地偷看着这些军人。田园风光确实有一种诗样的美，但是，谁也没有心情去欣赏这种景致。一入天峰山境，管兰亭神情不觉肃穆起来，放眼望去，诗意盎然的美景渐渐退却，萧瑟寒意逐渐袭来，这里地势高峻，常青松柏漫山遍野。

董霜桥指着一棵百年老树，对管兰亭说："你看，那棵大树已被日军炸弹炸得千疮百孔，却依旧傲然挺拔，坚强不屈地指着蓝天，倔强地告诉世人，什么是生命！"

位于天峰地区山腰的峰头村只有十几户，村里的老百姓祖祖辈辈靠山吃山，经常到天峰山顶去砍柴，采药。

搜寻队就地安营扎寨，管兰亭、董霜桥和洛克正在帐篷里开会，王海伦进来对他们说："报告，有几个本地猎人想见你们。"

管兰亭说："快叫他们进来。"

三个猎人走了进来，为首的一脸沧桑，六十多岁了，说道："长官，听说你们是来找天上掉下来的飞机的。"

管兰亭回答说："是的，不知道各位乡亲有没有什么线索？"

他们默默地坐在帐篷里，许是紧张的缘故，猛吸着当地浓烈的烟草。老猎人边吸边说道："上个月，有一架大飞机掉在天峰山山顶上，最早发现这架飞机的人就是我们村里的王二娃子。"

王二娃子坐在一旁，腼腆地笑了。老猎人回忆说："我们天峰山太高了，你要是站在山顶上，只要一伸手就可以摸到天。说起飞机的事儿，当时大飞机飞得真高，有时，我们在山上采药

驼峰酋长行动　　　　　　　　HUMP SHEIK OPERATION

时，看见大飞机顺着山四处拐弯，就用砍柴刀朝飞机使劲挥，就差那么一点点，就能砍着大飞机的白肚皮。"

搜寻队队员们一听，全都笑起来了。管兰亭说："真是难以置信。"

老人继续说道："你们问我，有没有飞机掉下来？有，有啊，大概是秋天一个晚上，一架大飞机从天上飞来，声音大得吓人，直朝山顶冲下来，我和村里三叔正躺在草堆上，抬头往上看，啊呀，可不得了，大飞机起火了，飞机肚子上有一大片火光，呼呼地烧，红得很啊。说时迟，那时快，我俩看到飞机摔到天峰山山顶，只听见'轰隆'一声巨响，紧接着就是满天大火，火光立马照红了天峰山顶，再接着，又是一阵响声，就像过年放二踢脚鞭炮的声音，当中还有爆炸巨响，那些爆炸声一直响了大半夜。"

洛克马上厉声问道："你去过飞机坠毁现场吗？"

老人有点紧张："去，去过。"

董霜桥安慰他道："大爷，您别紧张，有话慢慢说。"

老人拿出一根当地的土烟叶，准备继续抽，但是手直哆嗦，打不着火。管兰亭立刻递给他一根烟，并用打火机为他点燃香烟。老人用感激的眼光看了看他："长官，通往天峰山顶根本就没有什么路，只能手脚齐用，慢慢爬上去。等我们来到现场，天已经大亮了，那架大飞机烧得太惨了，掉下来的现场真是可怕，火还在烧，飞机翅膀、机器、炮身、子弹，多得很，周围树木全被烧焦了，只剩下一些树桩桩，附近树枝上还留着死人皮肤。"

洛克继续追问道：'你们还找到什么？"

他拍拍身边的小伙子，示意他说。王二娃子憨厚地笑了笑，接着说道："那天可冷了，我正在山顶上打猎，当时，看见一架飞机摔在天峰山那一侧山顶上。第二天上午，等我赶过去，飞机火光已经快熄灭了，但是，还有一些浓烟在飘着。我在飞机旁边，看见一个人悬在半空中，大腿断裂，另外还有两个人相互偎依着，死在不远的山洞里。"

管兰亭分析道："显然，当飞机失事时，机组人员并没有立即死亡，只是后来因伤势过重而死去。"

老猎人继续说道："王二娃很害怕，就赶回村里叫我们一起上去，我们在飞机附近发现一堆银光闪闪的东西，就到处翻看，最后捡到一把军用折叠刀、一把没有木柄的长枪、还有一把装有5粒子弹的手枪。"

洛克略显紧张地追问道："还找到什么？"

二娃子回答道："还有一些大白伞伞绳、铁筒筒等东西。下山后，我们把手枪和其他东西交给乡长了。过了几天，村里好多人都赶到现场，捡了很多炮筒、飞机碎片什么的，拿回家去打斧头、铜盆和锄头。"

老猎人说："我还捡到一根油管，油管根被我做成烟杆。"

队员们互相传看他的烟杆。亨利激动地抚摸着烟杆说："看，这应该就是乔治飞过的7652号飞机残骸！"

老猎人从身上内衣里取出几块仪表牌和美军飞行员身份牌。洛克查验以后说："这就是7652号坠机的仪表牌和乔治机组人员的身份牌！"

亨利仔细辨别身份牌，最终绝望地说道："我知道，这就是乔治的身份牌！"

管兰亭问道："你能肯定吗？"

"绝对是他的！号码是A89706。"

管兰亭确定，这架坠毁的飞机就是7652号飞机。三位猎人慢慢回忆着当时所目睹的惨况，语调平缓，显得沉重。管兰亭拿出一些香烟和食品，送给他们，两位年纪较大的猎人和二娃子则被留下来当向导。翌日，搜寻队人员翻山越岭，艰难跋涉，在老猎人和二娃子带领下，继续前行。一路上，他们不顾蚂蟥叮咬，也不管烈日暴晒，一步一步朝天峰山上走去。

时值雨季，山上密林中许多小路被泥石流和洪水冲垮，小组出发不久，就遇见大塌方，缺口居然有一百多米，车辆根本无法通行，搜寻小组只好弃车步行，人和马匹只能勉强通过。小组人员从塌方下面走过时，头上巨石不断往下坠落，幸好村民们很有经验，马上行动起来，把所有物资都安全运过塌方地段。当搜寻队到达天峰半山腰时突然发现，山洪已把河上索桥冲跑了。

管兰亭对洛克说："上校，你看看，河面宽阔，流水湍急。"二娃子试图把马赶到对岸，差点被急浪冲走。

洛克说："看来，我们要想过河可不容易！"

他们正束手无策时，二娃子自告奋勇说："长官，我看了看地形，可以游过去，同时在河上拉过去一条溜索。"

董霜桥询问道："这样做很危险，你有把握吗？"

二娃子笑着回答道："没有金刚钻，不揽瓷器活。你知道，我从小就在这条河里游，没事的。"

董霜桥看了看管兰亭一眼，两人觉得不妨一试，就对二娃子说："你可要小心，要是不行，就马上游回来。"

二娃子憨憨地笑了笑，便脱下衣服，在腰上系好一根粗绳，跃入大河之中。他刚下水，急浪就把他冲到十几米开外的河水之中，幸好他被粗绳捆着，才没出事。此时，冷水刺骨，二娃子腿脚开始抽筋，幸好他有经验，在大浪之中伸筋展骨，很快就恢复正常，顺利把溜索拉到对岸。对于其他队员来说，他们只是看到过溜索，但现在真要从溜索上过河，那就只好却步不前了。管兰亭一看，便带头滑过溜索，董霜桥和洛克也紧紧跟上，队员们自是尾随而去，最后连村民都顺利滑过去了。

上山以后，道路十分崎岖，运输马匹累得筋疲力尽，一匹匹倒在地上,口吐白沫,不停喘气。二娃子一看,队伍将因此而停滞不前,只好狠狠心,使劲抽打几下,马匹才挣扎着爬起来。董霜桥原本心软,看到马匹的苦情惨不忍睹,心疼得不行,只能暗暗掉泪。他对二娃子说:"那些马确实太累了,到宿营地让它们好好休息,晚上不要再拴它们了。"

二娃子回答道:"好的,长官。"

第二天早上,董霜桥被二娃子从梦中叫醒。二娃子焦急地说:"长官,马……马……马跑了!"

董霜桥立刻跳起来冲出帐篷,发现马队已经丢失十几匹好马。他悔恨莫及,拍着脑袋说:"我真是太大意了!"

管兰亭跑过来对他说:"慈不掌兵!董老弟,你的心太软了!"

董霜桥说:"真没想到,真没想到!"

管兰亭很有魄力,当即下令道:"搜索队现在分成两组,一组由洛克带队,继续向天峰山顶挺进!还有一组由我负责,先去寻找丢失马匹,找到后再赶上来。"

大队人马由老猎人领路,跟随洛克继续前进,管兰亭带着二娃子等三个人去找马,吉人自有天佑,管兰亭小队很快就找到大多数跑失马匹。队员们群情振奋,奋起直追。天色转眼就昏暗下来,管兰亭决定就地过夜,可是四周漆黑一团,队员们已经饿得头昏眼花。谁都明白,在深山荒林中,有吃的,就有命,没吃的,就只能等死。

管兰亭询问二娃子道:"我们还会在深山里头呆多久?"

他回答说:"不会太久的,长官!你放心,我一定把你们带出去!"

管兰亭说:"可是队里食品已经很少了。"

二娃子眼睛一亮,断然说道:"长官,您放心,只要我在,你们就有吃的！明天天一亮，我就带你们去挖野菜。我是本地人，对什么野菜能吃，什么野菜有毒，全知道。"

翌日上午，几名队员上山去摘野菜，管兰亭一不小心，摔到悬崖下去。二娃子正在他身边，伸手去挡他，结果却一起掉下山去。管兰亭只觉得树木枝杈哗哗作响，无数树叶在身边飘动，他深陷树枝丛林之中朝下滚去。最终，他被一棵大树挡住，静静地躺在山坡底下，一动也不动。管兰亭费劲地睁开双眼，透过密林空隙朝天上望去，一丝蓝天就在顶上，湛蓝，湛蓝，如同蓝宝石一般，晶莹透亮，实在蓝得可爱，使人心醉。

山上的两名队员有着极为丰富的丛林救援经验，行动敏捷，做事果断，一看到管兰亭掉到山谷中，便立即赶到现场。救援工作进展得颇为顺利，在队员们的努力下，管兰亭和二娃子很快就被抢救出来。管兰亭从昏迷中苏醒过来，脱离了危险，马上就挣扎着爬起来，和队员们研究下一步行进路线。与此同时，按照管兰亭命令，搜寻小队电台立即与龙山导航台进行联系。

发报员向他报告说："上校，有些蹊跷。昨天我和导航台联络时，郭台长还很热情，今天接到我们的电报后，却没有回音！"

管兰亭马上想到："估计他们遇到麻烦了！"

"长官，什么麻烦？"

"现在还不知道，但是，敌情非常复杂，我们要多加小心才是！"

"是，长官！"

管兰亭下令道："你立即与昆明盟军司令部进行联系！"

"是！"

"你以我的名义，要求总部增派人员，龙山导航台可能出现意外，应迅速查明真相！我们正在向山顶前进，急需救援物资和医护人员！"

在昆明基地的张黎生接到电报后，立即组织新的救援队伍，此时，龙山竹、龙山梅和龙山花来找张黎生。龙山竹说："副秘书长，我们三姐妹希望作为队伍中的增援人员，赶赴龙山参战！"

张黎生考虑了一下，当即同意了她们的要求，随后，他带领增援队人马登上一架飞机，很快，这架满载增援人员和物资的飞机立刻从昆明空军基地起飞。

不久，管兰亭和他的队员们听见飞机的隆隆声响，便立刻铺好信号布，飞机飞临上空以后，发现信号布，机组人员从开启的舱门里，扔下几个包裹。等到包裹安全落地以后，小分队队员们立刻撕开包装，发现里面的斧头、丛林刀、毯子、罐头食品、蚊帐、香烟、猎枪等。副手告诉管兰亭："长官，这里还有一封空投下来给您的信！"

管兰亭拆开一看，原来是龙山梅写的："兰亭，我们就在飞机上看着你们！很快就要重逢了，多多保重！"

兰亭望着长空，一股暖流涌进心田。爱情真是甜美，战场中的爱情更是令人深感温馨！到达龙山机场以后，张黎生马不停蹄，立即带人向龙山导航台进发。

半夜时刻，他们包围了导航台，张黎生做了个手势，几名特工悄悄接近草房，听见有几个人在说日语。特工们立即冲了过去，一阵激烈枪战以后，三名日军间谍被击毙。张黎生随后走进导航台，发现桌上的日军密码本，立刻下令："注意接收日军间谍发来的电报！"

"是，将军！"

此时，龙山竹走进来，向黎生道："张黎生，我想和你谈谈。"

"好啊，我也正准备和你深谈一次呢！"

将军做了个手势，房间里的其他特工马上就出去了。张黎生看着她说:"你想知道,我为什么会带你来?"

龙山竹回答道:"你答应得太痛快了,这可不像你平时的作风!"

"乱世必须有魄力,快刀斩乱麻!你知道,你来我身边快半年了,坦率而言,我还没有完全摸清你的真实来意!"

龙山竹回答说:"此次中野用心良苦,下了大气力,试图在'酋长行动'中大捞一把!"

"没错,他还真捞到不少!"

"我已接到'老板'命令,大敌当前,全力配合你,粉碎中野的'酋长行动'!"

张黎生笑了,笑中意味深长:"山竹,咱俩不是冤家不聚头,你想想,合合分分,分分合合,折腾多少次了?"

龙山竹坚定地说:"我和你政见不同,照说,道不同,不相与谋!可是,目前民族矛盾激化,我们必须一致对外,共同抗敌!"

张黎生狂妄地说:"可是,你能做什么?"

龙山竹一直看不起他的狂妄,马上回答道:"我很不欣赏你的狂妄态度,老实说,非常厌恶!你告诉我,你对'酋长行动'究竟了解多少?"

张黎生反唇相讥:"你们了解多少?"

龙山竹回答道:"根据一些刚得到的情报,我们了解到:目前中野正在执行'酋长行动'第三阶段任务,也就是破坏龙山搜寻行动,查明美军'迷雾行动'的真实目标!"

张黎生不再狂妄了,他站起来,走到龙山竹面前:"山竹,我对刚才的态度表示道歉,是真心道歉!"

山竹平静地说道:"你为了得到更多的利益,是不惜低三下四的!"

"不错！目的就是一切，可以不惜采取任何手段！你的情报比我准确，老实说，我感觉到了中野的做法，可是，没有你们清楚！您还知道什么?"

张黎生真的是为了目的可以低声下气，他甚至使用"您"的称呼来叫山竹！

"我奉命通知你，日军南机关正在和大岛师团策划'酋长行动'第四阶段行动，也是规模最大的一次军事行动！"

张副秘书长激动得不能自已："情报确实吗？我总是感觉，中野这小子是一不做，二不休，不撞南墙不回头，不见棺材不掉泪的亡命徒！"

龙山竹低声说道："第四阶段行动代号为'断'计划，也就是大岛师团发起突然袭击，占领龙山，切断龙山与内地的联系，完全割断驼峰空中通道！"

张黎生大骇，脸色惨白："真要是被日军得逞的话，则驼峰航线危在旦夕，昆明不保，重庆也将失守，战局不堪设想！"

龙山竹不动声色，只是平静地看着他。张黎生紧紧握着龙山竹的手说："山竹，您是我的救命恩人！我张黎生不是个混蛋，我将永远感激您为我所做的一切！"

龙山竹轻轻把他手拉开，低声说道："听着，张黎生，我不是为你做的，我是为我们这个苦难的民族做的！"

说罢，她转身离去，留下目瞪口呆的张黎生一人在冥思苦想。他经过深思熟虑，向管兰亭发出一份密电："龙山导航台日军间谍已被消灭，我们即将出发，明天赶上你们，力争前后夹击，消灭日军特别行动队！张，即日。"

第十八章

巅 峰 搏 杀

　　入夜之后，四周寂静无声。管兰亭从山间帐篷口注视着外面的动静，漆黑夜色之中，只见远处一队武装人员打着手电，正从浓密的丛林里快速朝这里移动，很快就进入他的住地附近。夜里手电光令他略感紧张，他不由得小心翼翼地朝帐篷后面退缩，并给身边两名卫士做了个手势，卫士马上意识到危险，迅速冲到帐篷外面，在树林深处隐蔽起来，掏出手枪，警惕地注视着前方动静。那支武装队伍并没有发现山间帐篷，在山坡顶上停留下来，一群人在大声争论。

　　管兰亭手持手枪，顺着树丛，小心翼翼地贴上去，只见王慕士在和山口小姐争论。管兰亭一惊，没想到，空军基地服务小姐原来是日本间谍！

　　"麻将"说："你们怎么能打着手电行军呢？太危险了，敌人很容易发现我们的。"

　　山口说："军情紧急，要是不打手电，什么时候才能追上前面敌军？我看，你想有意延误军机，是不是？"

　　王慕士说："根据中野将军的命令，我是此次行动指挥者，你们应该听从我的指挥！"

　　山口冷笑："听你的？你以为你是谁？你不就是一个支那

人吗？"

老王被戳到痛处，气愤地说："山口，你可不能这么说，你们不是口口声声要建立大东亚共荣圈吗？这么讲可太难听了。"

山口冷言冷语道："难听，谁和你共荣？你要明白，你只能按照我们日本皇军的做法，才能有口饭吃！"

老王觉得很悲哀，他原来就知道，要做一个贰臣，日子是会很难过的，可是，他万万没有想到，日子居然会如此难过。他只能拿出最后法宝："山口，临出发时，中野司令可是一再强调，特别行动小组要以我的命令为准！"

山口马上反驳道："'麻将'，你只听到中野司令的公开讲话，你不知道的是，司令还有内部指令，在情况紧急时，我随时可以接过指挥权，你看，这就是中野司令的手谕！"

老王接过手谕一看，只见上面写道："特别行动小组在情况紧急时，责成山口接管小组指挥权！此令，中野司令官，即日。"

老王看完后，求死的心都有，他终于意识到，自己早已成为中野和山口的手中玩物，当日本人需要他时，甜言蜜语，好话说尽，现在，觉得不需要他了，就想把他甩了，一脚踢开！

"悲哀啊，悲哀，当汉奸就是如此下场！"他喃喃自语。

山口警惕地问："你在说什么？"

老王不傻，只是回答说："没说什么。我想一个人先下山，回去向司令汇报！"

山口冷冷地看着他，举起手枪，向他瞄准："'麻将'，你给我听着，你绝不能单独行动！必须服从我的命令，否则我有权将你就地枪毙！"

老王一向就是个聪明人，只是聪明过头了，他可是很识时务的，眼看着日本特工围在他身后，他可不想成为他们的枪下鬼。他马上笑起来，对山口说："好的，您放心，我坚决按照您的命令行事,请您把枪口移开,万一走火,就不好玩了。"

山口见他老实了,不再强辩了,就把枪收了起来。她随即下令道:"立即出发!尽快追上前面敌军队伍!"

日军特别行动小组立刻出发,快速向前方推进。管兰亭只觉得浑身冷汗,马上带着卫士回到帐篷,取出发报机,立即向董霜桥发报:"附近地区发现日军秘密特工小组,大约有二十人,为首是王慕士和山口小姐,此时日军小组正在追赶你们,请务必小心!我们随后赶来,兰亭。"

管兰亭早已疲倦不堪,躺在潮湿的地上,可是,刚刚过去的日军特工小组又让他毛骨悚然。他知道,他可不能进入梦乡,这一睡,就不知道睡到什么时候了。他立即跳起来,对卫士下令道:"马上出发,跟上前面的日本人!"

卫士问道:"长官,您受伤了,还能走吗?"

"管不了那么多了,快!"

一听说追赶日军,王二娃子和卫士全都精神抖擞,风也似的朝前跑去。在天峰山顶附近,董霜桥焦急地在岩石边上来回走动,紧紧盯着电台。正在此时,王海伦交给他一份电报:"董先生,刚接到管长官电报!"

董霜桥一看,顿时紧张起来,马上通知洛克说:"上校,情况危险!管上校已经发现日军特工朝我们这里赶来!"

洛克毕竟是职业特工,一听有情况,立刻警觉起来:"有多少人?"

"二十人左右!"

洛克皱着眉头说:"Fuck!来的人还真不少!我们在明处,他们在暗处,一定要加强警戒,特别小心!"

洛克立即下令布置三重警戒线,全队处于高度戒备状态中。此时,洛克望着山谷之中,只见烟雾渺茫,群岭阴森,他对管兰亭小组非常关切，话中甚至略带几分悲伤："我看兰亭很难啊！进谷容易出谷难，我们不能等他了。实在不行的话，我们只能继续前进，毕竟还有更为重要的任务去完成。人嘛，总得以大局为重！"

其实，就洛克而言，对于管兰亭小组的处境，他在暗中颇有些幸灾乐祸，那个自以为是的中国上校始终在指手画脚，干扰了他的真正行动目标。不过，他当然不会在表面上显示出来。董霜桥和其他队员却很担忧，在兰亭小组中，有些队员就是他们的老战友，甚至还有自己的同学和兄弟。兰亭他们真要是追赶不上的话，万一出现意外，和日军发生战斗，恐怕今后是难以重逢了。几名队员思念之心难以压制，不由得为之流泪，泣声可闻。

洛克听到哭声大怒："哭什么？有什么好哭的？岂有此理！"

董霜桥本来就与人为善，此时，他大声喊道："为什么不能让他们发泄一下自己的感情？你就一点也不难过吗？真没意思！"

洛克本想和他吵几句，一想到小不忍则乱大谋，就把怒火给压下去了。此时，王海伦又送来一份密电："洛克上校，请看最新密电！"

洛克看完后对董霜桥说："你看，喜讯频传！张副秘书长来电，他的队伍将在十二小时后与我们会合！盟军队伍马上就要人强马壮了，我们还怕什么？"

就在不远的山顶上，山口和老王正在用望远镜观察盟军搜寻队动静，山口毕竟只是职业特工，对行军打仗并不内行。她只能询问老王的意见："'麻将'，你看，何时发动进攻？"

老王懒懒地说道："您是指挥官，您说了算！"

山口冷眼看着他，低声说道："'麻将'，你给我听着，我们要是不能顺利完成任务，我首先就毙了你！"

老王也没说什么，只是仔细观察盟军动静，随即说道："看

驼峰酋长行动　　　HUMP SHEIK OPERATION

来，他们已经十分警觉，警卫森严！我们要是现在攻过去，必然会中他们的埋伏！"

"你的建议是……"

"就地安营扎寨，好好睡一觉，以逸待劳，明天继续跟在他们后面，乘敌军不备，再寻找机会决一死战！"

山口不无怀疑地看着他，随即问道："你为什么一而再，再而三延误战机？究竟有何用心?!"

"麻将"考虑半天，最终对她说："我实话告诉你，我在等待我们在盟军搜寻队里内线的情报！没有他的可靠情报，我绝不主张发起进攻！"

山口大惊："什么，你在盟军搜寻队里有情报人员？你为什么不早说？"

老王回答道："关于这一特工的情况，大岛将军严禁向任何人透露！就连中野将军也不知道具体联系方式！"

山口下令道："我命令你立刻把这名特工的姓名和联络方式向我汇报！"

"对不起，山口小姐，请你自己和中野将军联系！反正我无权向你和盘托出！"说完，老王就走开了。

山口是个心狠手辣的资深间谍，她在自己的特工生涯中杀掉不少人，为了获取必要的情报，她会采取任何手段。可是，现在她该怎么办？考虑再三，她还是决定忍一忍。她想起中野的教导："在重大行动前，一定要学会忍，不会忍绝不是真正的间谍！只有在重大行动开始后，为了行动的成功，可以去掉忍的桎梏，采取任何必要措施！"

于是，山口组长立即下令休息。当夜双方没有交火，在紧张戒备状态中等待天明。到了后半夜，管兰亭小组也赶到附近，发现日军特工队已经休息，他下令道："我们也如法炮制，迷糊一会儿!"

翌日清晨,盟军搜寻队在老猎人带领下,向坠机地点出发。沿途队员们心情沉重,压根就没人说话,只听见身边的队员在攀爬山峰时所发出的喘息声,就在这沉重的喘息声中,董霜桥意识到大家对失事飞机机组人员的责任和努力。

日军小队紧紧跟在他们后面,洛克明明知道后有追兵,但是,他并不放慢行军速度。他是个资深军人,知道日军在和他抢速度,所以,他必须尽快找到7652号飞机,发现并销毁绝密文件。此外,他也想看看日军究竟在玩什么把戏。

洛克对董霜桥说:"您别担心!现在,我们处于有利地位。你看看,我们在前,日军居中,兰亭居后,张副秘书长的大队人马跟在最后面。只要我们首先登上山顶,那就处于极为有利的防守地位,那时再和兰亭联手,上下夹攻,我看日军小队往哪里逃?再说,张副秘书长的增援队伍也只有半天路程了,敌弱我强,形势很好!"

王海伦兴奋地说:"洛克上校的计策实在英明!只要我们前后把守,控制关键地形,日军间谍就被装进我军口袋之中,到那时,他们肯定是插翅难逃,坐以待毙!"

董霜桥听他们说得头头是道,也就不好再争什么。天快黑时,搜寻队终于来到天峰山顶,按照老猎人指引,队员们穿越密林,很快就看到不远处的7652号坠毁飞机。

"那就是掉下来的飞机!"

老猎人边喘着气,边指着失事现场。此时,董霜桥和其他队员说不上是兴奋,还是激动,他们根本就没有做好任何思想准备,只能立即停止行进,默默地向前看去。7652号坠机残骸静静躺在丛林之中,显然,飞机坠毁在山顶低洼的山坡上,这里全是堆积多年的腐殖土,大大减缓了飞机坠毁时所造成的巨大撞击力，因而7652号飞机残骸保存较好。飞机机翼所撞断的松树早已枯焦，右侧机翼已被松树桩所戳破，而左侧机翼则深深插入腐殖土中。

亨利大喊："董博士，请您立刻把飞机残骸现场的经纬度，与军方提供给我们的航拍图片进行对照检查！"

董霜桥回答说："好的。"

洛克一兴奋，马上置大队人员于不顾，一个人朝着飞机残骸飞奔过去。董霜桥很是诧异，对亨利说道："那位洛克上校今天的举止有些反常。"

"搞情报的人总是有些怪异，始终让人弄不明白！"

董霜桥经过认真核实，说道："飞机残骸现场经纬度与盟军空军所提供的航拍图片完全一致！显然，这里就是7652号飞机的最终归宿。"

洛克冲到飞机旁，7652号飞机主体部分依然能被辨认出来，飞机机首部分只遗留下一些残碎的飞行仪表，两只机翼上涂有蓝底白色五角星，显然这就是美军空军军徽。此外，他还看到飞机上一些发动机、轮胎、起落架、发报机等碎片。洛克很激动，激动得双手全在颤抖，他仔细翻查飞机上所遗留下来的残纸碎片，并反复核阅。董霜桥很快就跟了过来，并在残骸中找到一些文件碎片。谁知道，洛克很是警惕，从他手中一把夺去，只见上面写着："空军飞行规定"、"飞机检修记录"等等。

洛克随即抱歉地笑了笑，不好意思地对他说道："真是对不起！"

洛克把文件碎片用文件档案袋小心装起来。董霜桥对于他的鲁莽和无理十分气愤，但是，当着下属的面，他也没好说什么。亨利却来打抱不平："嘿，我说，洛克，你做事要客气一些，别那么盛气凌人！"

HUMP SHEIK OPERATION 驼峰酋长行动

洛克文雅地说了句:"董霜桥先生,请接受我的再次抱歉,我只是在尽我的职责!我想,我们两人之间没有任何个人恩怨!"

此时,随队法医向他报告:"上校,现场调查表明,当7652号飞机坠毁时,驾驶员在机舱中被高高抛起,并被吊在机舱顶部,瞬间死亡。"

董霜桥说道:"令人奇怪的是,飞机轮胎居然看不出有任何漏气迹象,尽管机舱已经遭到严重破坏,我们还是能在机舱里找到两只氧气面罩。我打开面罩,居然还能吸到氧气!"

随队一位专家分析说:"据初步判断,当时7652号飞机是在垂直下降时坠毁的,飞行员根本就没有跳伞机会!"

亨利在一块金属片上发现手写的"别了!"的字体,显然是机组人员的最后遗言。此时,一名搜寻队员高叫:"快来人!"

全部队员对着喊声急奔过去,在飞机坠毁现场不远的一个地方,队员拨开洞口遮掩着的树枝和树叶,发现一个山洞,他们悲痛欲绝,只见两具遗骨背靠背地互相依靠着,共同度过最后时刻。显然,在坠机以后,他们身受重伤,耗尽自己最后的力气,爬到这个山洞里,在生命最终时刻,生死与共,紧密相依,依靠自己微薄的体温,互相温暖着战友。高山上刺骨的寒风时时侵袭过来,山洞里成为冰窟,气温逐渐下降,他们的躯体越来越冷,最终,筋疲力尽,闭上双眼,迎接死神到来。

洛克走上前去,他看见威廉上校虽然死去,但是双手依然紧紧地抓着一个黑色公文包,于是小心翼翼地把上校的手分开,取出公文包:"上校,您可以安息了,您的任务已经结束了!"

亨利询问道:"他们是谁?好像不是机组人员?"

洛克低声说道:"他们是美国战略情报局威廉上校及其助理戈德温上尉。"

在附近山坡的一棵大树顶上,老王正在用望远镜注视着洛克

巅峰搏杀 第十八章

417

一行人的行动。山口在树下焦急地询问道："有何发现？"

老王平静地说道："他们正忙着呢，顾不上我们了！"

"我们马上就发起攻击？"

"急什么？等我们的内线发出信号，我们再冲上去，那就会轻轻松松地缴获一切战利品，多省心啊！"

山口疑心更重了，死命盯着他，下令道："我决定不再等待了！此时不攻，更待何时？我命令，你马上和内线联系，取得可靠情报！"

"麻将"无奈地回答道："我没有他的联络方式，只能静候他的通知！"

山口恶狠狠地说道："我看，哪里是你没有联络方式？分明是你不想联系，企图破坏我们的行动！"

"山口小姐，你要是这么想，我就没有什么好解释的了！"

老王还是笑，他以为他控制了与内线的联系方式，就可以有恃无恐，即便是中野也拿他没辙！可是，他毕竟还不了解日军间谍，尤其是中层间谍的的凶狠！山口是没有逻辑思维的，她就是唯命是从，为了目的，可以不择一切手段！山口拔出手枪，对准王慕士："王先生，我的忍耐是有限度的！我数到三，你要是还是顽抗我的命令，拒不交出内线背景资料，那我就只好将你就地处决了！"

老王以为山口在开玩笑，可是，此时的山口哪里还有幽默的心情？他开始有些紧张了，本来可以里应外合，彻底消灭盟军搜寻队，把一切重要情报夺取过来，可是，山口就是不听他的，只想获得内线的联络方式。但是，真正的联络方式只有他自己一个人知道，即便是大岛也不甚了然！

老王闭上眼睛，冷静说道："山口小姐，我劝你要有理智，千万不可鲁莽行事！说句实话，我即便告诉你，内线也不会和你联系的,他所接到的命令是只和我一个人联系!"

山口的面容显得非常阴险,四周全是她的属下,如果她不能让老王就范,又怎能带领特工队全体人员去决一死战?于是,她作出一个很不聪明的判断,认为老王是在和她玩弄间谍游戏。山口冷笑道:"'麻将',你今天死定了!如果你根本就没有内线,现在交不出来,那当然是死路一条!如果你确实有内线,但不想交出来,那你就是违抗军令,自找死路!"

老王也豁出去了,反唇相讥:"照你这么说,我怎么做,也是死,那好,你有本事就把我给毙了!我死了,你也死定了!"

山口无法忍耐老王的挑衅,她扣动板机,枪声响了,在山谷间回荡。老王在临死前的一瞬间掉泪了,奇怪的是,他居然感到有些释然,尽管内心深处有些痛苦,但还是意识到,自己确实是个货真价实的汉奸,死在日本人枪下,实在是罪有应得,死有余辜!但他没有想到的是,他会死在龙山,龙山居然会成为他的坟场!

山口的枪声宣告激战的开始,从此时此刻起,日军特工不再在暗处了,他们已经暴露出自己的目标,双方都明白对方所处的位置,剩下来的事情就是依靠手里的家伙来定夺了!山口立刻下令:"向中野将军发电,一、'麻将'违抗军令,已被处决。二、要求立即接管对盟军搜寻队内线的指挥权。敬请将联络暗号与方式立即通知我们,以便我们尽快发起最后进攻。樱花。"

中野接到密电后,非常生气,大敌当前,山口居然还把"麻将"给干掉了!真是自断胳膊,愚蠢之至!可是,事已至此,他还能说什么?于是,他根据大岛在紧急情况下的授权,打开南机关绝密档案保险柜,取出"麻将"档案,在里面发现与盟军搜寻队内线的紧急联络方式与暗号。

山口接到中野密电后,大喜,立即启用密码,与盟军搜寻队内线联系：" '天使'：从现在起，你接受中野将军的直接指挥。我们即将发起最后攻击，请配合！中野。"

很快，山口就接到"天使"密电："愿为中野将军效劳！盟军已得到'迷雾'行动绝密文件，立即发起进攻！天使。"

山口和"天使"都没有料到的是，我们的董博士正在指挥他的得力助手，紧张地破译日军间谍之间的来往密电。他来搜寻队干什么？就是为了侦查与破译日军通讯密电情报，保障搜寻行动的成功！当他获得"天使"的密电情报以后，立刻发电秘密通知管兰亭："看来，你的预感是正确的，搜寻队内部确有日军内线，他的代号是'天使'！"

管兰亭马上回电："狗特务隐藏得够深的！"

董霜桥询问他的意见："要不要现在把他给抓起来？"

管兰亭答复道："等我过来收拾他！"

在日军特工队后面不远处，管兰亭小组正埋伏在树丛中，王二娃子和卫士大气不敢出一下。

卫士小声问道："长官，要不要现在开枪回击？"

管兰亭回答道："别急，枪声不是冲着我们来的！有些邪乎，看看再说！"

"是，长官！"

盟军搜寻队对飞机残骸现场进行了初步勘察、拍照、摄像等。后来，他们根据坠机现场附近山洞中所发现的两具尸骨断定，这和先前抵达现场的当地目击者的说法相吻合。董霜桥和亨利在死者遗体前，和队员们默默致哀。亨利满怀崇敬的心情说："伙计们，大火烧焦了你们的皮外套，消磨了你们的身躯和血肉，但是，即便你们在濒临死亡时，依旧紧紧相依，坦然面对死神的来临！"

洛克最终对发报员下令道："现在可以向总部发电了：经过

搜寻队认真核查，我们确认，此间就是1943年11月10日夜间失踪的盟军7652号坠机现场。现场所找到的各种飞行记录和碎片明确表明：美国驼峰空运总队编号为7652号运输机在飞越驼峰航线时，不幸被敌机击中，坠毁在此。7652号飞机机组人员全部遇难。他们是：机长乔治少校，副驾驶弗兰克中尉，报务员约瑟夫上士。同时遇难的还有：美国战略情报局威廉上校及其助理戈德温上尉。

经初步核查，7652号飞机残骸散落范围长约300米、宽约200米，各种坠落物数量远远超过当地猎人所报告的情况。搜寻队对现场进行严密搜索，发现乔治和机组人员残骸，在飞机残骸内部，乔治的遗骨被高高吊在机舱上方，搜寻队随队法医没有发现他有任何痛苦挣扎的姿态，乔治一直到死时，仍然坚守在驾驶舱中自己的位置上！"

按照原定计划，搜寻队当晚就要返回位于天峰山脚下的营地，但是，由于上山用去过多时间，他们已经不能按时返回，只能在坠机现场宿营。队员们很快就搭好过夜窝棚，尽管简陋，还是能遮挡山间寒风。搜寻队员围着沟火，打开罐头，喝着啤酒，谈论着此次搜寻的发现。篝火越烧越旺，但是，实在很难抵御山间深处席卷而来的阵阵寒气，队员们把所有能够御寒的东西统统裹在身上，毛毯也罢，麻袋也罢，捆在头上，盖在脚上，三五成群，相互依靠在一起。

董霜桥对洛克说："今天那声神秘枪响表明日军特工队就在我们附近，估计他们会在半夜有所动作。"

洛克自负地说道："我早就料到日军间谍的图谋了，山顶三层防御全布置好了。张副秘书长的队伍也只有几里路的路程，只要发生意外情况，他们就会立即赶过来，对日军进行合围。中野特工胆敢攻过来，我就叫他们死无葬身之地！"

董霜桥觉得他有些过于骄傲，便说道："洛克，骄兵必败，您可是要当心啊！"

洛克不以为然："我很冷静，从不骄傲！"

既然提醒过了，董霜桥也就不好再说什么了。在天峰山腰处，张黎生率领增援部队也就地宿营。龙山花一个人远离人群，静静地坐在篝火旁边，她知道，明天就要看见乔治的遗体了，口中念念有词，似乎是在和他进行心灵深处的对话。山花的脸上没有眼泪，只有一种宁静和安详，一种类似天使那样的圣洁。龙山竹和龙山梅走过去，坐在妹妹身边，安慰她道："山花，人死不能复生，你要想开一些。"

龙山花没有睁开眼睛，只是低声说道："乔治没有死，他也不会死，他答应过我，为我好好活着。"

龙山竹说道："山花，你必须接受这一事实，你要好好地活下去，这就是对乔治的最大安慰！"

山花没有哭，她不想哭，此时，她突然微笑起来："你们相信吗？总有一天，乔治会从山林中活着走出来，走到我的身边！"

众人无言，他们能说什么？什么也不能说。只有龙山竹紧紧握着山花的手，给她力量，给她温暖。山花睁开眼睛，使劲盯着他们看："你们怎么不说话了？是不是不信？你们不信，反正我信！姐姐，你说啊，快告诉我，他肯定会回来的！对不对？"

龙山竹还是不动声色，把妹妹搂得更紧了，轻轻抚摸着妹妹的头发，试图以此来让她安静下来。此时，龙山花再也无法控制压抑已久的情绪，扑倒在姐姐怀里，放声大哭起来，那种撕心裂肺的哭声在整个营地上空传荡，队员们被震撼了，默默地擦拭着自己的眼泪。就连很少动情的张副秘书长也觉得心里一阵酸楚，不知说什么好。

到了深夜，火光逐渐暗淡下来，篝火慢慢熄灭，队员们所找来的柴禾已经全部烧光，有些衣着单薄的队员蜷缩在火堆旁，冻得不能动弹。张副秘书长说道："这样继续下去的话，我们会被冻死的！"

龙山竹说："你是队长，你必须当机立断！"

"好！全体队员注意！起立！马上行动起来，立刻砍柴，继续烧火！"

队员们立刻行动起来，在附近山林中使劲挥动砍刀，把砍下的柴禾拖回营地，重新燃起篝火。此时，空中已经飘下漫天大雪，四处成为银色世界，雪白，雪白，另是一番风景。一直到翌日清晨，大雪方才停止。

在山顶那边，董霜桥放眼望去，四周早已银装素裹，但是，大雪却没能完全遮盖住坠机的巨大身影，在飞机残骸旁，苍劲松柏傲然挺立，显得格外庄严肃穆，好像是在为死者站岗。

凌晨三点，山口组长率领全体日军特攻队员准备出击。她焦急地凝视着山顶，好像在等待着什么。正在此时，一颗白色信号弹冲上夜空，一点白光在夜色中显得格外刺眼。山口马上松了一口气，做了个手势，四名日军特工队员一跃而起，无声无息地朝前飞进，很快就消失在密林之中。随即，山口又做了个手势，六名日军特工队员再次出发，闪入丛林之中。山口亲自带领其余十名特工队员进行迂回行动，绕过密林，来到山的另一侧，从洛克忽视的悬崖绝壁上，进行攀登，很快就占领了山顶制高点。在一块巨石后面，山口组长建立了临时指挥所，使用望远镜朝下看去，只见盟军搜寻队所有的帐篷，营火，防守人员，7652号飞机残骸等，一览无余，全在眼皮底下。山口笑了，对于一名高级间谍来说，敌军阵地完全暴露在自己面前，等待他们的只有被屠杀的命运，这是一件多么惬意的事情！

她悄悄下令，指挥特工队员布置好机关枪火力点，枪口分别对准所有盟军防御人员和帐篷出口。她从望远镜里看到，第一批特工已经悄然从树顶上滑下，接近盟军岗哨，从后面使用匕首，将他们一一干掉。

正在此时，洛克布置的第二道防线守卫人员已经发现日军突袭人员，高声大喊："谁？口令！"

日军第二批特工队员对准喊声开枪射击，将盟军特种士兵打死，清脆的枪声在山谷间回响，给人一种惊悚、恐怖的感觉。帐篷里睡觉的盟军官兵立刻跳起来，拿起冲锋枪就朝外冲，刚跃出帐篷，就被山口组长身旁的狙击手们一一击毙。

山口非常得意，拍拍旁边的特工说："打得好，回去为你们请功！"

洛克在睡梦中被枪声惊醒，知道日军特工队已经开始进攻，他马上把装有绝密文件的公文包拿在手中，随后发现，日军已经封锁了所有的帐篷出口，就朝外摔了两颗烟雾弹，顿时，浓浓的烟雾在四周升起，和山间晨雾交集在一块，到处弥漫，使得日军特工人员完全看不清山顶地区盟军官兵活动情况。

洛克示意董霜桥立即朝外跑，到了帐篷出口，高喊一声："照我的动作做！"

他就地打了几个滚，躲到一棵参天大树后面，董霜桥也受过一些军事训练，马上就跟着洛克躲到树后。董霜桥说："看来日军人员还不少啊！"

洛克侧耳倾听，随即说道："山顶顶部有六挺机关枪在轮番扫射，居高临下，对我们威胁很大！"

董霜桥说："洛克，你是大意失荆州！"

洛克懊恼地说："我真应该听从你的意见的！"

此时，山口从山顶上用流利的英语进行喊话："下面的盟军官兵注意，你们已经完全被包围了，再抵抗下去是没有任何意义的！大日本皇军给你们五分钟时间，放下武器，缴械投降，我们保证你们的生命安全！"

洛克说："这他妈的女特工英语真流利！"

刚刚躲到大树后面的王海伦说道："洛克，你应该见过她，她当过昆明空军基地酒吧服务小姐！"

"难怪声音这么熟悉！"

山口继续喊话："注意啦，下面的盟军官兵……"

洛克站起来，朝喊话声传来的地方扔过去一颗手榴弹，高兴地大喊道："Fuck You, Jap！（去你妈的，小日本！）"

爆炸声淹没了山口的叫喊声。她抖了抖身上的灰尘，恼羞成怒，下令道："给我朝死里打！"

此时，盟军搜寻队官兵已经被分割在不同地方，只有零零星星的枪声，根本组织不了有效的抵抗。王海伦看着洛克，低声问道："上校，我们还要抵抗下去吗？"

董霜桥严肃地说道："海伦，你什么意思，你想放下武器？"

王海伦马上辩解道："我可不是这个意思。洛克是最高指挥官，主意要他来拿！"

洛克冷冷地回答道："海伦，你是个女人，你要是怕死，你就去投降！我和博士是男人，我们宁死也不会缴枪。"

王海伦突然脸色一变，拔出手枪，对准董霜桥和洛克："那好，我告诉你们，我是日军特工，代号'天使'，奉命夺取'迷雾'行动绝密文件！"

董霜桥笑嘻嘻地说："海伦，你真会开玩笑，都什么时候了，还有心情说笑话？"

洛克知道霜桥是在转移王海伦的注意力，就悄悄举起手枪，准备开枪。但是，王海伦立即开枪，当即打中洛克手臂，他的手枪掉了下来。王海伦恶狠狠地说道："你们要是再不听话，我就把你们打死!"

随后,她用枪对着洛克:"听着,赶快把公文包扔到我脚下来,否则的话,我就打死你!"

洛克捂着自己流血不止的手臂,低声说道:"你看,我都快死了,你要拿,就自己来拿吧!"

王海伦半信半疑,举着枪,慢慢朝洛克走来。等她快到自己身边时,洛克飞起一脚,朝王海伦踢去,但是,他毕竟是受重伤的人,全身软弱无力,根本就没有攻击力量。

王海伦冷笑道:"死到临头的人,还敢跟老娘玩花样!博士,你听着,马上把洛克身上的公文包取出来!"

董霜桥想了一下,随即按照她的命令去做,走到洛克跟前,把公文包要过来。说也奇怪,洛克居然没有反抗,非常老实听话,把公文包交给董霜桥。董霜桥说:"海伦小姐,我已经拿到手了,你说吧,你还要我做什么?"

王海伦知道,她马上就要大功告成,公文包里就是"迷雾"行动的绝密文件,只要她拿到绝密文件,她就立下世界间谍史上最为辉煌的战功!到那时,要什么,有什么!鲜花、勋章、金钱、别墅、轿车,只要她能想到的,全会属于她!

王海伦高声喊道:"董霜桥,你给我听着,千万别耍花招,马上把公文包给我扔过来!"

董霜桥笑着说道:"好的,海伦小姐,你接好!"

董霜桥竭尽全力,把黑色公文包朝王海伦砸过去!就在这一瞬间,洛克和董霜桥配合默契,两人朝王海伦扑去,王海伦顾不上接公文包,朝他们两人开枪,洛克和博士中枪以后,马上就倒在地上。王海伦从地上捡起黑色公文包,打开一看,"迷雾"行动绝密文件分明就在里面!她笑了。

正在此时,又一声枪响了,王海伦回头一看,管兰亭就站在她身后。管兰亭说："海伦小姐，您太得意了，就没注意您的身后？"

王海伦捂着胸前的伤口，红殷殷的鲜血从她胸部使劲朝下流，她看看黑色公文包，再看看躺在地上的洛克和董霜桥，最后看了看管兰亭，口中轻轻说道："螳螂捕蝉，黄雀……"

管兰亭看着她说："黄雀在后！海伦小姐，你可以安静地离去，尾随你的老上司王慕士先生，他的尸体就在山腰，唯一的区别是，他是被日本人击毙的，你可是被我们中国人打死的！"

王海伦终于闭上眼睛了，她最后看了看即将天亮的长空，一抹黎明的曙色从黑色的夜空中透了出来，刹那间，第二抹曙光骤然从天边跳跃而出，有些调皮，有些轻快，但是，却是那么可爱，那么美丽，充满了大自然的巨大魅力。

王海伦低声说了一句："好美啊……"

随即她就闭上了自己的眼睛。此时，洛克苏醒过来，对管兰亭说道："把，把，把公文包拿来！"

管兰亭看见董霜桥也醒过来，马上问道："博士，要紧吗？"

董霜桥说："先配合洛克完成绝密任务吧！"

管兰亭非常配合，把公文包拿过去，洛克的运气真好，经过这么激烈的搏击，公文包居然还在！他做了个手势，管兰亭按照他的意思，把一枚手榴弹放进公文包，然后拉开保险索，扔到不远处，很快，手榴弹爆炸了，把公文包炸得粉碎！里面的东西变成碎片在空中飞舞。

洛克放心了，他的任务完成了，"迷雾"行动最终结束了，他微微一笑，对管兰亭说："上校，快找人来给我们包扎吧！"

洛克上校毕竟是智者千虑，终有一失！他以为他的任务顺利完成了，可是，真的完成了吗？后来，我询问管伯伯："'迷雾'行动的绝密文件真的被炸毁了吗？"

管伯伯意味深长地说:"按照洛克上校所呈交的正式报告,他亲眼看见绝密文件被炸成碎片在空中飞舞。"

我反驳道:"在空中飞舞的碎片肯定就是那份绝密文件吗?"

"问得好,小鬼!'迷雾'行动本来就是国际间谍史上一次最为神秘的行动,可是,有关文件的销毁过程也是间谍史上非常神秘的行动!至于你的问题,世界上只有两三个人可以回答。你去问问你的董兰亭姑父吧。历史老人是世上所有密案的知情者!"

等我去问董教授时,他笑了,笑得很天真:"小龙啊,你怎么那么天真?让管老给忽悠了?你想想,当时我和洛克都受伤了,昏迷不醒,只有他一个人和卫士是清醒的。王海伦被打死了,真正知道答案的,你说是谁?"

我恍然大悟:"只有我姑父了!"

"对,只有他知道真相!"

我忙问道:"那么说,'迷雾行动'的绝密文件到了他手中?"

董伯伯说:"关于这一问题的答案,恐怕永远不会披露了!毕竟,'迷雾行动'还没有真正实施,就已寿终正寝了!!!"

山口正在指挥日军特工人员发起最后攻击,就在此时,山顶四周枪声大作,原来是张黎生带领的增援部队已经完全包围了山口特工队。山口知道大势已去,便马上对报务员下令:"立即向总部发报:中野将军,我队已被敌军大部队包围,凶多吉少,山口组全体队员愿为圣战玉碎!"

等密电发完后,她再次下令:"炸掉电台,销毁密码本!"

随即,她对特工人员高喊:"立即撤退!从峭壁原路下山!"

几名特工队员拼死掩护她逃跑,当她顺着攀登绳索滑下峭壁底部时,四周传来喊叫声:"你们被包围了!缴枪不杀!"

山口一看,只见龙山竹带领一队人马,在岩石四周布下天罗地网,将他们团团围主。龙山竹对她下令道:"山口,你已经无处可逃了!放下武器!"

山口一看是中年女将,马上笑着说道:"是龙山竹女士吧!久闻大名,今日一见,果然名不虚传!"

龙山竹说:"山口,抵抗是没有任何意义的,快把枪放下!"

山口笑了,格外动人:"好的,败在您手下,我心甘情愿!我听您的话,把枪放下!"

山口边说,边把手中冲锋枪放到地上:"龙女士,您还有什么命令?"

龙山竹见她已放下武器,便从岩石后走出:"山口,只要你停止抵抗,我保证你的生命安全!"

山口又笑了:"谢谢您,龙女士,您真太善良了!"

山口毕竟是日军中野间谍学校毕业的高材生,善于在绝境中拼死抵抗。当她看见龙山竹站在她面前时,立即使用隐藏在手掌里的微型手枪朝龙山竹开枪,善良的龙山竹没有料到山口会恩将仇报,子弹击中她的头部,她当即倒下。

龙山梅和龙山花高喊:"你们快开枪啊!打死小日本!"

一阵枪声骤然响起,山口被复仇的子弹打得粉身碎骨。龙山梅和龙山花冲到姐姐身边,山竹用微弱的声音对她们说:"照顾好爹妈!"

刚说完,她就溘然而逝。此时,张黎生也赶了过来,看见龙山竹去世,他的心中百感交集,这是一个他曾爱过的女人,这是一个和他分属不同政治阵营的女人,她的美貌,她的智慧,曾经令他倾倒,可是,她的政治信仰却使他为之仇恨。张黎生口中喃喃自语:"山竹,你这个冤家啊,你这一走,永远带走了我的爱,也磨灭了我的恨!"

龙山梅本来就很讨厌张黎生,她知道,姐姐一生最爱的和最恨的就是这个男人。现在,这个伪君子居然还来装腔作势,便大骂道:"你走开!别在这里假惺惺地哀悼!我姐姐一生厌恶你,恨你!"

说来奇怪的是,张黎生此时却心如止水,没有爱情,没有仇恨,有的只是一种发自内心的,刻骨铭心的悔恨!他扑倒在龙山竹身上,不顾一切地号啕:"山竹,是我害了你!是我对不起你!是我没保护好你!我张黎生不是个东西,我一辈子也还不清欠你的情!"

他一脸泪水,哭声撼动着山间林木,四周的官兵不知如何是好,只能默默地看着他大哭。此时,管兰亭和董霜桥闻讯赶到,他们使劲把他拉开。管兰亭热泪盈眶,从卫兵手中要过一把铁铲,走到松林中,放眼四望。

董霜桥对他说:"没什么能为山竹做的,只能为她选择一块好地!"

管兰亭终于选中密林边上一块地,背依峭壁,面向群峰,百里龙山,郁郁葱葱,山野盛景,尽收眼底。他说:"山竹,国事艰难,战局残酷,你离我们远去了,从此,我们就要天人各一,很难再来看你了,你就好好在这里安息吧!"

说完,管兰亭就开始使劲挖起来,董霜桥带领几名卫兵也在他身旁开挖,很快,一块墓地就挖好了。此时,龙山花安静地对他们说:"你们再辛苦一下,多挖一块墓地吧!"

管兰亭问道:"你的意思是?"

龙山花显得有些麻木,面无表情:"我想,乔治既然牺牲在这里,就在这里安葬吧!我还能常来看他,同时,也能经常为姐姐扫墓。"

管兰亭看着亨利,征求他的意见。亨利想了一下,回答道:"山花是他的妻子,她有权决定乔治的安葬地。"

亨利和管兰亭一起，当即开始为乔治挖掘最终的安息之地。此时，洛克头上缠着白色绷带，左手悬挂着，指挥盟军官兵把乔治的遗体运过来，安放在墓地旁边。龙山花低声说道："你们别急，让我为他最后再打扮一下。"

亨利送来一套崭新的军服，山花接过去，开始小心翼翼地为乔治遗骸进行整理，然后，再把军装套在他的身上。眼泪从她的眼眶里不停地流下来，山花低声对他说："乔治，让我再好好看你一下，最后看你一下！你长得多帅！多英俊！我怎么也看不够，我会永远陪伴你和姐姐的，你不会孤独，姐姐也不会孤独，你看看，这里的景色多美！"

此时，盟军官兵已经砍伐好树木，做成两口简易棺木，抬到墓地旁边，管兰亭和亨利协助龙山花把乔治的遗体装入棺材，董霜桥配合龙山梅把龙山竹的遗体放进棺材里。安葬仪式开始以后，盟军官兵列队站在墓地四周。

管兰亭高声大喊："为了沉重悼念在抗日战争中牺牲的龙山竹女士，放枪！"

中国官兵朝天鸣枪，声震林木！

亨利接着喊道："For the Memory of Major George Who Fought and Died During the Hump Operation in China, Fire!"

盟军官兵举枪射击，枪声山鸣谷应。在打扫完天峰山顶战场以后，经过全面搜寻和发掘，盟军搜寻队一共寻获死者遗体五具，顺利结束了搜寻工作。根据总部命令，他们结束了在天峰山顶的搜寻活动，抬着空难牺牲者遗体，开始下山。管兰亭四处寻找董霜桥，在密林深处的一个角落里，终于看见了他，董霜桥正在亲自发报。管兰亭说："博士，该下山了，快收拾吧！"

董霜桥一看是兰亭，只说了句："你先走吧，我随后跟上。"

"你还亲自发报？"

兰亭觉得有些怪异，毕竟，作为高级密码专家，这些发报工作本不是他干的。霜桥见他还不走，便笑了笑："你还等我呢？没必要。我发完就来。"

兰亭想了想，就先走了。董霜桥确实在发送一份重要密电，是发给八路军办事处"老板"的，在电文中，他汇报道："'老板'：山竹不幸牺牲！"

回电很快就来了："惊悉龙山竹同志不幸牺牲，谨表示沉痛哀悼！"霜桥继续汇报道："'迷雾'行动绝密文件已在手中！"

回电为："妥善保存，尽快送回！"

董霜桥马上收拾好所有的发报器材，提着手提箱，追上大队伍。

在下山路上，他的心情非常沉重，脑子里一片茫然，生命居然会如此脆弱？如此苍白？好端端的一个人，怎么会说没就没了？就离开这个世界了？永远在深山老林里孤寂地躺在那里，默默地、无声无息地长眠在地下？

董伯伯后来对我说："我一生经历了太多的苦难，人生的苦难、战争的苦难，可是，我从来也不会忘记在龙山天峰山顶那天所看见的苦难！正是在那天，我、你姑父、你山梅姑妈、山花姑妈、亨利甚至张黎生和洛克，全经历了人生中最为震撼和悲伤的一天！什么叫生与死？什么叫短暂与永恒？什么叫奉献与牺牲？什么叫英雄与烈士？我们全明白了，全都透彻地知道了！"

我说道："尽管有那么多牺牲，可是，那一天你们毕竟是胜利者！"

董伯伯回答说："对，我们获胜了，我们全歼了山口组日军特工队，我们找到了失事的7652号飞机，我们处理了二战期间最为神秘的'迷雾'行动绝密文件，可说是战果辉煌！"

管兰亭反问道："但是，代价呢？我们是以龙山竹和许多盟军官兵的生命作为沉痛代价的!"

董霜桥伯伯站起来,说出那句伟人的经典名言:"要奋斗就会有牺牲,死人的事是经常发生的!"

兰亭姑父咆哮如雷:"你当然无动于衷,你当然冷若冰霜,可是,你知道龙山竹的生命对我们意味着什么?"

董霜桥伯伯站在窗前,背对着我们,始终默然,兰亭姑父还在那里大喊大叫。最终,霜桥伯伯开始说话了:"兰亭,你以为在这个世界上,只有你一个人真正关心山竹,关心她的爱与恨,关心她的生与死?你错了,还有一个人比你更爱她!"

"谁?"

"谁?我董霜桥!为了她,我终生未娶!"

说完,董霜桥伯伯转身离开了房间,我没有看清他脸上的表情,当然,我知道,他之所以始终背朝着我们,肯定是因为满脸泪痕!管兰亭一人目瞪口呆,傻傻地,茫然四顾……我能说什么?啥也说不了,只能轻轻地把茶杯放在他面前,然后,走了出去,把门掩上。

第十九章

终 极 决 战

对于中野来说,龙山天峰山顶的决战,日军损失惨重,他精心组织和苦心经营的"麻将"和"樱花"间谍小组全军覆没!更为严重的是,他一无所获。大岛把他叫去臭骂一顿:"八嘎,中野将军,你总是吹嘘自己的非凡能力,可是,你把我们的王牌特工人员损失殆尽!我们最终得到什么?啥也没捞着!你还有脸苟延残喘,像一条北海道荒野中的癞皮狗那样继续活下去?可耻啊,可耻!"

中野没有解释,他不能解释,此时的解释只能帮倒忙!大岛的精神很好,足足骂了他一小时,最终,大岛感觉有些疲倦了,骂人其实是这个世界上很累人的一个活儿,你要是没骂过,还真感觉不到那种疲劳的由来。是时候了,是忘掉过去,面向未来的时候了。

中野低声下气地提醒大岛道:"将军阁下,我以为,我们应该正式启动'酋长行动'第四阶段的计划了!"

"八嘎!"大岛还没骂完,骂其实也是一个具有惯性的直线行动,要想停止是需要时间的。当然,对于很有决断力的大岛来说,中止谩骂是比较快的。

"你说什么?要开始执行'酋长行动'第四阶段的计划?"

中野很小心地回答道:"是的,将军阁下,是我们执行'断'计划的时候了!"

大岛醒悟过来,做了个手势,在一旁一直装糊涂的佐佐木助理马上反应过来,把墙上的黑色布帘拉开,一幅巨大的"缅甸方面军'断'计划作战形势图"展示在他们面前。

大岛说:"现在已是1944年夏天了,中缅印战场打得是热闹非凡,我们的老对手史迪威正在调兵遣将,要与我们进行主力决战!"

中野说:"是的,将军阁下,对于我们来说,这无疑是天赐良机,皇军军人不打仗,活着还有什么味道?"

"约西,我准备调集手下所有的部队,在固守各军事要地的同时,出其不意,与盟军军队和中国军队决一死战!你知道,东京大本营正在追究'酋长行动'前一阶段的失败责任,有人提出,要撤销我的军内职务,编入预备役,让我声誉扫地,甚至还有人要把我送往黑风队总部等待处理!"

中野说:"老师,在军事上我们从来不打防御战,在官场上,我们更不能被动挨打!作为您的学生,我一生不甘寂寞,历来喜欢热闹,特别是战场上枪炮轰鸣的热闹!"

大岛高兴地看着他,说道:"我很欣赏你在战略和战术上的奇妙思维,你总是有很多看起来十分怪诞的想法,但是,仔细一想,确实是大胆,独到,绝妙!你说说,你对'酋长行动'第四阶段的作战计划有什么建议?"

中野走到地图旁,指着上面的敌我双方兵力分布位置说:"最近几天里,学生呕心沥血,费尽心机,按照您和东京大本营的作战意图,亲自制定了龙山会战计划,代号为'断'作战!"

大岛反应强烈:"'断'作战?具体内容是什么?"

中野明确提出:"老师,您看,我建议东京大本营集中两个师团兵力，以第五十六师团为左翼，第二师团为右翼，并以第四十九师团之一部为预备队，沿滇缅公路东进，在龙山地区截断滇缅公路，阻止中国 X 部队和 Y 部队大会师！"

大岛素以作战凶悍著称，他是一个军事冒险家，是战场上的赌徒。尽管前线连连失利，他还不认输，准备置之死地而后生。听到这一方案，他兴奋异常，拍案叫绝："中野君，绝妙战略！如此用兵，将给史迪威以沉重打击，粉碎他的痴心妄想！"

在大岛坚决支持下，"断"作战方案立即得到东京大本营参谋部批准。按照大本营命令，大岛将军披挂上阵，正式出任日军"断"作战总司令官。大岛在军事会议上表示："各位，我可不是一盏省油的灯，为了对付中国远征军的进攻，我下令启动'酋长行动'第四阶段代号为'断'的作战计划，现在，我命令：以第五十六师团为左翼，第二师团为右翼，第四十九师团为预备队，沿着滇缅公路东进，突袭敌军在龙山地区的部队，一举截断滇缅公路！此外，我兼任'黑风队'司令官，以龙山为前进基地，在中缅印边境地区发起一次空前规模的战略进攻！"

全场军官起立高喊："'断'作战必胜！"

在昆明驻军司令部机要室内，龙山石将军正在和管兰亭和董霜桥研究前线作战局势。董霜桥说："根据密电所破译的日军密电，大岛和中野正在推进'酋长行动'第四阶段作战行动，又名'断'作战行动。"

管兰亭忧虑地说："龙将军，根据今天早晨我亲自进行的空中侦察，日军部队推进速度很快，'黑风队'已经占领龙山县城！我军已被迫退出这一地区。"

龙将军说："从军事理论上来说，大岛的'断'作战计划是一个堪称老奸巨滑的方案，如果日军用兵得当，势必反败为胜，在边境地区获得巨大的军事利益。"

董霜桥分析说:"大岛以为他能够获得强大的后续援军,因此决定发起全面反攻!"

管兰亭说:"根据航拍所得到的情报表明,日军黑风队是执行'断'作战的前锋主力,大岛擅长发动内线作战,负隅顽抗,并能指挥小部队独立作战。"

龙山石将军冷静地得出结论:"看来,大岛在得到后续援军后,将会把日军主力集结在龙山周围地区,企图消灭龙山周围的中国远征军 Y 部队,然后迅速调兵北上,攻打中国驻印军 X 部队!这家伙野心勃勃,志在必得!"

董霜桥询问道:"那么,我军计将安出?"

对于我老爸龙将军来说,此时是他一生中最为辉煌的时期,他踌躇满志,雄姿英发,准备发起滇西地区最大规模的一次大战!对于将军来说,有什么能比开战前的情绪更为高昂的呢?龙将军沉思默想,没有马上说话。他在机要室内不停地来回踱步,不时看着军用地图,研究双方兵力的可能走向。

最终,他开始讲话了:"好,你们问我计将安出?我就告诉你们!从今年 4 月开始,在乔大叔和中国战区指挥下,我们中国远征军经过两年多的充分准备,开始对日军发起反击作战。我部奉命率先强渡怒江。在随后的时间里,经过松山、龙陵、腾冲等地的激战,我们中国远征军部队已经收复了这一带大部分地区!"

管兰亭说:"龙山位于龙江之畔,是驼峰空运航线的一个重要枢纽,此地与滇缅公路相接,历来是中印陆路交通的军事要地。从军事上来说,龙山一旦被我军收复,日寇在中国云南境内的退路将被彻底切断!"

龙将军分析道:"史迪威将军刚才来电,他判断道,日寇目前别无选择,在我军反击下,只能全军撤退,或是被盟军全歼。当日军被赶走之后,滇缅公路工兵部队将立即跟进,全面启动修

驼峰酋长行动

路工程。为此，我决定，云南远征军第 20 军开始对日军大岛师团所占领的龙山发起进攻！"

对于云南远征军部队即将攻击龙山，大岛是有充分准备的。在日军高级军事会议上，大岛分析道："龙山山脉天峰山位于高黎贡山顶地区，海拔四千多公尺，四周山峰犬牙交错，直指长天，顶峰终年积雪，大风怒号。这里是通往龙山的咽喉要道，南北两个垭口之间只有一条狭长隘路，地形险峻，山道崎岖，垭口之内云山雾海，路径难辨，兵马通行，极为艰难。在垭口两侧，我决定布下一万人马，在山头构筑坚实的防御据点！"

中野马上吹捧道："所谓一夫当关，万夫莫开是也！"

日军按照大岛的命令进行兵力部署。但是，远征军龙山战役指挥官龙将军对于大岛的战术也是了如指掌。他骑在一匹红鬃战马上，用马鞭遥指日军阵地，大声说道："余将效仿诸葛亮当年战术，明修栈道，暗渡陈仓，出动一部分部队，于天峰山正面佯攻，吸引敌军，再派出奇兵，迂回敌后，断其退路。孩子们，是骡是马，这回该拿出来遛遛了！"

在他的指挥下，云南远征军 20 军官兵决心打一个狠仗，杀出军威，扬眉吐气。龙将军勒紧腰间军用皮带，系牢绑腿，当大军进山时，将军有马不骑，拄根拐棍，率领部队钻进高山密林，翻过悬崖绝壁，越过万丈深渊，开进荒无人烟地区。

董霜桥伯伯后来回忆说："当地山高天寒，大风阴冷，我军官兵衣单被薄，每日冻死人数高达百人之多，摔死、饿死、被毒蛇咬死的官兵更是不计其数。由于山顶缺氧，有些士兵一坐下去，再也没有气力站起来，就此长眠不醒。"

但是，远征军部队官兵不畏牺牲，突出奇兵，一举攻下天峰山。

在日军第五航空军中野飞行队拼死配合下，日军大岛指挥部队重新部署，昼夜调兵，准备向远征军发起进攻。在战役中，日军冲锋时无声无息，不吹喇叭，不高声喊叫，基本靠手势示意，以求快速前进，通常由五至六个人组成小组，分散冲锋，以机枪为中心开展行动，力求不给我军阻击机枪当靶子。但是，在我军猛烈炮火下，日军很快就倒下一大批，后面的士兵又不顾一切地向前猛冲。日寇已经杀红眼了，歇斯底里，骨子里浸透着法西斯狂热，如同亡命徒一般，进行拼死决斗。

数千名日军士兵疯狂嚎叫："喝血如饮酒！"向守在天峰前沿的中国部队不断狂扑过来。尽管日军困兽犹斗，大岛守备部队却连续遭到我军强大反击，减员极为严重。为摆脱困境，大岛频繁调动有生力量，但日军部队疲于奔命，在运动中不断遭受我军打击，被中国部队包围，双方展开激战。对于日军来说，战局日益恶化，因无救援，大岛下令所属部队进行拼死决斗。1944年7月，日军"黑风队"被迫退出天峰山一线，且战且退。

管兰亭此时来到天峰山远征军指挥部，对龙将军说："龙哥，我此次来，是准备指挥空军协同你部作战。"

龙将军连战告捷，情绪高昂："兰亭，有你们空军助威，此仗必定大获全胜！你知道，我们最终进行决战的对手是日军'黑风队'，这支部队一直跟着大岛走南闯北，他们在北海道进行过专门训练，是一支山岳作战兵团，许多士兵当过伐木工，善于在山岳地区奔袭作战。"

和管兰亭同来的董霜桥说："根据我们得到的情报，日军'黑风队'在龙山地区盘踞数月，地形熟悉，工事坚固，在当地分别修筑碉堡式据点、鼠穴式散兵壕、鸟巢式树上火力点、蟹洞式掩蔽部等，在据点与据点、山头与山头之间，修建秘密通道，各种防御工事星罗棋布，互为呼应。"

龙将军说："他们即便受到我军追击，也能化整为零，神出鬼没，机动作战，能打就打，能跑就跑，在崇山峻岭之间与我军周旋！"

此时，副官把一份加急电报送交龙将军，将军看完以后，面露喜色。兰亭问道："龙哥，你必有喜讯！"

龙将军大笑："全歼日军，此其时也！中国战区总部来电：'迅速攻下龙山！'"

自古以来，两军相争，勇者胜！龙山城下一场空前血战就此开始。在龙山附近地区的三山争夺战中，远征军部队连续得手，我军官兵军威大振，军旗直指龙山。

对于山下敌军来说，可谓愁云密布，士气低落。大岛的主力"黑风队"在我军强大攻势下，接连丢失城外三座大山，被迫退守龙山城内。大岛对着中野仰天长叹："此乃天亡我军！山岳部队退守孤城，优势丧尽，最终怕是在劫难逃！"

中野安慰他道："置之死地而后生！我军将拼死一战，说不定还能力挽狂澜，获得转机！"

此时，盟军出动飞机助战，管兰亭、亨利等驾驶飞机掩护地面部队进攻，我军官兵前仆后继，血战终日，彻底摧毁敌军堡垒群，胜利攻占县城外围阵地。至此，龙山城四周已经毫无屏障，日军大岛部队彻底失败只是时间问题了。

局势日益明朗，日军大岛师团即将被盟军彻底打垮，日军大本营被迫作出决定，放弃缅甸北部地区战场。根据大本营命令，大岛将军"黑风队"一万名日军，必须死守龙山孤城，掩护大部队撤退。大岛知道，他的部队顿时成为束手待毙的孤军。"何以解忧，唯有杜康。"大岛太喜欢曹孟德当年的名句了，他只能在酒中寻求解脱，一有时间就开喝，一杯接着一杯，在酒精所造成的那种虚幻快感中，忘却自己兵败的苦恼。但是，一旦酒醒，他就明白，龙山兵败必须由他来承担全部责任。

回顾往事,大岛并不后悔他与东条英机的那场激烈争吵。小小的大岛部长当年真是吃了豹子胆,居然敢在东条首相的头上动土,莽撞的举止当然要付出代价,这个代价还真不小,大岛因侮辱上级,正式受到大本营惩戒处分,被解除大本营作战部长职务,发配到缅甸方面军。大岛颇具军人素质,精通陆军作战战略与战术,在日军将领中,确实是难得的将才。但是,战场异常无情,他牛,盟军史迪威将军更牛!拿一句老话来套,既生大岛,何生老史?天外有天,人外有人,强中更有强中手。

大岛在战死前,曾经以专业指挥人员的眼光去评价对手:"就我看来,无论从哪一方面来看,史迪威所指挥的中国远征军部队堪称出色,就帝国陆军现有的综合战力,要一对一地击败这支军队,实在难以做到。能够与这样的对手交锋,作为军人,本人深感欣喜!"

在战斗最激烈的时刻,史迪威将军亲自来到龙山前线,指挥作战。龙山石将军带领参谋人员,陪他到前线指挥所,老将军用望远镜观察敌军的进攻。洛克向史迪威将军汇报说:"日本人自幼受到的教育,就是对上级命令毫不怀疑,加以执行。日本军人更是如此,他们实在是遵守法西斯纪律的奴隶,举例而言,日军《步兵操典》规定:士兵在接受检阅时,其生殖器必须垂向左边。对于这项近乎荒谬的规定,所有士兵居然会坚决照办。"

众人全笑起来。史迪威将军饶有风趣地说:"你肯定吗?"

"是的,在审问俘虏时,我问过这个问题,他们回答说,确实如此。"

龙山石将军汇报说:"日军死守阵地的狂热精神,迫使我军攻击进度放慢,而且,还得付出高昂代价。我们必须使用坦克和火焰喷射器,将敌军士兵从伪装掩体中,逐一驱赶出来,一个掩体一个掩体地进行拼杀。在摧毁敌军要塞的战斗中,我们被迫进行长达十天的阵地白刃战。战况空前激烈，说是惨烈，绝不过分。"

史迪威点点头："情况确实如此。我们经历了人类历史上最为残酷的战斗，也遇到最为顽强的抵抗，但是，最终的胜利必将属于我们，这是因为我们进行的是一场消灭法西斯的正义战争！"

远征军迅速展开攻击行动，乘势向龙山县城发起炮击。此时，史迪威将军由于战场辛劳过度，胃部不断痉挛，小腹剧痛，身体备受折磨，然而，战争的历史责任感支撑着他硬挺下去，继续作战。这一天，他正带病阅读部队的战地通讯，航空兵少校亨利在报道中写道："有朝一日，当这场战争成为我们的回忆时，有关史迪威将军在中国战区的描述应该是：这是一位毫不退让的男子汉，手持宝剑，在恶龙巢穴里，与黑暗势力奋勇作战，他和官兵一起，构成伟大的史诗故事。"

史迪威看到这则报道，手捂着胃部，破颜微笑。他对副官说："亨利实在是写得好，这是我最喜欢的一篇报道。我无法忘怀的是，两年前当我刚到缅甸指挥中国远征军时，英国佬曾经讥笑说：'如果你们美国人真要在缅甸打仗，就应该派来一支真正的军队，而不是仅仅派来一个光杆司令。'现在，该是我们崭露头角的时候啦！"

日军大岛的"断"作战顿时面临中国部队的强大阻截，

战事至此，早已不按照大岛的意愿发展了，他已别无选择，只好当个过河小卒，拼死挣扎。此时，尽管死不认输的大岛还在打着如意算盘，日军早已所剩不多，力不从心，东拼西凑，一个月之后，方才勉强拼凑了一些部队。但是，战场时机瞬息万变，时不我待，时不再来，尽管大岛用心良苦，如意算盘打得很精，其已成为强弩之末，攻击乏力，早已心有余而力不足。此时，松山、腾冲日军已被中国军队彻底包围，中国远征军左右两翼联成一片，集中全力向龙山日军猛攻。但是，对于我军的作战计划，大岛历来狂妄自大，毫无觉察。

他对中野说："目前，第一个大战场是在缅甸北部，史迪威指挥 X 部队与我军激战正酣，盟军部队在胡康河谷推进。在龙山这个战场上，盟军为攻，我军为守。但是，战争就像下棋，你走你的，我走我的，各有各的走法。"

中野回答道："是的。但是，从内部机制来说，我军历来善攻不善守。我们日本军事学校在培养军官时，往往过分强调进攻，忽略防御。我记得当年报考军校时，您是主考官，你对我出的题是：'前方 20 公里处发现敌军，你该怎么办？'"

"当时，你是如何回答的？"

"我知道，如果我向您询问：'前方有多少敌军？'或是'我军有多少部队？'我就注定要失败了。"

"完全正确！这是因为，按照我军传统，你应该坚定不移地回答道：'把敌军包围起来，彻底消灭他们。'我们军校历来所看中的是：未来的军官是否具备'进攻的指挥才干！'"

中野依然沉浸在回忆之中："我清楚记得，陆军军校在日常教学和考试中，始终强调学员进攻素质的培养。即便是在明显需要防御的情况下，我们学员也不可说出'军事防御'的话来，一旦说出'军事防御'等词来，教官就会让我们的考试不及格！"

"唯一正确的答案应该是：'尽管我军条件困难，但是，我军正在积极寻找战机，然后发动进攻，彻底消灭敌人。'"

中野说："遗憾的是，陆军军校和陆军大学不开设'军事防御'课程，所以，在太平洋战争期间，我军防御能力差，进攻时虽然挺厉害，但是，一旦盟军大军压境，兵临城下，我们就只能凭感觉去打。"

大岛深思半天，然后苦笑道："现在，我们只能勉为其难，去打防御战了,最终只能靠玩命精神,来一个'全军玉碎'!"

这一天,史迪威将军乘坐轻型飞机飞抵龙山郊外机场,几名战地记者与他同行。将军精神抖擞,雄姿英发,头上依旧戴着他那顶第一次世界大战时的老式军帽,右肩下斜挎着一支卡宾枪。走下飞机之后,他与前来迎接的龙山石、董霜桥、管兰亭和洛克等人紧紧拥抱,热泪盈眶,这是难忘的会见,是胜利者的辉煌瞬间,记者们立即抓拍了这一历史性镜头。

一位美国记者提问道:"乔大叔,此次远征军前期作战行动的成功,使您名声大振,您正处于军事生涯最为辉煌的时刻。您自己是如何看的?"

老将军回答道:"龙山是我一直梦寐以求,力图攻占的地方!几个月以前,正是龙山的陷落使得战场局势急剧恶化,我曾对天发誓,要卷土重来,报仇雪恨。现在,复仇行动终于大获全胜,我可以向全世界宣布,我史迪威是言而有信,说到做到的军人!"

在龙山战场,史迪威将军深入前线,亲自掌握第一手战况。有一次,盟军工兵正在前线地区维修道路,当时,大雨倾盆,道路泥泞,从后方到此地需要渡过山洪奔泻的溪流。史迪威身穿士兵服装,肩挂卡宾枪,仅带一名卫士来到前线。他向工兵们询问:"道路状况如何?"

官兵们回答说:"我们正在冒雨抢修。"

"你们在前线还做些什么?"老将军问道。

士兵们争先恐后地说道:"我们做得可多了。除了修筑道路,我们还经常为远征军部队构筑指挥所,侦察并绘制地形图,校正作战地图上地貌、地物的不实之处,供作战部队参考。我们还多次架设供坦克、炮车通行的载重桥梁。"

老将军饶有兴趣地听完汇报,表扬工兵们的杰出贡献,然后,冒雨前进,越过沿途障碍,继续向前线指挥所出发。抵达那里以后,他就在指挥所与龙山石等前线将领共进晚餐,研究敌军动态,直到夜深人静时,就地住下。龙山石询问道:"将军,要不要工兵为您构筑一个掩蔽部?"

史迪威将军立即严词拒绝:"我要那个掩蔽部干什么?有帐篷睡就可以了。"

"前线局面复杂,我看,还是要特务连加派一些岗哨,以免出现意外情况。"

史迪威将军回答说:"千万不要这样做。我最讨厌一些中国将领,每到一地,前呼后拥,戒备森严。他们到底要干什么?是要威风凛凛,还是要打败敌军?"

老将军用兵如神,使敌军捉摸不定,防不胜防。他所组织的作战进攻往往会突破敌军的用兵章法,打得大岛晕头转向。此外,老将军还善于使用盟军强大的空中支援,空、陆作战相配合,增强部队战斗力,在中国战区战场上,这是第一次现代化立体大战。

实际上,日军大岛早已在此地精心布防,经过长达数月的苦心经营,龙山可说是固若金汤。城西北有天险作为屏障,城东南有大江为天然防守依托,城内十几条街道,上千座建筑物,日军全部构筑成防御工事,临街楼房加固,并布置火力点,一旦战斗打响,每条街道就将成为阻击远征军的火力网。

日军地面工事固然厉害,地下工事更具杀伤力,这是因为"黑风队"官兵主要来自九州煤矿,由煤矿员工所组成,本来他们就是地下打洞的行家里手,对构筑坑道工事,实在是小菜一碟。他们把煤矿的经验,转用在构筑地下掩体方面,地下防御工事均在十余米深的地底下,洞口则由层层圆木加固,外面再包上马口铁板,防止我军火焰喷射器进攻。除此以外,龙山城防地下工事四通八达,日军可在城底下,通过地下工事调兵遣将,互相支援。

日军驻龙山指挥官大岛在检查防御工事后，得意洋洋地对中野等军官说："皇军在龙山的防御工事堪称天下一绝，进之能攻，退之能守，进退自如。敌军部队，其奈我军何？"

龙山城下激战犹酣，龙将军可是坐立不安，他的压力太大了，他知道，中国战区总部在看着他，全国人民也在关注着他。他的部队与日寇大岛"黑风队"守军在龙山县城进行拉锯战，你进我退，你退我进，现已打到第二个回合，我军部队略占优势。龙将军在军用地图上，根据日军动向和兵力的最新配备，试图看清日军的战略决策。他对管兰亭说："上校，大岛此次走出一步险棋，当然也是一步凶棋。"

管兰亭小心谨慎地说："将军，来者不善，善者不来。目前，根据空中侦察，我军局势不利。前线兵力分散，实在是兵家之大忌。"

龙将军也是忧心忡忡："是啊，龙山附近我军目前是孤军在前。日军'断'作战计划对我军威胁很大，弄不好，我们就会四面被围，全军覆没。"

参谋长着急地说："只有请求委员长下令限期结束腾冲、龙陵作战，消灭我军后侧隐患。"

将军肯定地说："对！此外，急电校长，要求增派兵力。"

龙将军是蒋校长的得意爱将，校长岂能坐视不救？蒋校长立即将第8军从昆明紧急调往龙山，使得龙山四周地区中国军队兵力骤增，除原有4个师部队之外，又新增3个师援军。更让日军胆寒的是，新增部队都是日寇死对头，100师当年在缅甸打得日军头破血流，第136师曾在怒江桥头给予日寇沉重一击，将日军阻截在大江西侧。援军痛歼日军数千守敌之后，余威犹在，士气非常高昂。

龙将军毕竟在行伍中摸爬滚打多年，也算是一个老江湖了，他可不会无所作为。要是战败，自然遗臭万年，可要是打胜了，当然是流芳百世。怎么说，他手下也有一些得力干将，三个臭皮匠，顶个诸葛亮。攻打城区的战斗开始以后，远征军官兵突然发现，他们所面临的敌人不仅仅是在打仗，而是在拼命，是一种绝望的挣扎，是临死前的疯狂。

龙山为边防要镇，历来易守难攻，城区位于盆地之中，四周群山拱卫，大山雄峙，构成天然屏障，人称"三凤求凰"。城池方圆数公里，城墙由青石砌成，城墙上堡垒环列，四周环绕侧防工事，此外，大河三面奔流，堪称固若金汤。大岛率领日军退守龙山后，将城内数万居民驱赶出城，随即对"黑风队"指挥官下令道："死守龙山至十月底，等待后续援军。"

我军不断前进，敌军节节败退。日军"黑风队"兵力日益减少，由于弹药得不到补充，敌军火炮射击只能限制在每天六发以下，手榴弹每人只有两枚，战斗中只能采取白刃格斗。为了补充兵员，大岛命令佐佐木助理冒雨潜出龙山，跑到龙江对面的日军野战医院，指挥一千名伤病员，突破盟军重重封锁，潜回龙山，与日军主力会合。

龙山县城其实并没有什么高楼大厦，满城都是一些南方式样的小屋，在阳光照耀下，城内树木茂盛，充满亚热带风情。但是，那只是和平年代的往事了，当炮声响起以后，昔日风光不再，双方士兵面临生与死的决战。县城边的龙江蜿蜒流过，沿岸山形错综复杂，丛林密布，敌军以此为防御屏障，以城区为防御中心，构筑数千个防御工事，形成网状堡垒群，分布在城区四周。主阵地正面和左右侧翼，散兵坑壕星罗棋布，城区敌军步步为营，层层设防。

史迪威将军在前线观察到，敌军阵地得到丛林和蒿草掩护，我军进攻部队难以接近敌阵，尽管与日军相距咫尺，却无法发现目标。狡猾的日寇躲在防御工事里，任凭我军猛烈射击，始终不予还击，一直等我军官兵攻到敌军阵地几米前时，敌军才突然从防御工事里开火，躲藏在树上的阻击兵也用机关枪朝我军扫射，致使进攻部队损失惨重。此外，城区街道密布，房屋林立，部队很难大规模展开，敌我双方只能采用城市巷战进行拼杀。但是，尽管我军伤亡严重，却进展甚微。

在军事会议上，史迪威将军表示："要消灭龙山城区日本守军，必须采取新的战术。现在正值雨季，我军地面部队和空军进攻受到天气因素的严重制约，难以充分发挥优势火力，使得日军守敌得以苟延残喘。"

管兰亭建议道："但是，无论敌人如何顽强抵抗，不管敌军防御工事如何坚固，我军还是应加强空军攻击力量，飞机轮番轰炸，地面部队逐步缩小包围圈，大岛的'黑风队'或是投降，或者被我军消灭，他们别无选择。"

史迪威点点头，在场军官全都同意他的建议。

对于日军指挥官大岛来说，龙山战场最终将与他的人生终点汇合在一起，说白了，那里就是他的葬身之地。他已经接到日本陆军大本营的最后命令："你部必须死守龙山！"

他知道，自己气数已尽，在劫难逃。大岛为人怪异，经常一人立在树下，在那里一站就是几个小时，每当夕阳西下，落霞与孤鹜齐飞之时，大岛往往会情不自禁地默默微笑，官兵们无法理解他的孤独，更读不懂他那种近似于诡秘的微笑。不过，将军除了时常默默微笑以外，也是会流泪的。据说，当他看到活着的士兵扑到在遇难的老乡尸体上时，也会潸然泪下。

他沉默寡言，很少说话，平素没有什么爱好，只是酷爱抽烟，饭后一支烟，赛过活神仙，他刚吃完饭，就会拿出一支烟，点燃后,猛吸一口,仔细品尝尼古丁那种令人如痴如醉的感觉。如果身旁还有其他官兵,他就会按照老家规矩,将吸了一口的烟传给大家吸,旁边的士兵猛吸一下,再转给另一个人。战场局势风云突变,当他获悉龙山县城四周阵地已被敌军全部占领时,顿时意识到,自己在这个世界上的最后日子快要来临了。在这个世界上,他没有什么知心好朋友,只有中野少将跟随他多年,算是老部下了。

大岛叫通中野的电话,在通话时,不无感伤地和他诀别:"中野君,一别以后,血战沙场,你我恐难再晤。日后如有机会,见到老母,请代向我致意。拜托了!"

卫士发现,当他挂上电话时,眼中早已闪出晶莹的泪花。中野决定对老上级大岛倾力相助,对盟军龙山机场采取新战术。

中野下令道:"我航空兵应该连续数天飞到龙山敌军机场上空,但是,不发起任何进攻,使盟军空军麻痹大意。然后,我们再选择战机,在关键时刻突然袭击,发动猛攻!"

按照中野的命令,日机连续几天躲过我方空袭警报网,飞临龙山机场上空,但不发起攻击,而是采取麻痹战术。等到龙山最后决战开始以后,中野派出十架轰炸机和十架战斗机攻击龙山机场,盟军措手不及,只有两架飞机升空拦截,结果损失惨重。

管兰亭痛定思痛,对老将军建议道:"我们应该针锋相对!中野部队很狡猾,我们可以把第14航空队B—24轰炸机,以9架飞机组成松散队形,伪装成运输机,飞机上的机关枪手等敌机靠近再开火。"

史迪威将军立即下令道:"很好,你来指挥此次空军决战!"

在管兰亭指挥下,盟军空军采取了这一战术,结果非常成功。中野空军不知是计,被盟军飞机击落六架战斗机,盟军空军则毫发无损。

驼峰酋长行动

HUMP SHEIK OPERATION

大岛现在非常清楚，龙山日军到底能否坚守下去，不仅关系到自己部队的生死存亡问题，还关系到云南境内日军的最后退路问题。他被迫调整战术，指挥部队昼藏夜战，多次偷袭盟军部队，利用缴获弹药和给养进行负隅顽抗。此时，大岛部队已经损失过半。但是，困兽犹斗，大岛指挥日军"黑风队"殊死拼杀，使得远征军部队激战数日，仅仅推进数百米。

在重庆八路军办事处，首长非常关心龙山前线的战局。他对"老板"说："根据前线战报和我们所得到的情报，我发现龙山战场敌我两军出现胶着状态，而且，敌军以逸待劳，以守克攻，拖延时日，对我军非常不利。你立即通知董霜桥，要他转告龙将军，尽快召开军事会议，立即调整作战部署。"

"是，首长！"

首长询问道："据说，管兰亭已经正式向董霜桥提出入党申请？"

"是的，首长！当龙山竹同志牺牲以后，管兰亭就决定参加共产党，继续完成龙山竹没有完成的革命事业！"

首长说："他的表现一直很好，我看，你们可以批准他入党！"

"老板"高兴地说："是，首长，我们尽快通知他！"

"老板"立即发电给董霜桥，把首长的思路告诉他，要他在会议上正式提出。

龙将军在龙山前线指挥部军事会议上说："按照前线局势的变化，我军立即转入坑道战，对敌军作不间断袭击，消耗日寇有生力量。同时迅速增派援军，补充弹药，战场局势对日军越来越为不利。老实说，我军的日子不好过，日寇的日子更难熬。我了解自己的部队，知道你们求战心切，我已决定，明天就是7月7日，也就是卢沟桥事变7周年纪念日，对于我们中国官兵来说，

终极决战 第十九章

450

这是一个报仇雪恨的日子。"

"是，军座！"

全体军官热血沸腾，斗志昂扬。我军虽有不少进展，但是，并未在战场中取得关键胜利。龙将军对此很不满意，心中十分焦虑，立即研究下一步作战方案。董霜桥表示："龙将军，我军以血肉之躯去硬拼，终究不是办法，依我看，必须改变打法！"

龙将军问道："你们的具体建议是什么？"

董霜桥立即建议道："我军应该沿着龙山城周围，挖凿许多三条平行的蛇形堑壕，向敌军阵前延伸。每条堑壕深五尺，堑壕前端三面堆放活动沙袋，我军部队一面挖泥土，一面向前堆放沙袋，逐步掩护部队推进。"

龙将军大喜，连声说："好主意，好主意！"

二师参谋长建议道："我军还可在堑壕里设一些轻机关枪射击点，每点布置射击手、弹药手和预备射手各一人。这三条平行堑壕的火力可以互相支援，逐步向前推进。"

一师副师长也兴奋地出主意："等到我军接近敌人阵地时，可以把手榴弹装上导火索，捆在二丈长的竹竿前端。在投掷前，先点燃导火索，等手榴弹快爆炸时，伸进敌军阵地枪眼里去消灭敌人。"

龙将军激动地站起来，猛地将手一挥："你们不愧是军中战将啊，大功非你们莫属！打胜这一仗，我为各位请功！"

全体军官起立："谢军座栽培！"

龙将军严肃下令道："这仗就这么打了！我要强调一点，活动堑壕应该继续不断向前伸延，边战边进，由点的攻击，逐步推进到线和面的全面占领。到攻防战最后阶段，我军将在强大空军和炮兵协同攻击下，加强地面部队攻势，突破日军所有主阵地和散兵线，彻底粉碎日寇有组织抵抗，如不能消灭龙山敌军，请斩

驼峰酋长行动　　HUMP SHEIK OPERATION

龙某之首，以谢天下！"

众军官齐声喊道："将军放心，我军必将消灭余敌！"

在龙山作战部队官兵建议下，我军采取坑道战术，利用小部队钻隙迂回，打破敌军火网体系，先夺日军侧防火力点，再毁敌人观测指挥堡垒，步炮协同作战。在具体攻击时，对敌军军事目标，先由炮兵施以密集射击，彻底摧毁敌军防御设施，同时，前沿观察所随时向炮兵部队通报炮击效果，等到炮兵攻击延伸时，我军立即利用坑道，钻隙接近敌阵，冲锋部队则立即突入敌阵，肃清残敌。

7月7日中午，远征军部队集中所有火炮，对准日军阵地猛轰，几十门威力强大的新式火箭炮首次投入使用，盟军在空中强大支援下，再次发起攻击，攻势空前猛烈，空中、地面立体进攻，炮火连天，军威大振。

半小时以后，中国远征军三个步兵师全线出击，采取挖老鼠洞的战术，一条坑道、一条坑道，逐道进攻，一个地洞、一个地洞，逐洞摧毁，寸土必争，每洞必得，不断扩大战果。当天我军攻占龙山城区周围阵地，将敌军全部压缩到城内街区里。从那以后，我军步步为营，掘壕推进，紧缩火网。龙山城区昼夜枪声不断，火光冲天，敌我两军殊死搏斗，浴血奋战，场面空前惨烈。

但是，大岛异常狡猾，他命令日军部队："当敌军轰炸时，我军立即退至地下坑道，一俟轰炸停止，立刻返回原有阵地，阻止敌军地面部队攻击！"

此时，龙山城西南角碉堡被炸开，远征军攻城部队冲入城内，集中火焰喷射器，再次从城西南角攻击，敌死队连续三次冲击，从城墙豁口突入城内，几番苦战，从城南门突入，我军部队潮水般涌进城中，双方展开白刃格斗，敌军凭借残墙断壁作顽强抵抗。这一仗我军取得重大进展，摧毁大岛部队大部分阵地设施。前线日军官兵毫无掩护，完全暴露，战壕积满雨水，敌军士兵浸泡在齐腰深的水中，进行最后顽抗。

此时，"黑风队"指挥官宫本只好硬着头皮去找大岛："报告将军，现在的实际状况是，我们龙山"黑风队"已经濒临绝境，只有退守龙江对岸，才是最后生存机会。"

大岛点点头，心事重重地说："看来我们只有和龙山共存亡了。"

宫本并不了解日军大本营已经下达有关"死守龙山"的命令，遂向大岛将军建议说："将军，请允许我斗胆陈言，与其全体官兵无谓牺牲在龙山，倒不如迅速转移到龙江对岸，在那里据守险要高地。"

大岛略加思考，还是决定不向他说明大本营下达的"死守龙山"命令："宫本君，我同意你的建议，你去安排吧。"

此时，大岛其实已经作出决定，准备牺牲自己，承担违抗东京大本营命令、非法下令部队撤退的严重责任。他也想好了，与其全体官兵全部完蛋，倒还不如死他一个，最终以自己的自杀，换取部分官兵的生存机会。

正在此时，中野驾驶飞机来到龙山上空，向城内日军残敌空投日本天皇诏书，要求他们死守阵地，与阵地共存亡。与此同时，他还空投了日寇缅甸方面军司令官向大岛将军和全体"黑风队"所颁发的嘉奖状。

但是，等大岛接到司令官电报嘉奖状后，心中只能暗自苦笑。日军拼死组织最后反击，但是伤亡惨重。就在此时，一些士兵发现，指挥官大岛举止异常。他不戴军帽，不拿指挥刀，一个人居然去追蝴蝶去了。

副官跟在他身后，看见将军弯下腰，聚精会神地看着林中花丛，几只色彩绚丽的小蝴蝶在花丛里飘旋，过了一会儿，美丽的小蝴蝶终于飞走了，将军依然独自在树林中，目不转睛地盯着花丛，脸上显露出一种压力释放后的快乐神情。在树林外面，远征军炸弹不时爆炸，将军大人似乎完全没有听见，依然陶醉在对大自然的极度欣赏之中，自娱自乐，冷静得旁若无人，令人无法想象。将军口中念念有词："南国盛夏，绿遍山崖，密林青翠，深谷鲜花。"

歌词并不复杂，很容易上口，一位略懂作曲的日军士兵，在无聊之中，居然将这一首词用九州家乡小调谱成歌曲，那些即将战死的士兵们在夜深人静时，轻轻哼着这首小曲，在歌声中，思念自己故乡的田野、鲜花和蝴蝶，当然还有那白发苍苍的老娘。唱着，唱着，士兵们的眼泪不由自主地夺眶而出，从脸颊上滚了下来。

大岛听到士兵们在唱自己的歌词，什么也不说，只是默默地坐在那里。他在想些什么？是怀念他在家乡的青春岁月？还是在考虑自己最终的结局？没人知道。

现在，即便是中野也已意识到，龙山战役的最后结局已经日益明朗，胜利的一方绝不是大日本皇军。他在地图上仔细分析，最终得出结论：龙山很快将被中国远征军部队所收复。中野咬牙切齿地自言自语道："兰亭兄，我要看看，究竟是谁能笑到最后！"

他试图以胜利者的姿态驾机返航，但是，他的心情逐渐变得恶劣起来，根据地面导航台的消息，他只能飞赴仰光机场降落。中野知道，远征军部队下一步就是再次打通滇缅公路，盟军部队在掌握制空权以后，必将逐步掌握制地权，即便是不谙军事的傻瓜也能知道，皇军在中国战区的丧钟已经敲响了。

昔日战场上的美景不再呈现，空中的明媚阳光似乎也被阴霾所遮盖，中野的情绪顿时变得十分恶劣，甚至有些垂头丧气。华厦将倾,大势已去,复将何为?他真想一头朝地面撞去,死了算了,也强似日后当败军之将,受尽屈辱。正在此时,僚机飞行员在通话机里高喊:"注意,注意,中野长官!您的飞机正在急剧下落,十分危险!"

中野一惊,忙把飞机拉起,朝着仰光飞去。

当天下午,史迪威将军一声令下,管兰亭和亨利等飞行员驾驶战斗机和轰炸机腾空而起,风驰电掣,直飞龙山机场。一刻钟后,四百多架载人运输机和滑翔机在数十架战斗机护送下,分批浩浩荡荡飞向龙山机场。他们还未飞到龙山上空就碰上日军中野航空兵部队驱逐机群和战斗机群的阻截和攻击。

中野带领日军战机从上面云层中,像恶狼那样,往下俯冲,进行正面迎击,在空战中,有的日军驾驶员甚至以机身冲撞运输机,以命相拼。一场空前激烈的空战在龙山上空展开,这场空战持续一个小时。在管兰亭的指挥下,性能优良、数量较多的盟军飞机压倒中野部队的反攻,打垮了日寇在滇缅战场的空军力量。

当盟军运输机飞到龙山机场上空时,后面的滑翔机脱钩,自行降落在机场上,一队一队的伞兵从天而降。从运输机上卸下装甲车、大炮、坦克和反坦克部队,还卸下部队急需的粮食、弹药和发电设备。机场的远征军部队得到及时支援,牢牢控制着整个机场。

最后的疯狂即将来临,中野作为缅甸陆军航空队司令官,晋升为陆军航空兵中将。为了与盟军空军决一死战,中野决心孤注一掷,把剩下的全部轰炸机组成"神风特别攻击队",在轰炸机上装满炸弹,进行"敢死冲锋"的"自杀攻击"行动。

中野率领一百名飞行员举行"神风特攻"出征宣誓,每人前额裹着一块写有"神风特攻队"字样的白布。中野已经接近疯狂了,但是,他依然显得十分平静,平静其实并不意味着他的理智,他只是不想在部下面前显得软弱。

中野强打着精神,大声疾呼:"勇士们:作为物力贫弱的日本,只有借助无穷的精神力量去对付敌人,你们要知道,敌军的钢铁需要用我们的肉弹去进行碰撞!"

特攻队队员高呼:"誓为天皇捐躯!"

此时,中野示意身穿华丽艳装的慰安妇端上米酒,按照出征惯例,每名"神风特攻队"队员喝下一碗米酒和一杯清水,写下自己的绝命书,剪下头发和指甲,装入写着家庭住址的白绸布袋。此后,中野以身作则,率先扔掉自己所配备的降落伞,强打起精神,第一个登上"野鹰式"轰炸机起飞。当中野"神风特攻队"飞机机群抵近盟军空域时,遭到盟军战斗机群拦击,在空战中,中野发现了管兰亭的战机,企图与管兰亭的战机进行自杀式撞击。

亨利在通话机中提醒管兰亭道:"兰亭,注意!中野的战机朝你撞过来了!"

管兰亭冷笑道:"他已经死到临头,还想拉我去垫背,没门!"

他巧妙地将战机拉高,避开了中野的攻击,随即迅速开火,成功击中了中野的飞机。中野发现自己的飞机尾部冒出浓烟,顿时大惊失色。

中野在生命最后一刻,想起了他的童年、少年和青年时代,想起他在战争前期的辉煌,但是,飞机很快就坠向地面,机毁人亡,中野成为此次"自杀攻击"中丧生的陆军航空兵将军。

当天深夜,日本东京广播电台播送了"神风特攻队"的消息,把中野称作为"死亡之花"。在东京日比谷公园召开的悼念会上,陆军大本营代表宣布天皇传谕:"为中野将军追赠陆军航空兵上将军衔,并授予金一级勋章一枚。"

翌日，大岛接到中野通过日军内部系统所发来的一封遗书。在信中，中野谦逊地写道："尊敬的大岛将军：中野深知此次战争内幕，又亲身经历了日军战争史上多次大战，在此次"神风特攻队"出征前夕，中野有几句肺腑之言，不吐不快。

"大东亚战争至此已成为一场巨大的消耗战，在我看来，皇军失利的主要原因在于被盟军的物质力量所压倒，从而败于科技战场，使得我军在大型飞机的可靠性和科学技术方面，始终处于劣势地位。

"正如您所指出的，制定国策的首要原则在于：所采取的方针政策应与国力和形势相适应。但是，在昭和时代我军非常可悲，没有伟大的政治家和优秀的高级军官；而且，日本历史表明：政治家与军人密切合作，则国家成大业；但是，一旦军人独断，则大事难成。

"过去，德川幕府为了保存自己，乃禁枪炮，采用一人对一人的武士方式决出胜负，在昭和时代，我们仍然因循旧习，轻视武器，以人代弹，这是思想僵化。"

看到这里，大岛百感交集，函件犹在，而斯人已去，情何以堪？他知道，随着大批干将的死亡，皇军的丧钟已经敲响了。大岛不由得为聪明的学生中野感到遗憾，甚至有些悲哀。这个聪明的学生是真正聪明吗？还是仅仅有些小聪明而已？不过，中野君走了，下一个应该轮到大岛他本人了，他似乎看见死神正狞笑着朝他走来，离他越来越近，死神的面容也越来越清楚，越来越恐怖，大岛不由得打了个寒噤，坐在那里，等待着最后时刻的到来。

9月15日，龙山前线指挥部召开紧急军事会议。会议一开始，龙将军一脸严肃，起立宣布："刚刚接到中国远征军司令长官紧急命令……"

全体军官起立并立正聆听。

龙将军继续宣读命令:"限你军于 9 月 18 日收复龙山,如违限不克,军、师、团长将以贻误战机论处,依军法从事。"

会场内鸦雀无声。龙将军说:"我军自 6 月开始,进攻龙山,先后八次强攻,已拿下龙山附近所有敌军阵地及城区部分阵地,可是敌军死命防守。我军炮兵已将敌军表面阵地轮番轰炸多次,但是,每当我军步兵接近敌军时,日军火力点再次复活。"

参谋长说:"这也难怪,当初为修龙山阵地,日军一个工兵联队忙了三个月,还强迫几万民工去挖土。"

龙将军斩钉截铁地说:"这一次我军没有退路,只能志在必得。但要斗智,得用些脑子,想出绝活来。各位有何高见?"

各位军官各献奇技,有些建议采用火攻,还有些主张偷袭,另外一位师长力主盟军出动空降部队。各种计策都被提出来,又被否定了。管兰亭默默无言,坐在角落里冥思苦想。

龙将军朝着他说:"兰亭,你这个小诸葛可不能一言不发啊。有何绝招,大胆地提。"

管兰亭想了一想,说道:"我是个空战内行,陆战外行。不过,我有个主意,不知道是否可行。"

将军打趣说道: "管老弟是居高临下,不鸣则已,一鸣惊人!"

众人皆笑。管兰亭说:"我有个办法,最近我们空军新配备了一批重型炸弹,由于敌我双方部队交织在一起,未敢轻易使用。如果我方陆军地面部队摆出决战架式,日军大岛肯定会把所有的日军残存部队调集到前线,此时,我军地面部队如果能从坑道里悄悄撤离前线,我空军部队突然飞至战场,施行大规模地毯式轰炸,将可基本消灭日军大岛的有生力量!"

管兰亭这么一讲,会场上顿时热闹起来。参谋长说:"高见!

从技术角度来看，切实可行。"

其他军官说："娘的，把鬼子统统炸光，实在解恨！"

龙将军是个痛快人，他说："把日寇彻底消灭！管老弟，你的主意好。"

将军看了一下全场军官，然后说："军令如山，各位不得大意。我决定：各部队立刻按照管上校的意见，制定相应作战方案，轰炸行动定于9月18日上午9时正进行，然后，地面部队实施全面总攻，务必一战定乾坤，全部消灭龙山日军！"

全场军官起立："誓死完成任务！不成功，则成仁！"

各部队接受命令以后，分成小部队，昼夜不停，向敌阵扰袭，掩护工兵营进行坑道作业。龙将军带领参谋人员，身先士卒，一直在前沿督战。工兵营选择隐蔽地形，首先挖开土壕，壕顶用树枝、杂草覆盖，等到土壕逼近敌军主力阵地，作业改为坑道掘进。

日军龙山防御战已经接近尾声，大岛得知手下伤员已超过一大半，而战斗人员只剩下千人时，就把宫本叫来对他冷静地说道："不要死守了，让残存士兵突围出去吧。"

"哈依！"

傍晚时分，大岛终于正式下达撤退命令，他派副官送交宫本一份亲笔手喻："迅速突破敌封锁线，向龙江对岸转移。"

与此同时，大岛向东京大本营和缅甸方面军司令官发出最后一次电报，这也是大岛在人间的临终绝唱了。

"尊敬的司令官阁下并转呈大本营：

1. 因下官指挥不力，未能确保龙山战局，致使我军陷入最后阶段，本人深感歉疚；

2. 我部伤员排除万难，已乘木筏，顺龙江而下，祈求军部在龙江对岸给予救助。

后事安排好以后，大岛终于决定结束自己的生命，如此一来，龙山"黑风队"逃亡官兵就可以免受日军军方追究，而他自己也算没有辜负日军司令官期望，最终完成大本营交给他的"死守龙山"的命令。龙山被远征军攻占前夜，大岛来到前线医务所，看望医护人员和伤病员，临分手时，他拿出五包20支装兴亚牌香烟。

他笑着说道："好久没有和你们见面了，这几包香烟就留给大家抽吧！今后我不会再抽烟了。"

大岛打开一包烟，给每个人都扔去一根，自己首先点燃，缓缓吸着，最后，烟烧完了，火也熄灭了。大岛看着空中的烟圈完全消失在风中，淡淡地笑了一下。他安静地说："永远托付给你们了！军医先生！"

主任军医询问大岛对龙山战役的看法时，大岛想了半天，最终只好回答道："是我本人，杀害了成千上万的日军战士。"

大岛站了起来，整整军装，衣冠楚楚，左手紧握指挥刀，依然不失风度地走出帐篷，向树边走去。他用后背紧紧依靠着枝叶茂盛的大树，站立在那里，调整了一下脚步，显然想站得更稳一些。随后，他把手枪枪口放进嘴里，枪口向上，扣动扳机开了一枪，子弹顿时把眼球打飞。

听到枪响，几名军医飞跑过去，跪在地上，紧贴着大岛胸部仔细倾听。主任军医说："尽管将军已经失去知觉，但是，他的心脏还在跳动。"

很快，树上的蚂蚁闻到血腥味道，一群一群地爬了过来，随之而来的恐惧感马上蔓延开来。主任军医抑制着自己的悲哀心情，再检查一遍，确信大岛已经失去知觉，但他还是想等到大岛的心脏最后停止跳动。旁边的一位军医说："主任，将军恐怕已经不行了，还是让他尽快安息吧！"

主任军医眼泪哗哗往下掉，他拿出手术刀，迅速割断大岛颈动脉血管，动作熟练、专业，不愧是龙山"黑风队"第一主刀，此时，用来接血的饭盒早已流满殷红鲜血，大岛嘴里吐出最后一口气，随即心脏停止跳动。众人默默看着主任军医，十分安静，静得离奇，他们一言不发，其实，此时此刻他们还有什么可说的呢？主任军医按照日军处理死亡官兵遗体的习惯，从大岛尸体肘部下刀，割下他的手腕做成遗骨，然后，叫几名士兵把大岛的遗体掩埋在大树附近的地下。

宫本获悉大岛自尽消息以后，知道大势不妙，好在他已获得将军撤退手令，便立即下令龙山残余部队开始撤退，夜间实施渡江行动。剩余日军士兵开始悄悄逃跑，他们首先安排重伤员分批乘筏过江，但是，由于风急浪涌，许多官兵中途翻到江里，随即被浪涛吞没。还有一些官兵被埋伏在江边山岩上的中国远征军部队枪弹击中，最后，当筏子漂到大江对面时，许多木筏已经空无一人。"黑风队"部分逃窜人员渡江后，逐次集结在热带丛林中，最终生存者不到八百人。

在医务所中没有来得及逃跑的伤员听说撤退命令下达以后，知道逃也无用，不如就此了断，索性让其他士兵把自己手腕切下，让自己失血过多而死，所切下的手腕，火化后做成遗骨，由老乡带回家中，总算有些遗骨可以埋在故乡，和自己的母亲大地紧紧偎依在一起，这一次，真的不会再分离了。此时，龙山日军剩余官兵士气低落，那种狂妄的法西斯精神已经荡然无存。

翌日，即就是9月18日，中国远征军向死守在龙山县城中心的日军残敌发起最后攻击。龙山石将军亲自挑选百名精壮士兵，组成敢死队，准备冲入敌军指挥所，使得日军指挥枢纽彻底瘫痪。龙将军赶到前线，亲自检查各项准备工作。他来到指挥部，董霜桥对将军说："军座，一切就绪，只等您下达命令！"

将军兴高采烈，成竹在胸，走出前沿指挥所，举起望远镜，遥望敌军阵地。他对董霜桥说："霜桥兄，再看一下敌军阵地吧，今天中午，我军战旗就要在那里高高飘扬了！"

拂晓时分，中国军队再次向敌军主阵地发起攻击。将军下令道："给我狠狠打！炮火更猛一些，步兵冲锋更狠一些，把更多敌军吸引到地面阵地！"

我军攻击部队刚一接近敌军主阵地，就遭到疯狂阻击。我军地面部队从被炸断的城墙缺口处，不顾日寇猛烈炮火，冲入敌军地面阵地内，与敌军展开短兵相接，逐户争夺，尸塞街巷，血流成河。等到日军官兵全部被吸引到地面阵地时，我军官兵按照事先计划，不断从坑道里递次后退，直至完全退出日军火力圈。

龙将军对董霜桥说："根据事先的周密计算，指挥部为我军攻击部队留下一刻钟撤退时间，让部队有充分时间进行安全隐蔽。"

董霜桥很是佩服："龙将军确实是用兵如神！"

我军退出日军火力圈之后，战场上枪炮声逐渐沉寂下来，一些鬼子从地面工事里探出头来，观察外面阵地上的动静，他们没想到的是，这是自己最后一次观看这个世界了。

龙将军在前沿指挥所里看着手表，最终说道："时间到！"

上午九时正，我军空军机群按照陆空联合作战计划，准时抵达龙山上空。管兰亭上校在空中指挥我军一百余架战机，总共投下近千吨新型炸弹，数量远远超过地面炮兵发射炮弹总量。盟军轰炸机轮番进行轰炸，骤然间，敌军地面阵地遭遇我军空军大面积地毯式轰炸，无数枚重型炸弹从天而降，全部掉在敌军阵地上，大地猛烈摇晃起来，巨型炸弹的低沉轰鸣声不时响起，如同地狱里传来的恐怖之声，令人毛骨悚然。

龙将军举起望远镜，只见敌军地面阵地冒出无数道浓烟，直飞云天。在前沿指挥所观战的我军军官们都是身经百战,但是这一次,在空军威力空前的巨型轰炸面前,他们为之震撼不已。

龙将军激动地说:"这是战争的轰鸣,是军力的展示!"

天塌地陷的巨大画面使得我军军官们感受到一种前所未有的威武之力。董霜桥高兴地说:"真是惊天地、泣鬼神的军事壮观!"

随着空中战机的递次撤离,大地的巨大颤动逐渐停止下来,爆炸巨响转瞬即逝,唯有敌军地面阵地上浓烟翻滚,随风飘荡。隐蔽在安全地带的中国远征军官兵看到空中无数黑色粉末簌簌落下,等到浓烟最终散尽,他们发现敌军阵地已经被彻底摧毁。官兵们举枪高喊:"我军胜利了!日本鬼子完蛋了!"

此时,冲锋号声震天,远征军进攻部队全部出动,发起总攻,我军将士争先恐后,冲上前去,很快就将胜利的战旗插上龙山城墙顶上,日本侵略者已经毫无踪影,只有阵地上许多巨坑默默展示着空军轰炸的威力,中午前后,远征军彻底肃清龙山日军残敌。

第二十章

雄风犹存

雨季已经来临,龙山城内河水奔流,城外遍地泽国。龙山石将军骑上红鬃烈马,在众军官簇拥下,来到城墙顶上,环顾战场。战火逐渐消失,硝烟徐缓飘散,将军极目远望,龙山四周尽入我军之手。将军从参谋长手中接过部队所缴获的日军"黑风队"队旗,对空高喊,声如洪钟:"我军已经荡平'黑风队',日寇死无葬身之地!黑风,黑风,军灭风空!"

自古云,战马知将心!龙将军话音未落,红鬃马突然仰天长啸,更壮英雄威风。将军兴高采烈,从马上一跃而下,手抚马鬃,轻吻马面,当场叫来马夫:"好一匹战马!深知我心!"

马夫也会说话:"好马遇上将军,是马的福分!"

将军兴致更高,要卫士取来二十块大洋,犒赏马夫,马夫自是连声感谢。众将士起哄道:"将军也得犒劳弟兄们!"

龙将军当场下令:"今晚加餐,大碗的肉,大碗的酒管够!"

"谢将军!"

欢呼声在群山中久久回荡。胜利者总是高兴的,山上一片欢笑。枪炮声停止以后,入夜,龙山全城一片沉寂,在此次龙山会战中,日军守敌近万名官兵被击毙,骄横不可一世的"黑风队"魂断龙山,从此不复存在。龙将军策马巡视战场,断壁残垣之中，无数身穿灰色军服的中国官兵横卧长眠，从此不醒。将军不禁动情，大泣道："此情何堪？"

他叫卫士取来白酒，满地洒去，以示悼念。将军不禁哀思如涌，口吟悼诗一首："曾同甘苦为兄弟，身去功成令我悲。手酹白酒酬将士，天人各一泪交垂。"

将军胯下的红鬃烈马也通人意，低首无声，仿佛与主人一起怀念那些南征北战、同甘共苦的官兵。在一旁观看的董霜桥心情分外沉重，他知道，在我军胜利的同时，历史名城龙山也在战火中被摧毁。战争啊，战争，人们付出多少代价！

董霜桥对将军说："我军将士在总攻时，成批成批、成片成片倒在日寇胸墙之前，距离不过咫尺之远。龙山这一仗打得实在惨烈！"

参谋长说："真的是血流成河！"

龙将军流着泪，对董霜桥说："老天也有情啊，这飘来的不是雨，分明就是天泪！"

"是啊，老天也不忍看到如此惨景！"

在残破的街角里，一些美国大兵用香烟和美元与中国士兵换取他们所缴获的日军"武运长久"太阳旗、勋章等，然后用这些战利品进行拍照留念。

龙山之战成为中国远征军的经典案例。战斗结束以后，日军广播宣布："天皇颁布诏书：大岛将军统帅下的龙山一万名皇军'黑风队'将士全员玉碎，大日本帝国举国哀悼。"

经过龙山战役，盟军成功夺取中缅印战场制空权，"驼峰"空运不再受到日军战机袭击，空运量大幅度增加。几天以后，美国好莱坞电影明星战地慰问团来到龙山，慰问盟军官兵，明星们用精彩表演和优美歌声为前线将士送来欢乐。

亨利对管兰亭说："你说说，我能冲上台去吗？"

"当然要去。那位好莱坞女明星不是你的梦中情人吗？"亨利和其他一些士兵立刻冲上台去，美丽的女明星给幸运战士甜美一吻，顿时，全场欢声雷动。

日军"断"作战进攻全线崩溃，原有日军防守据点相继被中国军队克复，日寇参战部队全军覆没。龙山会战的进展与志大才疏的日军大岛将军的愿望相反，最终结局不是日军的"断"，而是远征军部队的"通"，日本侵略军被中国军队永远逐出滇西。龙山会战结束以后，滇缅公路越过龙山向前延伸，中国Y部队（中国远征军）与X部队（中国驻印军）之间的地理距离日益接近，胜利大会师指日可待，数十万中国部队官兵群情振奋，朝着抗战最后的胜利，勇敢奋进。

在我军一路追击之下，日军丢盔卸甲，狼狈逃窜，溃不成军，沿途武器抛弃四野，日军伤员身患疟疾，发病时全身发抖，如同风中残叶。这些伤员亲眼看到沿途伤病员被活埋或砍头，苦苦哀求同伴，允许他们自杀，并希望在死前能吃一顿饱饭，然后切下他们一只手掌，或割下一些头发，作为遗物，带回日本老家。当他们饱餐一顿之后，这些伤员就被运到附近洼地里，不久，就传来手榴弹爆炸声，伤病员黯然葬身于异国他乡。

在我军追击途中，董霜桥对龙将军说："你看，日军官兵尸体不是缺一截手，就是少一根指头，越到后来，他们的遗体处理就越来越简单，只在尸体头部剃去一片头发。"

龙将军说："善有善报，恶有恶报！"

时值雨季高峰，溃退日军在荒山丛林中，饥寒交迫，疾病流行。由于山洪奔泻，日军官兵大多被波涛淹没，尸体随江漂流，沿途鬼哭狼嚎，愁云惨雾，凄凉万状，日寇官兵将溃退之路称作"靖国街道"，即其灵魂可以直入靖国神社。

董霜桥说："将军，日寇'酋长行动'的'断'作战行动最终惨败，根据情报，日军参战部队阵亡一万余人，还有两万官兵死在溃退路上，这真是苍天有眼！"

龙将军回答道："上天不语，自有定数！此次日军败退之路正是两年前我们远征军从缅甸退向野人山的路线。当年我军尸体遗留冷山枯林，现在，正是在同一片土地上，日本侵略者为自己挖掘了坟场！"

董霜桥说道："日本军方把龙山战役称作为'世纪悲剧'，这应该说是老天的公平报应！"

解放后的一天，我陪父亲去龙山，几十年过去了，龙山已经成为旅游景点。青山依旧，雄视群山，只有几名远征军白头老兵还在对游人讲述着当年鏖战的故事。老兵们认出了父亲，对他行了个标准军礼："报告军座，我们没给您丢脸！"

父亲激动地从轮椅上站起来，回了军礼："应该说，我们没给中国人丢脸！还是那句老话，朋友来了有好酒，若是那豺狼来了，迎接它们的，只有复仇的枪声！"

一直到那一天，我才真正了解父亲，真正知道了什么是老兵的荣誉！

滇缅大战获胜之后，史迪威被晋升为美国陆军上将。8月8日，重庆《新华日报》发表社论："这一辉煌胜利，是由于史迪威将军的卓越指挥，也是由于盟军将士协同一致、英勇效命所得到的成就。"

在重庆八路军办事处，首长对"老板"说："史迪威将军胆识过人，意志坚强，指挥卓越，他打通援华路线的战略，浸透了将军对华的浓密友情。"

"老板"说："首长代表中国共产党和中国人民对史迪威将军所作出的杰出功绩，给予了最高评价。"

当将军接到罗斯福总统的可与其他党派取得联系的指示后，

史迪威向蒋介石摊牌，要求解除对陕北共产党部队的封锁，并将租借物资由美国直接分配给共产党部队。张黎生接到相关情报后，立即赶到委员长官邸，将消息汇报给蒋介石。

蒋介石面色十分难看，怒气冲冲："我看，史迪威肯定会陷入共产党的圈套！这都是共产党从中捣乱。"

在重庆饭店宴会厅里，灯火辉煌，嘉宾云集，中国战区总部举办的酒会正在举行，蒋介石在副手陪同下，与史迪威见面了，宾主双方面和心不和。史迪威将军客气地说："感谢蒋先生盛情款待。"

蒋介石紧紧握着他的手说："哪里的话，诚蒙你们拔刀相助，我们才日益壮大，真是感激不尽！"

客人笑着说："绝境逢生，必有后福！"

蒋介石点点头，表示同意，然后表示："今后加强合作！"

宴会上，干杯声不断，宾主尽欢而散。不久，史迪威和何应钦部长举行会谈。在会谈中，史迪威将军说："为什么缅甸作战会出现兵力不足的情况？为什么东战场会遭受挫败？依我看，都是因为你们试图保存实力，不肯积极作战。"

何应钦只能打哈哈："史迪威将军，这么说，恐怕有失偏颇。"

史迪威冷笑着说："我认为，你们想把打败日本的全部担子都压在美国肩上。等待美国打败日本后，你们再用保存下来的部队去打内战。"

何应钦反问道："事实何在？"

"现在胡宗南统领四十万大兵，围困中共，不参加对日作战，这就是铁证。对于盟国共同对日作战的战略来说，这恐怕不是应有的态度。"

话说到这里，史迪威便严肃地说："我们要求你们改变这种错误的策略。"

何应钦默然良久，不作答复。史迪威接着说道："共产党第十八集团军吃苦耐劳，骁勇善战，领导民众进行游击战争，只是缺乏武器。我们建议，为了在中国战区击败共同敌人，你们应立即撤出封锁陕北的部队，邀请第十八集团军出来抗日。我们愿意与共产党合作，愿意将租借物资直接装备共产党部队，请你们对此认真考虑。"

何应钦立即辩解道："共产党曾有与国民党共赴国难的诺言，但后来违反协议。第十八集团军不听军委会命令，不受调遣，我们分兵防共，使其他战区兵力不足，并非所愿，乃不得已尔。国军屯兵陕北，咎在共产党，不在国府。至于你们以租借物资直接装备共产党军队一事，不符合租借法案，租借法案是中国政府与美国政府所签订的双边协定，美国不能不通过国府，直接装备中国之某一部分军队，所以，我们对此不能同意。"

会谈以后，何应钦当日就向蒋介石汇报史迪威所提出的意见，情绪颇为激动，他提议说："如果长期拖下去，会引起更大麻烦，我们应要求罗斯福总统调回史迪威。"

蒋介石回答说："在对待史迪威的问题上，我看要软硬兼施，进退有方。不打则已，一打就要致敌于死地！"

对于蒋介石的高论，何应钦还真是自愧不如远甚。几天后，史迪威发给蒋介石一份签呈，语气强硬。文件中说："日寇从平汉路进军，预期将有大战，希望蒋委员长撤销对陕北封锁，使中共部队出兵晋、豫，策应平汉路作战。中共军队骁勇善战，惟装备与补给不足，请准许直接装备并补给中共部队，以利作战。"

蒋介石看到签呈，冷笑不已，立即批示："十几年来国共纷争，其中之复杂，非外人所能体会也。美国应以全力支持国府。如若装备共产党军队，将会加强中共之发展，增加国府之忧患，千万不可!"

在重庆八路军办事处,首长对"老板"说:"最近,史迪威将军一再表示,他希望到延安去。如果我们同意的话,他将把八路军部队调到黄河以北,并给予装备五个师的军用物资,支持我们抗击日军。按照史迪威将军的提议,八路军部队将部署在黄河以北,不与蒋委员长部队发生接触。"

"老板"说:"首长,在我看来,将军报告中有一条最让蒋介石恨之入骨,这就是,史迪威将军要求蒋介石同意他去延安,同我们共产党进行谈判。"

首长说:"蒋先生可以千考虑,万考虑,但是,一听说老将军要援助我们共产党人,就会不再犹豫,立即下决心赶走他。"

首长的分析是完全正确的。此时,老蒋觉得摊牌的时机到了,该亮出自己手中的王牌了。蒋先生准备向罗斯福提交外交备忘录,首先提出撤换史迪威的要求。蒋介石立即询问宋子文的意见,宋子文相当器重洛克上校,上校不仅是间谍干才,还是舞文弄墨的高手。

洛克对宋子文说:"宋先生,恕我直言,您的备忘录初稿文字过于冗长,首先是对罗斯福总统的恭维,这完全没有必要。"

宋子文得到高人支招,倒也虚怀若谷,连忙叩问:"何也?"

洛克当年在华府多年,熟知华盛顿高层内部运作机制:"这是因为,这份备忘录主要是给霍浦金斯和马歇尔看的,而不是给罗斯福看的。"

宋部长谦虚地问:"那该如何修改?"

洛克也是一个狠角,拿起笔就斧删一通:"应该开门见山,单刀直入,直截了当地说明:蒋委员长对史迪威已经失去信任,坚决要求美方撤换。"

历来中国刀笔吏厉害,没想到,在华美国官吏也绝不是省油的灯。洛克改完以后，宋子文大为佩服。既然蒋先生这次是铁了心要赶走史迪威，他就建议蒋介石给罗斯福发出这封信，向美国政府正式提出措辞极为严厉的要求，美方应立即召回史迪威："今事证明：史迪威非但无意合作，且余以为，他受任新职后，余将反为彼所指挥。"

此时此刻，史迪威将军还没有意识到危险的临近，毕竟他所做的一切都是得到美国总统批准的。可是，在大国的政治棋局里，有时，冲得最快的小卒子是死得最早的。政治是什么？就是干脆利落，就是要下手快，下手狠！对于老将军来说，蒋先生戳他一刀，完全是意料之中的，风云变幻得令人目不暇接。可是，当老蒋发出要求撤换史迪威的备忘录之后，局势仍然非常微妙。对于蒋介石的最后通牒，美方内部意见不统一，无法确定采取什么对策，因此，罗斯福总统迟迟没有答复。这其实是一个相持不下的局面，双方都已剑拔弩张，针锋相对，表面上看来，似乎各方还在试图摸清对方底牌，局势依然混沌不清，如同山城永恒的大雾那样，大家只能雾里看花。

此时的华盛顿外松内紧，高层并不太平。老蒋既然豁出去了，美国政府应该如何应对？又是一件仁者见仁，智者见智的事儿。有些官员主张，不妨以罗斯福总统名义，向老蒋道歉。还有人建议，用语气委婉的文件向老蒋作出强硬回答：史迪威将军必须留任。

蒋介石本人的日子其实也不好过，这毕竟是一个麻秆打狼两头害怕的最后较量。如果美方强硬，他很可能就不得不退让。事实上，在国民党高层，对他这一决定持反对意见的大有人在，他在国民党高层内部受到许多指责，以至于不得不在国民党中常会上大发雷霆："国内共匪图谋陷余者已十几年。国外倭寇与我恶战者，亦有十三年之久。余实已心碎精疲，几不能久持。而余反遭党内如此之凌辱，与国内如此之讽刺。此种横逆与耻辱之来，实为有生以来未有之窘困。然余于此，如不积极奋斗，将何以对已死之先烈乎？况今日之实力，犹远胜于十三年以来之任何时期。只要余能自立不撼，当不足为虑也。"

蒋介石拍案咆哮，高喊："史迪威必须离职！"

罗斯福是个伟大的政治家，但是，再伟大也难免会作出一些不适宜的决定。罗斯福在白宫会见孔祥熙时，表示同意蒋介石的要求，决定撤回史迪威。罗斯福说："为史迪威的事情，我已两次与马歇尔将军商量。第一次马歇尔表示，中国之事并非人事问题，无论何人均难应付，美方除史迪威以外，实在是无人可派。第二次研究时，我对他说，蒋委员长不仅是中国战区统帅，还是一国元首，对美国又表示愿意合作，既然他坚决要求更换参谋长，还是应该物色继任人选。估计我们不久就可商定。"

在美国总统的压力下，即便是马歇尔将军也很难再硬扛下去。两天以后，罗斯福表示，美方接受蒋先生建议，解除史迪威所任中国战区参谋长职务，但是，总统大人还想顾全老将军面子，不愿把事情做得太绝，希望史迪威将军还能有权指挥在云南的Y部队和在缅甸的X部队，负责中国驻印军与远征军事务。此时，罗斯福还是希望折中一下，退一步，让一让，不让史迪威过于难堪。

但是，蒋介石长可不手软了，他已经知道，在此次权力较量中，自己开始占上风，既然占上风，那就不能再退却了，他要赶尽杀绝，斩草除根。蒋介石立即回电表示："新派来的美国将领的条件限定为能够得到我的信任。史迪威已经不具备这一必要条件，故不能再授予指挥之权，因此，本人坚决要求将史迪威调回美国，而不是改任专司训练中国军队的职务。"

他历来是个精明的权术高手，一旦发现美方开始退让，他可不会手软，索性穷追猛打，一棍子打死，叫老将军永世不得翻身。在政治斗争中，永远不留后患，这就是委员长的信条！这回，罗斯福没辙了，既然退让了，那就只好一退到底了。此时，史迪威将军还被蒙在鼓里，他正准备近日亲赴延安，直接到那里和共产党领导人就指挥中共抗日武装抗击日军的问题，进行谈判。他还准备向这些抗日军队提供他们所急需的作战物资。

罗斯福是个政治家，他关心的主要是两国之间的政治问题，为了政治方面的全局利益，在必要时，完全可以牺牲部分军事利益。这就是为什么，他支持老史于前，又牺牲老史于后，个中道理很简单。当他准备与蒋介石摊牌时，蒋介石不顾一切地把斗争推向极端，他是个精晓东方权术较量的高手，并不遵守西方权力斗争的游戏规则，为了实现自己的政治目标，他可以不顾一切，将自己的自尊和面子置于最高地位。

在这一方面，罗斯福、马歇尔和史迪威都低估了他，他们以为他会按照西方的游戏规则来处理盟国内部的政治斗争，但是，蒋介石不惜以中美关系彻底破裂作为代价，迫使美方撤回老史，在斗争的最后一瞬间，罗斯福不再坚持了，他退却了，毕竟，他不想为了史迪威的去留问题，而把美中关系置于一个危险的境地，那么做，即将到手的对日作战胜利就有可能会出现过多的不确定性。总统是个战略明确的政治家，他不喜欢含糊，他讨厌不明确，战略必须简单明了，既然"保持中国作战"是他对华政策的最高原则，那么，在必要时，为了维护这一原则，他只好牺牲老将军史迪威了。

罗斯福总统明确宣布："我已决定调回史迪威。"

棋局会有胶着，会有相持不下，但是，最终总要下完。罗斯福总统经过反复考虑，再三权衡，终于在10月18日决定召回史迪威将军，10月19日，罗斯福总统正式来电，调史迪威回国。

历史就是如此沉痛，如此不尽如人意。就这样，英勇善战，光明磊落的史迪威将军，成为中国战区悲剧的牺牲品。罗斯福总统在这一重大历史事件中，作出令人痛惜的决定。按照协商决议，史迪威与中缅印战区一道宣告终结。史迪威将被召回美国，与此同时，"中国－缅甸－印度战区"将被拆散，并将重新组成两个新的战区。幕后权力交易终于结束了，这场政治风波最后风平浪静了，倒霉的只是史迪威将军一个人。

在美国，军事家必须最终听取政治家的决策，这是不容挑战的国策。理所当然，马歇尔只能违心地接受了总统的决定，通知老史打道回国。他知道，老将军冤，实在是冤，可是，他就不冤了？一样冤。他总不能为了老将军的冤情而去递交辞职报告吧？再说，他在台上，将军还有东山再起的机会。马歇尔将军在罗斯福电报到华以前，向史迪威发出有关情况的通报，预先提出警告：老将军将会立即被召回华盛顿。史迪威接到正式召回他的通知以后，仅能在重庆停留48小时，通知还要求他对外不得发表任何消息，行踪必须保密。就在这一天，尘埃落定。

当老将军得知总部最后的决定后，不禁仰天长叹："罗斯福总统就这样收兵了，所有的人都对华盛顿的作为表示惊骇，大斧劈落下来！"

他做梦也没有想到，结局居然会是这样。他是如遭雷击，欲哭无泪，还能说什么呢？其实，所有这一切都不是他一个人的事情，那是关于全局战略与实施计划的斗争。

10月20日下午5时，出于外交礼仪，史迪威将军在宋子文陪同下，向蒋介石辞行。这是中国战区两位领导人最后一次会见，蒋介石依然很客气，好像什么事情也没有发生过。蒋介石此次胜利了，赢得很艰苦，但毕竟还是把老对手给挤走，让他出局了。历史上的胜利者总是很大气的，蒋介石此次也不例外，他笑了，笑得很灿烂，笑容可掬地说："将军，我对此非常抱歉，你替中国做事已算不少了，例如，训练军队，领导士兵作战，等等。只是因为我们彼此之间个性不同，我才不得已向美方要求将你撤离。请你相信，这绝不是个人之间的恩怨，我希望今后你还能与我通信联络，继续成为我的朋友。"

出于外交礼节的需要，史迪威将军也只能哼哼哈哈，随意应付几句，他知道，现在再说什么也没有任何用处了。帷幕已经落下，好戏已经收场，一切都结束了，都已成为历史！史迪威将军实在不想说什么冠冕堂皇的话，只是发表简短的讲话："我请蒋先生和各位记住，我在华所作的一切，完全是为了中国的利益。我祝你们取得最后的胜利！"

蒋介石频频点头："是的，是的。"

将军不失风度地与蒋介石握手告别，这是他一生中最后一次与蒋先生会见，随后，他就与其他宾客一起退离会场。蒋介石态度热情洋溢，甚至还亲自送他到门口。送到门口，只是礼数，只是送客远行，蒋介石的眼中钉终于被拔掉了，他心中那份高兴劲儿就甭提了。蒋介石在自己的日记里写道："史迪威已得美政府之撤回，此为本年内，对内对外各种困难之症结，且对此事之隐痛，亦可谓极人生之所未有也。中美国交不因史迪威而败者，实为莫大之幸运。中美已误之国交，抗战已濒之形势，皆得由此训其机钥，此后军事外交与内政各要政，乃可按计划实施欤！"

根据陆军总部的命令，史迪威将军于21日离渝回国。史迪威然要离开重庆了，将军临行前，专门向在延安的朱德总司令发去告别信。他在信中写道：

尊敬的朱德将军：我不能与您和您所发展的优秀部队在一起作战，为之非常失望。

您的约瑟夫·华伦·史迪威 1944 年 10 月 20 日

史迪威将军专程前往孙中山夫人宋庆龄处告别，宋庆龄对史迪威被召回而深感不平，为中国人民少了一位真正的美国朋友而为之惋惜，并伤心落泪。她甚至希望自己能去华盛顿，亲自向罗斯福总统说明史迪威所经历的事件真相。

1944 年 10 月 21 日下午，重庆奇寒，山城依然多雾。史迪威将军的助手将他的随身物品收拾完毕，装入行囊，他自己则将作战地图卷好，随身携带，乘车前往重庆机场。机场里冷冷清清，只有赫尔利和几位高级官员前来送行。

"老板"也赶来了，他对老将军说："我受八路军办事处首长委托，来为您送行，感谢您为中国人民所作出的伟大贡献！"

史迪威将军非常感动："谢谢！"

下午 2 点 30 分，史迪威登上飞往昆明的美国运输机舷梯，专机机长管兰亭含着热泪，开始发动引擎，史迪威站在飞机舱门口，向重庆的天空和大地深情地看了最后一眼。在长空映衬下，他的身影显得格外高大，格外雄伟。他知道，或许今生今世再也不能回到这片土地上来了。史迪威将军向机场四周看看，显得有些随意地向驾驶员亨利问道："我们还在等什么呢？该走了。"

然后，亨利便动手关上飞机舱门，飞机立即起飞。史迪威终于离开陪都重庆了，在这里，他爱过，恨过，既有终生伴随的美好记忆，也有永远难忘的宫廷式权谋和诡计。离开重庆后，老将军来到中缅印战区几个重要地点，向各地战友和部下告别，其中有昆明，龙山等地。

雨季往往给人们带来忧伤，史迪威将军被解除中国战区一切职务，孤身一人，凄凄凉凉返回美国。令他依依不舍的，就是那些还在前线浴血奋战的战士们。他专程到前线看望他曾经带领过的中国远征军部队官兵，与那些曾在缅北丛林并肩战斗，饱尝失败惨痛，又共享胜利喜悦的中国官兵告别。

龙山石将军饱含深情，对老将军说："中国远征军所有将士们不会忘记，您这位美国老将军与我们在丛林战场上所度过的日日夜夜。我们一起餐风饮露，披星戴月，一路奋战，打回缅甸！"

管兰亭为老将军感到委屈："将军，您和我们之间那种生死相依、患难与共的战斗友谊，是这个世界上最为珍贵的精神财富！"

对于老将军的离去，他们们不禁怅然若失，不胜依依。作为他们过去的指挥官，史迪威如同慈父那样。

老将军说：ّ孩子们，我真想和你们热烈拥抱，正式告别。可是，在我出发前，上面的大人物就曾正式警告我，不许与前线官兵进行任何形式的告别活动。我知道，或许这就是我们之间最后一次会见了，从此以后，我们将远隔重洋，各在一方。"

史迪威将军被解除中国战区职务以后，心情自然异常悲凉，其实，自古以来，有几个英雄不孤独，不寂寞？英雄之所以为英雄，就是因为他们过于优秀，过于杰出，他们在世上很难找到知音，能不悲凉？史迪威只能强压自己内心深处的痛苦，使劲装出若无其事的笑容。

龙山石将军说："您值得安慰的是：前线官兵不顾委员长亲信们的阻止，发电报，写信给您，雪片一样的电报和信件从各地战场送到我这里，要求转交给您！这些诚挚的问候与忠心的感谢真是令人感动！"

亨利说："皮克将军因为修筑战场公路而名满全球，他打电话给我，要求我转告您：ّ过去，本人从来没有为一位长官的离去而感到遗憾，但是，这一次，我为乔大叔的离开而感到遗憾。"

管兰亭含泪说道:"将军,中缅印战区全体官兵十分想念您,他们广泛吟唱着这样一首诗,题为'敬礼'":

你们看,
一个敏捷、幽灵般的身影,
在利多公路上飞奔,
他歪戴着军帽,
驾着吉普车,向着孟拱,呐喊驶去!
我们齐呼:
看到了吗?他没有从这里离去!

最终,史迪威将军含恨离开中国战区,当时,管兰亭没有想到,此次一别,竟成永诀!

但是,抗日战争已经进入最后历史时刻,中国X部队与Y部队很快在中缅边境胜利会师,史迪威公路正式开通。1945年1月28日上午,皮克将军车队抵达中缅边境关口,皮克将军走下吉普车,举起一把剪刀,毅然剪断这条象征缅甸与中国交接处的红色缎带。会场四周站满中国远征军官兵们,彩带刚被剪断,第一辆吉普车就开进中国国门,皮克将军率领一百零五辆大卡车,浩浩荡荡,威风凛凛,开进中国。远征军官兵欢喜若狂,纷纷向空中扔军帽,他们热泪盈眶。

在剪彩仪式中,美军将军朗读史迪威将军发来的贺信,他在信中高度赞扬那些已经阵亡或依然健在、曾为修筑这条道路付出艰辛努力的人们:"我向他们致敬,向那些为之战斗和奋斗过的男子汉们致敬!"

向着全场官兵,向着全中国,向着全世界,龙山石将军铿锵有力地高声宣布:"中国政府已经正式决定:将中印缅公路命名为'史迪威公路'!"

全场官兵热烈鼓掌、高声欢呼,表示坚决拥护。一位真正的英雄,为抗战作出杰出贡献的英雄是不会为人们所遗忘的,将军的名字将永远留在中国人民心中。

多年以后,我向姑父询问过史迪威将军与蒋介石发生冲突的根本原因。他回答说:"我想,首先是为了中国战区指挥权。史迪威将军为了实现盟军抗战的军事目标,在蒋介石先生指挥军队的弱点暴露无遗时,就明确提出这一要求。其次,史迪威坚持要装备共产党所领导的第十八集团军,对蒋先生造成巨大压力,因为,蒋委员长的心腹之患就是共产党。"

尾声

经过八年抗战，在国内战场，八路军、新四军坚决执行毛泽东主席所提出的"扩大解放区，缩小沦陷区"的伟大战略，战斗在长城内外，驰骋于大江南北，打击日军，收复失地，横扫千军如卷席。1945年8月9日，中央中央主席毛泽东在延安发表《对日寇的最后一战》重要声明，号召全国人民举行全面反攻，配合苏军与同盟国军队，向日伪军发动广泛进攻。

8月10日，八路军总司令朱德发布大反攻第一号命令："令各解放区抗日武装部队，应根据《波茨坦公告》有关规定，向附近日伪军发出通牒，限其交出全部武器，如遇日伪军拒绝投降缴械，即应予以坚决消灭。"

命令下达后，解放区军民向盘据在战略要点的日伪军发起猛烈攻击。从南亚到东亚，从大陆到海洋，日本侵略者的最后丧钟已经敲响了！

1945年8月15日，在重庆广播电台播音室里，蒋介石准备发表重要讲话，他要告诉全中国老百姓，战争业已终结。最近他工作极为繁忙，本来想要文胆陈布雷代为起草广播稿，但是，文胆突然生病，一直未能动笔，他只好自己下笔，亲自拟定。播音室里，工作人员紧张得汗流浃背，唯恐出现意外。蒋介石如同往常那样，故作平静，显得非常沉着，军装笔挺，衣领紧扣，军用皮带斜钩着，胸前没有配带任何勋章。

蒋介石对着扩音器，用浙江官话缓慢地告诉全国民众："我说到这里，又想到基督宝训上所说的'待人如己'与'要爱敌人'两句话，实在令我发生无限的感想。我中国同胞须知，'不念旧恶'及'与人为善'为我民族传统至高至贵的德性。

"我们一贯声言，只认日本黩武的军阀为敌，不以日本人民为敌。今天敌军被我们盟邦共同打倒了，我们当然要严密责成他们忠实执行所有的投降条款，但是我们并不要企图报复，更不可对敌国无辜人民加以污辱。

"我们只有对他们为纳粹军阀所愚弄、所驱迫，而表示怜悯，使他们能自拔于错误与罪恶。要知道，如果以暴行答复敌人从前的暴行，以奴辱来答复他们从前错误的优越感，则冤冤相报，永无终止，决不是我们仁义之师的目的。"

当蒋介石发表广播讲话时，重庆到处响彻着他的讲话声音，大街上的民众认出蒋委员长停在广播电台外面的汽车，聚集在石砌大楼外，他们顿时发出庆祝抗战胜利的欢呼声。蒋介石演讲前后大约有十分钟，讲完以后，突然间他感到一阵昏晕，头有些痛。是的，抗日战争已经结束了，可是，在他的计划中，这只不过是另一场大战的开始。

"内战在所难免，与共军的最后决战即将开始。"蒋介石喃喃自语。

贴身卫士很知趣，贴在他耳边悄悄问道："先生，您还需要什么？"

蒋介石突然醒悟过来，轻轻揉了揉自己的眼眶，随意说道：

"哦，不需要什么了，我们回黄山官邸吧。"

"是，先生！"

侍卫官立刻出去安排。他挺直腰板，打起精神，起身向楼外走去，在这一瞬间，他顿时觉得，紧张与疲劳的感觉非但没有减轻，相反，好像还加剧了一些。

抗战胜利的消息传遍重庆，时为晚上，嘉陵江边，管兰亭、董霜桥和"老板"正在一家茶馆聚会。

董霜桥对"老板"说："兰亭经过多年思考，要求参加革命！"

管兰亭激动地说："我已经深刻认识到：只有中国共产党才能救中国！我坚决要求加入中国共产党，成为一名优秀党员！"

"老板"紧紧握着他的手说："兰亭，欢迎您！我和霜桥同志是您的入党介绍人，您的入党申请已经得到八路军办事处的批准！从现在起，您就是中国共产党党员！"

这时，电台广播里传来的喜讯立刻从一家传到另一家，突然间，整个城市爆发了，欢呼声和爆竹声骤然响起，刚开始时还只是零星响声，然后，越来越多，越来越响，越来越密集，几分钟以后，整个山城变成沸腾的海洋和狂欢的世界。

消息传到上海，市中心国际饭店顶楼升起一面中国国旗，数万人不顾日本持枪士兵的虎视眈眈，向久违的国旗仰头致敬，自发上街游行，欢庆中华民族的胜利。

胜利喜讯传到延安，欢呼声如山呼海啸，响彻云霄，革命同志们互相握手，热烈拥抱，甚至把棉袄里的棉花扯出来，沾上火油，当作火把，点燃后高举奔跑。卖瓜果的小贩喜气洋洋，把篮子里的水果抛向空中，大声高喊："不要钱的胜利果，请同志们随便吃！"

中国人民抗日民族解放战争到此胜利结束，战争的胜利表明：在中国现代史上，中国人民抵御外敌入侵第一次取得彻底胜利，并谱写出光辉的一页，百年民族屈辱就此结束，千万死难同胞遗恨不再。

翌日上午，天空中阳光明媚，晴空万里。在印度汀江机场上，500架盟军C—47、C—46、C—54飞机整齐地排列在停机坪上，整齐待发，等待着司令的命令，在他们中间，有管兰亭和亨利等飞行员。

盟军司令拿起送话器，下令道："先生们：我可以负责任地说，战争已经胜利结束！我们即将离开这个连上帝都不想来的地方，这将意味着：驼峰航线今后只会出现在各位梦中。等我们进入老年时代，可以安静下来回忆我们在年轻时代的难忘往事。在飞越驼峰的三年里，我们在这里失去无数伙伴、摔掉无数飞机，但是，我们做了一件前人无法做到的事情，即就是，我们曾无数次成功飞越驼峰！而且，我们还依然活着！今天，我们最后一次穿越驼峰，联队所有飞机将全部起飞。你们每架飞机上的人员全都无愧于'勇士'称号，我现在命令你们，活着穿越过去！上帝保佑我们，起飞！"

分布在三个军事机场的500架飞机顿时马达轰鸣，螺旋桨开始旋转，一架架飞机腾空而起，如同雄鹰一般，在蓝天上翱翔，飞向中国昆明基地。管兰亭从机窗里看出去，天空中场面博大，蔚为壮观，500架飞机如同空中鸟群一般，遮天蔽日，气势磅礴！机群顺着驼峰航线，沿着起伏的山势，蜂拥而去。

到达昆明机场以后，管兰亭一看，繁忙的机场应接不暇，他刚降落，后面飞机也下来了，他就赶紧驾机脱离，往滑行线上拐。本来自己飞机的速度就很快，再一急转，身子都猛然倾斜，几乎被甩出去。正在此时，副驾驶高喊："长官，您朝后看！"

管兰亭一看，飞机后面的空中，一个黑点紧跟着另一个黑点，绳子一般，成线状从蓝天上一直落到地面……

很快，亨利就要回国了。当管兰亭在重庆机场送别他时，老朋友激动地说："兰亭，老伙计，按照规定，我们盟军飞行员完成二十五次任务，即可获得盟军荣誉飞行十字勋章，此外，我们美国飞行员执行飞行任务超过五十次，就可回国。可是，我已经记不清楚，我到底执行了多少次飞行任务了。值得庆幸的是，我们还是活着看到了胜利这一天！"

管兰亭激动地说："老朋友，不要难过，我们还会再见面的！"

抗日战争就这样结束了，可是，后面的故事并没有结束。有些主人公的命运还应交代一下。

首先讲一下史迪威。暮年时，老将军的心情早已平静了，在美国加州卡梅尔海滩上，他牵着自己的爱犬散步，小狗耳朵尖耸，满面长毛，一张大嘴，样子极为可爱。它知道主人的心情，了解将军的苦闷，从不惹是生非，并不时逗得老将军开心，为孤寂的老头儿解闷。面对着蔚蓝色的大海，将军豁然开朗，一个人即便显赫一时，但是，在波澜壮阔的战争洪流之中，也是十分渺小，无足轻重的。作为老兵，他在自己人生的黄昏，能坦然自若地说：我在战火中，度过了自己的人生。

1946年1月，当中国内战开始，史迪威将军异常关注中国的局势，他在写给朋友的一封信中说："中国东北难道不是很壮观吗？希望何在？马歇尔可不能在水面行走！这使得我渴望丢下手中的铲子，背上来福枪，到那里去和朱德一起，扛枪打仗。"

将军当然不是一个共产主义者，他也未必真会到东北去和老蒋的部队打仗，但是，他对中国共产党的事业，显然是有好感的。

1946年7月，史迪威将军胃癌发作，医生为他进行腹部手术，结果发现胃癌已到晚期。10月11日，美军军方代表在医院病床边举行隆重仪式，为昏迷的史迪威将军授予战斗步兵徽章。

第二天，史迪威将军在病床上微微颤动一下，醒了过来，低声询问护士："请告诉我，今天是星期六吗？"没等护士回答，老将军再次昏迷过去，进入梦乡，从此长眠不醒，驾鹤仙去，享年63岁。根据他生前遗愿，尸体火化后撒入白浪滔天的太平洋，这里是他一生魂牵梦绕的地方，有着他永恒的关注与情怀。

史迪威将军病逝后，中国共产党领导人向将军的家属发去唁电，对他的逝世，表示沉痛的哀悼。朱德总司令在唁电中表示："中国人民将永远记得他对中国抗日战争的贡献和他为建立美国公正对华政策的奋斗，并相信他的愿望终将实现。"

周恩来同志也向老将军家属发来唁电："中国人民将加倍努力，为中美两国的持久合作和实现史迪威将军的遗愿而奋斗。"

历史老人从不遗忘，他老人家铭记一切，不管是大人物，还是小人物，所有细节都不会彻底消逝。几十年过去了，但是，中国人民一直没有忘记这位身先士卒、英勇善战的美国老将军。1994年10月14日，中国军队和美国军队的高级长官来到史迪威将军抗日战争期间在重庆居住的旧址，中国国防部部长迟浩田和美国国防部长佩里把悼念花圈默默安放在老将军铜像前，还是那句老话，老兵从不死亡，只会凋零。

管兰亭姑父入党以后，解放前夕在"老板"指挥下，和其他爱国人士一起，发动了两航起义，驾机回到内地，后来，与战友一起，成功开辟西藏航线，为新中国空军的发展，作出了巨大贡献。

董霜桥伯伯一直在隐蔽战线的密码领域中工作,成为中国密码机构的杰出领导者。

我父亲龙山石将军在解放前夕,根据"老板"的安排,在解放军渡过长江以后,率部起义,后来一直在政协工作,撰写了许多很有价值的历史资料。

龙山梅姑妈在儿童医院工作,一直到退休为止。

龙山花姑妈从抗战后期开始在龙山县天峰脚下一个小镇居住,并在当地开了一家小诊所,她终生没有再嫁。每年,她要上山四次,给丈夫乔治和姐姐龙山竹扫墓。20世纪80年代中期,美国"驼峰协会"邀请她访问美国,并授予她"驼峰协会"名誉会员的称号。

最后,还得提一下洛克。十年前,他在临死前召开了一次记者会,向美国各家媒体披露了当年战略情报局"迷雾行动"的所有细节,但是,由于他无法出示任何相关的绝密文件,人们对他所提到的"迷雾行动"表示难以置信。美国军方发言人则表示,战略情报局在战争期间,从来没有制定和执行过所谓的"迷雾行动",洛克的揭密说法是没有任何根据的,是不符合历史事实的。

我问过管兰亭姑父,他在龙山天峰决战中,是否曾经获得过一份有关"迷雾行动"的绝密文件,他看着我,笑了笑,随即说道:"我一生中接触过无数绝密文件,但是,我没有亲自保存过任何一份重要文件,至于'迷雾行动'的文件,我好像看到过,但是,后来下落如何,实在是记不得了。"

显然,他不想重提旧事。看来,"迷雾行动"将永远是一团迷雾!

近日,为了完成我爸爸龙山石将军、管兰亭姑父和董霜桥伯伯的遗愿,我沿着昔日滇缅公路的碎石旧路,去探寻当年激战残留的遗迹。悠久的历史时光淡化了往日战争烽烟的痕迹,久远的尘埃早已掩埋了过客的身影。眼前是龙山的美丽景色,但是,我的脑海中却全是管兰亭姑父的话:"在整个驼峰航线上,失事飞机有五百多架。可是,以上数字只统计了盟军印中联队和中国航空公司,而没有把第十四航空队、第二十航空队、中国空军的失事飞机统计进去。"

黄昏的光影总是使人有些感伤,一阵细雨飘落下来,湿润了我的头发,潮潮的空气使我略感慵懒,放眼望去,近年来重建的龙山新城早已没有泥泞满街的破旧残景,早已被世人遗忘的步行街却依然保留着游子所眷恋的部分风貌,那些被历史风雨消磨得毫无棱角的山石街道,景色依旧,但是,街边喝茶的那些老人,再也不是战时的旧客了,变了,一切全变了。古老的山城散发着朝气蓬勃的气息,南国树丛遮蔽着新旧斑驳的街道,构成边城独特的风情,各种鲜花万紫千红,令我倍感温馨。

沿着县城道路,我信步走过去,山城内外,昔日战场痕迹依稀还在,那毕竟是用鲜血写就的历史,给我一种莫名的刺激,一种有力的震撼。龙江江水从县城边蜿蜒流过,饱经沧桑的大江奔流不息。县城外面的山谷田野之间,只要拨开青绿麦秆,当年的战壕依然横卧其中,青苔密布的山坡中间,弹坑密布,颜色黑黄,黑得久远,黄得伤感。纵然是60多年后的今天,只要俯下身去,仔细闻闻,你仍然能感觉到那股血腥味,那股让人要号啕大哭的味道。

我的堂弟望着远山,对我说:"哥,每遇雷雨天气,龙山天峰山上便会传来清晰可闻的厮杀声,有时枪炮声会响个不停!"

"为什么?"

"听当年老人说,那是阵亡将士还在阴间继续打仗。每到此时,全村男女老少就会使劲敲锣,用力打鼓,拼命喊叫!"

我知道，老乡们是在呐喊助威，为那些始终没有瞑目的华夏军魂摇旗呐喊，竭力助阵。即便是在九泉之下，烈士英魂也不愿败给那些可耻的侵略者！

完